Collection
« Volumes »

Déjà parus :

Ananké
de Henri Vernes

Vingt mille lieues sous les mers, L'île mystérieuse,
Le Secret de Wilhelm Storitz,
de Jules Verne

Money, Cash, Fortune
de Paul-Loup Sulitzer

Le cycle du temps . 1
de Henri Vernes

À paraître :

Le cycle du temps . 2
de Henri Vernes

Largo Winch . 1
de Jean Von Hamme

Vous retrouverez Bob Morane, chez le même éditeur, dans la collection **Bob Morane Pocket** :

Déjà parus :

1. La vallée infernale.
2. La galère engloutie.
3. La griffe du feu.
4. La panthère des hauts plateaux (inédit).
5. Le sultan de Jarawak.
6. Le secret des Mayas.
7. Les chasseurs de dinosaures.
8. La guerre du cristal (inédit).
9. Échec à la main noire.
10. La fleur du sommeil.
11. L'empereur de Macao.
12. Les larmes du soleil (inédit).

A paraître :

13. L'orchidée noire.
14. Les compagnons de Damballah.

Mais aussi en bandes dessinées :

Dessin de Dino Attanasio

— L'oiseau de feu
— Le Secret de l'Antarctique
— La terreur verte
— Les tours de cristal
— Le collier de Civa

Dessin de Gérald Forton

— La piste des éléphants
— Échec à la main noire
— Les chasseurs de dinosaures
— L'île du passé
— L'ennemi sous la mer

Henri Vernes

BOB MORANE

Le cycle du temps . 1

Les chasseurs de dinosaures
Retour au Crétacé (inédit)
S.S.S.
La forteresse de l'Ombre jaune
Le satellite de l'Ombre jaune
Les captifs de l'Ombre jaune
Les sortilèges de l'Ombre jaune
Les bulles de l'Ombre jaune

présentation de Jacques Van Herp
biographie de Michel Eloy
couverture et illustrations de Patrice Sanahujas

CLAUDE LEFRANCQ ÉDITEUR

INTRODUCTION

Comprenant que la réédition des Aventures de Bob Morane, qui s'étalent sur plusieurs décades et comprennent à ce jour quelque 160 romans — plus les inédits à venir — serait une entreprise difficile à mener à bien, les Éditions Claude Lefrancq et Le Rocher ont imaginé une double formule.

D'une part la collection « Pocket Bob Morane », qui proposera, par an, une demi-douzaine de rééditions choisies et remises à jour, plus deux à trois inédits. Cela sous de splendides couvertures, hautes en couleurs, de Sanahujas, qui se chargera également des illustrations intérieures en noir et blanc.

D'autre part, la série « Volumes » rassemblera, par thèmes, huit à dix aventures par recueil, dans leur version originale avec, en plus, des textes inédits et des études rédigées par des spécialistes en chaque genre. Les textes techniques, écrits par Henri Vernes et intitulés « Chercheur », qui accompagnaient les premières éditions, seront reprises dans leur intégralité quand elles existent.

Un premier recueil est déjà paru, reprenant toute la série « **Ananké** ».

Nous présentons ici un nouveau « Volumes » d'une autre série qui comprendra deux tomes et intitulé **Le Cycle**

du Temps. Ces deux tomes regrouperont tous les titres dont une machine à explorer le temps est un des ressorts. Pour cette raison, nous avons ajouté au « Cycle du Temps » original **Les Chasseurs de Dinosaures** et **Service Secret Soucoupes,** qui introduisent la « Patrouille du Temps » dans la saga. Pour la même raison, le second recueil comprendra **L'Épée du Paladin,** où une machine à explorer le Temps intervient également.

Bien entendu, l'Ombre Jaune aura une place de choix dans la saga, mais nous ne reproduisons ici que les aventures qui l'opposent à Bob Morane à travers le continuum. Les autres aventures mettant en scène l'Ombre Jaune seront reprises dans une autre série.

Des séries sur le même thème sont ainsi prévues en plus d'*Ananké* et du **Cycle du Temps,** toujours dans la collection « Volumes ».

Une série « AVENTURES-JUNGLE » qui reprendra tous les thèmes classiques de l'Aventure avec un grand A. Déserts, forêts vierges, jungles, tribus « sauvages »...

Une série « POLICE-ESPIONNAGE », dont le titre est assez explicite et où apparaîtront, bien sûr, Roman Orgonetz, dit l'« Homme aux Dents d'Or », et la capiteuse et dangereuse Miss Ylang-Ylang.

Une série « OMBRE JAUNE », où seront reprises toutes les aventures opposant Monsieur Ming à Bob Morane et n'ayant pas de points communs avec le Cycle du Temps.

Une série « SCIENCE-FICTION-FANTASTIQUE », qui reprendra toutes les aventures hors du réel ne faisant pas partie, eux non plus, du « Cycle du Temps ».

Projet bien audacieux, direz-vous. Mais Bob Morane, qui fait partie de la conscience collective de tant de générations de jeunes, et de moins jeunes lecteurs, par sa personnalité, son charisme, et aussi par la variété et la richesse de ses aventures devait, à un moment ou un autre, connaître cette consécration.

Les Editeurs.

PRÉSENTATION

LES VOYAGES DANS LE TEMPS

Qu'est-ce que le Temps ?

> Qu'est-ce que le temps ? Si personne ne me le demande, je le sais ; mais si on me le demande et que je veuille l'expliquer, je ne le sais plus. Pourtant je sais que si rien ne se passait, il n'y aurait pas de temps passé ; que si rien n'arrivait, il n'y aurait pas de temps à venir ; que si rien n'était, il n'y aurait pas de temps présent. Comment donc ces deux temps, le passé et l'avenir, sont-ils puisque le passé n'est plus et que l'avenir n'est pas encore ? Quant au présent, s'il était toujours présent, s'il n'allait pas rejoindre le passé, il ne serait pas du temps, il serait l'éternité. Donc, si le présent, pour être du temps, doit rejoindre le passé, comment pouvons-nous déclarer qu'il est aussi, lui qui ne peut être qu'en cessant d'être ? Si bien que ce qui nous autorise à affirmer que le temps est, c'est qu'il tend à n'être plus.

Ces propos datent de seize siècles. Ce sont ceux de saint Augustin dans ses *Confessions* (II, 15), et ils portent en eux tous les problèmes, toutes les astuces, tous les paradoxes soulevés par les voyageurs temporels. « Si le présent était toujours présent, il serait l'éternité », Barjavel n'a certainement pas lu ces lignes, mais il les a retrouvées quand, dans *Le Voyageur Imprudent,* il fait tomber une pluie qui immobilise dans le présent tout ce qu'elle touche.

Le Temps est l'un des éléments primordiaux de l'Univers. Il infiltre la logique. Le principe de non-contradiction le suppose : une chose ne peut à la fois être et ne pas être, ou encore un objet ne peut occuper deux points différents de l'espace au même instant. Deux définitions qui nécessitent l'existence du Temps mesurable, rapporté à une échelle unique. Tout comme l'existence des êtres nécessite une succession d'états au travers du Temps, qui seule assure à l'objet, ou à l'événement, un commencement et une fin. Fussent-ils séparés par des milliards d'années.

Si notre réflexion sur le Temps peut se suffire de ces données, notre approche du sujet s'est profondément modifiée le 29 décembre 1895.

Depuis la première projection publique des frères Lumière, le présent n'est plus cette chose évanescente, illusoire, qui apparaît et se dissipe simultanément.

Avec la photographie, une première modification était apparue : l'instant cessa d'être volatil ; désormais il se voyait saisi, happé, immobilisé sur la pellicule. Le temps passé n'était plus prisonnier de la mémoire des hommes ; une machine, un ensemble de lentilles et de produits chimiques permettaient de le retenir, de le conserver intact au travers des années et des époques.

C'était une première victoire, mesquine en apparence ; elle ne faisait que mettre à la portée du premier maladroit ce qui, jusqu'alors, avait été le privilège de l'artiste. Certains parlèrent d'un recul ; la plaque photographique captait l'événement en bloc, sans séparer l'accessoire et l'essentiel. N'importe, le temps passé avait cessé d'être justiciable uniquement du cerveau humain, des croquis et de la mémoire.

Le cinéma n'est pas uniquement une nouvelle forme de

divertissement. Les frères Lumière l'avaient conçu comme un instrument scientifique destiné à l'étude du mouvement. Le jour où la première caméra fut essayée, la première projection fut réalisée, la perception du Temps se modifia.

L'instantané l'avait happé, immobilisé et fixé, conservant à jamais l'instant vécu, tel qu'il avait existé durant une fraction de seconde, et disparu à jamais semblait-il. Avec la caméra, le Temps tout entier se voyait à nouveau happé, saisi, emprisonné, et il pouvait être revécu à la demande, chaque fois et autant de fois qu'on le désirait. L'événement, en tant que succession d'instants, cessait d'être cette chose unique, fragile, insaisissable : une bobine chargée d'un film celluloïd le conservait à jamais — en attendant les enregistrements magnétiques.

H.G. Clouzot filmant Picasso au travail révélait les tableaux existant sous le tableau, ces esquisses, ces tentatives avortées, existant quelques minutes avant d'être recouvertes de peinture et perdues. Elles avaient existé dans le Temps et ce Temps capturé et immobilisé les conservait et les proposait à présent à l'étude.

Il était possible de capter le mouvement, de l'analyser, puis de le synthétiser. Possible de revivre l'instant passé, et même de le revivre à un autre rythme, en l'accélérant ou en le ralentissant. Il devenait désormais possible, mécaniquement, d'en modifier le cours. L'accéléré condensait une heure en quelques minutes ou quelques secondes. La croissance d'une plante s'accomplissait en trois minutes, amplifiant le mouvement des tigelles tournoyant à la recherche de la lumière et du cours du soleil. Le ralenti et l'ultra-ralenti étiraient l'instant, en amplifiant le cours, révélaient que le trait assuré de Matisse était tout d'hésitations et de repentirs.

Et si l'on inversait le sens de rotation de la bobine de pellicule, le Temps modifiait son cours et remontait vers le passé. Ce qui inspire sans doute Robida pour son *Horloge des Siècles* où, subitement, le Temps rebrousse son cours, où le vieillard, rajeunissant toujours, s'anéantit dans le bébé, où les peuples d'Europe attendent en frémissant le retour du grand Empereur père des carnages.

Ce fut une conquête étonnante, à ce point entrée dans les mœurs que nous n'en avons plus conscience. Tout comme nous avons perdu la conscience d'autres prodiges temporels.

Le Temps conventionnel

Il est un temps, le temps civil qui, présentement, est de pure convention. Jadis, donné par le cadran solaire, ou le coup de canon, midi était le midi vrai, celui du passage du soleil au zénith, des ombres les plus courtes. Mais ce midi différait de ville à ville. Midi à Paris signifiait 11 h 33 à Brest et 12 h 20 à Nice. Avec les chemins de fer, la nécessité des horaires rendit ces heures locales insupportables. En 1891, unification : chaque pays eut son heure propre, pratiquement celle de sa capitale. L'heure de Paris pour la France, celle de Rome pour l'Italie et, pour les chemins de fer russes, celle de l'observatoire de Poulkovo. Ce qui ne simplifiait qu'en apparence. Ainsi, qui voyageait le long du lac de Constance, qui baignait la Suisse, le Grand-Duché de Bade, le Wurtemberg, la Bavière et l'Autriche, rencontrait cinq heures différentes. Nouvelle unification en 1910. La terre fut divisée en fuseaux horaires dotés d'une heure constante et fictive, et les Français durent retarder toutes leurs pendules de 9 minutes 21 secondes.

Ce fut peut-être Edgard Poe, dans *La semaine des trois jeudis,* qui eut le premier conscience des problèmes engendrés par le temps local. De trois amis, l'un est resté au logis. Les deux autres font le tour du monde, dans des sens opposés. L'un gagnait ainsi un jour (comme Philéas Fogg), l'autre en perdait un. Lors de leurs retrouvailles, il est jeudi pour celui resté au logis ; jeudi était hier pour l'un des voyageurs et sera demain pour l'autre. Hier, aujourd'hui et demain sont un seul et même jour ; paradoxe dû au voyage.

Et, avec les fuseaux horaires, les choses ne s'arrangent guère.

Présentement qui, dans le détroit de Behring, examine de la Petite Diomède les côtes d'Ostrov Ratmanova contemple l'avenir. Sur l'île américaine, il est dimanche ; il est déjà lundi sur l'île soviétique éloignée de cinq kilomètres. Albert Fabre-Luce dans *Vingt-cinq années de Liberté* (p. 291), rapporte que, à Honolulu, vers les minuit, le directeur du *Royal Hawaian* pénétra dans sa chambre avec un poste de radio, en disant :

« — *Puis-je introduire Herr Hitler ?*

« *On me dit que j'allais entendre le discours que le Fürer devait prononcer le lendemain à Berlin. Nous avions, en effet, douze heures d'avance sur l'Europe. Hawaï apprend au soleil couchant des catastrophes que l'Europe ne connaîtra qu'au réveil, réfléchit, pendant la nuit sur des déclarations que le Stock Exchange attendait, dont Wall Steet n'a connu que le début et sur lesquels (sic) la Bourse de Los Angeles, seule, a pu prendre une position sommaire.* »

Pur prodige de convention, qui souligne tout ce que notre perception de l'heure a de conventionnel. Et qui explique les « prodiges » enregistrés par certains lors des premières antennes paraboliques, et dont les écrans de télévision affichaient les émissions du passé, soit du lundi alors qu'il était mardi.

Voilà aussi la clé pour les propos de Ivan T. Sanderson parlant de mystères du pôle :

« *Il existe même au Pôle Nord un phénomène étrange qui a trait à plusieurs anomalies espace-temps (...) "Quelque chose" s'amuse avec le temps dans ces régions (...) autrement dit, "le temps" est faussé dans ces régions.* »

Beau mystère, tout de convention, et présenté par Amudsen, le premier qui atteignit ce point géographique. Il remarqua qu'il n'y avait plus qu'une seule direction : marcher devant soi ou aller à reculons. Aller à droite ou à gauche c'était toujours se diriger vers le sud. Comme tous les méridiens se rejoignent au Pôle, porteurs de leur heure propre, il y est à la fois l'heure de Paris et Delhi, de Moscou et de Rio, de Londres, de Vienne, de Melbourne, de New York ! Toutes les heures, tous les temps se confondent ! Il est midi, quatre heures, vingt-deux heures, zéro heure. Il est à la fois aujourd'hui, hier et demain ! Il n'y a plus de Temps.

Jeux du Temps, purement formels, sans réalité physique. Marcel Aymé a poussé jusqu'à l'absurde ces conventions, dans un recueil de nouvelles. *En attendant,* publié en 1943. Dans *Le Décret* il propose, étant donné que le passage à l'heure d'été nous vieillit d'une heure (fictive), d'avancer le Temps de dix-sept années. La guerre serait terminée, et tous auraient pris dix-sept années de plus. Ce bambin serait, en une nuit, en un instant, devenu un ingénieur de vingt-cinq ans... Mais, le narrateur ayant conscience de la convention, le Temps retrouve sa normalité. Lui seul conserve un moment de mémoire de l'avenir, mais il la perd rapidement.

La Carte de Temps, tout aussi logiquement, propose un rationnement des jours. Les inutiles n'auront droit qu'à quinze jours, ou huit, et les Juifs à une demi-journée seulement [1]. Une fois les tickets épuisés, nous cessons d'exister, jusqu'au premier du mois suivant. D'autres, plus fortunés, grâce aux tickets achetés au marché noir, connaissent un 37 février ou un 84 juin...

Les Voyages possibles

Il est un autre prodige encore, accessible à tous. Nous pouvons chaque jour, qui que nous soyons, effectuer un voyage dans le Temps. Il nous suffit de lever les yeux vers le ciel. Ce que nous voyons n'est qu'une illusion. Les étoiles ne se trouvent pas là où nous les voyons. Selon leur distance, elles y étaient il y a dix ans, ou cent, ou dix mille ans.

---

[1]. C'est Marcel Aymé qui parle. Il faut voir là une attaque contre les persécutions dont les Juifs étaient l'objet sous le gouvernement de Vichy.

Notre regard, porté vers les étoiles, remonte le cours du Temps. Il perçoit non ce qui est présent, mais ce qui fut il y a cent ans, mille ans, cent mille ans, ou un milliard d'années selon le corps céleste observé, et le regard, sautant de l'un à l'autre, franchit les années. Contempler le ciel, c'est observer en une seule fois des événements épars dans le Temps, séparés par des abîmes de siècles, comme un puzzle dont les pièces se placeraient sur des tables différentes et placées sur des plans distincts de l'espace.

Il est possible de voyager physiquement dans le Temps par le procédé de l'hibernation. Le château de la Belle au Bois Dormant est alors remplacé par des procédés médicaux, biologiques et physiques. Chez Bob Morane : *Les guerriers de l'Ombre Jaune ; La Captive de l'Ombre Jaune.* La cryogénie, ou mise au frigo, permettrait, selon la date du réveil, unique ou régulièrement espacée, de se transporter ou d'aller explorer l'avenir, mais sans espoir de retour.

Nulle machine ici, mais la prolongation de la vie du sujet par le ralentissement des fonctions et du vieillissement.

Le même voyage dans le futur pourrait s'opérer en agissant non sur le voyageur mais sur le Temps lui-même.

Une des grandes affirmations de la relativité est la loi de la contraction du Temps, prodige né des équations de Lorenz interprétées par Einstein. Le Temps, pas plus que la Longueur, n'est immuable. Tous deux sont fonction de la vitesse du voyageur. Plus cette vitesse s'accroît plus « le temps s'allonge » pour un observateur extérieur, ou son écoulement se ralentit pour le voyageur. Le fait peut sembler étrange, mais l'observation et l'expérience l'ont confirmé. Certaines particules, à la durée de vie infime, sont cependant observables, leur durée de vie se déployant dans l'univers de l'observateur.

Et, sur le papier, en voyageant à la limite de la vitesse de la lumière, un voyage de vingt siècles s'opérerait en deux ans. Ce serait une façon détournée de voyager dans le futur, de se porter au-delà de ce que nous permet la durée de notre vie.

Certains se sont alors posé la question de savoir si la masse, courbant les géodésiques de l'espace, modifiant la courbure de ce dernier, n'agissait pas sur l'écoulement du Temps. Les trous noirs de l'espace ne sont noirs qu'en raison d'une masse, presque ponctuelle, mais telle que les géodésiques du cosmos se referment sur elles-mêmes, enfermant la lumière qui demeure captive. Nous revenons vers les conditions initiales d'avant le Big Bang. Alors, en ces domaines, le Temps n'est-il pas ralenti au point qu'il commence à s'immobiliser, à se cristalliser ? Un engin y serait prisonnier d'un éternel présent.

Le voyage vers le futur est possible, réalisable au moins théoriquement. Mais le retour vers le passé, non. Une barrière se dresse, celle de la logique voulant qu'on ne puisse à la fois être ici ou ailleurs. Mais les romanciers (dont Henri Vernes) en font fi. Ils se déplacent dans le Temps avec autant d'aisance que dans les couloirs et tunnels d'un métro, disparaissant ici, émergeant dix kilomètres plus loin, sans avoir reparu à la surface. Si, alors, la logique devient folle, les paradoxes s'enchaînent inexorablement les uns aux autres.

Les romanciers et les (faux) problèmes

Avec la SF, le temps cessa d'être seulement le support du récit mais il devint le sujet même du roman. Guère comme chez Proust qui remontait le cours de la mémoire. Ce n'était plus une réalité évanescente, le fleuve où coule le récit dépendant de la mémoire pour recréer le passé. Le Temps devint le thème du récit. Lui l'éternellement immuable, apparut soudain extraordinairement plastique, susceptible d'être remodelé, modifié, renversé. Mais il fallut quelques décennies pour que les auteurs en viennent à démêler toutes les possibilités qui leur étaient offertes.

Quand Wells publia *La Machine à explorer le temps,* l'époque avait déjà connu des voyages dans l'avenir, par le biais du sommeil, parfois même des aller-retour, mais par l'intermédiaire d'une drogue permettant de croire à une hallucination ou à un voyage en esprit.

Wells a conçu le voyage aller-retour par le moyen d'une machine. (Il est à remarquer qu'il n'explore que l'avenir.) L'intéressant est de voir Paul, le pionnier anglais du cinéma, lui proposer d'en faire « un film », déjà en 1893, deux ans avant la première projection publique. Il trouvait que l'image animée, par l'accélération, ou le ralenti, présentait le moyen le plus apte à rendre les impressions du voyageur. (Ce que fit Hal dans le film de 1960.) Bref, avant que le cinéma n'existât, le premier film de SF fut conçu et c'était un voyage dans le Temps.

Depuis Wells, les procédés de voyage n'ont guère changé. Le temposcaphe d'Henri Vernes est devenu aussi commun qu'une vieille Ford, et les « plis du continuum » sont bien commodes qui vous font changer d'époque en tournant le coin de la rue. Il est aussi arrivé à Bob Morane, dans *Les Tours de Cristal* par exemple, d'être pris dans un flot de particules d'antimatière. On sait que, selon les physiciens, le vecteur temps est inversé dans ce domaine. L'antimatière remonte notre temps au lieu de le descendre, et Bob et Bill se retrouvent dans le passé. (Ils ont eu beaucoup de chance, car une particule de matière et d'antimatière qui se rencontrent s'annihilent en pure énergie, et les deux voyageurs seraient devenus explosions nucléaires.)

Mais le procédé importait peu. L'important devint le voyage avec toutes les conséquences qu'il entraînait : modifications de l'Histoire, prévisions et paradoxes multiples...

Les auteurs s'engagèrent d'abord timidement dans cette voie, ne se préoccupant pas des paradoxes qu'ils introduisaient dans l'histoire : les frères Rémo et Romualdo, jeunes romains de 1900, devenaient Rémus et Romulus, et fondaient la ville dont ils étaient citoyens (*Histoire d'un voyageur qui explore le temps,* de Béliard), ou encore cent vingt mètres de front français de 1916 se retrouvaient devant Valence au XVe siècle (*La Belle Valence*).

Ensuite, certains se demandèrent si les voyageurs pouvaient agir sur le cours des événements, soit du futur, soit du passé. Si ce problème fascina les auteurs, comme les lecteurs, c'est qu'il est un des plus importants de la philosophie : le destin des hommes est-il libre ou déterminé, sommes-nous prisonniers d'un destin immuable ou pouvons-nous le remanier à notre gré ? Barjavel semble pencher pour le déterminisme : son « voyageur » ne peut tuer Bonaparte devant Toulon, comme si le destin le lui interdisait. Ce destin s'appelle vraisemblance romanesque. Si Napoléon avait été tué devant Toulon, cela se serait su. Et Barjavel n'a pas osé imaginer un livre où toute l'histoire eût été autre... Alors il fait tuer l'arrière-grand-père du héros, et le héros disparaît, et il n'y a pas eu de roman.

Depuis, les écrivains ont repoussé ces timidités. Ils osent sans contraintes, mais ils se heurtent à la logique.

On ne peut modifier le présent en agissant sur le passé. Nous sommes sur le pont, et le fleuve du Temps coule sous nous. Le passé est l'eau qui a déjà coulé sous le pont, qui a emporté les débris et les épaves... Ce flux ne remontera pas le courant, ne passera plus sous le pont. Je puis colorer les eaux en vert par la fluorescéine : le flot émeraude descendra vers la mer, mais ne remontera nullement pour passer sous le pont.

Mais si nous nous trouvons non sur le pont, mais dans le passé, dans l'eau qui n'a pas encore coulé vers cet avenir qui était notre présent ? Et si nous faisons des remous, les ondes passeront-elles sous ce pont ? Que répondre ?

Il faut d'abord comprendre que rien n'existe en dehors du temps. Tout être, tout objet, apparaît, existe et disparaît dans le Temps. Il a un commencement et une fin dans ce Temps. Il constitue un « événement », un événement étant un objet à trois dimensions qui se déplace dans le Temps. Il a donc en réalité quatre dimensions, trois spatiales et une temporelle.

Nous ne pouvons nous représenter ce qui se passerait dans un univers à quatre dimensions, ni le visualiser. Mais Jean Painlevé a réalisé, avant 1940, un film intitulé *Images de la quatrième dimension,* pour en expliquer les paradoxes et les prodiges. Il remplaçait notre espace à trois dimensions par un plan à deux dimensions, largeur et longueur. Un « événement » était alors un objet à trois dimensions qui traverserait ce plan. Prenons comme « événement » une orange qui descend de l'avenir vers le passé, qui descend donc vers nous et traverse une feuille de papier figurant l'univers à deux dimensions... Nous voyons apparaître un point jaune, qui grandit, s'étend, le jus d'orange imprègne le papier... C'est une inondation. Les maisons de l'univers à deux dimensions sont emportées, des gens noyés. Un pur désastre. Puis cela se resserre, redevient un point jaune et disparaît... L'événement a traversé le monde à deux dimensions et se trouve maintenant en dessous. L'orange descend dans le passé... Si nous nous rendons dans le passé et que, là, nous dynamitons l'orange, nous l'avons détruite, mais dans ce passé... Elle a déjà traversé le plan. Les dégâts ne seront pas modifiés, les morts ne reviendront pas à la vie, rien ne sera changé dans le présent, ni dans l'avenir... Simplement il y aura un passé différent, en dessous de nous, et dont nous n'aurons aucune connaissance.

Mais, si nous nous rendions dans l'avenir et que nous y détruisions l'orange ?... Alors elle ne traverserait pas le plan. Il n'y aurait ni inondation, ni noyés. Ce qui veut dire qu'on ne modifie pas le présent en agissant sur le passé, mais en agissant sur l'avenir.

Si donc le « voyageur » de Barjavel avait tué Napoléon devant Toulon, rien ne se serait passé dans notre présent, rien n'y serait donc changé. Il y aurait en dessous de nous un univers sans Napoléon. Pourtant, pour nous, rien ne serait changé, ni dans la vie, ni dans les livres d'Histoire ; ce passé ne nous rattraperait pas...

Objection votre honneur ! Imaginons que Léonard de Vinci ait inventé le temposcaphe avant Henri Vernes et qu'il se soit rendu devant Toulon et y ait tué Napoléon. Il aurait modifié l'avenir, et les répercussions en seraient ressenties dans son présent. Et donc...

Objection rejetée : l'avenir de Léonard de Vinci étant notre passé, les données du problème ne seraient pas modifiées.

Une échappatoire : les univers parallèles

Si la logique voulait que nous ne puissions agir sur le présent en modifiant le passé, les auteurs se voyaient barrer la route vers bien des possibilités. Alors apparurent les univers parallèles.

La physique post-einsteinienne, qui nous apprend que notre Univers est courbe selon une quatrième dimension, offrit la solution.

Comme une ligne est faite d'une infinité de points, une surface d'une infinité de lignes, l'espace d'une infinité de surfaces, un espace à quatre dimensions est fait d'une infinité d'espaces à trois dimensions ; et le cosmos se répète donc à l'infini. Chacun de ces cosmos est à la fois fini et infini, limité ou illimité, selon qu'on le considère de l'intérieur ou de l'extérieur. Tout comme une sphère est illimitée pour l'insecte qui l'arpente en surface et est limitée pour le spectateur l'observant de l'extérieur. Ce qui réduit à néant l'antinomie de Kant sur l'Univers fini ou infini.

On évalue à 10^{80} le nombre de particules existant dans le Cosmos, c'est-à-dire 1 suivi de 80 zéros. A raison de deux chiffres par cm, l'écriture de ce nombre couvrirait 40 cm.

Imaginons que ces particules s'associent entre elles de toutes les façons possibles, combien d'éventualités différentes pouvons-nous envisager ? Ce serait le nombre total de permutations, soit 10^{80} !, le produit des 10^{80} premiers nombres entiers. Ce type de produit, nommé factorielle, croît de façon vertigineuse : 6 ! ou $1 \times 2 \times 3 \times 4 \times 5 \times 6$ vaut déjà 120, 10 ! = 3628800, 69 ! a 98 chiffres. Alors, le produit de tous les nombres entiers de 1 à 10^{80} ne signifie rien pour nous. Essayons de nous représenter sa grandeur.

Disons qu'un cm^3 de sable renferme 10 000 grains de

sable. Il nous faudrait emplir de sable une sphère de 19 000 années-lumière pour obtenir, non pas le nombre de possibilités, mais le nombre de chiffres, à raison d'un par grain de sable, nécessaires pour écrire le nombre total de possibilités. Ce nombre dépasse tout entendement mais il est cependant fini. Il existe un dernier élément, une éventualité ultime, une fin. Si notre cosmos à 3 dimensions se trouve être, comme il est probable, un élément d'un cosmos à 4 dimensions, il existe un nombre infini de cosmos où toutes les possibilités, évoquées par le nombre démentiel figuré plus haut, seraient épuisées un nombre infini de fois.

Il existerait ainsi un nombre infini d'univers où cette page fut présentée de cette façon, un nombre tout aussi infini introduisant une faute d'orthographe ou une variante. Dans certains univers, je porterais la toge, j'aurais les cheveux blonds, ou noirs, j'aurais la peau verte ou rouge, j'aurais quatre doigts ou six.

Allons plus loin. Il y aurait des univers connaissant d'autres lois physiques ou chimiques que les nôtres. La magie deviendrait vraie. La mythologie créée par Lovecraft serait réalité. D'autres cosmos se peupleraient d'hippogriffes, de sirènes, de centaures, de blemmyes, etc...

Tout ce que peut concevoir le cerveau humain existerait quelque part, répété des milliards et des milliards de fois, car une suite infinie de cosmos épuiserait tous les possibles concevables. Les possibilités inconcevables aussi.

Et les auteurs, changeant d'univers, peuvent donc sans problème jouer avec le Temps et bouleverser l'Histoire. Le grand tort du « voyageur » de Barjavel fut d'émerger dans notre univers. Il aurait dû se retrouver dans le présent d'un autre univers où le Consulat, l'Empire, Waterloo et Sainte-Hélène ne s'étaient pas encore réalisés. Là il aurait pu, sans problème, massacrer Napoléon.

Tout ce qui précède vous laisse deviner dans quelles possibles impossibilités Henri Vernes et Bob Morane vous entraînent.

Jacques VAN HERP.

LES CHASSEURS
DE DINOSAURES

I

Le professeur Aristide Clairembard, Bill Ballantine et Bob Morane formaient un fameux brelan d'amis et, parfois, quand Bill délaissait son élevage de poulets d'Ecosse pour descendre à Paris, ils se réunissaient afin d'égrener leurs souvenirs, de parler de leurs aventures communes. Ce jour-là — c'était le 1er juin. Bob devait s'en souvenir toute sa vie — les trois hommes s'étaient rencontrés devant une table bien garnie dans un restaurant de la rive gauche, et ils longeaient à présent la rue de Seine, en direction des quais, pour aller prendre le « der des der » — comme disait Ballantine avec un affreux accent écossais — chez Morane.

A vrai dire, les trois compagnons composaient un bien étrange trio. Bill Ballantine avec sa stature de géant, ses épaules d'Hercule Farnèse et sa chevelure d'un roux flamboyant ressemblant à un soleil allumé en pleine nuit ; Aristide Clairembart, l'archéologue, avec sa petite taille, son corps fluet, sa barbiche de chèvre, ses lunettes cerclées d'acier et son complet qui semblaient dater de la « belle époque » ; entre eux, Morane, grand, mince, souple dans ses vêtements de sport, les cheveux en brosse et un air de toujours vouloir être ailleurs.

Il était un peu plus de dix heures du soir quand ils parvinrent quai Voltaire, où habitait Morane. La concierge

était sur la porte de sa loge lorsqu'ils pénétrèrent dans l'immeuble.
— Je vous attendais, commandant Morane, dit-elle.
— Que se passe-t-il, madame Durant ? interrogea Bob. Je crois vous avoir payé mon loyer ce matin...
La concierge secoua la tête.
— Ce n'est pas cela, commandant Morane. C'était pour vous prévenir qu'une dame est venue vous voir. Je lui ai répondu que vous étiez absent et que je ne savais pas quand vous rentreriez, puis, comme elle insistait et qu'elle était mignonne comme tout et qu'elle semblait bien brave et qu'elle paraissait sur le point de fondre en larmes, je me suis permis de l'introduire chez vous. Oh ! ce ne pouvait être une voleuse. Elle aurait pu prendre tout ce qu'il y a dans votre appartement et laisser seulement le manteau de fourrure qu'elle portait — du chinchilla pour le moins — et la bague qu'elle avait au doigt, vous auriez encore gagné au change...

Bob coupa le flot de paroles s'échappant d'entre les lèvres de la brave femme et demanda :
— Et elle se trouve encore chez moi, la dame en question ?
— Sûr, sinon je l'aurais vue redescendre...
La curiosité s'était peinte sur le visage de Morane. Il se tourna vers ses compagnons.
— Eh bien, mes amis, dit-il, puisque j'ai de la visite, allons voir. Si la dame en question n'est pas muette, nous saurons bientôt de quoi il retourne...

Les trois hommes montèrent l'escalier. Arrivé devant sa porte, Bob l'ouvrit et, suivi de Clairembart et de Bill, pénétra dans l'appartement, pour se diriger aussitôt vers son salon-bureau, où la lumière était allumée.

Quand Morane et ses amis pénétrèrent dans la pièce, la jeune femme qui était assise dans un fauteuil se leva. Elle était en effet « mignonne comme tout » avec ses grands yeux noirs taillés en amande comme on en voit aux princesses des bas-reliefs égyptiens, son fin visage au teint ambré et ses cheveux d'ébène brillant. Le manteau qu'elle avait jeté sur le dossier du fauteuil était bien du chinchilla et le diamant brillant à sa dextre avait la taille d'une grosse noisette.

Une même exclamation avait jailli de la bouche de Bob Morane et ses amis :
— Carlotta !
— Carlotta !
— Carlotta !
Il s'agissait bien de Carlotta Pondinas, la Belle Africaine, femme de leur ami, le richissime Américain Frank Reeves [1].

Les yeux de la jeune femme s'étaient soudain emplis de larmes, et elle s'était jetée en sanglotant dans les bras de Morane.
— Oh, Bob, Bob !... C'est trop terrible !...
Morane repoussa doucement la jeune femme et la tint par les épaules.
— Voyons, Carlotta... Calmez-vous et expliquez-vous. Qu'est-ce qui est si terrible ?
— Frank !... C'est Frank !...
Morane, Clairembart et Ballantine échangèrent un regard chargé d'inquiétude. Déjà ils craignaient le pire.
— Quoi, Frank ? Interrogea Bob. Il ne lui serait rien arrivé par hasard ?
Carlotta Reeves hocha la tête affirmativement.
— Si, Bob, il est arivé quelque chose à Frank. Il a disparu...
Morane sursauta.
— Disparu ? Depuis combien de temps ?
— Un mois.
— Kidnappé ?
Carlotta haussa les épaules pour marquer son ignorance.
— Je ne sais, fit-elle. Je n'ai encore reçu aucune demande de rançon.
— Et qu'a-t-on fait pour le retrouver ?
— Tout a été tenté, répondit la jeune femme. La police,

---

[1]. Voir « La Galère engloutie » Bob Morane Pocket n° 2, Editions Lefrancq.

le F.B.I. ont passé les Etats-Unis au peigne fin, sans rien découvrir. Frank a disparu sans laisser aucune trace. Alors, en désespoir de cause, j'ai décidé de m'adresser à vous. J'ai pris l'avion et me voici...
— Vous avez bien fait de venir, dit Bob.
Il tira un mouchoir de la poche-poitrine de sa veste et le tendit à sa visiteuse.
— Venez, dit-il, séchez vos larmes. Nous allons tous nous asseoir et vous allez nous raconter l'affaire par le menu.

*
* *

— Voilà donc un peu plus d'un mois, commença Carlotta Reeves, Frank quitta Miami pour Los Angeles à bord de son avion personnel. Quelques jours plus tard, il revint et m'avertit qu'il repartait pour la Californie, où il devait accompagner une expédition de chasse dans la Sierra Nevada, et que je serais sans nouvelles de lui durant plusieurs jours. Au bout d'une dizaine de jours, ne recevant toujours rien de Frank, je commençai à trouver le temps long. Je me mis en rapport avec une célèbre agence de police privée de Los Angeles, mais l'enquête ne mena à rien. Tout ce que l'on put me dire, c'est que Frank avait quitté son hôtel un matin dans une voiture de louage et qu'il n'y était pas reparu depuis. Comme Frank devait à cette époque accomplir un voyage d'affaires très important au Brésil, et qu'en outre il ne me laissait jamais si longtemps sans nouvelles, je devins sérieusement inquiète et décidai d'avertir la police et le F.B.I. Les recherches furent menées dans le plus grand secret, sans que la presse fût avertie car, si la nouvelle s'était propagée que Frank Reeves, le milliardaire, avait disparu, des demandes de rançon, émanant de gens qui n'avaient jamais vu Frank de leur vie, n'auraient pas manqué de m'être adressées comme c'est souvent le cas en de telles circonstances.
Dans notre villa, à Miami, les enquêteurs découvrirent

une lettre, adressée à Frank de Los Angeles. Cette lettre n'était pas signée, et elle disait simplement :

> *Monsieur Reeves, si vous voulez chasser le dinosaure, rendez-vous sans retard « Villa Josuah », sur la route de Mojave, près de Los Angeles. La plus grande discrétion vous est demandée.*

Bien que cette lettre parût être l'œuvre d'un mauvais plaisant, les agents du F.B.I. se mirent à la recherche de la « Villa Josuah » et la trouvèrent. Dans le garage, ils découvrirent même la voiture que Frank avait louée pour circuler dans la région. La villa elle-même, qui appartenait à un certain professeur Hunter, physicien bien connu, était vide, et on ne put retrouver son propriétaire qui, comme Frank lui-même, semblait s'être volatilisé. A l'arrivée des enquêteurs, la villa était close et tout s'y trouvait parfaitement en ordre. En outre, on y releva les empreintes digitales de Frank en différents endroits. Pourtant, la piste s'arrêtait là et, malgré tous les efforts de la police et des détectives privés, on ne put découvrir aucune trace de mon mari. Les morgues furent fouillées, tous les accidents de voiture étudiés, les sierras explorées à l'aide d'hélicoptères, des rafles opérées un peu partout dans la pègre afin de glaner des renseignements sur un éventuel enlèvement. Tout fut vain. Comme vous le pensez bien, Bob, j'étais désespérée. C'est alors que je pensai à vous. Déjà, vous avez dénoué bien des intrigues qui paraissaient insolubles, avez triomphé d'aventures désespérées. Vous étiez donc mon dernier espoir, car je savais que vous n'hésiteriez pas un seul instant à retourner ciel et terre pour retrouver votre ami. J'ai donc pris aussitôt l'avion et me voici...

La jeune femme s'arrêta de parler. Pendant un long moment, Morane demeura silencieux. L'anxiété se marquait sur son visage bronzé, aux traits durement taillés.

— Vous avez eu raison de compter sur moi, Carlotta, dit-il finalement.

— Vous pouvez compter sur moi également, fit à son tour Ballantine.

— Et sur moi, dit Clairembart. Je suis un vieillard, mais je consacrerai les quelques années qui me restent à vivre pour retrouver Frank, si c'est possible...

Les larmes vinrent à nouveau aux yeux de Carlotta. Elle serra chaleureusement les mains des trois hommes en disant :

— Merci, mes amis, je savais qu'en m'adressant à vous mon espoir ne serait pas déçu.

Bob cacha sous une grimace l'attendrissement qui commençait à s'emparer de lui.

— Ce que je me demande, fit-il, c'est comment à nous trois, nous pourrions obtenir des résultats là où la police fédérale des Etats-Unis a échoué. N'auriez-vous pas quelque autre indice à nous fournir, Carlotta ?

La jeune femme parut réfléchir durant un instant, puis elle eut un léger sursaut.

— J'avais oublié, dit-elle. Un petit détail, mais qui peut avoir son importance. Au cours de son enquête, le F.B.I. a découvert que, le jour de sa disparition, c'est-à-dire celui-là même où il a quitté son hôtel à bord d'une voiture de louage, Frank a versé une somme de cinquante mille dollars au compte en banque du professeur Hunter, qui ne l'avait d'ailleurs pas encore retirée.

Morane eut un petit sifflement par lequel il marquait son étonnement.

— Cinquante mille dollars ! Vous appelez ça un petit détail ?... Cela représente pas mal d'argent...

— Pas pour Frank...

— Je sais, je sais, fit encore Morane en hochant doucement la tête, Frank est riche comme une douzaine de Crésus, mais il n'aurait quand même pas été donner cinquante mille dollars à ce professeur Hunter sans avoir de bonnes raisons pour cela.

— Et si Hunter s'était arrangé, à la suite de je ne sais quelles menaces, pour obtenir une rançon avant même d'avoir kidnappé Frank et de l'avoir fait disparaître ? supposa Clairembart.

— Non, répondit Bob. Pour commencer Frank n'est pas homme à se laisser intimider. En outre, si ce Hunter avait voulu faire disparaître Frank pour fuir ensuite, il n'aurait pas fait verser le montant de la rançon à sa banque, et il n'aurait pas non plus laissé la voiture louée par Frank dans le garage de sa villa. Non, il y a là un élément qui nous échappe. Ce qu'il faudrait établir avant tout, c'est la raison pour laquelle Frank est allé rendre visite à ce professeur Hunter. Pour le savoir, il faudrait reprendre l'enquête par le début, à Miami. Je vais essayer de trouver une place dans l'avion qui part demain matin pour New York.

— Je vous accompagne, Bob, dit Clairembart.

— Et moi aussi, fit Bill Billantine. Si ce vieux Frank est dans le pétrin, nous devons nous y mettre tous pour l'en tirer.

— Nous partirons donc tous quatre demain matin, déclara Carlotta. Je mettrai le prix qu'il faudra pour obtenir les places et, si c'est nécessaire, je fréterai un avion transatlantique. Demain soir, nous serons tous à New York, et après-demain à Miami...

D'un geste de la main, Bob Morane calma un peu l'ardeur de la jeune femme.

— Minute, Carlotta, dit-il. Il y a un obstacle auquel je n'avais pas songé. Ni Aristide, ni Bill, ni moi ne sommes Américains, et vous n'ignorez pas que les consulats des Etats-Unis sont un peu durailles pour la question des visas. Il faudra plusieurs jours avant que nous obtenions les nôtres.

Carlotta Reeves secoua la tête, pour dire :

— Cet obstacle n'existe pas, Bob. Le consul des Etat-Unis, ici à Paris, est un ami de Frank. Nous allons nous rendre chez lui immédiatement, tous les quatre. Je me porterai garante pour vous et, dans une heure, vous aurez les visas en question. Après-demain, comme je l'ai dit, nous serons à Miami.

Cette fois Morane ne trouva rien à redire. Il n'y avait d'ailleurs rien à redire. Carlotta était la digne épouse de Frank Reeves, l'homme auquel rien ni personne ne résistait et à qui l'argent conférait une puissance quasi illimitée.

II

La villa des Reeves, à Miami, était une sorte de palais ultra-moderne, avec terrasses diversement orientées, piscine privée, jardin tropical bourré de plantes rares, et plage particulière au sable blanc léché par les eaux bleues de la mer des Caraïbes.

Assis dans un fauteuil de rotin, sur la grande terrasse, Bob Morane tournait et retournait entre ses doigts une feuille de papier dépliée sur laquelle étaient écrites ces simples phrases.

Monsieur Reeves,
Si vous voulez chasser le dinosaure, rendez-vous sans retard « Villa Josuah » sur la route de Mojave, près de Los Angeles. La plus grande discrétion vous est demandée.

Pas de signature. Le texte était tapé à la machine et, à part sa tournure énigmatique, il ne présentait rien d'extraordinaire. Telle quelle, la missive pouvait passer pour avoir été écrite par un mauvais plaisant. Pourtant, c'était après l'avoir lue que Frank avait disparu.

Morane prit l'enveloppe qu'il avait posée sur la table et jeta un coup d'œil au cachet de la poste. Celui-ci indiquait que la lettre avait été postée à Los Angeles le 24 avril. C'était donc bien tout de suite après l'avoir reçue que Frank avait gagné la Californie.

Relevant la tête, Bob s'adressa à Carlotta, assise devant lui en compagnie de Clairembart et de Bill Ballantine.
— Cette lettre a-t-elle appris quelque chose à la police ?
La jeune femme hocha la tête affirmativement.
— Oui, répondit-elle, mais guère beaucoup. Tout ce qu'on a pu découvrir, c'est qu'elle avait été écrite et adressée à Frank par ce professeur Hunter.
— Sur quoi se basent les policiers pour affirmer cela ?
— On a trouvé du papier et des enveloppes semblables à la « Villa Josuah », ainsi que la machine qui a servi à taper le texte. En outre, en plus de celles de Frank, les empreintes digitales de ce professeur Hunter se trouvaient sur la lettre.
— Comment peut-on être certain qu'il s'agissait des empreintes de Hunter ? interrogea encore Morane. Avait-il déjà eu des démêlés avec la justice ?
Carlotta eut un signe négatif.
— Non, fit-elle. Pourtant, on a relevé chez Hunter une grande quantité d'empreintes identiques à celles de la lettre. Selon toute évidence, elles devaient appartenir au propriétaire de la villa.
Une moue perplexe crispa le visage bruni de Morane.
— Cela n'est pas certain, dit-il, mais probable. Donc, se professeur Hunter aurait eu l'idée d'extorquer cinquante mille dollars à Frank, avec l'intention de le faire disparaître ensuite. Pour cela, il lui aurait envoyé une lettre anonyme, mais couverte de ses propres empreintes digitales. Son coup fait, il aurait fui, laissant l'argent derrière lui et, dans le garage de sa maison, la voiture de louage à bord de laquelle sa victime était venue lui rendre visite ?
Morane s'interrompit durant quelques secondes, puis il secoua la tête, pour dire encore :
— Non, tout cela ne tient pas debout. Ou bien ce professeur Hunter, s'il s'agit bien de lui, est innocent, ou bien c'est le dernier des imbéciles...
— Pour quelles raisons alors, interrogea Clairembart, Hunter aurait-il attiré Frank chez lui en l'appâtant avec

cette histoire de chasse au dinosaure ? Je me demande même comment Frank aurait pu se laisser prendre à un piège aussi ridicule...
— Ridicule ? Voire... fit Bob d'une voix rêveuse.
Et presque aussitôt, il enchaîna à l'intention de Carlotta :
— Vous avez dit que Frank, après son premier départ pour Los Angeles, était revenu ici, puis qu'il était reparti presque aussitôt. Quel était le motif de ce retour ? Après tout, il pouvait vous téléphoner ou vous télégraphier de Californie...
— N'oubliez pas que Frank devait, selon ses propres affirmations, partir chasser dans la Sierra Nevada, dit la jeune femme. Il m'a expliqué être revenu pour prendre ses armes.
Cette fois, Morane fronça le sourcil.
— Prendre ses armes ? fit-il sur un ton de doute. Frank aurait parcouru quelque trois mille kilomètres dans ce seul but, alors qu'il pouvait trouver toutes les carabines dont il avait besoin à Los Angeles, en emprunter ou en acheter !...
— Pourtant, fit remarquer Carlotta, quand Frank est reparti, il transportait effectivement des étuis à fusils.
Pendant un moment, Bob demeura songeur. Visiblement, il suivait une idée précise.
— Ainsi, fit-il, Frank serait bien revenu pour prendre des carabines ? Pouvez-vous me conduire à l'endroit où il range ses armes, Carlotta ?
La jeune femme parut interloquée.
— La police a déjà fouillé la salle d'armes, dit-elle, sans rien découvrir. Pourtant, si vous y tenez absolument, je puis vous y mener...
— J'y tiens, répondit Morane. Quand vous m'avez demandé de rechercher Frank, j'ai accepté, et je ne fais jamais les choses à demi. Ne pas jeter un coup d'œil à cette salle d'armes m'empêcherait de dormir pour le reste de mes nuits...

*
* *

Frank Reeves lui non plus ne faisait jamais les choses à demi. Sa salle d'armes, encombrée de trophées de toutes sortes, aurait rendu jaloux un Maharajah de la vieille époque. C'était une vaste pièce, dont tout le fond était occupé par une grande armoire vitrée dans laquelle toutes les armes de chasse classiques, tant européennes qu'américaines, se trouvaient rangées en double exemplaire, depuis les légères 22 long rifle jusqu'aux carabines plus puissantes, destinées à la chasse au gros gibier. A l'extrémité droite de ce ratelier modèle cependant, quatre places demeuraient vides.

Bob, qui avait aussitôt remarqué ce détail, se tourna vers Carlotta.

— Vous avez raison, dit-il, Frank est bien parti avec des fusils, mais ce n'est assurément pas avec ces fusils-là qu'il comptait chasser dans la Sierra Nevada.

Ni Carlotta, ni le professeur Clairembart, ni Ballantine ne répondirent. Visiblement, ils ne parvenaient pas à comprendre où Bob voulait en venir.

— Réfléchissons un instant, dit encore Morane. Quel genre de gibier peut-on espérer rencontrer dans la Sierra Nevada ?

— Des cerfs et des daims, fit Clairembart.

— Des loups, ajouta Bill.

— Des cougouars, ou encore des ours, dit à son tour la jeune femme.

Bob approuva d'un signe de tête.

— C'est exactement cela, fit-il. Du gibier pour lequel seules des armes de petits et de moyens calibres sont nécessaires. Or, dans cette armoire, les carabines sont classées de gauche à droite, par ordre de puissance. Dans les petits calibres et les moyens, pas la moindre vide. Pourtant, ici, tout au bout de la rangée, à droite, quatre armes manquent, juste après la plus puissante des armes américaines de chasse, la 375 magnum. Il doit s'agir de plus gros calibres encore, sans doute deux 500 et deux 600 Nitro-Express. Ce n'est assurément pas avec ces armes que Frank est allé chasser dans la Sierra.

— Et pourquoi donc ? interrogea le professeur Clairembart.

— Tout simplement parce qu'aucun gibier, dans toute l'Amérique, ne nécessite l'usage de telles armes, fit Bob. Vous avez pas mal voyagé en Afrique, professeur, et vous devriez savoir que le 500 et le 600 Nitro-Express servent à chasser l'éléphant.

— Cela n'explique pas le fait que Frank soit revenu ici chercher ces carabines, fit remarquer Carlotta. Il aurait pu en trouver également à Los Angeles.

— Ce n'est pas si sûr, dit Bob. Les carabines tirant le 500 et le 600 Nitro-Express ne sont pas fabriquées aux Etats-Unis. Ce sont des armes à deux coups et à canons jumelés, d'origine anglaise, et qui coûtent fort cher. En outre, en raison de leur maniement difficile, de leur recul terrifiant, elles sont souvent adaptées à chaque tireur afin d'en rendre l'usage plus aisé. Voilà pourquoi Frank est revenu, parce qu'il voulait user de ses propres armes pour jouir d'un maximum d'efficacité dans son tir.

— Donc, d'après vous, commandant, glissa Ballantine, Frank serait allé chasser l'éléphant...

— Je n'ai jamais dit cela, Bill. Si Frank était allé chassé l'éléphant en Afrique, il n'aurait eu aucune raison pour mentir à Carlotta, celle-ci ayant l'habitude de le voir partir à la chasse aux fauves. Non, si Frank a imaginé cette fable d'une expédition dans la Sierra, c'était pour ne pas alarmer inutilement sa compagne. En réalité, il partait pour une entreprise beaucoup plus dangereuse...

— Laquelle donc ? interrogea Carlotta.

Morane ne répondit pas tout de suite, puis il dit en scandant ses mots :

— Personnellement, je n'ai jamais chassé le dinosaure. mais ce ne doit assurément pas être un sport de tout repos...

On eut dit que, soudain, les interlocuteurs de Morane avaient été changés en pierre. Le premier Bill Ballantine retrouva la parole.
— Vous ne voudriez pas dire, commandant, que...
— Que Frank soit parti chasser le dinosaure ? Peut-être... Non, non, ne protestez pas. Laissez-moi m'expliquer... Frank reçoit donc une lettre dans laquelle un inconnu lui offre de partir chasser le dinosaure. Malgré tout son bon sens, notre ami se sent intrigué. Quel orgueil en effet pour un chasseur de placer un crâne de tyrannosaure ou de brontosaure parmi ses trophées. Il gagne donc Los Angeles et se rend à la « Villa Josuah ». Là, le professeur Hunter dut réussir à le convaincre puisque, aussitôt, Frank revint ici, chercher ses carabines pour le gros gibier. Le fait qu'il ait, en plus, versé une somme de cinquante mille dollars à Hunter vient à l'appui de cette thèse...
— Mais comment Frank aurait-il pu partir à la chasse aux dinosaures ? demanda Carlotta. Ces reptiles géants n'ont-ils pas disparu de la surface du globe depuis des millions d'années ?
— En effet, dit Morane. Pourtant, selon certains, il en existerait encore de bien vivants dans des coins perdus d'Afrique, d'Amérique du Sud et de la Nouvelle-Guinée. Moi-même, il n'y a pas si longtemps, dans le Centre-Afrique, j'ai eu affaire au Chipekwe, une bestiole qui, d'après ce que j'ai pu en juger malgré la nuit, ressemble pas mal à un dinosaurien carnivore. Pourquoi le professeur Hunter n'aurait-il pas mené Frank dans une de ces régions perdues ?
— Cela me paraît tellement insensé, dit encore la jeune femme.
— Insensé ? fit Morane en haussant les épaules. Qui sait ?... Après tout, ce Hunter a peut-être réussi à jeter de la poudre aux yeux de Frank. Quelques photos habilement truquées, et le tour était joué. Dieu seul sait jusqu'où peut conduire la passion de la chasse. Frank a beau être malin ; il a pu trouver plus rusé que lui. Je propose que, dès aujourd'hui, Aristide, Bill et moi partions pour Los Angeles. J'aimerai visiter cette « Villa Josuah »...

Comme Carlotta allait parler, Bob l'en empêcha.

— Non, Carlotta, dit-il, je préfère que vous ne nous accompagniez pas. Nul se sait où cette histoire peut nous mener, ni quelles difficultés se dresseront sur notre route. Chaque jour, je vous téléphonerai de Los Angeles pour vous tenir au courant des résultats de notre enquête.

La jeune femme baissa la tête.

— Ce sera comme vous voudrez, Bob, dit-elle au bout d'un moment. Naturellement, vous pourrez disposer de tout l'argent dont vous aurez besoin. Je vais me mettre immédiatement en rapport avec Michael Spring, le chef du Bureau Fédéral de Los Angeles. Il vous aidera de son mieux. De mon côté, je sais que vous mettrez tout en œuvre pour retrouver mon cher époux...

Dans cette dernière phrase, la jeune femme avait mis un intense accent d'espérance. Bob Morane, Aristide Clairembart et Bill Ballantine échangèrent un bref regard. En acceptant de se mettre à la recherche de Frank Reeves ils avaient fait renaître l'espoir dans le cœur de Carlotta, et ils se demandaient si, finalement, les événements ne les forceraient pas à la décevoir....

III

La Ford noire filait à toute allure sur la route macadamisée, bordée de cactus-cierges et d'arbres de Josuah. A gauche, à droite, c'était l'étendue grise et désolée du désert de Mojave et là-bas, au loin sur l'horizon, on apercevait la ligne tourmentée des Sierras. A l'avant de la voiture, Bob Morane se trouvait assis auprès de Michael Spring, chef du F.B.I. pour la région de Los Angeles. A l'arrière, le professeur Clairembart et Bill Ballantine avaient pris place.

Michael Spring était un homme d'une quarantaine d'années, grand, blond et élégant, au visage ouvert et sympathique. Comme il y avait plus d'une demi-heure déjà que la voiture avait quitté les faubourgs de Los Angeles, Bob avait eu tout le temps d'exposer son point de vue au policier.

Quand le Français eut terminé, une moue légère porta en avant les lèvres pleines et volontaires de Spring.

— Votre théorie est ingénieuse, commandant Morane, dit-il, et elle dénote une imagination vive. Malheureusement, elle repose seulement sur cette histoire de carabine de gros calibre. Parce que Frank Reeves est revenu chez lui pour prendre quatre fusils à éléphant, vous supposez qu'il a gagné un coin perdu de notre planète dans le but d'y chasser les derniers dinosaures. En admettant évidemment que ceux-ci existent. Bien sûr, il y a la lettre du professeur Hunter, mais elle ne prouve encore rien. D'autre part, si Reeves et Hunter avaient réellement eu l'intention de partir à la chasse au dinosaure, ils auraient dû quitter les Etats-Unis, soit en bateau, soit en avion, et nous le saurions. Les trois avions privés de Reeves sont demeurés ici aux Etats-Unis, et aucune compagnie de transport n'a enregistré le départ des deux hommes qui, en outre, n'ont formulé aucune demande de visas auprès des consulats étrangers. Non, commandant Morane, nous nous trouvons au fond d'une impasse, et je me demande ce que vous espérez découvrir alors que, depuis deux semaines tous nos services sont sur les dents et piétinent. Je ne devrais même pas vous permettre de visiter la « Villa Josuah ». Votre intervention pourrait encore compliquer les choses...

— Pourquoi m'y conduisez-vous alors ? interrogea Bob.

Le G-man sourit doucement.

— Voyez-vous, commandant Morane, dit-il, après avoir reçu de Mrs. Reeves ce coup de téléphone vous concernant, j'ai fait ma petite enquête à votre sujet, et il ne m'a pas fallu longtemps pour apprendre que, déjà, à plusieurs reprises, vous aviez aidé très efficacement nos services et ceux du Trésor. J'ai donc décidé de vous faire confiance...

Bob Morane ne répondit pas. Par trois fois, il passa les doigts de sa main droite ouverte dans la brosse de ses cheveux, puis il demeura immobile, à fixer la route. Michael Spring était bien bon de lui faire confiance, alors que lui-même se sentait aussi peu sûr que possible des résultats de son enquête. A présent plus que jamais il se rendait compte que le fait d'avoir accepté cette mission frisait l'inconscience. Pourtant, il l'avait fait pour Frank et pour Carlotta, et il ne regrettait rien. S'il fallait remuer ciel et terre pour retrouver son ami, il le ferait, même s'il devait consacrer tout le reste de son existence à cela.

La voiture quitta soudain la route et s'engagea sur un mauvais chemin de terre au bout duquel on apercevait la silhouette massive d'une grosse villa entourée d'arbres de Josuah. L'auto s'arrêta devant une épaisse grille de fer forgé. Aussitôt, un policier en uniforme apparut. Quand il eut reconnu le G-man, il porta la main à la visière de sa casquette.

— Alors, monsieur Spring, fit-il, on revient jeter un coup d'œil dans le coin ?

Le G-man hocha la tête affirmativement.

— J'amène des visiteurs, Herman. Rien de nouveau dans le secteur ?

Le policier eut un signe négatif.

— Rien de nouveau, monsieur Spring. Le dénommé Hunter semble bien s'en être allé sans espoir de retour...

Tout en parlant, Herman avait ouvert la grille. L'auto la franchit et alla s'arrêter devant la villa. Celle-ci devait avoir été construite dans les années vingt par quelque vedette de cinéma maintenant oubliée. Avec son toit pointu, ses deux tours d'angles, elle avait une allure de castel miniature. Jadis, elle avait dû coûter pas mal d'argent mais, à présent, faute d'être vraiment entretenue, elle s'en allait lentement en ruines. Les briques des murs s'effritaient et des tuiles manquaient à la toiture. Aux fenêtres du premier étage, plusieurs vitres avaient été brisées et remplacées par des feuilles de contreplaqué.

La visite de la villa dura une heure environ mais, malgré toute leur attention, Bob Morane et ses amis n'y découvrirent rien qui fut digne d'intérêt.

Quand ils se retrouvèrent au-dehors, Michael Spring demanda à l'adresse de Bob :

— Eh bien, êtes-vous convaincu à présent, commandant Morane ? Rien à glaner ici, n'est-ce pas ?

— Rien à glaner, en effet, fit Bob avec dépit. Mais, de votre côté, avez-vous des renseignements sur ce professeur Hunter ?

— Nous en avons, bien sûr, mais rien qui puisse nous mettre vraiment sur la piste. Hunter a fait ses études à

Princetown, et c'est un physicien de grande valeur, ami d'Einstein. Il avait hérité de pas mal d'argent de son père mais, voilà six mois, il était presque complètement ruiné. Tout ce qui lui restait était cette maison, et deux ou trois milliers de dollars d'argent liquide. Sans doute sont-ce ses recherches qui l'ont ainsi mis sur la paille. Il appartenait à cette sorte de savants qui, alors qu'ils essayent de mettre l'Univers en formules algébriques, ne sont même pas capables de vérifier leurs comptes en banque.

— Puisque vous parlez de compte en banque, intervint Clairembart, je suppose que les cinquante mille dollars de Frank sont venus juste à point pour remettre à flot celui du professeur Hunter.

— Tout juste, répondit Spring. A ce sujet, j'oubliais de vous dire qu'un second paiement de cinquante mille dollars a été effectué pour le compte de Hunter, et le même jour que celui de Reeves, par un certain Steve Marshall, un Anglais enrichi dans les pétroles. Nous nous sommes mis en rapport avec Scotland Yard, à Londres, mais tout ce qu'on a pu nous dire c'est que Steve Marshall, un vieux célibataire, avait quitté l'Angleterre pour les Etats-Unis il y a un peu plus d'un mois. L'arrivée de Marshall aux Etats-Unis a bien été enregistrée par nos services d'immigration. Nous savons aussi qu'il a passé une nuit dans un grand hôtel de New York, pour prendre ensuite l'avion à destination de Los Angeles. Après, à part ce paiement de cinquante mille dollars, on perd sa trace...

— S'arranger pour encaisser deux fois une somme de cinquante mille dollars dans la même journée ! s'exclama Ballantine. Ce professeur Hunter devait être bien habile, ou alors il avait quelque chose du tonnerre à offrir en échange...

— Qui sait, fit Morane. Naturellement, si nous connaissions le secret du professeur Hunter, beaucoup de choses s'éclaireraient pour nous.

Il tendit le bras en direction d'un vaste hangar, s'élevant à une centaine de mètres de la villa, et demanda à Michael Spring :

— Rien à glaner là-dedans ?

Le G-man secoua la tête.

— Rien, fit-il. Cela tient à la fois de l'atelier et du garage. Tout ce que nous y avons découvert c'est, au fond, un vaste établi comportant tout un outillage perfectionné : appareil à souder à l'autogène, machine à couper la tôle, riveteuse... En outre, un tas de matériaux électroniques, fils, lampes, relais...

— Qu'est-ce que Hunter pouvait bien faire avec tout cela ? interrogea Morane.

Spring eut un geste vague.

— Peut-on savoir ? Hunter était physicien, ne l'oubliez pas. Il pouvait avoir besoin de toute cette machinerie pour fabriquer un tas de trucs, des appareils d'expérience, que sais-je...

— Avez-vous trouvé un de ces appareils que Hunter pouvait être censé fabriquer ? demanda encore Bob.

— Non, fit Spring en secouant la tête. Quand nous avons visité ce hangar, il était vide, à part les outils et les matériaux bien sûr... Si vous désirez y jeter un coup d'œil ?

— Pourquoi pas ? fit Bob. Au point où nous en sommes, nous n'avons plus grand-chose à perdre...

Les quatre hommes se dirigèrent vers le hangar, dont la porte double semblait juste assez large pour laisser passer une voiture automobile. Michael Spring ouvrit l'un des battants et s'effaça pour laisser passer ses trois compagnons.

A peine Bob eut-il pénétré dans le hangar, qu'il se tourna vers l'homme du F.B.I.

— Vous venez de dire que ce hangar était vide, n'est-ce pas, monsieur Spring ?

Le G-man avait refermé la porte derrière lui.

— Bien sûr que ce hangar est vide, commandant Morane. Bien sûr... Je...

Spring s'interrompit soudain. Il venait de faire face et d'apercevoir à son tour cet énorme engin qui occupait tout le centre du hangar. C'était un grand cylindre, d'une hauteur de deux mètres cinquante environ et dont le diamètre devait assurément atteindre quatre mètres. Fait de grosse tôle rivée, il était simplement posé sur sa tranche inférieure, à même le sol. Sur son pourtour, on distinguait toute une série de hublots et une porte, rappelant celles des caissons étanches, permettait d'accéder à l'intérieur. On n'apercevait nulle part de roues, ni quoi que ce soit ayant pu permettre à l'étrange engin de se mouvoir.

Michael Spring secoua convulsivement la tête, comme s'il tentait d'échapper à un rêve.

— Je vous assure, commandant Morane, dit-il. Quand j'ai visité ce hangar avec mes hommes, voilà une dizaine de jours, cet appareil n'y était pas. On a dû venir l'y mettre depuis...

— Bien sûr, fit Morane. Cette villa est gardée et cependant, quelqu'un a pu venir démonter ce hangar, placer ce bizarre appareil sur le sol, puis rebâtir le hangar autour...

Une expression d'intense surprise se peignit sur les traits du G-man.

— Démonter ce hangar, le rebâtir ? Que voulez-vous dire ?

— Regardez la porte, regardez les fenêtres, fit Bob. Elles sont trop étroites pour avoir pu livrer passage à cet énorme cylindre...

— On peut l'y avoir introduit en pièces détachées, pour le remonter ensuite. Peut-être avez-vous remarqué que l'engin n'est pas fait d'une seule pièce...

— Naturellement, j'ai remarqué cela, fit Morane avec un sourire. Mais j'ai remarqué également que le policier qui garde la villa, cet Herman, n'est ni sourd ni aveugle. Si cela s'était passé comme vous le supposez, il aurait dû s'apercevoir de quelque chose. Amener les éléments d'un engin pareil et les assembler, cela doit provoquer un fameux remue-ménage.

*
* *

Les dernières paroles de Morane avaient frappé de stupeur ses compagnons. Bob lui-même se sentait d'ailleurs un peu désarçonné par la constatation qu'il venait de faire. Le tout n'était pas de se rendre compte que le cylindre se trouvait dans le hangar, il fallait encore savoir comment il était venu là.

Michael Spring avait cependant retrouvé son sang-froid. Il se précipita au-dehors et se mit à crier :

— Herman !... Herman !...

Quelques secondes s'écoulèrent. Il y eut un bruit de pas pressés, puis le policier apparut.

— Vous m'avez appelé, monsieur Spring, fit-il.

Il s'immobilisa et tendit le bras en direction du cylindre.

— Qu'est-ce que c'est que cette boîte à conserve ?

— Nous voudrions bien le savoir, répondit le G-man. Y a-t-il longtemps que vous êtes venu ici, Herman ?

— Longtemps ? Non. Peut-être deux heures avant que vous n'arriviez. En faisant ma ronde, j'ai jeté un coup d'œil dans ce hangar. Ce truc-là ne s'y trouvait pas...

— Le hangar était vide alors ? interrogea Morane.

— Tout ce qu'il y a de plus vide.

— Et, par la suite, demanda encore Michael Spring, rien n'a-t-il attiré votre attention ? Un bruit quelconque...

Herman parut réfléchir durant quelques secondes.

— Un bruit ? fit-il. Non... Il y a bien eu ce sifflement, suivi d'une vibration, mais il devait s'agir sans doute d'un avion à réaction passant en rase-motte, très près d'ici. Maintenant, quand j'y songe, cela pouvait venir de ce côté.

— Et vous n'avez pas songé à venir vous rendre compte ? interrogea Clairembart.

Le policier se mit à rire doucement.

— Me rendre compte ?... Me rendre compte ?... Si on devait se mettre à courir pour se rendre compte chaque fois qu'un avion à réaction passe, on aurait vite les jambes usées jusqu'à la taille. Ce que je me demande, c'est à quoi peut bien servir ce machin-là. Si ça pouvait rouler encore, mais on ne distingue pas de roues, ni rien qui y ressemble.

— Et si c'était un engin interplanétaire ? fit Ballantine.
— Pour parvenir ici, remarqua Clairembart, un engin interplanétaire aurait dû au moins trouer le toit. Or, comme nous l'avons remarqué déjà, celui-ci est intact.

Un long silence s'établit entre les cinq hommes. Le professeur Clairembart avait enlevé ses lunettes cerclées d'acier et, d'un geste automatique, en essuyait les verres à l'aide de son mouchoir ; Bob Morane, lui, ne cessait de passer et de repasser les doigts de sa main droite ouverte dans ses cheveux ; quant à Bill Ballantine, Michael Spring et le policier Herman, ils semblaient tous trois changés en pierre.

Au bout d'un moment, Bob désigna le cylindre.

— Si nous allions voir ce qu'il y a l'intérieur de cet engin ? Peut-être y découvrirons-nous quelque chose qui nous permettra d'éclaircir ce mystère...

Il s'approcha de l'étrange appareil et jeta un coup d'œil par l'un des hublots. Ce qu'il vit le fit sursauter.

— Il y a quelqu'un à l'intérieur, dit-il.

Bob se précipitait déjà vers la porte de l'engin et faisait jouer le volant de fermeture. Il tira le battant à lui et, suivi de ses compagnons, pénétra dans le cylindre. Ce dernier formait une salle ronde, assez vaste. Sous les hublots, de grandes armoires métalliques étaient fixées à la paroi et face à la porte, on apercevait un poste de commande aux multiples cadrans, lampes de contrôle et manettes.

Mais ce qui attira avant tout l'attention de Bob et de ses compagnons, ce fut ce corps d'homme ensanglanté gisant sur le plancher métallique. Il était couché sur le ventre et tout son dos semblait avoir été labouré par une monstrueuse patte griffue. Le professeur Clairembart s'était agenouillé près de l'inconnu et lui tâtait le pouls. Après quelques secondes d'attention, il releva la tête.

— Mort, dit-il. Il n'y a pas longtemps. Deux heures à peine...

Le vieil archéologue montra du doigt les terribles blessures que l'inconnu portait au dos et à l'épaule.

— Je me demande qui a pu lui faire cela, dit-il. On

dirait un coup de patte. Pourtant, je ne connais aucun animal au monde possédant des griffes pareilles...

Michael Spring se tourna vers l'agent Herman et lui désigna le cadavre.

— Allez me chercher une bâche quelconque, dit-il. Je crois en avoir aperçu une au fond du hangar lors de ma dernière visite. Nous allons en envelopper ce malheureux, puis le sortir d'ici afin de pouvoir étudier les lieux à notre aise. De toute façon, nous ne pouvons plus rien pour lui... Ensuite, vous irez jusqu'à la villa pour téléphoner et appeler toute mon équipe. Il y a des choses étranges qui se passent ici. Vous direz à mes hommes d'amener un expert en électronique. Peut-être pourra-t-il nous renseigner sur la destination de ce maudit engin.

Quelques minutes plus tard, Morane, Clairembart, Ballantine et Spring se retrouvaient seuls à l'intérieur du cylindre. Le cadavre de l'inconnu avait été transporté audehors, et Herman s'était dirigé vers la villa pour avertir par téléphone le Bureau Fédéral.

Les armoires métalliques contenaient des vêtements de chasse en grosse toile, des bottes de différentes pointures, toutes sortes de matériel de camping et des vivres en conserve. Dans l'une d'elles, il y avait une douzaine de fusils de gros calibres et des boîtes de cartouches. Bob s'était mis en devoir d'inspecter les armes l'une après l'autre. Soudain, il sursauta. Dans la crosse de la carabine qu'il tenait à la main — une 600 Express à deux coups — une petite plaque d'or était incrustée, sur laquelle étaient gravées les deux intiales F.R.

Morane montra aussitôt sa trouvaille à ses compagnons.

— F.R., fit-il. Frank Reeves...

— Il n'y a pas à douter, fit Michael Spring. Votre ami a pénétré dans cet engin, du moins si j'en juge par la présence de cette arme.

— Certes, Frank a été ici, dit à son tour le professeur Clairembart. Mais qui sait où il peut se trouver à présent ?...

Un mugissement de colère échappa à Bill Ballantine.

— Ah, si seulement nous pouvions savoir à quoi sert cette fichue machine !
Le colosse s'était dirigé vers le tableau de commandes.
— Du diable si je comprends quelque chose à toute cette cuisine, dit-il encore.
— Surtout, Bill, ne touchez à rien ! cria Morane.
Mais l'avertissement venait trop tard. La porte du cylindre claqua soudain en se refermant, puis il y eut une sorte de long miaulement suivi d'une violente trépidation. L'engin tout entier s'était mis à vibrer comme animé brusquement d'une vie propre. Les lignes des objets devinrent floues, comme si on les voyait à travers une eau doucement remuée. Morane sentit un grand vertige le saisir, et il eut la sensation de se trouver tout à coup au bord de quelque gouffre insondable. Il jeta un rapide coup d'œil par l'un des hublots, mais il n'aperçut plus le décor du hangar. Une lumière intense brillait au-dehors, où tout semblait devenu transparent comme du cristal. Autour du cylindre en mouvement, le monde avait été effacé.

Les vibrations de l'appareil étaient devenues plus rapides encore, et plus violentes. La sensation de vertige s'accentuait. Ensuite, l'intérieur du cylindre lui-même s'estompa, fut remplacé par une clarté à la fois douce et éblouissante.

Bob avait l'impression d'être enfermé dans une énorme perle creuse, violemment éclairée de l'extérieur. Puis ce fut la chute. Une chute interminable et consciente à travers un univers sans mesure.

IV

Morane avait l'impression de tomber depuis des années, des siècles, des millénaires, et cela en quelques secondes à peine. Puis, lentement, la clarté dans laquelle ses compagnons et lui baignaient, s'atténua, les vibrations se ralentirent et, au fur et à mesure, le décor du cylindre réapparaissait, flou tout d'abord, ensuite de plus en plus net.

Quand tout fut enfin redevenu normal, Morane, Clairembart, Ballantine et Michael Spring échangèrent des regards inquiets.

— Que s'est-il passé ? interrogea le G-man.

— J'ai appuyé sur ce bouton rouge, expliqua Bill Ballantine en désignant le tableau de commandes sur lequel, parmi les cadrans et manettes, se distinguaient deux épais poussoirs, l'un rouge, l'autre bleu.

— Vous auriez dû éviter de toucher à quoi que ce soit, Bill, fit Morane. Nous ne connaissons rien de cette étrange machine et il nous faut être prudents.

Le géant secoua ses larges épaules.

— Pourquoi nous casser la tête en pensant à ce qui pourrait arriver, commandant ? fit-il. Ce ne sont pas quelques vibrations qui...

Une exclamation, poussée par Clairembart, interrompit l'Ecossais.

— Là !... Regardez !...

L'archéologue tendait le bras vers l'un des hublots, derrière lequel, au lieu des murs du hangar, on apercevait maintenant une vaste étendue libre, couverte de végétation.

Déjà, Bob et ses amis s'étaient précipités chacun vers un hublot. Le paysage s'offrant à eux leur était inconnu. C'était une savane à l'herbe courte, où poussaient des arbres qui parurent inconnus à Morane mais qui, pour la plupart, devaient être d'essence résineuse ou voisins des palmiers. Par endroits, on apercevait d'épais boqueteaux d'arbustes couverts de fleurs rouges. Tout près, sur la droite, on distinguait un groupe de hautes collines, dont plusieurs s'empanachaient de fumée.

— Des volcans, fit Michael Spring. Le cylindre doit avoir bougé...

Le G-man s'interrompit soudain et dit d'une voix blanche :

— Si je ne m'abuse, il ne doit pas y avoir de volcans en activité aux États-Unis... Mais où sommes-nous donc ? Où sommes-nous donc ?

— Oui, fit Clairembart. Où sommes-nous ? En avez-vous une idée quelconque, Bob ?

Morane hocha la tête.

— Comment pourrais-je vous répondre, fit-il. Je ne suis pas sorcier. Le mieux que nous ayons à faire, c'est de sortir de cette maudite machine pour avoir une vue d'ensemble du paysage. De cette façon, nous pourrons mieux juger...

— Et si cet engin nous avait conduit sur une autre planète ? dit Ballantine. Si l'air au-dehors était irrespirable ?

Bob eut un petit rire qui sonnait faux.

— En ce cas, le voyage aurait été rapide. Quelques secondes à peine...

— Quelques secondes à peine ? fit Bill avec une grimace. Personnellement, j'ai eu l'impression que cela durait des siècles...

— Moi de même, dit Clairembart.

— Et à moi aussi cela a paru interminable, déclara à son tour Michael Spring.

— Ce fut une impression seulement, tenta d'expliquer Morane. Ces vibrations de plus en plus rapides étaient extrêmement désagréables, et aussi cette sensation de chute. Cela nous a fait trouver le temps long. Tenez, regardez, tous quatre nous nous sommes rasés ce matin, et nous avons encore les joues lisses. Si ce voyage avait duré aussi longtemps que vous le supposez, nous aurions de fameuses barbes, et je vous fais remarquer que le célèbre bouc du professeur Clairembart n'a même pas poussé d'un demi-centimètre.

Malgré ces constatations, Morane ne se sentait cependant pas rassuré car, à lui aussi, la chute avait semblé se prolonger durant une éternité. Il chassa pourtant son appréhension, pour dire encore :

— Soyez sans crainte, nous ne manquerons pas d'air. Cette végétation, au-dehors, nous semble peut-être inconnue, mais tout dans leur aspect me dit cependant qu'il s'agit là de plantes de notre Terre et qu'elles ont besoin d'air pour vivre. De toute façon, nous ne pouvons demeurer éternellement enfermés dans cette prison de tôle.

Coupant court à la discussion, Bob se dirigea vers la porte et en fit jouer le volant de fermeture.

— J'aurais cependant juré que cette porte était demeurée ouverte, fit Michael Spring.

— Ne l'avez-vous pas entendue claquer à l'instant précis où les vibrations ont commencé à se faire sentir ? dit Bob. Sans doute existe-t-il un quelconque système de sécurité qui la fait se refermer automatiquement dès que l'engin se met en marche.

Il poussa le battant et sauta au-dehors.

Quelques secondes plus tard, les quatre hommes foulaient une herbe épaisse et grasse. Bill Ballantine aspira une large bouffée d'air.

— Vous avez raison, commandant, dit-il. Cet air est parfaitement respirable. Nous devons donc toujours nous trouver sur la Terre.

— Pas en Californie en tout cas, remarqua Michael Spring. Je ne reconnais pas le paysage et, en outre, il fait

une chaleur étouffante. On se croirait sous l'équateur. Ces plantes ont d'ailleurs un aspect nettement tropical.
— C'est exact, approuva Morane. Bien que je n'en reconnaisse aucune, à part peut-être ces monstrueuses fougères arborescentes, je...
Un sourd grondement lui coupa la parole, et la terre trembla légèrement. Les quatre hommes tournèrent leurs regards vers les volcans, dont deux vomissaient à présent de longs jets de flammes.
— Et voilà un petit feu d'artifice pour nous souhaiter la bienvenue, dit Ballantine.
Ni le colosse, ni aucun de ses compagnons ne semblaient cependant disposés à plaisanter. Autour d'eux, ils devinaient une hostilité latente, comme une menace prête à se matérialiser soudain. Elle éclata à la façon d'une bulle de savon, quand Bill Ballantine tendit le bras en direction d'un bouquet d'arbres, en disant :
— Tiens, nous avons de la visite.
De derrière le boqueteau, un être cauchemardesque venait d'apparaître. Sa silhouette faisait songer à celle du kangourou, mais d'un kangourou qui aurait mesuré dix mètres de la pointe du museau au bout de la queue. Là s'arrêtait d'ailleurs toute possibilité de comparaison avec le paisible marsupial, car le corps de l'animal était recouvert d'écailles verdâtres, comme celui d'un reptile, et il élevait à quatre mètres au-dessus du sol une tête énorme, taillée en carène et fendue d'une gueule énorme, barbelée d'une double rangée de dents longues comme des baïonnettes. Par rapport avec les puissantes pattes postérieures, celles de devant, comme atrophiées, paraissaient ridiculement petites ; pourtant, elles étaient armées de griffes capables de déchirer un homme. Le monstre progressait à la fois en marchant et en bondissant, s'appuyant sur le trépied formé par ses membres postérieurs et sa queue musculeuse.
— Il vient vers nous ! cria Michael Spring.
Déjà, les quatre hommes refluaient en direction du cylindre. Derrière eux, les bonds du saurien géant faisaient trembler le sol.

A peine Bob et ses compagnons furent-ils enfermés à l'intérieur du mystérieux engin qu'un choc violent l'ébranla tout entier. Par bonheur, les tôles étaient épaisses, solidement charpentées et rivetées, et elles résistèrent.

Frappés de terreur, les hommes entendaient les rauquements de la bête s'affairant au-dehors. Parfois, l'énorme mufle s'encadrait dans l'un des hublots. Les mâchoires s'ouvraient et se refermaient tel un piège monstrueux, et les yeux de verre noir, protégés par d'épaisses saillies osseuses, brillaient d'une lueur féroce. De temps à autre, un nouveau choc faisait vibrer la paroi de tôle.

Morane se dirigea vers l'armoire où étaient rangés les fusils et en tira le 600 Express portant les initiales F.R. Rapidement, il fit glisser une balle dans chaque canon.

— Ce sera inutile, Bob, dit le professeur Clairembart. J'ai l'impression que notre agresseur est déjà découragé. Regardez, il s'éloigne !...

Bob se précipita vers l'un des hublots, pour se rendre compte qu'effectivement le lézard géant tournait le dos au cylindre et s'en éloignait, toujours dressé sur ses lourdes pattes postérieures. Finalement, il disparut derrière un repli de terrain, pour reparaître à nouveau plus loin, puis disparaître encore.

Au bout d'un moment, quand ils furent certains que le monstre s'était définitivement éloigné, les quatre hommes abandonnèrent les hublots. Chacun d'entre eux était brave mais, sur leurs visages, seul l'effroi se lisait à présent.

*
* *

— C'est impossible ! C'est impossible ! fit Bill Ballantine à haute voix. Des êtres semblables n'existent pas...

Bob Morane et Aristide Clairembart échangèrent un bref regard.

— C'était un tyrannosaure, n'est-ce pas, Bob ? dit le vieil archéologue.

Morane eut un signe de tête affirmatif et dit d'une voix sourde :
— Oui, professeur, un tyrannosaure...
Michael Spring se cabra soudain. Un désarroi total se lisait sur ses traits.
— Mais c'est de la folie ! Tout cela ne peut pas être !... Où sommes-nous donc ?
— Je crois pouvoir vous renseigner, répondit Morane. Nous sommes toujours en Californie...
De la main, il imposa le silence au G-man.
— Laissez-moi continuer, monsieur Spring. Je vous répète que nous sommes toujours en Californie, mais à quelque cent cinquante millions d'années de notre vingtième siècle, ou même davantage. Pour être plus précis, nous devons nous trouver en plein crétacé, pas loin — façon de parler bien sûr — de la fin de l'ère secondaire.
Du poing, Bob frappa la paroi du cylindre.
— Je crois même pouvoir dire à quoi sert exactement cet engin. Il doit s'agir tout simplement d'une machine à voyager dans le temps.
Michael Spring haussa les épaules :
— Tout simplement ? remarqua-t-il. En voilà une histoire à dormir debout, commandant Morane. Vous ne croyez quand même pas que...
— Après avoir vu ce tyrannosaure d'aussi près, je suis prêt à croire n'importe quoi, interrompit Morane.
— Bob a raison, dit à son tour Clairembart. Je ne suis pas paléontologiste, mais le paysage qui nous entoure à tout d'un paysage du crétacé. J'aurais dû m'en rendre compte plut tôt, mais tout cela paraît tellement invraisemblable, tellement fantastique !
— Invraisemblable ! Fantastique ! vous pouvez le dire, professeur, jeta Ballantine. Et c'est moi qui, en appuyant sur ce maudit bouton rouge, ai déclenché toute l'affaire.
— Exactement, dit Morane. Ce bouton rouge commande sans doute le mécanisme de départ, le bleu celui du retour.
Spring semblait avoir recouvré tout son sang-froid.

— Ainsi, fit-il, ce serait là le secret du professeur Hunter : une machine à explorer le temps...

Le G-man demeura un instant songeur, puis il continua :

— Plus j'y songe, plus je pense que vous avez touché juste, commandant Morane. Bien sûr, il y a ce tyrannosaure et cet étrange paysage, mais une machine à explorer le temps serait aussi une excellente façon d'expliquer la disparition de votre ami. Après avoir reçu la lettre de Hunter, Reeves est parti pour la Californie et a gagné la « Villa Josuah ». Là, Hunter, grâce à cette machine de son invention, lui a fait effectuer un petit voyage dans le passé. Convaincu, Reeves est revenu chez lui afin d'y prendre ses fusils à éléphants et, pour ne pas inquiéter inutilement sa femme, il a inventé cette petite fable de chasse dans la Sierra Nevada. De retour à Los Angeles, il s'est empressé de payer les cinquante mille dollars exigés par Hunter, et en route pour le secondaire... Naturellement, la base de ce raisonnement est un peu fantastique, mais il tient néanmoins et explique comment Reeves et Hunter ont ainsi pu disparaître sans laisser de traces. Pourtant, il me serait plus difficile d'expliquer la suite des événements.

— Nous pourrions l'imaginer, fit Bob. Frank et le professeur Hunter ne sont pas partis seuls. Ce Steve Marshall, qui lui aussi a versé cinquante mille dollars à Hunter, devait les accompagner, et peut-être un aide du physicien et d'autres personnes encore. En arrivant au crétacé, Frank et ses compagnons ont commencé leurs expéditions de chasse. Quelque chose aura dû les retarder, car ils n'auront pu regagner le cylindre dans le délai prévu. Sans doute avaient-ils laissé quelqu'un à la garde de l'appareil, l'aide du professeur peut-être. Celui-ci a attendu les chasseurs, jusqu'au jour où, s'étant laissé surprendre par un quelconque animal carnassier — peut-être par ce même tyrannosaure qui vient de nous attaquer — il s'est réfugié dans la machine à explorer le temps. Blessé à mort, il a appuyé sur le bouton bleu, et l'appareil s'est matérialisé à l'endroit précis d'où il était parti pour son voyage dans le passé. Cela explique ce cadavre mutilé que nous avons découvert. Comme l'appareil était sans doute demeuré réglé dans les deux sens, aller et retour, suivant les calculs du professeur Hunter, quand Bill a appuyé sur le bouton rouge, nous avons à notre tour été projetés dans le passé, où nous sommes parvenus un mois après Frank et ses compagnons, la distance de réglage entre le temps de départ et le temps d'arrivée demeurant fixe.

— Si je comprends bien, dit Spring, il ne nous reste plus qu'à pousser sur le bouton bleu pour nous retrouver dans le hangar de la « Villa Josuah ».

— Je le crois, répondit Bob, mais nous ne le ferons pas.

Le G-man sursauta.

— Que voulez-vous dire ? interrogea-t-il.

— Tout simplement que nous sommes à la recherche de Frank Reeves, fit Morane, et que nous devons tout tenter pour le retrouver, où qu'il soit.

Cette fois, Michael Spring se raidit, comme s'il s'apprêtait à livrer un combat.

— Eh, minute, commandant Morane, dit-il. Pour ce qui est de mener une enquête dans le secondaire, avec des tyrannosaures qui se promènent un peu partout, je ne marche pas.

— Je croyais cependant que vous aviez pour mission de retrouver Frank Reeves ? fit Morane avec un petit sourire ironique.

— Bien sûr, on m'a confié cette mission, mais on ne m'a pas dit d'aller le rechercher jusque dans la préhistoire.

— Vous a-t-on recommandé expressément de ne pas aller l'y chercher ?

— Non, mais...

Le G-man s'interrompit soudain, puis il éclata de rire.

— Vous avez gagné, commandant Morane. Le devoir est le devoir, et il faut aller jusqu'au bout. Que proposez-vous de faire ?

— Nous allons nous armer chacun d'un fusil à éléphant, sortir du cylindre et explorer ses environs immédiats pour voir si nous ne découvrons pas un indice quelconque. Ensuite, nous aviserons... Tout le monde est-il d'accord ?

Personne ne manifesta d'opposition et, dix minutes plus tard, armés chacun d'une grosse carabine, les quatre hommes foulaient à nouveau le sol de la plaine.

— Restons groupés, recommanda Morane. De cette façon, si quelque monstre nous attaque, nous pourrons concentrer nos tirs sur lui. A propos, ces gros niais de dinosaures ont le cerveau à peine plus gros qu'une noisette, façon de parler bien sûr. Mieux vaut donc tirer au cœur...

Durant une demi-heure, Bob et ses compagnons inspectèrent les alentours du cylindre, mais sans rien découvrir qui pût les mettre sur la trace du jeune milliardaire disparu. Ils s'étaient écartés déjà à une distance respectable de la machine et allaient regagner celle-ci, quand quelque chose craqua sous la semelle de Ballantine. Le géant se baissa et ramassa un objet qu'il montra aussitôt à ses amis. Il s'agissait d'un paquet de cigarettes vide. Un paquet de cigarettes portant comme marque de fabrique l'image d'un dromadaire debout sur un fond de pyramides égyptiennes.

V

La trouvaille de Bill Ballantine passait maintenant de main en main, comme s'il s'était agi d'une chose rare.
— Un paquet vide de cigarettes « Camel », fit Michaël Spring.
— Oui, dit Bob. Si je me souviens bien, c'est là la marque favorite de Frank.
Le G-man haussa les épaules, pour faire remarquer :
— Cela ne veut rien dire. Il y a des millions de personnes qui fument des « Camel » dans le monde.
Morane considéra l'Américain avec un sourire narquois et demanda :
— Vraiment, croyez-vous que l'on fumait déjà des « Camel » au secondaire, monsieur Spring ?
Le G-man sursauta et rougit, comme s'il se rendait seulement compte de l'incongruité de la trouvaille de Ballantine.
— Bien sûr, où avais-je l'esprit, commandant Morane ? Cet extraordinaire voyage dans le passé m'a complètement tourné la tête. Il semble donc bien que nous ayions maintenant la preuve que Reeves, Hunter et sans doute Marshall sont venus ici. Cela ne nous dit pas où ils se trouvent à présent...
Du bras, Bob désigna l'étendue de la savane.
— Là quelque part sans doute...

— Vivants ?
— Peut-on savoir ?
— Il nous faudrait pourtant acquérir une certitude, fit Clairembart. Mais comment y parvenir ?
— En continuant notre enquête et en explorant les environs, dit Bob. En cherchant bien, nous finirons par découvrir une piste quelconque. Frank et ses compagnons ont dû, pour une raison quelconque, être empêchés de regagner le cylindre dans le temps prévu. Peut-être se sont-ils terrés quelque part afin de se mettre à l'abri contre les attaques des dinosauriens carnivores....
La barbiche de l'archéologue trembla, ce qui dénotait une intense émotion chez son possesseur.
— Suivre une piste dans cette jungle du crétacé, où rôdent justement ces dinosauriens carnivores dont vous venez de parler, brrr, cela me donne froid dans le dos !
— Ne vous faites pas plus froussard que vous ne l'êtes, professeur, dit Ballantine. En réalité, aucun d'entre nous n'a sans doute les nerfs aussi bien trempés que les vôtres. Je sais, devoir courir le risque d'affronter des monstres capables d'avaler un homme en une seule bouchée n'a rien de bien tentant. Mais je suppose que, si nous voulons retrouver la trace de Frank, il n'y a rien d'autre à faire...
— Tout cela est de la folie pure, jeta Michaël Spring. Frank Reeves et ses compagnons sont sans doute morts à l'heure actuelle.
— Nous ne pouvons conclure sur des « sans doute », remarqua Morane. Tant que je n'aurai pas la certitude de la mort de Frank, je continuerai les recherches, seul s'il le faut...
Entre les quatre hommes, il y eut un long silence. Chacun demeurait pensif, comme pesant le pour et le contre. Finalement, Aristide Clairembart releva la tête.
— Quel est votre plan, Bob ? interrogea-t-il.
Morane n'eut pas le loisir de répondre. Un rugissement terrifiant, comme sorti d'un gosier de métal, déchira l'air. D'un même mouvement, les quatre voyageurs se tournèrent en direction du cylindre. Ce qu'ils virent les glaça

d'horreur. Entre eux et l'appareil, un tyrannosaure — le même peut-être que tout à l'heure — se dressait, véritable machine de chair faite pour tuer.

Debout, le monstre battait l'air de ses petites pattes antérieures, aux griffes acérées, comme s'il cherchait à étreindre une proie. Sa gueule de gargouille claquait tel un piège de fer. Et, soudain, l'énorme masse s'ébranla, dans un tonnerre de glapissements, s'avançant par bonds en direction des hommes.

— Il vient vers nous ! hurla Ballantine. Séparons-nous !

— Restons groupés au contraire ! cria Bob. Attendons qu'il soit tout près et tirons ensemble, au cœur. Professeur, agenouillez-vous avec moi. Vous, Spring, vous, Bill, restez debout derrière nous, et ne faites feu qu'à mon commandement !

Les quatre lourds fusils à éléphant s'étaient braqués sur le saurien géant qui, lancé à l'allure d'un train express, s'approchait toujours davantage. Ni Bob ni ses compagnons ne bougeaient. A l'approche du monstre, le sol tremblait, mais ils appartenaient à cette sorte d'hommes toujours maîtres de leurs nerfs et capables de dominer les circonstances, si effroyables fussent-elles. Le tyrannosaure n'était plus qu'à trente mètres, vingt...

— Feu ! commanda Bob.

Les quatre détonations se confondirent en une seule, pareille à un coup de canon. Touché en plein cœur, le monstre s'arrêta en poussant une plainte semblable à un hurlement de sirène.

— Feu ! commanda à nouveau Morane.

La nouvelle salve éclata à l'instant précis où le tyrannosaure se propulsait en avant. Il croula sur les hommes, jetant vers eux son énorme tête. Ses mâchoires claquèrent, mais Bob et ses amis s'étaient écartés. Le dinosaurien roula sur le côté, ses pattes se détendirent et sa lourde queue, après avoir fouetté l'air, s'abattit sur le sol avec un bruit de tronc d'arbre qui s'écroule. Un dernier halètement s'échappa de la large poitrine, puis le tyrannosaure ne bougea plus.

A pas comptés, Bob s'approcha.
— Prenez garde, commandant, cria Ballantine. Peut-être fait-il le mort...
Mais Morane secoua la tête.
— Non, dit-il, ces grosses brutes ont trop peu de cervelle pour songer à ruser...
Ce fut seulement lorsqu'ils furent tout près de l'énorme cadavre que les quatre hommes réalisèrent l'exploit qu'ils venaient d'accomplir. Ils avaient l'impression de vivre un rêve tout éveillés, un rêve hors duquel le tyrannosaure s'était soudain matérialisé pour leur rappeler leur faiblesse. Faiblesse toute relative d'ailleurs...
Bill Ballantine s'était approché de l'énorme tête, longue de près de deux mètres à elle seule. Il mesura une des dents, qui avait presque la longueur de son avant-bras.
Le géant, qui auprès de la carcasse gigantesque, faisait figure de nain, ne peut réprimer un frémissement de frayeur rétrospective.
— Brrr!... Quel dentier! Quand je pense que si cette brute avait saisi l'un d'entre nous, il l'eût broyé d'un seul coup de mâchoires...
Bill se tourna vers Morane et enchaîna :
— Alors, commandant, toujours décidé, après cela, à partir à la recherche de Frank ?
Les traits durcis, Bob sembla se forcer à faire un signe de tête affirmatif.
— Oui, Bill, répondit-il, toujours décidé. Et toi, te dégonflerais-tu ?
— Non, commandant, je ne me dégonfle pas, mais j'estime qu'il nous faut prendre des précautions. Pour abattre ce tyrannosaure, il nous a fallu tirer deux salves de nos Express, et encore ne l'avons-nous pas tué sur le coup. Qu'arriverait-il si l'un de nous se trouvait seul devant l'un de ces montres ? Une balle de 600 n'en viendrait pas à bout. Si nous nous lançons ainsi, sans préparation, dans cette aventure, aucun de nous quatre n'en sortira vivant.
Morane demeura un instant pensif. Il savait que Ballantine avait raison.

— Qu'en pensez-vous, professeur ? demanda-t-il à l'adresse de Clairembart.
— Je suis d'accord avec Bill, répondit l'archéologue.
— Et vous, Spring ?
— Je pense la même chose que vos deux amis, fit le G-man.
Bob jugea inutile d'insister. Il savait que le courage ne manquait pas à ses compagnons et, tout comme eux, il faisait une distinction entre la lâcheté et la prudence.
— C'est très bien, fit-il. Je vous écoute. Que proposez-vous ?
— Nous allons retourner d'où nous sommes venus, fit Clairembart, et en revenir avec des bazookas et des grenades. De cette façon, nous pourrons nous défendre, sans courir trop de risques, contre les attaques des carnivores. L'intérieur du cylindre est assez vaste pour contenir une jeep. Nous pourrions en amener une également, avec une bonne provision d'essence...
— Je doute qu'elle passe par la porte, dit Morane.
— S'il faut la démonter en partie pour cela, nous le ferons. Aidé par vous, Bill aura besoin de quelques heures à peine pour la remettre en état.
Le plan de l'archéologue parut sage à Morane.
— Vous allez partir tous trois, dit-il. Quant à moi, je demeurerai ici, à vous attendre...

*
* *

Les dernières paroles de Bob Morane avaient frappé ses compagnons comme autant de coups de massue.
— Demeurer ici, commandant ? fit Ballantine. Mais c'est de la folie. Jamais je ne vous laisserai...
— Non, jamais nous ne vous abandonnerons, dit Clairembart. D'ailleurs, pourquoi resteriez-vous, Bob ? Cela ne servirait à rien.
— Vous vous trompez, dit Morane. Il vous faudra certainement une journée, voire deux, pour réunir ce dont

nous avons besoin. Pendant ce temps, Frank et ses compagnons, s'ils sont encore en vie, peuvent revenir de ce côté. Qui sait ce qu'ils feront en ne retrouvant pas le cylindre. Peut-être croiront-ils s'être trompés et iront-ils chercher ailleurs. En restant ici, je pourrai les prévenir.

Du doigt, Bob désigna un bouquet d'arbres dominé par un énorme ginkgo, véritable monde végétal à lui seul, et qui s'élevait à une cinquantaine de mètres au-dessus du sol.

— Je grimperai là-haut avec des vivres et des munitions, et je m'y installerai de mon mieux. De cette façon, je serai à l'abri des attaques des carnivores. Avec des jumelles — il y en a plusieurs paires parmi le matériel de camping entreposé dans les armoires du cylindre — je pourrai surveiller la savane et apercevoir Frank et les autres s'ils viennent par ici.

Clairembart secoua la tête avec désespoir.

— Non, Bob, je ne tolérerai pas cela. Jusqu'ici, à travers les aventures que nous avons vécues ensemble, je vous ai toujours laissé prendre la direction des opérations, mais pas cette fois. Il y a trop de risques.

— De quels risques voulez-vous parler, professeur? Pour repartir, il vous suffira de pousser sur le bouton bleu et, pour revenir, sur le rouge. Je ne vois pas très bien ce qu'il y a de sorcier à cela...

Ce fut à ce moment que Michael Spring intervint.

— Ecoutez, commandant Morane, dit-il en désignant le cylindre, je ne comprends pas grand-chose à cette machine mais, pour fonctionner, elle doit avoir besoin d'une énergie quelconque, et elle en consomme certainement pas mal. Qu'arriverait-il si, une fois là-bas, à notre époque, nous nous trouvions à court d'énergie et dans l'impossibilité de revenir?

La remarque toucha Morane. C'était là une éventualité à laquelle il n'avait pas songé, et déjà il se voyait abandonné à jamais dans le crétacé, à des millions d'années en arrière dans le temps. Pourtant, il n'était pas de ceux-là qui, en n'importe quelle circonstance, se laissent prendre de court.

— Le plus simple, fit-il, serait d'étudier, sans y mettre les mains, le mode de propulsion du cylindre. Bill et moi sommes des techniciens assez avertis pour nous faire une idée du genre d'énergie employé. Si cette énergie nous est connue et si l'on peut la renouveler aisément, je resterai. Dans le cas contraire, je repartirai avec vous...

Les quatre hommes regagnèrent le cylindre et, une demi-heure plus tard, après avoir enlevé les tôles protégeant les œuvres vives de l'appareil, Morane et Ballantine se trouvaient édifiés. Sans avoir compris le mécanisme même de l'engin, ils avaient cependant acquis la certitude que l'électricité, stockée dans des accumulateurs spéciaux, lui servait de force motrice. Ayant étudié le mode d'alimentation des accumulateurs, ils s'étaient assurés que ceux-ci pouvaient être rechargés suivant les méthodes classiques.

— Rien ne s'oppose donc à ce que je demeure ici, fit Morane. Vous allez m'aider à porter les provisions, matériel et vêtements dont je pourrais avoir besoin, au pied du ginkgo. Ensuite, vous partirez. Il me restera à attendre votre retour, dans vingt-quatre heures, ou quarante-huit au maximum...

Clairembart, Ballantine et Spring auraient bien voulu détourner leur compagnon de ce projet qu'ils continuaient à considérer comme une folie. Cependant, ils devinaient que toute tentative de dissuasion serait inutile. Le vieil archéologue et l'Ecossais connaissaient trop bien leur ami pour savoir combien il était difficile de le faire revenir sur une décision. Bob, ils le savaient, ne se lançait jamais dans une aventure, si dangereuse fût-elle, sans posséder de solides raisons. Morane avait promis à Carlotta Reeves de tout tenter pour lui ramener son époux, et s'il y avait deux choses sacrées pour lui c'était bien une amitié et une promesse. Pour tenir ses engagements ou sauver un ami, Bob Morane était prêt à tout moment à faire sans hésiter le sacrifice de sa vie.

Une demi-heure plus tard, juché sur l'une des maîtresses branches du ginkgo, Morane, à l'aide de ses puissantes jumelles, regardait ses trois compagnons qui, après l'avoir aidé à transporter son équipement, regagnaient maintenant le cylindre. Avec un léger serrement de cœur, il les vit pénétrer à l'intérieur. Tous trois eurent un dernier signe de la main. Ensuite, la porte se referma sur eux.

Quelques secondes s'écoulèrent. Ensuite l'engin parut s'animer, sa forme devint floue, puis transparente et, soudain, à la place où, un instant auparavant, on apercevait encore la masse sombre du cylindre, il n'y eut plus rien.

Morane laissa retomber ses jumelles et s'appuya au tronc du gingko. Et, tout à coup, il réalisa qu'il était abandonné en pleine époque secondaire, séparé des hommes, ses semblables, par un insondable abîme de temps, et il sentit une peur monstrueuse s'insinuer en lui.

VI

Cela faisait plusieurs heures maintenant que Morane se trouvait juché au sommet du ginkgo. L'énorme branche sur laquelle il avait élu domicile, d'un diamètre de près de deux mètres, portait en son milieu une dépression formant une sorte de lit naturel dans lequel il avait étendu son sac de couchage. Par bonheur, le cylindre était pourvu en équipements et nourritures de toutes sortes, et Bob était muni de tout ce qui lui était nécessaire ; vivres en conserve, moustiquaire pour la nuit, vêtements de brousse, pharmacie, rien ne lui manquait. Une outre pleine d'eau puisée à une source proche pendait à une branche, à portée de sa main. Comme armes, il possédait un 600 Express avec une bonne provision de cartouches, un colt automatique dans sa gaine, un couteau de chasse et une machette. En outre, s'il le voulait, il pouvait gagner le sol en se laissant glisser le long d'une corde solidement fixée à la branche lui servant de refuge.

Rapidement, la peur qui l'avait gagné après la disparition du cylindre s'était dissipée, chassée par cette curiosité vis-à-vis des choses et du monde dont jamais, au cours de son existence, il ne s'était départi. Quasi miraculeusement, il se trouvait transporté dans l'ère secondaire, et il comptait profiter au maximum d'une aussi prodigieuse circonstance, surtout que du haut de son perchoir il ne courait aucun risque de se faire surprendre par un quelconque dinosaurien carnivore.

Les yeux collés aux oculaires de ses puissantes jumelles, Bob inspectait la savane où, parfois, de lourdes formes passaient, dans lesquelles il reconnaissait soit un stégosaure hérissé de plaques osseuses, ou un tricératops aux longues cornes. De temps à autre, un iguanodon à bec de canard se dressait sur ses puissantes pattes de derrière afin de brouter, à cinq mètres de hauteur, les jeunes feuilles d'un arbre. Et, sans cesse, il repérait la silhouette terrifiante de quelque tyrannosaure, véritable mâchoire montée sur pattes, en train de chasser. Jamais, Bob le savait, la nature n'avait imaginé machine à tuer plus parfaite, véritable brute élémentaire dont le cerveau primitif ne contenait que haine et fureur.

Pour Morane, le spectacle de cette savane n'avait rien de nouveau, du moins dans son ensemble, car elle ressemblait à celle d'Afrique, mais ici les reptiles géants régnaient seuls. Des tyrannosaures, des stégosaures, des tricératops ou des iguanodons en lieu et place des lions, des éléphants et des rhinocéros — sans parler du monde inoffensif des gazelles — cela faisait une fameuse différence et, chaque fois que Bob y pensait, il se sentait saisi d'une sorte de terreur sacrée dont il avait toutes les peines du monde à se libérer.

Les yeux fatigués à force de regarder, Morane laissa retomber les jumelles fixées à son cou par une courroie. Aussitôt, il cessa d'être distrait et songea à nouveau à sa situation précaire.

— Pourvu qu'un incident imprévu n'empêche pas le retour du cylindre, murmura-t-il.

Déjà, il se revoyait, perdu quelque part dans l'abîme des âges, seul sur une terre encore brute, peuplée seulement de dragons hors de la mesure de l'homme.

Il haussa les épaules. Lui qui aimait la sauvagerie et pestait sans cesse contre la civilisation qui en faisait toujours davantage reculer les bornes, il était servi. Et puis, était-il réellement seul ? Là-bas quelque part, Frank

Reeves, le professeur Hunter et leurs compagnons, s'ils en avaient, erraient peut-être à la recherche d'un improbable salut. Pourtant, reprenant ses jumelles, Bob avait beau scruter l'étendue de la plaine, inspecter la lisière des forêts et l'étendue scintillante des marais ainsi que les flancs grisâtres des montagnes, rien ne lui signalait une présence humaine. Parfois, au loin, une silhouette bipède retenait son attention, mais il s'apercevait vite qu'elle était hors de mesures par rapport à ce qui l'entourait et que ce qu'il avait, durant un bref instant, pris pour un homme n'était qu'un grand reptile dressé sur ses membres postérieurs.

— Peut-être, après tout, Frank et Hunter sont-ils morts, dit-il à nouveau. Oui, bien sûr, il y a quatre-vingt-dix chances sur cent pour qu'ils le soient.

Un sourd grondement, suivi d'une série d'explosions violentes, brisa le fil de ces pensées sinistres.

Bob se tourna avec appréhension vers les volcans, dont plusieurs vomissaient de hautes flammes. « A cette époque, pensa-t-il la terre était en continuel état de bouleversement. Pourvu que cela ne soit pas justement l'instant où l'un de ces bouleversements va se produire !... »

Mais un autre spectacle détourna son attention. Une bande d'oiseaux au vol lourd venait d'apparaître dans le ciel. Quand ils passèrent à peu de distance de Morane, celui-ci, à l'aide des jumelles, remarqua les ailes membraneuses, les corps sans plumes, les têtes au grand bec dentelé et aux petits yeux féroces faisant songer à ces démons zoomorphes sculptés dans la pierre des vieilles cathédrales. Alors, Bob sut qu'il ne s'agissait pas d'oiseaux.

— Des ptérodactyles, fit-il à haute voix. Des ptérodactyles...

Il y avait là des centaines de ces reptiles volants. Certains atteignaient la taille d'un petit aigle, d'autres étaient gros à peine comme des pigeons.

Et soudain, toute la bande plongea, avec des cris grinçants et mal accordés, vers le sol, pour s'abattre là où gisait l'énorme carcasse du tyrannosaure tué tout à l'heure.

Le repoussant repas commença. Le cadavre du géant mort disparaissait presque tout entier sous la masse grouillante des repoussants volatiles qui, de leurs becs acérés, tentaient de percer l'épaisse peau écailleuse pour atteindre la chair.

C'est alors qu'un nouvel acteur apparut sous la forme d'un second tyrannosaure, bien vivant celui-là. Il déboucha de derrière un bouquet de palmiers éventails et se dirigea vers la grappe mouvante formée par le saurien mort et les ptérodactyles s'acharnant sur lui. Selon toute évidence, il était prêt à prendre part lui-même au festin. Il était tout proche quand les lézards volants s'aperçurent de sa présence. Les plus gros voulurent l'attaquer, tentant de lui crever les yeux de leurs becs, mais en quelques coups de mâchoire, le tyrannosaure eut raison d'eux, et les autres se mirent à fuir d'un vol lourd, en poussant des cris démoniaques, à la recherche de quelque proie plus accessible.

Alors, le tyrannosaure commença à se repaître, arrachant d'un seul coup de mâchoire des morceaux de chair gros comme un homme, faisant craquer les os épais sous ses dents comme s'il se fut agi de vulgaires morceaux de bois mort.

D'un revers de main, Bob Morane essuya la sueur coulant sur son front. Cette scène l'avait littéralement halluciné. Certes, en Afrique, il avait assisté cent fois à pareil spectacle, les vautours s'abattant sur un animal mort, puis des lions affamés les chassant. Mais ici vautours et lions étaient remplacés par des monstres jaillis semblait-il de quelque cauchemar concrétisé.

Avec inquiétude, Bob inspecta le ciel, dans lequel un soleil énorme et rougeoyant descendait rapidement vers l'horizon. Et il se demandait ce que serait la nuit qui allait venir, quand toutes les bêtes se mettraient en chasse, les herbivores pour pouvoir manger et se désaltérer en profitant de l'obscurité, les carnivores pour trouver du gibier en abondance.

Cette nuit, vint, remplie de cris, de piétinements, de

poursuites frénétiques, de hurlements d'agonie. Parfois, au pied du ginkgo, passaient d'énormes masses sur lesquelles, à cause des ténèbres presque totales, Bob ne parvenait pas à mettre un nom. Pendant près d'une demi-heure, deux dinosauriens carnivores — Morane les reconnaissait à leurs cris féroces — se livrèrent tout près à une lutte sans merci, sans doute pour la possession d'une proie fraîchement tuée, une lutte qui dut ne se terminer que par le trépas de l'un des combattants.

Ainsi qu'il l'avait pensé, Bob eut toutes les peines du monde à s'endormir. La nuit était tiède, et il s'était simplement allongé sur le sac de couchage étendu au creux de la branche. Il s'était également attaché solidement par une jambe afin d'éviter qu'un mouvement intempestif en cours de sommeil ne le précipitât au bas de son perchoir. Finalement, malgré les mille bruits retentissant un peu partout autour du ginkgo, malgré l'inquiétude qui le tourmentait au sujet du retour de ses compagnons, le Français sombra dans une torpeur profonde.

*
* *

La sensation d'une présence à ses côtés réveilla Morane. Tout d'abord, il ne perçut que la lumière dorée du jour levant, puis il distingua cette forme dressée à un mètre de lui sur la branche. Cela avait à peu près la taille d'un homme, avec une petite tête aux yeux cruels prolongée par un grand bec aux bords découpés en dents de scie. Derrière la tête, une protubérance osseuse se projetait vers l'arrière, sans doute pour servir de contrepoids au bec trop lourd pour un cou grêle de vieille femme cachexique. De chaque côté du corps maigre, recouvert d'une peau nue et rougeâtre, deux grandes ailes membraneuses pendaient, pareilles aux pans d'un vieux châle.

Déjà, Bob, qui dans sa toute jeunesse avait pas mal potassé les traités de paléontologie, avait reconnu un ptéranodon, le géant des ptérosauriens, ces lézards volants du secondaire. Il n'eut cependant pas le loisir d'observer longtemps l'animal, car celui-ci s'était précipité sur lui, tentant de l'envelopper de ses ailes dont l'envergure devait dépasser cinq mètres. A demi aveuglé, Bob eut juste le temps, en un réflexe de boxeur, de jeter la tête de côté pour éviter le contact du bec meurtrier. Aussitôt, sa main gauche enserra le cou du monstre pour l'empêcher de frapper à nouveau.

Entre l'homme et le saurien ailé, ce fut alors un combat sans merci. Malgré sa taille, le ptéranodon se révélait étrangement léger, et cela à cause de ses os pneumatiques comme ceux des oiseaux. Pourtant, les coups de son bec étaient redoutables et les gifles de ses ailes gênaient Morane. L'affreuse odeur de charogne que dégageait l'animal ajoutait encore à l'horreur de ce combat farouche.

A plusieurs reprises déjà, Bob avait senti sur son bras la morsure du bec. A demi assommé par les battements d'ailes, il comprit qu'il ne possédait aucune chance de vaincre le ptérosaurien géant avec ses seules mains. Si l'animal réussissait à le frapper à la gorge ou à la tête, s'en serait fait de lui. A tâtons, il chercha de la main droite le colt glissé dans le sac de couchage. Finalement, il réussit à l'atteindre et à le tirer de sa gaine. Il appliqua alors le canon de l'arme contre la poitrine du monstre et fit feu. Le lourd automatique tressauta dans le poing du Français et, presque aussitôt, les ailes cessèrent de battre et le bec redoutable de frapper. Alors, Bob lâcha prise et le ptéranodon tomba dans le vide, lentement, ses ailes déployées lui servant de parachute. Pourtant, il était bien mort car, une fois touché terre, il demeura immobile.

Morane posa le revolver auprès de lui et demeura haletant. Ce combat qu'il venait de livrer lui avait révélé davantage encore toute l'horreur de sa situation, et il se mit à regretter de ne pas avoir suivi les conseils de Clairembart, de Ballantine et de Michael Spring et de ne pas les avoir accompagnés.

Il haussa les épaules. Il était demeuré là pour pouvoir contacter Frank Reeves si ce dernier tentait de retrouver le cylindre, et il n'avait rien à regretter. D'ailleurs, il était probable qu'une seconde attaque, de la part d'un autre ptéranodon, n'était pas à craindre. Ces animaux vivaient en effet au bord de la mer, et c'était sans doute par hasard que celui-ci s'était égaré de ce côté.

Jetant un regard autour de lui, Bob pensa. « Peut-être après tout y a-t-il une mer là quelque part, derrière l'horizon... » La veille, il lui avait semblé, en effet, voir de l'eau scintiller, mais il ne savait pas s'il s'agissait d'un lac, de marais ou d'une étendue marine.

Sans se préoccuper davantage de la question, Morane entreprit de soigner les plaies qu'il portait au bras et à l'épaule. Celles-ci étaient heureusement peu profondes et il n'eut aucune peine, après les avoir désinfectées avec des sulfamides, de les panser à l'aide de pansements adhésifs. Alors, il jeta un regard inquiet en direction de l'endroit où la machine à voyager dans le temps devait se matérialiser, mais elle demeurait toujours invisible. Peut-être d'ailleurs ne réapparaîtrait-elle jamais.

Bob haussa les épaules.

— A quoi bon se mettre martel en tête, murmura-t-il. Bien des paléontologistes voudraient se trouver à ma place, même si jamais ils ne devaient regagner notre bon vieux vingtième siècle après J.-C. Agissons-donc comme si nous étions paléontologue.

Après avoir mangé un peu de chocolat et grignoté quelques biscuits en guise de petit déjeuner, il reprit ses jumelles et se remit à inspecter les alentours.

VII

Deux jours, puis trois, puis quatre avaient passé depuis le départ du cylindre, et celui-ci ne reparaissait toujours pas. L'inquiétude, le désespoir et enfin la résignation s'étaient tour à tour emparés de Bob, toujours juché sur le grand ginkgo.

A plusieurs reprises, Bob avait dû descendre jusqu'à la source pour refaire sa provision d'eau. Par bonheur, il n'avait pas fait de mauvaise rencontre. La veille, il avait abattu à coups de revolver un petit dinosaurien herbivore de la taille d'une autruche, dont les cuissots, cuits à l'étouffée au pied de l'arbre, étaient venus corser son ordinaire. Pour éviter l'intrusion, toujours possible sinon probable, d'un second pteranodon, Bob avait tissé, à l'aide de lianes, une sorte de cage grossière autour de la branche sur laquelle il avait trouvé refuge, et il se proposait d'installer une plate-forme de branchages afin de disposer d'un plus grand espace.

Lentement, Morane s'organisait ainsi en vue d'un séjour prolongé. Non pas qu'il eut cessé de croire au retour de ses amis, mais ceux-ci devaient avoir été victimes d'un contre-temps quelconque et ils pouvaient tarder un certain temps encore. En attendant, puisqu'il était condamné à demeurer dans le ginkgo, Bob jugeait utile de s'y installer le plus confortablement qu'il put.

Ce matin du cinquième jour, du haut de son perchoir, Bob fixait distraitement l'endroit où la machine à voyager dans le temps devait se matérialiser, s'attendant à la voir apparaître à tout moment. Son attente était vaine cependant et il se demandait à nouveau ce qui se passerait si Clairembart, Ballantine et Spring ne revenaient pas. Naturellement, il parviendrait à survivre durant quelque temps, puis il mourrait et, avec un peu de chances, ses ossements seraient préservés de la destruction totale. Déjà, il songeait à la tête que tireraient les paléontologistes des temps futurs en découvrant ces restes humains dans un terrain secondaire, voisinant peut-être avec des ossements de dinosaures. Cela provoquerait sans doute un sérieux raffût parmi les sociétés savantes.

Lentement, Morane fit mouvoir sa jambe droite, qui commençait à s'ankyloser. Il se rendit compte alors qu'il commençait à avoir la bougeotte. Ah, si seulement il pouvait quitter son refuge pour faire une bonne balade à travers la savane ! Pourtant, avec le danger des tyrannosaures qui erraient un peu partout, cette consolation lui était interdite. C'était tout juste si, poussé par le besoin, il pouvait se risquer à faire un bond jusqu'à la source voisine.

Tout à coup, Bob sursauta, car il lui avait semblé entendre un coup de feu. Cela venait d'assez loin, de l'est lui semblait-il, c'est-à-dire du côté des marais. Il tourna la tête dans cette direction et, à l'aide des jumelles, il tenta de distinguer quelque chose, mais il n'apercevait au-delà de la savane que la masse épaisse d'une forêt marécageuse avec par endroits la plaque couleur de pyrite d'une lagune. Derrière les marais, tout ce qu'il pouvait encore distinguer, c'était une ligne de collines basses, aux flancs dénudés.

Au bout d'un moment, Morane haussa les épaules.

— Sans doute la solitude commence-t-elle à me jouer des mauvais tours et me serai-je trompé, soliloqua-t-il. Il serait temps de...

Il s'interrompit soudain. Une nouvelle détonation

venait de retentir, suivie d'une troisième. Cette fois, il ne pouvait douter. Quelqu'un tirait là-bas, du côté des marais. Malgré l'éloignement, il lui avait même semblé reconnaître la voix puissante d'un 600 Express.

— Frank ! murmura-t-il. C'est Frank !

Déjà, Morane ne tenait plus en place. Il aurait voulu courir dans la direction où avaient retenti les coups de feu afin de se lancer au secours de son ami si celui-ci se trouvait en péril.

— Il faut que j'y aille !... Il faut que j'y aille !...

Sans plus guère se soucier des dangers qui l'attendaient dans la plaine, Bob fit ses préparatifs de départ. Il commença par dépouiller tous les produits alimentaires qu'il possédait — chocolat, biscuits, pain séché — de leurs enveloppes de papier argenté. Il plia soigneusement les enveloppes en question et les glissa dans la poche de sa veste de chasse. Ensuite, sur un carré de carton, vestige d'une boîte ayant contenu des biscuits, il griffonna quelques mots au crayon. Quand il eut terminé, il fixa le carton au tronc du ginkgo. Clairembart, Ballantine et Spring, s'ils revenaient, s'inquiéteraient de son absence, monteraient voir dans l'arbre et trouveraient le message, qui portait ces simples phrases :

Ai entendu coups de feu. Supposant qu'il s'agissait de Frank, suis parti à sa recherche direction de l'est, vers les marais. Jalonnerai la route suivie avec petits morceaux papier argenté accrochés à des branches. Bob.

Ceci fait, Morane réunit dans un sac des vivres, des produits pharmaceutiques indispensables, une boussole, son sac de couchage roulé et des boîtes de cartouches. Autour de sa taille, il fixa la ceinture supportant le colt, une gourde pleine, le couteau de chasse et la machette dans son étui. Ensuite, il se passa le sac et la carabine Express en bandoulière, s'accrocha les jumelles autour du cou et se laissa glisser le long de la corde en bas du ginkgo. Quand il fut sorti du bouquet d'arbres il jeta un regard inquiet autour de lui, pour s'assurer qu'aucun dinosaurien carnivore ne se manifestait dans les parages, puis il se mit à marcher très vite, le fusil chargé sous le bras, en direction de l'est.

*
* *

Pendant plus d'une demi-heure, Bob Morane avait marché à travers la savane sans faire de mauvaise rencontre. Malgré que la journée ne fut pas encore fort avancée, la chaleur était torride car, pendant l'ère secondaire, l'actuel territoire des États-Unis, et aussi l'Europe, jouissaient d'un climat tropical. De temps à autre, Bob s'arrêtait, coupait une branche et, après avoir fixé à son extrémité un fragment de papier argenté en fichait solidement l'autre extrémité dans le sol. De cette façon, les rayons du soleil se réfléchissant sur les minces feuilles de métal, le chemin qu'il suivait se trouvait jalonné de petits points brillants discernables de très loin sur l'étendue verte et morne de la plaine.

Un peu partout, le Français découvrait des traces de grands dinosauriens, empreintes de pas ou excréments. Parfois aussi, des os épars indiquaient qu'un combat sans merci s'était livré là, le vaincu servant de pâture au vainqueur.

A un moment donné, comme il venait de contourner un bouquet de magnolias, Bob s'arrêta net. Devant lui, un animal rappelant un rhinocéros par la forme, mais un rhinocéros de huit mètres de long et qui aurait eu trois cornes et une queue de saurien, fuyait d'un lourd galop, poursuivi par un tyrannosaure. Dans le premier animal, Bob avait reconnu un tricératops, saurien paisible et herbivore mais dont la masse et les trois cornes aiguës, deux au-dessus des yeux, la troisième sur le museau, faisaient un adversaire redoutable. En outre, il avait la nuque protégée par une épaisse collerette osseuse.

Plus rapide, le tyrannosaure était sur le point de rejoindre son adversaire, quand celui-ci se retourna soudain, la tête basse, les défenses pointées. Surpris par cette brusque volte-face, le carnivore s'immobilisa un instant, indécis. Presque aussitôt cependant, sa férocité naturelle reprenant le dessus, il fonça en avant. Sa tête, pareille à la pelle preneuse d'une grue, s'abaissa et ses mâchoires tentèrent de saisir le tricératops derrière la collerette osseuse. Sans attendre cependant que son adversaire ait eu le temps d'assurer sa prise, l'herbivore avait plongé ses trois cornes dans l'abdomen de l'agresseur. Touché, le tyrannosaure poussa un hurlement de douleur et, pour défendre sa vie cette fois, referma les mâchoires sur l'échine de son adversaire. Bob entendit le craquement des os broyés. Pourtant, le tricératops réussit à se dégager et darda à nouveau ses trois défenses.

La lutte se continua, entrecoupée de rauquements, de cris, de souffrance, de hurlements de rage. Arcboutés sur leurs puissantes queues, les deux titans se battaient, l'un pour défendre sa vie, l'autre pour gagner sa nourriture. Il paraissait évident que le tyrannosaure finirait par avoir le dessus, et cela malgré les terribles blessures que lui infligeaient les cornes de son antagoniste. Bob jugea pourtant inutile, et dangereux, d'attendre le dénouement de cette joute sans merci, le vainqueur pouvant se retourner sur lui. Effectuant un large crochet afin d'éviter le groupe des combattants, il reprit sa route en direction du marécage.

Pendant une nouvelle demi-heure, il marcha, continuant à jalonner son chemin de fragments de papier argenté. Comme il n'était plus qu'à quelques kilomètres des marais, un coup de feu retentit, tout proche cette fois, et suivi aussitôt d'un deuxième. A présent, Bob ne doutait plus que des hommes se trouvassent tout près, car il venait de reconnaître de façon certaine la détonation sourde d'un Express.

Il pressa le pas et, au bout d'une dizaine de minutes, atteignit les bords d'une large mare aux rives frangées de plantes semi-aquatiques du genre calamite. Près de la berge, deux corps étaient étendus. L'un, énorme, était celui d'un stégosaure couché sur le flanc ; le second celui d'un homme.

« Frank » pensa Morane avec un serrement de cœur. Il se mit à courir en direction de l'homme. Au passage, il jeta un rapide coup d'œil au stégosaure pour s'assurer qu'il n'était plus à craindre, mais l'animal, frappé d'une balle en plein cœur et d'une autre au ganglion nerveux servant à commander les mouvements de ses énormes pattes postérieures, était bien mort.

Arrivé tout près de l'homme, Bob reconnut aussitôt qu'il ne s'agissait pas de Frank Reeves. Le personnage qu'il avait sous les yeux devait être âgé d'une cinquantaine d'années et ses cheveux blonds marqués de blanc, sa courte moustache en brosse lui donnaient un aspect britannique. Il portait des vêtements de chasse en loques et, près de lui, gisait un gros Express dont les deux canons étaient vides.

Considérant les terribles blessures que l'inconnu portait à la poitrine, Bob put aisément deviner ce qui s'était passé. Chargé par le stégosaure, l'homme avait réussi à l'abattre de deux balles mais, dans son agonie, le monstre l'avait frappé de sa queue armée de dards pareils à des sabres.

Quand Morane se pencha sur lui, le blessé ouvrit les yeux, dans lesquels ne brûlait plus qu'une pâle étincelle de vie. Il tourna la tête en direction de l'est.

— Là-bas, dit-il d'une voix à peine perceptible. Reeves... et Hunter dans les collines... au-delà des marais...

— Et vous, qui êtes-vous ? interrogea Bob.

— Marshall... Steve Marshall...

D'un faible mouvement du menton, le mourant désigna le cadavre du stégosaure.

— Vous direz à tout le monde... là-bas, fit-il encore, que Steve... Marshall était un... fameux... chasseur...

Ce furent les dernières paroles qu'il prononça. Ses yeux devinrent soudain fixes, et sa tête roula de côté.

Bob s'était assez souvent trouvé en présence de la mort pour pouvoir la reconnaître. Il savait que plus rien à présent ne pouvait aider Steve Marshall, cet homme qui avait voulu chasser le dinosaure et auquel ce désir venait de coûter la vie.

« C'est une belle mort pour un chasseur », pensa Morane. Mais, presque aussitôt, il songea à l'étrange destin de ce malheureux, qui était ainsi venu mourir loin de toute humanité, à une époque où le monde en formation se trouvait encore livré au chaos des origines.

Morane se remémora alors les paroles de Marshall au sujet de Frank Reeves et du professeur Hunter. D'après le défunt, les deux hommes devaient se trouver quelque part dans les collines, au-delà des marais. Vivants ? Morts ? Double question à laquelle Bob se trouvait bien en mal de répondre. Tout ce qu'il se demandait c'était pourquoi, si Reeves et Hunter avaient été vivants, ils n'accompagnaient pas l'infortuné Steve Marshall.

Un long moment, Morane demeura indécis, les regards tournés en direction des collines. La sagesse lui conseillait de regagner le ginkgo afin d'y attendre le retour du cylindre, mais il savait qu'il n'en ferait rien et qu'il s'entêterait à marcher vers l'est pour tenter de retrouver son ami, ou peut-être pour fuir sa propre solitude.

— Il faut que je continue, fit-il à haute voix. Qui sait, après tout, si la machine reviendra jamais...

Reportant ses regards sur la dépouille mortelle de Steve Marshall, il songea que lui aussi, bientôt peut-être, serait ainsi étendu sur ce sol d'un autre âge, à moins qu'il n'aille terminer ses jours dans l'estomac d'un dinosaurien carnivore.

Il haussa les épaules et murmura :

— Servir de pâture à un dinosaure du secondaire sauvage ou périr atomisé au quaternaire civilisé, quelle différence ?

Il savait qu'il n'y en avait aucune. Et pourtant si. Ce qui comptait ici, c'était la solitude. Sur son monde à lui, il la recherchait justement cette solitude ; ici au contraire, plus bas sur l'échelle du temps, elle lui pesait, comme si des tonnes de plomb s'écrasaient sur ses épaules.

A l'aide de sa machette, Morane creusa une tombe dans la terre meuble et y déposa le corps de l'infortuné Steve

Marshall. Quand il eut rejeté la terre, il empila de grosses pierres par-dessus en forme de cairn et couronna le tout d'une croix grossière faite de deux morceaux de bois ligaturés.

Quand Bob eut terminé ce travail, il était en nage. Pourtant, il n'était pas question pour lui de se reposer. Sans s'attarder davantage, il se remit en marche en direction des marais.

VIII

C'était sans nouvelles mésaventures que Morane avait atteint l'extrémité de la savane, pour s'engager à travers les marécages, véritable labyrinthe de canaux et de lagunes entre lesquelles serpentaient des jetées naturelles à la terre molle et putride. Au-dessus de ces jetées, de ces canaux et de ces lagunes, les fougères arborescentes et les calamites tissaient des dômes de verdure laissant filtrer seulement un jour verdâtre. Parfois, une clairière au sol ferme et rocailleux s'ouvrait puis, aussitôt cette clairière franchie, c'était à nouveau la jungle lacustre avec ses boues, ses eaux croupies et sa pestilence. Partout, les prèles géants élevaient leurs troncs canelés, les fougères leurs éventails de feuilles et de grandes libellules aux ailes multicolores voletaient parmi les roseaux et les sagittaires.

La carabine prête, consultant de temps à autre sa boussole, Bob allait d'un pas rapide, car la perspective de retrouver Frank Reeves l'animait d'un nouveau courage. Avant de quitter la plaine, il avait, en même temps que son dernier fragment de papier argenté, accroché un message à un bâton planté dans le sol. Ce message était destiné à Clairembart, à Ballantine et à Michael Spring et disait :

Ai retrouvé Steve Marshall blessé. Avant de mourir, il m'a déclaré que Frank et Hunter se trouvaient dans les collines, au-delà des marais. Je m'y rends. Si vous m'y suivez, signalez votre présence par des coups de feu. Bob.

Tout ce qui lui restait à espérer, c'était que ses amis reviennent et découvrent ses deux missives. Mais la principale préoccupation de Morane, pour l'instant, était de retrouver Frank Reeves et le professeur Hunter. Groupés, les trois hommes pourraient s'aider mutuellement à survivre en attendant le retour du cylindre.

Une incertitude tenaillait cependant Morane car, non seulement il ne savait pas exactement où se trouvaient Reeves et Hunter dans les collines, mais il ignorait aussi s'ils étaient toujours en vie.

Pourtant, ne sachant pas non plus quel sort lui était réservé dans cette nature hostile, Bob n'en était pas à une inquiétude près, et il se contentait de continuer à avancer en jetant autour de soi des regards attentifs, s'attendant à chaque instant à ce que quelque monstre vorace se précipitât sur lui.

Après avoir marché durant plusieurs heures, moitié à pied sec, moitié en barbotant dans des mares peu profondes, Bob, déboucha dans une vaste clairière au sol de boue séchée et craquelée par le soleil. Seules, quelques grandes flaques boueuses luisaient çà et là, des flaques dans lesquelles s'ébrouaient des centaines de ptérodactyles.

Voulant éviter un détour et continuer son chemin directement vers l'est, Morane décida de traverser la clairière, tout en se tenant cependant le plus loin possible des sauriens ailés. Il avait à peine couvert une cinquantaine de mètres quand un des ptérodactyles posté au sommet d'un arbuste poussa soudain un cri d'alarme. Des centaines de têtes aux yeux féroces et aux becs acérés se tournèrent vers l'homme. Une paire d'ailes membraneuses claquèrent, puis dix, puis vingt, puis cent... En poussant des glapissements de sorcières surprises en train de célébrer le sabbat, la bande des ptérosauriens fondit sur Morane. Ce dernier, peu soucieux de subir l'assaut de ces harpies, se mit à courir en direction des arbres, où il comptait chercher refuge dans les fourrés.

Il courait de toute la vitesse de ses jambes, mais ses bottes le gênaient et, souvent, il glissait et manquait de s'abattre. Derrière lui, les claquements d'ailes et les cris se rapprochaient sans cesse. Il tourna la tête et devina qu'il ne pourrait atteindre le couvert avant d'être rejoint. Déjà, les premiers ptérodactyles fondaient sur lui, leurs terribles becs grands ouverts. Empoignant son Express par les canons, Bob les balaya à grands revers de crosse. D'autres lézards-volants l'entouraient, hurlant, battant des ailes. Ils étaient si nombreux au-dessus de lui qu'ils lui bouchaient toute vue du ciel. A coups de crosse, Bob se frayait un passage à travers cette horde hurlante. A trois reprises, il tomba et, chaque fois, il sentait plusieurs becs lui fouiller la chair, lui déchirer le cuir chevelu. Proche de la panique, le visage en sang, il comprit qu'il ne pourrait plus résister longtemps à ces assauts furieux. Et, soudain, il se souvint que sa carabine n'avait pas été fabriquée pour servir de massue, et qu'elle était chargée. Sans épauler, il lâcha ses deux balles dans la masse mouvante des ptérodactyles. Plusieurs d'entre eux furent frappés et pulvérisés par les puissants projectiles. Les autres, effrayés par les détonations, s'égaillèrent dans toutes les directions telle une bande de corbeaux chassés à coups de fronde. Cependant leurs cervelles obtuses ne devaient pas garder longtemps le souvenir des faits, car ils se regroupèrent presque aussitôt pour fondre à nouveau en direction de l'homme.

Morane s'était remis à courir tout en rechargeant son arme. Au fond de lui-même, il pestait de devoir ainsi gâcher ses munitions pour de la vermine criarde. C'est alors seulement qu'il songea à son automatique. Il l'arracha de son étui et, tout en continuant à galoper de plus belle, il se tourna à demi et, par-dessus son épaule, tira les sept balles contenues dans le chargeur. Il y eut à nouveau un flottement dans les rangs des ptérosaures, flottement que deux coups de l'Express changèrent en déroute.

A demi aveuglé par le sang lui coulant dans les yeux, Bob continua à courir vers la lisière de la forêt. Il l'atteignit à un endroit où le sous-bois était composé d'une végétation épineuse. Sans se soucier des épines acérées qui lui griffaient le corps à travers ses vêtements, il se coula entre les branches qui, aussitôt après son passage, se rabattaient derrière lui comme les éléments d'une grille.

Là-bas, les ptérodactyles s'étaient encore regroupés, mais l'envergure de leurs ailes les empêchaient de pénétrer dans le sous-bois et, au bout d'un moment, après avoir voleté dans tous les sens, ils regagnèrent leurs flaques boueuses pour reprendre leur bain de vase un moment interrompu.

Haletant, frissonnant de terreur rétrospective, Bob Morane se glissa au plus profond des fourrés. Là, il demeura un instant immobile, affalé sur le sol, à bout de forces. De plus en plus il se rendait compte des mille dangers de cette nature primitive et inhumaine qui, à chaque instant, semblait prête à l'anéantir. Cependant, comme il n'était point homme à s'attendrir sur son propre sort, il entreprit d'examiner ses blessures. Dans l'ensemble, elles étaient peu profondes et ne semblaient présenter aucun caractère de gravité. Après quelques applications de sulfamides, Bob jugea que les risques d'infection étaient écartés. Tout autour de lui, l'ombre se faisait de plus en plus dense, et il jugea que la nuit n'allait guère tarder à tomber. Il était donc inutile de continuer à avancer et, en outre, au plus profond de ces buissons épineux, il jouissait d'une sécurité relative. Après avoir avalé un frugal repas composé de sardines, de quelques biscuits, d'un peu de chocolat, le tout arrosé d'eau, il déroula son sac de couchage et s'y glissa, ses armes à portée de la main.

Sa fatigue était telle, après cette journée fertile en émotions de toutes sortes, qu'il sombra aussitôt dans un profond sommeil.

*
* *

Quand Bob se réveilla, il faisait grand jour. Pressé comme il l'était de sortir de cette forêt marécageuse, il ne s'attarda pas outre mesure et, après avoir roulé son sac de couchage et avoir consulté sa boussole, il quitta l'abri du sous-bois épineux et reprit son avance en direction de l'est.

Bientôt, l'aspect du terrain changea, les lagunes disparurent pour être remplacées par une forêt clairsemée, aux arbres géants et au sol solide, tapissé de mousse. Un peu partout de longues lianes pendaient dont certaines, ayant repris racine en touchant terre, s'élançaient en de nouvelles pousses vers les hauteurs.

A plusieurs reprises, Morane avait distingué entre les arbres de lourdes masses animales, dont il s'était écarté avec hâte. Une fois même, il avait croisé la piste fraîche d'un tyrannosaure, mais sans rencontrer heureusement la bête elle-même.

Vers la fin de la matinée, le voyageur s'arrêta soudain, impressionné par l'étrange spectacle s'offrant à lui. Un peu partout entre les arbres d'énormes squelettes de dinosaures gisaient à demi enfouis dans le sol. Il y en avait là de toutes les espèces ; sauropodes aux longs cous et aux longues queues, depuis le moyen diplodocus jusqu'au gigantesque brachiosaure qui pouvait mesurer jusqu'à quarante mètres de longueur de la pointe du museau jusqu'à l'extrémité de la queue et dont le seul humérus atteignait deux mètres dix de hauteur ; ornithopodes armés pour la défense, comme le stégosaure et le tricératops, ou encore des iguanodons ; et enfin les redoutables théropodes carnassiers dont le tyrannosaure était le type.

Tous ces animaux semblaient s'être donnés rendez-vous là pour y mourir. Pourtant, ce qui intriguait Morane, c'était la façon dont les squelettes se trouvaient enfoncés dans le sol, parfois jusqu'à l'échine. On eût dit qu'avant de périr ils avaient voulu creuser eux-mêmes leurs tombeaux, pour le peu bien entendu que l'on puisse prêter de telles intentions à des brutes obtuses, à l'existence quasi-végétative.

Poussé par la curiosité, Morane s'avança en direction du premier des squelettes mais, à peine avait-il fait quelques pas que le sol céda sous lui et qu'il s'enfonça jusqu'à la taille. Presque aussitôt, il sentit une sorte de grouillement autour de ses jambes. Mû par un réflexe, il agrippa à deux mains une liane pendante et se hissa à la force des poignets. A l'une de ses bottes, un petit animal de la grosseur d'un rat de bonne taille était accroché par les mâchoires. Cette fois cependant, il ne s'agissait pas d'un reptile, mais d'un mammifère car, non seulement l'animal en question avait la grosseur d'un rat, mais il en avait aussi l'aspect, la queue en moins, et une fourrure touffue couvrait son corps. Bob secoua le pied et la bestiole lâcha prise, pour aussitôt s'enfoncer dans le sol.

Grimpant le long de la liane, Bob atteignit une basse branche surplombant plusieurs squelettes. Il s'y installa à plat ventre et inspecta soigneusement ce qui se passait sous lui. Bientôt il remarqua que, tout autour des squelettes, de nombreux petits mammifères s'affairaient, rongeant tout ce qui restait de chair, s'attaquant même aux ligaments et aux cartilages.

Alors, Morane comprit que, en certains endroits, ces rongeurs — les premiers mammifères — creusaient de nombreuses galeries dans le sol, confectionnant ainsi de gigantesques chausse-trapes dans lesquelles les dinosauriens géants venaient s'enliser. Incapables de s'arracher à l'étreinte de la terre qui s'éboulait sous leur masse, ils étaient aussitôt attaqués par des myriades de rongeurs qui les dévoraient vivants, morceau par morceau, à la façon des piranhas, ces poissons carnivores des fleuves d'Amazonie.

— Jusqu'ici, murmura Bob, les savants ont supposé que la disparition des dinosaures était en partie due à la voracité des premiers mammifères, qui dévoraient leurs œufs, mais ce qu'ils ne savent pas c'est que ces mammifères, malgré leur taille réduite, dévoraient les dinosaures eux-mêmes...

Déjà, Morane songeait à l'effarement de certains paléontologistes de ses amis quand il leur ferait part de ce détail. Pourtant, il était possible que, plus jamais, il n'aurait l'occasion de s'entretenir avec un paléontologiste. Dans la situation où il se trouvait, Bob devait d'ailleurs faire passer son goût pour les sciences naturelles au second plan. Tout ce qui comptait, pour l'instant, c'était de survivre et, pour survivre, il lui fallait avant tout retrouver Frank Reeves et Hunter afin de joindre sa faiblesse à la leur et en tirer une force, comme faisaient les petits mammifères rongeurs de la préhistoire pour vaincre ces sauriens monstrueux dont les noms tonnaient comme la foudre.

IX

Le cours d'eau au bord duquel Bob Morane se trouvait à présent arrêté était large et puissant et roulait lentement des eaux limoneuses. Au-delà, passé une étroite bande de sol plat, les collines s'amorçaient, se découpant en dents de scie sur le ciel. De nombreuses d'entre elles, au sommet creusé en cratère, des jets de flammes s'échappaient.

« Cette région est truffée de volcans », pensa Bob. « Quand ils entrent tous ensemble en éruption, cela doit faire un joli feu d'artifice ! » Cependant, pour l'instant du moins, ces volcans formaient le cadet de ses soucis. Frank devait se trouver quelque part dans ces montagnes et il voulait le rejoindre au plus vite. Mais, avant cela, il lui fallait traverser cette rivière, et il ne voyait pas très bien comment y parvenir.

Bob reporta ses regards sur le cours d'eau, dont les berges étaient bordées de bancs de sable frangés d'herbes aquatiques et de néocalamites entre lesquelles voletaient d'étranges oiseaux de la grosseur d'un pigeon, au plumage rougeâtre et à la large queue pennée en forme de spatule. Il s'agissait là d'archéoptéryx, ces bestioles hybrides munies de plumes et d'ailes mais au bec armé de dents et qui formaient le trait d'union entre les reptiles et les oiseaux. Bob avait pourtant dépassé le stade des émerveillements. Il avait vu des tyrannosaures, des tricératops, des ptérodactyles évoluer devant lui et les modestes archéoptéryx ne l'étonnaient plus. Peut-être, s'il avait été paléontologiste, aurait-il fait passer leur étude avant tout, mais il n'était qu'un homme livré à un destin insolite, et pour l'instant il songeait seulement à survivre.

Durant un moment, Bob eut l'idée de traverser le fleuve à gué, mais il rejeta vite cette solution. Si les berges étaient bordées de bancs de sable, le milieu devait être fort profond et il était exclu de passer à la nage, non seulement à cause des redoutables habitants qui devaient hanter ces eaux inconnues, mais encore parce qu'il ne pouvait être question de mouiller armes et cartouches, sauvegarde du voyageur.

Instinctivement, Morane jeta un regard vers l'amont et l'aval de la rivière, comme s'il s'attendait à découvrir un pont. Il se mit à rire silencieusement et dit à haute voix :

— Un pont ? Je me demande bien qui l'aurait construit...

Il demeura un instant songeur, puis il murmura encore :

— Pourtant, Frank et le professeur Hunter, pour atteindre ces collines, ont dû trouver le moyen de franchir cette rivière...

Durant quelques minutes, il longea la berge en direction de l'amont, jusqu'au moment où il atteignit un endroit où plusieurs souches de calamites, à demi-pourries, se trouvaient échouées sur la plage.

— Voilà sans doute comment Frank et Hunter ont traversé la rivière, pensa Morane. Je vais m'empresser d'agir de la même façon...

A coups de machette, il trancha deux longues lianes qu'il assouplit en les écrasant entre deux pierres. Il entreprit alors de réunir deux souches de calamites de façon à constituer un radeau grossier. Quand il eut terminé, il se rendit compte que son travail n'était pas parfait, loin de là, mais les ligatures tenaient et, comme le courant n'était pas violent, elles ne fatigueraient pas outre mesure. D'ailleurs, tout ce que Morane demandait à son esquif c'était seulement de le conduire jusqu'à l'autre rive.

Poussant, tirant, Bob réussit à traîner le radeau primitif sur le sable et à le mettre à l'eau. A l'aide d'une longue branche servant de gaffe, il le poussa vers le milieu de la rivière. Quand sa perche ne réussit plus à atteindre le fond, il l'abandonna et se mit à pagayer doucement avec la crosse de sa carabine.

Déjà, il approchait de la berge opposée quand une sorte de mugissement sourd le fit se retourner. Là-bas, au milieu de la rivière, une tête reptilienne, emmanchée sur un long cou, venait d'apparaître, le corps de l'animal lui-même demeurant immergé. La tête n'était pas énorme, mais à la crête qui la surmontait, Morane avait reconnu un brachyosaure. Ce gigantesque sauropode qui pouvait mesurer quarante mètres de l'extrémité du museau à la pointe de la queue, en fait l'animal terrestre le plus monstrueux ayant jamais hanté la planète.

Bob n'ignorait pas que le brachyosaure, comme la plupart des sauropodes, était un animal herbivore et réputé paisible. Malgré cela, il préféra mettre le plus de distance possible entre le monstre et lui. De plus belle, il se remit à pagayer vers la berge, et des clapotis derrière lui lui apprirent que cette précaution n'était pas superflue. Il se retourna à nouveau, pour se rendre compte que le dos du brachyosaure émergeait à présent et que bientôt la bête n'aurait plus qu'à tendre son long cou pour le saisir.

Le radeau heurta un banc de sable de la rive et Morane, sautant à bas, la carabine au poing et le sac toujours fixé à ses épaules, pataugeant, avec la certitude de cette monstrueuse présence derrière lui, se mit à courir vers la plage. Quand il l'eut atteinte, il se retourna et une subite terreur l'envahit. Le sauropode avait à son tour atteint les bancs de sable et son corps en forme de barrique, s'appuyant sur quatre jambes épaisses comme des piliers de cathédrale, sortait tout à fait maintenant de l'eau. Son long cou reptilien hissait à la hauteur d'une maison de quatre étages une petite tête de tortue aux yeux fixés, aux mâchoires garnies de dents broyeuses. Le monstre, sans se presser, continuait à progresser vers l'homme. Il n'était plus qu'à une dizaine de mètres maintenant et, déjà, son cou se ployait lentement et sa tête s'avançait vers Morane.

Rapidement, Bob épaula son Express et, visant la large poitrine du saurien, pressa par deux fois la détente. Touché, le brachyosaure poussa un cri de douleur, mais il ne tomba pourtant pas. Sa masse fondit soudain en avant, comme pour écraser son chétif adversaire. Avec sa carabine vide, le temps lui manquant pour recharger, Bob se trouvait à la merci du sauropode. Sa seule chance d'échapper au trépas était de détaler au plus vite. Il tourna donc les talons et, de toute la vitesse dont il était capable se mit à courir en faisant de nombreux crochets. Derrière lui, le sol tremblait sous les pas du dinosaurien, et Morane comprit qu'il ne pouvait continuer à fuir ainsi. Bientôt, à bout de souffle, il serait obligé de s'arrêter et le brachyosaure l'écraserait entre ses mâchoires ou le piétinerait. Ce qu'il lui fallait, c'était au plus vite trouver un abri capable de résister aux assauts du monstre.

Accomplissant à nouveau un large crochet, Bob se dirigea toujours courant vers un énorme bloc de rocher à la base duquel il lui semblait distinguer une cavité. Quand il atteignit le bloc, il s'aperçut qu'il ne s'était pas trompé. Un vide existait là, entre roc et terre, juste assez large pour livrer passage à un homme. En espérant que l'excavation serait suffisamment profonde pour qu'il puisse échapper au brachyosaure, Morane s'y laissa glisser les pieds en avant. Au bout de trois mètres, la cavité, se terminant en cul-de-sac, s'élargissait un peu de façon à lui permettre de s'accroupir.

En hâte, Bob éjecta les deux douilles vides de son Express et les remplaça par deux nouvelles cartouches. Il entendait le martèlement lourd des pas de sauropode autour du bloc de rocher. Assurément, le monstre cherchait sa proie soudainement disparue. Alors, prêt à toute éventualité, les doigts sur la double gachette de son arme, Bob Morane attendit le moment où, il n'en doutait pas, le brachyosaure découvrirait son refuge.

*
* *

Quelques minutes à peine s'étaient écoulées, et Morane avait la sensation de se trouver depuis des heures au fond de l'excavation. Aux bruits de pas du sauropode étaient venus s'ajouter des reniflements, comme si le reptile géant cherchait sa trace à la façon d'un chien de chasse.

Avec inquiétude, Bob se demandait si son ennemi parviendrait à glisser la tête dans l'ouverture. Cette tête, bien que minuscule par rapport au corps de l'animal, était cependant encore d'une belle taille. Les yeux fixés sur l'étroit pan de ciel, à trois mètres au-dessus de lui, Bob s'attendait à chaque instant à voir apparaître le mufle du saurien.

Et, tout à coup, ce mufle s'encadra dans l'ouverture et, aux reniflements de plus en plus saccadés de la bête, Bob comprit qu'il était découvert. Alors, lentement, le museau du brachyosaure s'insinua dans l'excavation et la tête reptilienne se mit à descendre vers l'homme. Dans la pénombre, Morane pouvait voir briller les petits yeux fixes, minéraux, et l'éclatante blancheur des dents entre les mâchoires entrouvertes. Si ces mâchoires se refermaient sur lui, il le savait, tout serait fini. Le monstre le tirerait hors de son refuge et le broierait sous ses larges pattes.

Le mufle n'était plus qu'à deux mètres de lui quand Bob, secouant la torpeur horrifiée qui l'immobilisait, décida de passer à l'attaque. Il s'avança soudain et, enfonçant le double canon de sa lourde carabine entre les mâchoires du monstre, fit feu par deux fois. Les détonations se confondirent en une déflagration sourde, et aussitôt la tête se retira. Au-dehors, il y eut un rugissement sonore, suivi de la galopade puissante du sauropode en fuite.

Bob se rendit compte alors de la faiblesse des moyens dont il disposait pour faire face aux créatures de cette époque primitive. Avec deux balles de 600 Express dans la poitrine et deux autres dans la tête, le brachyosaure trouvait encore la force de courir, soit pour attaquer, soit pour fuir. Sans doute était-il mal en point et ne tarderait-il pas à périr des suites de ses terribles blessures, mais sa résistance n'en demeurait pas moins en tous points remarquable.

Jugeant que, momentanément du moins, tout danger était écarté, Morane se hissa hors du trou et jeta un regard circonspect autour de lui. Pourtant, il ne devait apercevoir nulle part le brachyosaure qui, les centres nerveux détruits par les balles, avait sans doute regagné la rivière pour y succomber.

Se tournant alors vers les collines, Bob s'empressa de se remettre en route dans leur direction. Par moments, de sourds éclatements, provenant des volcans, rompaient le silence, et les flammes vomies par les cratères montaient plus haut dans le ciel.

Morane fit la grimace.

— Non, murmura-t-il, ces époques n'étaient décidément pas faites pour l'homme, du moins pour l'homme désarmé et misérable qui apparut sur le globe au début du quaternaire. Toutes les puissances de la nature me semblent déchaînées...

Après une nouvelle demi-heure de marche, il atteignit les montagnes. Celles-ci étaient nettement de formation volcanique et se composaient de hauts cônes de lave séchée, creusés de nombreuses excavations et dont les flancs par endroits, étaient couverts d'une végétation rabougrie.

S'avançant entre les collines, Bob continua son chemin vers l'est. Il marchait au fond d'étroites vallées serpentant entre les monts. Parfois, il s'arrêtait pour lancer une longue tyrolienne qui, peut-être, serait entendue par Frank Reeves et par Hunter. Pourtant, rien ne lui répondait. A un moment donné cependant, les échos de son appel s'étaient à peine estompés qu'un bruit lui parvint. Tout d'abord, il crut distinguer des éclats de voix humaines, mais il se rendit vite compte qu'il n'en était rien. On eût dit plutôt des cris de tyrannosaures en chasse, sans pourtant, bien qu'ils retentissaient assez proches, en avoir la puissance. D'ailleurs, les tyrannosaures ne chassaient pas en bandes, et les bêtes dont il entendait les cris devaient être fort nombreuses. A chaque seconde, les bruits se rapprochaient et, bientôt, Morane ne douta plus que les animaux inconnus ne fussent lancés sur ses traces.

X

A l'instant où Morane avait entendu les cris, il venait de s'engager dans un étroit et profond défilé resserré entre deux collines aux flancs abrupts. Sans attendre, il se mit en marche, d'un pas accéléré, jusqu'à ce qu'il eut couvert deux cents mètres environ à l'intérieur de la gorge. Derrière lui, les cris se rapprochaient sans cesse. Finalement, il n'y tint plus et voulut connaître sans retard la nature du danger qui le menaçait. Il s'arrêta donc et, se dissimulant derrière un bloc de pierre ponce, se mit à guetter.

Sa patience ne fut pas soumise à longue épreuve. Au bout de quelques minutes, des formes apparurent à l'entrée du défilé. A l'aide des jumelles, Bob pouvait les observer à loisir. Il s'agissait de petits dinosauriens bipèdes dont l'aspect général rappelait celui du tyrannosaure. Cependant, c'était à peine s'ils atteignaient la taille d'un grand chien berger dressé sur ses pattes de derrière et, sur leurs nez pointait une longue corne. Une crête dentelée courait le long de leur échine et leur peau écailleuse était d'un rouge corail marbré de noir.

Individuellement, chaque animal ne devait pas être bien dangereux malgré des mâchoires armées de dents acérées, mais ils étaient une centaine, peut-être davantage, et représentaient une puissance devant laquelle les grands sauriens carnivores eux-mêmes devaient reculer.

Malgré tous ses efforts de mémoire, Bob ne parvenait pas à mettre un nom sur ces dinosauriens qui chassaient en bande à la façon des loups, mais il n'ignorait pas que beaucoup d'espèces antédiluviennes devaient demeurer inconnues des paléontologues.

Peu soucieux d'être rejoint par la troupe hurlante des microsaures — c'est ainsi qu'il avait déjà baptisé les petits carnivores —, Bob tourna le talon et, en courant, s'enfonça plus avant encore dans le défilé. Derrière lui, une grande clameur lui apprit que les sauriens qui, jusqu'ici, le suivaient au flair, l'avaient aperçu.

A partir de ce moment, Morane sut ne pouvoir trouver son salut que dans la rapidité de sa course. Malgré le sol raboteux, il détala de plus belle. Au bout de quelques minutes pourtant, les cris se rapprochant sans cesse, il réalisa que la horde gagnait sur lui. Il fit volte-face et tira les deux coups de son Express dans la masse des microsaures, puis il dégaîna son colt et en vida le chargeur. Plusieurs reptiles tombèrent et leurs congénères se précipitèrent pour dévorer leurs cadavres comme des loups.

Profitant de cet intermède, Bob repartit de plus belle. Pourtant, il ne devait pas jouir longtemps de son avantage, les glapissements des dinosaures retentirent à nouveau, toujours plus proches. Avant longtemps, il serait rejoint et, comme tout à l'heure, quand le brachyosaure le poursuivait, il se mit à la recherche d'un abri. Cela ne lui était guère difficile car, un peu partout, des cavités creusaient les parois du défilé. Ce qu'il lui fallait, c'était en découvrir une dont l'entrée fut assez étroite pour lui permettre de tenir tête sans trop de peine aux microsaures affamés. Finalement, il trouva ce qu'il cherchait : un trou d'un mètre de diamètre environ et fermé à demi par un bloc de lave. Déjà, Morane enjambait le bloc, quand le plus rapproché des sauriens fondit sur lui et l'attaqua par-derrière. La redoutable gueule, semblable à celle d'un petit caïman, se referma sur le sac que Morane portait sur l'épaule, et ce fut à cette seule circonstance qu'il dut de ne pas être déchiré.

D'une saccade, Bob arracha le colt de sa gaîne et, se retournant à demi, en appuya le canon sur la poitrine du microsaure et pressa la détente. Touché en plein cœur, le reptile lâcha prise et Bob put s'enfoncer dans la faille. Celle-ci était profonde de deux mètres à peine, et tout ce que Morane pouvait espérer faire pour se défendre, c'était tirer sur chaque dinosaurien qui se présenterait. Combien de temps cela durerait-il ? Jusqu'à ce qu'il ait épuisé ses munitions. Et ensuite ? Ensuite, il lui resterait à se battre à coups de couteau et de machette, jusqu'à ce qu'il soit submergé.

La troupe des microsaures s'était arrêtée en face de l'excavation, et les premiers donnèrent l'assaut. Le revolver dans la main gauche, la machette dans l'autre, Morane fit face. Il était excellent tireur, et chacune de ses balles portait. D'autre part, la machette était une arme terrible, et chaque fois que Bob frappait, il faisait une nouvelle victime.

Quand il eut ainsi abattu une dizaine de sauriens, les autres interrompirent leurs attaques pour dévorer les corps de leurs congénères. Morane se recula vers le fond de la faille et s'appuya à la muraille. Il se sentait écœuré de devoir tuer ainsi pour défendre sa vie contre les êtres qui ne faisaient que défendre la leur en l'attaquant pour se repaître de sa chair. Bob savait pourtant que de telles considérations ne changeraient rien aux circonstances. Non seulement, il demeurait perdu à des millions d'années de sa propre époque, mais encore il était livré à cette horde affamée et démoniaque.

Durant un moment, il se demanda s'il ne valait pas mieux s'avouer vaincu, laisser les microsaures en finir avec lui. Mais sa faiblesse fut de courte durée. Jusqu'à ce jour, au cours de ses nombreuses aventures, il avait toujours lutté jusqu'au bout, et il en serait de même cette fois, même si cette résistance devait se solder par un échec.

*
* *

Les mains crispées sur la crosse de son colt et la poignée de la machette, Bob attendait le nouvel assaut des microsaures. Cet assaut vint, plus furieux encore que le précédent. Posté légèrement en retrait de l'ouverture, Bob se défendait à coups de revolver et de sabre de brousse. Quand le revolver fut vide, il ne lui resta plus que sa lame dont il s'entourait de moulinets frénétiques, frappant tout ce qui se trouvait à sa portée.

Petit à petit, son bras s'engourdissait et il sentait ses forces l'abandonner. En plus, la chaleur était accablante et la sueur le trempait de la tête aux pieds. Déjà, il voyait le moment où, à bout d'énergie, il ne serait plus à même de se défendre. Alors, ce serait la curée...

Un coup de feu, puis deux, puis trois, puis quatre, éclatèrent soudain, dominant les hurlements des microsaures. Quatre d'entre eux tombèrent et d'autres détonations retentirent, chacune d'elles accompagnant la chute d'un saurien. Bob avait reconnu la voix d'une carabine d'un calibre inférieur à celui d'un Express, probablement une 375 Magnum à répétition.

L'invisible tireur continuait à mitrailler les dinosaures qui, bientôt, refluèrent. Les coups de feu cessèrent, et il y eut un long moment d'accalmie. Ensuite une voix que Bob connaissait bien, demanda, de très loin :

— Est-ce vous, Marshall ?

Durant quelques secondes, Morane demeura haletant, les tempes battantes, sans pouvoir croire à la réalité. Cette voix, c'était celle de l'homme pour lequel il venait de vivre ces heures de cauchemar. La voix de Frank Reeves.

Le Français n'avait cependant pas tardé à retrouver sa contenance.

— Ce n'est pas Marshall, cria-t-il à son tour. C'est Bob !

Il y eut quelques instants de silence, puis la voix de Frank Reeves retentit à nouveau.

— Bob ?... — Il y avait de l'incertitude dans son accent.

— Non, ce n'est pas possible !

— Si, Frank, tout est possible. C'est bien Bob !... Bob Morane...

Encore un silence, puis Reeves cria :
— Comment es-tu venu là, Bob ?
— Ce n'est pas le moment de fournir des explications, Frank. Ce qu'il faut avant tout, c'est de me débarrasser de ces déplaisantes bestioles avant de leur laisser le temps d'attaquer à nouveau.
— Tu as raison, hurla encore Frank Reeves. Heureusement, j'ai de quoi les mettre à la raison. Couche-toi à plat ventre !...

Bob obéit et s'allongea au fond de l'excavation. Quelques secondes plus tard, trois sourdes déflagrations éclatèrent, suivies aussitôt par les glapissements des dinosauriens fuyant en déroute.

« Des grenades », pensa Bob. « J'aurais dû me douter que ce vieux Frank ne s'était pas embarqué sans biscuits... »

— Tu peux sortir, fit encore la voix de Reeves. Il n'y a plus de danger maintenant...

Se redressant, Morane s'extirpa de son trou et prit pied au fond de la gorge, dont le sol était jonché de cadavres de microsaures. Il leva les yeux vers le sommet des falaises et distingua une petite silhouette humaine se découpant sur le bleu écœurant du ciel. Malgré la distance, Bob reconnut aussitôt Frank Reeves. Ce dernier se mit à agiter sa carabine au-dessus de sa tête en hurlant :

— Dirige-toi vers le fond de la gorge. Il y a moyen de parvenir au sommet....

Morane obéit et se mit à avancer dans la direction indiquée par l'Américain. Le fond du canon s'élevait lentement et, dix minutes plus tard, après avoir escaladé un éboulis, Bob se retrouva auprès de son ami. Une vigoureuse poignée de main, suivie de frénétique accolades les réunit. Ensuite, les deux amis se considérèrent l'un l'autre et éclatèrent de rire. Avec leurs vêtements de chasse déchirés, leurs visages mangés par la barbe, leurs traits tirés par la fatigue, ils ne payaient guère de mine, et il eût été difficile à un homme du vingtième siècle de reconnaître en eux le richissime Frank Reeves et le fringant commandant Morane.

— Du diable si je comprends comment tu es venu ici ; dit Frank Reeves. J'entends des coups de feu et je me précipite, croyant trouver Marshall en difficulté, et je tombe sur ce vieux Bob en personne... Mais regagnons la caverne où m'attend le professeur Hunter. Tout en marchant tu me raconteras...

Les deux hommes se mirent en route, et Bob mit son ami au courant des événements qui l'avaient conduit à faire ce bond de plusieurs millions d'années dans le passé. Il lui raconta la visite de Carlotta à son appartement du quai Voltaire, à Paris, puis l'enquête l'ayant mené, en même temps que Clairembart et Ballantine, de Miami à la « Villa Josuah ». Ensuite, il parla de la découverte du cylindre dans le hangar, puis de leur accidentel départ en compagnie de Michael Spring. Finalement, il relata à la suite de quelles circonstances il avait été amené à pousser jusqu'à ces collines.

Quand Morane eut terminé, Frank Reeves montrait un visage grave.

— Ainsi, dit-il, le cylindre est reparti, revenu et reparti encore. En outre, ce pauvre Steve Marshall est mort. C'était un homme courageux et un fameux chasseur... Mais tu n'as pas hésité à risquer ta vie pour venir à mon secours et, à mon tour, je te dois des explications.

— Je le crois, fit Morane d'une voix qu'il s'efforçait de rendre sévère. Pour nous mettre dans un fameux pétrin, tu nous a mis dans un fameux pétrin, et à mon avis tu auras bien du mal à te trouver des excuses.

Reeves eut un sourire amer.

— Vas-y Bob, attrape-moi solidement. Je le mérite. Ah, si seulement je pouvais retourner un bon mois en arrière, jamais je ne me serais embarqué pour cette folle équipée !

— Un mois en arrière ? dit Bob avec un ricanement. Tu veux rire ? C'est cent cinquante millions d'années en arrière qu'il faudrait dire. Mais j'attends ton histoire, et tâche qu'elle soit passionnante, ou je te donne la fessée, comme à un sale gamin capricieux que tu es...

XI

— Lorsque je reçus cette lettre, commença Frank Reeves, cette lettre non signée qui disait : ...*si vous voulez chasser le dinosaure, rendez-vous sans retard « Villa Josuah », sur la route de Mojave...*, — je crus tout d'abord à une plaisanterie. Puis, mon instinct de chasseur reprenant le dessus, je pensai qu'après tout rien n'était impossible et qu'un crâne naturalisé de tyrannosaure ne ferait pas mal dans ma collection de trophées. Je m'envolai donc pour Los Angeles à bord d'un de mes avions privés et, de là, armé d'un revolver afin de parer à toute éventualité, je gagnai la « Villa Josuah » à bord d'une voiture de louage. A la villa, je fus reçus par le professeur Hunter, qui m'affirma avoir trouvé le moyen de voyager dans le temps. Contre la remise d'une somme de cinquante mille dollars, il m'emmènerait dans le secondaire pour y chasser le dinosaure.

» Comme j'avais l'air de mettre en doute ses déclarations, Hunter me mena à sa machine à explorer le temps et me conduisit directement dans le Crétacé. Sans quitter l'appareil, je pus voir les dinosauriens évoluer sous mes yeux, à travers les hublots. Dès lors, je ne doutai plus et acceptai les conditions du professeur Hunter. Ayant réintégré notre époque, je retournai à Miami afin de m'équiper et, pour ne pas alarmer inutilement Carlotta, j'inventai cette fable d'une partie de chasse dans la Sierra Nevada.

» En compagnie du professeur Hunter, de Sam Gray, son assistant et de Steve Marshall, qui s'était joint à nous, nous regagnâmes donc aussitôt le Crétacé. Au début, tout alla bien. Nous tuâmes plusieurs tyrannosaures, ce qui n'alla naturellement pas sans quelques difficultés car, comme tu t'en es rendu compte, ces animaux sont plutôt coriaces, même contre les 600 Express. Par bonheur, nous nous étions munis de grenades à main, et cette précaution contribua toujours à faire tourner les combats à notre avantage.

» Au bout d'une dizaine de jours, Steve Marshall et moi exprimâmes le désir d'abattre quelques grands sauropodes, mais ceux-ci ne hantaient pas la plaine, et il fallait aller les chercher dans les marais. Munis chacun d'un équipement léger et bien conçu, nous partîmes donc, Hunter, Marshall et moi, en direction des marécages, laissant Gray à la garde de l'appareil. En route, nous ajoutâmes encore quelques tyrannosaures, tricératops et stégosaures à notre tableau de chasse mais, une fois les marais atteints, nous eûmes toutes les peines du monde à découvrir les sauropodes que nous cherchions.

» Nous nous entêtâmes et continuâmes à avancer jusqu'au moment où nous atteignîmes la rivière qui coule aux pieds de ces collines. Après avoir longé la berge durant plusieurs kilomètres, nous aperçûmes enfin un gigantesque brachyosaure occupé à paître parmi les bancs de sable de l'autre rive. Comme nous étions trop éloignés pour le tirer, nous décidâmes de franchir la rivière et, pour cela, nous nous retirâmes un peu à l'écart pour construire un radeau.

» Ce fut du radeau lui-même qu'une fois arrivés à bonne portée nous attaquâmes le brachyosaure, mais nous parvînmes seulement à le blesser et, comme nous lui barrions le chemin de la rivière, il se mit à fuir en direction des collines. Nous nous lançâmes sur ses traces, mais le professeur Hunter se fit une grave entorse à la cheville et nous fûmes forcés d'abandonner la poursuite.

» Dans l'état où se trouvait Hunter, nous ne pouvions songer à regagner le cylindre et nous cherchâmes une caverne où nous réfugier. Quand nous l'eûmes découverte, j'inspectai la cheville du professeur. La foulure était grave et elle ne pouvait être guérie avant une quinzaine de jours. Il fut donc décidé que Marshall rejoindrait seul le cylindre pour avertir Sam Gray de notre retard. Sur ces entrefaites, une vieille malaria, contractée jadis en Nouvelle-Guinée, se réveilla et je fus terrassé par une crise aiguë. Marshall dut donc demeurer auprès de nous, à la fois pour nous protéger et nous soigner. Deux semaines s'écoulèrent ainsi. Nous ne nous tourmentions par outre mesure, car nous savions que Sam Gray nous attendrait. Il connaissait le fonctionnement de la machine et celle-ci, construite en tôle épaisse, lui offrait un abri sûr contre les attaques des plus gros dinosaures. Mon seul souci, tout personnel d'ailleurs, consistait dans le fait que notre séjour dans le secondaire se prolongeait au-delà des limites prévues, et je pensais à l'inquiétude que Carlotta devait éprouver en ne me voyant pas reparaître.

» Voilà deux jours cependant, presque complètement rétabli, je fus à même de subvenir aux besoins du professeur Hunter et aux miens. Hunter allait d'ailleurs beaucoup mieux et commençait à pouvoir marcher. La présence de Marshall n'était donc plus indispensable, et il partit seul afin de prévenir Sam Gray de notre prochain retour. Tu connais la suite, Bob. En route, Marshall n'aura pu résister au désir de chasser. Il s'est attaqué à un stégosaure et a trouvé la mort... »

— De toute façon, fit remarquer Morane, il n'aurait pas retrouvé Sam Gray, ni le cylindre. Naturellement, il m'aurait probablement rencontré. Hélas, quand je l'ai découvert, il était mourant, et nous n'y pouvons rien. Bien sûr, il est inutile, Frank, de te demander comment tu as été averti de ma présence dans ces collines. Tu as entendu des coups de feu, tu as cru qu'il s'agissait de Steve Marshall et tu t'es précipité à son secours, c'est-à-dire au mien...

L'Américain hocha la tête affirmativement.

— C'est cela tout juste, Bob, dit-il. Comme tu dois le penser, je ne m'attendais pas à te rencontrer, mais maintenant que tu m'as révélé dans quelles circonstances tu as été amené à venir ici...

Les deux hommes longeaient une crête dénudée et, tout en parlant, ils jetaient des regards attentifs autour d'eux afin de déceler tout danger. Après les dernières paroles de Frank Reeves, ils demeurèrent un long moment silencieux, puis l'Américain dit encore :

— Naturellement, Bob, tu dois m'en vouloir pas mal de ce qui t'arrive, puisque c'est en venant à ma recherche que tu es tombé en panne dans cette époque impossible...

Morane haussa les épaules.

— T'en vouloir ? Que celui qui n'a jamais péché par imprudence te jette la première pierre, et au cours de mon existence j'ai assez souvent agi comme un écervelé. D'ailleurs, n'est-ce pas moi qui ai refusé de repartir avec le cylindre ?

— Bien sûr, mais en cette circonstance, tu t'es une fois encore sacrifié pour moi. C'est pour éviter de me manquer au cas où, pendant votre absence, je reviendrais vers l'appareil, que tu es resté.

— Inutile de nous chercher des excuses, fit Morane. Tout comme toi, j'ai besoin d'un peu de plomb dans la cervelle. Mais, après tout, pourquoi nous torturer inutilement en ressassant nos regrets ? La situation est tragique, certes, mais non désespérée. Tant qu'Aristide et Bill seront en vie, ils ne nous abandonneront pas...

Au fond de lui-même, Bob n'était pas si certain que l'archéologue et l'Ecossais fussent encore vivants. Pour regagner le vingtième siècle après J.-C., ils avaient dû accomplir un voyage de cent cinquante millions d'années, et autant pour revenir. Au cours de ce double voyage de quelques minutes à peine au-dessus de l'abîme vertigineux du temps, bien des accidents avaient pu se produire.

*
* *

Le soir tombait lorsque Morane et Frank Reeves parvinrent à la caverne où ce dernier et le professeur Hunter avaient trouvé refuge. Cette caverne, assez vaste, représentait un abri idéal car, pour y pénétrer, il fallait se couler en rampant dans une sorte de couloir long de plusieurs mètres et tout juste assez large pour livrer passage à un homme de corpulence moyenne. Seuls, les plus petits dinosaures, comme les microsaures qui avaient attaqué Morane, auraient pu s'y couler mais, pour les en empêcher, il suffisait de pousser un bloc de lave devant l'ouverture.

A l'intérieur de la caverne elle-même, éclairée par quelques torches de bois résineux, des sacs de couchages étaient jetés sur des litières d'aiguilles de pins et des armes et des havresacs se trouvaient suspendus aux aspérités de la muraille.

Le professeur Hunter, lui, était un petit homme d'une cinquantaine d'années, au crâne rasé d'officier prussien et à l'œil orné d'un monocle. Malgré une certaine raideur dans son maintien et dans l'expression de son visage, il était sympathique et, assurément, il devait posséder une grande intelligence.

Il s'avança en boitillant vers Morane et lui serra la main.

— Frank m'a beaucoup parlé de vous, commandant Morane, dit-il quand Reeves eut fait les présentations. Depuis notre arrivée dans le Crétacé, il ne fait que regretter votre absence. « Si Bob était ici », disait-il à bout de champ. Il se reprochait de ne pas vous avoir demandé de l'accompagner...

— S'il me l'avait demandé, fit Bob, j'aurais refusé. Mieux, j'aurais tenté l'impossible pour le dissuader d'entreprendre cette folle expédition.

Le professeur Hunter baissa la tête comme un enfant pris en faute.

— Folle expédition, répéta-t-il. Le mot est juste. Mais l'amour de la science vous pousse ainsi souvent à commettre des actes insensés...

Morane fut sur le point de remarquer que cette expédition de chasse dans le secondaire n'avait que peu de choses à voir avec la science, mais il s'abstint. Hunter ne lui laissa d'ailleurs pas le temps de parler.

— Ce que je ne comprends pas, dit-il encore, c'est pourquoi vous êtes ici, ni comment vous y êtes parvenu.

Rapidement, Frank Reeves rapporta au savant le récit que Bob lui avait fait de ses aventures. Quand il eut terminé, une grande lassitude se marqua sur le visage du physicien.

— Ainsi, murmura-t-il, ce pauvre Sam est mort après avoir renvoyé la machine dans notre présent. Grièvement blessé, il a sans doute voulu regagner notre époque pour y recevoir des soins, ou pour y mourir en paix. Je lui avais pourtant bien recommandé de ne pas quitter l'appareil. Il aura voulu s'en écarter et se sera fait surprendre par quelque dinosaurien carnivore...

Hunter se tut et demeura un instant silencieux, puis il reprit :

— Et dire que tout cela est de ma faute. Si je n'avais pas inventé cette maudite machine !

— Cela n'est de la faute de personne, dit Morane. Depuis un siècle, les hommes ne font qu'inventer des machines plus infernales les unes que les autres. C'est le progrès et personne ne pourra jamais l'enrayer, car il fait partie de cette fatalité naturelle qui préside à toutes choses dans notre univers. Si vous n'aviez pas mis au point votre appareil à explorer le temps, quelqu'un d'autre l'aurait fait tôt ou tard. Je ne vous cache pas cependant que l'appareil en question m'intrigue fort. J'ai fait des études d'ingénieur mais, malgré cela, son fonctionnement m'échappe. Je ne vous demande pas de me communiquer votre secret, professeur. Il est d'ailleurs probable que le principal m'échapperait, mais j'aimerais cependant en connaître le principe. Peut-être l'ignorez-vous, mais la curiosité n'est pas mon moindre défaut, loin de là.

Le professeur Hunter ne répondit pas immédiatement.

— Je vous comprends, commandant Morane, dit-il

enfin. Qu'est-ce qui nous guide, nous autres savants, si ce n'est justement notre curiosité en face des mystères de la nature ? Bien sûr, nous ne parviendrons jamais au bout de cette curiosité, car après avoir soulevé un voile, il y en aura toujours un autre derrière qui nous cachera quelque chose, quelque chose que nous désirerons connaître également. J'aurais d'autre part mauvaise grâce à refuser de vous conter l'histoire de ma machine à explorer le temps. Après tout, si nous voulons un jour regagner notre époque, en supposant bien sûr que vos amis ne reparaissent pas, vous devrez m'aider à construire un nouvel appareil. Mais, avant tout, mangeons. Nous avons là un rôti de dinosaure cuit sous la cendre dont vous nous direz des nouvelles...

XII

Après avoir avalé leur frugal repas, Bob Morane, Frank Reeves et le professeur Hunter s'étaient étendus sur leurs sacs de couchage, et le physicien avait commencé à parler.

— J'étais encore à l'université de Princeton que, déjà, le problème des voyages dans le temps me préoccupait. Plus tard, au cours de longues conversations avec Einstein, j'acquis la certitude que ces voyages étaient possibles, à condition toutefois de réussir à créer un appareil qui permettrait à l'homme de se déplacer le long de la quatrième dimension.

» Avant d'aller plus loin, il me paraît utile de vous faire une petit cours de topologie [2] et de relativité. Comme vous le savez, notre univers comporte trois dimensions accessibles à nos sens. Ce sont la longueur, la largeur et l'épaisseur. Pourtant, pour qu'un objet existe réllement, une quatrième dimension lui est nécessaire, c'est la durée. Cette quatrième dimension, on a donc décidé de l'assimiler au Temps. Imaginons en effet un cube qui posséderait longueur, largeur et épaisseur, mais non la durée. Ce serait en quelque sorte, un cube *instantané* qui n'aurait ni passé, ni avenir. Malgré sa longueur, sa largeur et son épaisseur, il n'existerait pas dans le temps. C'est-à-dire qu'il n'existerait pas tout court.

---

2. Branche spéciale des mathématiques étudiant la propriété des objets en raison de leur position dans l'espace.

» Donc, pour qu'un objet existe, il lui faut en réalité quatre dimensions. Les trois premières, longueur, largeur et épaisseur, que nous appellerons dimensions de l'espace, et la quatrième, qui est le Temps lui-même. Pour ce qui est des trois premières dimensions, elles sont accessibles à l'homme, car celui-ci peut évoluer dans le sens de la longueur et de la largeur et aussi, après avoir vaincu la gravitation grâce à l'aéronautique, dans le sens de la hauteur. Pourtant, jusqu'à présent, il n'avait pas encore réussi à se mouvoir dans la quatrième dimension, c'est-à-dire le long du Temps. Ou, mieux, il n'avait pas encore réussi à se mouvoir *à sa guise*, le long de cette quatrième dimension. Certes, au fur et à mesure que notre existence s'écoule, nous avançons dans le Temps, mais en suivant une vitesse immuable et dans un seul sens, le sens présent-avenir. Pas question de retourner dans le passé.

» Or, depuis les travaux d'Einstein, nous savons que le Temps possède une valeur relative. Déjà, Fitzgerald et Lorentz avaient imaginé que les corps se contractaient dans le sens de leur mouvement et selon leur vitesse. Ainsi, la Terre, qui se déplace à trente kilomètres à la seconde, se contracte de six centimètres seulement sur ses douze mille sept cent quarante kilomètres de diamètre. Donc, notre globe en mouvement étant contracté, tous les instruments de mesure du Temps qui s'y trouvent sont également contractés et fournissent des données qui seraient différentes si le mouvement était plus rapide ou plus lent...

» Selon Eintein, la vitesse limite dans notre Univers serait celle de la lumière, qui est de trois cent mille kilomètres à la seconde. Comme je viens de vous le dire, les corps se contractent en fonction de la vitesse. A deux cent soixante mille kilomètres à la seconde, ils diminuent de moitié et, à la vitesse de la lumière, ils deviennent infiniment plats et cessent d'exister par rapport aux trois dimensions de l'espace. Ils deviennent donc exclusivement quadri-dimensionnels et peuvent alors évoluer, quasi-instantanément et dans tous les sens, à travers le Temps.

» Il devient donc facile d'imaginer un engin qui, se déplaçant à la vitesse de la lumière, disparaîtrait de l'univers tridimensionnel et se déplacerait dans le Temps, soit en direction du passé, soit en direction de l'avenir. Pour le faire apparaître à une époque quelconque, il suffirait de réduire progressivement sa vitesse, et il se rematérialiserait finalement suivant les trois dimensions de l'espace.

» J'ai dit : « il serait facile d'imaginer un engin se déplaçant à la vitesse de la lumière », mais il serait évidemment beaucoup plus difficile de le réaliser. En effet, puisque cet engin deviendrait infiniment plat en se contractant, qu'adviendrait-il de ses machines et de ses passagers ?

» C'est ici que se place ma découverte. Après bien des calculs, bien des recherches, j'acquis la certitude que, pour pouvoir se déplacer dans le temps, il n'était pas indispensable d'atteindre une vitesse égale à celle de la lumière, mais qu'il suffisait de faire vibrer cet objet suivant les mêmes fréquences que celles de cette lumière. Ce fut donc sur ce principe que je construisis ma machine, en me basant sur les fréquences du courant électrique que j'amplifiai grâce à un système extrêmement complexe de transformateurs et de relais. Bien sûr, une fois terminé, mon appareil demeurait encore fort imparfait. Par exemple, il ne permettait pas de se déplacer dans un avenir ou un passé très rapproché. Il ne pouvait pas non plus se mouvoir dans l'espace, à la façon d'une automobile par exemple. Naturellement, ces petits inconvénients pouvaient aisément être surmontés grâce à quelques perfectionnements nouveaux, à une mise au point plus poussée. Hélas, mes recherches et la construction de l'engin lui-même m'avaient complètement ruiné, et je ne voulais livrer au monde qu'une machine parfaite. Alors, pour trouver des capitaux, j'imaginai d'organiser des expéditions de chasse dans le passé. Il me suffisait de contacter une dizaine de richissimes nemrods, à cinquante mille dollars la tête pour regarnir mon compte en banque et me permettre de perfectionner mon appareil. Alors seulement, je pourrais divulguer ma découverte. Pour cette première expédition de chasse, je contactai Frank et Steve Marshall. Ils acceptèrent avec enthousiasme, et vous savez comment tout cela devait se terminer. Marshall et Sam Gray, mon aide, sont morts. Quant à nous, nous nous trouvons maintenant isolés à des millions d'années de notre époque, démunis de tout, ou presque... »

*
* *

Le professeur Hunter s'était arrêté de parler. Une grande tristesse s'était peinte sur ses traits, et ce fut d'une voix sourde qu'il dit encore :

— Ah, si j'avais su, j'aurais détruit mes plans avant de les avoir terminés. Mon orgueil de savant m'a poussé au-delà des limites permises aux hommes, et plusieurs de ces hommes sont morts par ma faute. Je me sens un peu comme un apprenti sorcier dominé par les forces occultes qu'il a suscitées...

— Ne vous désolez pas, professeur, dit Bob, et soyez fier de votre découverte. Certes, deux hommes ont péri, mais il en meurt chaque jour pour des raisons bien plus futiles. Mourir après avoir vaincu le temps, quelle grisante perspective ! Pour ma part, je ne donnerais pas ma place pour tous les trésors, car nous avons vu ce qu'aucun être humain n'a vu avant nous !

Morane se tut. Il s'était laissé emporter par un brusque enthousiasme et, soudain, sa raison reprenant le dessus, il se sentait un peu désemparé. Au fond de lui-même, il savait que la machine du professeur Hunter était une absurdité, une sorte de monstrueux défi à toutes les lois naturelles. Il préféra donc faire dévier la conversation et envisager les moyens de se tirer de la situation tragique dans laquelle ses compagnons et lui se débattaient.

— Avant tout, dit-il, nous devons assurer notre retour...

Hunter se redressa, comme si un nouvel espoir l'animait soudain.

— Nous pourrions construire un nouvel appareil, dit-il. J'en possède tous les plans dans ma tête. Vous êtes ingénieur et...

— Non, interrompit Morane en secouant la tête. Cette possibilité ne pourra être envisagée qu'en dernier lieu. Pour construire ce nouvel appareil, il nous faudrait en effet partir à zéro, trouver des minerais, les extraire, en tirer du métal, fabriquer des outils. Naturellement, nous ne nous trouverions pas exactement dans la même situation que des hommes primitifs, car nous possédons toute l'expérience technique de notre civilisation. Malgré cela, cette entreprise prendrait du temps, beaucoup de temps. Mieux vaut donc continuer à espérer le retour du cylindre. Si le professeur Clairembart et Bill sont encore en vie, ils feront l'impossible pour revenir nous prendre. Je propose donc de nous rendre sans retard à l'endroit où l'appareil doit se matérialiser. Nous nous installerons dans le grand ginkgo qui m'a déjà servi de refuge, et nous attendrons...

— Et si le cylindre s'était matérialisé depuis ton départ ? interrogea Frank Reeves.

— J'ai laissé des messages et ai marqué ma piste. Aristide et Bill nous auront attendus ou se seront lancés à notre recherche. Au cours de notre trajet d'ici au ginkgo, nous tirerons de temps à autre des coups de feu pour leur signaler éventuellement notre présence.

Durant un long moment, Frank demeura songeur.

— Ta solution me paraît bonne, mon vieux Bob. Bien sûr, dans cette caverne, nous jouissons d'une sécurité relative, mais nous n'avons pas le choix. Nous partirons demain, à l'aube.

Reeves se tourna vers le physicien.

— Aurez-vous la force d'accomplir le trajet, professeur ?

Hunter secoua la tête affirmativement.

— Je le crois, dit-il. Si, de temps à autre, vous me prêtez une épaule secourable pour m'y appuyer, je suis même certain d'y parvenir...

— Rien ne s'oppose donc à notre départ, conclut Bob. Comme vient de le dire Frank, nous nous mettrons en route dès demain à l'aube, en faisant des vœux pour que les esprits de la quatrième dimension nous viennent en aide.

Frank Reeves se leva et alla éteindre les torches. Bob s'allongea dans son sac de couchage et essaya de trouver le sommeil. Il fut longtemps sans y parvenir, et il savait qu'il en était de même pour ses compagnons. Les trois hommes n'ignoraient pas que, dans les jours qui suivraient, leur destin allait se jouer. Ou, avec le retour du cylindre, ils réussiraient à s'évader des profondeurs du temps où il se trouvaient prisonniers, ou ils seraient condamnés à demeurer, à jamais peut-être, perdu dans cet âge sans espérance.

XIII

L'aube rosissait à peine le sommet des montagnes quand Bob Morane, Frank Reeves et le professeur Hunter se mirent en route en direction de l'ouest. Ils ne pouvaient avancer vite, car le physicien souffrait encore de sa foulure et marchait en boitillant. De temps à autre, il lui fallait s'arrêter pour se reposer durant quelques minutes ou encore s'appuyer à l'épaule d'un de ses compagnons.

Déjà le soleil était haut quand ils atteignirent le fleuve. Là, pendant que Hunter, juché sur un bloc de rocher, l'Express à la main, surveillait les alentours, Bob et Frank entreprirent de construire un radeau capable de les supporter tous trois, car ils n'avaient pas retrouvé ceux assemblés précédemment et qui, abandonnés parmi les bancs de sable, avaient sans doute été entraînés par le courant. Par bonheur, les troncs d'arbres abattus par les crues et échoués ensuite étaient nombreux le long des berges, et Morane était passé maître dans l'art de les réunir tant bien que mal avec des lianes après les avoir ébranchés à coups de machette.

Il fallut néanmoins près d'une heure aux deux hommes pour mener à bien ce travail. Enfin, en compagnie de Hunter, ils purent s'embarquer et traverser la rivière. Ils prirent pied sur l'autre berge, à peu de distance d'un endroit où quatre ou cinq grands sauropodes étaient vautrés parmi les hautes herbes, broutant avec une nonchalance béate de ruminants. Ils se contentèrent de tourner leurs petites têtes et tortues aux yeux fixes en direction des hommes, mais sans faire mine d'attaquer cependant.

— Ces sauropodes sont en général paisibles, expliqua Hunter. Ce sont les vaches de l'époque secondaire. S'il y avait des trains, ils les regarderaient passer.

— Hier pourtant, fit remarquer Morane, un brachyosaure m'a attaqué sans provocation.

— Qui sait si ce n'était pas celui-là même sur lequel nous avons tiré avec Marshall ? dit Frank. Si c'était lui, il devait garder un assez mauvais souvenir des hommes.

Bob, Frank et le savant avaient tiré le radeau sur le sable pour pouvoir le retrouver au cas où ils se verraient forcés de revenir en arrière.

Sans perdre de temps, ils se dirigèrent vers la proche forêt marécageuse. Comme ils allaient en atteindre la lisière, de sourdes détonations, semblables à celles qu'auraient produites des bombes de gros calibre, éclatèrent. Frank Reeves se tourna vers les collines, où les volcans crachaient des gerbes de flammes de plus en plus épaisses. Là-bas, du côté des savanes, d'autres détonations, toutes semblables mais assourdies par l'éloignement, retentissaient également.

Reeves fit la grimace.

— Avec ces volcans qui ne cessent de pétarader, dit-il, j'ai l'impression depuis notre arrivée, que le monde va exploser.

Le professeur Hunter se mit à rire.

— Soyons rassurés à ce sujet. Nous sommes bien placés pour savoir que le monde n'a pas explosé.

Bob, lui, ne dit rien, mais une sorte de malaise s'était abattu sur ses épaules. Les colères de la nature, contre lesquelles l'homme, malgré toute sa science, demeure impuissant, l'avaient toujours impressionné et, devant elles, il se sentait comme pieds et poings liés face à un ennemi redoutable.

Le Français et ses compagnons avaient pénétré dans le

marais et marchaient maintenant entre les troncs de fougères géantes et de calamites. Parfois, il leur fallait contourner de grandes étendues fangeuses au bord desquelles campaient des colonies de ptérodactyles.

A un moment donné, ils parvinrent à une sorte de large ravin aux pentes abruptes et dont le fond, vingt mètres plus bas, était rempli d'une eau croupie, couverte des moisissures.

— Nous ne sommes pas passés ici en venant, déclara Hunter, sinon nous nous souviendrions de ce ravin...

— Je ne m'en souviens guère non plus, dit Bob. A mon avis, je suis passé plus au nord.

Frank Reeves eut un haussement d'épaules.

— De toute façon, ce ravin ne doit pas s'étendre sur une bien grande distance, sinon il nous aurait arrêtés auparavant. Dirigeons-nous donc vers le nord afin de le contourner.

— Nous ne devrons pas nous donner cette peine, dit Morane en tendant le bras vers la gauche. Le hasard nous a construit un pont...

A quelque distance, un arbre gigantesque, mort de vieillesse sans doute, s'était abattu par-dessus le ravin. Les trois hommes s'en approchèrent pour se rendre compte que le tronc était à demi pourri et dévoré par les plantes parasites qui pendaient en longues guirlandes.

— Je me demande si cette vieille souche ne va pas céder sous nos pas, dit Hunter.

Bob Morane secoua la tête.

— Soyez sans crainte à ce sujet, professeur. Il faudrait au moins le poids d'un grand dinosaure pour qu'il se brise.

Déjà le Français s'était avancé sur le tronc. Il parvint sans encombre sur l'autre bord du ravin où, quelques minutes plus tard, Frank Reeves et Hunter venaient le rejoindre.

— Continuons à nous diriger vers l'ouest, dit Morane. De cette façon, nous ne manquerons pas, après avoir traversé ces marais, d'atteindre la savane. Une fois là, nous n'aurons aucune peine à nous orienter. J'ai soigneusement repéré l'endroit où doit se matérialiser le cylindre.

— Nous aussi, fit Hunter. De ce côté, nous ne courons aucun risque et, comme je vous l'ai dit, l'appareil est incapable de se déplacer dans l'espace et doit se matérialiser infailliblement au même endroit.

Les trois hommes se remirent en route en silence. Le physicien s'était taillé une canne dans une branche et s'en aidait pour marcher. Durant une nouvelle demi-heure, ils avancèrent ainsi, prêtant l'oreille au moindre bruit qui aurait pu déceler l'approche de quelque ennemi. Tout à coup, Morane, qui marchait en tête, s'immobilisa et, de la main, fit signe à ses compagnons de s'arrêter. Respirant à peine, ils prêtèrent l'oreille et, bientôt des sons leur parvinrent. Des sons qui n'avaient rien à voir avec ceux de la forêt et du marécage. C'était une série de tintements brefs et répétés, comme si quelqu'un se trouvait occupé à heurter du métal contre du métal. Puis, à ces bruits d'autres se superposèrent. Des bruits plus sourds, plus modelés.

Morane, Reeves et Hunter échangèrent des regards dans lesquels l'incrédulité et la joie se mêlaient étroitement. Car ces bruits sourds et modulés, ils venaient de les reconnaître. Des bruits de voix humaines...

*
* *

Entraînant et soutenant le professeur Hunter, Bob et Frank s'étaient élancés en avant, écartant devant eux le rideau de verdure à l'aide de leurs carabines. Bientôt, ils débouchèrent dans une large clairière au centre de laquelle trois personnages s'affairaient autour d'une jeep immobilisée. Trois personnages dans lesquels Morane reconnut aussitôt Aristide Clairembart, Bill Ballantine et Michael Spring, le G-man.

Décrire la joie des six hommes serait impossible. Dès qu'ils furent réunis, les mains se serrèrent, des cris d'allégresse fusèrent et le professeur Hunter lui-même, malgré sa cheville malade, se mit à danser une gigue digne de faire pâlir d'envie un bâteleur de foire.

— Je savais que vous ne nous abandonneriez pas, mes amis ! s'était exclamé Morane. Même vous, Spring, vous êtes revenu...

Le G-man hocha la tête en souriant et dit :

— On m'avait donné pour mission de retrouver monsieur Reeves et, comme on ne me l'a pas enlevée, je me suis vu forcé d'aller jusqu'au bout.

— Et vous avez réussi, remarqua Frank Reeves, puisque me voici...

— Tout cela ne m'explique pas votre retard, dit encore Morane en s'adressant en même temps à Clairembart, Ballantine et Spring. Vous deviez être de retour dans les deux jours et, vraiment, je fus bien près de penser ne jamais vous revoir.

— Ce n'est pas notre faute, commandant, croyez-le bien, fit Ballantine. Mais là-bas, dans notre fichu vingtième siècle, il y a de fichus empêcheurs de danser en rond auprès desquels les tyrannosaures eux-mêmes sont de petits plaisantins.

— Bill exagère à peine, dit à son tour Clairembart. Après notre premier départ accidentel à bord du cylindre, Herman, le policier préposé à la garde de la « Villa Josuah » avait donné l'alarme. Aussi, à notre retour, nous attendait-on avec tous les honneurs qui nous étaient dus. Les scellés furent aussitôt apposés sur l'appareil, avec interdiction de s'en approcher avant qu'il n'eût été étudié par les experts. Ainsi, nous nous trouvions immobilisés et il fallut remuer ciel et terre pour obtenir la permission de repartir. Finalement, à la suite d'une démarche de Carlotta auprès du président, cette permission nous fut accordée. Le temps de réunir le matériel nécessaire et nous voici. Nous avons trouvé le message de Bob sur le ginkgo et avons suivi sa piste...

Bill Ballantine donna un violent coup de pied dans l'un des pneus de la jeep et enchaîna :

— Malheureusement, cette feraille vient de nous lâcher. Un axe de roue brisé, cela laisse peu d'espoir.

— Bah ! fit Morane, nous regagnerons le cylindre à pied. Nous sommes en nombre et de taille à nous défendre.

— Surtout avec ceci, dit Bill en tirant un bazooka de la jeep. Cette nuit, dans la savane, nous avons pu nous assurer de son efficacité. Cela vous change un tyrannosaure en descente de lit aussi facilement que s'il s'agissait d'un vulgaire lapin sauvage...

Depuis un moment, Frank Reeves paraissait soucieux. Finalement, il releva la tête et, s'adressant à Clairembart, demanda :

— Et Carlotta, professeur, comment se porte-t-elle ?

— Je l'ai vue à Los Angeles, Frank. Elle était très inquiète. Réellement, vous avez agi comme un enfant.

— Je sais, professeur, je sais. Mais je suis chasseur, et l'on me donnait la possibilité de chasser le dinosaure. Qu'auriez-vous fait à ma place si le professeur Hunter vous avait offert de visiter Babylone à l'époque du grand Nabuchodonosor ?

Derrière les épaisses lunettes cerclées d'acier du vieil archéologue, une lueur brilla soudain, et sa barbiche se mit à trembloter en signe d'émotion.

— J'aurais agi comme vous, Frank. Visiter Babylone au temps de sa splendeur !... Vous vous rendez compte !... Vous vous rendez compte !...

Clairembart se tourna vers Hunter.

— Croyez-vous ce voyage possible ?

Le physicien secoua la tête.

— Babylone se situe dans un passé trop proche par rapport à notre vingtième siècle mais, peut-être, quand j'aurai apporté à mon appareil les perfectionnements nécessaires...

Aristide Clairembart semblait saisi d'une soudaine frénésie.

— Combien de temps vous faudra-t-il pour réaliser ces perfectionnements ? interrogea-t-il encore.

Hunter eut un geste vague.

— Deux ans, trois ans au maximum...

— Deux ans, trois ans au maximum, répéta Clairembart. Ecoutez, professeur, je ne possède pas des milliards comme Frank, mais je suis néanmoins à mon aise. Si vous consentez à m'emmener dans l'ancienne Babylone, je n'aurai pas trop de peine à réunir cinquante mille dollars...

A ce moment, Morane juge utile d'intervenir.

— Hé, Aristide, comme vous y allez ! Ne croyez-vous pas qu'avant de songer à repartir pour une nouvelle petite excursion dans le temps, nous ferions mieux de regagner le cylindre et notre bon vieux vingtième siècle ?

L'archéologue sursauta, comme si l'on venait de l'arracher à un rêve qu'il faisait éveillé. Il rajusta ses lunettes et dit d'une voix confuse :

— Vous avez raison, Bob, je suis un vieux radoteur. Il suffit que l'on me parle d'une ville disparue pour qu'aussitôt je me mette à battre la campagne. Nous vous avons retrouvés, et c'est tout ce qui compte pour l'instant...

Ces paroles venaient à peine d'être prononcées que Ballantine tressaillit et tendit le bras.

— Là-bas, regardez !

A l'extrémité de la clairière, deux iguanodons, suivis de près par un tyrannosaure, venaient d'apparaître. Déjà, Bill glissait une charge dans son bazooka pour en faire usage au cas où le carnivore se déciderait à attaquer les hommes. Cependant, le tyrannosaure, contrairement à toute attente, ne semblait pas manifester d'intentions hostiles. Il rejoignit les iguanodons et les dépassa sans même faire mine de les assaillir. Les grands herbivores disparurent à leur tour parmi les arbres, sans paraître non plus avoir remarqué les hommes. Ceux-ci s'entre-regardèrent avec inquiétude.

— On dirait que ces animaux ont peur de quelque chose, fit Michael Spring.

— J'ai eu également cette impression, dit Morane. Mais je me demande ce qui pourrait bien faire peur à un tyrannosaure...

A ce moment, une rumeur soudaine monta dans la jungle, faite de piétinements, de clapotis, de glapissements de terreur, comme si des milliers d'animaux, saisis soudain de panique, se mettaient à fuir droit devant eux.

Et tout à coup, une explosion monstrueuse retentit au loin, à croire que la terre elle-même venait d'éclater.

XIV

Une même pensée était venue aux six hommes. Ce fut le professeur Hunter qui la formula.

— Une éruption volcanique, dit-il.

— Oui, dit Morane, et à en juger par la puissance de la déflagration, elle doit être d'envergure. En outre, j'ai l'impression que l'explosion a eu lieu du côté de la savane.

— Exactement, intervint Clairembart. Il doit s'agir de ces volcans situés au-delà de la plaine, et que nous apercevions du cylindre. D'ailleurs, tous les animaux semblent tourner le dos à la savane.

— En effet, remarqua Reeves, on dirait qu'ils fuient tous en direction du fleuve.

Des dinosauriens de toutes espèces traversaient maintenant la clairière en faisait trembler le sol. Michael Spring avait tiré un second bazooka de la jeep et se tenait prêt de lui aussi à stopper toute attaque.

Un tyrannosaure arriva en bondissant, prêt à écraser les hommes de sa masse. Ballantine tira et le reptile géant, atteint en pleine poitrine par la charge creuse, se dressa de toute sa hauteur. Ses mâchoires claquèrent telles de monstrueuses cisailles, puis il bascula en arrière avec un bruit de montagne qui s'écroule et ne bougea plus.

Un peu partout, des crépitements se faisaient entendre et de la fumée s'échappait d'entre les arbres en lourdes volutes.

— La forêt brûle ! cria Morane. Fuyons vers la rivière...

— Et le cylindre ? interrogea Frank Reeves.

Bob haussa les épaules.

— Pour l'instant, ce qui compte, c'est de sauver nos vies. Courons !...

Emportant tout ce qu'ils pouvaient comme vivres et munitions, ils tournèrent les talons et se mirent à fuir, mi-marchant, mi-courant, en direction de l'est. Au bout de deux cents mètres cependant, le professeur Hunter, que sa cheville faisait toujours souffrir, s'écroula. Morane se pencha vers lui, l'aida à se relever et le chargea sur ses épaules. Cependant, Ballantine avait assisté à la scène. Il tendit le bazooka et le sac contenant les charges à Frank Reeves, puis il se rapprocha de Morane.

— Passez-moi le professeur, commandant, dit-il. Je pourrais en porter cinq comme lui sans même faire d'efforts...

Bob connaissait la force herculéenne de son ami, aussi fût-ce sans la moindre scrupule qu'il lui confia son fardeau.

La petite troupe atteignit le ravin devant lequel les animaux hésitaient pour ensuite détourner leur course afin de le contourner. C'était un spectacle dantesque que celui de ces créatures monstrueuses, semblables à des maisons en marche, qui jaillissaient de partout, poussées par une terreur aveugle. Dans leur affolement, elles ne songeaient certes pas à attaquer les hommes, mais ceux-ci pouvaient à tout moment être piétinés et il leur fallait prêter une attention de chaque instant. Leurs bazookas armés, Frank Reeves et Michael Spring se tenaient prêts à arrêter tout dinosaure qui ferait mine de s'approcher trop dangereusement.

— Au pont ! avait crié Morane.

Tous s'étaient mis à courir le long du ravin, en direction du tronc d'arbre abattu. Ils l'atteignirent en moins d'une minute et s'y engagèrent un à un. Morane, qui venait le dernier, avait à peine franchi la moitié de la distance le séparant de l'autre bord du ravin, quand un tyrannosaure jaillit soudain de la forêt et se dirigea vers le pont, dans l'intention évidente de le franchir.

— Attention, commandant ! hurla Ballantine qui avait déposé le professeur Hunter.

Mais cet avertissement venait trop tard. Déjà, le tyrannosaure s'était engagé sur le tronc d'arbre. Bob bondit en avant pour atteindre la terre ferme mais, au moment où il allait y parvenir, il y eut un grand craquement. Le pont, brisé en deux tronçons par le poids du monstre roula dans le vide et Morane se sentit tomber à son tour. Pas longtemps cependant, car il eut la sensation d'un étau qui se refermait sur son poignet droit et il demeura suspendu au-dessus du précipice.

Levant la tête, Morane aperçut le visage de Bill Ballantine penché sur lui. A l'ultime seconde, l'Ecossais avait réussi à agripper son ami, et il lui avait fallut toute sa force de colosse pour réussir ainsi, sans être entraîné lui-même, à arrêter la chute du Français, dont les quatre-vingts kilos de chair et d'os présentaient un poids non négligeable.

Sans effort apparent, Ballantine hissa son compagnon sur la terre ferme.

— J'ai l'impression, Bill, fit Morane, que je te dois la vie...

Le géant secoua son épaisse chevelure rousse.

— Vous avez sauvé la mienne tant de fois, commandant, que je ne parviendrai jamais à rattraper mon retard. Mais ne perdons pas de temps en vaines paroles. L'incendie, lui, ne s'amuse pas en route...

Des volutes de fumée toujours plus épaisses montaient d'entre les arbres. Déjà, les animaux se faisaient plus rares ; la plupart d'entre eux devaient déjà avoir atteint le fleuve. Quand les hommes y parvinrent à leur tour, un étrange spectacle les y attendait. Des milliers de sauriens nageaient en direction de l'autre rive. Il y en avait là de toutes les espèces, adversaires pour la plupart, mais confondues à présent dans une même terreur, un même désir d'échapper à la destruction, de survivre. Il n'y avait plus d'ennemis, de chasseurs ni de chassés, mais seulement des êtres unis maintenant dans la grande fraternité de la peur. Cette fraternité s'étendait même aux hommes, et ils s'en rendaient compte.

— Nous devons nous aussi franchir la rivière au plus vite, dit Morane, sinon nous périrons carbonisés.

Ils avaient retrouvé le radeau tiré sur la plage mais, tel quel, il n'aurait pu les supporter tous les six. Il fallait à tout prix y ajouter de nouveaux troncs. Heureusement, les souches étaient nombreuses, et tous s'attelèrent à la besogne. Seul, le professeur Hunter, armé de l'un des bazookas, montait la garde.

Au bout d'une demi-heure de travail fébrile, le radeau fut prêt. Il était temps, car la fumée se faisait de plus en plus épaisse et des rougeoiements s'apercevaient entre les arbres.

Le radeau fut poussé à l'eau et ses six passagers le manœuvrant à l'aide de perches, le guidèrent vers l'autre rive. Mais à peine avaient-ils atteint le milieu du courant qu'une nouvelle explosion se fit entendre, toute proche, tandis qu'un souffle brûlant passait sur eux.

*
* *

Frappés d'une sorte d'épouvante sacrée, Bob Morane et ses compagnons regardaient en direction des collines proches où les volcans venaient d'éclater telles d'énormes bulles sous la pression du feu intérieur, vomissant des flots de lave bouillonnante. Des bombes volcaniques striaient l'air dans tous les sens, certaines tombant jusque dans la rivière, et des langues de feu couraient sur les flancs des montagnes et au creux des vallées, là où la maigre végétation s'était enflammée.

Persuadés d'assister à un de ces cataclysmes qui, au cours des âges primitifs, bouleversaient souvent la planète, les hommes, cheveux et vêtements roussis par le

souffle brûlant qui avait fondu sur eux, demeuraient silencieux sur le radeau qui dérivait lentement. Un peu partout, sur la berge opposée à celle qu'ils venaient de quitter, des animaux allaient et venaient, affolés, tandis que sur l'autre rive, l'incendie roulait en vrombissant.

— Nous ne pouvons aborder ni à gauche ni à droite, dit Clairembart. Qu'allons-nous faire ?

Morane pointa le doigt en direction de l'aval.

— Maintenons le radeau au milieu du courant et laissons-nous emporter. Cela nous mènera bien quelque part.

Par centaines, par milliers peut-être, les dinosaures, des plus petits atteignant tout juste la taille d'un poulet, aux plus grands qui devaient peser des tonnes, se pressaient sur la rive, du côté des collines. Souvent, l'un de ces géants, se jetait à l'eau et se mettait à nager en rond en soulevant de grandes vagues qui faisaient danser le radeau.

Tandis que Michael Spring et le professeur Hunter, armés chacun d'un bazooka, se tenaient prêts à foudroyer n'importe quel saurien qui s'approcherait de trop près, Bob, Frank Reeves, Clairembart et Ballantine pagayaient avec la crosse de leurs carabines. Parfois, tous jetaient un regard apeuré en direction des volcans qui, à chaque borborygme souterrain, vomissaient de nouveaux torrents de lave.

De la nappe de fumée stagnant au-dessus des marais en feu, une centaine de ptérodactyles affolés émergèrent soudain. A en juger par leur vol laborieux, ils semblaient épuisés et cherchaient un endroit où se poser.

— Le radeau ! s'exclama Michael Spring. Ils ont aperçu le radeau !...

Le G-man ne se trompait pas. Les lézards ailés descendaient vers eux en groupe compact.

— Il faut les empêcher de nous atteindre, dit Bob. Envoyons-leur une salve...

Bazookas et Express furent aussitôt braqués sur les ptérodactyles et, quand ceux-ci furent à bonne portée, Morane commanda :

— Feu !

La salve éclata, couvrant pour un bref instant la voix des volcans. Hachés presque à bout portant, la masse des ptérosaures sembla se désagréger. La moitié des volatiles, tués ou blessés par la décharge, tombèrent à l'eau ou se mirent à voleter en direction de la berge en poussant des glapissements d'effroi. Ceux qui restaient s'abattirent sur le radeau où se déroula alors un affreux combat, les hommes se défendant à coups de crosse, de machettes ou de revolvers. Finalement, la victoire leur resta et les ptérodactyles survivants s'en allèrent à la recherche d'un perchoir plus accessible.

Perdant leur sang par de nombreuses blessures heureusement superficielles, Bob et ses amis demeurèrent allongés sur les troncs, sans même trouver la force de parler.

Des appels firent soudain sursauter Morane :

— A l'aide !... A l'aide !...

C'était la voix du professeur Clairembart.

Se tournant dans la direction d'où venaient ces cris, Bob aperçut le vieil archéologue qui, tombé sans doute à l'eau au cours du combat, sans que ses amis s'en aperçoivent, tentait maintenant de rejoindre le radeau emporté par le courant. A une dizaine de mètres en arrière de Clairembart, un grand crocodile préhistorique nageait dans sa direction et visiblement, le savant ne réussirait pas à se mettre hors d'atteinte avant d'être happé par le monstre.

Clairembart, qui était bon nageur, tirait sa coupe avec l'énergie du désespoir, mais on devinait qu'il s'épuisait rapidement et le saurien gagnait sans cesse sur lui.

Bob Morane s'était dressé. Il empoigna une des gaffes posées en travers du radeau et la brisa sur son genou, pour obtenir un fragment long de cinquante centimètres environ et épais comme le bras. Tenant le morceau de bois par son milieu, Bob se tourna vers Reeves et lui dit simplement :

— Couvre-moi, Frank !

Il se laissa tomber à l'eau et, de toute vitesse dont il était capable, se mit à nager vers Clairembart. Il l'atteignit au moment même où le crocodile allait le rejoindre. Déjà, le saurien ouvrait la gueule pour saisir sa proie quand, résolument, Morane tendit le bras et lui enfonça le morceau de bois verticalement entre les mâchoires qui, en se refermant, demeurèrent bloquées. Sa longue queue battant désespérément l'eau, le crocodile, pour échapper à la noyade, tentait de se libérer du pieu coincé entre ses mâchoires, mais sans y parvenir. Une balle, tirée à quelques mètres à peine par Frank Reeves, mit fin à ses souffrances.

Clairembart et Morane avaient été hissés sur le radeau. Tout en essuyant de son mieux les verres de ses lunettes, le savant se mit en devoir de dire toute sa reconnaissance à son sauveur. Mais Bob lui coupa la parole.

— Inutile de me remercier, professeur, dit-il. Je vous ai sauvé la vie, bien sûr, mais quelle valeur peuvent encore avoir nos existences dans ce monde hostile, entre ces monstres carnassiers et cette nature en fureur ?

Le vieil archéologue baissa la tête sans répondre. Il savait que Morane disait vrai, qu'entraînés à la dérive sur ce fleuve inconnu, entre deux murs de flammes, les membres de la petite troupe dont il faisait partie seraient tôt ou tard voués à l'anéantissement.

XV

— La mer !... Nous avons atteint la mer !...
C'était Bill Ballantine qui venait de pousser cette exclamation. Durant tout le reste de la journée, le radeau avait descendu le cours du fleuve et, tout à coup, celui-ci s'était élargi en un vaste estuaire au-delà duquel s'étendait la mer crétacée. A gauche, à droite, c'était la côte ravagée par les flammes et le long de laquelle se pressait la foule compacte des animaux reculant sans cesse devant l'avance du feu. Beaucoup, affolés, s'étaient jetés à l'eau et nageaient sans but vers le large, poussés seulement par un aveugle instinct de conservation.

A l'horizon, le soleil n'était plus qu'une énorme masse pourpre, teintée eût-on dit par la lueur même des incendies, et qui s'apprêtait à disparaître derrière l'horizon.

Un bref conseil s'était tenu entre les six hommes, dans le seul but de déterminer le parti à prendre en attendant de pouvoir regagner la terre une fois le cataclysme apaisé et le feu éteint.

— Pourquoi ne demeurerions-nous pas à bord du radeau ? fit Ballantine. Les incendies ont maintenant atteint leur point culminant d'intensité et, au cours de la nuit, ils devront infailliblement décroître faute de combustible. Demain nous pourrons peut-être rejoindre la côte.

Mais Morane ne paraissait pas du même avis que l'Ecossais.

— Il ne peut être question de demeurer plus longtemps sur ce radeau de fortune, dit-il. Déjà, il commence à se déglinguer et, avant quelques heures d'ici, la houle aidant, les lianes lâcheront et chaque tronc s'en ira de son côté.

Bob tendit le bras en direction de quelques îlots qui se détachaient à peu de distance sur le fond bleu sombre de la mer.

— Tentons plutôt de gagner un de ces îlots, continua-t-il. Nous pourrons y camper jusqu'à ce que le séisme se soit apaisé. En attendant, nous nous arrangerons pour rendre notre radeau plus solide et en même temps plus gouvernable. De cette façon, nous pourrons plus aisément regagner le continent.

— Reste à savoir, dit Frank Reeves, si nous parviendrons à atteindre un de ces îlots.

— En pagayant tous du même côté avec les crosses de nos carabines, dit Bob, nous avons des chances de nous en tirer. La mer est calme et, en outre, il ne semble pas y avoir de courant. D'ailleurs, il n'est pas question de savoir si nous pouvons réussir ou non. Ces îlots sont notre seule chance de salut momentané, et nous devons tenter d'y prendre pied.

— Le commandant Morane a raison, dit Michael Spring. Il sera toujours temps de nous désoler quand nous aurons échoué. Personnellement, je ne tiens pas à passer la nuit sur ces souches branlantes, surtout si les monstres marins de cette époque valent leurs frères terrestres.

— Soyez sans crainte à ce sujet, fit Clairembart avec un sourire. Ils les valent. Un kronosaure ou un mosasaure n'ont rien à envier au tyrannosaure. Dans la circonstance présente, ils possèdent même sur lui l'avantage de nager comme des poissons.

— La question me paraît donc résolue, fit à son tour le professeur Hunter. En route pour l'un des îlots !...

Bill Ballantine éclata d'un gros rire.

— Une île déserte en pleine période crétacée, voilà une éventualité à laquelle Daniel Defoe [3] lui-même n'aurait pas songé !...

---

3. L'auteur de « Robinson Crusoé ».

Tous s'étaient mis à souquer ferme sur leurs pagaies improvisées, et ce devait être un spectacle à la fois tragique et caricatural que celui de ces six hommes hirsutes, aux vêtements en loques et aux visages ensanglantés, occupés à faire avancer à la surface de la mer quelques vieux troncs d'arbres mal joints, et cela avec la même conviction que s'ils s'étaient trouvés en train de disputer des régates.

Les craintes de Frank Reeves devaient se révéler vaines. La ligne des îlots fut assez aisément atteinte et le radeau alla s'échouer sur une grève sableuse à proximité de laquelle s'ébattaient quelques familles de plésiosaures faisant songer à de gigantesques phoques à longs cous et à dents de crocodiles. Déjà, les hommes s'étaient mis sur la défensive et s'apprêtaient à faire usage de leurs armes, mais les grands reptiles marins ne firent pas mine de les attaquer. Au contraire, ils plongèrent et disparurent en direction du large.

Le radeau ayant été tiré sur la plage, Morane et ses amis entreprirent de visiter l'îlot. Celui-ci n'était guère vaste et, à part quelques ptéranodons gîtant dans les falaises, du côté du large, et les plésiosaures qui venaient s'échouer sur la grève, elle ne contenait aucun hôte dangereux. Le camp fut installé à l'abri d'un petit cirque de rochers formant une véritable forteresse d'où l'on pouvait défier les attaques de dinosauriens qui, pour fuir l'incendie, auraient pu venir de la côte à la nage. Un feu fut allumé et, après un frugal repas arrosé de l'eau des gourdes, on tint un nouveau conseil de guerre. Suivant l'opinion quasi-générale, le cylindre avait dû être détruit par la première éruption. Pourtant, tout le monde fut d'accord pour qu'on allât se rendre compte sur place. En raison de la gravité des circonstances, il ne fallait rien laisser au hasard et ne négliger aucune chance de se tirer de cette impasse, si cette chance existait.

— Et si le cylindre est réellement détruit ? interrogea Michael Spring. Que deviendrons-nous ?

De tous, le G-man était sans doute le plus touché par

les événements. En effet, il était le seul à ne pas avoir de raisons réelles d'être venu se perdre dans le lointain crétacé. Le professeur Hunter y avait été poussé par la science. Frank Reeves par sa passion pour la chasse et Bob, Clairembart et Ballantine par l'amitié. Spring, lui, avait été guidé seulement par cette mission dont on l'avait chargé — retrouver Frank Reeves — et qui ne lui aurait valu aucun reproche s'il ne l'avait remplie jusqu'au bout.

— Si le cylindre est détruit, fit Morane, il ne nous restera plus qu'à nous grouper en une société active dans laquelle chacun remplirait un rôle bien établi. Le professeur Hunter serait chargé de diriger les opérations de fabrication d'un nouveau cylindre. Frank, en brasseur d'affaires, s'occuperait de l'organisation, Bill et moi de ce qui est mécanique et Aristide de tout le reste. Quant à vous, Spring, vous pourriez être chargé... de la police par exemple. Les dinosaures ont besoin d'être mis au pas.

Morane avait dit tout cela sur un ton de plaisanterie, mais personne ne s'y trompait cependant. Ladite plaisanterie était en effet l'ébauche de la communauté qu'ils devraient créer au cas où le cylindre serait réellement devenu inutilisable.

*
* *

La journée suivante devait être consacrée à la consolidation du radeau dont les troncs furent alignés de façon à former une pointe à l'avant. L'arrière fut muni d'un gouvernail et, à l'aide des machettes, on tailla de grandes pagaies. De cette façon, on n'aurait aucune peine à regagner la côte et à remonter le fleuve ensuite jusqu'à l'endroit d'où l'on était parti la veille.

Sur la terre ferme, le feu perdait de son intensité et, au cours de la nuit, les derniers rougeoiements s'éteignirent un à un. Les éruptions s'étaient calmées et, à l'aube du second jour, le radeau fut remis à l'eau et, propulsé par les pagaies, reprit le chemin de la côte. Quand il atteignit l'embouchure du fleuve, un spectacle inoubliable dans son horreur s'offrit à ses passagers. Partout, la végétation avait brûlé et, des fougères arborescentes, des calamites, des ginkgos et des autres géants végétaux demeuraient seuls des troncs calcinés qui se dressaient au-dessus des cendres tels de grands fantômes noirs. Sur les berges, gisaient des carcasses d'animaux morts que des tyrannosaures survivants déchiraient à belles dents. Des bandes de microsaures erraient un peu partout et des ptérodactyles affolés battaient des ailes au sein des derniers nuages de fumée.

La désolation était totale, et pourtant les hommes savaient que, bientôt, la nature, après s'être détruite elle-même, reprendrait son travail constructif en permettant à de nouveaux arbres de croître et de verdir et en peuplant forêts, marais et savanes de nouveaux monstres aux gueules voraces, aux estomacs insatiables.

Pourtant, ni Bob ni aucun de ses compagnons ne se souciaient d'assister à ce renouveau. Tout ce qui comptait pour eux, c'était de retrouver le cylindre et, si celui-ci se révélait être encore en état de fonctionner, s'éloigner au plus vite de cette époque où, quelques jours, ils avaient connu les plus redoutables terreurs.

De temps à autre, l'un des hommes levait les yeux vers les volcans, comme s'il s'attendait à les voir exhaler leur haleine enflammée. Mais le professeur Hunter ne tarda pas à balayer cette inquiétude.

— Ce genre d'éruption, avec explosion soudaine et émission de gaz enflammés, est souvent fort brève... et violente, expliqua-t-il. En 1902, la Montagne Pelée, à la Martinique, entra ainsi en éruption et fit quarante mille victimes, mais il fallut plus de vingt ans pour qu'une seconde éruption, bien moins violente celle-là, se produise.

Frank Reeves éclata d'un rire nerveux.

— Nous sommes donc assurés, du moins pour l'instant, de ne pas courir de risques de ce côté. Mais si le cylindre est détruit, quel sera notre sort ?

De toute évidence, c'était là le souci majeur de tous les passagers du radeau, mais ils préféraient se courber sur leurs pagaies plutôt que de songer à ce que serait demain dans le cas fort probable où la machine du professeur Hunter viendrait à leur faire défaut.

Lentement, le lourd esquif remontait le courant qui chariait des cadavres d'animaux morts sur lesquels étaient perchés des ptérodactyles occupés à faire bombance. Avec le paysage désolé et calciné pour toile de fond, la moindre scène prenait un caractère démoniaque, comme si le fleuve avait été quelque Styx conduisant à la porte de l'enfer. Les glapissements sinistres des lézards volants accentuaient d'ailleurs encore cette impression.

Il était près de midi quand on atteignit l'endroit d'où l'on était parti la veille. Quand le radeau eut été tiré sur la plage maintenant couverte d'une épaisse couche de cendre, Morane, qui avait levé la tête en direction des collines, aperçut soudain un disque argenté qui se déplaçait rapidement dans le ciel. Croyant être la victime d'un éblouissement, il se frotta les yeux. Quand il regarda à nouveau, le disque avait disparu.

Clairembart avait surpris le manège de son ami.

— Que se passe-t-il, Bob ? interrogea-t-il.

Morane secoua les épaules avec lassitude.

— Rien de grave, professeur. Le soleil, la fatigue et aussi les événements de ces derniers jours doivent commencer à influer sur mes nerfs. Durant un bref instant, j'ai cru apercevoir une soucoupe volante.

Ces deux mots « soucoupe volante » firent sursauter tout le monde, car ils rappelaient à ces hommes leur époque pleine de récits d'apparitions de ces mystérieux disques lumineux, venus croyait-on d'une autre planète.

— Eh, commandant, fit Bill Ballantine, ne trouvez-vous pas notre aventure suffisamment fantastique pour encore vouloir y mêler des soucoupes volantes ? A mon avis, vous avez trop lu de romans de science-fiction et votre subconscient vous joue de mauvais tours.

Bob Morane ne répondit pas. Il n'avait pas l'habitude d'avoir des hallucinations. D'ailleurs, les machines à explorer le temps appartenaient elles aussi à la panoplie des auteurs de science-fiction, et pourtant...

XVI

La traversée de la forêt carbonisée avait été un véritable calvaire pour Morane et ses amis, non seulement à cause des cendres fines qui s'élevaient en nuages légers sous leurs pas et leur pénétraient dans les narines, leur brûlaient les yeux, mais aussi à cause de l'eau qui, sans être rare, était corrompue par ces mêmes cendres. Pour pouvoir la boire, il fallait la filtrer tant bien que mal et, même alors, elle gardait encore un désagréable goût de brûlé.

Mais tout cela n'était rien auprès du danger que faisaient courir les tyrannosaures. Beaucoup d'entre eux avaient survécu grâce à leur férocité qui, pendant l'incendie, au cours des combats les ayant opposés aux autres animaux, leur avait permis d'en triompher. A présent, ils erraient à travers les arbres calcinés à la recherche de proies vivantes devenues de plus en plus rares. Souvent les hommes apercevaient leurs hautes silhouettes, surmontées d'une tête en forme de monstrueuses cisailles, se dresser entre les troncs noircis et, seuls, les bazookas leur donnaient une impression de sécurité relative.

Il leur avait fallu contourner le ravin et, un peu plus loin, ils avaient retrouvé, au centre de la clairière, le jeep miraculeusement épargnée par le feu. Certes, elle demeurait inutilisable, mais ce fut avec une immense allégresse qu'ils purent récupérer les vivres qu'on y avait abandonnées, et aussi une caisse de munitions pour les bazookas.

Après s'être réparti les charges et avoir soigneusement enterré sous la jeep elle-même tout ce qui, plus tard, au cas où ils seraient condamnés à demeurer, pouvait encore leur être utile, ils se remirent en route en direction de la savane. Ils atteignirent celle-ci à la tombée de la nuit et, comme il ne pouvait être question de continuer à avancer à cause des tyrannosaures, ils décidèrent de camper. Pour cela, ils choisirent une dépression de quelques mètres de diamètre au fond de laquelle ils s'installèrent. Tout autour, après avoir réuni ce qu'ils purent trouver comme bois encore capable de brûler, ils allumèrent un grand brasier circulaire destiné à éloigner les carnassiers.

Toute la nuit, deux hommes, armés chacun d'un bazooka, devaient veiller au bord du trou. Toutes les deux heures, cette garde changeait.

Vers trois heures du matin, Morane, qui était en faction, aperçut trois tyrannosaures qui se dirigeaient droit sur le feu. Au cours de la nuit, d'autres carnivores avaient fait leur apparition, mais jamais encore ils ne s'étaient approchés aussi près.

Bob se tourna vers Ballantine, posté de l'autre côté du trou.

— Nous avons de la visite, Bill...

Le géant tourna la tête et aperçut à son tour les trois sauriens que la lueur des feux éclairait maintenant en plein. Il laissa échapper un petit sifflement admiratif.

— Ma parole, ce sont là trois belles pièces !

C'était « trois belles pièces » en effet, car chacun des tyrannosaures devait bien mesurer quinze mètres de long et élever sa prodigieuse gueule de gargouille carnassière à huit mètres au-dessus du sol. Tous trois s'étaient écartés de façon à former un triangle à l'intérieur duquel se trouvaient les hommes.

— On dirait qu'ils se décident à attaquer malgré les feux, dit Morane en jetant des brassées de branchages dans le brasier.

Les tyrannosaures devaient être affamés car ils se rapprochaient toujours davantage, en poussant des cris gutturaux. Ces cris avaient réveillé Clairembart, Reeves, Hunter et Spring. Ils s'étaient emparés de leur Express. Bob leur désigna deux des tyrannosaures.

— Bill et moi nous nous occupons de ceux-ci. Concentrez vos tirs sur le troisième. Et, surtout, visez au cœur !

Comme s'ils s'étaient concertés, les monstres chargèrent ensemble. Quand le tyrannosaure qu'il avait choisi fut à bonne portée, Morane tira. Frappé en pleine poitrine, le saurien se dressa de toute sa hauteur en laissant échapper un hurlement ressemblant à celui d'une sirène d'alarme. Puis, comme emporté par le poids de ses mâchoires, il s'abattit en avant et demeura immobile.

De son côté, Ballantine avait également eu raison de son adversaire. Le troisième tyrannosaure n'était plus qu'à quelques mètres des feux quand Clairembart, Reeves, Hunter et Spring firent feu en même temps, par deux fois. Touché au cœur par les huit balles de 600, le monstre s'écroula au travers du foyer. Mais il n'était pourtant pas mort. Il rampait vers les hommes en faisant claquer ses mâchoires. Déjà, sa tête pendait dans le trou, quand Morane, qui avait glissé une nouvelle charge dans son bazooka, s'approcha. La tête se tourna vers lui et la gueule s'ouvrit comme pour l'engloutir. Ce fut dans cette gueule que Bob tira et, cette fois, le tyrannosaure, définitivement vaincu, demeura immobile.

Un long moment de silence succéda au bruit des détonations, puis la voix de Michael Spring retentit.

— Ouf ! On peut dire qu'il était moins cinq. Si l'un de nous avait été saisi entre ces mâchoires, bonsoir la compagnie.

Il n'y eut aucun écho à ces paroles. Tous se rendaient compte de la nécessité de quitter cette époque inhumaine et n'avaient plus qu'une pensée : retrouver le cylindre au plus vite pour savoir s'il leur restait la moindre chance d'échapper.

— Si nous nous remettions en route dès maintenant, fit le professeur Hunter. De toute façon, plus aucun d'entre nous ne pourrait dormir à présent.

Il désigna le cadavre du troisième tyrannosaure en partie engagé dans leur refuge.

— Qui donc pourrait encore trouver le sommeil avec ce monstre, même mort, aussi près de nous ?

— Le professeur Hunter a raison, fit Clairembart. Nous n'avons plus aucune raison de demeurer ici, et plus vite nous saurons à quoi nous en tenir au sujet du cylindre, mieux cela voudra...

Mais Morane secoua la tête.

— D'autres tyrannosaures errent un peu partout, dit-il. Qu'arriverait-il s'ils nous attaquaient dans les ténèbres. Malgré l'assaut que nous venons d'essuyer, le feu continue à nous protéger. Mieux vaut donc attendre l'aube avant de nous remettre en route. Que peuvent bien faire quelques heures de plus ou de moins, alors que des millions d'années nous séparent de tout ce que nous aimons ?

Bob avait parlé avec une indifférence feinte. Pourtant, l'inquiétude au sujet du cylindre l'étreignait autant que ses compagnons et les millions d'années dont il venait de parler pesaient de plus en plus lourd sur ses épaules.

*
* *

Bob Morane tendit le bras devant lui, indiquant un point sur la plaine calcinée.

— Là-bas, le ginkgo, dit-il. J'y ai vécu pendant plusieurs jours, et je le reconnais...

— Le cylindre est à proximité, dit Clairembart, et nous n'allons pas tarder à être fixés.

Cela faisait plusieurs heures que, depuis l'aube, les six hommes avançaient à travers la savane. Il leur fallut néanmoins marcher une demi-heure encore avant d'atteindre le ginkgo. Un peu partout, sur leur chemin, ils rencontraient des bombes volcaniques, grosses comme des maisons et encore chaudes que les volcans, en éclatant, avaient projetées dans toutes les directions.

Au fur et à mesure qu'ils se rapprochaient de l'endroit

où devait se trouver le cylindre, l'angoisse s'appesantissait toujours davantage sur eux.

Et soudain, derrière un bosquet de magnolias calcinés, la machine apparut, ou du moins ce qui en restait. Non pas qu'elle semblât avoir souffert du feu, mais une énorme bombe volcanique l'avait frappée de biais et écrasée en partie.

Durant un long moment, les six hommes demeurèrent immobiles puis, soudain, ils se mirent à courir tous ensemble vers le cylindre. Hunter en ouvrit la porte, demeurée intacte, et pénétra à l'intérieur. Au bout de quelques secondes, il reparut. Tous les regards s'étaient tournés vers lui, dans une interrogation muette, mais il secoua la tête avec une expression fermée que prennent les docteurs en sortant d'une chambre où quelqu'un vient de mourir entre leurs mains.

— Rien à faire, mes amis, dit-il. Les moteurs sont broyés, les accumulateurs et les transformateurs réduits en miettes. L'appareil ne peut plus rien pour nous et, dans l'état de nos moyens, nous ne pouvons plus rien pour lui...

On eût dit qu'une mauvaise fée avait soudain changé les infortunés naufragés en statues de pierre.

— Qu'allons-nous faire ? interrogea Frank Reeves au bout d'un moment.

Michael Spring eut un geste de découragement.

— Que voulez-vous que nous fassions ? Tout est perdu...

Malgré sa propre lassitude, Morane comprit qu'il ne pouvait laisser ses compagnons s'abandonner au découragement, sinon tout serait réellement perdu.

— Ne perdons pas courage, mes amis, dit-il. Le vieux proverbe dit : Tant qu'il y a vie il y a espoir. Or, jusqu'ici nous avons réussi à nous maintenir en vie, et cela malgré le feu et les tyrannosaures. Peut-être y a-t-il encore un moyen de nous en tirer.

— Lequel, Bob ? interrogea le professeur Clairembart.

— C'est simple, expliqua Morane. Le cylindre est inutilisable, mais non détruit. Je suis ingénieur, Bill mécanicien, et le professeur Hunter a construit l'appareil de ses propres mains. A trois, avec l'aide des autres, nous pourrons peut-être remettre la machine en état. Cela prendra du temps, plusieurs mois sans doute, mais avec de la persévérance nous pouvons y parvenir...

Au fond de lui-même, Bob ne croyait guère à ses propres paroles. Il les avait prononcées autant pour s'illusionner que pour rendre l'espoir à ses compagnons.

— Vous avez oublié quelque chose, commandant Morane, dit le professeur Hunter.

« Aïe, pensa Bob, voilà qui va ruiner mon beau projet ! »

— Vous avez oublié, continuait Hunter, que pour faire fonctionner le cylindre, il lui fallait non seulement une machinerie intacte, mais aussi de l'énergie. Or, je viens de vous dire que les accumulateurs étaient réduits en miettes. En admettant même que nous réussissions à les remettre en état, ce dont je doute, où trouverions-nous l'électricité nécessaire pour les recharger ? En produire ?... Ne nous faisons pas d'illusions. Il nous faudrait des années pour réussir à construire une puissante dynamo...

Le physicien comprit qu'il était inutile d'ajouter une seule parole, et il se tut. Les six hommes demeurèrent longtemps silencieux, comme écrasés par le poids du destin. Les minutes passèrent. Les heures peut-être, ils ne savaient pas...

C'est alors que la « soucoupe volante » apparut dans le ciel. Mais, cette fois, Morane ne fut pas le seul à la voir, car tous en même temps l'aperçurent...

XVII

C'était une sorte de disque large d'une dizaine de mètres avec, à son centre, une coupole arrondie et garnie de hublots. Aucun moyen de propulsion n'était visible.

Le disque se posa sur le sol, à peu de distance du cylindre, une porte s'ouvrit à la partie inférieure de la coupole et trois hommes apparurent. Ils portaient des vêtements de matière plastique blanche et des casques avec visière antisolaire rappelant ceux des motocyclistes. Tous trois étaient de haute taille et à leurs ceintures était suspendu une sorte de gros revolver passé dans une gaine. Ils s'approchèrent de Morane et de ses compagnons et l'un d'eux dit en anglais :

— Je suis le capitaine Louis Graigh, et voici les lieutenants John Nelson et Samuel Chase, de la Patrouille du Temps. Qui êtes-vous ? Et à quelle époque appartenezvous ?

De son existence mouvementée, Bob Morane avait assisté à pas mal d'événements extraordinaires, mais celui-ci les dépassait tous. Il gardait néanmoins assez de présence d'esprit pour pouvoir se présenter, ainsi que ses amis, et pour répondre à la seconde question du capitaine Graigh.

— Ainsi, dit Graigh, vous venez du vingtième siècle. A ma connaissance, il n'existait pas encore de Patrouille du Temps à cette époque.

En peu de mots, Morane mit son interlocuteur au courant des événements qui les avaient conduits là, ses compagnons et lui. Quand il eut terminé, le capitaine Graigh s'avança vers le cylindre et en frappa les tôles du poing, en disant :

— Voilà donc la première machine à explorer le temps. La nôtre, celle du vingt-troisième siècle après J.-C., est bien plus perfectionnée, car elle nous permet de nous déplacer avec une extrême précision à la fois dans le temps et dans l'espace. Et encore, le modèle que vous voyez là —il désignait le disque — n'est qu'un engin de reconnais-sance. Nous en possédons de beaucoup plus grands et plus puissants...

Sans que Morane l'en priât, Graigh déclara que ses deux compagnons et lui venaient de l'an 2300 après J.-C., et qu'ils appartenaient à la Patrouille du Temps, dont les appareils étaient chargés d'explorer le passé et l'avenir et d'effectuer des opérations de surveillance.

— Avez-vous déjà visité notre vingtième siècle ? interrogea le professeur Hunter.

Le capitaine hocha la tête affirmativement.

— A de nombreuses reprises, répondit-il. Nous avons eu d'ailleurs assez souvent maille à partir avec les chasseurs de l'armée de l'Air des Etats-Unis, de notre propre pays donc...

— Ainsi, dit Frank Reeves, les fameuses « soucoupes volantes », c'était vous ! Mais pourquoi ne pas avoir renseigné nos contemporains à votre sujet ? Cela aurait dissipé bien des mystères, évité bien des équivoques.

— Peut-être, mais nos ordres sont formels. Nous pouvons voyager dans le temps, mais jamais nous ne pouvons intervenir pour changer le cours des événements. Le destin doit demeurer le maître. La Patrouille du Temps peut surveiller les âges passés et futurs, mais son rôle se borne à cela.

— Si je comprends bien, interrogea Ballantine, vous ne pouvez rien pour nous ?

Un long moment, Graigh demeura songeur.

— Votre cas est spécial, dit-il, et n'est pas prévu par les règlements. Logiquement, fidèles à notre consigne de non-intervention, nous devrions vous laisser où vous vous trouvez. Pourtant, une question d'humanité se pose. Nous ne pouvons abandonner des hommes dénués de tout, comme vous l'êtes, en pleine ère secondaire. Si vous nous promettez de ne jamais rien révéler de ce qui nous concerne, nous vous ferons regagner votre époque...

Envahis par une joie sans mélange, Bob Morane et ses amis promirent. Graigh se tourna alors vers ses deux lieutenants.

— Apportez six combinaisons de plastique de notre réserve, commanda-t-il, et aussi de quoi permettre à ces gens de faire un peu de toilette et de se restaurer. Nous ne pouvons les laisser dans cet état.

A cet instant, un lourd pas fit trembler le sol. Tout les hommes tournèrent la tête, pour apercevoir un tyrannosaure qui bondissait dans leur direction. Précipitamment, Morane s'empara du bazooka posé près de lui, mais il n'eut pas le loisir d'en faire usage. Le capitaine Graigh avait tiré l'arme pendue à sa ceinture et qui, une fois hors de son étui, ressemblait davantage à un petit tromblon qu'à un revolver. Graigh pressa la détente. Il y eut un bref grésillement, un mince trait de feu frappa le tyrannosaure qui, aussitôt, sembla se consumer, comme brûlé par un feu intérieur, pour disparaître brusquement comme si jamais il n'avait existé.

Sans se soucier de l'étonnement de Morane et de ses amis, Graigh replaça l'arme à sa ceinture en disant :

— J'envie parfois votre époque, messieurs, où les armes primitives que vous possédiez pouvaient encore vous procurer les émotions de la chasse. Avec nos désintégreurs, au contraire, ces émotions sont interdites...

Une heure plus tard, ayant revêtu des combinaisons en plastique aéré et indestructible, rasés, lavés et restaurés, Morane et ses cinq compagnons se déclarèrent prêts pour le départ. Le capitaine Graigh calma leur impatience.

— Il nous faudra attendre la nuit, messieurs, dit-il, car nous ne pouvons nous matérialiser en plein jour au vingtième siècle. D'autre part, comme je vous l'ai dit déjà, notre engin n'est qu'un petit appareil de reconnaissance, capable d'emporter seulement trois passagers en plus de son équipage. Il faudra donc que trois d'entre vous demeurent ici. Nous reviendrons les prendre par la suite...

Les six naufragés s'entre-regardèrent. Visiblement, chacun d'entre eux désiraient faire partie du premier voyage. Le capitaine Graigh le comprit et dit en souriant :

— Ceux qui resteront n'auront rien à craindre. Je leur donne la parole de revenir aussitôt. En outre, nous leur prêterons à chacun un désintégreur afin qu'ils puissent se défendre si des carnassiers les attaquaient durant notre absence. A vous de désigner ceux qui partiront en premier lieu.

— Vous conduirez d'abord Frank, le professeur Hunter et Michael en Floride, décida Morane. Aristide, Bill et moi-même demeurerons ici, à attendre votre retour. Nous vous demanderons alors de nous conduire à Paris où, pour nous, toute cette aventure a commencé. Je me sens pressé de retrouver mon appartement du quai Voltaire.

— Et moi mes chères études d'archéologie, dit Clairembart.

— Et moi, fit Ballantine, un certain café près du Luxembourg où l'on vous sert un de ces petits vins rosé !...

— Voudriez-vous parler par hasard du café de l'« Ane d'Argent »? interrogea avec chaleur le capitaine Graigh.

Ballantine sursauta.

— C'est bien cela, capitaine. Est-ce que, par hasard, l'« Ane d'Argent » existerait encore au vingt-troisième siècle ?

Graigh parut seulement s'apercevoir, trop tard d'ailleurs, qu'il avait parlé à la légère.

— Non, dit-il d'une voix mal assurée. L'« Ane d'Argent » n'existe plus au XXIIIe siècle mais... j'ai lu... beaucoup d'ouvrages sur le vieux Paris du vingtième...

*
* *

La nuit était tombée. Assis près du cylindre, Morane, Clairembart et Ballantine, le désintégreur au poing, regardaient le disque s'élever lentement, s'immobiliser à une trentaine de mètres du sol, puis disparaître tout à coup.

— Pourvu qu'il revienne, dit Clairembart.

— Il reviendra, fit Bob. Ce capitaine Graigh me paraît être un homme de parole.

Bill Ballantine hocha doucement de la tête.

— Je ne sais s'il est un homme de parole, murmura-t-il d'une voix rêveuse, mais en tout cas il me semble posséder une sérieuse érudition pour, quand je lui ai parlé de ce café près du Luxembourg où l'on buvait du bon vin rosé, avoir reconnu aussitôt l' « Ane d'Argent »...

Certes, le capitaine Graigh, de la Patrouille du Temps, au XXIIIe siècle après J.-C., était un érudit et s'y connaissait en vin rosé, mais c'était aussi un homme de parole. Une demi-heure s'était à peine écoulée quand le disque apparut dans le ciel et se posa à l'endroit précis où il se trouvait tout à l'heure. Graigh en descendit et invita les deux Français et l'Écossais à monter à bord. Quand ils furent assis dans la cabine, sous la coupole centrale, le capitaine demanda, à l'adresse de Morane :

— Sans doute vous voulez atteindre la même année que vos amis américains ?

— En effet, répondit Bob.

— Préférez-vous une date quelconque ?

Le Français jeta un regard interrogateur à Graigh.

— Une date quelconque ? Votre appareil serait-il donc doué d'une telle précision ?

— D'une précision parfaite, affirma Graigh. Ainsi, si vous désirez assister à la bataille de Waterloo, vous n'avez qu'un mot à dire.

Mais Bob eut un signe de dénégation.

— Pas de bataille de Waterloo, dit-il. Cela me ferait trop mal au cœur d'assister à la défaite de la Garde. Non, nous avons quitté Paris en juin. C'est donc en juin que nous vous demandons de nous y déposer...

Le capitaine Graigh pesa sur une manette. Il y eut une

sorte de sifflement, puis une vibration de plus en plus rapide. Ensuite, ce fut la chute dans le néant.

Quelques minutes plus tard, l'appareil s'immobilisait. Graigh ouvrit la porte de la coupole et mit pied à terre, suivi de ses compagnons de voyage.

Le disque s'était posé au centre d'un champ et, dans le ciel, des milliers d'étoiles scintillaient. La nuit était douce et sentait bon. Une merveilleuse nuit printanière de l'Ile de France.

— Nous nous trouvons non loin du Bois de Meudon, expliqua le capitaine Graigh, qui semblait connaître parfaitement les lieux géographiques du XXe siècle. Il vous suffira de suivre le chemin de terre qui passe à proximité de ce champ. Il conduit à la route qui mène à Paris par la Porte de Vanves. Vous n'aurez aucune peine à trouver une voiture pour gagner la ville.

Les six hommes se serrèrent les mains.

— Si jamais vous passez par Paris, dit Morane à l'adresse de Graigh, et aussi par la seconde moitié du XXe siècle, ne manquez pas de venir me visiter. J'habite quai Voltaire. Il vous suffira de demander le commandant Morane. Je suis très connu dans le quartier...

Après un dernier signe d'adieu, les trois hommes de la Patrouille du Temps regagnèrent leur appareil, dont la porte se referma sur eux. Morane, Clairembart et Ballantine traversèrent le champ jusqu'au chemin de terre. Là, ils s'arrêtèrent et se retournèrent vers le disque. Celui-ci s'était élevé lentement au-dessus du sol, puis brusquement, il disparut.

Bob et ses deux amis se mirent à marcher en direction de la route. Ainsi, dans la nuit, il leur paraissait étrange de ne pas entendre le glapissement sinistre des tyrannosaures.

Soudain, ils sursautèrent tous ensemble. Quelque part, un animal avait crié. Ils demeurèrent un instant tendus, puis ils se mirent à rire. Ils venaient seulement de se rendre compte que les aboiements d'un chien de ferme ne ressemblaient en rien aux hurlements de chasse des dinosauriens carnivores.

XVIII

Le chauffeur de taxi considérait d'un œil amusé ces trois individus bizarrement accoutrés et qui, après lui avoir fait signe d'arrêter, lui demandaient de les conduire à Paris.

— Vous ne seriez pas des Marsiens, par hasard? interrogea-t-il. Je viens de prendre un verre dans un bistro, là-bas plus loin sur la route, et il paraît qu'un paysan aurait aperçu une soucoupe volante dans son champ, voilà une demi-heure à peine.

Morane se souvint alors que ses amis et lui portaient toujours les combinaisons de matière plastique que leur avait données le capitaine Graigh. Il haussa les épaules.

— Votre paysan doit lire trop de romans d'anticipation, dit-il, à moins qu'il n'ait exagérément forcé sur la dive bouteille. Quant à nous, nous revenons tout simplement d'un bal travesti. L'ambiance ne nous plaisait pas, et nous avons décidé de rentrer...

Le chauffeur haussa les épaules. Après tout, chacun était libre de s'habiller comme il lui plaisait. C'était même là une des beautés souveraines de la démocratie.

— Allez-y, montez, messieurs, dit-il. Vous avez de la chance que j'aie dû accomplir une course encore lointaine et que j'aime autant ne pas rentrer à vide. Où faut-il vous conduire?

— Quai Voltaire, dit Morane en pénétrant dans la voiture à la suite de ses amis.

Une demi-heure plus tard, le taxi s'arrêtait devant l'immeuble où Morane avait son logis. Bob se rendit alors compte qu'il n'avait ni clefs ni argent. Il jeta un coup d'œil à son bracelet montre. Celui-ci marquait dix heures dix de la nuit.

— Et dire, murmura Morane de façon à être entendu seulement par ses deux amis, que voilà deux heures à peine, nous nous trouvions encore en pleine ère secondaire. Si nous voulons passer inaperçus, il nous faudra traverser le trottoir en vitesse. Des Marsiens quai Voltaire, cela se remarquerait...

Il haussa la voix et dit à l'adresse du chauffeur :

— Veuillez patienter quelques instants. Ma concierge va venir vous payer...

Suivi de Ballantine et de Clairembart, il se précipita hors du taxi et gagna sa porte en deux enjambées. A peine eut-il sonné que le battant s'ouvrit et que la concierge apparut.

— Je vous attendais, commandant Morane, dit-elle.

Bob sursauta.

— Que se passe-t-il, madame Durant ? interrogea Bob. Je crois vous avoir payé mon loyer ce matin...

La concierge secoua la tête.

— Ce n'est pas cela, commandant Morane. C'était pour vous prévenir qu'une dame est venue vous voir. Je lui ai répondu que vous étiez absent et que je ne savais pas quand vous rentreriez, puis comme elle insistait et qu'elle était mignonne comme tout et qu'elle semblait bien brave et qu'elle paraissait sur le point de fondre en larmes, je me suis permis de l'introduire chez vous. Oh ! ce ne pouvait être une voleuse. Elle aurait pu prendre tout ce qu'il y a dans votre appartement et laisser seulement le manteau de fourrure qu'elle portait — du chinchilla pour le moins — et la bague qu'elle avait au doigt, vous auriez encore gagné au change...

Bob eut l'impression qu'une main de fer lui serrait la gorge. Par trois fois, il tenta d'avaler sa salive, mais sans y parvenir.

— Et... elle se trouve encore... chez moi la... dame en question ? interrogea-t-il avec peine.

La concierge hocha la tête affirmativement.

— Sûr, sinon je l'aurais vue redescendre...

Morane se pinça à plusieurs reprises le lobe de l'oreille, pour s'assurer s'il était bien éveillé. Pourtant, il ne rêvait pas.

— Puis-je vous poser une petite question, madame Durant ?

— Dites, commandant Morane.

— Quelle date avons-nous ?

La brave femme parut surprise.

— La date ? Mais nous sommes le premier juin...

Bob, Clairembart et Ballantine échangèrent un regard chargé de désespoir. Sans parler, ils se comprenaient. Ils comprenaient que, quand ils avaient demandé au capitaine Graigh de les ramener au mois de juin, celui-ci avait tout naturellement choisi le premier juin. LE JOUR MÊME OÙ TOUTE CETTE AVENTURE AVAIT COMMENCÉ.

Alors, les trois hommes éclatèrent d'un rire nerveux, qui ressemblait un peu à celui de déments.

— Cela ne m'étonnerait pas qu'avant longtemps nous soyons à nouveau obligés d'aller faire un petit tour dans le Crétacé, dit Morane.

Sans ajouter une seule parole, les trois amis se mirent à gravir l'escalier menant à la porte de l'appartement de Bob. A cette porte derrière laquelle, ils le savaient, Carlotta Reeves attendait *pour leur annoncer que Frank, leur ami, avait disparu sans laisser de traces...*

ÉPILOGUE INÉDIT

Retour au Crétacé

Regard de Bill Ballantine en direction de Bob et d'Aristide Clairembart, mais l'Écossais ne trouva que des visages pétrifiés. La concierge paraissait tout à fait désemparée. Elle devait se demander ce qu'il y avait d'extraordinaire dans le fait qu'une jolie dame vienne rendre visite à Morane. Le silence s'était fait pesant. A peine si l'on entendait encore les bruits de la rue. Tout à fait comme si la stupeur des trois amis venait de figer le monde entier.

Ce silence, Bill Ballantine le rompit.

— On monte, commandant ?

— Je crois que nous n'avons pas le choix, dit Morane. Nous ne pouvons pas rester plantés dans ce corridor jusqu'à la fin des temps...

Et il enchaîna, comme s'il doutait encore :

— Qu'en pensez-vous, professeur ?

— Comme vous, Bob, fit l'archéologue. Nous n'avons pas le choix.

Dans l'ascenseur, l'Écossais interrogea, à la cantonade :

— Croyez-vous qu'il soit possible de vivre deux fois le même événement ?

— Possible, assura Bob, puisque nous nous retrouvons au premier juin... *comme la première fois.*

— On ne joue pas impunément avec le Temps, fit Clairembart sur un ton de sentence.

Ils atteignirent l'étage de Morane et pénétrèrent dans l'appartement.

Quand ils entrèrent dans le salon-bureau, Carlotta Pondinas-Reeves se leva et alla vers eux. Ils savaient qu'ils la trouveraient là. Pourtant, la fatalité les poussa tous trois à s'exclamer :

— Carlotta !
— Carlotta !
— Carlotta !

Tout recommençait vraiment.

La jeune femme, toute menue dans son manteau de fourrure trop chaud pour la saison, se précipita dans les bras de Morane. Les larmes remplissaient ses beaux yeux égyptiens.

— Oh, Bob, Bob !... C'est trop terrible !...

Il la repoussa en la tenant par les épaules et la tint à bout de bras.

— Je sais, Carlotta... Je sais... Frank a disparu...

Dans les yeux de la jeune femme, une intense expression de surprise se superposait maintenant à la tristesse. Elle balbutia :

— Comment ?... Comment savez-vous ?...

Doucement, Morane la guida vers un fauteuil, la força à s'asseoir.

— Écoutez-moi, Carlotta... Et, surtout, ne vous étonnez pas, ne pensez pas que je suis devenu fou... Bill et le professeur sont là pour me servir de témoins...

D'une voix lente, sans omettre le moindre détail, essayant de se faire aussi convaincant que possible, il entreprit de relater l'aventure que Bill, le professeur et lui venaient de vivre. Au fur et à mesure qu'il parlait, les yeux de Carlotta s'agrandissaient. On n'y lisait plus maintenant de la surprise, mais de l'incrédulité.

— Comment tout cela pourrait-il être possible, Bob ? interrogea-t-elle quand il eut terminé.

— Nous avons voyagé à travers le Temps et sommes revenus à notre point de départ, tenta d'expliquer le professeur Clairembart.

Il s'interrompit, secoua la tête, sourit derrière ses lunettes cerclées d'acier, enchaîna :

— Mais je crois qu'il serait inutile de vous faire un cours sur les paradoxes temporels. Vous n'y comprendriez rien. Personne d'ailleurs n'y comprendra jamais rien...

La jeune femme parut en prendre son parti. Visiblement, elle ne cherchait plus à comprendre. Et puis, elle éprouvait une confiance à ce point totale en ses amis qu'elle ne pouvait supposer un seul instant qu'ils se moquent d'elle. Elle fronça ses sourcils finement dessinés, ses lèvres pleines se crispèrent et elle eut un léger sursaut, comme si une soudaine pensée lui venait. Bob Morane, Bill et l'archéologue le comprirent et tournèrent vers elle des regards interrogateurs.

Carlotta s'adressa plus directement à Morane.

— Ne venez-vous pas de dire, Bob, que cette... Patrouille du Temps avait déposé Frank et le professeur Hunter en Floride ?

— J'ai dit cela, en effet, approuva Morane.

— Eh bien ! dans ce cas...

— Dans ce cas, explosa Ballantine, et on aurait dû y penser plus tôt, Frank doit à présent se trouver chez vous !... C'est ça que vous pensez, Carlotta ?

— Exactement...

— Bill a raison, intervint Morane. On aurait dû y penser plus tôt... On va en avoir le cœur net...

Il se dirigea vers le téléphone, posé sur un guéridon bas, décrocha le combiné, forma un numéro : indicatif étranger... les États-Unis... Miami, puis le numéro privé de Reeves.

Quelques secondes à peine s'écoulèrent. La communication s'établit, et une voix fit, en anglais :

— Ici la résidence Reeves...

Une voix anonyme. Celle d'un majordome, ou d'un secrétaire.

— Je suis Robert Morane, dit Bob. Je désirerais parler à monsieur Reeves... Frank Reeves...
— Je vais voir si monsieur Reeves..., fit la voix.
— Non, non... coupa Morane. Pas de « si »... Dites seulement mon nom à monsieur Reeves... Il prendra la communication...

Encore quelques secondes, puis la voix de Frank Reeves :
— Bob !... Vous êtes à Paris ?...
— Oui, mais Carlotta y est aussi, pour me demander de partir à votre recherche...
— Qu'est-ce que ça veut dire ?
— Nous sommes le 1er juin, Frank... Le même jour que celui où elle est déjà venue à Paris pour me demander la même chose... En un mot, tout recommence...
— Impossible, Bob... Ce n'est pas la même chose... La première fois, j'avais bel et bien disparu... Ce n'est pas le cas aujourd'hui... Ou plutôt j'ai reparu...

Morane sursauta. Quelque chose ne tournait pas rond dans tout ça. Il ne savait pas encore exactement quoi, mais quelque chose ne tournait vraiment pas rond.

Derrière Morane, tout près, la voix de Carlotta fit :
— Passez-le moi, Bob...

Morane obéit, passa le combiné à la jeune femme.

Une longue conversation, à mots hachés, entre Frank et Carlotta, à l'issue de laquelle cette dernière recommanda :
— Surtout, ne bouge pas, Frank... Reste à la maison... Je rentre par le premier avion...

Quelques instants, puis Carlotta se retourna vers Morane.
— Frank veut vous parler...

Morane reprit le combiné, entendit aussitôt Reeves qui disait :
— J'ai le professeur Hunter à mes côtés, Bob... D'après lui, il y a un pépin... Il faut que vous rappliquiez sans retard à Miami... Par le premier avion... Avec Bill et le professeur...
— Passez-moi Hunter, dit Morane avec une certaine impatience. Qu'il m'explique...

— Trop long, jeta Reeves. De toute façon, il faudra que vous veniez... Rappliquez... *Quick* !... *Quick* !... Vite !... Vite !...

— Passez-moi Hunter, insista Bob. De toute façon, c'est moi qui paie la communication...

— O.K., Bob... Je vous passe Hunter...

Presque aussitôt, Morane reconnut la voix du physicien.

— Hello, Bob ! Tout va bien j'espère...

— Tout va bien, professeur. Si on peut dire que tout va bien dans la situation où nous nous trouvons, en plein salmigondis spatio-temporel !

— Oui... oui..., fit Hunter avec un peu de contrition dans la voix.

— D'après ce que vient de me dire Frank, vous jugeriez qu'il y a... euh... un pépin... A mon avis, il s'agit là d'un euphémisme.

— Nous sommes le 1er juin, dit Hunter. Or, logiquement, Frank et moi devrions être partis pour le secondaire depuis une quizaine... Donc... Vous voyez où je veux en venir...

— A peu près, professeur... Logiquement aussi, vous ne pouvez être là et être partis en même temps...

— Quelque chose comme ça, oui...

Bill Ballantine avait pris l'écouteur. Il grommela :

— Eh ! on dirait que ça se complique...

Morane ignora la remarque. Jamais peut-être ses neurones n'avaient fonctionné à un tel rythme.

— Il me vient une idée, professeur, dit-il soudain. Demandez à Frank d'aller jeter un coup d'œil dans sa salle d'armes, afin de voir si ses fusils Express manquent.

— Frank écoute sur un autre poste, en communication simultanée fit Hunter. Il est déjà en route pour la salle d'armes...

Au bout de quelques minutes, la voix de Reeves se fit entendre.

— Vos suppositions sont exactes, Bob. Les fusils Express manquent au ratelier. Les mêmes que ceux que j'ai emportés pour me rendre à la *Villa Josuah*. Il en va de même pour les munitions...

— Les choses ne s'arrangent pas, conclut Morane.
— Plutôt, intervint Hunter. Il semble que, réellement, nous soyons partis...
— Et revenus, glissa Frank Reeves.
— Pas si certain, reprit Hunter. Nous pouvons avoir été emportés par... euh... deux flux parallèles du Temps... Il faudrait contrôler...
— De quelle façon ? demanda Bob.
— En allant voir sur place. Si le cylindre se trouve toujours à la *Villa Josuah,* c'est que tout s'est remis en place...
— Et dans le cas contraire ?
— On verra bien, fit Hunter. Se livrer à des conjectures quand nous risquons de nous trouver face à un paradoxe temporel ne servirait à rien... Je propose que vous veniez au plus vite... Ensemble, nous irons à la *Villa Josuah*...
— Qu'en pense Frank ? interrogea Morane.
— Je crois que le professeur a raison, intervint Reeves. Il faut absolument que nous sachions... Prenez le premier avion pour Miami avec Carlotta...
Morane raccrocha, se tourna vers ses amis.
— Il faut gagner Miami dare-dare... Si vous décidez de m'accompagner, bien sûr...
Le professeur Clairembart proposa :
— Si vous nous disiez de quoi il s'agit exactement, Bob ?
En quelques mots, Morane résuma la conversation qu'il venait d'avoir avec Hunter et Frank Reeves.
— Bien entendu, conclut-il, ni toi Bill, ni vous professeur, n'êtes contraints de m'accompagner à Miami...
— Personnellement, commandant, je vous accompagnerai, fit l'Écossais. J'espère être un des premiers à connaître la fin de l'histoire. Tout ce que je souhaite, c'est de ne pas être contraint à retourner au Crétacé.
— Je vous accompagnerai également, dit Clairembart. Vous savez bien, Bob, que la curiosité a toujours été mon péché mignon.
— Il ne nous reste plus qu'à nous occuper des billets d'avion et de nos visas...

— Les visas ne seront pas un obstacle, Bob, intervint Carlotta. Le consul des États-Unis, ici à Paris, est un ami de Frank. Nous allons nous rendre chez lui immédiatement, tous les quatre. Dans une heure, vous aurez les visas en question...

Un peu de transpiration perla aux tempes de Morane. Les paroles de Carlotta étaient les mêmes, *exactement,* que celles qu'elle avait prononcées déjà lors de sa visite de l'*autre 1er juin*.

*
* *

4 juin.

La grosse cadillac allongée roulait à travers le désert de Mojave. A son bord, Carlotta, Frank, le professeur Hunter, Bob Morane, Aristide Clairembart et Bill Ballantine. Frank Reeves tenait le volant.

A gauche, à droite, le même décor que la première fois. Des arbres de Josué, des cactus cierges et, au fond, la ligne tourmentée des sierras.

Oui, le décor était semblable, mais les acteurs changeaient. Cette fois, le F.B.I. n'avait pas été averti de la visite à la *Villa Josuah* et aucun agent fédéral n'accompagnait Morane et ses compagnons. Et Bob ne pouvait s'empêcher de remarquer, une fois de plus, que, si tout se répétait, ce n'était pas tout à fait de la même façon. Comme si le Temps et les événements n'entraient pas en contact parfait. La présence de Carlotta, de Frank et de Hunter en était une autre preuve.

La puissante limousine quitta la route et s'engagea sur le chemin de terre menant à la villa. Le soleil dardait ses lances aux fers incandescents et, quelque part entre le ciel et le sable, des busards volaient en rond. Dans les lointains, l'air vibrait de chaleur mais, à l'intérieur de la Cadillac climatisée, il faisait une fraîcheur des cimes.

Toujours entourée par les arbres de Josuah, auxquels elle devait son nom, la villa se dressait, immobilisée dans le silence. La grille n'était pas fermée et, cette fois, aucun G-man ne la gardait. Là encore, la même remarque. Tout se répétait mais avec des variances. Le Temps recommencé ne ressemblait jamais tout à fait à lui-même.

La grille franchie, la voiture alla s'arrêter devant le hangar, à une centaine de mètres de la maison.

Tout le monde mit pied à terre et Bob alla ouvrir la porte du hangar. Vide. Nulle part, on ne trouvait trace du cylindre. Frank Reeves triompha.

— Vous voyez, tout est en ordre. Ce que nous craignions ne s'est pas produit...

— N'en soyons pas si certains, dit Morane.

— Voyons, commandant, intervint Bill Ballantine. Souvenez-vous... Quand nous sommes venus la première fois, le cylindre était là... Il occupait presque tout l'intérieur de cette bicoque...

— Juste, reconnut Morane, mais souviens-toi aussi, Bill... Deux heures plus tôt, suivant les dires de l'agent fédéral de garde, ce hangar était vide... comme maintenant.

— Je suppose que vous avez votre petite idée de derrière la tête, Bob ? intervint Clairembart avec un air narquois marqué par les tremblements de sa barbiche de chèvre.

— Vous supposez bien, professeur, fit Morane. Quand nous sommes venus ici, *la première fois,* c'était également le 4 juin et, je m'en souviens très bien pour avoir consulté ma montre, il était quatre heures de l'après-midi et des poussières... Or, peu de temps auparavant, le hangar était vide... Et quelle heure est-il à présent ?

Bill Ballantine jeta un regard à sa montre-bracelet, s'exclama :

— Trois heures quinze P.-M !... Ça y est, je vous vois venir avec vos gros sabots !

— Je vois également où veut en venir Bob, fit Frank Reeves. Nous avons trois quarts d'heure à attendre et si, à 4 heures, le cylindre ne s'est pas matérialisé...

— ... ce sera la preuve que tout s'est remis en ordre dans les méandres du Temps, dit Hunter.

D'une double poussée, Morane referma la porte du hangar et tous allèrent se réinstaller dans la voiture, portières ouvertes, à attendre.

Les minutes s'écoulèrent. Les regards ne se détournèrent du hangar que pour interroger les montres.

Au bout d'une dizaine de minutes à peine, un grand bruit troubla le silence du désert. Quelque chose comme une tôle qui frémit en se déchirant. Cela pouvait passer pour le tintamarre des réacteurs d'un jet cherchant à atteindre et à franchir le mur du son.

Plusieurs têtes se penchèrent hors de la voiture, mais le ciel californien, vaste feuille de magnésium en train de se consumer, demeurait vide.

Le bruit s'amplifia, devint presque assourdissant puis, brusquement, il cessa et le silence, reformé, lui succéda.

— Qu'est-ce que c'était ? interrogea Bill.

— Souviens-toi, fit Morane. Le G-man de garde — il s'appelait Herman, je crois — a parlé d'un bruit semblable qui avait ralenti peu avant que le cylindre ne réapparaisse.

— Vous croyez, Bob ?... interrogea Carlotta avec une angoisse à peine masquée dans la voix.

— On ne va pas tarder à le savoir, dit Morane.

Il quitta la voiture, se dirigea vers le hangar, en ouvrit la porte à deux battants. Le cylindre était là, occupant presque tout l'espace intérieur de la construction. A part les hublots, il continuait à ressembler à une boîte à conserve.

Les autres vinrent rejoindre Morane. La fatalité s'appesantissait sur eux et il leur fallut de longues secondes pour retrouver leurs esprits.

Finalement, Hunter s'avança, posa la main sur la coque du cylindre.

— Chaud, constata-t-il. Il vient de se matérialiser...

Il recommanda à ses compagnons :

— Restez à l'écart... Je vais jeter un coup d'œil à l'intérieur...

Il manœuvra le système de fermeture du sas, tira la portière à lui, pénétra à l'intérieur de l'appareil. Presque aussitôt, il héla :

— Venez voir...

Et il ajouta :

— N'ayez crainte, j'ai désenclenché le processus de virement.

L'un après l'autre, Carlotta, Frank, Bob, Clairembart et Ballantine pénétrèrent dans l'engin. Tout de suite, ils repérèrent le corps lacéré étendu sur le plancher. « *Tout comme la première fois* », songea à nouveau Morane.

— C'est Sam Gray, mon assistant, expliqua Hunter.

— Mais son corps a été emporté par les fédéraux ! protesta Bill.

— Oui, mais ça, c'était la première fois, glissa Clairembart.

Les restes mutilés de Sam Gray furent transportés au-dehors. Ensuite, on passa à l'inspection de l'appareil. Tout s'y révéla dans le même état que la première fois. Les armoires métalliques contenaient les mêmes vêtements de chasse, vivres en conserve et matériel de camping. Dans l'une de ces armoires, la collection d'armes de gros calibres et leurs munitions s'y trouvait toujours. Parmi elles, le fusil 600 Express à deux coups avec, sur la crosse, la plaque avec les initiales F.R.

Cette découverte plongea Frank Reeves dans la consternation.

— Nous sommes partis, murmura-t-il d'une voix sourde. Nous sommes partis...

Carlotta considérait son époux avec un peu de curiosité mêlée d'une vague inquiétude. Visiblement, elle ne comprenait rien à la bizarrerie de la situation.

— Nous avons mis un grain de sable dans les rouages du Temps, dit Hunter sur le même ton que s'il annonçait l'approche du « big crunch »[1].

— Vous ne devez vous en prendre qu'à vous-même, professeur, glissa Clairembart. A jouer à l'apprenti sorcier...

Le physicien parut ne pas entendre.

---

1. Contraire du « big bang ».

— Il nous faut savoir, reprit-il. A tout prix... Frank et moi ne pouvons être en même temps en deux endroits différents, fusse à des millions d'années de distance...

Hunter prit une soudaine décision.

— Nous devons repartir là-bas... Pour savoir... Pour intervenir si c'est encore possible...

— Vous voulez dire : retourner au Crétacé ? interrogea Frank.

— Oui... Tous les deux... Nous sommes tous les deux concernés, ne l'oubliez pas...

Carlotta bondit. Paisible et belle, elle se changeait soudain en tigresse défendant son mâle.

— Pas question !... Frank ne repartira pas !...

De la main, Frank l'apaisa.

— Garde ton calme, Carlotta... Le professeur a raison... Il nous faut intervenir... S'il y a des hommes là-bas, abandonnés, au Crétacé, il nous faut les ramener... QUELS QU'ILS SOIENT !...

La voix de l'Américain avait appuyé sur ses derniers mots, qui demeuraient en même temps lourds de sous-entendus.

— Je propose qu'Hunter et moi partions seuls. Nous serons prudents... Comme l'a dit le professeur, il nous faut absolument savoir. Savoir sur quels flux du Temps nous naviguons.

— Il n'est pas question que je laisse repartir Frank seul, s'entêta Carlotta. PAS QUESTION ! Tu m'entends Frank ?... Si tu veux m'empêcher de vous accompagner, il faudra me tuer...

Depuis un moment, Bob Morane se taisait. Il sentait monter en lui cette curiosité, contre laquelle il ne pouvait lutter, et qui avait si souvent failli le perdre. Cette fois encore, elle l'emporta sur la raison. Savoir comment tout cela se terminerait, c'était là, pour le moment, sa seule préoccupation.

— J'irai également, décida-t-il. De toute façon, il vous faut un témoin... euh... neutre !

Bill Ballantine poussa un rugissement.

— Vous êtes dingue, ou quoi, commandant ?... Dingue à lier...

— Comme si quelqu'un en doutait encore, Bill ! fit calmement Morane. Et puis, si je suis dingue, ça ne regarde que moi... Tu resteras ici avec le professeur... Quatre personnes à courir des risques, c'est déjà bien assez...

— Bob a raison, intervint Clairembart. Nous resterons ici, Bill... Quant à Bob, vous savez par expérience qu'il est inutile de chercher à le faire changer d'avis...

De sa large main ouverte, l'Écossais se frappa le front à trois reprises, ce qui fit un bruit de plats entrechoqués.

— Moi, j'continue à dire que c'est dingue !... Complètement dingue !...

Morane n'écoutait pas. Clairembart entraîna Ballantine au-dehors, et Bob resta, en compagnie de Frank, de Carlotta et de Hunter à l'intérieur du cylindre.

— On y va ? fit Hunter.

Personne ne répondit. Hunter fit de rapides contrôles, des mises au point, enfonça le bouton rouge commandant le processus de transfert temporel. La porte se referma et une grande vibration se communiqua à l'appareil tout entier.

*
* *

En regardant par un hublot, on n'apercevait plus rien du monde familier, disparu dans un brouillard vaguement lumineux. Les vibrations s'accentuaient, doublées d'une sensation de vertige. Puis l'intérieur de l'appareil lui-même s'estompa, et tout fut noyé dans une lumière nacrée, éblouissante. En même temps, une impression de chute vertigineuse.

Carlotta mise à part, les passagers du cylindre n'éprouvaient aucune surprise. Ces sensations, ils les avaient déjà connues au cours de leur premier voyage à travers le continuum.

Ensuite, lentement, tout se stabilisa. L'impression de chute cessa. Les objets retrouvèrent leurs contours, se rematérialisèrent, devinrent nets. Les vibrations s'arrêtèrent tout à fait et un silence presque douloureux s'installa.

Par les hublots, Morane et ses compagnons scrutaient le paysage s'offrant maintenant à eux. Un paysage que Bob, Frank et Hunter connaissaient bien. Une savane couverte d'une herbe courte, des arbres épineux d'une variété inconnue au quaternaire. Des boqueteaux aux fleurs rouges et, au loin, les cônes couronnés de fumée des volcans.

— Nous y sommes, constata Hunter.

Frank passa des armes à ses deux compagnons, s'empara lui-même d'un 600 Nitro Express. Il se tourna vers son épouse, conseilla :

— Reste en arrière, *darling*. A la moindre alerte, regagne le cylindre. Les bêtes qui errent par ici n'ont rien de commun avec des perdrix...

La porte fut ouverte et les trois hommes et la jeune femme passèrent au-dehors, foulant l'herbe grasse. Au loin, un cri déchira le silence : un bruit ressemblant à celui d'une énorme scie mordant le métal. Quelque part, un tyrannosaure chassait.

Carlotta frissonna, se rapprocha de Frank, mais sans laisser échapper la moindre parole de crainte.

— Nous voilà bien avancés, dit Morane. Bon, on est de retour au Crétacé. Pour rechercher quoi ?

— Peut-être pourrons-nous retrouver Steve Marshall vivant, risqua Hunter.

— On ne ressuscite pas les morts, vous le savez, fit Bob d'une voix dure, même en s'amusant avec le Temps...

De derrière un bouquet d'épineux aux larges feuilles charnues, un vol de ptérodactyles jaillit dans des bruits d'ailes. Des claquements de torchons mouillés. Pendant un instant, on eut la vision de leurs têtes de gargouilles aux yeux fixes, sans paupières. Puis ils disparurent au loin en poussant des cris stridents. Des cris auxquels, presque aussitôt, s'enchaîna celui du tyrannosaure, tout proche cette fois.

Le monstre apparut entre les arbres. Avec ses sept mètres, il hissait la tête au niveau des hautes branches. Sa mâchoire inférieure, pendante, élargissait encore le gouffre de sa gueule béante barbelée de crocs pareils à des cimeterres. Ses yeux fixes, minéraux, avaient une expression de férocité qui glaçait.

Le tyrannosaure avait aperçu les hommes. Pourtant, bien qu'affamé, il hésitait à attaquer. Ces formes verticales, inhabituelles, l'inquiétaient, et aussi leur nombre. L'odeur également. Vivant dans un univers d'animaux à température variable, ceux-ci, au sang chaud, lui étaient complètement étrangers, voire hostiles. Il se balançait de gauche à droite sur ses puissantes pattes de derrière et sa queue fouettait, fracassant les arbustes autour de lui. Par moment, un grincement de machine rouillée s'échappait de sa gorge.

— Rentre dans le cylindre, Carlotta, dit Frank.

Et, à ses compagnons, leur montrant le tyrannosaure d'un mouvement de tête :

— S'il attaque, concentrons nos tirs sur l'endroit du cœur.

Mais le saurien géant n'attaqua pas. Un petit dinosaurien herbivore jaillit des fourrés, fila à travers la broussaille par bonds de kangourou, et le tyrannosaure préféra se lancer à la poursuite de cette proie familière, moins inquiétante que les hommes.

— Ouf ! fit Hunter. J'ai bien cru qu'il allait nous tomber dessus...

— Ce ne serait pas la première fois que nous aurions eu affaire à ces lourdauds, dit paisiblement Frank Reeves. Après tout, c'est à peine plus gros et plus dangereux qu'un éléphant.

— N'empêche que ça ne doit pas nous encourager à poursuivre, déclara Morane. La première fois que vous êtes venu ici, Frank, c'était pour chasser... Une raison comme une autre, bien que vous sachiez que, personnellement, je sois davantage du côté du gibier que de celui du chasseur... En la circonstance présente, nous ne savons même pas ce que nous cherchons...

Et Bob acheva, plus bas :

— Ou bien nous ne le savons que trop...

Il éleva la voix :

— Si vous voulez mon avis, nous devrions...

Un sifflement assourdi lui coupa la parole. Tous levèrent la tête. Un appareil de forme lenticulaire venait d'apparaître dans le ciel. Il grossissait rapidement et s'immobilisa au-dessus du sol, à une centaine de mètres de Bob Morane et de ses compagnons.

— Coucou !... fit Bob. Revoilà la Patrouille du Temps !... On aurait dû le prévoir...

Le vaisseau se posa sur son trépied d'atterrissage, les sifflements de ses réacteurs spatio-temporels s'éteignirent. Quelques secondes d'attente. Sur la coque de l'appareil, le sigle TP de Time's Patrol apparaissait nettement, vaguement luminescent. Presque en même temps, la coupole de l'appareil s'ouvrit et, automatiquement, un escalier se déploya.

Un homme apparut, vêtu de la combinaison au sigle TP, et se mit à descendre les marches. La visière de son casque relevée, laissait voir son visage. Morane, Reeves et Hunter reconnurent le capitaine Graigh.

A pas lents, Graigh s'avança vers Bob et ses compagnons, s'arrêta à quelques mètres d'eux, les salua de la tête, parla sans s'attarder à d'inutiles préambules.

— En vous déposant à une date mal choisie, au XXe siècle, fit-il en s'adressant à Morane, Reeves et Hunter, nous avons commis une erreur qui n'a été décelée que plus tard par nos ordinateurs. Nous vous avons de cette façon permis de voyager sur deux zones parallèles du Temps. En même temps, cela nous a conforté dans la nécessité qu'il y avait pour la Patrouille de ne jamais intervenir dans le déroulement de l'Histoire...

Le capitaine Graigh s'interrompit, demeura un instant silencieux, comme s'il ménageait ses effets, reprit :

— Comme tous ceux, du passé et du futur, qui ont été en contact avec la Patrouille, vous aviez été « marqués ». Une empreinte invisible, dont vous n'avez même pas eu conscience, qui permettait à nos radars spatio-temporels de demeurer sans cesse en contact avec vous, de surveiller tous vos actes, vos déplacements à travers le continuum. Nos ordinateurs faisaient le reste, déclenchaient l'alarme au cas où votre comportement le rendait nécessaire...

— Et notre comportement a rendu votre intervention nécessaire ? fit Morane.

Autant une affirmation qu'une interrogation, auxquelles Graigh répondit :

— Vous allez en juger...

Il se tourna vers son vaisseau, lança un ordre dans le communicateur fixé au bord de son casque.

Quatre hommes quittèrent l'engin, se mirent à descendre l'escalier. Deux d'entre eux portaient l'uniforme de la Patrouille du Temps, les deux autres étaient des civils à la silhouette familière.

Les deux membres de la Patrouille gardaient les visières de leurs casques relevées et, comme ils se rapprochaient, Morane, Frank et Hunter reconnurent les lieutenants Nelson et Ghase. Les deux autres personnages, eux, marchaient le front baissé, d'une démarche un peu chancelante. Nelson et Chase les forcèrent de s'arrêter quand ils furent à mi-distance. Alors seulement, ils relevèrent la tête et Carlotta, Morane, Reeves et Hunter les reconnurent.

En un geste réflexe, Carlotta porta la main à la bouche pour étouffer un cri qui ne sortait pas. Tout juste si elle trouva la force de gémir :

— Non !... Ce n'est pas possible !... Pas possible !...

Frank et Hunter avaient eu un sursaut.

Seul, Bob Morane ne broncha pas. Tout à fait comme si, depuis le début, il devinait ce qui était en train de se passer.

Les deux hommes encadrés par Nelson et Chase n'étaient autre que... Frank Reeves et le professeur Hunter. Non pas des individus qui leur ressemblaient, mais Frank Reeves et le professeur en personne ; pour Morane, il s'agissait d'une absolue certitude.

— Il s'agit bien de vous, Mister Reeves, et de vous, professeur Hunter, dit Graigh. Il s'agit bien de vos doubles, absolument identiques, jusque dans la moindre cellule, le moindre atome... Nous les avons récupérés, car chaque être humain est unique, et deux Frank Reeves et deux professeurs Hunter ne peuvent coexister dans l'Univers, fut-ce sur des plans différents du Temps.

— Je me demande comment vous allez réussir à trancher ce nœud gordien, capitaine Graigh ? interrogea Morane.

Ni Carlotta, ni Reeves, ni Hunter ne trouvaient la force de parler. La stupeur les privait de toute réaction.

— Comment résoudre ce problème ? fit Graigh. La question a été posée à notre Conseil, et la seule décision possible a été prise, confirmée par nos ordinateurs centraux...

Graigh s'interrompit, son visage se durcit, et il appuya :

— Je vous le répète : IL NE PEUT EXISTER DEUX FRANK REEVES NI DEUX PROFESSEURS HUNTER... n'importe où dans le continuum...

Il se tourna vers Nelson et Chase et leur adressa un geste de la main. D'un même mouvement, Nelson et Chase s'écartèrent, portèrent la main à leurs ceintures, tirèrent leurs désintégreurs ioniques, les braquèrent sur les deux doubles.

— NON !... hurla Carlotta. NON ! ! !

Appel inutile. Les désintégreurs crachèrent leurs faisceaux de lumière rouge, frappèrent en plein Reeves et Hunter numéros deux. Ils semblèrent un instant brûler d'un feu interne, puis ils disparurent sans laisser la moindre trace, tout à fait comme s'ils n'avaient pas existé.

— Pourquoi avez-vous fait cela, Graigh ? interrogea Frank Reeves tandis que Carlotta se jetait, sanglotante, dans ses bras.

— Il le fallait, affirma Graigh. Auriez-vous aimé qu'un second Frank Reeves se promène quelque part dans le Temps ? Vous auriez risqué de la rencontrer tôt ou tard, avec les conséquences que cela aurait entraîné.

— Le capitaine a raison, intervint Hunter. Chaque être est unique et doit le demeurer.

— Qu'allez-vous faire maintenant, Graigh ? interrogea Bob.

La réponse vint aussitôt. Tout devait avoir été programmé à l'avance.

— Pour commencer, expliqua Graigh, la machine à voyager dans le Temps du professeur Hunter sera détruite. Un tel engin est un anachronisme à votre époque... Ensuite, nous vous ramènerons au XXe siècle, à une date où il n'y aura aucune chance qu'un nouveau paradoxe temporel se produise... Et vous nous oublierez. Ou tout au moins nous vous demanderons de tout oublier...

De la main, Graigh montra son vaisseau, invitant Morane et ses compagnons à y pénétrer. Les trois hommes et la jeune femme, encadrés par Graigh et ses lieutenants, s'avancèrent vers l'appareil. Sans prononcer une seule parole. Frank Reeves et le professeur Hunter semblaient écrasés par l'idée d'avoir vécu deux fois. Carlotta continuait à sangloter doucement, accrochée au bras de son mari.

Les regards de Morane se promenaient sur le paysage qui, maintenant, lui était devenu presque familier. Là-bas, il apercevait la haute cime du ginkgo sur lequel il avait passé plusieurs heures lors de son premier voyage au Crétacé. Par endroits, des fougères géantes masquaient l'horizon de leurs larges feuilles digitées. Quelques vols lourds de ptérodactyles ponctuaient le ciel. On n'apercevait aucun tyrannosaure, ni aucun autre dinosaurien, mais Bob savait qu'il y en rôdait là-bas, quelque part, faisant trembler le sol sous leurs masses primitives.

« Nous vous demanderons de tout oublier », avait dit le capitaine Graigh. Comment serait-ce possible ? « Tout oublier ? » pensa Morane. Oui, comme on oublie un rêve, ou un cauchemar, dont on vient de se réveiller.

CHERCHEUR

EXISTERAIT-IL ENCORE DES MONSTRES PREHISTORIQUES DANS DES COINS RECULES DE NOTRE PLANETE ?

Le siècle dernier, un officier de marine allemand en retraite, le capitaine Eberhard, se retira dans un ranch qu'il possédait dans le sud de la Patagonie, non loin du cap de Bonne Espérance. Ses visiteurs, en se promenant, pouvaient remarquer une grande peau de bête pendue aux buissons délimitant la propriété. Certain n'y firent même pas attention et prirent la peau en question pour celle de quelque bovidé ou pour celle d'un cheval. D'autres cependant, voulant emporter un souvenir de leur visite, s'avisèrent de couper des lambeaux de cette peau. Ils se rendirent compte alors que ce ne pouvait pas être là la peau d'une vache, ni d'un cheval, d'un lama ou de tout autre animal connu. Elle était très épaisse et fort dure et, pour l'entamer, il fallait un couteau bien aiguisé et manié d'une main vigoureuse.

Un jour, un morceau de peau semblable arriva en possession d'un zoologiste argentin, le professeur Florentino Ameghino, qui eut vite fait de reconnaître à quel genre d'animal il avait appartenu. Ce qui l'ennuyait un peu, c'était la fraîcheur de cette peau. Elle n'était plus sanglante, bien sûr, mais elle devait avoir été arrachée du corps de la bête une quinzaine d'années auparavant, au grand maximum. Logiquement cependant, elle aurait dû être vieille de trois ou quatre mille ans au moins, car c'était un morceau de peau d'un des plus fameux représentant de la faune disparue du continent sud-américain : le paresseux géant, encore appelé, de son nom scientifique : mégathérium.

Ce fut un effarement général. Les journaux du monde entier tirèrent sur l'événement du jour : *The Giant Sloth still alive !* — *Le mégathérium ; animal d'aujourd'hui !* — *El Mamifero misterioso no se ha extinguido !* — *Das Riesenfaultier ist nicht ausgestorben !* etc...

Le morceau de peau parvint finalement entre les mains de sir Ray Lankester, alors directeur du Museum d'Histoire Naturelle de Londres. Ce grand savant, d'une probité mondialement reconnue, étudia la peau à son tour et déclara qu'elle n'avait pas appartenu au mégathérium comme on l'avait pensé tout d'abord, mais au mylodon, autre paresseux de plus petite taille que le méghathérium mais encore gigantesque malgré tout que l'on croyait disparu lui aussi depuis des millénaires. Ray Lankester déclara même que l'on pouvait envisager la possibilité d'existence actuelle du mylodon dans certaines régions inexplorées de Patagonie.

Le professeur Florentino Ameghino se souvint alors d'un rapport, fait auparavant par Ramon Lista, ancien gouverneur de Santa-Cruz. Une nuit, alors qu'il chassait en Patagonie, Ramon Lista avait vu un grand animal ressemblant à un fourmilier gigantesque. Le chasseur tira à plusieurs reprises sur l'animal. Celui-ci, bien qu'il eut été touché, ne parut cependant pas se ressentir de ses blessures et disparut dans la forêt.

Aussitôt, le professeur Ameghino supposa que Ramon Lista avait eu affaire au mylodon. La peau de celui-ci renfermait en effet de nombreux petits os, de la grosseur d'une fève et qui, très serrés, formaient une sorte de cuirasse sous-cutanée. Cela expliquait l'insensibilité de l'animal aux balles du chasseur. Aussitôt, ledit animal fut baptisé du nom de neomylodon listai, c'est-à-dire « nouveau mylodon de Lista ».

On se souvint également que les Indiens Tehuelche parlaient d'un animal de la taille d'un bœuf, aux mœurs exclusivement nocturnes et qui, durant le jour, demeurait assoupi sous le sol, dans de grands trous qu'il creusait à l'aide de ses puissantes griffes. Les Indiens le disaient inoffensif mais affirmaient qu'il ne pouvait pas non plus être tué, car les flèches ne pénétraient pas sa peau. Ils l'appelaient Iemish, ce qui signifie Celui-qui-a-de-petites-pierres-sur-lui. Une fois de plus, Florentino Ameghino sauta de joie, car cette description correspondait en tous points avec celle du mylodon.

Pendant ce temps, des savants s'étaient rendus, aux fins d'investigation, au ranch du capitaine Eberhard. Non loin de là, on découvrit une grotte dans laquelle, selon toute évidence, de nombreux mylodons avaient vécu. On trouva également de grossiers murs de pierre divisant l'intérieur de la caverne, tout à fait comme si les mylodons avaient été domestiqués par l'homme et enfermé dans des box. Par la suite, on supposa que les Indiens avaient élevé ces murs pendant le sommeil des animaux pour les enfermer dans la caverne et se procurer ainsi une abondante réserve de viande fraîche.

Un seul élément manquait désormais pour permettre d'apporter un conclusion à cette étonnante aventure : la découverte d'un mylodon vivant. Un journal anglais finança donc une expédition, commandée par Mr. H. H. Prichard, qui partit pour la Patagonie... et revint bredouille.

Cet échec refroidit quelque peu les enthousiasmes et l'on se mit à nier l'existence actuelle du mylodon, alias Iemish. Pour certains, la race des paresseux géants s'était éteinte voilà plusieurs siècles seulement. Quand au morceau de peau étudié par le professeur Florentino Ameghino, il avait dû appartenir au dernier représentant de l'espèce. Cependant, certains s'entêtent à affirmer que rien ne s'oppose à ce que le mylodon ou, même, le mégathérium, hantent encore de nos jours certaines régions mal connues de Patagonie. Il suffirait seulement de les découvrir.

DES DINOSAURES EN AFRIQUE ?

Plus incroyables encore sont les rumeurs qui nous parviennent d'Afrique, où les indigènes parlent de grands reptiles inconnus hantent les marécages et ayant l'apparence de dinosaures. Ces rumeurs viennent soit de Rhodésie, du Tanganika, de l'Angola, du Cameroun mais, toujours, les descriptions des noirs concordent et, à travers leurs récits, émergent les silhouettes inquiétantes de grands sauriens disparus voilà des millions d'années.

En 1913, une expédition scientifique allemande, dirigée par le capitaine von Stein zu Lausnitz partit explorer le Cameroun qui, à cette époque, appartenait encore à l'Allemagne. Au cours de leur aventureux périple, les explorateurs entendirent parler d'un animal dont les indigènes semblaient avoir grand peur et qu'ils appelaient mokelembêmbe. A son sujet, le capitaine von Stein écrit ce qui suit :

Les indigènes décrivent le mokele-mbêmbe comme ayant une peau lisse, de couleur gris brun et comme atteignant la taille d'un éléphant. Il possède un cou long et flexible et une queue musculeuse pareille à celle d'un alligator. L'animal attaque les pirogues et tue leurs occupants, sans cependant dévorer leurs corps, car il est exclusivement herbivore. La plante dont il se nourrit de préférence me fut montrée. C'est une sorte de liane portant de large fleurs blanches et des fruits semblables à des pommes. Sur les bords de la rivière Ssômbo, les noirs me montrèrent des excréments laissés par le mokele-mbêmbe. Ces excréments étaient frais et contenaient des débris du végétal qui m'avait été désigné auparavant. Ces précisions semblent exclure la possibilité d'un animal à l'existence purement mythique.

Dans la région du Haut-Nil vivrait une bête de grande taille, d'allure reptilienne elle aussi, nommée « lau » par les indigènes. Ce « lau » mesurerait une douzaine de mètres de la pointe du museau au bout de la queue et marcherait debout sur ses puissantes pattes de derrière. Sa tête plate ferait infailliblement songer à celle d'un serpent.

Un jour, des chasseurs indigènes se firent introduire auprès du puissant roi Lewanika du Baroste et lui déclarèrent avoir rencontré un saurien monstrueux sur les bords d'un marais. La bête avait un long cou flexible et une tête serpentine. A la vue des hommes, elle plongea et disparut. Aussitôt, le roi Lewanika se rendit sur place et put remarquer que, sur un large espace, l'herbe avait été écrasée et foulée par un corps puissant, de la largeur d'un wagon.

Dans le centre de l'Afrique, on parle encore d'un animal nommé « chipekwe » par les indigènes et qui hanterait, lui aussi, les marais et les lacs. Après avoir passé dix-huit années dans la région du lac Banguwelu, J. E. Hughes rapporte le récit que lui fit l'un des fils du grand chef Waushi, sur la mise à mort d'un chipekwe dans les eaux du Luapala. En nombre, les chasseurs noirs, montés sur des pirogues, avaient réussi à cerner le monstre. Ils parvinrent à le tuer à coups de harpons wiwingo, ces mêmes harpons aux fers pareils à des sabres dont se servent les indigènes pour chasser l'hippopotame. Le corps de l'animal était sombre, lisse et sans poils. Une corne blanche, semblable à celle du rhinocéros, surmontait sa tête plate de saurien.

LES PTERDOCACTYLES FONT A LEUR TOUR PARLER D'EUX.

Arrivons maintenant à l'extraordinaire récit fait par le naturaliste Ivan T. Sanderson, dans son livre *Animal Treasure*.

Lors d'un voyage parmi les tribus du Cameroun Britannique, Sanderson fut attaqué par un animal ressemblant fort au ptérodactyle, ce saurien volant de l'époque secondaire. A la tombée du soir, il nageait dans une rivière, lorsque son compagnon, Percy Slade, demeuré sur la berge, lui cria de prendre garde. *Un regard suivi d'un cri*, écrit Sanderson, *et aussitôt je plongeai car, à peu de hauteur au-dessus de l'eau, quelque chose de noir, de la taille d'un aigle, piquait droit sur moi. Je ne fis qu'entrevoir* la bête, mais cela me suffit. La mâchoire ouverte portait une demi-couronne de dents blanches et pointues, distantes les unes des autres d'environ la grosseur d'une. Plus tard, et il faisait encore assez jour pour y voir, la bête revint, brusquement le long de la rivière, claquant des dents, le vent sifflant sous les battements de ses ailes membraneuses.

De son côté, en 1942, le capitaine Pitman, dans son livre intitulé *Un conservateur de gibier fait un inventaire*, écrit que les indigènes du nord de la Rhodésie parlent d'un grand animal, moitié-lézard, moitié-chauve-souris ayant son repaire dans les forêts marécageuses de la frontière du Congo Belge. La description de cet animal, faite par des noirs ne possédant aucune formation scientifique, concorde point par point avec celle du ptérodactyle.

CLASSIFICATION SOMMAIRE DES DINOSAURIENS

1) *Sauropodes :* Herbivores quadrupèdes à long cou, à petite tête et à longue queue. Principales espèces :

   Diplodocus : 20 mètres de long. Cou de 6 mètres. 3,50 mètres de hauteur au garrot.

   Brontosaure : Même aspect que le diplodocus. 18 mètres de long.

   Brachyosaure : Même aspect que les deux précédents. Sans doute l'animal terrestre le plus monstrueux ayant jamais existé. 40 mètres de long. La hauteur d'un seul de ses tibias atteignait 2,10 mètres (1 mètre chez le diplodocus. Le brachyosaure aurait été capable de brouter des fleurs à la fenêtre du quatrième étage d'une maison moderne).
   Les plus grands sauropodes pouvaient manger jusqu'à 300 kilos de nourriture végétale en un jour.

2) *Ornithopodes* ou *Prétentariens :* Herbivores bipèdes ou quadrupèdes. Principales espèces :

   Iguanodon : Bipède. 10 mètres de long. 5 mètres de haut dressé.

   Stégosaure : Quadrupède. 9 mètres de long. 3,50 mètres de haut. Moëlle épinière 20 fois aussi volumineuse que le cerveau lui-même, qui ne pesait même pas cent grammes.

Tricératops : Quadrupède. Aspect général d'un rhinocéros à trois cornes, deux au-dessus des yeux, une sur le nez. Longueur, 7,50 mètres à dix mètres.

3) *Théropodes :* Carnassiers bipèdes. Principales espèces :
Tyrannosaure : (Tyrannosaurus Rex.) Pouvait mesurer jusqu'à 15 mètres de long. Plus de 5 mètres de haut. La plus prodigieuse machine à tuer terrestre créée par la nature.
Cératosaure : Même aspect que le tyrannosaure. Petite corne sur le nez. 5 mètres de long.

SERVICE
SECRET
SOUCOUPES

I

En automne, Londres sans brouillard est un peu comme un visage de femme âgée privé de fards et de poudre. Toutes les rides, toutes les pustules, toutes les lèpres de ses maisons, d'habitude voilées par la brume, apparaissent, donnant aux vieux quartiers un aspect sinistre encore accentué la nuit, quand les pans de pénombre voisinent avec de blafardes lueurs, quand des rayons de lumière, jaillis on ne sait d'où, taillent, tels de rutilants scalpels, dans la chair noire des ténèbres.

Bob Morane et Bill Ballantine, son compagnon écossais, marchaient ce soir-là, un peu à l'aventure, suivant leur habitude, à travers cet incertain dédale de rues, de ruelles et d'impasses bordées d'entrepôts, de boutiques de regrattiers, de brocanteurs plus ou moins honnêtes, de bouges dont la porte, si vous vous y aventurez, se referme sur vous comme la trappe d'un piège, dans cette zone incertaine, presque à la limite du temps et de l'espace, située aux confins de Whitechapel, de Limehouse et de Wapping.

Les deux amis avaient passé la journée à prendre des photos dans les pittoresques quartiers riverains de la Tamise, et ils s'en revenaient à travers ces mêmes quartiers, à la recherche d'un restaurant potable — chinois de préférence — où ils pourraient tromper une faim qui, avec la nuit, commençait à les envahir.

— Pourvu qu'il y ait autre chose à boire que du thé, dans ce restaurant, fit Bill Ballantine avec un peu d'appréhension dans la voix.

Bob Morane ne releva pas. Son compagnon, en bon Écossais, espérait toujours qu'il y aurait, n'importe où, « quelque chose » d'autre à boire que du thé.

C'était un couple assez représentatif que Bob Morane et Bill Ballantine. Le premier, de haute taille, à la fois mince et athlétique, avec un visage énergique éclairé par des yeux gris et couronné par des cheveux noirs et drus, une allure décidée et l'air pas tendre du tout quand il le fallait. Le second, d'une stature colossale, avec des épaules de lutteur poids super-lourd, un large visage coloré, au front de taureau surmonté d'une chevelure d'un roux flamboyant, et dont émanait une impression de force herculéenne, presque surhumaine. Pourtant, en ce moment, dans la pénombre qui semblait les écraser, tous deux n'étaient que des silhouettes dérisoires, perdues dans la solitude, noyées dans le silence.

Tout à coup, une série de bruits troubla ce silence : des voix d'hommes auxquelles, plus haute, se mêlait une voix de femme.

— J'ai l'impression que voilà une bande de joyeux drilles, fit Bill.

Mais, en continuant à avancer dans la direction d'où venait le bruit, les deux amis eurent bientôt à se détromper. Les voix, dont ils se rapprochaient, ne témoignaient d'aucune joie. Au contraire, sans que l'on pût distinguer les mots, il y avait en eux un ton d'agressivité qui ne pouvait tromper.

— On dirait plutôt qu'on discute ferme, corrigea Morane.

Ils continuaient toujours à avancer et, bientôt, un bruit de piétinement s'ajouta à celui des voix.

— Si vous appelez ça « discuter », commandant ! jeta Ballantine. C'est plutôt « se bagarrer » qu'il faudrait dire...

On n'entendait pas d'appels « au secours », mais il était évident à présent qu'une femme était aux prises avec plusieurs hommes.

— Allons-y ! jeta Bob.

Suivi de Bill, il se mit à courir dans la direction d'où venaient les bruits. Ils tournèrent le coin d'une rue et tombèrent sur un spectacle auquel ils ne s'attendaient guère. Une jeune femme — ou, plutôt, une jeune fille — était bien aux prises avec trois individus, mais le combat ne se déroulait pas tout à fait comme on aurait pu l'imaginer. En effet, la jeune fille semblait prendre le meilleur, balançant l'un après l'autre ses adversaires par-dessus son épaule ou les fauchant avec la technique consommée d'une ceinture noire de judo. Si l'un des agresseurs se relevait, il était aussitôt renvoyé durement au sol.

Il était évident cependant, à en juger par la façon dont ils récupéraient, que les trois assaillants étaient des hommes coriaces et peu décidés à s'en laisser conter. Tôt ou tard, l'un d'eux parviendrait à saisir la jeune fille par-derrière et à l'immobiliser sans qu'elle puisse se dégager.

Déjà, Bob et son compagnon s'étaient projetés en avant. Le premier, Morane atteignit le groupe, à l'instant précis où, une nouvelle fois, la jeune fille venait de projeter son troisième antagoniste au sol.

— Je ne sais si vous avez besoin d'aide, miss... commença Bob.

Il n'eut pas le temps d'achever. Avec une rapidité presque incroyable, elle s'était retournée vers lui, et il eut à peine le temps de comprendre qu'il se sentait saisi par le revers et la manche. Il tenta bien de contrer, mais en vain. Impuissant, il se sentit soulevé et balancé en l'air. Ce fut tout juste s'il put penser : « Cette petite doit être un Japonais déguisé... » Il atterrit néanmoins sans se faire le moindre mal, en amortissant sa chute.

A son tour, Bill Ballantine se présentait devant la redoutable judoka qui, devant cette montagne de muscles, hésita un moment. L'Écossais en profita pour lancer :

— Eh ! minute, petite demoiselle... On vient ici pour vous donner un coup de main, et voilà que vous nous traitez comme des sacs de charbon...

Elle dut se rendre compte que quelque chose d'anormal

se passait car, tout en demeurant sur la défensive, elle parut se détendre un peu. Bob Morane, qui se relevait, en profita pour dire :

— Mon ami a raison. Nous voulions seulement vous secourir... Nous n'avons rien à voir avec vos adversaires...

Ces derniers d'ailleurs, devant l'arrivée de ces renforts inattendus, avaient cru bon de rompre le combat. Se relevant l'un après l'autre, ils s'étaient mis à courir le long de la ruelle. Morane fit mine de vouloir les poursuivre, mais la jeune fille, qui s'était à présent tout à fait détendue, l'en empêcha, en disant :

— Inutile... Il doit s'agir là de vulgaires rôdeurs, qui n'en voulaient sans doute qu'à ma bourse. Mais ils en ont été pour leurs frais... Qu'ils aillent se faire pendre ailleurs...

— Ce sera comme vous voudrez, fit Bob en haussant les épaules.

Pendant que la jeune fille parlait, il l'avait détaillée. Elle était assez grande — la taille mannequin, un mètre soixante-dix environ — et son ciré noir ne parvenait pas à camoufler tout à fait un corps mince et musclé de sportive. Le visage étroit, au modelé fin et parfait, était entouré, comme d'une auréole, de cheveux fauves, coupés court ; quant aux yeux, très grands, qui semblaient vouloir dévorer toute la figure, on n'en distinguait pas très bien leur couleur, mais Morane devina qu'ils devaient être verts.

Le Français s'était incliné légèrement, en continuant :

— Mais peut-être serait-il temps que nous nous présentions... Je m'appelle Bob Morane, et voici mon ami Bill... Bill Ballantine...

Au nom de Morane, la jeune fille avait sursauté légèrement. Son attention sembla se fixer, durant quelques instants, sur le visage du Français, puis elle sourit et dit :

— Ça par exemple ! Je me trouve en difficulté, et qui vient me secourir ?... Le fameux commandant Morane en personne... Si je m'attendais !... Et, le mieux, c'est que je suis certaine de n'avoir pas affaire à un imposteur. J'ai vu votre photo, et celle de monsieur Ballantine également, et à présent je vous reconnais tous deux...

— En difficulté ! ricana Bill. Ça vous pouvez le dire !... C'est tout juste si vous ne nous avez pas mis à mal en même temps que vos adversaires, miss... euh... miss...

La jeune inconnue comprit le sens de cette hésitation.

— C'est vrai, dit-elle, j'oubliais de me présenter à mon tour... Je m'appelle Sophia Paramount...

Ballantine poussa un long ricanement.

— Sophia Paramount ! s'écria-t-il. Ce n'est pas un nom, ça !... C'est tout un programme...

Mais Morane, lui, savait que c'était bien un nom, car il le connaissait ce nom, pour l'avoir lu en signature d'articles à sensation.

— Sophia Paramount, reporter au *Chronicle* ? interrogea-t-il.

Elle acquiesça et se mit à rire silencieusement.

— Eh bien ! fit-elle, je m'aperçois que bien que nous ne nous soyons jamais rencontrés, nous sommes en pays de connaissances...

— Et entre gens célèbres, enchaîna Bob d'un air mi-figue mi-raisin...

— Gens célèbres... gens célèbres, maugréa Bill. Tout ça ne doit pas nous faire oublier que nous cherchions un restaurant, commandant... Je commence à me sentir la soute à biscuits pleine de vent...

— Je ressens la même chose, mon vieux Bill, reconnut Morane. Mais, pour ce qui est de trouver une gargote dans ce coin désert... Je crois qu'il vaudrait mieux tenter notre chance dans un autre quartier....

— Je connais un restaurant chinois pas loin d'ici, glissa Miss Paramount. Il ne paie pas de mine, mais on y mange un *chop suei* dont on garde longtemps le souvenir... Je commence à me sentir sérieusement affamée moi aussi, car l'exercice auquel je viens de me livrer m'a creusé l'appétit... Si vous le permettez, je vous conduirai...

*
* *

Le *Old Pekin* ne payait en effet guère de mine, comme l'avait affirmé Miss Paramount. Il était installé au rez-de-chaussée d'un bâtiment menaçant ruine et d'autres que Morane, Ballantine et leur compagne, habitués à en voir de toutes les couleurs, auraient pu faire la grimace à la vue de la propreté plus que douteuse régnant dans la salle, où se tenaient une demi-douzaine de clients groupés autour de tables aux nappes de papier. Il pouvait aussi bien s'agir là de pirates et de coupe-jarrets que de marins ou de dockers.

Heureusement, toujours comme l'avait affirmé la jeune journaliste, le *chop suei* servi dans ce bouge était plus qu'honorable, et l'anglais, émaillé de pidgin du serveur chinois, assez coloré pour que les deux hommes et la jeune fille pussent se croire transportés dans quelque quartier lépreux de Hong-kong ou de Macao.

Tout en se servant de ses baguettes d'os avec dextérité, Bob Morane ne pouvait s'empêcher de lancer des regards intrigués en direction de Sophia Paramount, qui lui faisait face.

Qu'une jeune fille s'aventurât dans ces ruelles mal famées et s'y fasse agresser par des malandrins désireux de la dévaliser, cela n'avait rien de bien extraordinaire en soi. Mais le fait que ladite jeune fille fût en outre une journaliste connue, spécialiste du grand reportage, ajoutait du piment à la chose. Certes, il pouvait s'agir là d'un hasard, mais il se pouvait également que l'agression dont avait failli être victime la jeune fille fut en rapport direct avec une quelconque mission.

Miss Paramount dut surprendre l'attention dont elle était l'objet, et aussi la raison de cette attention, car elle demanda à l'adresse de Bob :

— Vous devez vous demander ce que je faisais dans un quartier aussi mal famé, n'est-ce pas ?

Morane sourit finement, pour répondre :

— Sans doute me le demanderais-je... si je n'étais discret de nature.

En réalité, il se sentait dévoré par la curiosité, qui était son péché mignon. Une fois encore, Sophia Paramount dut deviner le Français.

— Je comprends que vous aimeriez savoir, dit-elle, et je vais vous renseigner. J'ai besoin d'un conseil, et je crois pouvoir vous faire confiance...

La bouche pleine, Bill Ballantine protesta vivement :

— Gardez votre secret, miss, si secret il y a... Ça ne nous regarde pas... Et puis, le commandant et moi, on n'aime pas d'aller au-devant des ennuis. N'est-ce pas commandant ?

Bob ne parut pas avoir entendu son ami qui, il le savait, aimait jouer les pères tranquilles.

— Si nous pouvons vous être de quelque utilité, miss, se contenta-t-il de dire.

Sans prononcer aucune parole, la jeune journaliste tira de la poche de son ciré une assez grande enveloppe qu'elle posa simplement devant Morane. Celui-ci l'ouvrit et plusieurs photos s'en échappèrent. Elles étaient de format carte postale et, à en juger par le grain des images, il devait s'agir d'agrandissement tirés d'une pellicule miniature, d'un appareil de poche sans doute.

La première de ces photos représentait un engin de forme lenticulaire, monté sur trois pieds et posé parmi des rochers. La lumière était mauvaise, venant de biais, comme si le cliché avait été pris à l'intérieur d'une excavation. Cependant, l'éclair d'un petit flash aidant sans doute, on pouvait distinguer les cercles brillants de hublots sur le pourtour de la lentille et, au sommet, le dôme d'une coupole en matière translucide.

— On dirait une soucoupe volante ! s'exclama Ballantine qui, tout en continuant à mastiquer son riz, avait jeté lui aussi un coup d'œil sur la photo.

Morane ne répondit pas, se contentant d'étudier les autres clichés. Trois d'entre eux, pris assurément à l'intérieur de l'engin, à en juger par les parois concaves, représentaient des tableaux de commandes et de contrôle qui, probablement, auraient mérité un examen approfondi de la part de spécialistes. Les deux dernières photos montraient le même engin lenticulaire en vol, pris à une assez grande distance, sur une étendue de ciel lumineux, ce qui donnait aux images une netteté relative, surtout que, d'après ce que l'on pouvait en juger, l'appareil devait se déplacer à très grande vitesse.

Lentement, Bob posa les clichés devant Miss Paramount, puis il sourit et dit :

— Ou il s'agit de trucages, ou voilà des documents fort intéressants...

La journaliste secoua la tête et déclara avec force :

— Rien de tout cela n'est truqué, je vous l'assure...

— Nous, on veut bien vous croire, glissa Ballantine sans ménagement, mais je ne vous cache pas que, du moins en ce qui me concerne, la pilule est un peu dure à avaler et...

Posant la main sur le bras de son ami, Bob l'empêcha de continuer. Il reprit lui-même, à l'adresse de Sophia Paramount :

— Peut-être Bill va-t-il un peu vite, miss... Mais mettez-vous à sa place. Il s'agit, selon toute évidence, de documents sur les soucoupes volantes. Or, vous comme moi, nous savons que la plupart des documents qui ont, jusqu'ici, été communiqués à la presse, ne sont que des trucages plus ou moins adroits... Bien sûr, il ne peut être question de vous soupçonner de tromperie. On a pu profiter de votre bonne foi...

Mais la jeune fille secoua la tête.

— J'ai pris ces clichés moi-même, déclara-t-elle d'une voix ferme.

Les deux amis ne purent s'empêcher d'échanger un coup d'œil.

— Évidemment, dans ce cas... fit Morane.

Et Bill dit, en écho :

— Dans ce cas...

Ces trois mots ne voulaient rien dire, et ils voulaient tout dire. Ils laissaient place à tous les soupçons. Miss Paramount le comprit, car elle insista :

— Je vous répète que j'ai pris ces clichés moi-même, et que je ne les ai pas truqués... Mais peut-être serez-vous convaincus quand je vous aurai raconté leur histoire...

Bob Morane eut un geste vague.

— Peut-être, dit-il. De toute façon, cela ne nous engage à rien... Et puis, Bill et moi aimons les histoires... N'est-ce pas, Bill ?

Le géant éclata de rire.

— Ouais, approuva-t-il, nous aimons les histoires... Surtout les contes de fées...

II

Certes, Bob Morane et Bill Ballantine aimaient les contes de fées, surtout quand ils sortaient des lèvres d'une personne aussi ravissante que Sophia Paramount. En outre, le fait que celui qu'ils entendaient fût raconté dans un infâme bouge de l'East End, ajoutait encore de l'intérêt.

A vrai dire, l'histoire de la journaliste n'avait rien, ou presque, d'un conte de fées auquel, seul, son caractère fantastique l'apparentait.

— C'était il y a quelques semaines, avait commencé Sophia, à la fin de l'été. J'avais pris mes vacances dans les Hébrides et, ce jour-là, profitant d'un temps calme, j'étais allée seule, à bord d'une petite vedette à moteur, accomplir une longue excursion en direction d'un groupe d'îlots rocheux situé assez loin au large de Lewis, en plein Atlantique. Mon bateau était rapide et je comptais rentrer au port avant la fin de la journée, après avoir visité le groupe d'îlots en question, refuge d'oiseaux de mer que je voulais photographier.

» Mais la chance fut contre moi. Comme j'arrivais en vue des îlots, mon moteur cala. Je possède heureusement de solides notions de mécanique car j'ai appris, dans mon métier, à me débrouiller en toutes circonstances, et j'entrepris de déceler l'origine de la panne. Après d'assez longues recherches, je découvris qu'il me serait possible de réparer avec les moyens du bord. De cette façon, je n'avais pas le choix. L'océan, autour de moi, était désert, ces parages étant fort peu fréquentés, et je n'avais, sauf un miracle, aucune aide à espérer que de moi-même.

» Je me mis donc à la besogne, mais cela se révéla beaucoup plus long que je ne pensais, et il me fallut plusieurs heures de travail pour venir à bout de l'avarie. Quand le moteur tourna enfin, la journée était déjà fort avancée et, ne considérant pas avoir le temps d'atteindre les îlots, d'y prendre mes photos et de regagner Lewis avant la tombée de la nuit, je décidai de m'en retourner. C'est alors que l'événement se produisit. Je m'apprêtais à mettre le cap sur mon port d'attache, quand j'aperçus, dans le ciel, une tache brillante et circulaire, qui se rapprochait rapidement. Tout d'abord, je crus qu'il s'agissait d'un avion. Mais je me détrompai bientôt. Non seulement cela n'en avait pas la forme mais, en outre, cela se déplaçait trop vite, même pour un jet. En plus, je n'aurais pas manqué d'entendre le sifflement des réacteurs ; or, l'étrange engin — car je ne pouvais douter qu'il s'agissait d'un engin — ne faisait pas le moindre bruit.

» Dans notre profession de reporters, nous sommes tous, depuis quelques années, à l'affût de la moindre apparition de soucoupes volantes. Les journaux à gros tirage s'arrachent en effet tout article et document à leur sujet. Toujours, j'ai sur moi un appareil de poche prêt à l'usage. Je l'armai rapidement et pris, coup sur coup, plusieurs clichés de l'appareil en vol. Celui-ci était assez près à présent pour que je puisse distinguer nettement qu'il s'agissait d'un engin en forme de lentille, surmonté d'une coupole globuleuse, en matière transparente.

» Mais, déjà, l'étrange véhicule aérien était passé au-dessus de moi sans que personne, à son bord, se fût semblait-il aperçu de ma présence. Et, soudain, comme il atteignait le groupe d'îlots, il plongea, à vitesse réduite, vers l'un d'eux. Pendant un moment, je vis la lentille argentée, que j'apercevais de profil, se détacher sur l'étendue sombre de la falaise pour, arrivée au ras de l'eau, disparaître brusquement, comme avalée par le roc.

» Pendant de longues minutes, je demeurai interdite, puis je pensai qu'il se passait quelque chose d'anormal là-bas et, poussée par ma curiosité professionnelle, je mis mon moteur en marche et me dirigeai, à vitesse réduite, vers l'îlot. J'atteignis celui-ci, à dessein, à quelque distance de l'endroit où avait disparu la soucoupe volante.

» Après avoir soigneusement dissimulé mon canot parmi les rochers et l'avoir fortement amarré, je mis pied à terre et me coulai parmi des éboulis, armée de mon seul appareil photographique. Il me fallut parcourir ainsi quelques centaines de mètres, mais je m'arrêtai soudain, au détour d'un rocher. Devant moi, au ras de l'eau, s'ouvrait l'entrée d'une caverne, assez vaste semblait-il. La voûte s'élevait à cinq mètres environ au-dessus du niveau de la mer, et je pensai : « Voilà par où est passée la soucoupe. Elle doit se trouver à l'intérieur de la grotte à présent... »

» Je demeurai longuement hésitante car, si l'engin était à l'intérieur de la grotte, ses passagers devaient s'y trouver eux aussi. Or, seraient-ils amis ou ennemis ?... J'allais prendre une décision et me préparais à me redresser pour gagner l'entrée de la caverne, quand soudain je m'immobilisai : deux hommes venaient de déboucher de l'excavation.

» Quand on parle de soucoupes volantes, on s'imagine volontiers que leurs occupants sont des êtres plus proches, morphologiquement s'entend, du poulpe que de l'humain. Pourtant, les personnages qui venaient d'apparaître étaient bien des hommes, il n'y avait pas à en douter. Les combinaisons métallisées et les casques qu'ils portaient n'avaient même rien de bien extraordinaire, ils étaient semblables à ceux de tous les pilotes. Peut-être un examen approfondi aurait-il fait apparaître des différences notables mais, d'où je me trouvais, je ne pouvais rien distinguer d'insolite. Tout en s'avançant à travers les éboulis bordant le rivage, de l'autre côté de l'entrée de la caverne, les deux inconnus parlaient entre eux, mais j'étais trop loin également pour percevoir le son de leurs voix et, à plus forte raison, pour me rendre compte de la langue dont ils usaient.

» Les deux hommes s'étaient mis à grimper le long des éboulis, comme s'ils voulaient atteindre le faîte de l'îlot. C'est alors que je remarquai qu'ils portaient, glissés dans les étuis pendus à leurs ceintures, des armes sans doute assez semblables, à en juger par la crosse, à de longs pistolets. J'en déduisis que, peut-être, avaient-ils l'intention de chasser pour se ravitailler en viande fraîche, et je décidai de mettre cette occasion à profit pour aller jeter un coup d'œil à l'intérieur de la caverne.

» Quand les deux hommes eurent disparu au sommet de la falaise, ce qui laissait supposer qu'ils s'étaient effectivement avancés à travers l'île, je débouchai de derrière le bloc de rocher qui me dissimulait et me dirigeai vers l'entrée de la grotte. Je m'y engageai, essayant de me tenir le plus près possible de la paroi afin de marcher au sec. Parfois cependant, il me fallait entrer dans l'eau mais, comme la marée était basse, la mer ne me monta jamais au-delà des genoux.

» Il me fallut progresser ainsi sur une distance de cent mètres environ. La lumière venant de l'entrée se faisait de plus en plus faible quand, soudain, la soucoupe fut devant moi, à l'entrée d'une salle assez vaste où elle reposait sur un tripode métallique, sans doute escamotable, dont les pieds agrippaient le rocher à sec à cet endroit.

» Comme la caverne, autour de l'engin, était déserte, et qu'il semblait bien qu'il n'y eût personne à l'intérieur de cet engin lui-même, je m'en approchai en sortant mon appareil de poche. La lumière venant du dehors n'étant pas assez intense, j'adaptai son petit flash sur celui-ci et pris plusieurs clichés d'ensemble de la soucoupe. M'enhardissant, je m'approchai encore et me mis à gravir lentement l'échelle amovible permettant d'atteindre le corps de la soucoupe elle-même, dont la porte ronde était demeurée entrouverte. Je la poussai et pénétrai dans la cabine. Celle-ci ne m'apprit pas grand-chose. A part sa forme circulaire, elle rappelait n'importe quel poste de pilotage, avec sans doute quelques différences qui ne m'apparurent pas tout de suite.

» Je n'étais guère très à mon aise, vous devez le deviner, car je craignais à tout instant le retour des deux hommes aperçus à l'entrée de la caverne. En hâte, je pris donc quelques clichés de l'intérieur de la cabine, toujours en m'aidant du flash, puis je quittai l'appareil.

» A peine avais-je descendu l'échelle que je sursautai. Venant de l'entrée de l'excavation, un bruit de pas et de voix avait attiré mon attention. Je compris que les deux passagers de la soucoupe revenaient. Vite, je me reculai dans l'ombre, pour me tapir dans un creux de la muraille, derrière l'engin lui-même...

» Quelques secondes plus tard, les deux hommes apparurent. Ils devisaient entre eux et, cette fois, je pus comprendre ce qu'ils disaient. Le sens des paroles elles-mêmes, banales je m'en rendais compte, n'avait aucune importance. Ce qui en avait, au contraire, c'était qu'ils parlaient anglais. Un anglais certes un peu différent du nôtre, plus condensé, une sorte de *basic-english* en quelque sorte. La prononciation était également un peu différente, et je supposai qu'il devait s'agir d'étrangers.

» Cependant, je ne devais pas avoir de loisir de suivre bien longtemps leur conversation, car ils grimpèrent à bord de la soucoupe, dont l'échelle fut remontée et la porte fermée. Bientôt, un ronflement strident déchira le silence, pour s'atténuer rapidement, se changer en un ronflement ténu, à peine audible. Brusquement, les pieds s'escamotèrent dans leurs logements et l'engin demeura suspendu, immobile au-dessus du sol. Ensuite, lentement, il se dirigea vers la sortie de la caverne et disparut audehors. J'attendis quelques minutes, pour être certaine que la soucoupe s'était éloignée, puis je regagnai l'air libre, où je trouvai un ciel vide, sans nulle trace d'engin d'aucune sorte. Je retrouvai alors mon bateau et rejoignis sans encombre mon port d'attache de Lewis.

*
* *

Sophia Paramount s'était arrêtée de parler pour, d'une baguette négligente, prendre un *litchi* hors d'un petit bol qu'on venait de poser devant elle, et le déguster avec gourmandise.

— Une chose est certaine, Miss Paramount, dit Bob, c'est que les passagers de votre soucoupe n'étaient pas des Martiens ou des créatures venues d'autres planètes...

— Et pourquoi pas ? interrogea Bill.

— Tout simplement, répondit Morane, parce qu'ils avaient forme humaine et qu'en plus ils parlaient anglais...

— Il pouvait s'agir de Martiens déguisés, risqua encore Ballantine.

Morane haussa les épaules.

— Dans ce cas, Bill, tu pourrais être toi aussi un Martien déguisé, et moi également. Nous ne saurions plus où donner de la tête... Non, accordons, provisoirement du moins, une origine terrestre à ces hommes... Il est d'ailleurs dommage que Miss Paramount n'en ait pas pris une photo...

— Quand ils me sont apparus la première fois, j'étais trop surprise pour songer à employer mon appareil, expliqua la jeune fille. Et, la seconde fois, dans la caverne, il faisait trop sombre ; user d'un flash m'aurait immédiatement fait repérer...

Cela tenait, bien sûr, et ni Bob ni Bill ne crurent utile d'insister. De toute façon, leur nouvelle compagne ne leur en eût pas laissé le temps, car elle continuait :

— D'ailleurs, mon histoire n'est pas terminée... Le lendemain de mon retour à Lewis, je reçus un mystérieux message. Je le connais par cœur. Il disait : *Oubliez ce que vous avez vu hier. Sinon, vous pourriez vous en repentir... Évitez surtout de publier ou de communiquer à qui que ce soit les photos que vous avez prises.* Bien entendu, ce message n'était pas signé...

» Tout d'abord, je crus à une plaisanterie, puis je me dis que personne ne pouvait avoir eu connaissance de ma découverte de la veille, même pas les deux passagers de la soucoupe puisque, selon toute évidence, ils ne m'avaient pas aperçue. Je commençai donc à m'inquiéter, d'autant plus que, le lendemain encore, une seconde lettre de menace, dans laquelle on m'engageait en termes énergiques à détruire photos et pellicules, ce que je m'empressai de ne pas faire bien entendu. Au contraire, je tirai plusieurs exemplaires des clichés et les mis en sécurité en des endroits différents. Quant au film lui-même, je l'envoyai à ma banque, ici à Londres où, à mon retour, je l'enfermai dans mon coffre.

» Pourtant, à peine arrivée ici, les menaces continuèrent à m'assaillir, presque chaque jour. Parfois, c'était une lettre, parfois un coup de téléphone... A trois reprises même, alors que je me promenais ou étais en mission en banlieue, on tira dans ma direction, sans intention réelle de me toucher, j'en suis certaine, mais assurément pour me terroriser...

— Et vous n'avez pas averti la police ? demanda Bill Ballantine.

De la tête, Sophia eut un mouvement d'énergique dénégation.

— J'ai l'habitude de me débrouiller seule, dit-elle. Et puis, si je m'étais plainte à la police, j'aurais dû révéler le motif des menaces dont j'étais l'objet. Je préférai donc m'abstenir, d'autant plus que l'on ne paraissait pas vouloir vraiment attenter à ma vie. Évidemment, je m'abstins de rendre mon aventure publique, ainsi que les photos, ce qui, j'en doutais à peine, aurait équivalu à signer mon arrêt de mort... Tout se continua donc de cette façon juqu'à hier, où je reçus un coup de téléphone par lequel on se disait être prêt à m'offrir une très forte somme en échange des photos et des clichés, et aussi de mon silence. Je devais apporter, ce soir, les négatifs et les positifs en ma possession dans une maison de ce quartier, dont l'adresse précise me fut donnée. Tout d'abord, je décidai de ne pas me rendre à ce rendez-vous. Ensuite, la curiosité professionnelle me poussant, je résolus de m'y rendre, ce que j'étais en train de faire quand, tout à l'heure, vous m'avez aidée à me tirer des griffes de ces malandrins qui m'avaient attaquée au moment où j'allais atteindre le lieu du rendez-vous...

— Vous aviez apporté les négatifs avec vous ? s'enquit Ballantine.

La jeune journaliste sourit finement, pour répondre :

— Pas si bête... J'avais simplement emporté les positifs que vous avez vus. Les négatifs, eux, sont demeurés à ma banque. J'ai dans l'idée que, tant qu'ils seront en ma possession, ils assureront ma sauvegarde...

— Sans doute avez-vous raison, reconnut Morane, mais cela ne donne pas de solution à l'affaire. Car ne croyez-vous pas que l'agression de tout à l'heure soit en corrélation avec elle ?

— Pourquoi le serait-elle ?... De vulgaires coupe-jarrets sans doute...

— Mais il est possible également, glissa Ballantine, qu'on ait voulu vous attirer dans un lieu désert pour vous soustraire les clichés par la force, sans avoir à vous donner en échange la grosse somme promise. Seulement, on n'avait pas compté sur votre parfaite connaissance du judo...

— Deuxième dan, fit non sans quelque fierté Miss Paramount. Mais peut-être avez-vous raison en ce qui concerne l'agression. Je n'y avais pas pensé...

Bob Morane demeurait songeur. Il croyait à la sincérité de la jeune journaliste, et son histoire l'intéressait au plus haut point. N'était-elle pas, en effet, assez énigmatique pour éveiller l'attention de l'enragé chercheur de mystère qu'il était ?

— A quelle adresse deviez-vous vous rendre ? interrogea-t-il soudain.

Sophia sembla hésiter, mais pour répondre presque aussitôt :

— Au numéro 85, Lima Street... C'est au coin de cette rue que l'on m'a attaquée...

— Nous la retrouverons aisément, dit Bob.

Il s'interrompit durant quelques secondes, puis il reprit :

— Et si nous allions y jeter un coup d'œil ?

Miss Paramount parut étonnée de cette proposition.

— Croyez-vous que ce serait prudent ? demanda-t-elle.

— Peut-être pas, reconnut Morane en souriant, mais le pis qui pourrait nous arriver serait de rencontrer à nouveau vos agresseurs de tantôt, et je ne pense pas qu'ils désireraient se frotter encore à vous, surtout si vous êtes flanquée par Bill et moi...

— Bien sûr qu'ils ne désireront pas s'y frotter, approuva Ballantine en roulant avec ostentation ses énormes épaules. Pourtant, je ne vois pas très bien ce que nous irions faire au 85 de Lima Street. On a simplement voulu attirer Miss Sophia dans un piège et, à mon avis, c'est une adresse bidon...

— Possible, convint Morane, mais il se peut également que nous y découvrions des choses intéressantes. Dans le cas contraire, nous aurons tout simplement fait une petite promenade d'agrément.

— Une petite promenade d'agrément, ronchonna Bill. Dans ce quartier ?... Vous parlez !... N'importe qui aimerait autant aller faire un tour dans l'antichambre du Vieux Nick. Il y sent peut-être le soufre mais, au moins, on y est au chaud...

La main de Morane balaya l'air.

— Laisse le Vieux Nick à ses fourneaux, Bill. C'est à Lima Street qu'il est question de nous rendre et, puisque tout le monde est d'accord...

Ballantine n'était pas d'accord, mais il n'insista pas car il savait que, quand Bob Morane avait décidé quelque chose, il était inutile d'essayer de le faire changer d'avis. Autant vouloir tenter d'arrêter un bulldozer en lui lançant un petit pois.

III

Si Lima Street avait été épargnée par la guerre qui, bien que lointaine, laisse encore de nombreuses traces dans la capitale anglaise, le temps par contre ne l'avait pas ménagée, usant lentement ses murs qui s'effritaient, martelant ses toits qui s'affaissaient, faisant gauchir portes et fenêtres. C'était plus un boyau qu'une rue, et la nuit semblait s'y être installée à jamais.

La maison portant le numéro 85 n'avait rien à envier à des voisines pour ce qui était de la décrépitude. Au-dessus de sa porte, une enseigne avait été peinte jadis, à même le plâtre mais celui-ci, en s'écaillant, l'avait rendue illisible. Une vieille chaîne rouillée, terminée par un anneau, pendait près du chambranle. Mais Morane la secoua en vain : aucun son de cloche ne se fit entendre à l'intérieur de la bâtisse.

— Inutile, commandant, fit Ballantine. Il n'y a personne là-dedans... Vous avais bien dit qu'c'était une adresse bidon...

Tout en parlant, le colosse avait posé sa large main contre le battant pour, un peu par acquit de conscience, effectuer une lente poussée. A sa grande surprise, l'huis à demi pourri pivota sur des gonds qui, n'ayant plus été graissés depuis belle lurette, ne se privèrent pas de grincer.

— Voyez, fit encore Bill, c'est tellement vieux qu'il n'y a même plus de serrure...

Tirant de sa poche une torche électrique miniature, Morane éclaira la porte. Elle comportait encore une serrure et, selon toute apparence, en bon état de fonctionnement mais qui, tout simplement, n'avait pas été fermée. Morane le fit remarquer à ses compagnons.

— Croyez-vous que cela signifie ? interrogea Miss Paramount.

Bob eut un geste vague.

— Je n'en sais rien... De toute façon, nous allons bien voir...

Du pied, Morane poussa la porte, qui s'ouvrit en grand. Le faisceau lumineux de la torche éclaira un corridor assez large, dallé de pierres bleues, fêlées et luisantes d'humidité, comme si la bruine qui, depuis un moment, tombait au-dehors, s'était insinuée à l'intérieur de la maison. Une odeur de moisissure vint frapper l'odorat des deux hommes et de la jeune fille.

— Pouah ! fit Bill, on dirait qu'on vient de soulever la dalle d'un sépulcre...

Bien sûr, il fallait autre chose qu'une telle comparaison, toute macabre fût-elle, pour faire reculer Morane. Déjà, il s'était avancé dans le corridor, que le faisceau de sa lampe fouilla, révélant des murs écaillés et suintants, marqués par endroits par les coulées brillantes du salpêtre. Au fond, un vieil escalier de bois, aux marches en partie affaissées, menait aux étages. Toute la désolation du monde semblait prisonnière entre ces murs vétustes.

— Cette maison n'est plus habitée depuis longtemps, dit Sophia Paramount. Partons... Nous ne découvrirons rien ici...

Morane ne répondit pas tout de suite. Cette vieille bâtisse l'intriguait, sans qu'il sût exactement pourquoi. Finalement, il secoua la tête.

— Il n'est pas dit que nous serons venus ici pour rien, et ce sera seulement quand nous aurons visité cette bicoque de fond en comble que nous pourrons repartir sans arrière-pensée...

— Miss Paramount a raison, insista Ballantine. Nous ne trouverons rien...

Pourtant, Bob n'écoutait pas. Il s'était dirigé vers l'escalier, qu'il se mit à gravir en s'assurant, à chaque pas, de la solidité des marches. Presque à contrecœur, Sophia et Bill le suivirent.

Comme l'avaient pensé ces derniers, la maison était bien vide, et tous trois eurent beau visiter le premier, le second et le troisième étage, ils n'y découvrirent aucune trace humaine. Il y avait de la poussière et encore de la poussière, des toiles d'araignées depuis longtemps désaffectées, et pas le moindre meuble.

— Même pas un fantôme, fit Bill, comme ils venaient de pénétrer dans la dernière chambre du troisième et dernier étage. C'est à désespérer de tout...

— Reste les greniers, dit Morane. Peu de chance qu'on y trouve quoi que ce soit, mais puisqu'il n'y a plus que quelques marches à gravir...

A ce moment, la porte, derrière eux, claqua violemment en se refermant. Miss Paramount montra la fenêtre, privée de toutes ses vitres.

— Il y a un fameux courant d'air ici, constata-t-elle.

Bob Morane avait froncé les sourcils, et un peu d'inquiétude se lut sur ses traits soudain tendus et éclairés obliquement par la lampe qu'il tenait à la main. Tout de suite après que la porte eut claqué, il avait cru percevoir le petit bruit caractéristique d'une clef tournant dans la serrure.

— Un courant d'air ? murmura-t-il. Je n'en ai pas senti le moindre souffle...

Il alla à la porte, en fit tourner la poignée et poussa, mais elle résista.

— On dirait qu'elle est coincée, dit Bill. Un bon coup d'épaule et...

— Non, coupa Morane, elle n'est pas coincée... Fermée à clef de l'extérieur, tout simplement... C'est nous qui sommes coincés...

Il venait à peine de prononcer ces paroles que, de l'autre côté du battant, des bruits sourds résonnèrent, comme si on était en train de le bloquer à l'aide d'objets pesants.

— Vite, Bill, lança Morane, on cale la porte. Enfonçons-la avant qu'il ne soit trop tard !...

D'un même élan, ils se précipitèrent, de tout leur poids, contre l'huis mais celui-ci qui, logiquement, aurait dû céder sous de tels coups de boutoirs, ne frémit même pas. Les deux amis s'acharnèrent durant quelques secondes ; en vain.

— Vous avez raison, commandant, reconnut Ballantine, on a calé la porte de l'extérieur. En entrant ici, j'ai aperçu un tas de vieux madriers sur le palier. Sans doute s'en est-on servi pour nous jouer ce tour de cochon...

— Comment allons-nous faire pour sortir ? demanda Sophia qui, cependant, ne semblait pas s'inquiéter outre mesure. Si on appelait ?

— Ce serait inutile, dit Bob en secouant la tête. Dans des quartiers comme celui-ci, il est rare que l'on réponde à un appel au secours. On y a trop peur des balles perdues ou des coups de couteau qui s'égarent...

Il montra la croisée et continua :

— Quand la porte est fermée, il faut sortir par la fenêtre...

La fenêtre en question fut ouverte et ils se penchèrent tous trois au-dehors. Sous eux s'étendait un mur lisse avec, douze mètres plus bas, une cour pavée, d'après ce qu'ils pouvaient en juger, de pierres inégales.

— Si seulement il y avait un quelconque tuyau d'écoulement des eaux ou un truc du genre, fit Morane, on pourrait tenter la descente. Mais il n'y a rien qui puisse nous servir d'échelle... D'autre part, douze mètres, c'est haut et, si nous tentions de sauter...

— ... Il y aurait quatre-vingt-dix-neuf chances sur cent qu'on se brise un os ou l'autre, compléta Ballantine. Essayons encore de flanquer cette maudite porte en l'air...

Mais ils eurent beau s'acharner sur le battant, celui-ci continua à leur résister et, finalement, ils durent s'avouer vaincus.

— Si seulement nous avions une hache... commença Bill Ballantine.

Mais ils n'avaient pas de hache, et le géant ne crut pas devoir pousser plus avant ce regret superflu. Morane, lui, demeurait songeur. Puis il finit par dire :

— Nous nous sommes laissés prendre au piège... Il est probable que la maison était surveillée. On s'est glissé derrière nous pour, quand nous avons pénétré dans cette chambre, nous y enfermer aussitôt... A moins que ceux qui nous surveillaient ne fussent embusqués au rez-de-chaussée ou dans la cave, que nous n'avons pas visités, mais cela revient au même...

— Si je comprends bien, conclut Sophia, au lieu que je me sois laissée prendre seule dans cette trappe, nous y sommes bouclés tous les trois... Nous voilà bien avancés...

Un silence total régnait dans la maison, à croire que la porte avait été fermée par des fantômes.

— Si seulement nos adversaires se manifestaient d'une façon ou d'une autre, dit Bill, on saurait à quoi s'en tenir. Mais ils sont aussi silencieux que des ectoplasmes...

Collant presque le visage à la porte, l'Écossais se mit à hurler :

— Eh ! vous autres... Vous êtes muets ?... Parlez donc, que nous puissions vous parler aussi... Peut-être pourrait-on s'entendre...

Mais, seul, un silence total, épais comme de la poix, devait succéder à l'appel du colosse. Celui-ci voulut insister ; Bob l'en empêcha.

— Inutile, mon vieux... J'ai l'impression qu'on nous a laissés ici en carafe... peut-être en espérant nous y faire mourir de faim...

A ce moment, Miss Paramount remarqua :

— Je ne sais si je me trompe, mais je sens comme une odeur de brûlé...

Les deux amis humèrent à leur tour, et ils perçurent eux aussi une odeur de brûlé qui, à chaque seconde, devenait de plus en plus forte.

— Ah ! ça, grogna Ballantine, est-ce que, par hasard, on voudrait... ?

Il s'interrompit ; comme Sophia, comme Morane, il avait aperçu cette fumée grise qui sourdait sous la porte.

— Tu ne te trompes pas, Bill, dit Morane. On veut nous enfumer... ou nous faire rôtir...

*
* *

De plus en plus distinct, le ronflement de l'incendie montait à présent des profondeurs de la maison.

— Ces pyromanes du diable ont dû répandre de l'essence dans les escaliers, dit Ballantine, sinon le feu ne se propagerait pas aussi rapidement.

— Aucun doute là-dessus, fit à son tour Morane. On veut vraiment en avoir fini avec nous au plus vite...

— Mais pourquoi ? interrogea Sophia. Pourquoi ?

— On croit que vous avez les films sur vous, tenta d'expliquer Bob, alors on veut les détruire... en même temps que vous... et que nous...

— L'incendie attirera du monde, risqua Bill. On appellera et on viendra nous secourir...

— Ce n'est pas si sûr, dit Morane. Chacun sait cette maison déserte et on ne songera pas à y rechercher des gens enfermés. En outre, nos cris seront couverts par le ronflement des flammes... Non, il ne faut pas trop compter sur le autres, mais essayer de nous en tirer par nos propres moyens.

— On ne demande que ça, commandant, mais comment nous y prendre ?... La porte résiste à tous nos assauts... Sauter par la fenêtre ?... On se romprait les os... Quant aux murs, ils sont encore bien assez solides pour que nous ne puissions les démolir sans outils... Reste le plancher...

Du talon, Ballantine se mit à frapper les planches vermoulues, mais encore parfaitement jointes, que ses deux compagnons et lui foulaient.

— Avec un levier, on pourrait les soulever une à une...

— Oui, Bill, mais nous n'avons pas de levier, pas plus qu'Archimède ne possédait de point d'appui pour soulever la Terre... Et puis, en admettant que nous réussissions à pratiquer une ouverture dans le plancher, nous échouerions à l'étage d'en dessous, c'est-à-dire en plein incendie et nous grillerions plus vite, un point c'est tout...

Sophia s'approcha de Morane et crispa sa petite main nerveuse sur son bras musclé. Quand elle parla, il y avait de l'angoisse dans sa voix.

— Je ne veux pas mourir brûlée vive, Bob... Je ne veux pas mourir brûlée vive...

Le Français fut content qu'elle l'eut appelé par son prénom. Ils se connaissaient depuis une heure à peine et, pourtant, en ce moment critique, elle lui parlait comme à un vieil ami. Réflexe d'amitié naissante, besoin de protection ?... Il ne perdit pas de temps à trouver une réponse à cette question.

— Nous ne périrons pas brûlés vifs, Sophia, assura-t-il en rendant sa politesse à la jeune fille. De toute façon, nous serons asphyxiés avant... Mais nous ne serons pas asphyxiés non plus... On trouvera bien un moyen de s'en sortir.

« On trouvera bien le moyen, se répéta-t-il en lui-même. Le tout serait de savoir lequel... »

La fumée sourdait, toujours de plus en plus épaisse, sous la porte, et la chaleur montait.

« Il faut que je le trouve, ce moyen, pensa encore Bob. Si nous ne pouvons fuir par la porte, ni par la fenêtre, ni à travers les murs ou le plancher, que reste-t-il ?... Le plafond, pardi !... Le plafond !... »

Il leva la tête et visa tout de suite une large zone dépourvue de plâtres et laissant voir un entrecroisement de lattes pourries.

— Nous allons essayer de paser par-là... C'est notre seule chance... Tu es le plus fort, Bill, et tes mains réussiront, mieux que les miennes, à nous frayer un passage. Tu vas monter sur mes épaules, et au travail !... Vous, Sophia, vous allez tenir la lampe et nous éclairer...

Dix secondes plus tard, debout sur les épaules de Morane, Bill Ballantine arrachait à pleines poignées le lattis qui le séparait du plancher du grenier lui-même. Plâtras et débris de bois tombaient en pluie drue autour des deux amis, mais ceux-ci ne s'en souciaient guère.

Bientôt, l'ouverture fut assez grande pour que Bill pût y passer les bras, la tête et les épaules.

— Je touche les planches, dit-il au bout de quelques instants. N'ont pas l'air très solides... Je crois pouvoir en venir à bout...

Le colosse baissa la tête et appuya sa puissante nuque au revers du plancher, puis il se mit à pousser...

Pendant quelques secondes, les deux amis demeurèrent tendus à l'extrême, vacillant sous l'effort. Les pieds de Ballantine entraient dans les épaules de Morane, qui avait l'impression de soutenir le monde, comme Atlas.

Soudain, il y eut un craquement, et Bill poussa un rugissement de triomphe.

— Ça y est !... J'en ai fait craquer une... Il ne me reste plus qu'à l'arracher...

Un tronçon de planche, long de soixante-quinze centimètres environ, tomba bientôt aux pieds de Morane. Celui-ci était exténué, trempé de sueur et comme écrasé sous la masse de son compagnon. En plus, la fumée envahissait de plus en plus la pièce et le faisait tousser. En outre, la chaleur se faisait lourde, ce qui n'arrangeait rien.

— Descends, Bill, supplia le Français. Tu pèses plus qu'une montagne et je suis sur le point de m'écrouler... Je vais te relayer... Le géant obéit et, cette fois, ce fut Bob qui se jucha sur ses épaules et se mit au travail. Ainsi par trois fois. Les deux amis avaient les mains en sang, mais le trou s'agrandissait rapidement, tandis que la fumée ouatait de plus en plus l'intérieur de la pièce, les faisant tousser tous trois, et que la température montait à l'égal d'une fournaise. Sous eux, le plancher, brûlant, semblait se gondoler et la chaleur faisait craquer le bois de la porte.

Pour la troisième fois, Ballantine s'était hissé sur les épaules de Bob quand, là-haut, il y eut un nouveau craquement. Une planche tomba dans la chambre, tandis qu'un hurlement de joie fusait.

— Je crois que ça ira maintenant... Je vais essayer de passer...

Les pieds de l'Écossais quittèrent les épaules de Morane, ses jambes se balancèrent un moment dans le vide, puis disparurent dans l'ouverture. Presque aussitôt, la voix de Bil clamait :

— J'y suis !... Passez-moi la demoiselle, commandant !...

Une flamme traversa la porte, comme la lame d'un couperet.

— Vite, Sophia, jeta Morane, si vous ne voulez pas être cuite à point...

Il lui fit la courte échelle et, sans lâcher la lampe, elle tendit ses poignets à Bill. Les mains du colosse, qui pendaient par l'ouverture, les enserrèrent et, comme aspirée vers le haut, la jeune fille disparut.

— A vous, commandant !...

La porte n'était plus maintenant qu'un brasier, et des flammes sourdaient du plancher, tels des feux follets. Dans une lumière couleur de sang, Bob vit les bras musculeux de Ballantine se tendre vers lui. Il sauta aussi haut que possible. Les mains de son ami se refermèrent sur les siennes et il se sentit inexorablement tiré vers le haut, tandis que, sous lui, l'enfer ouvrait grandes ses portes.

« Ouf ! songea-t-il. Encore un peu, et je m'enflammais comme un vulgaire sapin de Noël !... »

IV

Les deux hommes et la jeune fille avaient pris pied au centre d'un grenier assez vaste, occupant sans doute toute la surface de la maison et dont les solives, fatiguées, courbées en arc de cercle, semblaient avoir fléchi sous les poids conjugués du toit et du ciel.

Rapidement, à travers les voiles de fumée, Bob Morane s'orienta. De la main, il désigna une tabatière.

— Filons par-là !...

Tous trois avaient hâte de se retrouver à l'air libre, car les premiers symptômes de l'asphyxie commençaient à se faire sentir. Ils respiraient difficilement et les yeux leur piquaient.

D'un commun élan, ils se précipitèrent vers la tabatière, mais la rouille bloquait le cadre métallique et elle refusait de s'ouvrir. En quelques coups de talon, Ballantine fit sauter les vitres, défonça les croisillons, et ils purent respirer une bouffée d'air pur.

Le premier, Bob se glissa par l'ouverture, pour ensuite aider Sophia à venir le rejoindre. Pour Ballantine, ce fut un peu plus difficile car, pendant quelques secondes, ses épaules de colosse se bloquèrent dans l'ouverture ; néanmoins, il finit par passer.

Ils étaient à présent accroupis au creux d'une large nochère, qui paraissait assez solide, le zinc qui recouvrait le bois ayant préservé celui-ci de la putréfaction. Autour d'eux, paysage fantastique estompé par la nuit dans les lointains, s'étendait la jungle des toits vétustes, aux tuiles vernies par la bruine.

Morane désigna le toit voisin.

— Passons par-là, dit-il. J'ai l'impression qu'à tout moment cette vieille baraque va s'écrouler sous nous...

S'adressant directement à Miss Paramount, il demanda :
— Cela ira, Sophia ?

Elle hocha la tête affirmativement.

— Cela ira, soyez sans crainte, Bob... J'ai fait de l'alpinisme et ne crains pas trop le vertige...

L'un derrière l'autre, ils longèrent la nochère et gagnèrent le toit voisin. Derrière eux, de toutes les ouvertures de la maison qu'ils venaient de quitter, d'épaisses volutes de fumée noire, puis des flammes jaillirent. Et puis, soudain, le toit lui-même vira au rouge, des tuiles éclatèrent et de petites langues de feu jaillirent par les interstices, pour monter de plus en plus haut, formant comme une monstrueuse chevelure embrasée.

— On s'est tiré juste à temps ! lança Bill d'une voix assez haute pour dominer les ronflements de brasier. Quelques minutes de plus et on était grillé comme des cacahuètes...

— Trouvons le moyen d'atteindre la rue, dit Bob, pour nous éloigner au plus vite. Je commence à en avoir assez de ce quartier...

Sans se hâter à l'extrême, afin de ne pas risquer une chute mortelle, ils s'avancèrent le long des toits, cherchant une issue. Soudain, Bob, qui allait en tête, s'immobilisa. A dix mètres devant lui, de derrière une cheminée, une silhouette venait d'apparaître, se découpant en noir opaque sur le fond plus clair de la nuit. C'était celle d'un homme vêtu, d'après ce que l'on pouvait en juger, d'un trench et d'un chapeau qui, de loin, pouvait passer pour un casque.

« Un pompier sans doute », pensa Morane.

Mais, presque en même temps, il hurlait :

— A plat ventre !

Il avait vu un objet de métal briller dans les mains de l'inconnu. Les deux amis et Sophia se laissèrent glisser au fond de la nochère où ils marchaient quand l'homme était apparu. Trois balles firent, coup sur coup, éclater les tuiles au-dessus de leurs têtes.

— Décidément, ils veulent notre peau, gronda Ballantine.

— Dites plutôt qu'ils veulent *ma* peau, corrigea Sophia.

— Nous sommes trois, insista l'Écossais, et le particulier, là en face, a tiré trois balles. Cela indique donc bien qu'il y en avait une pour chacun de nous...

Le tireur, son triple attentat manqué, s'était retiré derrière sa cheminée, mais on ne pouvait douter qu'il fût prêt à ouvrir le feu dès que l'une de ses trois victimes en puissance montrerait la tête. Reculer ?... Derrière Bob et ses compagnons, il y avait le brasier.

— On ne peut demeurer ainsi, comme des souris guettées par le chat, souffla Bob à l'oreille de Ballantine. Je vais contourner le toit et essayer de prendre ce salopard à revers...

Le géant ne discuta pas, car il savait que son ami avait choisi le seul remède possible à la situation précaire dans laquelle ils se débattaient. Il se contenta de lancer à voix basse :

— Soyez prudent, commandant...

Bob n'écoutait pas. A reculons, il s'était mis à ramper vers l'autre extrémité du toit, s'éloignant ainsi du tireur. La nochère était large et profonde et il était certain que, noyé dans l'ombre comme il l'était, le tireur ne pouvait l'apercevoir.

Il atteignit sans encombre l'extrémité du toit, qu'il entreprit de contourner. Ensuite, il refit de l'autre côté, en sens inverse, le chemin qu'il venait de parcourir, jusqu'à ce qu'il se trouvât à hauteur de la cheminée.

D'où il se tenait, étendu à plat ventre dans la nochère, Morane voyait à présent nettement, deux mètres au-dessus de lui, se découper la silhouette de l'ennemi qui, ne devinant pas sa présence, continuait à surveiller l'endroit où étaient demeurés Sophia et Bill.

Rapidement, Bob jugea la situation. Certes, elle était moins critique que tout à l'heure, puisqu'il avait réussi à mettre l'adversaire en défaut. Pourtant lui-même n'était pas armé et, pour atteindre le tireur et le mettre hors d'état de nuire, il lui faudrait s'aventurer sur la pente du toit, où il risquait fort de glisser sur les tuiles poissées par la bruine. Au moindre bruit, l'homme ferait face et ouvrirait le feu, et il y avait quatre-vingt-dix-neuf chances sur cent pour qu'il ne manquât pas son but.

« Il faut pourtant que je tente le coup, pensa Bob. Après tout, ce sera comme si je jetais des dés ; ils peuvent bien tomber, ou mal... »

Il allait se redresser pour risquer sa chance, quand sa main droite rencontra, au fond de la nochère, une tuile détachée du toit. Presque intacte et lourde, elle pouvait constituer une arme efficace. « Une arme de jet », précisa Morane qui, depuis sa plus tendre enfance, avait toujours été expert au lancement d'objets contondants de toutes sortes.

Se redressant sur les genoux, il assura la tuile au creux de sa main droite et balança doucement le bras, un peu à la façon du discobole qui s'apprête au lancer. Quand il fut sûr de l'exactitude de la trajectoire, il poussa un léger sifflement, qui fit se retourner le tireur dont le visage, sous les bords du chapeau, se détacha en clair. Il n'eut pas le temps de comprendre ce qui lui arrivait, car Bob, tenant la tuile horizontalement, un peu comme l'on tient un caillou plat à qui l'on veut faire faire des ricochets sur l'eau, la lança soudain d'un mouvement sec du bras. Le lourd projectile fendit la nuit et, du tranchant, alla frapper, sous l'oreille, l'inconnu qui poussa un cri de douleur. Il lâcha son arme qui, glissant le long de la déclivité, vint tomber dans la nochère, à un mètre à peine de Bob.

Là-bas, le tireur, à demi assommé, avait tenté de s'agripper à la cheminée, mais le choc avait amenuisé ses réflexes et ses mains glissèrent sur les briques humides. Soudain, il perdit l'équilibre et, tel une poupée désarticulée, il plongea dans le vide, de l'autre côté du toit.

— Allons, murmura Bob entre ses dents serrées, je n'ai pas trop perdu la main, depuis le temps...

Il s'empressa de récupérer l'arme tombée à ses pieds, puis il alla retrouver Sophia et Bill.

*
* *

Le tireur devait être seul — sans doute avait-il été posté là uniquement pour couper la retraite aux deux amis et à leur compagne, au cas où ils réussiraient à s'échapper du brasier —, car aucun autre adversaire ne se manifesta. Les fuyards purent donc reprendre leur route de toit en toit, et ce fut Bill qui découvrit une large lucarne qui, la lumière de la torche électrique le leur révéla, donnait sur un hangar encombré de vieux meubles — probablement la réserve de l'un ou l'autre de ces brocanteurs-receleurs qui étaient légion dans le quartier.

Il ne fallut pas longtemps à Bob Morane et à Bill Ballantine pour venir à bout de la lucarne, par laquelle ils accédèrent, avec Sophia, à une assez large galerie encombrée de sièges dépareillés et d'où un escalier de fer leur permit de descendre dans le hangar lui-même. Une fois là, ils n'eurent aucune peine à gagner la rue. Sans se soucier de la foule, assez peu dense en vérité, qui s'amalgamait, à peu de distance, autour des voitures de pompiers attirés par l'incendie, les deux hommes et la jeune journaliste s'éloignèrent, à la recherche d'un taxi. Ils finirent par en trouver un qui les mena tout droit au logis que Sophia occupait au dernier étage d'un immeuble cossu des environs de Piccadilly.

Quand, enfermés à double tour, assis dans un petit salon aux meubles victoriens, devant des liqueurs propres à rendre la joie aux âmes les plus désespérées, Sophia Paramount, Bob Morane et Bill Ballantine eurent fait le

bilan des événements de la nuit, il leur fut aisé d'en tirer des conclusions qui s'imposaient d'elles-mêmes.

Ce fut Sophia qui formula la première de ces conclusions.

— Jusqu'ici, dit-elle, on n'avait pas réellement tenté d'attenter à mon existence. Maintenant, il semble que l'on soit décidé à me supprimer...

Un ricanement échappa à Ballantine.

— Il semble ? fit-il. Vous péchez par euphémisme, chère amie... Dites plutôt que c'est par miracle que nous sommes encore en vie, vous comme nous, et je ne crois pas exagérer en affirmant que, dorénavant, vous serez en perpétuel danger de mort, ainsi que le commandant et moi...

— Bill a raison, approuva Morane. Il est évident que les clichés pris par vous, Sophia, ont une certaine importance. Pour qui ?... Nous l'ignorons encore. Une chose est certaine, c'est que vos ennemis ne sont pas des Martiens, nous en avons eu la preuve cette nuit.

— Alors, qui sont-ils, Bob ? interrogea la jeune fille. Avez-vous une idée quelconque ?

Le Français fit un signe de dénégation.

— Aucune idée... Tout ce que je puis affirmer, c'est que les ennemis auxquels nous avons eu affaire cette nuit étaient bien des hommes...

— Et comment ! lança Bill. Des Martiens ne nous auraient pas agressés. Ils n'auraient pas essayé de nous faire périr par le feu, ou de nous abattre à coups de revolver. Ils nous auraient réduits en fumée avec leurs pistolets désintégreurs, tout simplement...

Cette remarque pouvait paraître un peu légère, ou formulée par un lecteur forcené de *science-comics,* mais elle témoignait cependant d'un solide bon sens.

— Bill a une nouvelle fois raison, dit Morane. Des Martiens, ou d'autres créatures extra-terrestres, n'auraient pas agi comme l'ont fait nos adversaires de cette nuit... Donc, nous avons bien eu affaire à des hommes ; il n'y a pas à revenir là-dessus... Reste à savoir comment ces hommes savaient, depuis le début, que vous aviez surpris la soucoupe volante dans son repaire et que vous aviez pris ces photos... Êtes-vous sûre, Sophia, que les deux pilotes de l'appareil ne vous ont pas aperçue quand vous avez pénétré dans la grotte ?...

Miss Paramount eut un mouvement de tête affirmatif.

— J'en suis absolument sûre, dit-elle avec force, sinon ils seraient intervenus...

— Et s'ils n'étaient pas intervenus à dessein ?... Par exemple parce que cela leur était égal que vous visitiez la soucoupe ou non, et même que vous preniez ces photos...

— Dans ce cas, pourquoi essaierait-on de me les reprendre, voire de me tuer, rien que pour m'empêcher de les rendre publiques ? fit remarquer Sophia.

— C'est exact, dit Morane. Je n'avais pas pensé à cela... Il est évident que beaucoup de choses — pour ne pas dire tout — nous échappent encore dans toute cette histoire... Mais comment donner des réponses aux questions que nous nous posons ?...La seule piste qui s'offrait à nous commençait au numéro 85 de Lima Street et, sans vouloir faire de jeu de mots, elle est brûlée à présent...

— Pas le moindre doute à ce sujet, déclara Ballantine. Mais, à l'heure présente, les ennemis de Miss Paramount doivent savoir qu'elle a réussi à échapper aux différents attentats de cette nuit. Si les clichés ont tellement d'importance pour qu'ils ne reculent pas devant le crime pour les obtenir, ils ne tarderont pas à se manifester et à nous donner une nouvelle occasion d'entrer en contact avec eux...

— Contact que nous pourrions ne pas apprécier, Bill, fit Morane, car nous savons par expérience que ces gens ont une façon plutôt... euh... brûlante d'engager la conversation... Je préférerais donc prendre les devants et, si Sophia ne refuse pas notre aide, chercher quelques renseignements là où je crois pouvoir les obtenir sans trop de peine...

Tout en prononçant ces dernières paroles, Bob Morane s'était adressé directement à la jeune fille, qui n'hésita pas, avant de déclarer :

— Bien sûr, j'accepte votre aide... Je me demande ce que, sans vous, mes amis, je serais devenue cette nuit... Peut-être serais-je morte à l'heure présente...

Sans faire le moindre commentaire, Morane attira à lui le poste téléphonique posé sur un guéridon, entre son fauteuil et celui de leur hôtesse.

— Vous permettez que je donne un coup de fil ? interrogea-t-il.

Et, sans attendre la réponse, il forma un numéro sur le cadran. La sonnerie d'appel résonna cinq fois, puis quelqu'un décrocha et une voix compassée, celle d'un valet sans doute, demanda :

— Qui est à l'appareil ?

— Je désirerais parler à Sir Archibald Baywatter, répondit Morane.

— Sir Archibald Baywatter ? s'étonna la voix compassée. A cette heure ?...

— Dites-lui que Bob Morane le demande, insista le Français. Il se dérangera sûrement...

L'invisible correspondant parut hésiter, pour se décider enfin.

— Très bien, sir... Je vais voir si Sir Archibald accepte de vous écouter...

Il y eut une série de déclics, puis quelques secondes s'écoulèrent, à l'issue desquelles une voix joyeuse et autoritaire se fit entendre à l'autre bout du fil.

— Bob !... Ça, par exemple !... Je ne savais pas que vous étiez à Londres... Mais je suppose que ce n'est pas pour m'apprendre cette bonne nouvelle que vous me dérangez ainsi, en pleine nuit...

— Pas tout à fait, reconnut Morane. Bill et moi avons des ennuis, Sir Archibald...

Là-dessus, Baywatter éclata d'un de ces rires tonitruants, dont seul un gentleman anglais peut faire usage sans friser la grossièreté.

— Des ennuis, Bob ?... Et vous croyez m'étonner ?... C'est plutôt le contraire qui...

— A plusieurs reprises, on a tenté de nous tuer cette

nuit, trancha Morane, nous et une jeune fille du nom de Sophia Paramount... Une journaliste... Elle s'est lancée sur une affaire de soucoupe volante et...

Cette fois, ce fut au tour de Sir Archibald de couper la parole à son correspondant.

— Une affaire de soucoupe volante ?... Si j'ai un conseil à vous donner, *old chap,* laissez tomber, et en vitesse...

— Impossible... Miss Paramount est en danger et...

— Cette Miss Paramount est-elle blonde ou brune ? interrogea Baywatter.

— Blonde... Mais cela n'a rien à voir...

— Je sais, Bob, je sais... Vous l'aideriez même si elle était chauve et bancale... N'empêche que vous vous êtes fourrés là, Bill et vous, dans une jolie mélasse... Qu'attendez-vous de moi ?

— Quelques renseignements, et peut-être votre aide...

— Mon aide ?... Je ne vous la promets pas... Quant aux renseignements, je veux bien vous dire ce que je sais, ou tout au moins ce que je crois savoir, mais je ne le ferais pour personne d'autre... Passez demain matin à mon bureau, au Yard...

— D'accord, dit Bob, j'y serai dès neuf heures...

Sir Archibald Baywatter avait raccroché. Bob fit de même. Il considéra Sophia, puis Bill, avec gravité.

— Pour le moment, dit-il, nous ne sommes guère plus avancés. Demain, nous en saurons sans doute davantage. En attendant, tout ce dont nous pouvons être sûrs, c'est que Sir Archibald ne semble guère priser beaucoup les histoires de soucoupes volantes...

V

Il était assurément impossible que Bob Morane s'adressât à quelqu'un de mieux renseigné que Sir Archibald Baywatter, qui n'était autre que le *commissioner* — le commissaire en chef — de Scotland Yard, donc un des plus hauts magistrats britanniques. A différentes reprises, Morane avait collaboré avec lui dans une lutte contre un ennemi commun, et une amitié solide unissait le policier au jeune coureur d'aventures.

*
* *

Pour que l'entrevue pût se dérouler dans une atmosphère plus détendue, Bob avait laissé Bill et Sophia chez cette dernière — où son ami et lui avaient passé le reste de la nuit —, et il était parti sans arrière-pensée à son rendez-vous, persuadé que, sous la protection de son gigantesque ami, la jeune fille ne courait aucun risque.

Au physique, Sir Archibald Baywatter était un gentleman d'une cinquantaine d'années, mince et trapu à la fois, aux cheveux grisonnants et à l'élégance sûre et classique, toute britannique. Il reçut Morane dans son cabinet du Quai Victoria et, après que se furent échangées les habituelles paroles de bienvenue, le Français rapporta au poli-

cier la découverte faite par Miss Paramount, ainsi que les événements de la nuit précédente. Quand il eut terminé, Sir Archibald fit la grimace en hochant la tête, pour dire :
— Je n'aime pas ça du tout !... Mais là, pas du tout !...
Bob Morane sourit.
— J'ai toujours cru qu'il ne fallait pas attacher trop d'importance aux histoires de soucoupes volantes...
En lui-même, il pensait le contraire, car il savait par expérience que, parfois, lesdites soucoupes volantes pouvaient se révéler être tout autre chose qu'un mythe [1].
— Pour tout vous avouer, Bob, fit le *commissioner,* je n'ai pas d'opinion personnelle en ce qui concerne ces engins. Tout ce dont je suis sûr, c'est qu'il y a un certain nombre de Services secrets qui s'en occupent exclusivement. Il y a ainsi un Service Secret Soucoupes britannique, américain, russe, chinois, japonais, français, et j'en passe... Bien entendu, ces différents S.S.S. se livrent une guerre sans merci, avides qu'ils sont de récolter tout renseignement technique sur les mystérieux appareils...
— Et ces Services Secrets, on les connaît ? demanda Bob.
A nouveau, Archibald Baywatter fit la grimace.
— Voilà le hic, dit-il. Jamais Services Secrets n'ont été plus... secrets. Ils n'ont pas de bureaux, pas de chefs avoués...
— Même de Scotland Yard, en ce qui concerne l'organisation britannique...
— Même de Scotland Yard, Bob... Couramment, nous avons des rapports avec l'Intelligence Service dont je suis moi-même, vous le savez, un agent spécial. Pour le S.S.S., rien de semblable... Une véritable organisation occulte. Motus et bouche cousue. Ni vu ni connu... De temps en temps, une demande de renseignements relative à l'apparition d'un engin volant nous parvient bien, mais elle émane toujours du Foreign Office, ou du ministère de la Guerre, qui font en quelque sorte office d'agents de liai-

---

1. Voir *Les Chasseurs de Dinosaures.*

son. Où aboutissent ces renseignements, à qui sont-ils exactement destinés en fin de compte ? Mystère ?...

— Toutes ces cachotteries ne semblent-elles pas indiquer qu'on prenne, en haut lieu, les soucoupes volantes fort au sérieux ? remarqua Morane.

— En effet, Bob, et sans doute a-t-on de bonnes raisons pour cela... Des raisons qui nous échappent...

— « Voire... » songea Morane qui, comme on le sait, avait son idée là-dessus.

— Une seule chose, à mon avis, est certaine, continuait Sir Archibald, c'est que vous avez eu affaire aux hommes de l'un ou l'autre de ces S.S.S.

— Pourquoi pas à ceux qui possèdent le secret des soucoupes et se servent de celles-ci ? demanda Bob, qui voulait savoir si son interlocuteur lui présenterait les mêmes arguments que ceux présentés par lui, quelques heures plus tôt, à Sophia et à Bill.

— Réfléchissez donc, Bob, dit le policier. Qu'a-t-on fait pour tenter de vous éliminer, vos amis et vous ? On a essayé de vous faire rôtir dans un incendie, puis de vous abattre à coups de revolver, moyens trop vulgaires pour ceux qui, en même temps que le secret des soucoupes volantes, possèdent assurément une technique fort avancée. S'ils avaient voulu vous supprimer, ils auraient sans doute usé de moyens moins barbares...

— C'est bien ce que je pensais, approuva Morane. Continuez, Sir Archibald...

— Bien entendu, poursuivit l'Anglais, je vous donne mon avis pour ce qu'il vaut... Quelqu'un — ne me demandez pas qui, je l'ignore —, appartenant à l'un ou l'autre des S.S.S., a appris que Miss Paramount avait réussi à prendre une série de photos, extérieures et intérieures, d'une soucoupe volante. On est à la recherche du moindre indice concernant ces engins, afin de pouvoir en reconstituer le mécanisme morceau par morceau, un peu à la façon d'un puzzle, et il est possible que votre nouvelle amie ait photographié l'un ou l'autre appareillage important. Aussitôt, on se met en rapport avec elle et, sous la menace, on l'engage à ne communiquer sa découverte à qui que ce soit. On fait même mieux : on la terrorise, ou du moins on essaie. Ensuite, comme le but final du Service en question est d'obtenir les clichés avant qu'une organisation antagoniste ne s'en empare, on offre à Miss Paramount de lui acheter négatifs et positifs en sa possession. Mais sans doute veut-on obtenir les clichés sans bourse délier et, pour cela, attaque-t-on votre amie avant qu'elle n'atteigne le lieu du rendez-vous, dans Lima Street. Elle se débat comme un beau diable et, avec votre aide et celle de Bill, réussit à mettre ses agresseurs en fuite... Que se passe-t-il par la suite dans l'esprit de vos adversaires ?... Sans doute votre présence aux côtés de Miss Paramount leur fit-elle croire qu'elle non plus ne jouait pas franc jeu, car on lui avait demandé de venir seule. On devina probablement qu'elle n'avait pas apporté les négatifs. Pour avoir les coudées franches, on tenta donc de vous supprimer tous trois. Par la suite, il serait aisé d'aller fouiller l'appartement de Miss Paramount pour retrouver lesdits négatifs...

— Nos assassins en auraient été pour leurs frais, glissa Morane. Les négatifs se trouvent à la banque, et il n'est pas aussi facile de forcer une chambre forte qu'une porte d'appartement...

— Cela, vos adversaires devaient l'ignorer, Bob, car ils auraient agi autrement dans le cas contraire... Toujours est-il que vous avez réussi à leur échapper. Mais ces gens-là sont entêtés, et ils reviendront à la charge. Or, comme je vous connais, je suppose que vous ne laisserez pas tomber Miss Paramount...

— Nous ne la laisserons pas tomber, en effet, commissaire...

Après avoir formulé cette assurance, Morane demeura quelques instants songeur, puis il reprit :

— Je suppose que le S.S.S. auquel nous avons eu affaire peut aussi bien être anglais que russe, ou américain, ou chinois...

— Naturellement, bien que les procédés employés contre vous la nuit dernière devraient, logiquement, répugner à un Anglais. Pourtant, on ne fait pas des espions avec des enfants de chœur, c'est bien connu... Il est cependant aisé de savoir si vous avez eu affaire au Service chinois...

— Aisé de le savoir ?... Et comment ?...

— C'est simple, expliqua Sir Archibald avec un fin sourire. Les hommes qui ont attaqué Miss Paramount étaient-ils des Asiatiques ou des Européens ?

— Je crois qu'il s'agissait d'Européens, dit Bob. Quant à celui qui nous canardait sur le toit, je n'ai pas bien distingué son visage, mais je ne pense pas qu'il pût être Chinois...

— Au moins, fit le policier avec une satisfaction feinte, vous savez à présent à qui vous n'avez pas affaire... A vous de choisir dans le reste...

Une expression d'amertume se peignit sur le visage de Morane.

— A nous de choisir, fit-il en écho. Si je comprends bien, Sir Archibald, à part les quelques tuyaux que vous venez de me donner, vous ne pouvez rien pour nous aider...

Le chef du Yard secoua la tête.

— Je ne puis rien, Bob, du moins officiellement, car tout cela échappe à ma compétence... En tant qu'ami cependant, je ferai tout ce qui est en mon pouvoir pour vous épauler si le besoin s'en fait sentir... Et je vais commencer par vous donner un conseil : si l'on fait de nouvelles offres à Miss Paramount pour les clichés, qu'elle les accepte, tout en s'entourant de toutes les précautions possibles, afin d'être sûre que l'on n'attente pas à nouveau à vos vies... Le secret des soucoupes volantes ne vaut pas un service funèbre...

*
* *

Après avoir quitté Scotland Yard, Bob Morane devait sauter dans un taxi pour regagner aussitôt le logis de

Sophia, afin de lui rendre compte, ainsi qu'à Bill, de son entrevue avec Sir Archibald.

Cependant, quand il sonna à la porte de l'appartement, il eut la surprise de n'obtenir aucune réponse. Il insista, mais sans plus de succès. Alors seulement, il s'aperçut que la porte n'était pas fermée, mais seulement poussée. Précautionneusement, il l'ouvrit et jeta un coup d'œil dans l'entrée. Aussitôt, il comprit que quelque chose d'anormal s'était passé là, car une penderie avait été ouverte et les vêtements qu'elle contenait jetés pêle-mêle sur le sol. Craignant le pire, il fit le tour de l'appartement, où régnait partout le même désordre, en criant :

— Bill !... Sophia !...

Mais son ami et la jeune fille brillaient par leur absence et, comme rien n'indiquait qu'ils avaient été tués sur place, Bob conclut qu'on les avait enlevés. Pourquoi ?... Sans doute pour leur faire dire où se trouvaient les clichés. Une chose était certaine : en fouillant l'appartement, les ravisseurs avaient fait chou blanc car, la veille, Sophia avait brûlé les positifs en sa possession, afin de ne pas courir le risque de se les faire dérober ; quant aux négatifs, ils demeuraient à la banque.

— Il ne serait pas étonnant que les ravisseurs essayent de me contacter, murmura le Français. Bill et Sophia leur servent d'otages, et ils m'offriront de les remettre en liberté si je leur procure les clichés... Reste à savoir quel moyen ils emploieront pour me contacter. S'ils le font par téléphone, j'ai une chance de les coincer...

Après s'être assuré que la porte de l'appartement était bien verrouillée, il s'installa au téléphone et forma le numéro 999, qui était celui de Scotland Yard. Trente secondes plus tard, il était en ligne avec Sir Archibald, auquel il fit part du double enlèvement.

— Il fallait s'y attendre, dit le policier. Je vous avais prévenu que le S.S.S. auquel vous avez affaire ne désarmerait pas aussi facilement... Pourtant, les circonstances me permettent de vous aider... Il s'agit de kidnappings, et cela entre dans les attributions du Yard. Il suffit que je lance un ordre, et tous les limiers de Londres se lanceront sur la piste des ravisseurs...

— Je ne crois pas que ce soit le bon moyen, fit Bob, cela pourrait coûter la vie à Bill et à Sophia... J'ai mon plan, à la fois plus simple et plus compliqué... Pour le mener à bien, il faudrait que vous me rendiez deux services... Pour commencer, une boîte de cartouches pour le lüger que j'ai récupéré la nuit dernière sur les toits...

— Vous aurez ces cartouches dans un quart d'heure, Bob... L'autre service ?...

— Je ne crois pas qu'il présentera la moindre difficulté non plus... Pouvez-vous faire mettre la table d'écoute sur la ligne de Miss Paramount ? Si quelqu'un appelle, je veux connaître aussitôt le nom et l'adresse du demandeur...

— Aucun problème, assura Sir Archibald. Dans cinq minutes, la table d'écoute en question sera branchée...

Rapidement, Bob communiqua le numéro de téléphone et l'adresse de Sophia au chef de Yard, puis il raccrochèrent tous deux.

Le Français dut attendre dix minutes environ avant que le téléphone sonnât. Il décrocha, éleva le combiné à hauteur de son visage et demanda simplement :

— Qui est à l'appareil ?

— Peu vous importe, dit une voix volontairement assourdie. Vous êtes le commandant Morane ?

Évitant de répondre à la question, Bob interrogea :

— Que voulez-vous ?

Il n'obtint pas lui non plus de réponse directe.

— Votre ami et Miss Paramount sont en notre pouvoir, déclara la voix anonyme. Si vous voulez les revoir en vie, il faudra nous remettre ce que vous savez...

— Les clichés, hein ? fit Morane. Je voudrais bien vous faire plaisir, mon vieux, mais Miss Paramount a dû vous dire que les négatifs étaient à la banque, dans son coffre, et je ne vois pas très bien comment les récupérer...

A l'autre bout du fil, il y eut un long moment de silence signifiant que cela ne tournait pas rond. Sans doute quelque chose prenait-il le correspondant anonyme au dépourvu. Finalement, il sembla retrouver la parole.

— Et si Miss Paramount vous disait où se trouve la clef de son coffre et vous en communiquait le chiffre ?...

— Cela pourrait aller, dit Morane. A condition que j'aie une procuration...

— Miss Paramount vous la fera parvenir également...

— Ce ne sera pas si facile. Il faudrait que cette procuration soit légalisée. Cela pourrait ne pas marcher tout seul... en l'absence de Miss Paramount, et de toute façon ça prendrait du temps.

Décidément, cela marchait de moins en moins bien à l'autre bout du fil, car il y eut un nouveau silence, puis on enchaîna, très vite :

— Je vous rappellerai dans une heure... Surtout, n'avertissez pas la police...

— Soyez sans crainte, dit Bob. Je tiens trop à la vie de mes amis...

Le correspondant raccrocha, et Morane fit de même. Il était content de la tournure que prenaient les événements car tout, jusqu'ici, se déroulait suivant ses espoirs.

Quelques minutes s'étaient à peine écoulées que le téléphone sonna à nouveau. Bob décrocha et entendit aussitôt la voix de Sir Archibald Baywater, qui déclarait :

— On vous a appelé de chez Jéroboam & C°, au 165 de East Side Street. C'est dans Wapping... En taxi, vous y serez en une demi-heure...

— Jéroboam & C°, 165, East Side Street, répéta Morane. J'attends votre homme avec les balles pour le lüger, et je fais un bond jusque-là... Surtout, Sir Archibald, n'intervenez pas sans que je vous le demande...

— D'accord, Bob... Mais, de votre côté, promettez-moi d'être prudent...

— Je vous le promets, Sir Archibald... Je vous le promets...

A ce moment, on sonna à la porte d'entrée de l'appartement.

— Je raccroche, dit encore Morane. Ce doit être votre homme avec les munitions pour le lüger...

Cinq minutes plus tard, l'arme bien chargée dans la

poche de son trench, il quittait le logis de Miss Paramount. Dans l'ascenseur, il se frottait les mains, en songeant ;

« Ce maudit S.S.S. a gagné la première manche en réussissant à enlever Bill et Sophia. — Je me demande comment ils s'y sont pris, par exemple. — Mais je vais m'arranger pour gagner la deuxième, et faire en sorte qu'il n'y ait pas de « belle »... »

VI

East Side Street était une de ces nombreuses rues qui, descendant de Commercial Road, rejoignent les London Docks. La guerre y avait, comme dans tous les quartiers riverains des installations portuaires, laissé ses cicatrices quasi indélébiles. Pourtant, les hangars et les immeubles commerciaux qui bordaient cette étroite artère avaient été rapidement remis en état et les réparations, encore privées de la patine du temps, se détachaient en strates rosâtres et blafardes sur la sanguine et la grisaille des anciens murs.

A l'heure où Bob Morane pénétra dans East Side Street, en pleine matinée, une certaine animation y régnait. Il n'eut cependant aucune peine à repérer le numéro 165, dont les chiffres se découpaient en blanc au-dessus d'une unique porte isolée dans un mur de briques.

Il suffit à Bob de pousser cette porte pour pénétrer dans un corridor carré au fond duquel s'amorçait un grand escalier de bois, aux marches à claire-voie et qui devait être assez neuf, à en juger par la teinte claire des planches ayant servi à sa construction. Sur la droite, un grand panneau indiquait le nom des locataires, étage par étage. Bob y lut : *Jéroboam & C° - Import-Export - 3ᵉ étage.*

Rapidement, il gravit l'escalier, jusqu'à l'étage en question où, au fond d'un étroit couloir, il repéra aussitôt une porte avec une plaque émaillée reproduisant le *Jéroboam & C° - Import-Export* du rez-de-chaussée.

Jusqu'alors, depuis son entrée dans la maison, Bob n'avait rencontré âme qui vive, ce qui augurait bien pour la suite des événements.

Silencieusement, il s'avança dans l'étroit couloir, jusqu'à atteindre la porte marquée *Jéroboam & C°*, et il jeta un coup d'œil rapide, mais attentif, à la serrure.

Il poussa un soupir de soulagement. Tout d'abord, il avait craint de tomber sur un mécanisme de sûreté, du genre Yale, quand il s'agissait d'une serrure ordinaire. « Une de ses serrures qui s'ouvrent à un simple claquement de langue », pensa-t-il.

Après avoir frappé à la porte et s'être assuré que celle-ci était bien fermée à clef, il tira de sa poche un bout de gros fil de fer trouvé chez Sophia, et dont il plia l'extrémité à la longueur voulue. A l'aide de ce passe-partout improvisé, il se mit alors à fourrager avec méthode dans la serrure. Ses connaissances en mécanique le rendaient habile serrurier, et ses efforts ne tardèrent pas à être couronnés de succès. Le pêne claqua en se rabattant, et Morane n'eut plus qu'à tourner le bec-de-cane et à pousser la porte pour pénétrer dans un bureau de cinq mètres sur cinq environ, meublé uniquement d'une table à tiroirs, de deux chaises et de quelques classeurs métalliques. Bien en évidence sur un des coins de la table, trônait un appareil téléphonique.

En hâte, Morane referma la porte à l'aide de son passe-partout, de façon que personne ne pût deviner son passage. Ensuite, il passa à une brève inspection de l'endroit.

Il lui fallut feuilleter seulement quelques dossiers, ouvrir quelques tiroirs pour se rendre compte que ce bureau n'était qu'un leurre, que jamais la moindre affaire ne s'y était traitée et ne s'y traiterait sans doute jamais. En un mot, il devait s'agir là d'une des nombreuses et fugitives façades derrière lesquelles se camouflait le S.S.S.

Mais le temps s'écoulait, et Bob comprit qu'il lui fallait à tout prix trouver une cachette. Il la découvrit dans l'angle du mur où s'ouvrait la porte, là où un étroit espace entre un classeur et la muraille offrait une place juste suffisante pour s'y blottir.

Quand il fut ainsi, et fort provisoirement, dissimulé, Bob jeta un coup d'œil à sa montre et se rendit compte que cinquante-cinq minutes environ s'étaient écoulées depuis le coup de téléphone anonyme reçu chez Miss Paramount.

« Juste eu le temps de faire ce que j'avais à faire, songea-t-il. Cela me permettra de ne pas trop attendre. Déteste demeurer à l'étroit comme en ce moment. Toujours été un peu claustrophobe et j'ai la même impression, pour l'instant, que celle que doit éprouver une larve d'abeille dans son alvéole... »

*
* *

Jamais, en effet, le temps ne paraît plus long qu'en attente, lorsque chaque minute s'étire comme un siècle, et Bob Morane détestait cette impression de « suspense » qui, à la longue, peut devenir douloureuse. Heureusement, il possédait des nerfs d'acier et, en outre, dans la circonstance présente, il se sentait prêt à tous les sacrifices pour mener à bien l'action qu'il avait entreprise et dont dépendait sans doute la liberté, et peut-être la vie, de Bill Ballantine et de Sophia Paramount.

Pourtant, l'homme du S.S.S. devait se révéler d'une ponctualité exemplaire car, une heure à peine s'était écoulée depuis le premier coup de téléphone qu'une clef tournait dans la serrure. Rapidement, Bob se renfonça, autant que faire se pouvait, dans l'espace entre le classeur et la muraille.

D'où il se trouvait, il pouvait uniquement apercevoir le haut de la porte, qui s'ouvrit, pour se refermer aussitôt. Ensuite, un homme passa dans le champ de vision du Français. Lui tournant le dos, il se dirigea immédiatement vers la table, c'est-à-dire vers le poste téléphonique. Aussitôt, d'un doigt impatient, il se mit à manipuler le cadran et, par-dessus son épaule, Morane, qui avait un regard perçant, vit qu'il formait le numéro de Miss Paramount.

« Le gaillard va tirer une drôle de tête en se rendant compte qu'il a téléphone de bois, songea Bob avec un sourire, et une bien plus drôle de tête encore quand il s'apercevra que celui qu'il appelait se trouve bien plus près de lui qu'il ne l'avait espéré... »

Pendant que cette pensée traversait l'esprit de Morane, l'homme écoutait le bruit du timbre, à l'autre bout du fil. Combien de fois laissa-t-il la sonnerie retentir ? Trente fois, quarante peut-être... Finalement, d'un geste excédé, il reposa le combiné sur sa fourche, et Bob le vit jeter un coup d'œil à sa montre, puis il l'entendit maugréer :

— J'avais pourtant bien dit dans une heure...

C'est ce moment que Morane choisit pour quitter sa cachette et s'avancer vers l'inconnu, tout en disant à haute voix :

— Dans une heure ?... C'est bien cela... Ne suis-je pas la ponctualité même ?

Bob n'était plus qu'à deux pas de l'homme quand ce dernier se retourna ; celui-ci devait posséder des réflexes extrêmement rapides car, dès le début de l'intervention du Français, et sans que celui-ci s'en rende compte, il avait réussi à tirer un revolver de sa poche et à le braquer.

La réaction de Bob fut plus rapide encore. Avant que l'autre ait eu le temps de faire usage de son arme, la pointe du pied de Morane le toucha durement au poignet. L'homme poussa un cri de douleur et, les doigts lui refusant tout service, il lâcha le revolver. Presque en même temps, la main de Bob, s'abaissant de haut en bas, à la façon d'un coupereret, le frappait à la base du cou. Il poussa un nouveau cri de douleur et, les centres nerveux soudain paralysés, tomba à genoux. Quand il retrouva la force de se redresser, le lüger de Morane était pointé sur son estomac.

Alors seulement, Bob put détailler son adversaire. C'était un demi-Asiatique, probablement métis d'Européen et de Chinois, et Morane songea aux paroles de Sir Archibald Baywatter, deux heures plus tôt environ, quand ils avaient conclu, en se basant sur des apparences, ne pas avoir affaire au S.S.S. chinois. « Ce n'est plus si sûr, à présent », songea Bob.

Mais ce n'était pas le moment de chercher à tirer des déductions qui, de toute façon, seraient trop hâtives. Le métis ne semblait pas encore revenu de la surprise dans laquelle l'avait plongé la soudaine apparition de Morane, dont il devait cependant avoir reconnu la voix pour l'avoir entendue au téléphone, une heure plus tôt.

— Comment avez-vous fait pour savoir... ? commença-t-il en se tenant le poignet et en grimaçant de douleur.

— Pour savoir que c'est d'ici que tu téléphonais ? compléta Bob. C'est un secret... Sache seulement que je suis devin à mes heures perdues, et si cette explication ne te suffit pas, tant pis, je n'en ai pas d'autre à te fournir... Mais nous ne sommes pas ici pour discuter le bout de gras... J'aimerais savoir où sont mes amis, et tu vas me le dire...

L'homme secoua la tête.

— Je ne sais de qui vous voulez parler... Je ne vous dirai rien...

Morane eut un sourire féroce, qui était plutôt un rictus de menace.

— Oh ! si, tu sais de qui je veux parler, l'ami... Oh ! si, tu vas me dire ce que j'ai envie de savoir...

— Et si je refuse ?

Le sourire s'éteignit sur les traits de Morane, pour faire place à une sorte d'immobilité glacée. On eût dit que son visage, cessant d'être de chair, se changeait en pierre. Seules, les lèvres bougèrent, pour laisser tomber :

— Si tu refuses, tu regretteras bientôt d'être né... C'est de la liberté et de la vie des mes amis qu'il s'agit, je le répète... Je te passerai à tabac jusqu'à ce que ta langue se délie d'elle-même... Puisque, de toute façon, tu finiras par parler, autant le faire tout de suite, avant de ressembler à un morceau de steak haché...

Au ton sur lequel avait été proférée la menace, le métis dut comprendre que son interlocuteur ne plaisantait pas. D'un rapide coup d'œil, il apprécia sa carrure, les attaches solides et musclées de ses poignets, la vigueur de ses mains. Et, soudain, il se décida, sans doute définitivement influencé par le regard fixe et dur des yeux gris d'acier.

— C'est bien, dit-il, je parlerai... Que voulez-vous savoir ?

— Je te l'ai dit : où se trouvent mes amis ?

L'autre parut à nouveau hésiter.

— J'attends ! lança Morane d'une voix brève.

Cette fois, l'homme ne tergiversa plus.

— Vos amis se trouvent tout près d'ici, dit-il. En bonne santé...

— Je l'espère pour toi et pour tes complices, fit Bob. Tu me conduiras... Je suppose que mes amis sont gardés...

Le métis eut un signe de tête affirmatif.

— Par trois hommes, dit-il.

Bob s'était remis à sourire.

— S'ils sont aussi peu coriaces que toi, conclut-il, j'en viendrai aisément à bout... Quel est ton nom ?

— John...

— Ce n'est pas un nom chinois, ça...

— Je ne suis pas Chinois, mais Américain. Ma mère était Chinoise...

« Un Chinois américain, et qui s'appelle John, comme tout le monde, pensa Morane, voilà qui complique les choses... » Et, aussitôt, il enchaîna, à haute voix :

— Tu vas me conduire à mes amis, et gare à toi si tu risques la moindre entourloupette...

Sans quitter le métis des yeux, Bob se baissa et récupéra le revolver tombé sur le plancher. Il le glissa dans la poche de son trench et, continuant à braquer le lüger sur le dénommé John, il commanda :

— A présent, tu vas me montrer le chemin... Et je te préviens encore : inutile de vouloir jouer au petit soldat car, à ce jeu-là, je suis général...

VII

Pour, en pleine rue passante, tenir un homme en respect, il n'y a rien d'autre à faire qu'à s'en tenir à la bonne vieille recette des films policiers. On marche à un mètre cinquante environ de l'homme, on enfonce la main tenant le revolver dans sa propre poche et on se tient prêt à tirer à travers le tissu, en faisant en sorte, bien entendu, que l'autre n'en ignore rien.

C'est ce que fit Bob Morane avec John, le métis. Celui-ci marchant devant, ils longèrent East Side Street en direction du sud, sur une distance de deux cents mètres environ, tournèrent à droite dans une venelle dont Bob lut le nom au passage : *Sutton Street*. Ils avancèrent encore sur une distance de trente mètres, puis le métis s'arrêta devant une maison d'aspect assez misérable, qui portait le numéro 12. Il se tourna vers Morane et dit simplement :

— C'est là...

Jetant un regard aux fenêtres du rez-de-chaussée et des étages, Bob se rendit compte qu'elles avaient été occultées de l'intérieur avec du papier de tapisserie collé à même les vitres. Cela lui permit d'espérer qu'on ne les avait pas vu venir. Ce n'était pas certain, bien sûr, mais, dans ce genre d'affaires, il y a toujours un risque à courir.

Du menton, Morane désigna la porte à son prisonnier.

— Ouvre ! commanda-t-il.

John eut l'air embarrassé.

— C'est que, dit-il, je dois prendre la clef dans ma poche...

— Vas-y, mais ne te risque pas de me jouer le moindre tour... Je te tiens à l'œil...

Selon toute apparence, le métis n'avait pas l'intention de jouer de tour à qui que ce soit, car ce fut bien une clef qu'il exhiba. Il ouvrit la porte et ils pénétrèrent dans un long couloir sombre.

Du talon, Morane repoussa le battant, qui claqua légèrement en se refermant. De derrière une porte, au fond du couloir, une voix demanda :

— C'est toi, John ?

Bob appuya le canon de lüger au creux des reins du métis et souffla :

— Réponds : c'est moi ! — et rien d'autre...

L'autre obéit et lança d'une voix bien intelligible :

— C'est moi !...

— A présent, avance... murmura encore Morane.

Ils marchèrent vers la porte et, quand ils l'eurent atteinte, Bob ordonna, très bas ;

— Ouvre !... A fond !...

Le métis, qui vraiment n'en menait pas large avec le canon de l'arme enfoncé au creux de ses reins, tourna le bec-de-canne et, d'une poussée ouvrit le battant. Brutalement, avec une force irrésistible, Morane projeta en avant son prisonnier, qui alla s'étaler la face contre terre.

— Surtout, que personne ne bouge ! tonna le Français.

Il se trouvait sur le seuil d'une pièce carrée, au sol dallé et meublée sommairement d'une table de bois, de deux chaises, d'autant de fauteuils fatigués et d'un buffet en pitchpin. Pieds et poings liés, bâillonnés, Bill Ballantine et Sophia Paramount étaient assis sur les chaises, tandis que deux inconnus se vautraient dans les fauteuils. L'un d'eux, en voyant apparaître Morane, passa aussitôt à l'action sans se soucier de l'avertissement qui venait d'être lancé. Il bondit en avant, au risque de recevoir une balle. Pourtant, Bob n'eut pas le loisir de faire feu. En se précipitant, l'agresseur eu le tort de passer trop près de Ballantine qui, tendant brusquement ses longues jambes entravées, le faucha comme un épi de blé. Déséquilibré, l'homme plongea en avant vers Morane, qui n'eut qu'à relever le genou pour le cueillir en plein visage et le jeter étourdi sur le sol.

— Bien joué, Bill ! lança gaiement Morane.

Et, s'adressant au second inconnu, qui n'avait pas quitté son fauteuil, lui lança :

— J'espère, mon vieux, que vous n'avez pas envie, vous aussi, de mordre la poussière...

Et, comme l'homme se tenait coi, Morane reprit, mais cette fois à l'adresse du métis, qui se relevait péniblement :

— Délivre mes amis, John... Et n'oublie pas que je te surveille d'un œil... celui de mon lüger...

Plus mort que vif, le métis obéit et, cinq minutes plus tard, liens et bâillons dénoués, Ballantine et Sophia étaient libres. Bill se redressa en frottant ses poignets endoloris.

— Ça, commandant, on peut dire que c'est du travail !... Il y a à peine deux heures que nous avons été enlevés, et voilà que déjà vous rappliquez... Je me demande comment vous avez fait pour nous retrouver aussi rapidement...

— Ce que je me demande surtout, fit Morane en continuant à surveiller les trois hommes du S.S.S., c'est comment, enfermés dans l'appartement comme vous l'étiez, vous êtes parvenus à tomber dans les filets de ces misérables...

— Ces trois hommes sont venus sonner à ma porte, expliqua Sophia. Ils étaient accompagnés de deux de leurs complices, portant l'uniforme des constables du Yard. Quand, par le scope, j'ai vu ces uniformes, je ne me suis pas méfiée et j'ai ouvert. Ils nous ont dit que nous étions convoqués d'urgence au poste le plus proche. Nous les avons suivis, et c'est seulement quand nous avons été dans la voiture que nous avons compris... Mais il était trop tard : des revolvers étaient braqués sur nous...

— Et Bill s'est laissé prendre à ce truc usé comme la culotte du père Adam, s'il en avait une ? dit Morane.

Le géant parut embarrassé et un peu honteux de sa naïveté.

— Mais, commandant, balbutia-t-il, les uniformes... Il y avait les uniformes... A ma place, vous...

— A ta place, coupa Morane, j'aurais demandé leurs papiers officiels à ces imposteurs et, comme ils n'auraient pu me les exhiber, je leur serais tombé dessus à bras raccourcis...

— Ils étaient cinq, commandant ?...

— Cinq ?... Depuis quand cinq hommes te font-ils peur ?... Mais je ne vois pas les deux faux policiers en uniforme...

— Ils se sont éclipsés comme nous montions dans la voiture avec leurs complices, et ils ont disparu...

Bob eut un haussement d'épaules.

— En voilà deux dont nous n'aurons pas à nous soucier...

Du menton, il désigna les trois hommes du S.S.S., qui, sous la menace du lüger, se tenaient à présent tranquilles dans un coin de la pièce, et il dit à l'adresse de Bill :

— Tu vas me mettre ces scélérats hors d'état de nuire. Pendant ce temps, je vais donner un petit coup de fil à Sir Archibald... Il acceptera bien de nous aider encore un peu...

Déjà, Ballantine s'était avancé vers les trois hommes en disant :

— Bougez pas, mes lapins... On va vous arranger aux petits oignons... Et, surtout, n'ayez pas peur : la spécialité de la maison, c'est l'opération sans douleur...

Par trois fois, le poing droit du géant claqua sur une mâchoire, et trois corps churent à terre, comme des poupées vidées soudain de leur son.

*
* *

Bien que ses membres pussent, à certains moments, faire preuve d'un peu de naïveté, le S.S.S. était bien organisé, et les « planques » ne semblaient pas lui faire défaut. Dans la pièce où se trouvaient pour le moment Morane et ses amis, il y avait un téléphone posé sur la cheminée, mais ce n'était cependant pas de celui-là que John, le métis avait fait usage pour appeler l'appartement de Miss Paramount. En effet, afin de ne pas courir le risque de voir repéré l'endroit où Bill et Sophia étaient retenus prisonniers, John avait préféré téléphoner du repaire voisin d'East Side Street. En pure perte d'ailleurs, mais le métis et ses complices ne pouvaient deviner que la réplique de Morane serait aussi rapide, ni qu'il possédait d'aussi puissantes relations dans les hautes sphères de la police.

Pendant que Bill ligotait et bâillonnait le métis et ses deux complices, Bob appelait Scotland Yard. Trente secondes plus tard, on le mettait en communication avec Sir Archibald Baywater, auquel il rapporta rapidement comment il était parvenu jusqu'à Bill et Sophia. Le *commissioner* ne put retenir un petit sifflement admiratif.

— Du beau travail, Bob, dit-il. Vraiment du beau travail !... Mais je me demande, tout bien réfléchi, pourquoi je m'extasie ?... Comme si je ne savais pas de quoi vous êtes capable...

— Sans votre aide, fit remarquer Morane, rien n'aurait été possible... Voilà pourquoi je voudrais vous demander de me donner encore un coup de main...

Là-bas, il y eut un silence, comme si Sir Archibald pesait le pour et le contre de la demande qui venait de lui être faite.

— Vous savez que je ne tiens pas du tout à me mêler de cette affaire, Bob, dit-il finalement. Non seulement parce qu'elle n'entre pas dans mes attributions, mais...

— N'entre-t-il pas dans vos attributions de mettre hors d'état de nuire des gens qui viennent de se rendre coupables d'un double enlèvement ? coupa le Français.

Tout en parlant, il jetait un regard aux deux automatiques posés sur la table, et que Bill avait trouvés sur les complices du métis.

— Des hommes qui, en plus, sont porteurs d'armes prohibées, continua Morane.

— Des armes prohibées, hein ? fit le policier avec un rire narquois. Dans ce cas, je vous envoie un panier à salade... Vous avez l'adresse ?...

— C'est au numéro 12 de Sutton Street...

— Parfait... Je vais m'arranger pour garder ces gibiers de potence assez longtemps, de façon à les empêcher de vous nuire encore... Cela vous fera toujours trois adversaires en moins pour l'avenir... Car je suppose que vous n'abandonnez pas l'affaire...

— Ce n'est pas mon intention, commissaire...

— Je vous reconnais bien là, Bob. Mais ce que je ne demande, c'est comment vous allez mener à bien ce que vous avez commencé...

— Si je le savais moi-même, dit Morane après une brève hésitation. Peut-être aurez-vous un conseil à me donner...

— Je vous ai déjà dit, Bob, qu'en ce qui concernait les S.S.S. je n'avais pas d'opinion... ni de pouvoir. Tout ce que je puis faire, c'est boucler ces trois scélérats pour port d'armes prohibées...

— Ce sera toujours ça de pris, conclut philosophiquement Morane. Merci quand même, commissaire...

Les deux correspondants raccrochèrent en même temps. Bob se tourna vers Sophia et Ballantine.

— Scotland Yard ne peut rien pour nous, expliqua-t-il. Nous allons devoir continuer seuls : c'est-à-dire attendre que l'adversaire tente à nouveau quelque chose contre nous. Comment cela finira-t-il ?... Je me le demande, non sans une sérieuse inquiétude...

Sophia Paramount demeurait songeuse. Depuis quelques instants, son beau visage avait pris une expression dure, tendue, comme si un combat se livrait en elle. Brusquement, elle se décida :

— Je ne veux pas que vous continuiez à courir des risques pour moi, dit-elle à l'adresse de Bob et de Bill. Je me débrouillerai seule, désormais...

Ballantine poussa un ricanement sonore.

— Vous êtes peut-être drôlement calée en judo, miss. Mais croyez-vous que ce sera suffisant pour venir à bout des gens du S.S.S. ? Ils ont d'autres façons d'attaquer et de se défendre... Il nous l'ont prouvé...

— Je leur vendrai les clichés, négatifs et positifs, insista la jeune fille. Au besoin même, je les leur donnerai... Puisque c'est ce qu'ils veulent....

— Cela ne suffira pas dit Bob. Vous pourriez garder des contretypes, et le S.S.S. auquel nous avons affaire ne voudra pas courir un tel risque. Le secret des soucoupes volantes a trop d'importance pour le pays dont dépend ce service... Après avoir reçu de vous les clichés, ils vous tueraient, en se disant que, seuls, les morts ne parlent pas...

Sophia serra les dents, et une expression de détermination froide passa dans ses yeux verts.

— Dans ce cas, laissez-moi périr seule, jeta-t-elle d'une voix ferme, féroce presque.

Mais Morane secoua la tête.

— Trop tard pour reculer, petite fille, fit-il doucement. Nous sommes dans le même bain, vous et nous. Quand on a mis le bras dans un tel engrenage, il faut y passer jusqu'à ce que la machine s'arrête... Si nous laissons, Bill et moi, tomber le S.S.S., lui ne nous laissera pas tomber...

— Le tout, glissa Bill, serait de trouver le moyen de contre-attaquer, afin de ne pas devoir attendre que l'ennemi se manifeste à nouveau, et ainsi jouir du bénéfice de la surprise...

— Attaquer ? murmura Bob. Attaquer qui ?... Où ?... Comment ?... Les trois prisonniers ne parleront pas, ou du moins ils ne diront que ce qu'ils ont envie de dire... c'est-à-dire pas grand-chose. Ils craignent trop les représailles du S.S.S. pour être bavards...

Le Français demeura pensif, puis il secoua la tête avec lassitude et reprit ;

— Non, mes amis, je crains qu'il n'y ait rien à faire... Tout ce que nous pouvons espérer, c'est que nos adversaires tentent une nouvelle action contre nous, qu'ils se découvrent et nous permettent de frapper à notre tour...

A ce moment précis, le téléphone sonna...

VIII

Bob Morane, Bill Ballantine et Sophia Paramount regardaient avec effarement le poste téléphonique posé sur la cheminée et dont le timbre continuait à grésiller, tout à fait comme si la principale mission d'un poste de ce genre n'était pas justement de sonner.

— Qui est-ce, à votre avis ? interrogea Sophia en s'adressant à Morane.

L'interpellé eut un geste vague, pour répondre :

— En sais rien... Me demande qui peut bien nous appeler... A part Sir Archibald, personne n'a connaissance de notre présence ici...

— Sir Archibald... et les gens du S.S.S., corrigea Ballantine.

— Bien sûr, approuva Morane, Sir Archibald et Les gens du S.S.S....

Il porta la main vers le téléphone.

— Ne décrochez pas, Bob ! jeta Sophia.

— Qui nous dit, après tout, que ce n'est pas Sir Archibald ? dit Bob avec un haussement d'épaules.

— Vous ne lui avez pas donné le numéro d'appel, fit remarquer la jeune journaliste.

— C'est exact, convint Morane, mais je lui ai communiqué le numéro de la maison et le nom de la rue. Avec ça, Sir Archibald est capable d'obtenir en moins de deux n'importe quel numéro de téléphone... Et puis, on va bien voir...

Il décrocha résolument et dit simplement :

— Allô !...

Une voix lui parvint, celle d'un homme parlant l'anglais avec un léger accent étranger — italien, pensa Bob — et qui semblait passablement courroucé.

— Qu'est-ce qui vous arrive, Herman ? demandait la voix. Vous êtes sourd ?

Cela fit un déclic dans la tête de Morane, comme les relais d'un cerveau électronique. Jamais sans doute il n'avait dû penser aussi vite. Herman, cela devait être un des deux complices de John, le métis. Or, aucun de ces deux complices n'avait ouvert la bouche depuis son arrivée dans la maison. Et lui, Bob, quand il avait entendu une voix, ne fût-ce qu'une fois, il parvenait à l'imiter sans trop de peine, et il avait entendu celle de John et rien que celle de John.

— Ce n'est pas Herman, dit-il en contrefaisant la voix du métis. C'est John...

Le subterfuge dut prendre car, là-bas, l'inconnu ne parut s'être aperçu de rien.

— Et où cet Herman ? se contenta-t-il d'aboyer. Et Serge ?...

— Partis chercher les clichés, répondit Bob en contrefaisant toujours la voix de John. Je garde seul les prisonniers... Oh ! pas de crainte qu'ils fuient... Ils sont solidement ligotés et bâillonnés...

On ne parut pas avoir entendu les dernières phrases, car on demanda :

— Les clichés ?... Vous avez donc réussi à les obtenir...

— On a réussi... Ce serait trop long à expliquer, mais Herman et Serge vont les rapporter...

Le mystérieux interlocuteur sembla se radoucir à cette nouvelle.

— Parfait, John... Parfait... Quand vous aurez les clichés, vous savez ce qui vous restera à faire des prisonniers...

— Je sais...

— Prenez surtout soin de faire disparaître les corps... Nous ne tenons pas à ce que la police londonienne ouvre une enquête... Quand ce sera terminé, venez nous rejoindre tous trois aux Hébrides, sur l'îlot... *Je crois avoir trouvé le moyen d'en capturer une* et, quand ce sera fait, nous aurons besoin de tous nos effectifs pour venir à bout de l'équipage...

— Nous ferons aussi vite que possible...

Il y eut un moment de silence, puis la voix demanda ;

— Que se passe-t-il, John ?... Vous oubliez que je suis votre chef ? « Suis-je bête ? songea Morane. J'aurais dû lui donner du « chef » long comme le bras depuis le début de l'entretien... Mais il n'est jamais trop tard pour bien faire... »

— Excusez-moi, chef, dit-il. Je surveillais les prisonniers tout en vous parlant... J'ai oublié...

— Que cela ne vous arrive plus... Nous vous attendons sur l'îlot aussi vite que possible, Herman, Serge et vous...

— Nous viendrons dès que nous aurons les clichés, chef...

Bob attendit que son correspondant eût interrompu la communication, puis il raccrocha à son tour.

*
* *

— Qui était-ce, commandant ? avait interrogé Bill Ballantine dès que Morane eut reposé le combiné sur sa fourche.

— Probablement le chef du S.S.S., répondit l'interpellé, ou tout au moins une grosse légume... J'ai imité la voix d'un de nos prisonniers pour lui donner le change, et j'ai appris beaucoup de choses. Pour commencer, ces cochons devaient nous assassiner une fois en possession des clichés...

Rapidement, le Français fit le résumé des propos que son correspondant lui avait tenus.

— Les Hébrides, l'îlot ? fit Sophia. Il doit s'agir de celui où se trouve la caverne que j'ai visitée et où j'ai photographié la soucoupe volante...

— Probablement, approuva Ballantine. Mais quelle est cette chose qu'ils comptent y capturer ?

— Sans doute une soucoupe volante, supposa Morane. Ces engins doivent avoir coutume de se poser dans la caverne, qui doit leur servir de base, et nos ennemis vont tenter de s'emparer de l'une d'elles. Comment s'y prendront-ils ?... Je me le demande... Mais nous le saurons bientôt...

— Comment cela ? demanda Sophia. Que comptez-vous faire, Bob ?

— Tout simplement contre-attaquer. Tout à l'heure, nous nous demandions comment entrer en contact avec le S.S.S. Comment et où ?... Voilà l'occasion rêvée... Quand les hommes du Yard seront venus prendre nos prisonniers, Bill et moi irons boucler nos valises et gagnerons les Hébrides, pour aller jeter un coup d'œil à votre îlot...

— Et si nous nous faisons coincer ? s'inquiéta Ballantine.

— Nous nous arrangerons pour que cela n'arrive pas. C'est nous qui, cette fois, frapperons les premiers, et assez fort pour que les hommes du S.S.S. n'aient jamais plus l'envie de s'en prendre à nous...

Avec une joie sauvage, Bill Ballantine frotta ses larges paumes l'une contre l'autre.

— Bien parlé, commandant ! lança-t-il d'une voix forte. J'ai depuis longtemps envie de prendre un peu d'exercice et, puisque le chef de ce maudit S.S.S. sera sur l'îlot, nous frapperons un grand coup... Comme ça...

Le poing droit du colosse s'abattit sur la table, avec une telle force qu'elle se fendit en deux.

— Réellement, cela me fera plaisir d'assister à cette corrida, dit Sophia Paramount.

Les deux amis se tournèrent vers leur jeune compagne.

— Que voulez-vous dire, Sophia ? s'inquiéta Morane.

Elle sourit, pour répondre :

— Il y a quelques instants, vous avez dit que Bill et vous alliez boucler vos valises... Vous m'avez oubliée, et vous avez eu tort, car je tiens, moi aussi, à revoir les Hébrides...

— Vous voulez donc nous accompagner ? fit Bob.

Sophia sourit plus fort et hocha la tête.

— On ne peut rien vous cacher, Bob... On ne peut vraiment rien vous cacher...

IX

Le soir tombait lentement sur la mer, dont la surface un peu houleuse se plombait de plus en plus et que l'écume zébrait de marques livides. Le puissant canot à moteur avançait lentement, balancé par la houle. Bob Morane, qui tenait la barre, jeta un rapide regard en arrière, pour se rendre compte que la silhouette sombre de Lewis, encore visible quelques instants plus tôt, avait été dévorée définitivement par l'éloignement et le crépuscule. A présent, ils étaient complètement isolés, au bord de la nuit, sur cette mer déserte, dont, aucun vaisseau semblait-il, n'avait jamais violé les solitudes.

Bob se tourna vers Miss Paramount, assise à ses côtés.

— Êtes-vous sûre du cap, Sophia ? demanda-t-il. Si, dans les ténèbres, nous manquons votre îlot, nous serons bons pour naviguer jusqu'au Groenland.

— Soyez sans crainte, Bob, assura la jeune fille, je connais le coin et me dirige aussi sûrement qu'au radar. Logiquement, l'îlot ne devrait pas tarder à apparaître...

Morane, Ballantine et Sophia n'avaient pas perdu de temps depuis la veille. Ils étaient arrivés dans l'après-midi, à Lewis, où ils s'étaient aussitôt mis à la recherche d'un canot de louage. Ils l'avaient trouvé moyennant une bonne garantie, et ils avaient aussitôt pris la mer. L'heure tardive importait peu, au contraire, car ils ne tenaient pas à parvenir à destination avant la nuit, afin de ne pas être repérés.

Bill, qui se tenait à l'avant de l'embarcation, tendit soudain le bras et désigna une masse noire s'élevant au-dessus des flots, à deux kilomètres environ devant eux. Ce n'était qu'une forme sombre, imprécise, noyée par les brumes du crépuscule, mais Sophia la reconnut aussitôt.

— C'est l'îlot, dit-elle. La caverne s'ouvre droit au centre...

Avec soin, Morane inspecta le bloc rocheux sorti de la mer, mais ni à son sommet, ni sur ses flancs il ne découvrit la moindre lumière témoignant d'une présence humaine.

— Nous allons approcher, mais en demeurant à une distance assez grande pour que l'on ne puisse nous apercevoir de l'île, ni entendre le bruit de notre moteur. Ensuite, quand la nuit sera tout à fait tombée, nous continuerons à la rame...

Ils s'avancèrent, l'hélice tournant à l'extrême ralenti, jusqu'à quelques encablures de la falaise, dans laquelle, juste à la pointe de l'étrave, se marquait une tache d'un noir opaque.

— L'entrée de la grotte, souffla Sophia Paramount.

— Nous n'aurons qu'à nous diriger droit dessus, dit Bob, qui avait stoppé le moteur.

Bill mouilla deux ancres flottantes, afin que le canot demeurât face à la falaise, son avant pointé vers la caverne.

— A présent, il n'y a plus qu'à attendre, dit encore Bob.

Cette attente ne fut pas de longue durée, car la nuit se faisait par touches rapides, comme si une série de rideaux se fermaient l'un après l'autre jusqu'à l'opacité totale.

Pendant tout ce temps, les deux hommes et leur compagne inspectaient avec attention la masse de plus en plus sombre de l'îlot, mais toujours sans y découvrir la moindre lueur.

Quand la nuit fut tout à fait tombée, ils attendirent une demi-heure encore, jusqu'à ce que la lumière de la lune, éclairant la mer de sa lumière indirecte, leur permit d'y voir. La falaise brilla devant eux, avec la tache sombre de la caverne bien marquée. Cependant, l'obscurité demeurait suffisante pour qu'on ne pût les apercevoir de l'îlot lui-même.

— Tu peux lever les ancres, Bill, souffla Morane.

Le géant obéit, et les deux hommes mirent les avirons à l'eau. Quand ils ne furent plus qu'à cinquante mètres de l'îlot environ, Sophia demanda à voix très basse :

— Abordons-nous à l'endroit où j'ai mis pied à terre lors de ma première visite ?

— Ce ne serait pas sage, fit Morane. Si nous devions fuir en hâte, nous serions coupés du canot et bloqués sur l'île... Croyez-vous que nous puissions pénétrer dans la grotte avec le bateau ?

— J'en suis certaine, Bob... L'eau est assez profonde...

— Eh bien ! c'est ce que nous allons faire...

Toujours propulsé par les bras vigoureux et experts de Morane et de Ballantine, l'embarcation s'engagea sous la voûte, et la navigation se continua dans les ténèbres quasi totales. Les deux nageurs s'efforçaient à propulser l'embarcation en droite ligne et si, de temps à autre, il y eut un raclement de coque contre le rocher, tout se passa sans encombre.

— Nous devons nous trouver à hauteur de l'endroit où était posée la soucoupe, murmura Sophia.

Morane et Bill cessèrent de ramer et le canot, dérivant lentement, alla s'échouer doucement sur une surface dure.

— Si nous voulons y voir quelque chose, il nous faudra bien faire usage de nos lampes, fit Morane.

Le faisceau d'une puissante torche électrique troua les ténèbres, révélant la caverne sur toute son étendue. Elle était fort vaste et, sur la gauche, au-delà d'une grève de roc solide sur laquelle était venue porter l'étrave du bateau, s'étendait un large espace sec, dont l'extrémité la plus lointaine se perdait dans la pénombre.

— C'est bien ici que se trouvait la soucoupe, fit Sophia.

Bien entendu, la soucoupe en question brillait, cette

fois, par son absence et, nulle part, aucun être humain ne manifestait sa présence.

Ils mirent pied à terre et tirèrent le canot plus avant sur le rocher, de façon qu'un remous ne puisse l'emporter. Ensuite, ils entreprirent d'explorer l'endroit.

Tout de suite, Morane et Bill purent se rendre compte — s'il y avait le moindre doute à ce sujet — que Miss Paramount n'avait pas été l'objet d'une hallucination lors de sa première visite à la grotte. En effet, à différents endroits, le sol rocheux portait des traces circulaires et noirâtres, comme si la pierre avait été soumise à des températures très élévées.

— Sans doute cela a-t-il été produit par le jet d'un réacteur, dit Bill. La roche est comme brûlée...

— Et en de nombreux endroits encore, surenchérit Morane, ce qui laisserait supposer que l'engin ou les engins, se soient posés ici à différentes reprises...

— C'est sans doute pour cette raison, fit Sophia, que le S.S.S a choisi ce lieu pour tenter de s'emparer d'une soucoupe...

— Je me demande comment ils comptent s'y prendre, dit Bob d'un ton rêveur. Tendre une souricière, ce n'est pas difficile certes, si une soucoupe volante avait quelque chose à voir avec une souris... Et puis, quelque chose m'inquiète. Le chef du S.S.S., croyant parler à John, le métis, lui a donné rendez-vous ici, ainsi qu'à ses deux complices. Or, il avait plusieurs heures d'avances sur nous, et je m'étonne qu'il ne soit pas encore là...

— Si je comprends bien, Bob, remarqua Miss Paramount, c'est l'absence de danger qui vous trouble...

— Qui vous parle d'absence de danger, Sophia ?... Le danger ne se traduit pas toujours par des bruits, de la violence... Il peut se camoufler derrière une solitude apparente, derrière du silence.... Surtout derrière du silence...

— Et le commandant sait de quoi il parle, assura Ballantine. Le danger et lui sont de vieux ennemis... presque des amis dirais-je. Il le sent comme le sanglier sent les truffes...

Avec appréhension, Sophia regarda autour d'elle, attentive à la moindre chose, prêtant l'oreille au moindre bruit.

— La solitude... dit-elle. Le silence... Ils règnent ici, il n'y a pas à en douter... Croyez-vous réellement qu'ils cachent un danger, Bob ?

— Je n'en sais rien, Sophia... du moins avec précision... Et puis, de toute façon, nous ne sommes pas venus ici en touriste. Nous savions qu'en agissant comme nous sommes en train de le faire nous courions des risques... Puisqu'il n'y a personne ici, nous allons aller jeter un coup d'œil au sommet de l'îlot. Ce n'est pas toujours en fuyant le danger qu'on le conjure, mais souvent en allant franchement à lui... sans lui laisser le loisir de frapper le premier....

*
* *

Ce fut à pied, cette fois, que Bob, Bill et leur compagne gagnèrent l'entrée de la caverne, en longeant la muraille rocheuse à laquelle s'accotait une étroite corniche naturelle. Par endroits, celle-ci était éboulée et il fallait avancer les pieds dans l'eau, mais sans qu'en aucun moment la difficulté fût réelle. Morane qui marchait en avant, tenait dans la main gauche sa torche électrique qui, grâce à un dispositif en forme d'iris, pouvait se changer en lanterne sourde ; dans la main droite, il serrait la crosse de l'automatique dont, tout comme Bill et Sophia, il avait eu soin de se munir.

Ils atteignaient le porche naturel creusé dans la falaise quand, brusquement, Ballantine se baissa, pour se relever presque aussitôt, tenant à la main un objet filiforme, brillant d'un éclat rougeâtre, et qui se révéla n'être autre chose qu'un fil électrique dénudé. L'Ecossais montra sa trouvaille à Morane.

— D'où pensez-vous que cela puisse venir, commandant ? Cela m'étonnerait fort si le morceau de rocher sur lequel nous nous trouvons était, en un endroit ou l'autre, éclairé à l'électricité. Je sais que les spectacles « Son et Lumière » ont beaucoup de succès ces derniers temps, mais quand même...

— Sans doute cela a-t-il été apporté par la mer, fit Morane, examinant le bout de fil dans les mains de son ami.

Mais il dut changer d'avis bientôt. Le fil électrique, de cuivre rouge, ne portait pas la moindre trace d'oxydation, ni sur la longueur, ni à ses extrémités où se marquaient les morsures brillantes de la cisaille.

— Ce fil a été dénudé et coupé récemment, conclut Bob, voilà quelques heures au plus. Cela prouve...

— ... Que, comme il ne s'est pas dénudé et coupé tout seul, enchaîna Bill, des hommes se trouvaient ici il y a peu de temps... Des hommes témoignant d'une passion pour le moins intempestive pour l'électricité...

— ... Et qui sont peut-être encore sur l'îlot maintenant, enchaîna à son tour Morane.

La clarté de la lune étant suffisante pour qu'ils puissent se diriger, Bob avait éteint sa torche.

— Reste à savoir comment nous pourrons atteindre le sommet de ces falaises, fit-il.

Sophia Paramount tendit la main vers la droite.

— Il y a un éboulis de ce côté. Lors de ma première visite, des passagers de la soucoupe l'ont emprunté pour gagner le sommet de l'îlot...

Ils trouvèrent en effet l'éboulis en question. Il formait une escalier naturel s'élevant le long de la paroi rocheuse.

— Evitons de faire le moindre bruit, souffla Morane. Et n'oublions pas que, si nous avons des armes, c'est pour nous en servir...

Tous trois, sans être forcément des alpinistes aguerris, possédaient une certaine expérience de l'escalade. En outre, ils s'étaient chaussés de souliers légers, à semelles de crêpe antidérapant, leur permettant de progresser silencieusement et en toute sécurité.

Il leur fallut dix minutes à peine, à la seule clarté de la lune, pour atteindre le sommet de la falaise et accéder à un plateau rocheux, dont la monotonie était seulement, de-çà, de-là, rompue par l'un ou l'autre amas de blocs cyclopéens, et aussi par quelques bouquets de végétation rabougrie. La lumière à la fois crue et parcimonieuse de la lune conférait à ce paysage un aspect plus sinistre encore. Et puis, il y avait ce silence, trop lourd pour être vrai.

Sophia ne put réprimer un léger frisson.

— Pas gai l'endroit, murmura-t-elle.

— Ça on peut le dire, dit Ballantine. Je ne voudrais pas y naufrager. Je parie qu'on n'y trouverait même pas un fantôme pour vous tenir compagnie durant les longues soirées d'hiver...

Bob, lui, ne disait rien. Certes, cette solitude, ce silence l'inquiétaient. Mais quelque chose d'autre — il ne savait quoi — donnait le pressentiment du danger.

Et soudain, il comprit. Se hissant vers Sophia, il demanda :

— Ne nous aviez-vous pas dit que cet îlot servait de repaire aux oiseaux de mer ?

— C'est exact, approuva la jeune journaliste. Les pêcheurs de Lewis me l'ont affirmé, et j'ai moi-même aperçu beaucoup d'oiseaux au-dessus de ce rocher...

— Donc, dit Morane, logiquement, puisque c'est la nuit, cet endroit devrait être couvert de volatiles marins de toutes sortes. Or, nous n'en apercevons aucun et, si nous-mêmes les avions mis en fuite nous nous en serions rendu compte, car ils auraient fait un tapage du tonnerre...

— Voudriez-vous dire, Bob, que quelqu'un d'autre les a chassés avant notre arrivée ?

— Exactement... Il y a des hommes ici... Des hommes qui nous guettent...

Bill Ballantine étouffa avec peine un ricanement.

— Là, je crois que vous exagérez, commandant !... Se faire du mouron pour quelques oiseaux, quelques oiseaux qui ne sont même pas là, avouez qu'il a de quoi se tordre jusqu'à être sec comme la clavicule de Salomon !... Pour moi, il n'y a personne sur ce roche de malheur... à part nous bien sûr... Et encore, avec vos histoires à dormir debout, on finit par se demander si on est là, ou ailleurs...

Tout à coup, la nuit se déchira, et les deux amis et Sophia furent éclairés en plein par la lumière violente d'un projecteur. Aveuglés, ils fermèrent les yeux, tandis qu'une voix, qui leur parut à la fois proche et lointaine, commandait :

— Jetez vos armes... Vous êtes sous le feu de nos mitraillettes.

Cette voix, Bob Morane l'avait reconnue aussitôt : c'était celle d'un homme parlant anglais avec un fort accent étranger — un accent italien.

X

Quand le projecteur s'éteignit et que Bob Morane, Bill et Sophia, cessant d'être éblouis, purent y voir à nouveau, ils étaient entourés d'une douzaines d'hommes, dont la plupart braquaient des mitraillettes et qui avaient jailli de derrière un proche amas de rochers.

Tout ce que Morane et ses compagnons avaient pu faire, c'était obéir à l'injonction qui leur avait été lancée de jeter leurs armes, et ils se trouvaient maintenant réduits à l'impuissance devant un adversaire supérieur en nombre. Certes, Bob n'était pas très fier de lui car, tout en pressentant le danger, il y était tombé tête baissée, entraînant Ballantine et Miss Paramount à sa suite. Cependant, il se demandait s'il n'avait pas souhaité, au fond de lui-même, ce qui arrivait. Une chose était certaine, le tout se soldait par une victoire — une victoire à la Pyrrhus peut-être, mais une victoire quand même —, puisque finalement ils se trouvaient en présence du chef du S.S.S. en personne.

La voix à l'accent italien se fit entendre à nouveau, et celui qui parlait se trouvait maintenant un peu en avant des autres, dont plusieurs avaient allumé des torches.

— Qui êtes-vous ? avait demandé l'homme, qui braquait un revolver. Et que venez-vous faire ici ?

— Nous sommes les fantômes qui hantent cette île, répondit Morane de l'air le plus sérieux du monde. Jadis, au bon vieux temps de la flibuste, ce rocher était un navire pirate qui écumait les parages et dont moi, Robert-aux-Crocs-Sanglants, j'étais le capitaine. Lui — il désignait Bill — était mon second et on l'appelait William-le-Mangeur-d'Oreilles. Quant à cette adorable créature — Bob montrait Sophia — on l'avait arrachée à sa mère alors qu'elle n'avait que cinq ans. Mais, à sept, elle était la plus féroce de nous tous, et c'est pour cela qu'on l'appela Sophia-la-Tigresse-des-Hébrides. Un jour, on coula par le fond un vaisseau viking, à bord duquel se trouvait un grand magicien. Il nous maudit et changea notre bateau en rocher. Quant à nous, il nous condamna à hanter éternellement ces lieux, le jour sous forme de pieuvres redoutables, la nuit tels que vous nous voyez en ce moment... Ah ! nous sommes bien malheureux, *signor*...

Le chef avait écouté toute cette tirade sans broncher. Il s'approcha de Sophia et la dévisagea.

— Sophia-la-Tigresse-des-Hébrides, hein ? Ne serait-ce pas plutôt Miss Sophia Paramount ?

Il pointa successivement le doigt vers Bob et l'Ecossais, pour continuer :

— Et vous deux, ne vous appelleriez-vous pas plutôt Bob Morane et Bill Ballantine !...

Morane se mit à rire.

— Vraiment, on ne peut rien vous cacher, *signor*. Est-ce que, par hasard, vous ne seriez pas un peu magicien vous aussi ?... Mais maintenant que vous connaissez nos noms, nous aimerions également connaître le vôtre. Entre gentlemen on commence par se présenter, n'est-ce pas ?

Le chef du S.S.S. était un homme de taille moyenne, sans âge évident — il pouvait aussi bien avoir quarante ans que cinquante ans — et dont le visage sombre, la chevelure aile de corbeau, révélait infailliblement les origines méditerranéennes.

Aux paroles de Morane, il avait haussé les épaules.

— Si vous voulez connaître absolument mon nom, fit-il, je ne vois pas très bien pourquoi je ne vous donnerais pas satisfaction... Disons que je m'appelle Dino Alfaroméo, si cela peut vous satisfaire... A présent, j'aimerais vous poser également une question...

— Faites, dit Bob posément. Mais n'oubliez pas une chose, *signor* Alfaroméo : une cachotterie en appelle une autre...

— Je voudrais savoir comment, alors que vous devriez logiquement être morts, vous vous trouvez tous trois ici, à nous espionner...

— Morts, hein ? ricana Morane. Si nous sommes vivants, ce n'est pas grâce à vous, je suppose. Quant à savoir comment nous avons réussi à échapper à vos tueurs, ce serait une trop longue histoire...

— Et puis, enchaîna Bill Ballantine avec un rire gras, nous savons, *signor* Alfaroméo, que vous aimez les devinettes. Alors, on ne voudrait pas gâcher votre plaisir...

Pendant que lui-même et son ami parlaient, Morane ne pouvait s'empêcher de trouver bien étrange ce Service secret auquel ses amis et lui se heurtaient depuis quelque jours. Il semblait en effet composé de bric et de broc : un métis chino-américain — John ; Herman, sans doute un Allemand ; un Russe — Serge ; et un Italien pour chef — le soi-disant *signor* Alfaroméo... « On se croirait à l'ONU », songeait Bob.

Le chef du S.S.S. avait écouté les plaisanteries — destinées seulement à gagner du temps — de Morane et de Bill sans perdre patience. Sur le dernier mot prononcé par le géant, il avait haussé les épaules.

— Moquez-vous, messieurs, dit-il, moquez-vous... Ce sera moi qui rirai le dernier... De toute façon, vos vies, et celle de la gentille demoiselle n'ont plus d'importance, pas plus que les clichés d'ailleurs. Bientôt j'aurai mieux...

— Une soucoupe volante complète sans doute, ironisa Bob, avec sa roue de secours, son porte-bagages, son cric et sa trousse à outils ?...

Dino Alfaroméo s'inclina légèrement et sourit, ce qui fit, dans la pénombre, briller ses dents, qu'il avait très blanches.

— Vous l'avez dit, monsieur Morane, une soucoupe

volante. Bientôt, j'aurais une soucoupe volante en mon pouvoir...

— Et comment l'attraperez-vous ? demanda Bob. En semant des clous sur la route pour crever ses pneus ?

— Ou en lui mettant du sel sur la queue ? fit Bill.

— Continuez à rire, messieurs... Tout est prévu, croyez-le... nous savons qu'à dates régulières une soucoupe vient se poser dans la caverne creusée dans ce rocher... Elle doit, selon toute probabilité et en se basant sur des observations faites, au cours des mois précédents, par nos services, apparaître cette nuit. Comme d'habitude, elle pénétrera dans la caverne... et le piège se refermera sur elle... Rien ne doit entraver notre plan... Vous m'entendez : RIEN !... Voilà pourquoi je ne m'embarrasserai pas de vos personnes. Vous pourriez être les grains de sable qui risqueraient de bloquer les rouages d'une machine soigneusement mise au point... Je vous éliminerai... Je serai l'homme-qui-a-capturé-une-soucoupe-volante !...

« Voilà le moteur de l'Alfaroméo qui s'emballe ! » songea Morane. Et il comprit que ses amis et lui n'avaient aucune pitié à attendre du misérable.

Mais, soudain, un des hommes du S.S.S. hurla :

— La soucoupe !... Là !... Là !...

Un long sifflement avait coupé le silence, tandis que dans la nuit, au-dessus de l'îlot, apparaissait un engin lenticulaire, brillant telle une lune d'argent.

*
* *

Tous les regard s'étaient levés vers la soucoupe volante, maintenant immobile dans le ciel. Tous les regards, sauf ceux de Morane, qui pensait : « C'est le moment ou jamais, mon petit Bob, c'est le moment ou jamais... »

Profitant de l'inattention du chef, il bondit en avant. Sa main droite broya celle qui tenait le revolver. Les doigts du forban, déjà gourds, s'ouvrirent, et Bob n'eut plus qu'à s'emparer de l'arme. En même temps, avec une force irrésistible, il faisait pivoter Alfaroméo sur lui-même, pour lui entourer, par-derrière, le cou du bras gauche et lui enfoncer le canon de l'arme au creux des reins.

— Si tu tiens à la vie, gronda Morane à l'adresse de son prisonnier, tiens-toi tranquille. N'oublie pas que, si tes hommes bougent, c'en est fait de toi... Toi, Bill, vous, Sophia, derrière moi... Au canot !...

Plusieurs hommes, leur attention détournée de la soucoupe, s'avancèrent vers le groupe, leurs mitraillettes braquées.

— Ne tirez pas !... râla le chef qui, sous l'étreinte de fer du Français, commençait à défaillir. Ne tirez pas !...

Rapidement, Bill Ballantine s'était baissé pour récupérer les automatiques tombés sur le sol. Il en passa un à Sophia et garda les deux autres.

— Au canot ! lança encore Morane.

A reculons, ils gagnèrent l'éboulis et se mirent à descendre aussi vite qu'ils pouvaient, Bob continuant à leur faire un rempart du corps d'Alfaroméo. Au sommet de la falaise, plusieurs silhouettes se montrèrent mais, un automatique dans chaque main, Bill ouvrit le feu, aussitôt imité par Sophia, et les silhouettes disparurent.

Ce fut seulement quand ils eurent atteint l'entrée de la caverne que Morane relâcha son étreinte. Il poussa son captif vers Ballantine, en disant :

— Prends-en soin, mon vieux Bill, et n'oublie pas que, jusqu'à nouvel ordre, ce vilain oiseau sera notre sauvegarde...

D'une main, le colosse saisit le chef du S.S.S. par la nuque.

— Si tu fais le méchant, Alfaroméo de mon cœur, menaça-t-il, je serre un peu, comme ceci, et bonsoir la compagnie...

Sous la pression formidable lui broyant les vertèbres, le misérable se tint coi. Il était d'ailleurs probable qu'il n'eût pu proférer le moindre mot.

Déjà, Bob fermant la marche et Sophia l'éclairant à l'aide d'une torche tirée de la poche de son ciré, ils

s'étaient engagés sur l'étroite corniche conduisant au fond de la caverne, et ils avaient parcouru la moitié du chemin, quand le long sifflement perçu quelques minutes plus tôt se fit à nouveau entendre. Une lueur argentée emplit les ténèbres et la soucoupe apparut, louvoyant lentement entre les murailles. Quand elle passa à leur hauteur, les trois hommes et la jeune fille sentirent un souffle chaud, tandis qu'une vibration puissante les collait à la paroi.

Comme mû tout à coup par une énergie surhumaine, Alfaroméo réussit à échapper à l'étreinte de Bill. Il tenta de fuir vers l'entrée de l'excavation en hurlant :

— La soucoupe !... Nous allons tous mourir !... Tous mourir !...

D'un bond, le géant rejoignit son prisonnier, qu'il ramena en arrière.

— Si tu continues à faire les acrobates, mon lapin, menaça Bill, je te casse une patte...

— Mais vous ne comprenez pas ! sanglota l'autre. La soucoupe !... La soucoupe !...

— Eh bien quoi, la soucoupe ? dit encore Ballantine. Elle a l'air bien gentille... Regarde, elle ne s'occupe même pas de nous...

En effet, l'engin s'éloignait vers le fond de la grotte, où elle disparut bientôt.

— Vous ne comprenez pas ! répéta Alfaroméo en se débattant sous la poigne du gigantesque Ecossais. Le piège... La soucoupe est prise au piège et nous avec elle... Nous allons périr...

Et, brusquement, Bob comprit comment le S.S.S. avait imaginé de capturer le merveilleux appareil qui, entre des mains criminelles, se révélerait un redoutable moyen de destruction et de mort. Avec angoisse, Morane regarda vers l'entrée de la caverne, comme s'il s'attendait à voir apparaître quelque monstre dévoreur. Malgré lui, un avertissement monta de sa gorge, explosa au-dehors.

— A terre !... Tous à terre !...

Instinctivement, tous obéirent, à l'instant précis où, là-bas, entre le mur et eux, un ouragan de feu se déchaînait.

XI

Quand le tonnerre se fut arrêté de gronder dans la caverne, quand des pierrailles de toutes grosseurs eurent cessé de pleuvoir autour de Bob Morane, de Bill Ballantine, de Sophia Paramount et du chef du S.S.S., un grand silence succéda, troublé seulement, de temps à autre, par une quinte de toux provoquée par la poussière.

Le premier, Ballantine retrouva l'usage de la parole. Sa voix résonna dans des ténèbres totales.

— Que s'est-il passé exactement, commandant ?

— Si je le savais, dit Bob. On dirait que la voûte tout entière s'est effondrée sur nos têtes... J'espère que tout le monde est intact...

— Ça va, dit Sophia. Un peu secouée, mais c'est tout...

Dino Alfaroméo, lui, ne dit rien, mais une série de toussottements témoignant d'embarras respiratoires rassurèrent les autres — s'ils tenaient absolument à être rassurés — sur sa bonne santé relative.

Instinctivement, Morane dirigea ses regards dans la direction où devait se trouver l'entrée de la grotte. Cependant, là où, logiquement, aurait dû se découper un arc de nuit bleutée, il n'y avait plus à présent que ténèbres opaques.

— Quelqu'un a-t-il une lampe ? demanda Bob. J'ai dû laisser la mienne là-haut...

— Je crois que ma torche est intacte, fit Sophia. Instinctivement, je l'ai glissée sous moi pour la protéger...

Une vive lumière troua l'obscurité totale régnante dans la caverne. Morane pointa le menton vers l'endroit où quelques minutes plus tôt, se trouvait l'entrée.

— Allons voir de ce côté, décida-t-il. Suivez-nous, *signor* Alfaroméo. Je préfère avoir l'œil sur vous...

Ils s'avancèrent le long de la corniche mais, bientôt, ils durent s'arrêter : le passage était bloqué, sur toute sa largeur et sa hauteur, par un infranchissable éboulis.

— Toute la voûte s'est écroulée, constata Bill. Je me demande ce qui a pu provoquer cela...

Le chef du S.S.S. devait en savoir plus long sur la question, car il expliqua, sans que rien ne lui eût été demandé :

— Le piège a fonctionné... La voûte, à l'entrée de la caverne, avait été minée. De cette façon, la soucoupe une fois à l'intérieur, il n'y aurait plus eu qu'à faire tout sauter pour l'empêcher de ressortir...

« Pas mal machiné, songea Morane. Bien sûr, pour capturer une soucoupe volante, il fallait employer les grands moyens... »

A présent, il savait d'où venait le fil de cuivre rouge trouvé tout à l'heure par Bill.

— Ce que je ne comprends pas, dit-il à l'adresse d'Alfaroméo, c'est pourquoi vos hommes ont fait sauter malgré tout, alors que, sans doute, ils vous savaient à l'intérieur de la grotte...

— C'étaient les ordres, fut la réponse. On avait décidé que l'explosion devait avoir lieu dès que l'engin aurait pénétré dans le piège... Elle devait avoir lieu *quoi qu'il arrive* !... On ne pouvait courir le risque de laisser s'échapper la soucoupe, sans savoir si une nouvelle occasion se présenterait... Mes hommes ont obéi... Quand ils ont vu l'appareil s'enfoncer sous la falaise, ils ont actionné le détonateur sans se soucier de ma présence.

— Ni de la nôtre, dit Ballantine. Avec leur idée fixe de capturer cette maudite soucoupe, ils auraient pu nous tuer...

Seule, Sophia Paramount paraissait ravie de l'aventure.

— Quel reportage je vais pouvoir écrire ! dit-elle avec une extase non feinte. Les plus grands journaux se l'arracheront...

— A moins qu'on ne le jette au panier avant même de l'avoir imprimé, dit Bill en ricanant. On croira que vous avez inventé ça de toutes pièces... N'oubliez pas, belle amie, que souvent le vrai n'est pas vraisemblable...

— Et puis, avant de l'écrire, ce reportage, il nous faudrait sortir d'ici, intervint Morane. Visitons le fond de la grotte...

— La soucoupe ? lança avec inquiétude, le chef du S.S.S. Elle doit se trouver là-bas...

Morane se mit à rire de la peur, non dissimulée, de l'agent secret.

— Bien sûr qu'elle doit se trouver là-bas, votre soucoupe, *signor* Alfaroméo. Mais si vous voyez une autre solution... Quand on joue aux apprentis sorciers, il faut en supporter les conséquences...

Ils rebroussèrent chemin le long de la corniche, jusqu'à atteindre l'endroit où la caverne, s'élargissant, se faisait cathédrale. La soucoupe était là, posée sur son tripode, et une lumière laiteuse émanait d'elle.

— Elle est prisonnière ! murmura avec jubilation le chef du S.S.S. Nous avons réussi... Elle est prisonnière !...

— Ne vous réjouissez pas trop vite, mon vieux, jeta Bill Ballantine. La partie n'est pas gagnée... Ce genre d'engin peut vous réserver encore bien des surprises...

La première de ces surprises eut lieu presque immédiatement, quand deux hommes sortirent de l'appareil. Ils portaient des combinaisons de tissu métallisé et des casques, assez semblables à ceux des pilotes de fusées cosmiques, les coiffaient. Leurs visages étaient à découvert ; des visages d'hommes, avec deux yeux, un nez et une bouche, comme tout le monde...

Visiblement, les deux hommes avaient aperçu Bob Morane et ses compagnons, car ils se dirigèrent vers eux.

— Allons à leur rencontre, dit Bob, et essayons de nouer

des relations amicales... Ces gens-là doivent avoir plus d'un tour dans leur sac. Alors, autant filer doux...

Quand les deux groupes ne furent plus qu'à cinq mètres l'un de l'autre, les pilotes de la soucoupe s'immobilisèrent, et l'un deux tira d'un étui pendu à sa ceinture une sorte de pistolet, qu'il braqua sur les trois hommes et Miss Paramount.

Bob eut un geste de la main pour tenter d'éviter le pire.

— Attendez ! lança-t-il. Nous ne sommes pas...

Il ne put en dire davantage. Un rayon de lumière dorée fusa de l'arme, et Morane, Bill, Sophia et le chef du S.S.S. se trouvèrent soudain baignés d'un halo de même couleur. Immédiatement, ils se sentirent comme paralysés et, sans perdre conscience toutefois, ils s'écroulèrent sur le sol rocheux.

*
* *

Bob, Ballantine, Miss Paramount et Alfaroméo étaient à présent étendus sur le plancher du poste de pilotage, à l'intérieur de la soucoupe. L'effet paralysant du rayon doré avait cessé de se faire sentir, mais on leur avait entravé les chevilles et les poignets à l'aide de fins bracelets de métal, probablement à fermeture magnétique. Pourtant, on ne les avait pas bâillonnés et, tandis que les deux pilotes s'affairaient aux tableaux de contrôle, les prisonniers pouvaient échanger toutes les paroles qu'ils désiraient.

— Que va-t-on faire de nous ? s'était inquiété le chef du S.S.S.

— Je n'en sais rien, répondit Morane. De toute façon, *signor* Alfaroméo, puisque vous nous avez mis dans ce pétrin, à vous de nous en tirer...

Tout en parlant, Bob regardait avec attention autour de lui, et il avait la sensation de reconnaître l'endroit. Bien sûr, ce poste de pilotage ressemblait, dans son ensemble, à tous les postes de pilotage, mais il y avait assez de différences dans les détails pour qu'ils retinssent l'attention.

Ballantine devait éprouver les mêmes sentiments que son ami, car il fit remarquer à mi-voix :

— J'ai l'impression, commandant, de m'être déjà trouvé dans un lieu pareil. Et il n'y a pas tellement longtemps...

— Moi aussi, Bill... Et, pourtant, cela me semble être dans une autre vie...

Cette brève discussion fut interrompue par une voix issue d'un diffuseur encastré dans le tableau de commandes. Elle s'exprimait en un anglais extrêmement condensé et simplifié, ressemblant en effet assez, comme l'avait remarqué Miss Paramount, à du basic english.

Les premières paroles furent :

— Etes-vous tous deux sains et saufs, lieutenant Friend ?

— Pas le moindre mal, colonel, fut la réponse d'un des deux pilotes.

— Et le Temposcaphe ?

— Intact, colonel... Ils nous ont emmurés dans la caverne... Nous attendons vos ordres... Faut-il user du vibreur extra-dimensionnel, ou des désintégreurs ?

— Les désintégreurs risqueraient de provoquer de nouveaux éboulements. Employez le vibreur extra-dimensionnel, mais en vous entourant de toutes les précautions nécessaires pour une rematérialisation à l'air libre... Avant cela, j'aimerais que vous libériez trois de vos prisonniers. Ceux que je vous désigne...

Une lumière rouge brasilla, et un rayon de même couleur, filiforme, jaillit, pour venir se poser successivement sur Morane, Bill et Sophia.

L'un des deux pilotes s'approcha des deux amis et de la jeune fille et, à l'aide d'un petit objet brillant, assez semblable à un stylo, il toucha les anneaux emprisonnant leurs chevilles et leurs poignets. Les liens métalliques tombèrent aussitôt et Bob, Bill et Sophia purent se redresser. L'homme qui les avait libérés s'inclina légèrement, en claquant des talons de façon militaire, puis il leur tendit la main, en disant, dans son anglais stéréotypé :

— Je suis le sergent Strange...
Désignant son compagnon, il continua :
— Et voici le lieutenant Friend...
— Que signifie tout cela ? interrogea Sophia.
Strange sourit et répondit :
— Ne vous inquiétez pas, Miss... Je ne suis pas chargé de vous fournir d'explication, mais tout s'éclaircira pour vous en temps voulu...
Désignant un des hublots de la cabine, le sergent continua :
— Si les manœuvres de notre Temposcaphe vous intéressent, regardez au-dehors. Mais, surtout, ne vous effrayez pas de ce que vous allez voir...

Répondant à l'invitation de Strange, Morane, l'Ecossais et Sophia s'approchèrent d'un des hublots et jetèrent un coup d'œil au-dehors pour n'apercevoir que l'étendue de la caverne, faiblement éclairée par la lumière émanant de l'appareil.

Tout d'abord, rien ne se passa puis, soudain, à la suite d'une manœuvre des pilotes sans doute, le Temposcaphe tout entier se mit à vibrer sur une fréquence extrêmement rapide rendant les vibrations à peine perceptibles. Au-dehors, les contours des rochers semblèrent se fondre et devenir brillants à la fois, laissant l'impression que donne une photo polarisée.

Lentement, son tripode d'atterrissage rentré, l'appareil s'était ébranlé, pour se diriger vers l'entrée de la caverne maintenant bloquée. Et, soudain, l'éboulis, à présent violemment éclairé et vu comme à travers un verre déformant, se dressa devant le Temposcaphe.

Instinctivement, les trois spectateurs, attendant le choc, s'aggripèrent à la main courante faisant le tour de la cabine. Mais ce choc n'eut pas lieu. Le Temposcaphe parut littéralement s'enfoncer dans le roc, et cela au moment où les contours du rocher disparaissaient pour n'être remplacés par une lumière uniformément argentée, presque aveuglante, tandis que les vibrations se faisaient plus fortes. Quand elles s'arrêtèrent tout à fait, le merveilleux engin s'était immobilisé au-dessus de la mer, baignée d'une clarté verte.

Le Temposcaphe avait traversé la barrière de rochers...

XII

— C'est de la magie !... murmurait Sophia Paramount avec de l'émerveillement dans la voix. De la magie !...

Le lieutenant Friend, laissant les commandes au sergent Strange, s'était approché de la jeune fille et de ses deux compagnons.

— Il n'y a pas de magie là-dedans, Miss, dit-il. Nous avons, grâce au vibreur extra-dimensionnel, fait virer le Temposcaphe dans un univers parallèle au nôtre et où la barrière de rochers n'existant pas, rien ne nous empêchait d'avancer. Tout ce qui nous resta à faire alors fut de rematérialiser l'appareil dans notre dimension, et au-delà de la barrière. Bien entendu, cela peut paraître extraordinaire à des gens du XXe siècle mais, pour nous, il s'agit là d'une manœuvre tout à fait normale. La seule chose à laquelle il nous fallait prendre garde, c'était de ne pas nous rematérialiser trop tôt car, dans ce cas, nous aurions couru le risque de demeurer encastrés dans la pierre.

Sans doute Sophia, Bob et Ballantine auraient-ils demandé d'autres explications, si le spectacle s'offrant à eux n'avait capté toute leur attention.

La lumière verte qui éclairait la mer ne provenait pas du Temposcaphe lui-même, mais d'un engin assez semblable de formes, mais de beaucoup plus grandes dimensions et qui, vu de profil, pouvait passer pour une sorte de gigantesque cigare volant. Il n'en était rien cependant car, vu légèrement du dessus, ou du dessous, il reprenait nettement sa morphologie lenticulaire. C'était du centre de sa face ventrale que tombait la lumière, comme si un énorme projecteur avait été mis là en batterie, dardant un large faisceau de clarté. Tout autour de ce centre, on distinguait une série d'alvéoles circulaires, au nombre d'une douzaine, pouvant avoir environ le diamètre d'une soucoupe volante.

Il était probable qu'il s'agissait là d'une sorte de porte-avions aérien, et que chaque alvéole circulaire devait servir de loge à un Temposcaphe semblable à celui à bord duquel se trouvaient Morane et ses amis.

Le gigantesque engin se tenait immobile au-dessus de l'îlot, dont la clarté verte éclairait le plateau supérieur sur toute son étendue. Le Temposcaphe s'était rapproché et l'on pouvait voir les hommes du S.S.S., qui tout à l'heure accompagnaient le pseudo Dino Alfaroméo, courir dans tous les sens, littéralement affolés, comme cherchant une issue. Certains voulurent gagner l'éboulis permettant d'atteindre le pied des falaises, mais ils ne parvinrent pas à franchir le cercle de clarté verte, qui les retenait prisonniers tel un grand filet de lumière.

Très lentement, le porte-soucoupes se mit à descendre vers le plateau, jusqu'à ce que sa face ventrale n'en fut plus qu'à vingt mètres environ. Alors, un nouveau prodige se produisait. Soudain, les hommes du S.S.S. furent comme aspirés vers le haut et, quittant le sol, ils montèrent vers la source de lumière verte, qui les engloutit un à un.

— Les malheureux ! gémit Sophia.

Morane et Ballantine, eux, s'étaient tournés vers le lieutenant Friend, quêtant une explication. Le pilote sourit et, comme s'il avait compris l'interrogation muette qui lui était adressée, il déclara :

— Soyez sans crainte. Rien de mal n'est arrivé à ces hommes... Nous les avons capturés à notre façon, tout simplement... Tout comme vous, ils sont nos prisonniers à présent...

A ce moment, la voix de tout à l'heure se fit entendre, issue du diffuseur.

— Lieutenant Friend, le commandant Morane, Mr. Ballantine et Miss Paramount ne sont pas nos prisonniers, mais nos hôtes... Souvenez-vous-en...

Sans se troubler à cette remarque, Friend s'inclina à nouveau légèrement devant Bob, Bill et Sophia.

— C'est vrai, que vous êtes nos hôtes... Excusez-moi d'avoir confondu, messieurs, et vous miss...

— Tout cela est fort bien, lieutenant, fit la journaliste en secouant ses cheveux de cuivre roux, mais ce que nous aimerions savoir, justement, c'est de qui nous sommes les hôtes...

Morane, qui croyait à présent savoir à quoi s'en tenir sur cette question, posa la main sur le bras de la jeune fille.

— Soyez patiente, Sophia... Bientôt sans doute vous serez renseignée...

Elle leva vers Bob des regards étonnés.

— On dirait, fit-elle, que Bill et vous n'êtes pas pressés de savoir... à moins que vous sachiez déjà...

Morane eut un sourire pouvant à la fois tout dire et ne signifier rien.

Pourtant, la voix du diffuseur avait repris :

— Opération terminée... Vous pouvez regagner l'appareil-mère...

Très lentement, le Temposcaphe alla se placer sous le ventre de l'engin géant vers lequel, comme aspiré lui aussi, il se mit à monter, pour atteindre une des alvéoles de la périphérie, dans lequel il s'encastra, tandis qu'un volet se refermait sur lui.

Friend avait ouvert la trappe permettant de quitter la soucoupe.

— Si vous voulez me suivre, messieurs, et vous miss... dit-il à l'adresse de Bob, de Bill et de Sophia...

Il désigna le chef du S.S.S., pour continuer :

— Strange, lui, s'occupera de notre prisonnier, qui ira rejoindre ses complices...

Les trois hommes et Sophia se retrouvèrent à l'entrée d'un étroit couloir métallique, dont la paroi ne montrait aucune solution de continuité. Ils suivirent ce couloir sur une longueur de dix mètres environ, jusqu'à ce qu'il débouchât dans un second couloir, circulaire celui-là, qui rappelait un peu celui d'un théâtre, et où s'ouvraient plusieurs portes. Friend poussa une de ces portes et introduisit Morane, Ballantine et Sophia dans une pièce de dimensions restreintes et à l'ameublement sommaire, mais confortable et parfaitement rationnel.

Friend désigna des sièges.

— Veuillez vous asseoir, dit-il. Le colonel sera là dans quelques instants...

Et il se retira, les laissant seuls...

*
* *

— Tout cela n'est pas possible ! s'était exclamé Sophia. J'étais heureuse d'avoir eu la chance de prendre quelques clichés d'une soucoupe...

— D'un Temposcaphe... corrigea Bill Ballantine.

Mais la jeune fille n'écoutait pas l'Ecossais, et elle continuait :

— ... Et voilà que, non seulement je viens de vivre une aventure extraordinaire à bord d'un de ces engins, mais qu'en outre je me trouve sur un de ces « cigares volants » dont on a tant parlé...

— Vous auriez dû savoir, se moqua Bill, que quand on croise le fameux commandant Morane sur sa route, il faut s'attendre au pire... Depuis que je l'ai rencontré, je n'ai plus eu un moment de répit... Vous aurez dû le fuir comme la peste, petite fille...

Sophia sourit.

— Je regrette au contraire de ne pas vous avoir rencontrés plus tôt, tous les deux... Au moins, la vie n'est jamais banale en votre compagnie...

— Ça vous pouvez le dire, Sophia ! éclata Ballantine.

Avec le commandant Morane, ça ne fait pas un pli ! Toujours dans les ennuis jusqu'au cou !

— Tu exagères, Bill, dit Bob en riant. On a une petite aventure de temps en temps, c'est tout... Même pas de quoi fouetter un âne... Et puis cesse de m'appeler « commandant ». Depuis que j'ai fait mes adieux à l'armée de l'Air, je ne commande plus rien du tout, et tu le sais bien...

— Compris... commandant, fit l'Ecossais en clignant de l'œil.

Les deux amis se mirent à rire aux éclats à cette vieille plaisanterie, éculée pour eux comme une paire de sandales datant de la prise de Carthage, mais qui ne cessait jamais de les réjouir. Et Sophia Paramount ne put que s'étonner de l'insouciance de ces deux hommes qui, en ces circonstances extraordinaires, parvenaient à badiner de façon aussi détendue que s'ils s'étaient trouvés installés dans un salon, à Paris ou à Londres.

Pendant que s'échangeaient les propos qui précèdent, la porte de la pièce s'était ouverte discrètement. Un homme fit son apparition. Il était jeune, de haute taille, avec un visage énergique couronné par des cheveux coupés court. La combinaison d'intérieur, d'une blancheur immaculée, qu'il portait, avait assurément été taillée dans un tissu infroissable et intachable.

Tout de suite, Morane et Bill reconnurent le nouveau venu.

— Le capitaine Graigh ! s'exclama Morane.

— Le colonel Graigh plutôt, corrigea l'homme à la combinaison blanche. J'ai monté en grade depuis notre dernière rencontre, commandant Morane. A présent, c'est moi qui ai la responsabilité totale de la Patrouille du Temps, du moins pour le XXe siècle... Une époque qui nous donne bien du fil à retordre, croyez-le...

Jadis, Bob Morane et Bill Ballantine, à l'issue d'un voyage mouvementé à l'époque secondaire, en compagnie de chasseurs de dinosaures, avaient rencontré Graigh, dont l'intervention les avait tirés d'un bien mauvais pas [1].

---

1. Voir « Les chasseurs de Dinosaures ».

Mais l'aventure qu'ils avaient vécue alors était à ce point extraordinaire, qu'en y pensant ils se demandaient parfois s'ils ne l'avaient pas rêvée. Et voilà que l'apparition du colonel les assurait qu'il n'en était rien, à moins, bien entendu, qu'ils ne continuassent justement à rêver...

XIII

Bob Morane et Bill Ballantine ne rêvaient pas : le colonel Graigh était bien vivant, ils s'en rendirent compte à la solidité, à la chaleur humaine de sa poignée de main.

— Cela fait deux fois, colonel, dit Morane, que vous nous sauvez la vie, car nous ne pouvons douter que, sans l'apparition du Temposcaphe, les hommes du S.S.S. auraient fini par nous faire un mauvais sort...

— Nous savions que le S.S.S. s'apprêtait à agir contre nous, expliqua Graigh, car ses membres étaient constamment surveillés. Cela nous était relativement facile, car quiconque, étranger à la Patrouille du Temps, approche un Temposcaphe — ou une « soucoupe volante » si vous préférez —, de moins de quelques centaines de mètres, est automatiquement marqué, grâce à une projection de particules radio-actives, de façon que nos appareils de surveillance puissent les suivre à distance, épier tous leurs mouvements...

— Etais-je également soumise à cette surveillance constante ? interrogea Sophia.

— Vous l'étiez, Miss Paramount, puique vous aviez pénétré dans un Temposcaphe... Mais, rassurez-vous, cette projection de particules radio-actives, à laquelle vous avez été soumise, est absolument sans danger... Nous possédons même un appareillage spécial qui en annihile les effets, et auquel vous serez également soumise si vous en exprimez le désir...

— Dans ce cas, puisque vous connaissiez le moindre de mes faits et gestes, fit encore la jeune fille, pourquoi n'avez-vous pas agi contre moi ? J'avais pris des clichés assez précis de l'un de vos engins, dont sans doute vous tenez à garder le secret...

Le chef de la Patrouille du Temps eut un léger sourire.

— Ces photos ne pouvaient servir à personne, Miss. Et, même si les hommes du XXe siècle parvenaient à s'emparer d'un Temposcaphe, celui-ci ne leur serait de la moindre utilité, car leur science n'est pas encore assez avancée pour qu'ils puissent comprendre le mécanisme de ces engins... Cependant, les agissements du S.S.S. étaient vus d'un mauvais œil par nous car, en essayant de capturer une de nos soucoupes, ils pouvaient l'endommager et blesser, voire tuer accidentellement un de mes collaborateurs. Voilà pourquoi nous décidâmes de tomber volontairement dans le piège, pour conjurer définitivement la menace de nous emparer de nos ennemis... Ils sont en notre pouvoir maintenant...

— Qu'allez-vous faire d'eux, colonel ? s'inquiéta Morane.

— Nous ne les tuerons pas, rassurez-vous, car la Patrouille du Temps est exclusivement pacifique. Ils seront tout simplement soumis à un traitement qui leur fera perdre la mémoire de tout ce qu'ils ont vécu depuis leur appartenance au S.S.S. Ils vous oublieront donc, et vous n'aurez plus à craindre leurs représailles... Par la suite, nous leur rendrons la liberté en les déposant dans un quelconque coin désert, d'où il leur sera facile de rejoindre une ville...

Une question montait aux lèvres de Morane, question qu'il se posait depuis un certain temps déjà et à laquelle, il l'espérait, Graigh pourrait répondre. Il la formula :

— Avez-vous une quelconque idée, colonel, de l'identité du S.S.S. auquel nous avons eu affaire ? Etait-il anglais, russe, américain ?

— Il ne dépendait d'aucune nation, fut la réponse, et de toutes à la fois...

Bob, Bill et Sophia considérèrent leur hôte avec un certain étonnement, se demandant s'il se moquait d'eux. Mais Graigh continuait :

— A l'origine, il n'y avait qu'un seul S.S.S., organisé à l'échelle mondiale. En effet, considérant leur impuissance à percer ce qu'on appelle « le secret des soucoupes volantes », les nations avaient décidé d'unir leur efforts dans ce sens. Ils fondèrent donc un Service Secret international destiné uniquement à l'étude des engins volants inconnus. C'est par la suite seulement que, se rendant compte de l'importance militaire que pouvait avoir une connaissance plus approfondie de ces engins, chaque grande nation organisa son propre Service Secret. Ces différents organismes se mirent aussitôt à se livrer une guerre sans merci, de laquelle le S.S.S. mondial n'était pas exclu... En un mot, un fameux « panier de crabes », comme vous dites dans votre langage imagé du XXe siècle... Bien entendu, les agissements des membres de ces différents S.S.S. sont constamment surveillés par nous. De temps à autre, nous nous emparons d'un de leurs membres et le soumettons à une projection de particules radioactives. Par la suite, nous lui faisons perdre la mémoire de tout ce qui s'est passé depuis son enlèvement, et nous le remettons en liberté. De cette façon, nos machines peuvent désormais surveiller le moindre de ses faits et gestes.

Depuis un moment, Sophia se tortillait sur sa chaise avec son impatience non feinte, comme si elle brûlait de poser une question qu'elle n'osait formuler. Ce manège n'échappa pas au colonel Graigh qui, après une brève interruption, continua, s'adressant plus particulièrement à la jeune fille :

— Je sais ce qui vous tourmente, Miss... Vous aimeriez savoir exactement ce qu'est cette Patrouille du Temps à laquelle j'appartiens, d'où elle vient, quels sont ses buts... Le commandant Morane et M. Ballantine sont déjà renseignés à ce sujet... Pour vous, je répéterai donc ce qu'ils n'ignorent plus depuis notre première rencontre. D'où viennent les « soucoupes volantes ? » Du futur, tout simplement... Ce sont en quelque sorte des machines à explorer le temps perfectionnées, capables de se déplacer à loisir, et dans tous les sens, dans le complexe spatio-temporel. Les hommes de l'époque à laquelle j'appartiens, et qui se situe à quelques quatre cents ans de la vôtre dans l'avenir, ont créé la Patrouille du Temps afin d'effectuer des missions de surveillance dans les âges passés, cela surtout afin d'obtenir des renseignements dont une guerre nucléaire, qui eut lieu aux environs de l'an 2000, nous priva en détruisant un certain nombre d'archives historiques... Pourtant, nos ordres sont formels : la Patrouille du Temps peut surveiller les âges passés, voire futurs, mais elle ne peut jamais intervenir pour changer le cours des événements. Le destin doit rester le maître...

— A quoi sert alors votre mission, interrogea Sophia, si vous vous bornez à un simple rôle de spectateurs ?

— Nous glanons des renseignements, constituons une documentation qui, nous l'espérons, servira aux hommes d'un plus lointain futur à éviter certaines erreurs funestes, comme les guerres, les querelles raciales, la passion exclusive et aveugle pour la science, en dehors de toute philosophie...

— Et si, un jour, demanda encore Sophia, les hommes de notre siècle commettaient une erreur, inconnue de vous à cause de cette guerre nucléaire dont vous venez de parler, erreur pouvant influer sur le bonheur des générations futures, interviendriez-vous ?

Le colonel Graigh eut un geste vague.

— Je ne sais, murmura-t-il. Des décisions seraient peut-être prises... peut-être...

*
* *

Un long silence avait succédé aux dernières paroles du colonel Graigh, dans lesquelles une menace, encore bien vague, demeurait suspendue.

— Je suppose, colonel, dit Sophia, que vous allez nous faire perdre la mémoire, à nous aussi, pour que nous oubliions tout ce que nous avons vu ici.

— Je le devrais, fit Graigh, mais j'hésite... Je considérerais cela comme un acte inamical envers vous... Peut-être vous demanderai-je seulement, à tous trois, un secret absolu sur les événements que vous venez de vivre...

— Miss Paramount est journaliste, dit Bill Ballantine en clignant de l'œil. Lui demander la discrétion équivaut à exiger du vent qu'il ne souffle plus...

Pourtant Morane intervint.

— Miss Paramount oubliera les exigences de son métier. Elle vous donnera sa parole de ne rien révéler de tout ceci...

La jeune fille parut hésiter, mais ses regards rencontrèrent ceux de Bob, et elle comprit aussitôt que la volonté de son compagnon était qu'elle satisfasse à la demande du colonel Graigh. Elle se tourna vers celui-ci et déclara d'une voix ferme :

— Je garderai le secret, je vous le promets...

— Je vous crois, Miss Paramount... Je vous crois...

Et le chef de la Patrouille du Temps enchaîna, avec un léger sourire :

— De toute façon, parler ne vous servirait à rien... On ne vous croirait pas... Les hommes du XXe siècle préfèrent voir en nous des Martiens... Tout simplement !...

XIV

Des bûches flambaient en crépitant dans le foyer ouvert de l'appartement de Miss Paramount. Le whisky additionné d'eau brillait d'une lueur ambrée dans les verres de cristal taillé. De temps à autre, quand, assis dans de confortables fauteuils, devant une table basse aux décors chinois, Sophia, Morane ou Ballantine buvaient, on entendait les glaçons flottant dans leurs verres lancer une note aiguë.

Au-dehors, le *smog* avait refermé sur toutes choses ses mâchoires édentées.

Rien ne semblait plus rappeler le S.S.S., ni la Patrouille du Temps. Comme s'ils n'avaient jamais existé...

Deux jours plus tôt, profitant des heures nocturnes, un Temposcaphe, piloté par le colonel Graigh en personne, avait déposé Bob, Bill et Sophia en un point désert de Lewis. De là, les deux hommes et la jeune fille avaient regagné Londres...

Non, rien ne semblait plus rappeler le S.S.S., ni la Patrouille du Temps. A part les souvenirs... Et, peut-être, le petit serpent noir et brillant du film Minox à demi déroulé sur la table.

Sophia le saisit entre le pouce et l'index et l'exposa à la lumière du feu, comme si elle voulait contempler une dernière fois, par transparence, les images négatives.

— Qu'en faison-nous ? interrogea-t-elle.

— Pourquoi ne pas le faire monter en collier ? fit Bob Morane avec négligence.

— Ou le garder comme modèle de photos truquées ? dit Bill à son tour.

Sophia Paramount fit la moue.

— Ce serait là un bien vilain collier... Et ma conscience professionnelle à horreur des photos truquées...

Elle prit un briquet sur la table, l'alluma et approcha la flamme du film qu'elle continuait à tenir d'une main. La pellicule grésilla, se boursoufla et brûla rapidement, jusqu'à ce que les doigts de Sophia ne retinssent plus qu'un débris de scories fumantes et nauséabondes.

Lentement, Sophia lança ce débris dans le feu, qui l'absorba. Elle tourna alors ses admirables yeux couleur de béryl vers Ballantine, puis vers Bob, sur qui ils se fixèrent.

— Voilà, dit-elle simplement, il ne reste plus rien de notre aventure.

Mais Morane savait qu'elle se trompait. Il en restait cette amitié nouvelle qui, entre Bill et lui d'une part, et Sophia de l'autre, était née en quelques heures, au cœur du danger, comme l'orchidée précieuse naît au cœur même de la selva...

CHERCHEUR

QUELLE ORIGINE
DONNER AUX SOUCOUPES VOLANTES ?

Tous ceux qui se sont penchés sur le problème posé par ces mystérieux appareils volants, qui, depuis 1947, défrayent la chronique, ont tout naturellement tenté de leur donner une origine. Deux grandes théories ont été avancées.

1. — Les soucoupes volantes seraient construites sur terre et constitueraient l'arme secrète d'une grande puissance.

2. — Elles seraient d'origine extra-terrestre.

Nous allons étudier rapidement ces deux théories, non pour faire un choix, qui serait difficile, mais simplement pour peser le pour et le contre.

1. — Les soucoupes volantes, engins terrestres.

Arguments favorables :

1. — Cette théorie, au premier abord, est la plus rationnelle. Il est, en effet, plus aisé de croire à une origine terrestre des soucoupes qu'à une origine martienne, par exemple ;

2. — L'apparition des soupçons coïncide avec le prodigieux essor de la science humaine, depuis la fin de la guerre 1939-1945.

Arguments défavorables :

1. — La vitesse et la mobilité des soucoupes. Cette vitesse qui, selon certains, pourrait atteindre 40 000 km à l'heure, n'est approchée par aucun appareil terrestre, sauf peut-être par les fusées spatiales, mais celles-ci sont lourdes et rigides et, en aucun cas, ne possèdent la liberté et la souplesse d'action des soucoupes. En 1948 d'ailleurs, années où cette vitesse de 40 000 km à l'heure a été enregistrée, la science des fusées spatiales n'en était encore qu'à ses premiers balbutiements ;
2. — Les techniques des différents pays capables de mettre au point des engins comme les soucoupes se suivent de trop près pour qu'un aussi brusque perfectionnement soit possible ;
3. — Les soucoupes ont été aperçues aussi bien au-dessus de la Russie qu'au-dessus des Etats-Unis, au-dessus de la France qu'au-dessus de l'Angleterre. En admettant, par exemple, que les soucoupes soient d'origine soviétique, les Russes ne feraient pas s'aventurer leur arme secrète dans le ciel américain, au risque d'une panne qui livrerait un appareil à l'ennemi.

2. — Les soucoupes volantes, engins d'origine extra-terrestre.

Arguments favorables :

1. — Une vérité de La Palice : si l'on admet que les soucoupes, dont l'existence ne peut plus être mise en doute, ne sont pas d'origine terrestre, il faut admettre qu'elles soient d'origine extra-terrestre ;
2. — Le début de l'ère interplanétaire pour l'humanité. Au moment où l'homme s'apprête à se lancer à la conquête du cosmos, il est normal que les habitants d'une planète voisine, inquiets à juste titre, engagent des opérations de surveillance dans notre ciel ;

3. — Le fait que les soucoupes se posent n'importe où à la surface de la terre, ce qui laisserait supposer qu'elles seraient issues d'une science tellement supérieure à celle de l'homme que leurs maîtres n'auraient pas à craindre que nos savants, même en possession d'un appareil, puissent en percer les secrets.

Arguments défavorables :

1. — On n'a pas de preuves qu'il existe des habitants sur Mars ou sur une autre planète, qu'elle appartienne à notre système solaire ou à un autre système planétaire ;
2. — En admettant qu'il y ait des habitants sur d'autres planètes, il est assez peu probable que ces habitants soient d'aspect humanoïde. Or, on aurait aperçu des pilotes de soucoupes volantes et, toujours, ils ressemblaient à des hommes, souvent de petite taille il est vrai ;
3. — Le fantastique de cette incroyable supposition : les Martiens descendent sur la Terre. On se croirait, à cette seule idée, plongé dans un roman de science-fiction.

Conclusion en forme de point d'interrogation.

Voilà les faits, exposés sans passion. De toute façon, les soucoupes volantes feront encore couler beaucoup d'encre et, si la plupart des auteurs sont d'accord pour leur concéder une origine extra-terrestre, on ne peut s'empêcher de demeurer sceptiques.

Et, en admettant finalement cette origine extra-terrestre, terminons sur une note optimiste : les Martiens ne viennent pas nécessairement nous espionner afin de nous conquérir, mais plutôt pour nous surveiller, craignant de voir l'homme envahir tôt ou tard leur propre monde.

Arrivés à ce point de notre propre exposé, plongés en pleine science-fiction, on peut se demander si, tout compte fait, la théorie d'Henri Vernes, selon laquelle les soucoupes viendraient de notre propre futur, n'en vaudrait pas une autre...

LA FORTERESSE
DE L'OMBRE JAUNE

PROLOGUE

En principe, c'était un avion de reconnaissance de l'USAF, semblable à tous les autres. Un de ces appareils qui avaient été annoncés comme destinés aux recherches météorologiques mais dont, en réalité, les missions avaient presque toujours un caractère plus... confidentiel. Par certains points, cet avion qui survolait à présent l'Atlantique Sud se différenciait cependant de ses pareils : il était notamment recouvert d'un enduit à base d'oxyde de fer qui, absorbant les ondes magnétiques, le rendaient indétectable aux radars. Son équipage était composé d'hommes chevronnés, tous approchant la quarantaine, pleins d'expérience et de sang-froid et qui non seulement étaient des experts dans leurs techniques réciproques mais avaient également subi un entraînement intensif qui les faisaient aptes aux missions spéciales. C'étaient tous ces individus d'élite, dont on avait depuis longtemps brisé les nerfs et entre les pieds desquels on pouvait faire éclater des pétards sans même qu'ils sourcillassent.

— Nous ne sommes plus loin maintenant de notre objectif, fit le lieutenant Shaffer, auquel le navigateur venait de transmettre des renseignements et qui occupait le siège de copilote. Je crois que nous ferions bien de descendre un peu...

Le colonel Comp, qui pilotait, hocha la tête et lança dans le laryngophone à l'adresse de Shaffer :

— J'ai entendu ce que vient de dire Joy. Nous n'allons en effet plus tarder à apercevoir notre objectif et je vais me mettre en position d'observation.

Comp pesa sur les commandes et, rapidement, l'appareil perdit de l'altitude. Bientôt, sous lui, on put distinguer le moutonnement des vagues.

— Vous apercevez quelque chose, Shaffer ? interrogea le chef de bord.

Aucune réponse ne vint immédiatement. Les deux hommes scrutaient l'étendue devant eux, jusqu'à l'horizon, là où mer et ciel se confondaient dans une même nébulosité, à tel point qu'on ne savait plus exactement où finissait cette mer et où commençait le ciel.

Tout à coup Shaffer poussa une exclamation et désigna un point devant eux, à travers le plexiglas de la coupole.

— Là, colonel ! Je crois que nous y sommes.

De la nébulosité, un groupe d'îlots rocheux venait de surgir. Au fur et à mesure qu'on s'en rapprochait, on pouvait se rendre compte qu'aucune végétation ne les recouvrait. Si d'ailleurs des plantes y avaient poussé, il est probable qu'elles auraient aussitôt été brûlées par la salure des embruns. Les taches blanches qu'on y apercevait devaient être des colonies d'oiseaux de mer ayant élu domicile au creux de ces récifs battus par les flots.

L'archipel se composait d'un îlot principal et d'une douzaine d'autres, de dimensions plus restreintes et disséminés autour de lui à des distances variables.

— Ce n'est pas un coin où je viendrais passer mes vacances, constata Shaffer.

Le pilote approuva de la tête.

— Vous avez raison, mon vieux. Les géographes appellent ces îles l'Archipel Inaccessible et elles n'ont pas volé leur nom.

Au fur et à mesure qu'on se rapprochait, on pouvait se rendre compte en effet que les falaises plongeaient à pic dans l'océan, rendant difficile tout abordage, surtout par gros temps.

— Préparez-vous pour les photos ! ordonna Comp.

Il fit virer l'appareil de façon à lui faire accomplir une série de cercles au-dessus des îlots entourant l'île principale. Une douzaine de circonférences furent ainsi bouclées, au cours desquelles les caméras perfectionnées ne devaient cesser de prendre cliché sur cliché.

— Personnellement, je n'ai rien aperçu d'anormal, constata finalement Shaffer. A part des oiseaux de mer, ces îlots m'ont paru complètement déserts.

— Ce n'est pas à nous de juger, fit froidement le colonel Comp, mais aux experts de Washington préposés à l'étude des photos. A présent, il ne nous reste plus qu'à survoler l'île principale...

— C'est du temps perdu tout cela, maugréa Shaffer en haussant les épaules. S'il existait sur ces îles des gens peu soucieux de voir les autres mettre le nez dans leurs affaires, on nous aurait sans doute déjà descendus.

— N'oubliez pas, mon vieux, fit remarquer Comp, qu'au cours des semaines précédentes, un certain nombre d'avions de reconnaissances et autres se sont perdus corps et biens dans ces parages...

A nouveau, le lieutenant Shaffer haussa les épaules pour dire :

— Coïncidences que tout cela. Si la disparition de ces appareils est due à des manœuvres criminelles, pourquoi sommes-nous toujours là à continuer ce petit vol de routine ?... Enfin, si le haut commandement prend plaisir à gaspiller notre temps et l'argent des contribuables, nous n'y pouvons rien !

L'appareil s'approchait du plus grand des îlots quand, tout à coup, sa course parut freinée, un peu comme s'il s'était pris dans un gigantesque filet de caoutchouc, mais un filet invisible. Rapidement, frémissant de toute ses membrures, il perdit de la vitesse pour s'arrêter tout à fait et tomber vers la mer, non pas à pic mais à reculons, tout à fait comme s'il glissait en arrière sur une surface courbe, molle et parfaitement lisse. Il toucha l'eau avec une douceur relative et demeura à flotter, tel un grand goéland abattu les ailes en croix.

— Que s'est-il passé ? s'exclama Shaffer quand il eut retrouvé sa lucidité un moment gommée par la surprise et le choc. J'ai déjà eu des pépins en plein vol mais jamais aucun qui ressemblât à celui-ci.

— Il y a, mon vieux, dit froidement le chef de bord, que vous avez parlé trop vite en affirmant que rien ne se passait. Il ne faut pas tenter le diable.

Il fit sauter l'attache de sa ceinture de sécurité et lança un commandement.

— Parez à abandonner l'appareil ! Le canot à la mer !

Quelques minutes plus tard, les six hommes d'équipage étaient entassés dans le grand canot pneumatique à gonflage automatique. Quelques coups de pagaies l'éloignèrent de l'avion qui s'enfonçait de plus en plus rapidement. Finalement, il tournoya sur lui-même, sembla basculer et, dans un grand remous, disparut à jamais.

Durant une dizaine de secondes, les occupants du canot étaient demeurés sans prononcer une seule parole, les yeux rivés sur l'endroit où s'était abîmé leur appareil, tout à fait comme s'ils respectaient le silence à la mémoire d'un compagnon perdu. Finalement, le lieutenant Shaffer demanda à l'adresse de Comp :

— Que faisons-nous colonel ?

L'interpellé désigna le plus important des îlots.

— Essayons d'aborder là-bas, dit-il. Avant de quitter l'avion, nous avons eu le temps d'envoyer un appel radio. Il a été entendu et on viendra à notre secours. Nous avons assez de vivres et d'eau de réserve pour subsister quelques jours. Si on tarde à nous secourir, il ne nous restera plus qu'à recueillir l'eau de pluie, à pêcher et à tirer quelques oiseaux de mer.

Chacun se saisissant d'une pagaie, les naufragés se mirent à pousser le canot pneumatique vers le plus grand des îlots qui se dressait à un kilomètre de là environ. Ils avaient à peine parcouru deux cents mètres quand, soudain, l'avant de l'embarcation parut buter sur un mur invisible.

— Qu'est-ce qui se passe ? interrogea l'un des hommes.

Sa propre élasticité avait repoussé l'embarcation en arrière.
— Ce qui se passe ? fit Comp. Je n'en sais rien. Essayons encore.

Quelques nouveaux coups de pagaie et, pour la seconde fois l'avant de l'embarcation heurta le mur invisible.

— Maintenez le canot, jeta le lieutenant Shaffer qui se trouvait à l'avant.

Il tendit le bras et il eut la sensation que sa main s'enfonçait dans du caoutchouc pour être presque aussitôt repoussée violemment en arrière. Shaffer avait étudié la physique et l'électronique. Aussitôt, il crut comprendre.

— Sans doute s'agit-il d'un barrage électromagnétique, tenta-t-il d'expliquer. C'est à lui que notre appareil s'est heurté. S'il en est ainsi, inutile d'essayer de le franchir. Qu'en pensez-vous colonel ?

Comp demeura quelque temps songeur.

— Je suis de votre avis, Shaffer, dit-il finalement. Puique l'accès de cette île nous est interdit, nous allons tenter d'aborder sur l'un de ses satellites. Il est possible qu'ils ne soient pas, eux, défendus par le même barrage électromagnétique.

Le canot fut dirigé vers le plus proche des îlots rocheux mais plusieurs centaines de mètres leur restaient encore à franchir quand un homme qui pagayait à l'arrière ayant tourné la tête, lança un avertissement :

— Attention ! On nous court après !

Un bruit de moteur retentissait en effet derrière eux. Tous tournèrent la tête pour apercevoir un puissant canot qui, venant de l'île principale, fonçait dans leur direction. Presque en même temps une voix clamait, amplifiée sans doute par un magnétophone :

— Demeurez en place ! Vous êtes nos prisonniers !

L'embarcation des poursuivants avait atteint l'endroit où, tout à l'heure, celui des naufragés avait été contraint de s'arrêter. Pourtant, il continua sa lancée en avant, comme si de rien n'était.

— Ils ont passé, constata Shaffer d'une voix sourde. Le barrage magnétique ne semble pas exister pour eux.

Le canot à moteur n'était plus qu'à quelques encablures à présent. Il ralentit considérablement son allure, et le colonel Comp et ses compagnons se rendirent compte qu'il était monté par une dizaine d'hommes vêtus de combinaisons jaunes et qui, tous, paraissaient posséder des traits identiques, comme s'il s'était agi de jumeaux. Bientôt, la distance continuant à décroître, les passagers du canot pneumatique se rendirent compte qu'en réalité les nouveaux venus portaient tous le même masque, de matière plastique sans doute. Un masque de démon grimaçant, comme on en voit dans les cérémonies sacrées du Thibet.

— Ah çà ! fit un des Américains. Est-ce le carnaval, ou est-ce que nous aurions tous les diables de l'Enfer à nos trousses ?

— Nous allons bien voir, fit Comp avec un ricanement sonore.

Il porta la main au lourd automatique glissé dans un étui, à sa ceinture, et ses compagnons l'imitèrent. Cependant, ils n'eurent pas le temps de dégainer. Venant de l'embarcation ennemie, plusieurs détonations sourdes, pareilles à celles produites par des bouteilles de champagne que l'on débouche, retentirent. Au-dessus de leurs têtes, il y eut une série d'éclatements. Un brouillard jaune les enveloppa et, presque aussitôt, tous en même temps, ils perdirent conscience.

I

Le *commissioner* de Scotland Yard, Sir Archibald Baywatter, tendit un papier couvert d'un texte téléscripté à l'un des deux hommes assis devant lui dans son bureau, et il dit simplement :
— Lisez ceci, Bob.

Bob Morane saisit la feuille de papier et, le front barré d'une ride verticale marquant la concentration, il lut à haute voix :

Par 41° latitude sud — 22° longitude ouest. Sommes arrivés en vue des îles inaccessibles. Impossible d'atteindre l'îlot central. Une force inconnue nous a obligés à amerrir. Notre appareil s'enfonce et il nous faut l'abandonner. Nous allons essayer de nous réfugier sur un îlot secondaire. Nous attendons des secours d'urgence.

signé : Comp.

Le visage énergique éclairé par des yeux gris d'acier de Bob Morane s'était détendu. Il reposa le message téléscripté sur le bureau, devant le chef de Scotland Yard, et il commenta simplement :
— Bon ! A ce qu'il me semble, un avion a dû se poser en catastrophe à proximité d'un archipel qui se voudrait inaccessible. En quoi cela nous regarde-t-il, Sir Archibald ?
— Ledit avion, répondit le policier, était un appareil

d'observation de l'Armée de l'Air américaine en mission spéciale au-dessus d'une zone précise de l'Atlantique Sud.

L'homme qui se tenait assis à côté de Bob Morane — un colosse roux au visage rougeaud et à la carrure capable de faire honte au plus percutant des héros mythologiques — s'exclama :

— Un avion d'observation de l'Armée de l'Air américaine ! Qu'est-ce que cela change ? Si vous deviez nous convoquer chaque fois qu'un appareil de ce type manque à l'appel, nous n'aurions plus un instant à nous. D'ailleurs, je ne vois pas en quoi cela regarde Scotland Yard, et nous-mêmes.

— Cela regarde Scotland Yard, mon cher Bill, répondit gravement Sir Archibald, pour la seule et unique raison que vous et moi avons toujours travaillé ensemble contre un ennemi commun et que les services secrets anglais et américains ne l'ignorent pas.

Les sourcils fauves de Bill Ballantine se froncèrent.

— Un ennemi commun, grogna-t-il. Est-ce que vous voudriez dire que... ?

— C'est ce que je veux dire, en effet, coupa le chef du Yard.

Pendant que ces paroles s'échangeaient entre son ami et Sir Archibald, Bob Morane, lui était demeuré dans l'expectative. Soudain, l'intérêt se lut sur son visage, bronzé et jeune mais marqué par mille aventures.

— Voudriez-vous nous faire croire que Monsieur Ming a quelque chose à voir avec l'appel de détresse que vous venez de me faire lire ? demanda-t-il finalement à l'adresse de Baywatter.

L'interpellé eut un signe de tête affirmatif.

— C'est ce que je cherche à vous faire croire, en effet. Mieux, j'aimerais que vous partagiez mon opinion à ce sujet : Ming se manifeste à nouveau... s'il a jamais cessé de se manifester, bien entendu.

Monsieur Ming, alias l'Ombre Jaune, était un Mongol d'une intelligence diabolique. Doté de moyens financiers et scientifiques démesurés, il avait déclaré la guerre à la civilisation moderne. Son but primordial était de rendre à l'homme sa paix originelle, qui consistait dans le respect de la nature et des grands principes fondamentaux émis par les anciens sages. Selon lui, les hommes avaient depuis longtemps oubliés ces préceptes et allaient à leur perte. Il fallait à tout prix qu'ils fassent machine arrière s'ils ne voulaient pas se détruire. En principe, une telle philosophie aurait dû assurer à Monsieur Ming la sympathie de Bob Morane. Malheureusement, les voies que suivait le Mongol pour parvenir à ses fins n'avaient rien, elles, qui attirassent la sympathie. Il ne croyait pas à la bonne volonté de l'Humanité de s'amender elle-même. Trop de prophètes avaient été emprisonnés, bafoués, torturés pour avoir voulu lui faire entendre la voix de la sagesse. Selon l'Ombre Jaune, pour inculquer cette sagesse à l'homme il fallut user du seul argument qu'il fût capable d'entendre : celui de la force. C'était ce qu'il avait fait et, petit à petit, une fois qu'il s'était engagé sur cette route, son but primordial avait évolué et il n'avait plus visé qu'à la conquête occulte du monde. Mais, au cours de ce combat souterrain où il usait de toutes les armes mises à sa disposition par son prodigieux génie, il s'était heurté à Bob Morane qui, à de nombreuses reprises, avait ruiné ses plans, mais sans jamais parvenir à le vaincre définitivement. Comme Antée, Ming semblait retrouver de nouvelles forces chaque fois qu'on lui faisait toucher le sol des épaules.

— Je suppose, Sir Archibald, avait dit calmement Morane, que vous avez autre chose que cet appel de détresse pour soutenir votre thèse.

Le chef suprême de Scotland Yard hocha la tête affirmativement, tandis qu'entre le pouce et l'index il taquinait la pointe de ses moustaches poivre et sel que, chaque jour, il taillait avec un soin tout britannique.

— J'ai en effet d'autres éléments à vous communiquer, dit-il. Mais laissez-moi vous exposer toute l'affaire depuis le début.

Toute l'attention de Bob Morane et de Bill Ballantine s'était concentrée sur leur hôte qui reprit aussitôt :

— Depuis une année environ, des savants dont on pourrait dire... euh... qu'ils n'étaient pas tout à fait désintéressés, disparaissent. Des savants anglais, français, américains, allemands, russes, chinois, japonais, c'est-à-dire d'à peu près toutes les nationalités. Jusque-là, rien de bien extraordinaire car, comme vous le savez, depuis la fin de la dernière guerre, le « trafic des Cerveaux » est devenu monnaie courante. Mais où tout devient étrange, c'est que nulle part on ne retrouve trace de ces savants, ni des Américains et des Anglais en Russie ou en Chine, ni des Russes ou des Chinois dans les pays de l'Ouest. Donc, les savants en question disparaissent sans laisser de traces. Quel rapport, me direz-vous, cela a-t-il avec le fait que, voilà quelques semaines, un navigateur solitaire traversant l'Atlantique Sud sur un petit voilier se perde corps et bien dans les parages de l'Archipel Inaccessible, groupe d'îlots rocheux inhabités, à quelques centaines de kilomètres au sud-ouest de Tristan da Cunha ? Des recherches sont aussitôt entreprises et le voilier est retrouvé ancré tout simplement, sans aucune avarie apparente, à proximité d'un des îlots composant l'archipel. Du navigateur solitaire lui-même, nulle trace. On décida donc d'explorer les îles une à une, mais sans résultat. Mieux, au cours de cette visite systématique, on devait faire une découverte effarante : il était impossible d'approcher de l'îlot principal, celui-ci étant défendu par un mur invisible et infranchissable.

— Probablement un champ de force électromagnétique, glissa Bill Ballantine.

Sir Archibald Baywatter hocha la tête affirmativement et approuva :

— C'est à cette conclusion que l'on dut finalement s'arrêter, en effet.

Il s'interrompit à nouveau, mais de lui-même cette fois, pour reprendre presque aussitôt :

— Vous comprendrez que l'existence de cette barrière électromagnétique ne manqua pas d'intriguer les autorités internationales. On s'arrangea pour que l'affaire ne fût pas divulguée. Mais on ne négligea pas pour autant de se livrer à une série d'enquêtes autour et à l'intérieur de l'archipel mystérieux. A la suite de ces enquêtes, un point fut bientôt établi avec certitude : le barrage électromagnétique — puisque nous n'avons pour le moment d'autre nom à lui donner — était infranchissable et on ne possédait aucun moyen pour le percer et atteindre l'île centrale. Des avions de reconnaissance spécialement équipés furent envoyés sur place. Tous se perdirent. Le dernier en date fut cet appareil de l'USAF dont vous avez lu l'appel de détresse.

— A-t-on retrouvé son équipage ? interrogea Morane.

— Non, fut la réponse. Par contre, le dinghy de sauvetage fut retrouvé intact, ce qui prouvait que l'équipage avait bien quitté l'appareil en perdition. Mais de ces hommes eux-mêmes, nulle trace. L'équipe de secours tenta cette fois encore d'approcher l'île centrale, mais sans y réussir, sans doute à cause du barrage électromagnétique. Tout ce qu'on en sait d'ailleurs provient de message radio reçus car cette équipe de secours, composée de plusieurs petites unités de l'U.S. Navy, n'a pas encore à ce jour regagné son port d'attache et, jusqu'à nouvel ordre, on doit la considérer comme perdue.

*
* *

Dans le bureau de Sir Archibald Baywatter, un silence pesant s'était installé, troublé seulement par les respirations un peu oppressées de ses trois occupants, oppressées peut-être par le fait qu'on était en hiver, que toutes les fenêtres étaient closes et qu'une atmosphère surchauffée régnait dans la pièce. Mais n'était-ce pas dû aussi à l'angoisse qui ne manquait pas de se manifester chaque fois que le nom redouté de l'Ombre Jaune était prononcé ?

A plusieurs reprise, Bob Morane et Bill Ballantine avaient échangé des regards inquiets. On eût dit qu'ils hésitaient de parler, comme s'ils voulaient, par leur silence, enlever tout poids aux révélations que venait de leur faire le chef du Yard et les priver ainsi de toute connection avec Monsieur Ming.

— Qu'est-ce qui vous permet, Sir Archibald, d'affirmer que l'Ombre Jaune est à l'origine de ces événements ? finit par demander Ballantine.

— Oui, qu'est-ce qui vous permet de l'affirmer ? enchaîna aussitôt Morane d'une voix un peu hésitante, comme s'il craignait que la réponse du policier ne vînt balayer ses doutes.

Baywatter ne répondit pas tout de suite, se contentant de hocher la tête comme pour exprimer un regret vis-à-vis de ses hôtes.

— Hélas, fit-il enfin, j'aimerais pouvoir vous rassurer, vous dire que nous n'avons aucune preuve formelle de la participation de notre ennemi mortel dans l'affaire de l'Archipel Inaccessible. Pourtant...

Il s'interrompit, scruta les visages anxieux des deux amis, puis il reprit très vite :

— Pourtant, un fait devait récemment venir m'ancrer dans la quasi certitude que l'Ombre Jaune était bien sous tout cela. Il y a un peu plus d'une semaine environ en effet, un baleinier recueillait au large de Tristan da Cunha, donc à une distance relativement faible de l'archipel, un naufragé qui dérivait dans un canot à moteur dont le carburant était épuisé. C'était un Chinois atteint de plusieurs blessures mortelles provoquées par des balles. Le canot lui-même était criblé de projectiles, probablement tirés par des mitrailleuses, ce qui tendait à prouver qu'un combat s'était déroulé au cours duquel le naufragé avait été gravement atteint. Le malheureux, qui vivait encore, devait être examiné par le médecin du baleinier, qui découvrit sur sa poitrine un tatouage en forme de masque de démon tibétain...

A ces dernières paroles, Morane et Bill sursautèrent légèrement mais, déjà, Sir Archibald continuait :

— Le cuisinier du baleinier était un Asiatique et il put traduire au commandant de bord les paroles sans suite que le mourant ne cessait de prononcer, telle une litanie.

C'était quelque chose comme : « Inaccessible... Shin Than... Danger... »

Shin Than signifiant Aurore Orientale était un très vieux nom servant à désigner la Chine et que l'Ombre Jaune avait choisi pour la puissante organisation de terrorisme dont il était le maître absolu. Cela, Bob Morane et Ballantine le savaient, et ils se contentèrent d'échanger des regards où l'inquiétude avait à présent laissé place à l'angoisse. Le chef du Yard poursuivait d'ailleurs :

— Le naufragé mourut avant que le balainier n'ait touché à Sainte-Hélène, où le commandant transmit les renseignements aux autorités britanniques qui, à leur tour, nous les communiquèrent d'urgence.

Cette fois, Baywatter se tut. Il y eut un nouveau silence entre les trois hommes, puis Bill Ballantine poussa un ricanement sonore mais qui retentit aussi faux que possible.

— Le Shin Than, hein ? fit-il. On était si tranquilles.

— Oui, enchaîna Morane. Il fallait bien que Ming fasse à nouveau parler de lui, et dans quelles circonstances !

— Pourquoi nous étonner ? dit encore Ballantine. Comme si nous ne savions pas que, toujours, quand ce maudit Mongol montre le bout de son nez, c'est le même guignol qui recommence.

— Vous me paraissez convaincus, glissa sir Archibald.

Bob Morane haussa les épaules pour dire :

— Comment ne le serions-nous pas ? Vous n'avez quand même pas inventé toute cette histoire du Chinois naufragé pour nous tromper !

— Bien sûr, assura le policier. Je puis vous communiquer toutes les preuves que vous désirez, vous faire lire les rapports confidentiels sur l'affaire, ou même vous faire venir le corps du Chinois de Sainte-Hélène dans un avion pourvu d'une chambre froide.

Il était évident que ni Bill ni Morane ne mettaient en doute la parole de Sir Archibald, qu'ils connaissaient de longue date.

— Bon, se contenta de dire Bob, voilà un fait acquis. Ming a repris le sentier de la guerre et il est probable, sinon certain, que c'est dans l'Archipel Inaccessible qu'est installée une des forteresses, dont seul le hasard vient de nous révéler l'existence. Après tout, les grandes puissances possèdent les forces nécessaires à la destruction de ladite forteresse, et cela en dépit de l'existence du champ magnétique qui pourrait tôt ou tard être neutralisé d'une façon ou d'une autre.

— Nous n'ignorons rien de tout cela, fit Sir Archibald, mais nous ne sous-estimons pas l'adversaire : Ming, nous le savons, avec les importants moyens scientifiques à sa disposition, est capable de se défendre et, en le faisant, de causer de terribles destructions, des hécatombes de vies humaines. En outre, il serait difficile de déclencher contre lui une opération de grande envergure, qui prendrait des allures de guerre rangée. Jusqu'à présent, le public a tout ignoré de l'existence du Shin Than, et cela afin d'éviter la panique. Monsieur Ming agit dans l'ombre ; il faut également le combattre dans l'ombre. C'est là que se pose le dilemme : ou les puissances lui déclarent une guerre ouverte avec toutes les conséquences catastrophiques que cela risque d'entraîner, ou seule une opération de petite envergure est déclenchée contre l'Archipel Inaccessible, et cette opération risque fort d'être irrémédiablement vouée à l'échec.

Le commissioner s'interrompit, hésita, comme s'il cherchait ses mots. Puis il laissa tomber :

— Ce qu'il faudrait, c'est introduire dans la forteresse quelques hommes décidés — deux suffiraient peut-être...
— avec mission d'en saboter les installations. Bien sûr, ce serait hasardeux et les deux hommes qui tenteraient cette opération ne devraient pas être tombés de la dernière averse.

— Deux gars comme Bill et moi, sans doute, glissa Morane avec un sourire narquois.

— Ouais... grogna Bill à l'adresse de Baywater, on vous voit venir avec vos pieds plats. Dans votre petite tête, vous avez imaginé que ces deux types-qui-ne-devraient-pas-être-tombés-à-la-dernière-averse ne seraient autres que le commandant et moi-même.

Ce fut au tour de Sir Archibald d'arborer un sourire narquois.

— Vraiment, Bill, dit-il, je me suis toujours demandé pourquoi vous ne commercialisez pas vos dons de voyance.

La plaisanterie tomba à plat et, comme ni Bob Morane ni Bill Ballantine ne semblaient faire montre d'un enthousiasme excessif à l'idée de devoir à nouveau aller combattre l'Ombre Jaune jusque dans un de ses repaires, Sir Archibald demanda à brûle-pourpoint, d'une voix insidieuse :

— Connaissez-vous une certaine Sophia Paramount ?

Les sourcils de Bob Morane se froncèrent.

— Sophia Paramount ? fit-il. La reporter du *Chronicle* ? Qu'est-ce qu'elle vient faire là-dedans ?

— Elle a disparu voilà deux semaines dans les parages de l'Archipel Inaccessible, répondit Sir Archibald. Sans doute avait-elle appris qu'il s'y passait quelque chose d'anormal — des antennes partout, ces gens de la presse ! — et aura-t-elle voulu aller voir sur place ce qui se passait. Il est probable qu'à l'heure actuelle elle soit morte...

Baywatter s'interrompit pour reprendre aussitôt, ménageant ses effets :

— ... ou prisonnière de l'Ombre Jaune.

Bill Ballantine s'était dressé, abattant ses énormes poings sur la table. Il se pencha vers Sir Archibald pour demander d'une voix rude :

— Ah ça ! commissaire, est-ce que vous croyez que nous allons donner dans le panneau ?

Bob Morane, lui, ne dit rien. Il se contenta d'attirer à lui l'appareil téléphonique posé sur la table. Rapidement, il décrocha et forma un numéro sur le cadran. Quand il eut obtenu la communication, il demanda :

— Le *Chronicle* ? Passez-moi le rédacteur en chef. De la part du commandant Morane.

Immédiatement, on le brancha sur l'homme qui présidait aux destinées du *Chronicle*.

— C'est vous, Nelson ? interrogea Bob. Ici Morane. Qu'est-il arrivé à Sophia ?

A l'autre bout du fil, le dénommé Nelson parla longuement et, au fur et à mesure, le visage de Morane s'assombrissait. Finalement, quand son correspondant eut fini de parler, il jeta d'une voix nerveuse :

— Mais pourquoi diable l'avez-vous laissée partir ? Je sais que c'est votre meilleure reporter et qu'elle n'en fait jamais qu'à sa tête. Si seulement vous l'en aviez empêchée !

Il s'interrompit, demeura un instant songeur. Puis il murmura, comme pour lui-même, parodiant instinctivement une réplique célèbre :

— Mais que diable allait-elle donc faire dans cet archipel ?

Il raccrocha et murmura encore :

— Que diable allait-elle donc faire dans cet archipel ?

— Si seulement vous nous expliquiez, commandant, glissa Ballantine.

— Nelson est formel, répondit le Français. Sophia a entendu dire que quelque chose se passait dans l'Atlantique Sud. Elle a gagné l'île Sainte-Hélène et affrété un bateau de pêche qui s'est dirigé vers l'Archipel Inaccessible. Pendant plusieurs jours, elle s'est tenue en contact télégraphique avec Jamestown. Puis, soudain, plus rien.

Bob Morane serra les poings et ferma les yeux pour se représenter le beau visage, couronné d'or roux et éclairé par de grands yeux verts, de Sophia Paramount, son amie, et aussi une des plus audacieuses chercheuses de sensationnel de toute sa profession. Une tendresse désespérée l'envahit, et ce fut d'une voix sourde qu'il répéta encore :

— Mais que diable allait-elle donc faire dans cet archipel ?

II

Marchant seulement à la voile, le petit cotre filait en direction du sud, fendant dans un long crissement d'étrave l'étendue sombre et mouvante, tavelée d'argent, de l'océan.

— Nous ne sommes plus loin à présent de notre but final, murmura Bill Ballantine qui venait de faire le point.

L'Ecossais était à l'arrière du voilier, non loin de Bob Morane qui, lui, tenait la barre. Ils avaient quitté Jamestown de façon à atteindre les parages de l'Archipel Inaccessible à la nuit, et cela afin de diminuer autant que possible les risques de se faire repérer.

Sir Archibald Baywatter n'avait eu aucun mal, en fin de compte, à convaincre les deux amis d'accomplir leur dangereuse mission. Non seulement Bob Morane et Bill Ballantine savaient être les seuls à pouvoir mener cette mission à bien, et cela grâce à la longue habitude qu'ils avaient de l'Ombre Jaune et de ses méthodes, mais il y avait aussi le fait que Sophia Paramount, si elle demeurait en vie, devait être prisonnière dans la forteresse inaccessible du Shin Than. C'était ce dernier argument qui, finalement, avait permis au chef du Yard d'emporter la décision.

Le plan des deux amis était simple : s'approcher à la faveur de la nuit de l'archipel pour, ayant pris pied sur un îlot secondaire, couler leur bateau afin qu'il ne soit pas repéré. Ensuite, il ne leur resterait plus qu'à observer l'île centrale, afin d'essayer d'y aborder après avoir franchi le barrage électromagnétique, si cela se révélait possible. Ils s'étaient donné une semaine pour mener leur plan à bien. Cette semaine écoulée, un hydravion quitterait Sainte-Hélène, pour se poser à proximité de l'îlot choisi comme poste d'observation et les reprendre. Au cas où ils ne se trouveraient plus sur l'îlot, on supposerait qu'ils avaient réussi, ou qu'ils étaient morts, et l'hydravion s'en retournerait à vide. Tout d'abord, on avait imaginé que les naufragés volontaires demeureraient en communication télégraphique avec Jamestown, mais ce projet avait été abandonné à cause des dangers quasi certains de repérage.

La nuit était relativement claire et les étoiles de l'hémisphère sud brillaient d'un éclat dur sur l'étendue bleue du ciel. Bill, qui inspectait la mer à l'aide d'un puissant binoculaire, lança un avertissement à l'adresse de Morane.

— L'Archipel est en vue !

Plusieurs masses noires se découpaient en effet sur l'horizon. On ne pouvait douter qu'il s'agissait d'îlots rocheux dont le cotre, qui filait rapidement, poussé par une brise soutenue, se rapprochait à vue d'œil.

L'îlot sur lequel devaient prendre pied les deux hommes avait été situé avec précision et, au cours des minutes qui suivirent, Bill entreprit de le repérer. Finalement, il désigna une des masses noires sur la droite.

— Voilà notre poste d'observation.

Avec précision, Morane mit le cap sur l'endroit désigné et le cotre obéit docilement à la manœuvre. Il avait été décidé que l'on tenterait d'aborder l'îlot du côté de la pleine mer, de façon à ce qu'il servît d'écran, en dissimulant le bateau aux regards d'éventuels observateurs. Mais le vent soufflait du nord et la houle était forte, s'élevant d'au moins deux mètres le long de la côte abrupte.

— Nous ne parviendrons pas à aborder ici sans risquer d'être mortellement meurtris par les rochers, dit Morane.

Il va falloir contourner l'île et y accéder par l'intérieur de l'archipel, où le ressac se fera beaucoup moins sentir.

Bill Ballantine poussa un grognement, qui parvint tout juste à s'imposer à travers le claquement des vagues.

— C'est un risque à courir, fit remarquer le géant. Mais je crois qu'il n'y a pas d'autres solution, en effet.

Ils réduisirent la voile et entreprirent de contourner l'îlot. Sur la côte à l'intérieur de l'archipel, beaucoup moins abrupte, la mer était moins agitée et l'abordage ne présentait pas de difficultés insurmontables. Les deux amis portaient d'ailleurs des combinaisons en mousse de nylon, semblables à celles des plongeurs sous-marins, qui les protégeaient contre le désagréments d'une baignade prolongée et aussi contre les contacts de peu de violence avec les rochers. Les colis contenant de quoi survivre pendant une semaine, et aussi le matériel indispensable, étaient enfermés dans des enveloppes étanches et insubmersibles. De longs filins terminés par des grappins y étaient fixés. Il suffisait de lancer ces grappins dans les rochers pour qu'ils s'y accrochassent. Ensuite, quand les deux hommes auraient eux-mêmes abordé, il ne leur resterait plus qu'à hisser les colis.

Des premiers grappins furent jetés et les colis eux-mêmes balancés à la mer. Ensuite, ils lancèrent chacun un nouveau grappin qui leur servirait à se hisser eux-mêmes. Quand ce fut fait, Morane s'adressa à son compagnon.

— Passe-moi ta corde, Bill, et descend saborder la barcasse.

Quelques secondes plus tard, le Français pouvait entendre les coups de la hache dont Bill se servait pour ouvrir une brèche dans la coque. Presque aussitôt, l'Ecossais reparut en déclarant :

— On peut y aller. Dans quelques minutes, ce malheureux rafiot aura coulé bas.

Après s'être assurés par plusieurs tractions que leurs grappins étaient bien fixés, ils enjambèrent la lisse et se laissèrent glisser par-dessus bord. Des pieds, ils amortirent le contact avec le rocher et, pour échapper au ressac, ils se mirent aussitôt à se hisser à la force des poignets jusqu'à ce qu'ils fussent en sécurité, hors de la portée des vagues.

— Jusqu'ici tout va bien, hein, commandant ? lança joyeusement Ballantine.

— Oui, tout va bien ! approuva Morane.

Sous eux, le cotre s'enfonçait rapidement. L'eau atteignit le pont, puis monta le long du mât qui, bientôt, disparut lui aussi tout à fait. De la main, Bill adressa un amical salut en direction de l'endroit où venait de s'abîmer le léger bâtiment.

— Salut, mon vieux ! lança le géant. On ne t'a pas connu longtemps, mais on s'est quand même bien entendus tous les trois.

Le petit voilier n'était plus de toute première jeunesse, mais ce n'est jamais sans une certaine nostalgie que les hommes qui aiment la mer voient ainsi mourir un bateau. Les deux amis ne s'attardèrent cependant pas à d'inutiles regrets.

— Récupérons notre barda au passage, fit Morane, et installons-nous là-haut.

Grimpant parmi les rochers, traînant derrière eux, mètre par mètre, les filins auxquels les colis étaient attachés, ils gagnèrent le sommet de l'îlot où, au creux d'une excavation, ils dressèrent leur tente de nylon camouflée à la couleur du rocher. Quand ils eurent ouvert leur colis et en eurent dissimulé les objets qu'ils contenaient de façon à ce qu'en aucune circonstance ils ne puissent contribuer à les faire repérer, ils se glissèrent vers le rebord de la falaise et, à l'aide de leurs jumelles, inspectèrent l'île centrale qui dressait sa masse noire et imposante à deux kilomètres devant eux. Pourtant, ils ne découvrirent rien qui fût digne de retenir leur attention, rien qui indiquât une présence humaine : ni fumée, ni lumière.

— Pas l'air fort habité, constata Ballantine.

— Si Ming a installé sa forteresse en cet endroit, fit remarquer Morane, ce n'est certainement pas en surface mais sous le rocher lui-même. J'ai soigneusement compulsé la documentation que les autorités de Jamestown nous ont fournie sur cet archipel, et j'y ai découvert que l'île centrale, ainsi que la plupart des îlots satellites, étaient creusés de cavernes naturelles, agrandies au cours des siècles par le lent travail de sape de l'océan. L'Ombre Jaune aura sans doute profité de ces cavernes pour établir son repaire.

Pendant un quart d'heure encore, ils inspectèrent l'îlot central, mais sans rien découvrir de nouveau.

— Nous perdons notre temps, conclut Morane. Essayons plutôt de nous reposer. Nous avons eu une journée chargée et quelques heures de repos ne nous feront pas de mal.

Ils regagnèrent l'anfractuosité dans laquelle était dressée la tente et ils se débarrassèrent de leurs combinaisons de plongée, ne gardant que leurs vêtements de dessous demeurés parfaitement secs grâce à l'étanchéité des combinaisons. Ensuite, ils se glissèrent sous la tente, puis dans leurs sacs de couchage. Il était peu probable que, pour le moment, ils eussent quelque chose à craindre de la part des hommes occupant l'île centrale, et ils considéraient pouvoir passer en toute quiétude les quelques heures qui les séparaient du jour.

*
* *

L'aube était depuis longtemps venue et, déjà, le disque safrané du soleil montait dans le ciel. Depuis plusieurs heures, Bob Morane et Bill Ballantine s'étaient remis en faction au sommet des falaises, bien dissimulés parmi les rochers, et inspectaient la grande île au centre de l'archipel. Toujours en vain, hélas !

— Rien, fit Bill avec découragement. Toujours rien. Vraiment à désespérer.

— Tu ne pensais quand même pas, fit à son tour Bob, que nous allions faire mouche au premier coup. N'oublie pas que nous nous sommes donné une semaine et qu'il n'y a même pas une demi-journée que nous sommes ici.

Le Français avait les nerfs d'une solidité à toute épreuve et, quand il fallait, il pouvait avoir la patience du tigre à l'affût. Pourtant, il n'en était pas de même de Bill Ballantine, plus bouillant, plus instinctif. Pour Bill, cela devait bouger et, si cela ne bougeait pas, il s'arrangeait justement pour que cela bouge. L'attente lui était presque aussi dure à supporter que la vue d'une bouteille de whisky pleine et solidement cachetée.

— Qu'est-ce qu'on fait ? demanda encore l'Ecossais au bout d'une nouvelle demi-heure de faction. Si cela continue ainsi, les oiseaux de mer vont venir nicher aux creux de nos aisselles.

— Que veux-tu que nous fassions, rétorqua Bob en haussant les épaules, puisque de toute façon nous sommes bloqués ici ? Je propose que, pendant que je demeure en faction, tu ailles nous faire un peu de café.

Content de se remuer un peu, Bill se glissa vers la tente, fit bouillir de l'eau sur un réchaud alimenté à l'alcool solidifié, ce qui évitait la fumée, et y jeta du café soluble. Quand ce fut terminé, il imita par trois fois l'appel du goéland et son compagnon vint le rejoindre. Tous deux dégustèrent un grand bol de liquide fumant et odoriférant, croquèrent quelques biscuits de mer et vidèrent une boîte de sardines. Ensuite, la faction reprit, interminable, sans que rien se passât.

— Tout ça c'est du cinéma ! finit par exploser Bill.

De la main, Morane incita son ami à plus de modération.

— Parle plus bas, mon vieux. Les sons portent loin sur la mer.

— Comme s'il y avait quelqu'un pour nous entendre, jeta Ballantine en baissant cependant le ton. Si Sir Archibald nous avait envoyés ici dans le seul but de nous obliger à nous retirer du monde, cela ne m'étonnerait pas autrement.

Par moments, Morane se demandait si son compagnon ne disait pas la vérité. Tout était si désert, si silencieux autour d'eux, à part bien sûr les oiseaux de mer et leurs cris. Pourtant, l'Ombre Jaune était une réalité et Sir Archibald, avant leur départ, leur avait fourni toutes les preuves qu'ils avaient demandées à l'appui de son récit. En outre, lors de leur passage à Jamestown, ils avaient acquis la certitude que Sophia Paramount y avait séjourné peu de temps avant eux.

Le sort de la jeune journaliste inquiétait surtout Morane. Était-elle morte, ou vivante et, dans ce cas, au pouvoir de Monsieur Ming et de ses séides ? Il eût aimé pouvoir trouver une réponse à cette question, mais il était probable que cette réponse il ne la trouverait que sur cette île qui, là-bas, semblait les narguer de toute l'intensité de sa solitude et de son silence.

Au cours de l'après-midi, l'attente devint à ce point intolérable que Morane sentit, lui aussi, l'impatience le gagner. Il prit alors une soudaine décision.

— Nous allons attendre la nuit, fit-il, et nous diriger à la nage vers l'île centrale. Ainsi, nous pourrons nous rendre compte si le champ de force existe de façon permanente. Dans ce cas, peut-être pourrons-nous essayer de passer par-dessous.

Les heures continuèrent à s'écouler avec une lenteur désespérante. Finalement, l'obscurité tomba.

— Equipons-nous, décida Morane.

Un des ballots de matériel contenait deux petits appareils respiratoires à circuit fermé et tout le matériel nécessaire à des plongées de courte durée. Une demi-heure plus tard, ayant revêtu leurs combinaisons de mousse de nylon, l'appareil respiratoire sanglé sur la poitrine, masque au visage et palmes aux pieds, ils se glissaient à l'eau le long de filins qui devaient demeurer en place jusqu'à leur retour.

Il a été dit que deux kilomètres à peine séparaient les deux îles, et une telle distance n'était pas pour faire peur aux excellents nageurs qu'étaient Morane et Ballantine, favorisés encore par les combinaisons étanches, les palmes et les masques.

Ils avaient franchi sans encombre un kilomètre environ quand Bill qui nageait un peu en avant de son ami, s'arrêta soudain. Morane le rejoignit en quelques battements de palmes et interrogea, très bas :

— Que se passe-t-il ?

— J'ai eu l'impression de me heurter à un mur de caoutchouc transparent, répondit l'Ecossais. J'ai été arrêté, puis rejeté en arrière comme si je venais de heurter une surface élastique. Essayez vous-même, vous verrez !

Morane tenta l'expérience et se proplusa en avant par quelques battements de palmes, pour être presque aussitôt arrêté par une surface souple et invisible, puis repoussé.

— Aucune erreur, constata-t-il, nous avons bien atteint le barrage magnétique. Essayons de passer par-dessous.

Mais ils eurent beau plonger aussi profondément qu'ils le pouvaient sans risquer de troubles respiratoires, ils ne parvinrent pas à découvrir la moindre faille dans le champ de force, et ils durent regagner la surface.

— Il est probable, dit Bob, que le barrage se prolonge jusqu'au fond de la mer. Considérons donc qu'il nous est impossible de le franchir et regagnons notre observatoire.

Un peu découragés par leur échec, ils firent en sens inverse le chemin qui séparait de l'îlot où ils avaient dressé leur campement. Ils ne considéraient pas pourtant avoir complètement perdu leur temps, car ils avaient au moins acquis la certitude que le champ de force entourant la grande île n'était pas fictif. Il existait bel et bien. Quant à trouver le moyen de le franchir, c'était autre chose.

Grimpant le long de leurs filins, ils regagnèrent le sommet de l'îlot pour se glisser aussitôt dans leurs sacs de couchage et attendre l'aube, puisqu'il n'avaient rien d'autre à faire.

Cette aube vint, mais sans leur apporter rien de nouveau, et la journée s'écoula à observer l'île centrale, où ne se manifestait toujours pas la moindre présence humaine.

Ce fut vers huit heures du matin, à l'orée de leur troisième journée de veille, que la vedette à moteur apparut.

III

Elle semblait avoir littéralement jailli des falaises de l'île centrale. Morane, qui était en faction, l'aperçut le premier dans le champ de ses jumelles.

— Bill ! lança-t-il. Regarde, là, droit devant toi !

Le colosse avait braqué ses jumelles dans la direction désignée. Aussitôt il aperçut lui aussi la vedette à moteur.

— Ça par exemple ! s'exclama-t-il. D'où sort-elle donc ?

— Sans doute d'une caverne s'ouvrant à fleur d'eau, supposa Morane.

Et il ajouta joyeusement :

— Enfin, voilà que ça bouge !

La vedette avançait rapidement et, bientôt, les deux observateurs purent se rendre compte qu'à son bord se trouvait une demi-douzaine d'hommes, tous vêtus de jaune. Les jumelles des deux amis étaient d'une extrême puissance et, bientôt, ils purent distinguer les traits des occupants du bateau.

— Ma parole, fit Bill, mais on dirait qu'ils se ressemblent tous !

C'était exact : vus de loin, les visages des nouveaux venus avaient tous la même apparence, mais aussi une certaine fixité, détail qui ne devait pas échapper à Bob Morane, qui risqua une supposition.

— Ils doivent porter des masques. Je ne vois pas d'autre explication.

Ils ne se demandèrent pas de quel genre de masque il s'agissait. La distance les empêchait de les détailler et, d'ailleurs, un fait nouveau venait de capter leur attention : la vedette était en effet parvenue à l'endroit précis où Bob et Bill avaient constaté la présence de l'infranchissable et invisible barrière électromagnétique. Pourtant, elle passa comme si de rien n'était et Morane ne put que faire une constatation identique à celle du lieutenant Shaffer.

— On dirait que le barrage n'existe pas pour eux.

— Sans doute possèdent-ils le moyen de le neutraliser, risqua Bill.

— Sans doute, approuva Morane, sans doute.

L'embarcation se dirigeait tout droit vers un des îlots voisins de celui où se trouvaient Bob et Bill. Elle y aborda et, comme la mer était fort calme, les occupants n'eurent aucune peine à mettre pied à terre. Dix minutes plus tard, ils regagnaient le bord et se dirigeaient vers un second îlot.

— Que veut donc dire ce manège ? fit Bill. Ces morceaux de rocher ne sont quand même pas des endroits propices à des promenades d'agrément.

Bob Morane, lui, avait son idée sur le comportement des inconnus masqués.

— Sans doute, dit-il, se livrent-ils à une petite visite d'inspection afin de s'assurer que personne n'a pénétré clandestinement dans l'archipel. Sans doute procèdent-ils ainsi régulièrement. Une inspection de routine en quelque sorte.

— Une chance que nous ayons pris nos précautions, commandant, et que nous ayons coulé notre bateau. Sinon nous aurions été repérés depuis longtemps.

— Voilà l'avantage qu'il y a à être parfaitememt organisé, Bill, fit Morane avec un sourire. Pourtant la situation n'est pas si simple. Il est probable, sinon certain, que tôt ou tard ces gens vont aborder ici ; ils nous découvriront immanquablement.

— Ouais, fit l'Ecossais avec un clin d'œil. Ils nous découvriront immanquablement, bien sûr, mais sans doute pas de la façon dont on pourrait l'imaginer en entendant ces simples mots. Quand ils nous découvriront, la surprise sera pour eux car nous avons un avantage : nous avons connaissance de leur présence, tandis qu'ils ignorent la nôtre.

— C'est bien ainsi que je voyais les choses, Bill. Nous allons leur ménager une petite surprise.

— On les attend dissimulés dans une anfractuosité, risqua Bill qui bouillait d'une belle ardeur guerrière. On les descend les uns auprès les autres et...

Morane secoua la tête.

— Ce n'est pas tout à fait cela, coupa-t-il. Jusqu'à nouvel ordre, ces hommes ne nous ont rien fait et je ne vous vois pas les abattant froidement. Nous allons plutôt descendre, sans nous faire repérer, aussi près que possible de la surface de la mer et nous dissimuler dans une anfractuosité. Quand ils monteront ici, nous tenterons de nous emparer du canot.

— La première chose à faire est de replier notre barda et de le cacher quelque part. On pourrait en avoir besoin plus tard et, d'un autre côté, si on le découvrait, on aurait connaissance de notre présence ici.

En hâte, ils démontèrent leur tente et firent disparaître toute trace de leur passage. Les ballots furent enfoncés dans des trous du roc et masqués à l'aide de grosses pierres, de façon si parfaite qu'il eût été difficile de les découvrir sans un examen approfondi des lieux.

Ne gardant chacun pour tout équipement qu'un revolver à canon court, quelques munitions, un poignard et une lampe de poche étanche, ils regagnèrent le bord de la falaise et, d'un coup d'œil, s'assurèrent que l'équipe de surveillance de l'archipel se trouvait encore à bonne distance, occupée à visiter un autre îlot. Morane avait conservé une paire de jumelles dont il comptait se débarrasser par la suite. Il les braqua vers la vedette et fit cette constatation :

— Deux hommes demeurent sans cesse à bord, tandis que les autres visitent les îlots. Il nous faudra les maîtriser et prendre leur place.

Lentement, se dissimulant de leur mieux et faisant corps autant que possible avec le rocher, ils se mirent en devoir de descendre le long des falaises, jusqu'à atteindre un point situé à un mètre environ au-dessus du niveau de la mer, non loin d'un endroit parfaitement accessible et où il était probable que les hommes de la vedette aborderaient. Là, ils se glissèrent dans une étroite excavation fermée en partie par un redan de rocher derrière lequel ils s'embusquèrent.

*
* *

Il leur fallut attendre une heure environ pour que la vedette, quittant l'îlot voisin, se dirigeât enfin vers celui où ils avaient trouvé refuge. Bob et Bill avaient eu raison de choisir l'endroit le plus accessible des falaises, car ce fut là que l'embarcation vint s'amarrer, à quelques mètres à peine du rocher. On tira sur le filin de façon à ce qu'elle se rapprochât de la côte et quatre hommes descendirent à terre. Quand ils eurent commencé à grimper le long de la falaise, ceux qui demeuraient à bord relâchèrent l'amarre et la vedette s'écarta légèrement du rocher.

A présent, les deux amis avaient pu à leur aise détailler les six inconnus. Ils portaient des combinaisons toutes pareilles, en matière plastique jaune. Un uniforme en quelque sorte. Les masques qui dissimulaient leurs visages étaient également identiques et reproduisaient les traits d'un démon thibétain. Ce masque, Bob Morane et Bill Ballantine le connaissaient bien : c'était celui qui servait d'emblème au Shin Than et à l'Ombre Jaune.

Les quatre hommes qui avaient quitté la vedette disparurent derrière l'arête de la falaise et Morane put souffler à l'adresse de son compagon :

— C'est le moment. Tu passes par bâbord, moi par tribord.

Profitant d'un moment où les deux occupants de l'embarcation ne regardaient pas dans leur direction, ils enjambèrent le redan de rocher et, d'un seul élan, plongèrent, piquant aussi profondément que possible de façon à ce que leur corps offrît le moins de résistance au contact de l'eau. Le double « plouf ! » se noya dans les clapotis du léger ressac contre les rochers. Nageant entre deux eaux, ils émergèrent seulement quand ils eurent atteint la vedette, Bill à bâbord, Bob à tribord. Chacun de son côté, ils agrippèrent le plat-bord et attendirent quelques secondes au bout desquelles Morane poussa un léger sifflement. D'une saccade, tous deux se hissèrent à la force des bras pour accomplir un rétablissement et bondir dans l'embarcation. Ce fut à peine si les occupants de celle-ci eurent le temps de se rendre compte de ce qui leur arrivait. D'un coup de poing à abattre un taureau, Bill étendit le premier d'entre eux sur le pont. Le deuxième, touché à la base du cou par le tranchant de la main de Morane, alla presque aussitôt le rejoindre.

— Jusqu'ici tout va bien, glissa Bob. Il ne nous reste plus qu'à prendre leur place.

Tout en parlant, le Français avait jeté un regard vers l'arête de la falaise mais sans distinguer la moindre silhouette humaine, ce qui signifiait que les quatre autres passagers de la vedette n'avaient pas encore terminé leur inspection.

Déjà, les deux amis dépouillaient leurs victimes de leurs masques et de leurs combinaisons. L'un des hommes était un Chinois, l'autre un Européen, ce qui tendait à prouver que l'Ombre Jaune ne recrutait plus uniquement ses complices en Asie, mais aussi en Occident. Morane le fit remarquer à Bill qui hocha la tête gravement, en approuvant :

— Oui, aucune erreur, le Shin Than gagne de plus en plus malgré tous les efforts accomplis pour le détruire, il s'étend sur le monde entier, telle une tache d'huile empoisonnée.

Tout en parlant, ils avaient endossé chacun une combinaison jaune. Ballantine, à cause de sa corpulence, eut bien quelque mal à se glisser dans la sienne mais il y parvint cependant grâce à l'élasticité de la matière plastique dans laquelle les uniformes étaient taillés. Ensuite, ils fixèrent les masques sur leurs visages. Ils parachevèrent leur déguisement en se coiffant des serre-tête, également de plastique jaune, qui complétaient l'ensemble. Finalement, ils bouclèrent autour de leurs tailles les ceintures d'armes des deux factionnaires.

— A présent, conclut Morane, bâillonnons-les et ficelons-les. Les autres ne vont pas tarder à reparaître. Le temps presse !

A l'aide de cordages et de chiffons trouvés au fond du bateau, ils traitèrent les deux hommes de façon à ce que, quand ils reprendraient conscience, ils ne puissent donner l'alarme. Bill souleva une trappe menant dans l'étroite cale où se trouvaient des réservoirs à carburant.

— Cachons-les là-dedans, décida le géant. Il est probable qu'on ne les trouvera pas avant qu'il soit nécessaire de faire le plein et, si j'en juge par la jauge, les réservoirs ne sont encore qu'à demi vides.

Quelques minutes plus tard, les deux prisonniers étaient attachés aux réservoirs puis, quand les deux amis eurent regagné le pont, la trappe fut refermée.

— Désormais, conclut Morane, il ne nous reste plus qu'à attendre le retour des autres et à jouer serré afin de ne pas nous faire repérer.

Ils ne durent pas attendre longtemps. Peu après en effet, les hommes du Shin Than reparaissaient au sommet de la falaise et se mettaient à descendre le long du rocher. Négligemment, Morane saisit l'amarre à pleines mains et hala, de façon à ce que la vedette se rapprochât de la côte pour permettre aux quatre hommes d'embarquer. Bill, lui, s'était assis au fond de l'embarcation afin que sa haute stature et sa corpulence ne risquassent pas de donner l'éveil. Par bonheur, le garde dont il avait emprunté l'uniforme était d'assez belle taille et d'assez solide carrure et Bill, à condition qu'on n'y regardât pas de trop près, pouvait faire illusion.

Les quatre gardes ayant visité l'îlot avaient pris pied sur le pont de la vedette.

— Vous pouvez mettre le moteur en marche, Tcheng, fit l'un d'eux. Notre inspection est finie pour aujourd'hui.

L'homme avait parlé en pidgin mais, à son accent, Bob comprit qu'il s'agissait d'un Européen. Il comprit aussi que ces paroles s'adressaient à lui, car il avait endossé l'uniforme du Chinois, et ce nom de Tcheng ne laissait place à nulle équivoque.

Tandis que l'on détachait l'amarre, Morane s'approcha nonchalamment du poste de pilotage et se rendit compte que la vedette était d'un type relativement classique et qu'il n'aurait aucune peine à mettre le moteur en marche et à la gouverner.

Quelques secondes plus tard, le puissant canot filait en direction de l'îlot central. En direction de la forteresse de l'Ombre Jaune.

IV

Glissant de lame en lame à la façon d'un gigantesque poisson volant, la vedette s'approchait rapidement de l'endroit où s'élevait la barrière invisible du champ magnétique. Comme elle l'atteignait, Morane crispa instinctivement les mains sur les commandes, comme pour résister à l'impact. En outre, il se demandait si, pour franchir le barrage, il ne fallait pas accomplir une manœuvre qu'il ignorait. Pourtant, s'il en avait été ainsi, il était probable qu'on lui eût adressé déjà une remarque quelconque, et celle-ci ne venait pas.

Et la zone critique fut dépassée. « Nous avons franchi le barrage, conclut Morane, et rien ne s'est passé. Sans doute cette vedette est-elle dotée d'un appareillage qui, à l'approche du champ magnétique, le neutralise automatiquement... »

Une nouvelle crainte lui était venue : comment repérer avec précision l'endroit de la falaise d'où la vedette était sortie tout à l'heure ? Il pensait suivre la bonne direction, mais ce n'est pas suffisant. Dix mètres trop à gauche ou trop à droite et les hommes du Shin Than derrière, seraient alertés.

Il ralentit légèrement la vitesse de l'embarcation et tourna la tête vers les autres occupants de la vedette. Aucun des quatre complices de l'Ombre Jaune ne semblait s'être aperçu de son hésitation, et c'était un spectacle troublant que de les voir là, avec leurs masques de démons aux traits figés, donnant l'impression qu'ils appartenaient à un autre univers. Bill lui-même, sous son déguisement, semblait être des leurs. Et Bob comprit soudain que son ami et lui s'étaient intégrés, en se camouflant, aux rouages d'une prodigieuse machine. Une machine pensante, dont Monsieur Ming était à la fois le cœur et le cerveau.

Malgré lui, Morane ne put s'empêcher de rire sous son masque, et il murmura très bas :

— Si Bill et moi sommes devenus des rouages, ces rouages-là risquent fort de se mettre de travers et d'envoyer toute la machine en l'air !

Il ralentit encore l'allure de la vedette, cherchant avec désespoir une faille dans la muraille rocheuse qui se rapprochait. Mais rien ! Il ne distinguait l'entrée d'aucune caverne et il se demanda s'il devait continuer et risquer de fracasser le bateau contre le roc ou, au contraire, s'arrêter complètement et en même temps éveiller la méfiance des hommes du Shin Than.

Tout à coup il sursauta. On n'était plus qu'à quelques encablures de la côte et il avait encore ralenti l'allure quand, là où tout à l'heure il n'y avait que le roc nu, une ouverture béait, tout à fait comme une bouche prête à engloutir l'embarcation.

« On se croirait devant la caverne d'Ali Baba, pensa-t-il, et je n'ai même pas dû prononcer le célèbre « Sésame, ouvre-toi ! »

Etait-ce la vedette elle-même qui, en s'approchant des falaises, commandait automatiquement l'ouverture de la grotte, ou cette ouverture était-elle commandée de l'intérieur même de l'île ? Il ne passa pas son temps à chercher une réponse à cette double question. A vitesse très réduite, la bateau s'était engagé sous une arche de pierre pour s'enfoncer à l'intérieur de la falaise, suivant un étroit couloir d'eau baigné d'une lumière venant on ne savait d'où, mais qui n'était déjà plus celle du jour.

Il n'y eut bientôt plus aucun doute à avoir à ce sujet, car

l'entrée de la grotte s'était refermée automatiquement après le passage de la vedette et la lumière demeurait.

A son allure réduite, Morane continuait à suivre l'étroit chenal souterrain. Comme aucune remarque ne leur parvenait de la part de leurs compagnons occasionnels, à Bill et à lui-même, il supposait n'avoir jusqu'ici accompli aucune fausse manœuvre. D'ailleurs, les hommes du Shin Than parlaient peu, ce qui faisait l'affaire de Morane et de Bill Ballantine, qui ne se souciaient guère d'avoir à engager une conversation au cours de laquelle ils n'auraient pas manqué d'être infailliblement découverts.

Finalement, le chenal déboucha dans une vaste caverne baignée de la même lumière sans source apparente. Sur le pourtour de cette caverne courait une corniche formant quai surélevé et sur laquelle s'ouvraient plusieurs couloirs. Au fond, une demi-douzaine de wharfs de pierre s'avançaient, un peu comme les rayons tronqués d'une roue. A cinq d'entre eux, était amarrées une vedette en tous points semblable à celle que Bob pilotait. Déjà le Français avait visé le wharf demeuré libre, et il pensa : « C'est là sans doute que je dois accoster. »

Résolument, il dirigea le bateau vers le wharf demeuré libre et, bientôt, les défenses dont étaient garnis les flancs de la vedette heurtèrent le quai de pierre. Bob avait stoppé le moteur et un des hommes du Shin Than, sautant à terre, noua rapidement une amarre autour d'un court pilier de béton. Quand la vedette se fut immobilisée tout à fait, ses compagnons sautèrent à terre. Morane et Bill les imitèrent. Par les fentes de son masque de caoutchouc moulé, Ballantine lança à son compagnon un regard qui voulait dire :

— Que faisons-nous, à présent ?

Du menton, Morane désigna les quatre hommes du Shin Than qui marchaient à quelques pas devant eux, voulant signifier : « Pour le moment, nous n'avons qu'à les suivre. Plus tard, nous verrons... »

Ce qui comptait surtout, c'est qu'ils avaient réussi à pénétrer dans la forteresse de l'Ombre Jaune. Restait à découvrir l'endroit où Sophia Paramount était retenue prisonnière. Mais cela viendrait plus tard. Ce qui comptait avant tout pour Morane et Bill, c'était de fausser compagnie à leurs quatre compagnons afin de retrouver leur liberté de mouvements.

Les six hommes avaient gagné le quai principal, où d'autres hommes s'affairaient à de menues besognes portuaires. Tous étaient vêtus de combinaisons de plastique jaune, coiffés de cagoules et portaient des masques. Il était évident que c'était là l'uniforme des occupants de la forteresse.

Intentionnellement, Morane et Ballantine avaient ralenti le pas, de façon à ce que la distance entre eux et leurs quatre compagnons allât sans cesse en s'accroissant. Quand les hommes du Shin Than atteignirent une des galeries et s'y engagèrent, dix mètres en séparaient les deux amis qui, à leur tour, s'enfoncèrent dans le passage, une sorte de tunnel sinueux où parfois venaient s'embrancher, soit à gauche, soit à droite, des galeries secondaires.

— Suivons-les encore un moment, souffla Morane à l'adresse de Bill. Ensuite, nous nous esquiverons par une de ces galeries.

Ils continuèrent ainsi sur une distance de deux cents mètres environ puis, comme les quatre hommes qui les précédaient venaient de disparaître au-delà d'un tournant, Bob désigna un passage secondaire et souffla :

— Filons par-là !

Ils s'engouffrèrent sous une étroite arche de pierre et se mirent à marcher droit devant eux, aussi vite qu'ils le pouvaient. Bientôt, ils débouchèrent dans une nouvelle galerie, aussi large que celle qu'ils avaient suivie tout d'abord.

— Marchons droit devant nous, fit Bob. Nous finirons bien par arriver quelque part.

— Sans doute, goguenarda Ballantine, quelque part... En Enfer, par exemple.

Ils continuèrent à avancer sans se presser, afin de ne pas attirer l'attention car, à plusieurs reprises, ils devaient croiser d'autres hommes vêtus également de plastique jaune, porteurs de masque, qui ne prêtèrent nulle attention à eux, les prenant assurément pour deux des leurs.

Tout à coup, le coude de Ballantine toucha celui de Morane et le géant souffla :

— Regardez, commandant. Un homme qui n'est pas masqué.

Un individu s'avançait en effet vers eux. Il était de race indécise, sang-mêlé assurément — « peut-être un zambo », pensa Morane — et portait une combinaison de grossière toile grise. Sur son visage une sorte de crainte latente, à fleur de peau, transparaissait. Il roulait des yeux inquiets et, sans cesse, regardait derrière lui comme s'il était traqué. Au bras droit, il portait un bracelet de métal extrêmement serré, auquel était fixée une boîte rectangulaire enchâssant une minuscule lentille faisant songer à celle d'une lampe électrique de poche. Tous ces détails Morane et Bill Ballantine avaient dû les enregistrer en quelques secondes — la lumière sans source apparente éclairant les souterrains étaient heureusement assez intense — car l'homme les avait croisés rapidement. Par la suite, les deux amis devaient rencontrer d'autres individus semblables, de races différentes ; tous portaient l'étrange bracelet de métal, tandis que leurs traits étaient marqués par la même angoisse.

— Il est évident, avait constaté Morane à voix basse, que cette forteresse comporte deux sortes d'occupants : les hommes masqués et vêtus d'une combinaison jaune, qui doivent être complices volontaires de Monsieur Ming, et d'autres, réduits à l'état d'esclaves.

Bientôt, au fur et à mesure qu'ils avançaient, ils devaient faire une nouvelle constatation : devant eux, un bruit montait, allant en s'intensifiant au fur et à mesure qu'ils progressaient, comme le ronflement d'une prodigieuse machine souterraine, ou encore de quelque Leviathan assoupi.

*
* *

— Ce doit être le bruit du moteur de la génératrice qui sert à produire l'énergie dont la forteresse a besoin, avait supposé Ballantine.

— Peut-être, approuva Morane, mais ce n'est pas sûr, loin de là. Cela ressemble en effet au bruit que ferait une génératrice, mais monstrueuse, dont la production dépasserait de beaucoup le potentiel nécessaire aux besoins de ce refuge secret. J'ai l'impression que toute une usine est en fonctionnement sous nos pieds. S'il s'agit d'une génératrice, elle doit être assez puissante pour alimenter une grande ville.

Cela intriguait Morane et il avait de plus en plus conscience que la forteresse de l'Ombre Jaune dissimulait bien des secrets, dont même son imagination était incapable de concevoir l'ampleur. De plus en plus, il se sentait pris au piège, prisonnier d'un prodigieux mécanisme qui, petit à petit, les engloutissait, son ami et lui. C'était l'Ombre Jaune qui tirait les ficelles de ce gigantesque théâtre d'épouvante et de mort, sur la scène duquel ils venaient tous deux d'entrer de plain-pied.

— Je crois qu'il serait plus sage d'emprunter les galeries secondaires, dit finalement Bob. Il y a trop de monde ici et, à chaque personne que nous croisons, les risques d'être découverts s'accroissent.

— Sans doute, admit l'Ecossais. Mais refuser de courir des risques n'a jamais profité à personne. Nous ne pouvons continuer à chercher Sophia Paramount en aveugles, sans savoir où elle se trouve, ni les autres prisonniers. Quand nous les aurons délivrés, nous aurons la force du nombre et, avec un peu de chance, nous pourrons espérer nous rendre maîtres de la place. Après tout, nous sommes ici pour cela et non pour nous payer une simple petite promenade d'agrément, comme nous le faisons pour l'instant.

— Une petite promenade d'agrément, dit Bob en faisant la grimace sous son masque, c'est là un euphémisme, mon vieux. Mais peut-être as-tu raison : il nous faut tailler dans le vif. Nous allons, comme je l'ai dit, emprunter les galeries secondaires et, là, attirer un esclave à l'écart, si nous en rencontrons un, et le cuisiner. Les renseignements qu'il pourra nous fournir se révéleront assurément précieux.

Tout ne se passa pas exactement comme ils l'avaient imaginé. Continuant à suivre le large couloir dans lequel ils s'étaient engagés, à la recherche d'une galerie secondaire, ils atteignirent soudain un vaste porche et jetèrent un coup d'œil au-delà, où tout changeait. Les couloirs taillés dans le roc avaient pris fin pour laisser place à une sorte de vaste dôme métallique, au centre occupé par des superstructures compliquées entre lesquelles des locaux à la destination mystérieuse étaient aménagés. Le sol était recouvert d'un revêtement de matière plastique sous lequel, cependant, se devinait également le métal.

— Regardez, commandant! fit Bill en désignant le rebord du porche. On dirait qu'il y a ici une porte coulissante faite de métal épais et dont on aperçoit la tranche!

— Aucune erreur, approuva Morane. Il est probable qu'à tout moment ce dôme peut être isolé par la fermeture de cette porte, et peut-être aussi par celle d'autres portes semblables, des souterrains environnants. Si j'en juge par l'épaisseur du métal, qui me paraît être d'un alliage inconnu, la forteresse, une fois isolée de l'extérieur, doit être complètement impénétrable.

— Qu'est-ce qu'on fait? interrogea Bill. On s'y risque?

Sans répondre, Morane se contenta de s'avancer sous la coupole pour suivre le large couloir circulaire, Ballantine sur les talons. Au bout d'une vingtaine de mètres, ils tombèrent en arrêt devant l'amorce d'un escalier qui s'enfonçait sous le plancher.

— Allons voir ce qu'il y a là-dessous, décida encore le Français.

Ils descendirent une vingtaine de marches, pour prendre pied dans un corridor semblable à celui qu'ils venaient de quitter, mais qui en était en quelque sorte la copie inversée, car les parois, au lieu de s'incurver cette fois vers le haut, s'incurvaient vers le bas.

— Ce n'est pas sous une coupole que nous nous trouvons, conclut Bill, mais dans une sphère.

— Tu as mis le doigt dessus, mon vieux, approuva Morane. Une sphère... Des parois d'un métal inconnu, peut-être indestructible. Je me demande à quoi cela peut bien servir.

Ils suivirent le nouveau couloir pour, finalement, tomber en arrêt devant une nouvelle porte semblable à celle par laquelle ils avaient pénétré dans la sphère, à l'étage au-dessus, porte qui pouvait se fermer elle aussi par coulissement.

Cette fois, les deux amis étudièrent avec plus d'attention le mécanisme et ils conclurent que, lorsque ces portes se refermaient, elle devaient assurer à la gigantesque sphère métallique une étanchéité parfaite.

— Peut-être, tenta d'expliquer Bill, ceci est-il prévu pour le cas où la mer envahirait la forteresse.

— Peut-être...

Mais cette explication ne satisfaisait Bob Morane qu'à demi. Il y avait surtout ce bruit de génératrice géante qui n'avait cessé de se faire entendre avec une intensité accrue depuis qu'ils avaient pénétré dans la sphère. Parfois, il y avait un coup sourd, pareil à une explosion, qui faisait vibrer toute la construction métallique. « On dirait que nous nous trouvons au fond du cratère d'un volcan, songeait Bob, ou dans les forges mêmes de Vulcain, comme si c'était le dieu des Enfers en personne qui avait forgé cette titanesque boule de métal... »

— Ne restons pas ici, décida-t-il. Plutôt que de tourner en rond, il nous faut essayer avant tout de savoir où se trouvent les prisonniers, pour les délivrer.

Par la nouvelle porte, ils regagnèrent les cavernes à la recherche d'un esclave — ou ce qu'ils pensaient être un esclave — qu'ils pourraient interroger.

La chance ne tarda pas à leur sourire. Dans une galerie déserte, ils rencontrèrent un de ces hommes vêtus d'une combinaison de toile grise et portant au bras un mystérieux appareil fixé par un bracelet d'acier. C'était un

Blanc. Quand les deux amis arrivèrent à sa hauteur, Bob dégaina soudain l'arme qu'il portait à la ceinture et lui en enfonça le canon dans les côtes en disant tout bas, en anglais :

— Surtout, pas un cri !

L'homme ne parut pas comprendre le sens des mots. Cependant, il ne proféra pas un seul son, se contentant de lancer des regards effrayés.

— Nous voulons savoir où se trouvent les prisonniers, interrogea encore Bob.

Une nouvelle fois, l'homme ne parut pas comprendre, et Morane insista :

— Nous voulons savoir où se trouvent enfermés les prisonniers !

Toujours aucune réponse.

— A toi, Bill ! jeta Morane.

Le colosse saisit le poignet gauche de l'esclave et, lui ramenant le bras en arrière, il le tordit violemment. L'homme grimaça de douleur, mais sans proférer le moindre son.

Ni Morane ni Ballantine n'aimaient ce moyen de coercition, mais ils n'avaient pas le choix. Des renseignements que pouvait leur fournir l'esclave dépendait la liberté et, peut-être, la vie des prisonniers de Monsieur Ming.

Bill força encore sa clef et, sous la douleur, l'esclave ouvrit la bouche pour crier, mais il n'en fit rien cependant, tout à fait comme s'il retenait les sons au fond de sa gorge. Pendant un moment, Morane avait pu croire qu'il était muet mais, à présent, il savait qu'il n'en était rien.

— Essaie encore, Bill.

— Peux pas, commandant. Je risque de lui arracher le bras.

Morane connaissait la force gigantesque de son compagnon et il savait que celui-ci ne se vantait pas. Pourtant, il insista :

— Essaie encore !

L'Ecossais obéit, mais légèrement. Et cette fois, l'homme n'y put plus tenir.

— Arrêtez, balbutia-t-il. Que voulez-vous savoir ?

Il avait parlé russe, la langue que Bob et Bill parlaient et entendaient, sinon couramment, du moins assez pour comprendre et se faire comprendre.

— Où se trouvent enfermés les prisonniers ? interrogea Morane, en russe lui aussi.

Bill Ballantine avait maintenu sa prise et ce fut péniblement, d'une voix comme enrayée par la douleur, que l'esclave répondit :

— Dans caverne, au-dessus de la sphère... Je...

Il n'acheva pas. De la petite boîte fixée à son bras, un grésillement monta et la petite lentille lança un bref éclair rouge. Immédiatement, l'homme retomba inerte dans les bras de son tourmenteur, telle une baudruche soudain vidée de son air.

V

Bill Ballantine avait laissé retomber le corps pantelant du Russe.

— Qu'est-il arrivé ? murmura-t-il. Ce n'est pourtant pas moi qui...

Morane s'était penché sur l'homme et lui avait soulevé une paupière pour inspecter la prunelle, mais déjà son opinion était faite.

— Il est mort, constata-t-il, et ce n'est pas ta faute. Bill, mais celle de la petite boîte de métal fixée au bras droit de ce malheureux, comme à celui de tous ses semblables. Ces hommes sont condamnés au silence et ils savent que, s'ils parlent, la machine infernale les tue presque instantanément. C'est en faisant parler cet homme que nous avons été indirectement la cause de sa mort.

— Comment aurions-nous pu deviner ? fit piteusement l'Ecossais.

— Oui, comment aurions-nous pu deviner ?

— Mais enfin, si Ming voulait empêcher ses esclaves de parler, pourquoi ne pas tout simplement les rendre muets, soit en leur coupant la langue, soit en leur tranchant les cordes vocales ?

— Trop simple pour le monstre de cruauté auquel nous avons affaire. Sans doute ces malheureux lui ont-ils nui d'une façon ou d'une autre et se venge-t-il ainsi sur eux, par un supplice de tous les instants, tout en les obligeant à le servir. Pense : il veut les empêcher de parler, mais il ne les rend pas muets ! Au contraire, il leur laisse l'usage de la parole mais, en même temps, il fixe à leur chair un appareil qui les tue s'ils se risquent à prononcer quelques mots. Supplice de tous les instants, ultime fignolement dans l'horreur que Dante lui-même n'aurait sans aucun doute pas osé imaginé.

— Jadis, fit Ballantine en hochant la tête, Ming avait déjà mis au point un procédé semblable : une petite bombe greffée sous l'occiput de ses gardes et qui tuait ceux-ci s'ils trahissaient.

— Oui, mais seulement s'ils trahissaient. Et les petites bombes en question étaient commandées de l'extérieur tandis que, dans le cas présent, la machine infernale tue au moindre propos, même innocent... et automatiquement.

— Joli perfectionnement, commenta Bill Ballantine avec une grimace.

Morane considéra longuement le corps étendu à leurs pieds, et il secoua la tête en murmurant :

— Pauvre type !

Mais il reprit aussitôt, en guise de consolation :

— De toute façon, au pouvoir de l'Ombre Jaune, il était voué tôt ou tard au trépas... En mourant, il a peut-être sauvé les vies de Sophia et des autres prisonniers, puisque nous savons à présent où ils se trouvent.

— Un caverne au-dessus de la sphère, dit Bill. C'est bien vague. A nous de la trou...

Il s'interrompit soudain. Deux fins faisceaux de lumière verte, comme issus de minuscules projecteurs, avaient atteint les deux amis qui se tournèrent dans la direction d'où ils avaient jailli. Malgré tout leur courage, et bien qu'ils fussent prêts au pire, ils ne purent s'empêcher de sursauter à la vue de l'étrange structure qui se dressait à dix mètres à peine d'eux. A première vue, on eût dit un gigantesque gorille, haut de plus de deux mètres, bien qu'il fût voûté, mais un gorille à l'épaisse fourrure blanche. Au bout de longs bras musculeux, touchant presque le sol,

d'énormes mains pendaient dont chaque doigt était terminé par un ongle comme on en imagine aux dragons. La face lourde, prodigieusement prognate sous un front épais sommé d'une arête saillante, se fendait en une gueule béante, armée de longues dents pointues ; deux d'entre elles, plus longues que les autres, se prolongeaient le long de la mâchoire inférieure, comme les canines du Machairodus, le grand félin des époques préhistoriques. C'étaient des yeux enfouis sous des arcades sourcilières proéminentes que, par intermittence, jaillissaient les faisceaux de lumière verte.

— Un gorille albinos ! s'était exclamé Ballantine.

— Ou du moins, cela ressemble à un gorille, corrigea Morane. Jamais aucun anthropoïde n'a atteint cette taille. C'est bien imité, mais c'est à un robot que nous avons affaire. Détaille-le bien.

Il y avait en effet dans l'allure générale du monstre un manque de souplesse, un saccadé dans les mouvements qui ne pouvaient tromper. En outre, les ongles et les dents n'avaient pas la couleur de la corne ou de l'ivoire, mais celle brillante et vive du métal. Et puis, il y avait les yeux projecteurs.

— Vous avez raison, commandant, reconnut Ballantine. Nous savons que l'Ombre Jaune est un spécialiste ès automates, mais celui-ci est particulièrement réussi. Comme créature de cauchemar, c'est du cousu-main, et cela doit au moins avoir la force d'un bulldozer, ajoutée à celle d'une grue excavatrice. Mais je me demande à quoi servent les rayons verts lancés par les yeux. Si c'est seulement pour faire Grand-Guignol...

— Ce n'est pas pour faire Grand-Guignol, assura Morane. Sans doute, ces rayons lumineux doivent agir à la façon d'un radar, pour permettre à cette monstruosité de se diriger et de repérer la présence de l'ennemi.

— Si c'est le cas, fit Bill, il doit avoir connaissance de notre présence, car les rayons verts se sont posés sur nous.

— Aucun doute là-dessus. Il nous faut...

Le Français s'interrompit pour jeter :

— Attention ! Il vient vers nous !

La brute s'était mise en branle, avec des mouvements un peu saccadés mais cependant d'une extrême rapidité.

D'un mouvement instinctif, Bill Ballantine porta la main à son revolver. Mais Morane l'empêcha d'achever son geste.

— Inutile !... Les balles seraient sans effet sur cette mécanique. Filons plutôt.

Sans perdre le monstre de vue, ils se mirent à fuir. Mais, tout à coup, comme le gorille atteignait l'endroit qu'ils venaient de quitter, il s'arrêta : les faisceaux de lumière verte lancés par ses prunelles avaient touché le corps étendu de l'esclave mort. Il y eut un moment d'attente.

— Pourquoi s'arrête-t-il ? interrogea Ballantine.

— Il a repéré le cadavre, répondit Morane.

Et soudain, quelque chose d'incroyable se passa : les griffes du monstre se saisirent de la dépouille du Russe et, brusquement, l'énorme gueule aux crocs d'acier plongea vers elle avec un bruit répugnant de mastication. Rendus muets par le dégoût, impuissants à accomplir le moindre geste, Bob Morane et Bill Ballantine avaient assisté pendant quelques secondes à l'épouvantable festin.

— Un robot mangeur de chair humaine, finit par balbutier Ballantine. Ce n'est pas possible... Pas possible...

— Profitons du répit que cela nous donne, fit Bob plus réaliste, et taillons-nous !

Poursuivis par le bruit des mâchoires d'acier arrachant les chairs et brisant les os, ils tournèrent les talons et se mirent à courir droit devant eux. Ils s'arrêtèrent seulement quand plus aucun de ces bruits ne leur parvint. La longue lutte qu'ils avaient livrée à l'Ombre Jaune les avait habitués aux pires épouvantes, mais il leur fallut cependant quelques minutes avant de recouvrer tout leur sang-froid.

— Je suppose que nous allons essayer de trouver l'endroit où les prisonniers sont enfermés ? dit Bill d'une voix qui tremblait encore un peu.

— C'est ce que nous avons de mieux à faire, en effet. L'esclave a parlé d'une caverne qui se trouvait au sommet de la sphère. Il nous faut plutôt comprendre : « au-dessus de celle-ci ». Nous devons donc découvrir un escalier quelconque puisque, pour le moment, nous nous trouvons à hauteur de la plus grande circonférence de la sphère.

Mais ils eurent beau errer de galerie en galerie, au risque d'être démasqués, ils ne repérèrent aucun escalier, ni rien qui leur permît de se hisser à un niveau supérieur.

— Si cela dure, dit Bill, nous allons continuer à tourner en rond dans ces cavernes jusqu'à ce que les rhumatismes nous arrêtent pile.

— Nous serions repérés avant, fit remarquer Morane. Il doit exister un chemin pour joindre les prisonniers. Mais lequel ?

— Si nous allions le demander à Monsieur Ming ? plaisanta Bill. Il est d'un naturel plutôt aimable et sans doute s'empresserait-il de nous renseigner.

Il ne faut jamais tenter les puissances du mal. Une fois encore, les deux amis devaient en faire l'expérience, car Bill venait à peine de prononcer ces dernières paroles qu'un ululement de sirène monta, courant de galerie en galerie. Un ululement qui ne pouvait être que celui des sirènes d'alarme.

— Nous sommes découverts, constata Morane à haute voix. On a sans doute trouvé les deux gardes ficelés dans la vedette, à moins que ce ne soit le gorille-robot...

— ... et mangeur de chair humaine, acheva Ballantine qui aimait les précisions.

— Si seulement nous savions où nous cacher ! dit Morane. Mais, où que nous allions, nous risquons de nous fourrer dans la gueule du loup.

L'Écossais dégaina son revolver et, cette fois, son compagnon ne l'en empêcha pas.

— Si nous sommes coincés, fit Bill, tout ce qui nous restera à faire, c'est de défendre chèrement nos vies.

— Nous n'y manquerons pas, dit Morane d'une voix décidée. Allons droit devant nous. Nous verrons bien.

Ils se remirent en marche, mais ils avaient à peine parcouru une vingtaine de mètres quand les sirènes stoppèrent net. Il y eut un moment de profond silence, puis une voix clama, amplifiée sans doute par des haut-parleurs :

— Des étrangers ont pénétré dans la forteresse. Avis à tout le personnel : à partir de maintenant, vos vibreurs sont branchés. Toute personne que vous rencontrerez et qui n'émettra pas le signal devra être prise en chasse.

Cette voix, en dépit de la déformation qu'y apportaient les haut-parleurs, Bob Morane et Bill Ballantine l'avaient reconnue : c'était celle de Monsieur Ming.

— Qu'est-ce que c'est que ces vibreurs ? interrogea Bill.

— Probablement un dispositif qui émet un signal modulé quelconque, supposa Morane, et que chaque membre du personnel de la forteresse porte sur soi, sans doute greffé sous la peau.

— Ce qui veut dire qu'en ce qui nous concerne c'est bernique, conclut Ballantine.

— Oui, mon vieux, c'est bernique. Au premier garde que nous rencontrerons, nous serons repérés.

— Si nous essayions de rejoindre le port souterrain, de nous emparer d'une vedette et de nous tailler ? proposa l'Écossais. Je commence à en avoir marre de ce son et lumière ! On en sait assez maintenant pour aller avertir Sir Archibald de ce qui se trame ici !

— Le chemin du port nous sera sans doute coupé, dit Bob, mais on peut toujours essayer.

Ils tentèrent de s'orienter, mais un bruit de galopade tout proche les avertit de l'arrivée d'une troupe de gardes. Ils se mirent à fuir, droit devant eux, sans savoir très bien où ils allaient. Au bout de quelques minutes, ils débouchèrent dans un couloir principal, pour se rendre compte que l'une des extrémités grouillait de gardes massés. Ils se mirent à courir dans l'autre direction, cherchant à se faufiler dans une galerie secondaire. Mais, chaque fois qu'ils voulaient s'engager dans l'une d'elles, ils trouvaient celle-ci occupée par des hommes vêtus de combinaisons de plastique jaune, et ils étaient obligés de reprendre leur course le long du couloir principal.

Alors, ils comprirent qu'on essayait de les faire pénétrer malgré eux à l'intérieur de la mystérieuse sphère de métal occupant le centre de la forteresse.

VI

Puisque toute autre voie de retraite leur était coupée, Bob Morane et Bill Ballantine ne pouvaient que faire ce que l'on attendait d'eux : pénétrer dans la sphère. Mais à peine s'étaient-ils avancés de quelques pas à l'intérieur du couloir circulaire que, derrière eux, la porte coulissante se referma avec un claquement sec. Devinant qu'il leur était impossible de revenir en arrière, ils inspectèrent la paroi. Mais là où, quelques secondes plus tôt encore, il y avait une ouverture, on ne distinguait plus à présent qu'un mur de métal sans faille, sans la moindre solution de continuité, ni la moindre rainure. C'était tout à fait comme si jamais il n'y avait eu de porte en cet endroit.

— Nous voilà pris au piège, constata Bill. Quant à essayer de percer cette cloison, autant vouloir faire un trou avec les dents dans la carapace d'un tank lourd.

Morane haussa les épaules.

— On a voulu pénétrer dans la place, fit-il, et nous y sommes, même si c'est un peu contre notre goût... pour le moment. De toute façon, ne nous plaignons pas, les choses auraient pu plus mal tourner. Non seulement les gardes auraient pu nous abattre mais, on aurait pu lâcher sur nous le gorille-robot, ou quelques-uns de ses semblables qui nous auraient réduits en charpie.

Rapidement ils inspectèrent les lieux, et ils n'eurent

aucune peine à se rendre compte qu'ils avaient débouché dans le couloir supérieur qu'ils avaient déjà visité précédemment, quand ils avaient pénétré pour la première fois dans la sphère.

— Essayons de retrouver l'escalier, décida Bob. Mais avant, à tout hasard, ménageons-nous un repère.

Il tira une cartouche de sa ceinture et la posa debout, bien en évidence sur le plancher, au centre du couloir.

— A présent, allons-y, dit-il. Ainsi, nous ne risquons pas de tourner interminablement en rond, comme des damnés.

Ils longèrent le couloir, à la recherche de l'escalier. Ils le retrouvèrent sans mal, mais l'ouverture était fermée par une trappe hermétiquement close. Ils continuèrent et repérèrent l'amorce de plusieurs autres escaliers menant vers l'hémisphère inférieur. Mais ils étaient également fermés par une trappe. Quant aux parois extérieures du couloir, si elles comportaient d'autres portes s'ouvrant sur les cavernes, ils n'en découvrirent pas traces.

Finalement, ils retrouvèrent la cartouche là où Bob l'avait posée.

— Nous avons bouclé la boucle, dit Morane, et nous voilà bien avancés.

— Si j'en juge par le chemin parcouru, fit Ballantine, la sphère doit bien avoir deux cents mètres de diamètre. Un fameux morceau !

— Ouais, approuva Bob, un fameux morceau ! Il semble cependant évident qu'on veut nous confiner dans l'hémisphère supérieur. Dans le fond, cela fait peut-être notre affaire.

— Je comprends, commandant. Les prisonniers sont enfermés dans une caverne au-dessus de la sphère, hein ?

— Tout juste, mon vieux. Voyons si, puisqu'il nous est interdit de descendre, nous pouvons au contraire monter.

Ils se remirent à longer le couloir et firent alors une étrange constation : tout le long de la paroi intérieure, de vingt mètres en vingt mètres environ, s'amorçait un escalier qu'ils n'avaient pas remarqué précédemment — peut-être parce que leur attention était ailleurs, mais ils en doutaient.

— Nous n'avons que l'embarras du choix et, puisque de toute façon ces escaliers montent..., fit Bill.

Ils avisèrent le premier venu de ces escaliers et se mirent à grimper. Ce fut alors une longue excursion hasardeuse à travers un dédale de passages, de nouveaux escaliers, de corridors circulaires qui devenaient de plus en plus étroits.

— Où cela va-t-il nous mener ? s'inquiéta Ballantine.

— Je n'en sais rien, avoua Bob. L'important c'est que nous continuions à monter, lentement mais sûrement.

Ce qui les intriguait surtout, c'était le fait que ces escaliers, ces couloirs, ces passages couraient sur la périphérie de la sphère, tout à fait comme si, au centre, un espace était réservé auquel on n'avait pas accès. Finalement, un corridor s'amorça sur la droite qui, lui, semblait justement se diriger vers l'intérieur de la sphère. Ils hésitèrent un moment, vaguement inquiets, surtout à cause de la solitude qui s'était faite autour d'eux. Depuis qu'ils avaient pénétré dans la sphère, ils n'avaient rencontré âme qui vive. On n'avait pas tenté de les arrêter, ni de les capturer. Bref, à part que l'hémisphère inférieur leur avait été interdit, on les laissait libres d'aller et venir à leur guise.

Après quelques instants d'hésitation, ils s'engagèrent dans le couloir qu'ils venaient de découvrir. Au bout de quelques mètres, ils devaient déboucher dans un nouveau couloir qui, lui, semblait s'élever en spirale. Dans la paroi intérieure, tous les cinq mètres environ, s'ouvrait un grand hublot de quartz. Ils jetèrent un coup d'œil par le premier de ces hublots et ils ne purent s'empêcher de marquer de l'étonnement au spectacle qui s'offrait à eux. Leurs regards plongeaient dans une vaste salle hémisphérique d'une vingtaine de mètres de diamètre environ, et baignée par la même clarté sans source apparente qui éclairait tout l'intérieur de la forteresse. Au centre de cette salle, une série de cloches de plastique transparent, en forme de sarcophages, étaient alignées comme les rayons d'une roue autour d'une machine circulaire, genre computer, à laquelle les cloches étaient reliées par un réseau compliqué de tubulures et de fils. Dans chaque cloche, un homme était étendu, baignant dans une nébulosité phosphorescente et paraissant dormir. Les voyants du computer clignotaient sans cesse, lançant de brefs éclairs rouges, orangés, verts ou bleus. Et, sur tout son pourtour, par des fentes prévues à cet effet, des bandes de papier couvertes de caractères se déroulaient lentement.

— On dirait des macchabées qui tiennent conseil autour d'un monument funéraire, fit Bill qui aimait les comparaisons imagées.

— Dans ce cas, se serait un monument funéraire qui ressemblerait diantrement à un cerveau électronique, et perfectionné encore ! corrigea Morane. Quant à tes macchabées, bien qu'ils ne bougent pas, je suis certain qu'ils sont on ne peut plus vivants.

L'attention de Bob s'était portée sur les hommes étendus sous les cloches de verre. Il s'attachait surtout à détailler leurs traits.

— Il me semble reconnaître plusieurs d'entre eux, dit-il finalement. Celui-là doit être le physicien anglais Stanley Brewster. Cet autre, un peu plus loin, l'électronicien américain Ronson. Ce Japonnais, là-bas, l'expert en optique Asato. Quant à ce Chinois, de l'autre côté du cercle, je me trompe peut-être, mais il doit s'agir du mathématicien Li-Pao... et, tout près de lui, je crois reconnaître le chimiste russe Orouvin... Les autres...

— Si je comprends bien, fit Ballantine, ce sont là des savants qui, tous, dans un passé plus ou moins proche, ont disparu sans laisser de traces. Sans doute les mêmes que ceux dont nous a parlé Sir Archibald.

— Nous savons à présent où ils se trouvent Bill. Si on n'a découvert leurs traces ni aux Etats-Unis, ni en Chine, ni en Russie c'est pour une bonne raison : ils étaient tous ici, au pouvoir de l'Ombre Jaune.

— Ils ne doivent pas lui rendre bien grand service, fit Ballantine avec un ricanement. S'ils ne sont pas morts, ils doivent dormir à poings fermés.

— Ils ne sont pas morts, assura Bob, et ils ne dorment qu'en apparence. Leur conscience est simplement mise en veilleuse, mais il est probable que leur subconscient travaille en symbiose avec le computer, qui trie et coordonne les données qu'ils lui transmettent.

— Bref, conclut Bill, un cénacle de génies qui, sans le savoir, s'attachent au même problème pour le résoudre plus aisément.

— Ce doit être quelque chose comme cela, approuva Morane. Mais le vrai génie, c'est Ming qui, sans doute, a inventé la prodigieuse machine qui permet une étroite collaboration entre ces experts en différentes techniques et le cerveau électronique.

Morane s'interrompit. Un bruit sur la droite, venant de derrière le tournant du couloir en spirale, avait attiré leur attention. Presque aussitôt une série de hautes formes blanches apparut.

— Des gorilles-robots ! jeta Bill.

Ils étaient quatre, leurs yeux lançants des faisceaux de lumière verte. Leur stature était telle que le sommet de leurs crânes touchait presque la voûte du couloir. Leurs dents et leurs serres de métal brillaient de façon sinistre. Pourtant, ils ne faisaient pas mine de se précipiter sur les deux amis, se contentaient d'avancer doucement dans leur direction, presque pas à pas.

— Evitons le contact, dit Bob. De toute façon, nous n'avons aucune chance. Dans un combat corps à corps nous serions infailliblement vaincus, déchirés, mis en morceaux. Quant à nos armes, bien que de gros calibre, elles se révéleront assurément inefficaces.

Prudemment, ils reculèrent, tandis que, toujours à pas comptés, les gorilles-robots continuaient à avancer vers eux.

*
* *

Suivis par les monstres à fourrure blanche, les deux amis avaient longé le couloir en spirale contournant la salle hémisphérique abritant le fantasmagorique computer. Les gorilles-robots leur avaient emboîté le pas, mais sans essayer en aucun moment de se jeter sur eux. Ils donnaient certes toutes les marques d'agressivité ; cependant cela n'outrepassait pas la simple menace. Il devenait clair qu'ils étaient télécommandés afin d'obliger les deux hommes à fuir devant eux.

Ils atteignirent finalement une sorte de plate-forme établie au sommet de la salle hémisphérique. De là partait, tout un enchevêtrement d'escaliers à claire-voie, de passerelles, faisant immanquablement songer aux superstructures d'un music-hall. Et Bob et Bill devinèrent avoir atteint les combles — si cela pouvait s'appeler ainsi — de la gigantesque sphère de métal.

Toujours talonnés par les robots mangeurs de chair humaine, ils s'engagèrent sur un escalier, en gravirent les marches, s'avancèrent sur une passerelle. Alors s'engagea une poursuite hallucinante le long de ce fragile assemblage de poutrelles et de plaques de métal qui, parfois, pliait sous le poids des monstres.

Bientôt, il devint évident que l'on dirigeait les deux intrus vers une destination précise. Ils s'engagèrent sur une dernière passerelle, gravirent un nouvel escalier... Un escalier qui s'arrêtait net en cul-de-sac contre la paroi convexe du sommet de la sphère.

— Nous sommes pris au piège, dit Bill. Que nous le voulions ou non, il faudra nous défendre.

Ils tirèrent leurs lourds revolvers et gravirent les dernières marches.

— Vise aux yeux, recommanda Morane. Privés de leurs radars lumineux, ces monstres perdront une partie de leurs moyens. Je ne sais si cela nous avancera à quelque chose mais...

Le Français s'interrompit. Comme ils gravissaient les derniers degrés, une porte rectangulaire s'ouvrit soudain devant eux, découvrant un couloir baigné de la même mystérieuse lumière régnant dans toute la forteresse.

— C'est un miracle, fit Bill.

— Ou un jeu, corrigea Morane.

Comme ils n'avaient pas le choix, ils franchirent la porte qui, immédiatemment, se referma derrière eux, les séparant de leurs poursuivants.

Le couloir, fort étroit, était creusé dans le rocher et ressemblait à ceux qu'ils avaient déjà suivis avant de pénétrer dans la sphère, avec cette différence cependant que le sol en était métallique.

— Décidément, grogna Ballantine, cette forteresse est truquée comme un casse-tête chinois !

— De la part de Ming, rien ne doit nous étonner, répondit Morane. Tout ce qu'il fait doit être compliqué, machiné. Cet homme — je devrais dire ce surhomme — a un sens aigu de la mise en scène. Quelle merveilleuse bête de théâtre il aurait fait, s'il n'était ce qu'il est !

— Bah ! jeta l'Ecossais. Jusqu'ici, tout a été suivant nos désirs. Nous voulions atteindre le sommet de la sphère, nous y sommes. Que voulons-nous de plus ?

« Justement, pensa Bob, tout n'a été que trop selon nos désirs. Il doit y avoir un grain de sable quelque part. » Pourtant, afin de ne pas alarmer inutilement son ami, il crut bon de ne pas lui faire part de ses doutes, et il se contenta de déclarer :

— Une chose est en tout cas rassurante, c'est que ces maudits gorilles-antropophages ne nous ont pas suivis.

Ils s'étaient mis à suivre la galerie au sol de métal. Elle tournait sans cesse. Après un coude, il y avait une brève ligne droite, puis un nouveau coude, et ils demandaient où cela allait les mener. Nulle part, car soudain, devant eux, un rideau métallique s'abaissa, fermant le passage. Ils tâtèrent la surface dure mais sans parvenir à l'ébranler et tout à coup, il y eut une série de déclics. Les parois et le plafond, jusque-là taillés dans le roc, se changèrent eux aussi en plaques de métal. Presque en même temps, une nouvelle plaque de métal s'avança dans leurs dos comme un gigantesque piston, tandis que, les autres parois se rapprochaient.

— Nous allons être écrasés ! cria Ballantine avec angoisse.

De toute sa force, il se mit à peser sur l'une des parois, mais en vain : celle-ci continuait à avancer inexorablement.

« Pourquoi nous tuerait-il de cette façon, pensa Bob, alors qu'ils auraient pu le faire depuis longtemps, en nous livrant aux gorilles-robots par exemple... » Mais pouvait-on savoir dans quels dédales de cruauté physique et mentale l'esprit de l'Ombre Jaune pouvait se laisser entraîner ?

Déjà, les deux amis ne parvenaient plus à se mouvoir, les parois les pressant de toute part. Si elles se rapprochaient encore, ils seraient infailliblement écrasés. Vainement, ils essayaient, en s'arc-boutant de toutes leurs forces, de reculer l'instant fatal. Mais ils étaient livrés, impuissants, à l'inexorable machine qui se refermait sur eux.

— C'est fini, commandant ! murmura Bill. On a fait un bon bout de route, tous les deux. Mais ça me fait plaisir et, au fond, ça me console de périr avec vous dans le même laminoir.

Le géant avait à peine prononcé ces paroles que, brusquement, tout mouvement cessa. Les plaques de métal s'immobilisèrent. Bob Morane se mit à rire.

— Tu as parlé trop vite, mon vieux Bill. Ce n'est pas encore aujourd'hui que nous serons laminés. Monsieur Ming n'a pas des goûts aussi simples. Il est probable d'ailleurs que si, jusqu'ici, au cours de cette longue lutte qui nous a opposés à lui, il ne nous a pas encore tués, c'est qu'il n'a pas trouvé de procédé assez compliqué. Pour une fois que son imagination est prise en défaut !

C'est alors que, par de minuscules ouvertures pratiquées dans les plaques de métal et dont la présence leur avait jusqu'ici échappé, une vapeur rouge monta, une vapeur qui, bientôt, emplit l'étroit espace dans lequel ils étaient enfermés. Et, presque aussitôt, sans transition, sans sensation de nausée ni d'étouffement, ils basculèrent dans un puits de velours aux profondeurs vertigineuses, où plus rien de réel n'existait.

VII

Bob Morane était au Ciel et un ange, qu'il ne voyait pas mais qui avait une voix suave, lui caressait doucement le front du bout de ses doigts légers et frais.

— Revenez à vous, Bob... Revenez à vous...

Il connaissait cet ange, puisqu'il reconnaissait sa voix. Cependant, en dépit de tous ses efforts, il ne parvenait pas à ouvrir les yeux. Une énorme fatigue — était-ce cela la mort ? — pesait sur lui et ses paupières avaient la lourdeur de deux lames de plomb. Finalement, il parvint à les ouvrir pour les refermer aussitôt, ébloui par la lumière. « La lumière céleste », pensa-t-il malgré lui. Mais, au fond, il avait retrouvé maintenant assez de lucidité pour savoir que ce n'était pas cela.

A nouveau il ouvrit les yeux et, cette fois, il ne fut pas obligé de les refermer. Tout d'abord, il ne distingua qu'une tache blanche, confuse, entourée d'or. Une tache marquée elle-même de trois taches sombres qui, bientôt, se précisèrent, se changèrent en yeux, en bouche. Il sut alors qu'il s'agissait d'un visage, un visage qu'il reconnut car les traits, de flous, prenaient rapidement de la netteté, comme si un artiste invisible, à l'aide d'un invisible burin, les sculptait rapidement dans un ivoire poli. En même temps, les yeux se coloraient, des yeux verts éclairant un merveilleux visage étroit, à la bouche pareille à un bivalve de nacre rose. De cette bouche, de nouvelles paroles sortaient.

— Comment vous sentez-vous, Bob ?

Un bras presque maternel et tiède lui soulevait la nuque.

— Sophia ! murmura-t-il.

Elle lui sourit et il lui sembla que le monde renaissait. Sa lucidité lui revenait rapidement.

— Sophia, murmura-t-il encore, nous sommes venus ici pour vous retrouver et c'est vous qui nous retrouvez !

— Grâce à l'entremise de Monsieur Ming, corrigea la jeune fille avec un sourire.

Soudain, Morane sursauta.

— Et Bill ? interrogea-t-il. J'espère qu'il ne lui est rien...

Un rire tonitruant éclata, tout près.

— Non, il ne lui est rien arrivé, à ce vieux Bill ! lança la voix de l'Ecossais. J'ai même tenu le coup mieux que vous, commandant, et il y a cinq bonnes minutes que je suis sorti de la vape. D'habitude, c'est vous qui vous en tirez le premier. A mon tour cette fois !

Complètement rassuré, Morane se redressa et jeta un regard autour de lui. La première personne qu'il aperçut fut tout naturellement Ballantine accroupi près de lui, non loin de Sophia Paramount. Pour le reste, il se trouvait dans une grande salle bétonnée, en forme de casemate et sur le pourtour de laquelle il était impossible de se tenir debout, la voûte curviligne rejoignant directement le sol, ce qui donnait à l'ensemble la forme d'une gigantesque lentille. Mais d'autres personnes que Sophia Paramount et Bill Ballantine occupaient l'endroit. Ils étaient une vingtaine, tous des hommes, et plusieurs d'entre eux portaient l'uniforme de l'Armée de l'Air des Etats-Unis. L'un de ces hommes, âgé d'une quarantaine d'années, s'avança vers Bob pour lui tendre la main en disant :

— Je suis le colonel Comp. Ravi de vous avoir parmi nous, commandant Morane.

Bob rendit son shake-hand à l'officier et sourit.

— Ravi ! fit-il. Je ne vois pas pourquoi nous serions ravis de nous voir dans le même guêpier.

— Je vous connais de réputation, fit Comp avec un sourire, et je sais qu'avec vous, nous avons justement une chance de nous en sortir, de ce guêpier.

— Ce n'est pas si sûr, répondit Bob sans s'engager autrement, ce n'est pas si sûr...

Une seule chose était certaine : Bill et lui avaient voulu retrouver les prisonniers de l'Ombre Jaune et ils y étaient parvenus, mais pour être emprisonnés avec eux, ce qui dans le fond ne changeait pas grand-chose à leur situation, et cela en dépit de l'optimisme du colonel Comp.

Lentement, Morane fit jouer ses muscles pour chasser l'engourdissement qui s'était emparé d'eux à la suite de son intoxication par la vapeur rouge. Au bout d'un moment, il put se relever pour inspecter les parois de l'énorme lentille bétonnée, sans y découvrir pourtant la moindre faille. Une seule porte se découpait au bas de la voûte, mais elle était faite de métal. Il tenta bien de la pousser, et Bill joignit ses efforts aux siens ; ils ne parvinrent même pas à l'ébranler.

— Rien à faire, Bob, fit Sophia Paramount qui les avait suivis. D'ailleurs, cette porte est double. Entre les deux battants, il y a une sorte de sas et un seul battant est ouvert à la fois. De cette façon, les gardes peuvent filtrer les prisonniers quand ils les font sortir.

Tout ce qu'on pouvait faire, c'était attendre la suite des événements. Tour à tour, les captifs relatèrent les circonstances dans lesquelles ils avaient été capturés, puis Bob posa à chacun des questions qui pouvaient le renseigner sur la forteresse et sur sa destination. Mais les autres prisonniers savaient peu de choses. Tout de suite après leur capture, ils avaient été conduits dans cette prison d'où on ne les sortait, un à un, une fois par jour, que pour une courte promenade à travers les galeries. En ce qui concernait le personnel de la forteresse elle-même, ils ne purent que confirmer ce que Bob et Bill avaient déjà constaté. Les hommes masqués et vêtus de combinaisons de plastique jaune étaient bien des gardes attachés volontairement à la personne de l'Ombre Jaune ; les autres étaient des esclaves voués aux basses besognes et dont le moindre manquement entraînait la mort. En outre, la forteresse était gardée par de terribles robots mangeurs de chair humaine, auxquels Ming avait donné différentes formes ; certains ressemblaient à des gorilles géants, d'autres à de monstrueux sauriens.

— Et Ming lui-même, l'avez-vous aperçu ? interrogea Bob.

— Il s'est présenté à nous, mais sans se montrer, répondit le colonel Comp, en nous parlant seulement grâce à des hauts-parleurs dissimulés dans ces murailles, si bien dissimulés même que nous n'avons pu encore les repérer. On dirait que sa voix ne vient de nulle part.

— Exact, approuva Sophia. Chaque jour, il nous fait un petit speech, affirmant que tôt ou tard nous deviendrons ses collaborateurs fidèles, que nous contribuerons à la réalisation de sa grande œuvre. Quelle est cette grande œuvre ? Il ne nous l'a pas révélé. Mais ceux qui lui résisteront seront brisés ou réduits en esclavage.

— Nous connaissons cette musique, fit Bill. Depuis le temps que nous l'entendons, le commandant et moi !

Au-dehors, il y eut des bruits de clefs qui tournaient dans des serrures, puis la porte s'ouvrit et deux gardes masqués pénétrèrent dans la salle. Ils braquaient des revolvers à canons courts.

— Vous deux, suivez-nous ! dirent-ils simplement en mauvais anglais.

Ils désignaient Morane et Bill.

Sophia Paramount s'était dressée pour demander, d'une voix lourde d'anxiété :

— Où les conduisez-vous ?

Un des gardes braqua simplement son arme vers la jeune fille et jeta d'une voix rauque :

— Taisez-vous !

La jeune journaliste allait insister, mais Bob l'en empêcha en disant :

— Ne vous inquiétez pas pour nous, petite fille. L'Ombre Jaune est une vieille connaissance, et ce n'est pas encore aujourd'hui qu'il nous mangera. Dans le passé, il en a eu à maintes reprises l'occasion mais nous nous sommes mis de travers, à tel point qu'il a failli mourir plusieurs fois étranglé.

Les deux amis s'étaient levés. Ils se dirigèrent vers la porte et les deux gardes les firent passer dans une étroite pièce où ils les suivirent. La porte fut alors fermée ; une seconde, ouverte. Ils débouchèrent dans un couloir circulaire fort haut de voûte et où, à différentes hauteurs, s'ouvraient d'autres portes, semblables à celle qu'ils venaient de franchir et qui, pour les plus hautes, étaient reliées au sol par d'étroits escaliers de fer. Sur chacune de ces portes, un numéro était peint en rouge. Celle de la grande cellule que les deux amis venaient de quitter portait le numéro 1.

*
* *

— J'ai l'impression, commença Bill Ballantine, que l'Ombre Jaune nous a isolés afin d'éviter que nous prenions le commandement des prisonniers pour tenter un coup de main.

— C'est mon avis, approuva Bob. Quand on nous a capturés, on ne savait pas qui nous étions, deux simples intrus, et on nous a mis avec les autres. Mais quand Ming a connu nos identités, il n'a pas voulu courir de risques et je le comprend.

Les deux amis avaient été enfermés dans une cellule voisine de la salle où on les avait retenus tout d'abord, mais beaucoup plus étroite, bien qu'elle fût de même forme, cinq mètres sur cinq environ, et c'était tout juste s'ils pouvaient se tenir debout en son centre.

— Bah ! jeta Bill, nous finirons bien par nous en tirer. Après tout, il n'y a pas de porte que l'on ne puisse enfoncer, de serrure que l'on ne puisse crocheter.

— Sans doute, reconnut Morane, mais en admettant que nous réussission à sortir d'ici, comment pourrions-nous profiter de notre liberté ? On nous a enlevés nos déguisements et nos armes. Nous aurions à peine parcouru cent mètres dans les galeries que nous serions aussitôt reconnus et repris.

— Ce n'est pas si certain, murmura Bill, faisant mine d'avoir une idée alors qu'il n'en avait guère. C'est une situation à laquelle il faut réfléchir mûrement.

— Je doute que, pour le moment du moins, il y ait une solution au problème. Mais tu as raison, cela mérite qu'on y réfléchisse. De toute façon, à partir de maintenant, cessons de parler en langage clair. Si nous avons des choses importantes à nous communiquer, employons le « javanais » ou le « louchebem ». [1]

— Le « javanais », décida Bill. C'est le plus simple.

A vrai dire, ils ne savaient pas si Ming ignorait ce langage employé jadis par les forçats et les galériens et qui consiste à mettre le préfixe « ja » devant chaque syllabe. De toute façon, c'était plus sûr que d'user d'une langue étrangère, si confidentielle fût-elle, car le Mongol possédait une connaissance parfaite de toutes celles parlées sur la terre, y compris beaucoup de dialectes. Non seulement l'Ombre Jaune était un chimiste éminent, un biologiste universel, un grand physicien parmi les plus grands, un médecin et un chirurgien de talent, mais il était également expert en toute autre science, et sans doute comptait-il parmi les plus savants linguistes du monde.

Le « javanais » ne devait d'ailleurs guère servir en cette circonstance aux deux amis, car ils avaient beau se mettre la cervelle à la torture, ils ne voyaient pas très bien comment échapper à la souricière dans laquelle ils s'étaient aventurés et qui s'était refermée sur eux.

Ils étaient depuis une heure à peine dans la cellule quand soudain une voix résonna, venue ils ne savaient d'où. Elle disait :

---

1. Langages secrets employés jadis par les forçats.

— C'est Ming qui vous parle. J'espère, commandant Morane et vous, monsieur Ballantine, que vous ne m'en voudrez pas d'avoir négligé tous mes devoirs d'hôte. Si j'avais su que ma modeste forteresse avait reçu des visiteurs aussi marquants, je me serais empressé de vous faire personnellement les honneurs du lieu.

— Cause toujours, mon gros, gronda Ballantine. Depuis le temps qu'on est habitué à tes simagrées, on ne prend plus ta strychnine pour du miel.

Il ne sembla pas, bien que l'Ecossais eût parlé à haute voix, que ses paroles eussent été entendues de l'Ombre Jaune, car celui-ci continuait :

— Il serait temps pour moi de faire face à mes devoirs. Vous devez penser que je vous en veux de votre intrusion, mais il n'en est guère ainsi. Ces derniers temps, je trouvais la vie si monotone sans vous ! Mais j'ai eu tort de vous croire assagis. Je viens de donner des ordres pour que l'on vous mène à moi. J'espère que vous voudrez bien suivre docilement mes envoyés... à moins que vous ne préfériez être livrés aux nouveaux joujoux mécaniques que j'ai inventés : mes robots mangeurs de chair humaine. Je crois que vous avez pu déjà les admirer en action.

Bill Ballantine s'était dressé, mû par la colère, avec une telle soudaineté qu'il se heurta le crâne à la voûte, ce qui ne fit que l'enrager davantage.

— Si je trouvais ce maudit diffuseur, ragea le colosse, je pourrais passer le bras le long du fil pour aller arracher la langue de cette vermine de Ming.

Mais le contact semblait avoir été coupé, car la voix ne se fit plus entendre. Quant au diffuseur, il demeura introuvable.

Quelques minutes s'écoulèrent, puis la porte s'ouvrit, livrant passage à quatre gardes masqués et armés.

— Suivez-nous, commanda un des gardes.

Ils sortirent de la cellule. Dans le couloir, six gorilles-robots attendaient, telles de gigantesques machines à détruire, prêts à tout moment à accomplir la fonction pour laquelle ils avaient été créés : tuer. Aussitôt, trois par trois, ils se rangèrent de chaque côté des prisonniers mais sans paraître réellement faire attention à eux, ni marquer de velléités agressives.

— Décidément, goguenarda Bill, Monsieur Ming nous fait là une garde d'honneur bien digne de nous.

— Ou, plutôt, bien digne de lui, corrigea Bob Morane d'une voix sombre.

VIII

A travers un dédale de galeries et d'escaliers descendants, les gardes avaient entraîné les deux prisonniers. Il était évident que ce chemin hasardeux avait été choisi à dessein pour éviter que, par la suite, Morane et Ballantine s'y retrouvassent. Cela leur eût été difficile d'ailleurs, car couloirs et escaliers se ressemblaient au point que, parfois, les deux amis se demandaient si on ne les faisait pas passer et repasser au même endroit. A plusieurs reprises, ils avaient été tentés d'établir des points de repère, ou même de s'emparer des armes des gardes masqués. Mais la présence de gorilles-robots les avait incités à la prudence. En supposant qu'ils eussent réussi dans leur tentative, les monstres n'auraient pas tardé à les rejoindre et à les tailler en pièces.

Bientôt, Morane et son compagnon devaient cependant acquérir une certitude : on les entraînait vers les parties basses de la forteresse. En effet, au fur et à mesure qu'ils descendaient, le bruit des génératrices perçu dès leur arrivée sur l'île centrale se faisait plus perceptible et les détonations devenaient plus violentes.

Finalement, la petite troupe s'arrêta devant une porte d'acier fermant la galerie qu'ils suivaient. Cette porte s'ouvrit automatiquement au bout de quelques secondes et les gardes masqués obligèrent les prisonniers à en franchir le seuil, tandis que les robots mangeurs de chair humaine demeuraient sur place. Aussitôt, le battant se referma derrière les six hommes qui se trouvèrent plongés dans l'obscurité. Ce fut du moins l'impression que Morane et Bill Ballantine eurent tout d'abord. Mais bientôt, leurs yeux s'habituant à la nouvelle ambiance, ils se rendirent compte qu'une ligne phosphorescente filait devant eux sur le sol, comme pour leur tracer le chemin à suivre dans les ténèbres. Pendant un moment, nourrissant les mêmes pensées, grâce à une habitude commune de l'aventure, Morane et Bill se demandèrent si, à présent que le danger des gorilles-robots était écarté, ils n'allaient pas tenter de se rendre maître des quatre gardes. Entreprise pleine de risques cependant, car ils n'y voyaient goutte et, en outre, ils n'auraient su où aller. Revenir en arrière ? Il y avait la porte d'acier et les gorilles-robots. Suivre la ligne lumineuse ? Il était probable qu'elle conduisait dans la gueule de Satan lui-même, ou en un autre endroit de même sorte. Ils décidèrent donc d'attendre et de voir venir.

— Suivez la ligne ! avait commandé en mauvais anglais l'un des gardes.

Ils obéirent et, pendant plusieurs minutes, ils marchèrent ainsi avec pour seul guide le mince trait phosphorescent. A plusieurs reprises, ils eurent l'impression que celui-ci s'incurvait, mais ils n'en pouvaient être sûrs. Finalement, devant eux, un point lumineux apparut, qui grossit au fur et à mesure qu'ils s'en rapprochaient. Ensuite, à gauche et à droite, il y eut deux autres silhouettes phosphorescentes dont le dessin se précisa pour bientôt figurer la forme de deux sièges qui semblaient suspendus dans les ténèbres. Quant à la première tache de lumière, elle avait pris, elle, une forme humaine : celle d'un homme assis sans que rien ne le soutînt. Bientôt, la distance décroissant toujours, les deux amis purent reconnaître cet homme : c'était Monsieur Ming. Celui-ci était-il réellement phosphorescent ou était-il éclairé par une source de lumière invisible ? Ni Bob ni Bill n'eussent pu le dire. Ce qui comptait, c'était qu'ils pouvaient détailler le large visage aux pommettes saillantes, la bouche de bête fauve, le crâne rasé et les terribles yeux qui ne cillaient jamais. Deux yeux dont, pour le moment, on ne distinguait pas la couleur mais qui, ils le savaient, étaient jaunes comme ceux des tigres. La phosphorescence permettait également de distinguer l'habit au col haut boutonné de clergyman et deux énormes mains qui devaient posséder une force redoutable et dont l'une — la droite — postiche, était une merveille de précision électronique.

Bob Morane et Bill Ballantine n'étaient plus à présent, d'après ce qu'ils pouvaient en juger, qu'à trois mètres de l'Ombre Jaune. Celui-ci désigna les deux sièges luminescents.

— Asseyez-vous, dit-il d'une voix basse mais qui faisait infailliblement penser au feulement d'un fauve.

« Cinéma tout ça, pensa Bob. Ming, rendu lumineux lui-même, est assis sur un siège qui, lui, ne l'est pas et, par le fait même, nous paraît invisible. Quant à nous, il nous réserve deux fauteuils dont les carcasses sont enduites d'une matière phosphorescente. » Cela correspondait encore une fois à ce goût de la mise en scène qui, toujours, avait caractérisé les faits et gestes de l'Ombre Jaune dans ce qu'ils avaient de plus bénin ou de plus horrible.

Obéissant à l'ordre qui leur avait été donné, Bob et Bill s'étaient assis sans prononcer la moindre parole. Ils savaient que, pour le moment, il fallait laisser l'initiative de la conversation à leur ennemi. Par la suite, on verrait. L'Ombre jaune ne devait d'ailleurs pas les décevoir, car sa voix retentit à nouveau.

— Tout à l'heure, alors que vous étiez enfermés dans votre cellule, je vous ai dit que j'ignorais votre présence ici. Cela ne veut pas dire que je ne l'escomptais pas. Je ne m'attendais pas à ce que vous parveniez à vous introduire aussi rapidement dans ma forteresse, voilà tout !

— Vous n'allez quand même pas affirmer que vous attendiez notre visite, coupa Ballantine avec un ricanement. Tout avait été préparé dans le plus grand secret, et seuls Sir Archibald Baywatter et nous étions au courant.

rer avec vous. Comme vous venez de le dire vous-même, nous approuvons peut-être vos buts, mais guère vos méthodes.

— Trouvez un moyen de convaincre l'humanité autrement que par la force, fit Ming, et j'emploierai ce moyen.

Bob Morane secoua la tête.

— N'essayez pas de nous donner le change, fit-il d'une voix forte. Pas à nous ! Nous vous connaissons trop bien. Vous aimez la violence pour la violence, la cruauté pour la cruauté et la guerre sainte — du moins vous semblez vouloir l'appeler par ce nom — que vous avez déclarée à la civilisation occidentale n'est qu'un prétexte pour assouvir cette violence et cette cruauté.

— En un mot, conclut Ballantine, le loup ne se changera jamais en agneau, ni le diable en ermite.

Monsieur Ming ne parut pas avoir entendu cette remarque, pourtant parfaitement de circonstance, de l'Ecossais ; il se contenta de répondre aux paroles de Bob :

— Vous êtes Français, commandant Morane, et vous devez savoir qu'un de vos grands soldats a dit quelque chose comme : « On ne conquiert pas un empire avec des enfants de chœur... »

— N'oubliez pas non plus, enchaîna Bob, qu'un proverbe dit : « Qui sème le vent récolte la tempête. »

— Aucune tempête ne serait capable de m'abattre, jeta avec orgueil l'Ombre Jaune, puisque je suis moi-même la Tempête.

« Voilà le naturel qui revient au galop », songea Bob. Mais Bill, de son côté, avait rétorqué avec sarcasme :

— Aucune tempête ne serait capable de vous abattre ! N'oubliez pas que le commandant Morane et moi avons déjà failli, à différentes reprises, vous faire toucher les deux épaules, et nous ne sommes pas une tempête.

Le sourire de Monsieur Ming découvrit à nouveau des dents de bête carnassière.

— Vraiment, monsieur Ballantine, vous vous sous-estimez, le commandant Morane et vous...

A nouveau, le visage de Ming redevint grave et il enchaîna :

— Bientôt, je n'aurai plus rien à craindre de vous.

— Vous comptez nous supprimer, sans doute ? glissa Bob.

— J'aurais pu le faire à différentes reprises, assura le Maître du Shin Than, et je me demande pourquoi je ne l'ai pas fait. Peut-être, tout compte fait, ai-je plus de faiblesse pour vous que vous ne le méritez. Je vous ai dit déjà que vous étiez le sel de mon combat. Sans vous sans doute, tout serait trop facile, donc sans intérêt. Et voilà pourquoi, jusqu'à ce jour, je vous ai ménagés ; mais, désormais, j'ai décidé de porter un grand coup, de frapper de haut cette Humanité qui court à sa perte. A l'avenir, que vous viviez ou non, vous ne pourrez plus m'inquiéter, à moins que vous n'ayez les ailes et la puissance du légendaire oiseau Roc.

L'Ombre Jaune se tut, et Morane et Bill, que ces dernières paroles n'avaient pas manqué d'intriguer, évitèrent de lui poser la moindre question, car ils savaient qu'il n'y aurait pas répondu, qu'il fallait laisser au terrible personnage l'initiative des confidences. Ils connaissaient bien leur adversaire car, de lui-même, il reprit :

— Jusqu'ici, je n'ai livré à l'Humanité qu'une guerre terrestre. Comme je viens de vous le dire, je vais désormais frapper de plus haut, porter le combat aux dimensions galactiques. Bientôt, de l'endroit même où nous nous trouvons en ce moment, sera lancé un énorme satellite, véritable laboratoire spatial où les savants que j'ai asservis, grâce à une prodigieuse machine mise au point par mon cerveau de génie, forgeront les armes et me donneront la victoire.

— Les hommes possèdent à présent les moyens de détruire votre satellite... si satellite il y a, glissa Morane.

— Je me demande d'ailleurs, risqua à son tour Ballantine, comment il vous sera possible de mettre ce satellite sur orbite, s'il est tellement énorme.

— J'ai réussi à domestiquer l'énergie tellurique. L'île où nous nous trouvons est un volcan éteint et c'est dans la cheminée même de ce volcan qu'est construite ma forteresse. Peut-être, dès votre arrivée ici, avez-vous entendu le bruit d'une gigantesque génératrice ?

C'est à ce moment que Bob Morane et Bill se rendirent compte du silence régnant en ces lieux. A part le bruit de leurs voix et celle de leur interlocuteur, ils ne percevaient aucun autre son. Le ronronnement géant et les explosions qui les avaient intrigués semblaient eux-mêmes s'être tus depuis que, tout à l'heure, ils avaient franchi la porte d'acier, ce qui laissait à supposer que l'endroit où ils se trouvaient était parfaitement insonorisé. Mais Ming continuait à parler.

— Cette génératrice emmagasine dans de gigantesques accumulateurs l'énergie tellurique puisée au centre même du globe et qui, très bientôt, me permettra de propulser mon satellite dans l'espace, et aussi d'autres semblables à lui. De ces plates-formes spatiales, je pourrai alors envoyer de minuscules vaisseaux vers les lointaines planètes où je m'installerai, pour menacer le monde et l'obliger à se soumettre à ma volonté.

— Et ces vaisseaux, par quelle énergie seront-ils mus ? s'enquit Morane avec un accent de doute. Il vous faudrait de prodigieuses réserves d'énergie tellurique qui, de toute façon, finiraient tôt ou tard par s'épuiser.

— J'ai pensé à tout cela, assura le Mongol. Aussi, pour faire voyager les vaisseaux, n'emploierai-je pas la seule voie de l'espace, mais celle de l'hyperespace. Dans cet hyperespace, tout se passe suivant des lois différentes de notre univers à trois dimensions et...

— Je sais, coupa Bob. Au lieu de suivre la courbure de l'univers, vos vaisseaux en sortiront pour emprunter une trajectoire rectiligne à travers un espace contracté où le temps, devenant une nouvelle dimension indépendante, s'écoule beaucoup plus lentement que dans notre propre espace.

L'Ombre Jaune approuva de la tête.

— C'est cela tout juste, approuva-t-il. C'est cela.

Ces révélations auraient pu paraître énormes venant de quelqu'un d'autre que l'Ombre Jaune. Mais Morane et

Bill connaissaient assez leur ennemi et l'étendue de sa science pour savoir qu'il ne plaisantait pas, tout incroyable que cela fût.

— Ainsi, continuait Ming, je porterai ma guerre dans les espaces cosmiques et je ferai même usage du Temps pour triompher. Si vous voulez assister à mes côtés à ce triomphe, je vous laisse encore le loisir de décider. Si vous acceptez ma proposition, vous serez mes deux principaux lieutenants. Dans le cas contraire...

— Dans le cas contraire ? fit Morane.

La réponse vint aussitôt.

— Je vous briserai, réduirai votre volonté à néant et ferai de vous des esclaves. Ce sera alors contre votre gré que vous collaborerez avec moi.

Pas un seul instant, Bob Morane et Bill Ballantine n'hésitèrent, et ce fut d'une voix commune qu'ils laissèrent tomber :

— Nous préférons être des esclaves.

Le visage du Mongol se ferma. Ses yeux ne furent plus que d'étroites fentes derrière lesquelles les prunelles prirent une fixité quasi minérale, et ses lèvres bougèrent à peine quand il laissa tomber :

— Parfait, messieurs ! Vous l'aurez voulu.

Il ne prononça pas d'autre parole. La phosphorescence qui le rendait visible s'éteignit soudain pour faire place aux ténèbres.

IX

On leur avait fait réintégrer leur cellule. Comme à l'aller, ils avaient été escortés par les quatre gardes masqués et les six gorilles-robots. Et, également comme à l'aller, ils n'avaient été l'objet d'aucun sévice. A présent, ils se retrouvaient à nouveau seuls. Ils attendirent que leur escorte se fût éloignée et que nul bruit ne retentît plus au-dehors avant de parler, usant du « javanais » au cas où des micros seraient dissimulés dans les parois lenticulaires de l'étroite salle.

— A votre avis, commandant, avait commencé Bill, quel sort nous réserve Ming ?

L'interpellé eut un geste vague.

— Aucune idée, mon vieux ! Le fait qu'il continue à nous isoler des autres prisonniers prouve qu'il se méfie toujours de nous, bien que nous soyons en son pouvoir.

— A moins qu'en nous isolant il espère briser nos volontés.

— Je ne crois pas, fit Bob, car dans ce cas il nous aurait séparés l'un de l'autre. Et puis, il sait que nous avons les nerfs trop bien accrochés pour que la seule solitude puisse avoir raison de nous.

En leur absence, deux matelas pneumatiques avaient été amenés dans la cellule. Ils s'y étendirent et continuèrent à deviser de la situation, tentant de deviner les projets de l'Ombre Jaune, échafaudant des plans d'évasion plus absurdes les uns que les autres et qui s'écroulaient aussitôt. Finalement, Morane jeta un coup d'œil à son bracelet-montre.

— Au dehors il doit faire nuit à présent car, si j'en juge à mon datomètre, une journée ne s'est pas écoulée depuis que nous avons pénétré dans la forteresse. Je commence à me sentir l'estomac dans les talons. Nous aurions dû rappeler à Ming que nous ne sommes pas des surhommes, nous, et que, de temps à autre, un peu de nourriture ne nous fait pas de mal.

— Et s'il était dans son dessein de nous laisser mourir de faim ? glissa l'Ecossais d'une voix timide.

— Pas question, assura Morane. Ce n'est pas dans la manière de notre adversaire. Cela m'étonne même qu'il ne nous ait pas encore fait passer le menu. Peut-être, après tout, va-t-il y songer.

— S'il pouvait également nous faire tenir une bouteille de remontant ! souhaita Bill. Elle serait la bienvenue. Fait plutôt humide dans ces cavernes !

Pour échanger ces paroles banales, les deux prisonniers avaient cessé d'employer le « javanais », et peut-être lesdites paroles furent-elles entendues car, une demi-heure à peine s'était écoulée que quatre gardes pénétrèrent dans la cellule, porteurs de plateaux bien garnis. Immédiatement, Bill Ballantine visa la bouteille de forme très particulière posée sur l'un des plateaux, et il s'exclama :

— Du whisky ! Et du Zatt 77 encore ! Ma marque préférée ! Décidément, commandant, vous aviez raison : Monsieur Ming sait recevoir !

Ils mangèrent de bon appétit. Bob abusa un peu de l'excellent vin qui leur était servi et Bill énormément de whisky. Quand ils eurent terminé, ils se sentaient tous deux un peu abasourdis.

— Bizarre, fit Bill. J'ai à peine vidé cette bouteille aux trois quarts, bref de quoi me remplir tout juste une dent creuse, et j'en ai la tête qui me tourne. D'habitude, je puis ingurgiter toute une barrique de whisky — uniquement par sentiment patriotique, bien sûr ! — et je me sens aussi frais et dispos qu'un bébé de quelques mois qui vient de terminer son biberon. Cette fois pourtant...

— Les nerfs sans doute, tenta d'expliquer Morane. Ils en ont pris un sérieux coup ces dernières heures !

Ce n'était pourtant pas la première fois que leurs nerfs en prenaient « un sérieux coup » et, jamais, ils ne s'étaient sentis saisis d'une telle lassitude.

Bob Morane écarta les bras et les étendit violemment, en étouffant un bâillement.

— Vrai que je piquerais bien un petit somme, fit-il.

— Et moi donc ! dit à son tour Ballantine. Un gros somme même que je piquerais.

Le Français s'était laissé aller en arrière sur son matelas pneumatique. Bill fit de même et, quelques minutes plus tard, tous deux dormaient d'un sommeil profond et qui paraissait sans fin, comme celui des Elus.

*
* *

Quand Bob Morane se réveilla, une étrange langueur occupait ses membres, tout à fait comme s'il avait dormi cent ans à la façon de la Belle au Bois Dormant. Pourtant, aucun Prince Charmant ne l'avait réveillé. Bill n'avait rien d'un fils de roi, toujours étendu sur son matelas pneumatique, il avait plutôt l'allure d'un ours en hibernation. Péniblement, Bob tendit une main, saisit son ami par l'épaule et le secoua avec toute l'énergie dont il était capable. Il dut s'y prendre à plusieurs reprises avant que l'Ecossais daignât bouger, pousser un grognement et, enfin, ouvrir un œil en maugréant :

— Quoi ? C'que c'est ? En v'la des idées d'réveiller les gens ainsi... en pleine nuit ! Y'a l'feu ?

— Reviens à toi, mon vieux ! jeta Bob. Assez fainéanté. Nous ne sommes pas en vacances. Serait temps de penser aux choses sérieuses.

Le géant ouvrit les deux yeux, se dressa sur un coude et

regarda autour de lui. Il dut reconnaître les lieux car, aussitôt, il sembla se rappeler.

— Ah oui ! La forteresse, l'Ombre Jaune, les gorilles-robots et tout le Saint-Frusquin. Je me souviens à présent. Vous avez raison, commandant, on n'est pas en villégiature. Il faudrait réellement penser aux choses sérieuses.

Par trois fois, le géant passa une langue pâteuse sur ses lèvres, puis il demanda :

— Quelle heure est-il ?

Rapidement, Morane jeta un regard à sa montre-bracelet et répondit :

— Neuf heures et demie.

— Du soir ou du matin ?

— Du matin, je suppose.

Le Français continuait à regarder son bracelet-montre. Tout à coup, il sursauta.

— Ça par exemple !... Ça par exemple !...

— Qu'est-ce qui vous arrive ! interrogea Bill.

La surprise étouffait à ce point Morane qu'il trouva tout juste assez de souffle pour répondre :

— Le datomètre !

— Le datomètre ? Eh bien quoi ? Vous n'avez jamais vu une montre avec un datomètre ? C'est la vôtre pourtant !

— Ce n'est pas ça. Quand nous nous sommes endormis, ce datomètre marquait la date du 17 ; à présent il marque le 14.

— Et alors ? demanda Bill qui ne paraissait pas comprendre.

— Alors ? Puisque, en général, les montres ne fonctionnent pas à reculons, il faut supposer que nous avons dormi près d'un mois.

C'était d'une telle évidence que Ballantine sursauta à son tour et jeta lui aussi un coup d'œil à son bracelet-montre.

— C'est vrai, reconnut-il au bout de quelques instants. Je me souviens que quand nous nous sommes endormis, nous étions bien le 17, et nous voilà le 14. Nous avons dormi durant près d'un mois. Près d'un mois !

Pendant plusieurs dizaines de secondes tous deux demeurèrent abasourdis, sans prononcer la moindre parole. Puis, brusquement, Bill explosa.

— C'était ce whisky et ce maudit vin. Nous aurions dû nous douter que cette générosité de la part de Ming cachait quelque chose de louche. Nous avons été drogués ! Drogués !

A nouveau, le silence s'établit entre eux. Que s'était-il passé durant ces semaines qu'ils avaient perdues à dormir ? Qu'était-il advenu de Sophia Paramount et des autres prisonniers ? Le satellite dont avait parlé Ming avait-il été un jouet entre les mains du Mongol. N'avaient-ils pas, au cours de leur sommeil, subi quelque opération chirurgicale destinée à faire d'eux ses esclaves ? Pourtant, à un premier et rapide examen, ils n'avaient pas l'impression de porter la moindre cicatrice nouvelle.

Longtemps, ils demeurèrent prostrés, comme écrasés par une insurmontable fatalité. Bill Ballantine avait appuyé le menton au creux de sa large main et, machinalement, il se grattait la joue.

— Tiens, dit-il au bout d'un moment d'une voix absente, comme s'il pensait à autre chose, je ne savais pas que quand on dormait la barbe poussait aussi lentement. Peut-être le ralentissement des fonctions vitales...

Morane avait sursauté.

— Qu'est-ce que tu me chantes avec ton histoire de barbe et de fonctions vitales ? La barbe pousse aussi vite durant le sommeil.

Rêveusement, l'Ecossais continuait à se caresser la joue.

— Pourtant, insista-t-il, quand je me suis endormi, j'avais à peine une barbe de deux jours et elle semble n'avoir guère poussé beaucoup, ou même pas du tout, en un mois. La vôtre non plus d'ailleurs.

A son tour, le Français porta la main à ses joues et à nouveau, il sursauta.

— Mais tu as raison, mon vieux, nos barbes n'ont pas poussé !

Ses regards s'abaissèrent vers ses mains, puis vers celles de son compagnon, et il enchaîna aussitôt :

— Et nos ongles non plus.

— Est-ce que cela voudrait dire... ? risqua Bill.

D'un signe de tête, Morane approuva.

— Oui, mon vieux, cela veut dire que nous n'avons pas dormi un mois, il s'en faut de beaucoup, mais à peine quelques heures.

— Mais... nos montres ?

— Une mise en scène, Bill. On nous a endormis à l'aide d'une drogue jetée dans le whisky, le vin ou la nourriture, ensuite on a pénétré jusqu'à nous et on a avancé nos montres, tout simplement pour nous faire croire que nous avions dormi des jours et des jours.

— Mais la raison de cette comédie ? La raison ? La raison ?

— La guerre des nerfs : il n'y a pas d'autre explication. Ming escomptait que, quand nous nous réveillerions, nous aurions le geste tout naturel de consulter nos montres, et cela c'est passé comme il l'avait prévu. Il escomptait également que, en nous rendant compte que nous avions dormi durant près d'un mois, nous serions envahis par le désespoir et que nous nous poserions les questions que nous nous sommes effectivement posées quant à notre sort et celui de Sophia et des autres prisonniers.

— Bien entendu, il était impuissant à accélérer la pousse de nos barbes, de nos cheveux et de nos ongles. Il n'est pas homme à rien laisser au hasard et, s'il l'avait pu, il l'aurait fait, soyons-en assurés. Il aurait dû prévoir que nous nous apercevrions que c'était un coup monté, justement à nos barbes, nos cheveux et nos ongles.

— Il l'a prévu, n'en doutons pas, mais il n'a probablement pas pensé que ce serait aussi rapidement.

— Bref, son coup a raté, comme celui de Madame Veto, conclut Bill qui connaissait son histoire de France et chantait déjà la Carmagnole sans même en comprendre les paroles, alors qu'il ne baragouinait encore que quelques mots de français.

— Pas tout à fait, Bill, pas tout à fait.

Et le Français enchaîna en riant :

— Avoue que nous avons eu une belle peur et que...

Bob Morane s'interrompit. Le bruit métallique d'une clef tournant dans une serrure avait ralenti, et quatre gardes armés de mitraillettes pénétrèrent dans la cellule.

X

Les quatre gardes masqués s'étaient placés deux par deux de chaque côté de la porte de la cellule. L'un d'eux désigna Bill Ballantine et jeta :

— Vous, nous suivre !

L'Ecossais secoua la tête et répondit :

— Pas question, mon vieux. Le commandant et moi, on ne se sépare jamais. Nous n'en avons peut-être pas l'air, mais nous sommes des jumeaux et nous ne pouvons vivre l'un sans l'autre.

Cette raison, toute fantaisiste il faut le reconnaître, ne parut pas convaincre le garde, car il répéta avec plus de dureté encore que précédemment :

— Vous, nous suivre !

Deux mitraillettes étaient braquées sur la poitrine de Morane, les deux autres sur Bill et il était évident que toute résistance se révélerait inutile. L'Ecossais se décida donc à obéir à l'ordre qui lui était intimé. Il se dirigea vers la porte et, avant de sortir, il se tourna vers Morane et cligna de l'œil en disant :

— Je ne serai pas long, commandant. Attendez-moi surtout. Avec vous, on ne sait jamais. S'il vous prenait soudain l'envie de humer un peu d'air frais.

La porte se referma sur Ballantine et les quatre gardes. Bob demeura seul. Il était soucieux. Qu'est-ce que cela signifiait ? Pourquoi les séparait-on, son ami et lui ? Ming craignait-il que, unis, ils parviennent contre toute attente à lui jouer un mauvais tour à leur façon et préférait-il ne pas courir de risques ? Ou bien cela signifiait-il autre chose ? La vie de Bill était-elle en danger ?

L'inquiétude submergeait le Français. Non seulement au sujet du sort que l'Ombre Jaune réservait à son compagnon, mais aussi parce que, de minute en minute, le bruit des génératrices d'énergie tellurique dont avait parlé Ming se faisait plus distinct, montait comme le grondement d'un monstre en colère, tandis que les détonations devenaient de plus en plus violentes. Quelque chose se préparait dans les profondeurs de la forteresse, mais il ne savait exactement quoi, pas plus qu'il ne savait où l'on avait amené Bill Ballantine, et cette double incertitude le rongeait.

Deux heures s'écoulèrent puis, tout à coup diffusée par les haut-parleurs invisibles, la voix de l'Ombre Jaune se fit entendre, disant :

— Votre ami a été torturé, commandant Morane, et il a fini par accepter de collaborer avec moi. Je ne pense pas qu'il se rétracte car il sait que, dans ce cas, il subirait une nouvelle petite séance de... persuasion. Vous allez être torturé à votre tour et je n'ai qu'un souhait à formuler : c'est que, finalement, vous vous montriez aussi... coopératif que M. Ballantine.

Bob eut envie de se lever et de crier son dégoût au monstre qui venait de parler mais il savait que ce serait inutile, qu'aucune parole, aucune insulte n'atteindrait Ming, aussi insensible à ce genre d'attaque que le blindage d'un cuirassé aux piqûres d'une guêpe. Il ne savait même pas d'ailleurs si des micros lui permettraient de se faire entendre.

Une à une, les secondes s'écoulèrent, lourde chacune comme une goutte de plomb qui tombait. Soixante gouttes de plomb... Cent vingt gouttes de plomb... Cent quatre-vingts gouttes de plomb...

Finalement, la porte de la cellule s'ouvrit et les quatre gardes apparurent, soutenant Bill, le traînant car il semblait incapable de marcher. Son visage montrait toutes les traces d'une souffrance infinie bien qu'il ne portât aucune blessure apparente. Les larmes coulaient sur son visage couleur de brique, mouillaient sa barbe hirsute et ses lèvres tremblaient convulsivement, laissant échapper des paroles inintelligibles.

Les gardes conduisirent le géant jusqu'à son matelas pneumatique, où ils le laissèrent tomber. Bob Morane s'était dressé. Il s'approcha d'un des sbires masqués et le saisit par l'épaule en interrogeant avec colère :

— Qu'est-ce qu'on lui a fait ?

Le garde ne répondit pas. Il se contenta d'enfoncer le canon de sa mitraillette dans les côtes de Morane en jetant :

— Vous, reculez ! Vite !

Le Français comprit que, s'il n'obéissait pas, le misérable pouvait perdre son sang-froid et ouvrir le feu. Il n'insista donc pas et se pencha vers Bill en demandant :

— Que t'a-t-on fait, mon vieux ? réponds !

Mais le géant ne semblait pas entendre. Pendant que les gardes quittaient la cellule, Morane inspecta rapidement le grand corps étendu sur le matelas, mais ce fut en vain qu'il chercha la moindre trace de blessure.

A tâtons, la main de Ballantine chercha celle de son ami, la trouva, s'attarda à la montre comme pour en reconnaître la forme, monta le long du bras, gagna l'épaule, chercha le visage et ses doigts en suivirent les contours, s'attardant à chaque relief des traits. Alors, la vérité apparut à Bob : Bill Ballantine était aveugle. Cette cécité était-elle définitive, ou momentanée ? Morane pencha pour la seconde possibilité. En effet, Ming avait déclaré que Bill, à l'issue de la séance de tortures à laquelle il avait été soumis, avait accepté de collaborer avec lui, et il était assez improbable que, dans ce cas, le Mongol se fût assuré la collaboration d'un aveugle. Morane n'eut cependant pas le loisir de s'interroger à ce sujet, car l'Ecossais s'était mis à parler, par phrases hachées qui sortaient péniblement d'entre ses lèvres frémissantes.

— Ils m'ont projeté de violents faisceaux de lumière... dans les yeux, commandant, après m'avoir obligé à ouvrir... les paupières. En même temps, ils m'ont forcé à entendre des sons aigus, très rapprochés, jusqu'à ce que je devienne aveugle et sourd, puis que ma tête paraisse éclater. C'était horrible. Avant, Ming m'avait demandé si je voulais collaborer avec lui. Finalement, à bout de force, j'ai accepté. J'aurais d'ailleurs accepté... n'importe quoi.

— Sans doute aurais-je fait la même chose à ta place, dit Morane.

Pourtant, il savait que les nerfs auditifs de Bill Ballantine ne devaient plus transmettre les sons articulés et que son compagnon n'entendait pas ce qu'il disait. Il préféra donc le laisser se reposer. De toute façon, il ne pouvait rien pour lui, et il fallait attendre que les effets du supplice se dissipassent.

En même temps, Bob Morane se rappelait les paroles que l'Ombre Jaune lui avait dites peu de temps auparavant, par l'intermédiaire des diffuseurs invisibles : « Vous allez être torturé à votre tour... » Subirait-il les mêmes tourments que Ballantine ? Ce n'était pas sûr, mais probable.

Pendant quelques instants, Bob demeura soucieux puis son visage se détendit et il sourit en pensant : « Un homme prévenu en vaut deux. Si Ming a plus d'un tour dans son sac, j'en ai autant à son service dans ma boîte à malices. »

Rapidement, il déchira une longue bande de sa chemise qu'il s'empressa de réduire en charpie. Mouillant cette charpie, il en fit des tampons fort serrés qu'il s'enfonça puis se tassa dans les conduits auditifs. Quand il eut terminé ce travail, auquel il avait apporté le plus grand soin, il songea : « Plus tard, ce sera peut-être un peu difficile à retirer, mais ce qui compte pour l'instant c'est me soustraire dans la mesure du possible aux tourments que Ming me réserve. Pour les yeux, je possède également un petit truc, mais il me faudra attendre d'être sur place pour l'essayer... » A ses côtés, brisé par la fatigue nerveuse, Bill s'était assoupi d'un sommeil inquiet, entrecoupé de tressaillements. Il devait gémir également car ses lèvres remuaient. Pourtant, à cause des tampons qui lui bouchaient hermétiquement les oreilles, Morane ne percevait rien de ces gémissements.

Tout ce qui lui restait à faire désormais, c'était attendre le bon vouloir de l'Ombre Jaune. Celui-ci lui avait promis la torture et il savait qu'elle ne viendrait pas immédiatement. En effet, Ming connaissait la valeur débilitante de l'angoisse qui tord les nerfs, augmente la tension artérielle, accélère le rythme cardiaque, et rend l'organisme moins propre à la lutte.

Un peu plus d'une heure s'écoula. Puis quatre gardes masqués firent leur apparition. Morane supposa qu'il s'agissait des mêmes hommes qui, tout à l'heure, avaient emmené puis ramené Bill.

— Vous, nous suivre !

Il fit mine de ne pas vouloir comprendre. Le garde dut répéter :

— Vous nous suivre ! Debout !

Il s'approcha jusqu'à ce que le canon de sa mitraillette ne fût plus qu'à quelques centimètres du front du prisonnier et il insista :

— Debout !

Cette fois, Bob Morane obéit mais avec une répugnance visible, prenant l'air aussi craintif qu'il était possible. La tête enfoncée entre les épaules comme s'il craignait de recevoir quelque poids sur la tête, il interrogea :

— Où me conduisez-vous ?

On ne lui répondit pas et il fut poussé brutalement vers la porte. Il ne savait pas où on le menait, bien sûr, mais il n'ignorait pas vers quoi.

*
* *

On devait faire suivre à Morane le même chemin que précédemment quand, en compagnie de Bill, il avait rencontré l'Ombre Jaune. Cette fois cependant, aucun gorille-robot ne l'escortait. Sans doute avait-on jugé que les quatre gardes masqués suffisaient pour le surveiller. A nouveau, on s'était arrêtés devant la porte d'acier qui avait été franchie, puis on avait suivi la ligne phosphorescente, mais cette fois pour atteindre une nouvelle porte d'acier qui fut franchie également. Morane et ses gardes s'étaient retrouvés alors dans une grande pièce carrée, aux murs nus complètement tendus de jaune. Au fond de cette pièce, Ming se tenait debout, son complet noir de clergyman se détachant nettement sur les murs qui avaient la même couleur que ses yeux. Ces terribles yeux d'ambre liquide, qui ne cillaient jamais.

Le Mongol tenait les bras croisés et il ne bougea pas d'un pouce, aucun de ses traits ne broncha quand Bob fit son apparition. L'attention du Français avait d'ailleurs été tout de suite attirée par un étrange appareil dressé au milieu de la pièce. Cela ressemblait à un fauteuil de dentiste avec des sangles pour fixer la tête, les poignets et les chevilles du patient. Du dossier montait une série de bras articulés, les uns terminés par de petites pinces, les autres par de minuscules lampes, les autres enfin par des objets ressemblant à des pommes d'arrosoir et qui pouvaient fort bien être des diffuseurs.

Tout de suite, Morane avait été poussé vers le fauteuil où on l'attacha. Quand il fut tout à fait immobilisé, alors seulement l'Ombre Jaune bougea ; le sourire cruel découvrit les dents de bête, tandis qu'un éclair brillait dans les yeux jaunes.

Le maître du Shin Than parla, mais Morane ne put comprendre ce qu'il disait. Les lèvres bougeaient seulement sans qu'aucun son ne parût en sortir. Cela rassura Bob sur l'efficacité des tampons dont il s'était garni les conduits auditifs. Pendant un moment, il eut peur que Ming, n'obtenant aucun commentaire à ses paroles, ne devinât le stratagème.

Pour éviter d'attirer trop la méfiance du Mongol, Bob trouva plus sage d'afficher un sourire méprisant et de hausser les épaules de temps à autre, comme s'il refusait de répondre aux propos de Ming. Finalement, celui-ci fit un geste à l'adresse des gardes qui, s'approchant du fauteuil, rabattirent les bras articulés qui, tout à l'heure, avaient attiré l'attention du captif. Ce dernier sentit que deux minuscules pinces lui saisissaient les paupières et les forçaient à s'ouvrir sans qu'il pût les refermer. En même temps, les petites pommes d'arrosoir se plaçaient de chaque côté de sa tête, à hauteur des oreilles, tandis que les lampes minuscules terminant les deux derniers bras articulés s'immobilisaient devant ses yeux.

Sur un nouveau geste de Ming, la lumière s'éteignit et, presque aussitôt, le supplice commença. De longues stridulations, s'interrompant et se répétant à intervalles réguliers, éclatèrent, heureusement atténuées en grande partie par la présence des tampons de charpie. En même temps, les petites lampes se mirent à clignoter rapidement, en autant d'éclairs d'une blancheur aveuglante. « De la lumière stroboscopique ! », pensa Morane. Il comprenait le tourment que son ami avait dû endurer. Mais déjà il avait fait basculer ses globes oculaires vers le haut, de façon à ne plus offrir que la sclérotique aux éclats du stroboscope. Bien sûr, il percevait encore la lumière aveuglante mais c'était supportable, tout comme étaient supportables les stridulations perçantes éclatant à ses oreilles.

Il était cependant évident que Morane devait jouer le jeu pour donner le change à son adversaire et, pour cela, il ne devait pas céder trop vite car l'Ombre Jaune connaissait son énergie, son entêtement.

Cela dura une heure, peut-être davantage. Tout d'abord, Morane n'avait marqué la moindre douleur puis, petit à petit, ses mains s'étaient serrées davantage sur les accoudoirs du fauteuil, et il avait accompli des efforts de plus en plus violents pour rompre l'étreinte des sangles qui l'immobilisaient. Au début, ce fut réellement une comédie. Pourtant, si le supplice était fortement atténué par les deux stratagèmes dont il usait, il n'en était pas inoffensif pour autant. Une douleur de plus en plus intense commençait à lui percer le crâne d'une tempe à l'autre, et il avait l'impression qu'un cercle de fer se resserrait autour de son front. Une sueur de plus en plus abondante le couvrait et il décida de mettre le plus rapidement fin à ce jeu car, au cours des minutes qui allaient suivre, il aurait besoin d'être en possession de toutes ses facultés. Il se mit à gémir doucement, puis plus fort, et plus fort encore. Finalement, il hurla :

— Assez ! Assez !

Les petits diffuseurs ne cessèrent pas pour autant de lancer leurs stridulations, ni les lampes stroboscopiques de clignoter.

Durant quelques secondes encore, Morane continua à feindre pour se remettre à crier ensuite :

— Assez ! Assez ! J'accepte de collaborer avec vous, Ming !

Soudain, le son s'arrêta et le stroboscope s'éteignit, mais une rumeur continuait à chanter dans les oreilles de Bob et un brouillard rouge était descendu devant ses yeux. « Pourvu que cela se dissipe vite songea-t-il. Pourvu que cela se dissipe vite ! Très vite ! »

Il sentit qu'on le détachait puis qu'on le soulevait du fauteuil par les bras et par les jambes. Il fut jeté sur une épaule puissante et emporté tandis que, dans ses oreilles, il continuait à percevoir les stridulations perçantes de l'instrument de torture dû au génie criminel de l'Ombre Jaune.

Pendant tout le début du trajet, Bob Morane tint les yeux fermés, puis il les rouvrit mais sans rien voir de net. Il referma les paupières et attendit encore un peu pour les rouvrir à nouveau. Cette fois, à travers une brume rouge, il distingua les parois de la galerie que l'on suivait, vision encore très floue mais rassurante cependant.

Bientôt du jaune se mêla au voile pourpre entourant toutes choses, et il comprit qu'il s'agissait de la combinaison de plastique du garde qui le portait. A la démarche de celui-ci, il sut que l'on était en train de gravir un escalier. relevant légèrement la tête, il regarda devant soi et distingua l'étagement des degrés. Tout alors se précisa rapidement et bientôt il put détailler les choses qui l'entouraient,

sinon à la perfection du moins assez pour s'y retrouver.
Quand ils parvinrent devant la porte de la cellule, sa vue était redevenue quasi normale. Il avait bien encore ce satané bourdonnement dans les oreilles mais cela ne présentait qu'une importance relative. L'escalier de fer menant à la porte de la cellule fut gravi, puis cette porte elle-même ouverte.

Dans l'étroite pièce de forme lenticulaire, Bill était assis sur le bord du matelas pneumatique. « Pourvu qu'il voie assez clair pour me donner un coup de main, songea Bob. Sinon, je vais devoir m'expliquer seul avec ces quatre gaillards... »

Bill eut un mouvement de tête dans leur direction et cela rassura Morane à demi. De toute façon, il lui fallait tenter une action car c'était le moment ou jamais de retourner la situation en leur faveur.

Au moment où le garde qui le portait le faisait basculer vers son matelas pneumatique, Bob donna un coup de rein et se reçut sur les pieds. Son coude droit, lancé en arrière avec la violence d'un piston de machine à vapeur, toucha l'homme au plexus solaire et le fit s'écrouler inanimé sur le sol. Presque en même temps, de la main gauche lancée horizontalement à la façon d'un couperet, Morane frappait un second garde sous le menton du masque, touchant durement la pomme d'Adam.

La suite des événements se déroula alors avec une extrême rapidité : Bill Ballantine s'était dressé en chancelant un peu et, pendant un moment, Bob crut avoir devant lui Samson en personne, au moment où aveuglé il s'arcboutait aux colonnes du temple pour faire crouler celui-ci sur les Philistins assemblés.

Mais, déjà, le colosse avait saisi par le cou les deux derniers gardes pour, les écartant l'un de l'autre, les rapprocher brusquement et leur cogner les crânes l'un contre l'autre. Cela fit le bruit d'une noix de coco que l'on brise d'un coup de maillet, et les deux victimes du géant s'affaissèrent sur le sol aux côtés de leurs compagnons inconscients.

XI

Rapidement, Bob Morane et Bill Ballantine avaient dépouillé les gardes de leurs combinaisons et de leurs masques, pour se rendre compte qu'il s'agissait d'un Asiatique, d'un Africain et de deux Européens, ce qui les poussait encore une fois à admettre que le Shin Than étendait à présent ses tentacules sur le monde entier et qu'il recrutait ses adhérents parmi toutes les races. Les quatre gardes furent soigneusement ligotés et bâillonnés. Ensuite, Bob et Bill passèrent leurs équipements en revue : des ceintures d'armes supportant des munitions et des revolvers de fort calibre. A l'une des ceintures, un trousseau de clef était accroché.

— Voilà ce qu'il nous faut, murmura Bob. Espérons qu'une de ces clefs ouvrira la cellule numéro 1 où sont enfermés Sophia et les autres captifs.

En hâte, ils revêtirent les combinaisons des deux plus grands des gardes et se bouclèrent chacun une ceinture d'armes autour de la taille.

— Emportons les deux autres, dit encore Bob tout bas.

Ils allaient se coiffer des masques, quand la voix de Ming, toujours diffusée par les haut-parleurs invisibles, se fit entendre. Elle disait :

— Commandant Morane, et vous, monsieur Ballantine, je ne sais si vous pouvez déjà m'entendre, mais je dois vous annoncer que l'heure où, d'un plan purement terrestre, la lutte que j'ai déclaré à l'Humanité passera sur un plan cosmique, voire extra-temporel, approche. Je me félicite que vous ayez finalement accepté de collaborer avec moi. J'aurais préféré certes n'avoir pas eu à vous y contraindre par la torture. Mais pouvais-je obtenir autrement votre collaboration ? Vous n'êtes pas des hommes que l'on convainc, mais que l'on brise. J'espère vous avoir brisé définitivement aujourd'hui et que, bientôt, vous pourrez assister à mes côtés à mon triomphe... Ecoutez comme il se prépare !

Selon toute probabilité, l'Ombre Jaune venait de faire allusion au ronflement des accumulateurs d'énergie tellurique qui se faisait de plus en plus violent, tandis que les détonations qui l'accompagnaient se répercutaient avec la violence d'explosions.

— Le satellite, murmura Bill. Il ne va sans doute plus tarder à être lancé.

— Si seulement nous pouvions savoir où il se trouve, fit à son tour Bob sur le même ton très bas, nous pourrions tenter de le détruire !

— Peut-être sera-t-il lancé du sommet de l'île, risqua l'Ecossais.

— Ou de la sphère elle-même, supposa à son tour Bob.

Sans doute Ming avait-il fini de parler, car sa voix ne se fit plus entendre. Certes, l'Ombre Jaune ne leur avait appris rien de bien nouveau, sauf peut-être l'imminence de la réalisation d'une nouvelle phase de son agression contre la civilisation occidentale. Cependant, les deux amis avaient en même temps acquis une nouvelle certitude : Monsieur Ming ne semblait pas se douter qu'ils avaient réussi à maîtriser les quatre gardes, et cela leur permettait d'espérer avoir les coudées franches au cours des minutes qui allaient suivre.

— Nous n'avons perdu que trop de temps, murmura Bob. Voyons si nous pouvons pénétrer dans la cellule numéro 1.

Ils ramassèrent les mitraillettes que les quatre gardes

avaient laissé choir sur le sol quand ils avaient été assaillis et, silencieusement, ils gagnèrent la galerie circulaire sur laquelle s'ouvraient les cellules.

Jusque-là, tout se déroulait suivant le plan conçu par Morane. Une seule chose l'inquiétait : l'intervention toujours possible des gorilles-robots contre lesquels Bill et lui, il le savait, auraient bien du mal à se défendre avec les seules armes qu'ils possédaient. Les mitraillettes peut-être, et encore...

Aucun des monstres cybernétiques ne se manifesta cependant et ils atteignirent sans encombre la porte numéro 1. Pendant que Bill surveillait les alentours, Morane tentait de trouver, parmi celles du trousseau, la clef permettant d'ouvrir les deux portes du sas. Au troisième essai, il découvrit ce qu'il cherchait et ils purent pénétrer dans la grande cellule. Pendant un moment, il avait craint que celle-ci ne fût vide, mais les prisonniers étaient toujours là et, parmi eux, Sophia Paramount. Soigneusement, Bob referma les portes derrière lui. Ensuite, il souleva son masque. La première, Sophia le reconnut.

— Bob ! s'exclama-t-elle.

Il posa un doigt sur les lèvres et s'approcha d'elle en murmurant :

— Chut ! Les murs peuvent avoir des oreilles.

Bill avait lui aussi enlevé son masque et les autres prisonniers s'approchèrent du groupe formé par les deux amis et la jeune fille.

Bob désigna plusieurs d'entre eux et leur dit très bas :

— Vous allez converser d'une voix normale, aussi naturellement que possible, pour essayer de couvrir notre conciliabule. Il peut y avoir des micros dissimulés, on ne sait jamais. Vous serez mis au courant de nos projets par la suite.

Les captifs concernés obéirent. Les autres, parmi lesquels les aviateurs américains, se groupèrent autour de Morane, de Bill et de Sophia.

— Je vais vous résumer mon plan en quelques mots, dit Bob. Si nous avions assez d'armes, nous pourrions tenter de pénétrer dans la sphère et de nous en emparer. Mais avec seulement quatre revolvers et quatre mitraillettes ce serait là une tentative désespérée. Il nous faudra donc nous contenter de fuir... ou tout du moins d'essayer de fuir. Bill et moi demeurerons déguisés, de façon à ce qu'on nous prenne pour des gardes qui emmènent les prisonniers suivant les ordres de l'Ombre Jaune. Peut-être y aura-t-il à un moment quelconque un pépin. Mais c'est une chance à courir.

Sophia Paramount glissa la main dans celle de Bob et assura avec un sourire :

— En votre compagnie, je risquerais n'importe quoi, Bob, vous le savez bien.

Le colonel Comp approuva de la tête.

— Nous tenterons notre chance, dit-il simplement, et je parle pour tous les membres de mon équipage.

Aucun des Américains ne formula la moindre remarque, approuvant ainsi silencieusement la décision de leur chef.

— Nous allons tenter d'atteindre le port souterrain, continua Bob, nous entasser dans une ou plusieurs vedettes et foncer en direction de la mer libre. Si nous agissons avec rapidité, nous avons des chances de réussir avant que l'adversaire ait pu réagir et ne tente de nous barrer le passage.

Un sourd grondement éclata dans les profondeurs de la forteresse, avec une telle violence que le sol et les parois tremblèrent. Comme cherchant protection, Sophia se jeta vers Bob, s'agrippant à son épaule.

— Que se passe-t-il ? fit-elle d'une voix tremblante. Depuis une heure, le bruit s'est intensifié. On dirait que tout va exploser.

— Quelque chose se prépare, assura Morane. Je ne sais quoi exactement mais c'est pour cette raison qu'il nous faut fuir au plus vite, avant qu'il ne soit trop tard.

Le colonel Comp avait mis un de ses hommes en faction près de la porte. Il revint soudain vers son chef en déclarant :

— On vient. J'ai entendu un bruit de clefs.

Les prisonniers échangèrent des regards consternés, mais Morane était l'homme des décisions promptes. Il remit son masque.

— Vous et les autres prisonniers, fit-il rapidement à l'adresse de Sophia et de Comp, allez demeurer groupés au centre de la cellule. Bill et moi nous nous tapirons près de la porte de façon à ce qu'elle nous dissimule en se rabattant.

Ce plan fut aussitôt mis à exécution. Juste à temps car, comme Morane et Bill venaient de s'adosser à la muraille, le battant s'ouvrit pour livrer passage à quatre gardes masqués. Les mitraillettes braquées, ils s'avancèrent vers les prisonniers et l'un d'eux déclara :

— Vous allez nous suivre sans résistance. Et n'oubliez pas qu'au moindre geste suspect de l'un d'entre vous, tous vous serez abattus sans pitié.

Sophia Paramount éclata d'un rire clair, sans crainte d'être entendue du dehors, car les grondements et les détonations des accumulateurs telluriques devaient à présent couvrir tout autre bruit en se répercutant à travers la forteresse.

— Abattus sans pitié ? goguenarda la jeune journaliste. Regardez donc derrière vous.

Le garde qui avait parlé se tourna vers la porte pour apercevoir Bob Morane et Bill Ballantine qui, ayant repoussé le battant, les tenaient, ses compagnons et lui, sous la menace de leurs mitraillettes.

*
* *

— Qu'est-ce que cela signifie ? interrogea le garde qui avait parlé.

A cause des déguisements de Bob et de Bill, ils ne pouvaient en effet savoir à qui ils avaient affaire ni comprendre ce qui se passait exactement.

Bob et Bill relevèrent leurs masques.

— Cela signifie, dit l'Ecossais, que les moutons se sont changés en loups et que nous ne sommes plus décidés à nous laisser faire.

— C'est à nous de jouer, en effet, approuva Bob.

Le colonel Comp et ses hommes s'étaient jetés sur les quatre gardes qui, en un clin d'œil furent désarmés, renversés, et immobilisés. Ensuite, on arracha leurs masques. Morane s'approcha de celui qui paraissait le chef et lui colla le canon de sa mitraillette sur le front.

— N'oubliez pas, dit-il avec détermination, qu'au moindre appel vous serez aussitôt passés par les armes, tous les quatre. Mais que cela ne vous empêche pas de parler. Où deviez-vous conduire les prisonniers ?

Comme l'homme ne répondait pas, Bill s'approcha de lui, ses larges mains ouvertes, en disant à l'adresse de Morane :

— Laissez-moi m'occuper de ce particulier, commandant. Je me charge de le rendre, en quelques secondes, aussi docile qu'un chien d'appartement.

Le géant accompagnait ses paroles d'une mimique à ce point menaçante que le garde se dégonfla aussitôt.

— Je vais parler, dit-il. Nous devions vous conduire dans la sphère.

— Pour quelle raison ? insista Bob.

L'autre secoua la tête.

— Je ne sais rien de plus, répondit-il. Je ne sais rien de plus.

— Qu'est-ce qui se prépare ? interrogea encore le Français. Pourquoi le bruit des accumulateurs s'est-il intensifié ?

A nouveau le garde secoua la tête.

— Je ne sais pas de quoi vous voulez parler.

Se faisant plus menaçant encore, Ballantine posa les mains sur les épaules du malheureux, et ce avec une telle force qu'on put croire qu'il allait lui briser les os.

— Ecoute, gronda le géant, si tu ne te décides pas à nous raconter gentiment ta petite histoire, je t'arrache les côtes une à une et je les brise comme des allumettes.

— Je ne sais rien de plus, répéta le garde en tremblant. Je vous assure que je ne sais rien de plus.

— Laisse-le, Bill, fit Morane. Tu lui flanques une telle frousse qu'il parlerait s'il savait quelque chose.

Il désigna les quatre hommes à Comp et à son équipage.

— Dépouillez-les de leurs uniformes, puis ligotez-les et bâillonnez-les !

Pendant que les aviateurs exécutaient cet ordre, Bill Ballantine raflait les ceintures des quatre gardes. C'étaient des ceintures semblables à celles dont s'étaient emparées déjà Morane et son compagnon, mais avec cette différence qu'à chacun d'entre elles étaient fixés une demi-douzaine de petits étuis de cuir contenant une grenade à main ressemblant fort à celles du type Mills.

— Ces gaillards étaient bien nantis, fit l'Ecossais. Je me demande à quel usage cela était destiné. Avaient-ils reçu l'ordre d'exécuter les prisonniers à la grenade ?

— Dans ce cas, ils n'auraient pas dû les emmener à l'intérieur de la sphère et cela se serait passé quelque part dans les souterrains, fit remarquer Bob. Mais ça n'a plus d'importance à présent. Nous emporterons ces gentils œufs de Pâques. Peut-être pourront-ils nous être utiles.

Quand les gardes furent ligotés et bâillonnés, Morane réunit tous les prisonniers au centre de la cellule.

— J'ai décidé d'apporter quelques modifications à notre plan initial, déclara-t-il. Le colonel Comp et ses hommes revêtiront les uniformes et se coifferont des masques. Bill et moi entrerons dans le groupe des prisonniers. Si ceux-ci devaient être menés dans la sphère, nous allons essayer de nous y rendre pour, avant de fuir, en saboter autant que possible les installations. Peut-être retardera-t-il considérablement la phase finale du plan de notre ennemi et cela laissera-t-il aux Forces Armées le temps d'intervenir avant qu'il ne soit trop tard. Nous avons des grenades et nous en userons pour détruire tout ce que nous pourrons détruire.

— Cela risquera de nous faire repérer et, en même temps, de compromettre nos chances d'évasion, fit remarquer un des prisonniers.

— Sans doute, fit Bill avec force, mais nous avons l'occasion de mettre l'Ombre Jaune en échec et nous ne pouvons la rater.

— Je suis de l'avis de Bob et de Bill, intervint Sophia Paramount. Nous ne pouvons rater une telle occasion.

— C'est mon avis également, intervint Comp avec force.

Finalement, tous les captifs se rallièrent à la même décision : accomplir un raid éclair à l'intérieur de la sphère, y détruire tout ce qu'on pourrait y détruire, pour ensuite se replier vers le port souterrain et tenter de gagner la mer libre. Pour mener à bien ce plan, les conjurés — il fallait à présent donner ce nom aux captifs — avaient comme armes huit mitraillettes, huit revolvers et vingt-quatre grenades, ce qui, suivant l'expression de Bill Ballantine, suffisait « pour faire un ramdam capable de rendre jaloux l'ancêtre Jupiter lui-même ».

La petite troupe quitta la cellule, dont les portes furent soigneusement refermées afin que les gardes prisonniers ne soient pas découverts trop vite. Quatre conjurés déguisés marchaient en tête de la colonne et quatre autres fermaient la marche. Ils s'étaient armés de mitraillettes tandis que Bob, Bill, Sophia et les autres qui, eux ne portaient pas de déguisement, dissimulaient des revolvers et des grenades sous leurs vêtements.

A plusieurs reprises, on devait croiser des esclaves, tous porteurs de leurs bracelets mortels, et aussi des gardes masqués ; mais aucun d'entre eux ne paru avoir l'attention attirée par les prisonniers et ceux qui les escortaient. Ces esclaves et ces gardes semblaient d'ailleurs être en proie à une agitation inaccoutumée car ils allaient à pas pressés et, parfois, donnaient toutes les marques d'une anxiété proche de l'affolement.

— Il y a vraiment quelque chose qui se prépare, souffla Morane à l'oreille de Bill.

Pourtant, l'Ecossais ne parut pas entendre.

— Que dites-vous, commandant ? interrogea-t-il.

Pendant un moment, Bob crut que son ami demeurait sourd à la suite du supplice qui lui avait été infligé peu de temps auparavant. Mais bientôt, il comprit qu'il n'en était rien, que c'était le bruit, devenu assourdissant, des génératrices d'énergie tellurique qui l'empêchait d'entendre. Et tout à coup, il y eut une série de déflagrations très rapprochées, tout à fait semblables à celles qui précèdent une violente éruption volcanique. Le sol trembla avec une telle force que plusieurs des compagnons de Morane furent déséquilibrés et roulèrent à terre. Sophia s'était accrochée au bras du Français. Il lui enlaça la taille pour la soutenir et pendant un moment, il se demanda s'il ne valait pas mieux renoncer au sabotage et ne plus penser qu'à la fuite.

Cependant, ils débouchaient dans une des galeries principales de la forteresse, menant à la sphère. Encore cinquante mètres peut-être à franchir et ils y pénétreraient. Cette pensée coupa chez Bob toute velléité de fuir.

— Encore un effort, hurla-t-il pour se faire entendre. Courons !

Il n'était plus nécessaire à présent de dissimuler. Avant tout, il fallait pénétrer dans la sphère, détruire tout ce qu'on pouvait y détruire et, surtout, le computer, qui faisait l'orgueil de Ming. Ensuite, il ne resterait plus qu'à effectuer une retraite précipitée.

Tous s'étaient mis à courir. Passé le débouché de la galerie, ils apercevaient déjà les infrastructures intérieures de la sphère. C'est à ce moment-là que, soudain, avec un claquement sec de gueule qui se referme et qu'ils perçurent à travers le tintamarre des génératrices et des explosions qui l'accompagnaient, un prodigieux volet de métal coulissa devant eux, leur barrant le passage.

XII

Les fuyards étaient demeurés interdits devant cette muraille métallique lisse et brillante qui s'était soudain dressée devant eux, leur interdisant l'accès de la sphère. Cette muraille, à en juger par sa forme légèrement convexe, devait à présent s'être intégrée à la paroi de la sphère elle-même.

— Il y a d'autres portes semblables, hurla Bill pour dominer le tintamarre de la génératrice. Peut-être avons-nous une chance de passer ailleurs.

— Ce serait inutile, hurla à son tour Bob Morane. Les autres portes doivent s'être refermées elles aussi, et la sphère est parfaitement close à présent.

De son énorme poing, Ballantine se mit à frapper la paroi de métal, geste puéril, car il était certain qu'aucun instrument mécanique, aucun chalumeau et par conséquent aucun homme, si fort fût-il, ne parviendrait à ouvrir une brèche dans cette barrière qui semblait faite d'une matière inconnue, sans doute quelque nouvel alliage dont Monsieur Ming et ses ingénieurs connaissaient seuls le secret.

— Trop tard, tempêtait le géant. Trop tard ! Quelques secondes plus tôt et nous passions...

— Et nous aurions été enfermés dans la sphère, dit Bob, ce que nous aurions sans doute regretté par la suite.

Les deux amis criaient et, cependant, ils s'entendaient

plus difficilement que s'ils avaient parlé d'une voix normale dans un silence absolu, tant le bruit de la génératrice et les détonations qui l'accompagnaient s'étaient faits violents. Et brusquement la paroi de la sphère, comme si celle-ci était soumise à une violente poussée, se mit à frémir tandis que de la pierraille se détachait de la voûte et des parois de la galerie. On eût dit que la gigantesque boule de métal voulait s'arracher de la gangue de rocher à l'intérieur de laquelle elle était enfermée. En même temps, dominant le fracas, un rire issu on ne savait d'où éclata. Rire sonore, dément, qui faisait songer à la gaieté de quelque démon soudain frappé de folie. Ce rire, Bob Morane et Bill Ballantine l'avaient entendu souvent : c'était celui de l'Ombre Jaune. Mais, cette fois, il ne menaçait pas ; il semblait plutôt ponctuer quelque monstrueux triomphe.

Tout à coup, Morane et Bill sentirent en même temps leurs cœurs comme serrés par une main d'acier. L'angoisse les saisit à la gorge et ils durent faire appel à toute leur énergie pour ne pas céder à la panique.

— Ne restons pas ici, hurla Morane à l'adresse de tous ses compagnons. Il nous faut fuir. Vite !

— Gagnons le port, enchaîna Ballantine.

Tous tournèrent les talons et se mirent à courir vers l'autre extrémité de la galerie. Sous leurs pas le sol tremblait tandis que, rapidement, la chaleur montait pour devenir bientôt étouffante, à tel point que les prisonniers qui avaient revêtu les uniformes des gardes durent se débarrasser de leurs masques sous lesquels ils suffoquaient.

Bob Morane courait en tête, non parce qu'il voulait être le premier à fuir, mais parce qu'il avait pris la responsabilité de la petite troupe et qu'il lui fallait la guider vers les vedettes, seules planches de salut. Pourtant ce n'était guère facile dans ce labyrinthe de couloirs et de galeries et il allait un peu à l'aveuglette, avec une seule certitude : de la sphère occupant le centre de l'île, il fallait s'éloigner autant que possible, le port souterrain étant, lui, creusé sous les falaises du rivage.

Parfois, on croisait des esclaves qui couraient en tous

sens, affolés. Quant aux gardes, on n'en apercevait plus aucun.

Il semblait que, au fur et à mesure que l'on s'éloignait de la sphère, la chaleur baissait un peu, ce qui était bon signe. Peut-être se rapprochait-on de la périphérie de l'île.

De plus en plus, Morane avait la sensation qu'ils étaient sur le bon chemin. Tout à coup, comme ses compagnons et lui suivaient une galerie secondaire, le Français s'immobilisa, imité aussitôt par ceux qui le suivaient. Une demi-douzaine de gorilles-robots venaient d'apparaître à dix mètres d'eux à peine, leur barrant le passage de leurs masses blanches. Ainsi groupés, ils donnaient une formidable impression de puissance bestiale avec leurs hauts crânes piriformes, surmontés d'une crête de poils laiteux et drus, qui touchaient presque la voûte. Leurs énormes mains au bout des bras interminables battaient l'air, et la lumière jouait sur leurs ongles d'acier. Leurs faces, à la fois bestiales et figées, étaient effrayantes avec leurs yeux-radars qui lançaient des rais de lumière verte, et leurs gueules béantes aux crocs démesurés. Sur le pelage garnissant leur mufle, des traces d'un rouge sombre indiquaient qu'ils venaient de se livrer à un repoussant festin. Normalement, leur aspect était suffisamment impressionnant pour qu'ils ne manquassent pas d'inspirer la crainte. Mais, à présent, ils semblaient eux-mêmes littéralement affolés, non par la peur assurément, car ces monstres cybernétiques ne devaient pas y être sensibles, mais par une soif inextinguible de carnage.

— Ils ont échappé à tout contrôle, cria Morane. S'ils nous atteignent, nous serons massacrés !

Il savait que, dans l'espace restreint de l'étroite galerie, il était impossible de se défendre à coups de grenades, les éclats risquant d'atteindre les hommes eux-mêmes.

— Fuyons ! jeta quelqu'un.

— Ils se lanceraient à notre poursuite et nous rejoindraient, dit Bill. Il nous faut nous défendre.

— Que ceux qui sont armés visent aux yeux ! recommanda Morane. Ils se dirigent grâce aux rayons qu'ils projettent et c'est sous leurs crânes que doivent être enfermés les organes leur assurant l'équilibre.

Tout en parlant, Bob avait tiré son revolver. Il visa le monstre le plus proche et fit feu à deux reprises. Les yeux-radars s'éteignirent et le robot, touché, se mit à pivoter sur lui-même, vacilla de gauche et de droite, se heurtant aux parois. Puis soudain il s'abattit la face en avant.

— Bravo, commandant ! hurla Bill. A mon tour !

Comme les autres gorilles-robots se précipitaient vers les fuyards, l'Écossais ouvrit le feu. Il était excellent tireur lui aussi et la brute qu'il avait visée, ses organes vitaux atteints, s'écroula à son tour près de son congénère.

Déjà, les autres armes crépitaient. Presque toutes étaient aux mains de militaires, comme Comp et les membres de son équipage, tous habiles au tir. Un à un, leurs yeux-radars fracassés, leurs organes d'équilibre mis hors d'état de fonctionner, les gorilles s'écroulèrent. Un seul resta debout bien que ses radars eussent cessé de fonctionner. Il se précipita sur le groupe des hommes, insensible semblait-il aux balles qui le frappaient de toutes parts.

Afin de ne pas être touchés par les griffes qui battaient l'air, tous les membres de la petite troupe reculèrent, sauf Bill. Il s'était accroupi, tassé en boule contre la muraille et la brute aveugle le dépassa. Alors l'Écossais se dressa de toute sa taille — il était presque aussi grand et massif que le monstre mécanique — et, appliquant les deux mains sur le dos couvert d'une épaisse toison blanche, il poussa de toute sa force de géant. Pendant un moment, on put croire que le gorille-robot allait résister, mais il trébucha soudain, perdit l'équilibre et s'écroula en avant, d'une masse, comme entraîné par sa tête monstrueuse qui, la première, toucha le sol. Le choc la détacha et elle roula sur une distance de plusieurs mètres en direction des hommes.

Il y eut un moment d'intense stupeur mêlée de soulagement. Puis Morane jeta :

— La voie est libre ! Continuons !

Bien qu'abattus, les gorilles-robots demeuraient agités

de mouvements convulsifs et leurs mains garnies de griffes sabraient l'air en tous sens. Il s'agissait pour les fuyards de les dépasser sans risquer d'être happé. Ils y parvinrent en passant un à un, le dos collé à la muraille. Le lieutenant Shaffer fut bien touché par une des redoutables serres, mais il s'en tira seulement avec quelques égratignures.

Bientôt, la petite troupe déboucha dans un nouveau couloir que Morane cru reconnaître pour celui que Bill et lui avaient emprunté à leur arrivée dans la forteresse.

— Je crois que nous sommes sur la bonne voie, dit-il. Encore un effort et nous atteindrons le port !

Il se demandait s'il ne serait pas trop tard car, toute l'île à présent tremblait sur sa base et on pouvait craindre qu'elle se désintègre d'un moment à l'autre pour être submergée par les flots de l'océan.

Les fuyards couraient à présent de toute la vitesse dont ils étaient capables quand, d'une galerie latérale, une trentaine de silhouettes humaines surgirent.

*
* *

Tout de suite, Bob Morane et ses compagnons avaient reconnu les esclaves. Ceux-ci semblaient en proie à une terreur sans nom qui parut s'accroître encore quand ils aperçurent les prisonniers. Ces derniers remarquèrent que plusieurs d'entre eux tentaient d'arracher les bracelets de métal fixés à leurs bras, mais sans y parvenir. C'était un peu comme si de ces mêmes bracelets de métal leur vie dépendait, ou leur mort. Alors le drame se déroula avec une horreur, une soudaineté interdisant toute réaction. Aux bras des malheureux, les voyants rouges clignotèrent soudain et, chaque fois, un corps s'affaissait, sans vie. Sophia avait caché son visage dans le creux de l'épaule de Morane et elle sanglotait :

— Ces pauvres gens ! Ce n'est pas possible !

L'un après l'autre, les esclaves s'abattaient, foudroyés, et Morane, Bill Ballantine et leurs compagnons ne pouvaient qu'assister impuissants, les dents et les poings serrés, à cette hécatombe.

— Ming n'a plus besoin d'eux à présent, fit le Français d'une voix blanche, sans se soucier s'il était entendu ou non, et il s'en débarrasse.

— Si je tenais ce scélérat ! gronda Ballantine.

Mais il fallait se demander si jamais quelqu'un réussirait à abattre l'Ombre Jaune, ce Prince des Enfers qui avait pris forme humaine.

Les uns après les autres, les esclaves s'étaient écroulés. Il n'y avait plus à présent devant les fuyards qu'une trentaine de corps entassés, pantelants. Et, soudain, le colonel Comp lança un avertissement.

— Là-bas ! Les gorilles-robots !

Ils étaient une quinzaine qui venaient du fond de la galerie, agitant leurs longs bras et griffant l'air de leurs serres, tandis que leurs mâchoires s'ouvraient et se refermaient convulsivement et que les rayons verts fusaient sans cesse de leurs yeux. Plusieurs de ces rayons avaient frappé le groupe formé par Morane et ses compagnons dont la présence avait été infailliblement détectée.

— Reculons sans les quitter des yeux, cria Bob. S'ils font mine d'approcher, nous emploierons les grenades. Le couloir est assez large pour que nous ne risquions pas cette fois d'être touchés par les éclats.

Lentement, sans quitter des yeux les brutes cybernétiques, ils se mirent à reculer, dépassèrent les corps maintenant inertes des esclaves foudroyés, reculèrent encore, tandis que les robots mangeurs de chair humaine, en proie à une fureur élémentaire, se précipitaient vers eux.

— Les grenades ! commanda Bob.

Il allait en dégoupiller une quand, brusquement, la masse frénétique des gorilles s'immobilisa : les rayons radars de l'un d'eux avaient touché les corps des esclaves morts. Presque aussitôt, ce fut la ruée. Les monstres se précipitèrent sur les cadavres pour une abominable curée.

— Fuyons ! jeta Bob. Aux bateaux !

Tous se mirent à courir le long de la galerie, tant pour

quitter au plus vite l'île maudite que pour s'arracher du repoussant spectacle qui s'étalait devant eux.

Petit à petit, la folie s'emparait des fuyards, car des nerfs humains sont incapables de résister aux épreuves que les leurs enduraient. Il y avait ce vacarme assourdissant des génératrices, les détonations dont chacune donnait l'impression que tout allait s'écrouler autour d'eux et aussi les cauchemars qui, à leur passage, devenaient réalité : tout à l'heure l'attaque des gorilles-robots, puis l'assassinat en série des esclaves et enfin le festin anthropophagique qui avait commencé à se dérouler sous leurs yeux !

Il semblait cependant que les fuyards arrivaient au bout de leurs peines, car ils débouchèrent dans un espace libre et, aussitôt, ils distinguèrent le miroitement de l'eau.

— Le port ! s'était exclamé Bill. Nous sommes arrivés !

Les wharfs étaient là en effet, avec les vedettes amarrées. Pourtant quoique en vue du salut, les fuyards n'y touchaient pas encore. Entre le bord du bassin et eux, une vingtaine de créatures fantastiques leur coupaient le chemin vers les embarcations. On eût dit des crocodiles, mais des crocodiles dont les écailles étaient figurées par de larges plaques de métal s'imbriquant l'une dans l'autre ; leurs pattes courtes mais puissantes étaient articulées et une longue crête, de métal également, leur courait sur le dos. Leurs gueules étaient armées de crocs longs chacun de dix centimètres et leurs yeux, tout comme ceux des gorilles mangeurs de chair humaine, lançaient des rayons de lumière verte.

— Les sauriens-robots ! s'était exclamé le colonel Comp.

Ils barraient le passage de la petite troupe et il s'avérait impossible d'atteindre les vedettes sans franchir leur ligne. A la moindre tentative, leurs gueules happeraient infailliblement et broieraient des membres. Certes, on pouvait briser leurs yeux-radars avec des rafales de mitraillettes mais cela ne les mettrait sans doute pas hors de combat car, contrairement sans doute aux gorilles, leurs organes vitaux étaient protégés par d'épaisses plaques de métal qu'il serait difficile, sinon impossible, de percer.

Le sol, les murs et la voûte des cavernes tremblaient de plus en plus et la chaleur devenait réellement suffocante.

— Les grenades ! jeta Ballantine. C'est notre seule chance de venir à bout de ces monstres d'acier !

— Il faudrait que chacune d'elles porte, dit Bob, et éclate sous le ventre même du monstre auquel elle est destinée.

Là-bas, contre la muraille, mais au-delà de la ligne des sauriens de métal, il y avait un engin monté sur chenilles tenant à la fois du bulldozer et de l'excavatrice et qui, sans doute, avait servi à l'aménagement des galeries.

— Cela pourrait nous servir de tank, dit Bob. Si seulement nous pouvions l'atteindre !

Et, brusquement, il prit une décision.

— Concentrons le tir de nos grenades ! hurla-t-il à l'adresse de ses compagnons, de façon à ce que Bill et moi puissions passer sans risquer de nous faire happer.

Il dégoupilla une grenade et s'assura que plusieurs de ses compagnons avaient fait la même chose.

— Lancez ! hurla-t-il. Et tous à terre !

Une dizaine de grenades fendirent l'air et allèrent rouler à proximité des sauriens les plus proches. En même temps, tous les membres de la petite troupe se jetaient à plat ventre.

Il y eut une série de déflagrations sourdes qui s'imposèrent dans celui, plus fort, des explosions souterraines.

Touchés dans leurs œuvres vives, trois sauriens de métal basculèrent, déchiquetés.

— A nous, Bill ! hurla encore Morane.

Les deux amis se dressèrent et se propulsèrent en avant vers la brèche qui leur était ouverte dans la ligne des robots, mais des rayons de lumière verte les suivirent et plusieurs autres sauriens de métal convergèrent vers eux. Des mâchoires claquèrent mais ils réussirent cependant à passer sans être atteints.

Ils gagnèrent en quelques bonds l'excavatrice et ils grimpèrent à bord.

— Pourvu que ça marche ! souhaita Bill.

La réussite de leur tentative dépendait de trois facteurs : que la clef soit sur le tableau de bord, que les batteries soient chargées et qu'il y ait du carburant dans le réservoir.

La clef n'était pas sur le contact.

— On s'en passera, fit Bill.

Il plongea sous le tableau de bord et se mit à tripoter les fils électriques. Cependant, plusieurs des crocodiles survivants convergeaient à présent vers l'excavatrice, prise sous les feux croisés de leurs yeux-radars.

— Dépêche-toi, Bill ! cria Bob avec impatience. Ils viennent sur nous.

Et, à l'adresse de leurs compagnons demeurés de l'autre côté de la ligne des robots, il hurla :

— Continuez à lancer des grenades, vous autres ! Il faut les empêcher de nous atteindre avant qu'on ait réussi à mettre cette maudite machine en marche !

Plusieurs grenades éclatèrent et un saurien-robot fut mis hors de combat, mais les autres continuèrent inlassablement à avancer vers le véhicule avec de sinistres claquements de mâchoires, claquements que l'on percevait à peine dans le bruit ambiant, mais qui n'en demeuraient pas moins impressionnants.

XIII

— Alors, est-ce que ça vient, ce jus ? cria Morane avec impatience à l'adresse de Ballantine.

— Ça va, commandant, faut pas pousser ! grogna le géant. Une chienne n'y retrouverait plus ses chiots, parmi tous ces fils !

Quelques secondes s'écoulèrent encore. Les crocodiles-robots entouraient maintenant l'excavatrice et, déjà, on entendait le bruit de leurs pattes griffues contre la tôle. Puis, Bill cria :

— J'ai noué deux fils ! Je crois que ce sont les bons. Appuyez sur le démarreur !

Morane obéit en songeant, le front couvert de sueur, autant à cause de la chaleur que de l'anxiété : « Pourvu que ce soient les bons fils ! Pourvu qu'il y ait du jus dans la batterie ! Pourvu que le réservoir ne soit pas vide ! »

Le démarreur grinça, grinça encore, puis soudain le moteur se mit à tourner. Bill émergea de dessous le tableau de bord en poussant des cris de triomphe.

— Ça y est, on a tiré le gros lot !

Sans attendre, Bob avait embrayé. Les chenilles se mirent à tourner et la machine à avancer vers les monstres métalliques. Les plus proches furent balayés par la benne, retournés sur le dos et écrasés ensuite par les chenilles.

— Ça c'est du travail ; jubilait Ballantine. Du vrai boulot de char d'assaut !

Pendant que Bill s'occupait à établir le contact, Morane avait étudié la façon de conduire l'engin. Pesant sur le levier de commande, il fit pivoter le véhicule sur lui-même, revint vers les robots qu'il avait laissés derrière lui, les balaya, les écrasa. Quand il se fut débarrassé des monstres se trouvant dans les parages immédiats de l'excavatrice, il poussa celle-ci en direction des autres, en écrasant un certain nombre, repoussant ceux qui restaient vers le bassin où il les précipita. Entraînés par leur poids, les sauriens-robots coulèrent aussitôt.

— Des crocodiles qui ne savent pas nager ! s'exclama Bill. Voilà une chose à laquelle l'Ombre Jaune lui-même n'a pas pensé.

Le danger des sauriens-robots était écarté à présent. Pourtant, les fuyards n'étaient pas encore tirés d'affaire, il s'en fallait de beaucoup. La chaleur devenait de plus en plus intenable et, à chaque grondement souterrain, on avait l'impression que l'île tout entière allait se désintégrer.

Suivi de Bill Ballantine, Morane avait sauté de l'excavatrice. Il désigna les plus proches canots à leurs compagnons et cria :

— Embarquons sans retard !

Peut-être ne fut-il pas entendu, mais son geste fut suffisamment expressif pour que les autres comprennent. Tous s'entassèrent dans deux des vedettes, Bob Morane prenant les commandes de la première, le colonel Comp de la seconde. Là aussi, il y avait l'inconnue posée par le carburant, mais il était probable pourtant que les réservoirs en fussent approvisionnés, ces embarcations étant le seul lien entre la forteresse et l'extérieur.

Cette crainte se révéla vaine car, presque aussitôt, les moteurs tournèrent, les amarres avaient été détachées et, en marche arrière, les deux vedettes quittèrent leurs wharfs. Elles pivotaient pour diriger leurs étraves vers le chenal souterrain menant à l'air libre, quand une série de déflagrations plus violentes firent frémir l'île. Des quartiers de roc furent détachés de la voûte et churent dans le bassin, soulevant des gerbes d'eau. Heureusement, aucune des deux embarcations ne fut atteinte ; par contre, la lumière, cette lumière sans source apparente qui baignait tout l'intérieur de la forteresse, s'éteignit pour laisser place à une obscurité totale.

— Les projecteurs ! hurla Morane.

Les vedettes étaient en effet pourvues chacune d'un puissant fanal électrique. Bob alluma le sien et le colonel Comp l'imita. Deux doigts de lumière fouillèrent les ténèbres de la caverne, éclairant l'entrée du chenal.

Les explosions souterraines avaient pris une violence extrême et l'eau du bassin était violemment perturbée. Déjà Morane s'était engagé dans le chenal, suivi par l'embarcation pilotée par le colonel Comp. Il semblait que l'île vacillait sur sa base et il fallait prendre garde à ne pas heurter les parois. Un peu partout, de la pierraille tombait de la voûte et plusieurs fois les vedettes furent atteintes. Un homme, dans l'embarcation de Morane, fut même touché, mais sans gravité.

Une crainte était venue à Bob : le passage permettant d'accéder au-dehors était-il commandé de l'intérieur de la forteresse, ou s'ouvrait-il automatiquement lors de l'approche d'une embarcation faisant partie de la flotille de l'Ombre Jaune, et ce grâce à un dispositif dont chacune de ces embarcations était dotée. Là encore, le sort était en faveur des fuyards car, devant eux, un demi-cercle de lumière grise apparut soudain, devenant de plus en plus net au fur et à mesure qu'ils approchaient. Bientôt, ils ne purent plus douter qu'il s'agissait de la lumière du jour. L'arche fut franchie et ils débouchèrent à l'air libre. Un ciel bas, gris, qui s'effilochait en brume, pesait sur l'océan et la mer était agitée, mais sans qu'il y eût de vent.

— Éloignons-nous au plus vite, cria Morane à l'adresse du colonel Comp dont la vedette était venue se mettre presque bord contre bord avec la sienne.

Ils poussèrent leurs moteurs et les deux embarcations, leurs étraves sorties de l'eau, s'éloignèrent de l'île à une vitesse accrue. Un danger demeurait : le champ magnétique. Celui-ci était-il toujours établi et, s'il l'était, un dispositif automatique permettrait-il aux vedettes de le neutraliser ?

Il fut impossible de donner une réponse dans un sens ou dans un autre. Ce qui comptait seul, c'est que les vedettes passent ; et elles passèrent.

Par moments, Morane jetait un regard derrière lui, en direction de l'île qu'ils venaient de quitter. Elle paraissait frappée de démence. C'était un peu comme si une vie intérieure l'animait. De longues failles s'ouvraient dans ses falaises dont parfois des pans entiers s'écroulaient tandis que, du sommet, fusaient de longues banderoles de fumée couleur de soufre.

— J'ai l'impression, fit Bill, que tout va bientôt sauter. Cette île me fait penser à la marmite de Papin.

— Plus vite, Bob, plus vite ! disait Sophia qui se serrait contre le Français, comme pour chercher une protection contre le déchaînement des éléments, protection qu'il eût d'ailleurs été bien incapable de lui donner.

— Les moteurs sont poussés à fond, fit Morane, et nous ne pouvons faire plus.

Au fond de lui-même, il comprenait les appréhensions de la jeune fille. Il la savait brave, mais lui-même se sentait envahi d'une crainte que seule sa volonté parvenait à réprimer, face à des puissances contre lesquelles il eût bien été incapable de lutter autrement que par la fuite.

La mer était de plus en plus démontée et les vedettes ne progressaient plus que par bonds. De l'île, un souffle chaud fusait, comme jailli des bouches mêmes de l'Enfer. Au-delà des failles qui s'ouvraient dans les falaises, il y avait de brefs rougeoiements ; puis des coulées de lave en fusion jaillirent, faisant monter dans le ciel de longues colonnes de vapeur d'eau.

Le dernier îlot de l'archipel fut dépassé. La mer se fit plus calme. Morane fit signe au colonel Comp qu'il pouvait ralentir l'allure. Il pensait en effet que tout danger immédiat était écarté. La chaleur s'était faite moins forte, mais les détonations et les grondements souterrains conservaient la même intensité.

Tous les visages étaient à présent tournés vers l'île centrale, que l'on apercevait entre deux îlots secondaires. On devinait que quelque chose allait se passer bientôt, quelque chose qui dépassait les étroites limites de la simple imagination humaine.

L'île, à présent, avait pris une teinte rougeâtre, comme du métal surchauffé. La lave en fusion, qui sourdait de partout, donnait l'impression que le rocher lui-même était en train de fondre.

— J'ai la sensation, dit Ballantine, que dans peu de temps nous allons assister à un feu d'artifice de derrière les fagots, quelque chose dans le genre de l'éruption du Krakatoa ou de la Montagne Pelée.

Chez Sophia Paramount, la curiosité du reporter semblait à présent avoir repris le pas sur la sensibilité féminine. Elle regardait de tous ses yeux afin de ne pas perdre une phase du grand spectacle qui se préparait, et de pouvoir par la suite en rapporter chaque détail.

Et, tout à coup, l'île s'ouvrit, telle une gigantesque fleur rouge qui s'épanouit à un rythme accéléré. Une colonne de fumée jaune et noire fut soufflée, comme par la gueule d'un canon. Une énorme boule brillante s'éleva dans l'air, telle une balle de celluloïd sur un jet d'eau dans un tir de fête foraine.

— La sphère ! s'exclama Sophia, les yeux agrandis par la stupeur.

— Oui, la sphère, fit Bob d'une voix sourde. Le Satellite de l'Ombre Jaune !

*
* *

Tous regardaient à présent la boule brillante qui montait de plus en plus rapidement dans le ciel, poussée par les réacteurs d'énergie tellurique. Déjà, l'éloignement la faisait décroître de volume.

— La sphère, murmura Ballantine qui se tenait aux côtés de Morane. C'était elle tout entière qui constituait le satellite !

— Oui, approuva Bob. J'en ai eu la quasi-certitude quand la porte de métal s'est refermée devant nous, tout à l'heure. Il s'agissait en réalité d'une sorte de cloison étanche.

— Si nous avions réussi à passer, dit Sophia, nous serions sans doute là-haut, en train de monter...

— Pas « sans doute », corrigea Bob, mais certainement.

Bill Ballantine éclata d'un rire lourd.

— Quand je pense, s'exclama-t-il, qu'à quelques secondes près on aurait été mis sur orbite, comme de vulgaires spoutniks !

Mais Bob Morane, lui, ne se sentait pas d'humeur à plaisanter. Ce qui venait de se passer lui donnait une nouvelle fois toute la mesure de la puissance de l'Ombre Jaune. Jamais les États-Unis et l'U.R.S.S. n'avaient encore réussi à mettre sur orbite un satellite de cette taille ni de ce poids, et Monsieur Ming, lui, était en train de le faire. Disposait-il donc de moyens scientifiques et financiers à ce point énormes ? Était-il secrètement soutenu par quelque grande nation qui faisait du Shin Than une arme occulte propre à lui assurer, sans qu'elle se compromette, la maîtrise du monde ?

Et l'amertume du Français était encore accrue à la pensée que non seulement, cette fois encore, il n'avait pas réussi à vaincre Ming, mais que celui-ci triomphait. Un triomphe plus éclatant que jamais puisqu'il venait de réussir à transposer le combat qu'il livrait à l'Humanité du plan mondial sur le plan cosmique. Comment pourrait-on réussir à l'abattre à présent, puisqu'il devenait impossible de l'atteindre ?

Bob ne pouvait détacher ses regards du satellite qui, à présent, n'était plus qu'un minuscule point brillant dans le ciel, et qui bientôt disparaîtrait, emportant dans ses flancs la fantasmagorique chaîne de savants asservis et condamnés par Ming à travailler en symbiose avec un computer.

Cependant, Bill Ballantine connaissait assez son vieux compagnon d'aventure pour lire dans ses pensées. Il lui posa la main sur l'épaule en disant :

— Ne vous tracassez pas, commandant. Ming nous a échappé cette fois encore, mais ce n'est que partie remise. Ce qui importe, c'est que nous ayons réussi à sauver nos vies.

Morane ne consentit à répondre et à baisser la tête que quand le satellite géant eut définitivement disparu.

— Partie remise ? murmura-t-il. Je me demande comment nous pourrions désormais avoir les moyens d'atteindre l'Ombre Jaune ?

L'Écossais eut un geste vague et leva les yeux.

— Espérons que le Ciel nous les fournira, ces moyens, dit-il simplement.

Bob Morane haussa les épaules. Il ne croyait pas trop à une intervention céleste dans la lutte qu'ils livraient à l'Ombre Jaune, mais il ne voyait pas très bien comment, sans cette intervention, ils pourraient continuer le combat.

L'océan s'était à présent presque tout à fait calmé.

— Gagnons l'îlot où Bill et moi avons abordé pour surveiller l'archipel, décida Morane. Nous y serons en sécurité en attendant que l'on vienne nous prendre.

Une demi-heure plus tard, tous les anciens prisonniers de l'Ombre Jaune avaient pris pied sur l'îlot. Morane et Bill expliquèrent à leurs compagnons que, dans quelques jours, on devait venir les reprendre et qu'il suffirait de tenir durant ce temps. On avait des vivres et de l'eau puisés dans les réserves des vedettes, et on pourrait pêcher. Cela permettrait aux naufragés volontaires de survivre, à condition de se rationner.

La journée fut passée à dresser le camp et à élever de petites huttes de pierre qui permettraient d'affronter les heures nocturnes à l'abri des intempéries. Quant à la nuit, elle se passa sans incident. Du moins...

Ce fut Bill, qui avait toujours été matinal, qui se réveilla le premier pour effectuer une petite promenade de santé autour de l'îlot. Dix minutes plus tard, il secouait Bob en criant :

— Commandant, commandant ! Réveillez-vous ! Réveillez-vous !

Morane sursauta et se dressa sur son séant.

— Que se passe-t-il ? interrogea-t-il.

— Les autres ! fut la réponse. Ils dorment tous, et pas moyen de les réveiller !

— Qu'est-ce que tu dis !

Bob s'était dressé et il suivit son ami au-dehors, pour visiter en sa compagnie les autres huttes. Mais, bientôt, il dut se rendre compte que Bill avait dit vrai : leurs compagnons continuaient à dormir, sans qu'il fût possible de les tirer de leur sommeil.

— Et Sophia ? fit Morane avec inquiétude.

Ils avaient réservé leur petite tente à la jeune fille, seule femme du groupe. Ils y coururent mais, alors qu'ils avaient craint qu'elle ne se réveille pas, Sophia Paramount répondit à leur premier appel et sortit de son abri. Rapidement, les deux amis la mirent au courant de l'étrange somnolence de leurs compagnons.

— Que croyez-vous que cela signifie ? interrogea Sophia. Serait-ce un nouveau tour de l'Ombre Jaune ?

— Peut-être, répondit Bob, mais j'en doute. En effet, si Ming possède le pouvoir d'endormir à distance, il doit posséder aussi celui de tuer. Et puis, pourquoi nous aurait-il épargnés tous les trois ?

A ce moment, Bill lança un avertissement.

— Regardez ! Le satellite ! Il revient !

Une silhouette venait d'apparaître dans le ciel. Au premier regard, on eût pu la prendre pour une boule, mais en l'étudiant mieux on se rendait compte, quand elle se présentait de champ, qu'elle avait une forme lenticulaire.

— Une soucoupe volante ! s'exclama Sophia.

— Ou plutôt, un Temposcaphe, corrigea Morane.

— La Patrouille du Temps ! fit Bill Ballantine d'une voix sourde.

— Oui, mon vieux, approuva Morane, la Patrouille du Temps. Hier, tu parlais d'une aide venue du Ciel. La voilà !

L'engin se rapprochait rapidement et on pouvait apercevoir les hublots du poste de pilotage situé à sa partie inférieure. Il s'immobilisa, suspendu dans l'air, à cinq mètres environ du sol. Une échelle de métal se déroula, puis un homme se mit à descendre et, après avoir pris pied sur l'îlot, s'avança vers Morane, Bill et Sophia. Il portait une combinaison blanche, assurément taillée dans un tissu infroissable et intachable. Il était jeune, avec un visage énergique couronné de cheveux bruns coupés court.

— Ravi de vous revoir, commandant Morane et vous, monsieur Ballantine, dit-il dans une langue ressemblant fort à du basic-english. Ravi de vous revoir également, Miss Paramount.

Les deux amis et la jeune fille serrèrent la main qui leur était tendue.

— Colonel Graigh ! fit Bob. Si l'on s'attendait à ce que vous interveniez !

— Il faut toujours s'attendre à l'intervention de la Patrouille du Temps, dit le colonel Graigh avec un sourire.

XIV

La Patrouille du Temps était une organisation de l'an 2300 après J.-C., et ses appareils étaient chargés d'explorer le passé et l'avenir et d'y effectuer des missions de surveillance. Le colonel Graigh en était le chef responsable et, à plusieurs reprises déjà, Bob Morane et Bill Ballantine, ainsi qu'une fois Sophia Paramount, avaient eu l'occasion de collaborer avec lui.[1]

— Cela faisait longtemps déjà, avait commencé Graigh, que nous surveillions l'Ombre Jaune, mais sans pouvoir entrer en lutte ouverte avec lui, car comme vous le savez, il nous est interdit d'intervenir directement pour changer le cours des événements. Nous savions donc que Ming devait lancer son satellite géant, et je guettais ce lancement à bord de mon Temposcaphe. Grâce à nos appareils de télévision extra-spaciotemporels, nous avons pu assister aux événements qui se sont déroulés à l'intérieur de la forteresse, événements dont vous avez été les héros.

— Les héros morts, presque, jeta Ballantine. Vous auriez pu donner un coup de pouce pour nous aider à nous en sortir !

— Pourquoi l'aurions-nous fait, dit Graigh avec un fin

---

1. Voir *Les chasseurs de dinausaures* et *S.S.S.*

sourire, *puisque justement nous savions que vous vous en sortiriez* ?

— Vous êtes donc voyante extra-lucide, capable de lire dans l'avenir ? goguenarda l'Écossais.

Le colonel Graigh continuait à sourire.

— N'oubliez pas, monsieur Ballantine, que votre avenir fait partie de notre passé à nous. Pourquoi nous serions-nous inquiétés pour vous, alors que nous *savions* que vous ne péririez pas. Mais j'en ai déjà dit trop : je n'ai pas le droit de vous révéler votre futur.

Le chef de la Patrouille du Temps enchaîna aussitôt :

— Nous avons également assisté au lancement du satellite. Certes, nous possédions les moyens de le détruire, mais là non plus nous n'avons pu outrepasser le fameux tabou de la non-intervention. Par la suite, nous vous avons guettés, vos compagnons et vous, et nous avons à distance engourdi toute la troupe, à l'exception de vous trois.

— Pourquoi nous trois ? s'enquit Bob Morane.

— Tout simplement parce que vous connaissiez déjà l'existence de la Patrouille du temps, tandis que les autres l'ignoraient et qu'ils doivent continuer à l'ignorer.

— Qu'adviendra-t-il d'eux ? s'inquiéta Sophia.

— Ils se réveilleront dans quelques heures, assura Graigh, et ils ne se souviendront plus de rien de ce qui touche leur captivité dans la forteresse du Shin Than, ni des événements qui suivirent. Croyez-moi, il vaut mieux qu'il en soit ainsi ! Quand à vous, commandant Morane et vous, monsieur Ballantine, je vous ai conservé la mémoire simplement parce qu'il faut que vous continuiez à combattre l'Ombre Jaune.

— Je veux le combattre aussi, fit Sophia Paramount avec détermination en se rapprochant de Bob Morane, voulant signifier par ce geste qu'elle se solidarisait avec lui.

Le colonel Graigh ne parut pas prendre attention à cette interruption, et il continua :

— Certes, il n'est pas question de changer le cours de l'Histoire, car elle est semblable à un mur qui s'écroulerait si l'on enlevait les briques inférieures. Cependant, Ming a été la cause de bien des misères humaines dans le passé — notre passé à nous, hommes du XXIIIe siècle, qui est votre avenir à vous, homme du XXe siècle —, des misères que nous voudrions dans la mesure du possible éviter... ou corriger si vous préférez...

— Et ne pouvant intervenir vous-mêmes, vous avez songé à nous pour le faire à votre place, glissa Bill Ballantine.

— Exactement, dit Graigh.

— Mais comment pourrions-nous continuer la lutte ? s'inquiéta Morane.

— Nous vous en fournirons les moyens, assura Graigh.

— Quels seront ces moyens ?

— Je n'en sais rien encore. Il me faudra en conférer avec le Conseil Supérieur de notre organisation car, en aucune circonstance, ces moyens ne devront risquer de compromettre l'équilibre et la continuité temporelle. Je reprendrai contact avec vous avant longtemps, quand les décisions auront été prises. En attendant, je vais vous mettre en sécurité dès que possible. Où désirez-vous vous rendre ?

— A Londres, répondit sans hésiter Morane. Nous avons à conférer au plus vite avec Sir Archibald Baywatter.

— Évidemment, approuva le colonel Graigh. Nous allons vous déposer dans la campagne anglaise. En empruntant la voie extra-temporelle, nous y serons en quelques secondes.

— Et eux ? demanda Sophia en montrant les petites huttes de pierre sous lesquelles reposaient le colonel Comp et les autres prisonniers du Shin Than.

— Soyez sans crainte, Miss Paramount, répondit Graigh. Ils seront secourus à temps.

Il désigna la « soucoupe volante », toujours immobile à cinq mètres du sol, et continua :

— Si vous voulez prendre place à bord du Temposcaphe...

Sophia Paramount en tête, ils se mirent à gravir

l'échelle métallique. Bob Morane venait le dernier. Avant de poser le pied sur le premier échelon, il jeta un regard vers le ciel, là où la veille avait disparu l'énorme sphère qui avait emporté Ming et sa chaîne de savants-computer. Et il pensa, à la fois avec appréhension et exaltation, à la bataille qu'il allait bientôt devoir mener et dont le but serait la destruction, ou tout au moins la neutralisation, du Satellite de l'Ombre Jaune.

LE SATELLITE
DE L'OMBRE JAUNE

I

Bob Morane s'était imaginé que le satellite leur serait apparu tel un prodigieux bijou dans le vertigineux écrin de soie bleue du vide interstellaire. Pourtant la réalité était tout autre car, maintenant que l'engin était devant eux, brillant à la pointe de métal vitrifié du scaphe spatiotemporel, il leur apparaissait plutôt tel un gigantesque arachnide métallique suspendu dans les ténèbres originelles et prêt à dévorer les audacieux qui l'approchaient.

— Pas très sympathique, la mécanique, constata Bill Ballantine qui, sanglé à côté de son ami sur un des sièges du scaphe, observait lui aussi le satellite sur l'écran télescopique qui grossissait toutes choses, au point que les plus éloignées semblaient pouvoir être touchées de la main.

La satellite avait la forme d'une énorme sphère aux pôles aplatis. Sur sa plus grande circonférence une série de protéburances, sans doute des tubulures, faisaient songer à des pattes tronquées. A la base, une coupole protégeait le sas d'entrée. Aucune lumière ne brillait derrière des épais hublots de quartz, pareils à des yeux morts.

Bien sûr, comme venait de le dire Bill Ballantine, ce n'était guère là une mécanique très sympathique. Pourtant les deux hommes pensaient ne rien avoir à craindre d'elle pour l'instant. Le satellite n'était plus qu'une épave depuis longtemps livrée à l'oubli et à la mort, car on était en l'an 2500 et il avait été mis sur orbite au XXᵉ siècle, donc près de six cents années plus tôt. S'il y avait encore des êtres humains à l'intérieur, ils devaient être morts depuis longtemps. Donc, ce qui étonnait surtout Morane, c'était la taille de la sphère. A l'époque où elle avait été lancée, l'astronautique n'en était encore qu'à ses premiers tâtonnements et, pour mener à bien ce lancement, il avait fallu disposer d'une énergie encore ignorée de la science officielle en ces temps héroïques. Bob et Bill savaient que c'était l'énergie tellurique qui, quelques siècles plus tôt, avait arraché le satellite d'un îlot rocheux de l'Atlantique Sud, mais cela ne suffisait pas tout à fait à expliquer le prodige.

« Quelle devait être la puissance réelle de l'Ombre Jaune, ne put s'empêcher de songer Morane, pour avoir pu réaliser un tel exploit scientifique, un exploit que les grandes puissances eussent été elles-mêmes incapables de mener à bien à l'époque ? »

— J'espère que l'accostage se fera sans anicroche, fit Bill Ballantine dans l'audiophone de son scaphandre.

Morane tourna la tête vers son ami, dont l'énorme corps musculeux écrasait le caoutchouc mousse synthétique du siège. A travers le casque de plexiglas, il vit le large visage rougeaud de Bill, couronné de cheveux roux, tendu par l'inquiétude. Lui-même ne se sentait pas à l'aise. Pour pouvoir pénétrer sans risque dans le satellite, ils avaient dû se faire propulser de plusieurs siècles en avant dans le Temps. Mais cela suffirait-il ? Est-ce que le génie maléfique de Monsieur Ming, alias l'Ombre Jaune, ne lui avait pas survécu, comme la queue de gaz enflammé d'une comète continue à polluer l'espace bien après le passage de l'astre errant lui-même ?

— J'espère que tout ira bien, dit-il d'une voix volontairement assurée, comme s'il voulait se convaincre lui-même. Je commence les manœuvres d'approche.

Son index droit enfonça un des boutons de l'accoudoir du siège, et celui-ci bascula tout entier vers le tableau de bord, qui se trouva ainsi à portée de l'homme. Sans hâte,

Bob libéra son bras du bracelet à fermeture automatique qui l'immobilisait, et il tendit la main vers les commandes. Il n'eut cependant pas le temps d'achever son geste. Sur l'écran télescopique il y eut une grande lueur rouge, comme l'éclatement d'un obus sortant de la bouche d'un canon, et les deux voyageurs de l'espace eurent soudain l'impression d'être écrasés, réduits à la minceur d'une feuille de papier. Puis il y eut un basculement écœurant à travers l'infini.

Le premier, Morane retrouva toute sa conscience. Le basculement avait pris fin, les ténèbres qui s'étaient faites autour d'eux s'étaient dissipées et ils se retrouvaient dans le scaphe, indemnes en apparence.

— Que s'est-il passé ? interrogea Ballantine.

— J'aimerais le savoir, dit Bob. Cela ressemblait diantrement à un passage à travers l'hyper-espace.

— Tout juste, approuva le géant. On s'est aplati comme un ballon soudain dégonflé puis regonflé de la même façon. Il y a du Fitzgerald-Lorentz là-dessous !

Sur l'écran télescopique, le satellite s'était considérablement rapproché, mais il semblait avoir vieilli. Sa carapace n'avait plus le même brillant métallique que précédemment. Il était comme terni, dépoli par un sablage brutal.

— L'a pris un sérieux coup de vieux en un rien de temps, jeta Bill.

— Sans doute l'effet répété du bombardement des particules cosmiques, tenta d'expliqua Bob, et aussi...

Il s'arrêta soudain de parler, rendu muet par la stupeur.

— Et aussi, quoi ? insista Bill. Que se passe-t-il, commandant ? Vous me paraissez tout chamboulé. Est-ce que, par hasard, vous auriez aperçu le Grand Serpent de l'Espace ?

— Regarde le tempomètre, murmura Morane d'une voix blanche.

Bill Ballantine obéit, et il poussa aussitôt un rugissement qui fit vibrer les membranes des audiophones.

— Dix mille ! gémit le colosse. Dix mille ! Ce n'est pas possible.

Mais le tempomètre ne pouvait les tromper. Sans savoir comment, ils avaient été projetés à travers le temps, jusqu'au dixième millénaire après J.-C.

— Contrôlez quand même, conseilla Ballantine.

Morane coupa le courant du tempomètre, remettant ainsi l'aiguille à zéro. Immédiatement, il rétablit le contact : l'aiguille remonta à la graduation des 10000.

— Aucune erreur, conclut Bob, on a fait un nouveau saut dans le temps, et de taille ! Je ne vois à ça qu'une explication : quand nous nous sommes approchés du satellite, une de ses armes a fonctionné automatiquement, sans doute un canon à particules d'antimatière qui nous a virés dans l'hyper-espace...

— Un canon à particules d'antimatière ? s'étonna Bill. N'oubliez pas que le satellite a été mis sur orbite au XXe siècle — « notre » XXe siècle. Il est assez incroyable qu'à cette époque on ait déjà pu secrètement mettre au point une telle arme.

— Avec Ming, fit remarquer Bob, il ne faut s'étonner de rien. Sans doute était-il le plus redoutable criminel de tous les temps, mais aussi le plus génial. Il est possible aussi que ce canon à particules antimatière ait été mis au point sur le satellite lui-même, bien après sa mise sur orbite. N'oublions pas que justement ce satellite, entre autres raisons, avait été lancé pour mettre hors de portée un groupe de savants travaillant en symbiose avec un computer. Cela rendait possible, dans un temps relativement court, la mise au point d'inventions qui, normalement, auraient pu paraître difficilement réalisables.

— Qu'allons-nous faire ? s'inquiéta le géant.

— Rien pour l'instant. Le scaphe était aiguillé sur l'an 2500 sans que nous ayons la possibilité d'intervenir directement, la Patrouille ne voulant pas courir le risque de nous laisser jouer à notre guise avec le Temps.

— Je comprends cela, fit Bill avec un gros rire. On ne confie pas un tel joujou à des plaisantins de notre genre. Le colonel Graigh nous connaît trop bien pour ignorer que nous serions capables d'aller kidnapper Jules César dans son berceau, *rien que pour voir ce qui se passerait ensuite...*

Morane avait corrigé, dans l'espace, la direction du scaphe qui accomplissait à présent de grands cercles autour du satellite.

— Nous devions pénétrer dans la sphère, dit-il. C'est ce que nous allons faire sans que l'époque importe. La Patrouille s'arrangera bien pour nous retrouver et pour nous virer en arrière dans le temps. Préparons les manœuvres d'abordage.

Morane allait corriger à nouveau la direction du scaphe quand, soudain, derrière eux, quelqu'un parla.

— Ne vous emballez pas surtout, mes amis, et ne m'oubliez pas. J'ai envie de me dégourdir un peu les jambes, car je commençais à me sentir terriblement à l'étroit dans ce réduit.

La voix qui venait de retentir dans les audiophones des deux amis était une voix féminine. Ils tournèrent la tête pour apercevoir une forme humaine qui se glissait hors de la soute arrière de l'appareil. Cette forme humaine était revêtue d'un scaphandre mais, à travers le casque transparent, on apercevait un visage gracieux couronné de cheveux roux et éclairé par d'énormes yeux verts.

— Sophia ! s'était exclamé Bob.

Ballantine émit un grognement sonore.

— Cette fouineuse, grinça-t-il sans grande conviction. Fallait bien s'attendre à ce qu'elle se manifeste d'un moment à l'autre.

*
* *

Sophia Paramount était reporter au *Chronicle*. Une des plus frénétiques flaireuses de mystères que la profession de journaliste eût jamais compté dans ses rangs. A plusieurs reprises, elle avait été amenée à partager les aventures de Bob Morane et de Bill Ballantine, et elle était à leurs côtés lors du lancement du satellite de l'Ombre Jaune. Cela n'expliquait cependant pas sa présence dans le scaphe, car le départ de celui-ci avait eu lieu dans le plus grand secret.

La jeune fille s'était glissée entre les deux amis. Bob n'était pas mécontent de la voir car elle apportait le charme de sa féminité dans la mission dangereuse que Bill et lui étaient en train d'accomplir. Il décida néanmoins de ne rien laisser transparaître de son plaisir.

— Qu'est-ce que vous faites ici, Sophia ? interrogea-t-il aussi sèchement que possible.

— La même chose que vous, répondit-elle d'une voix enjouée. Je viens faire un tour sur le satellite.

— Nous nous en doutons, gronda Bill, à moins que vous ne veniez voir à quoi ressemble la mode au dixième millénaire après J.-C. Je vous vois déjà portant une mini-jupe en titanium vulcanisé.

A travers la matière transparente du casque, le visage de la jeune fille s'était soudain fait soucieux.

— Le dixième millénaire ! fit-elle. Qu'est-ce que cela signifie ? On devait aborder le satellite en l'année 2500. Louis m'avait dit...

— Il y a eu un pépin, coupa Morane, et nous avons été projetés malgré nous plus avant dans le temps... Mais vous venez de nommer un certain Louis. Je suppose que c'est du colonel Louis Graigh qu'il s'agit ?

— Vous avez bien deviné, Bob, approuva-t-elle d'un ton moqueur.

— Et voilà le topo, s'exclama Ballantine. On aura tout vu avec cette petite ! Vous vous rendez compte ? Elle appelle le fameux colonel Graigh de la Patrouille du Temps, par son prénom ! Tout à fait comme s'il s'agissait d'un de ses flirts. On aura tout vu !

Sophia cligna de l'œil à l'adresse du géant.

— Qui vous dit que le colonel ne soit pas justement un de mes flirts, Bill ?

— Écoutez, intervint sévèrement Morane, nous ne sommes pas dans une situation où il est indispensable de plaisanter. Que Graigh soit un de vos flirts ou non,

Sophia, cela importe peu. Ce qu'il est important de savoir, c'est comment vous êtes venue ici.

« Voilà le commandant qui pique une crise de jalousie, songea Bill. Il n'a jamais pu supporter la concurrence, même si celle-ci était aussi illusoire que possible. »

Mise au pied du mur, Sophia Paramount s'expliquait cependant.

— Je suis parvenue à convaincre le colonel Graigh, et il m'a permis de prendre secrètement place dans le scaphe afin de faire le reportage de votre aventure, reportage qui paraîtra dans un grand quotidien de son époque : le *Mondial Dispach*.

— Et, sans doute, ce reportage vous sera-t-il payé en dollars planétaires ? coupa Bill. Je vous vois déjà payant avec cette monnaie un petit ensemble chez Courrèges. Vous auriez bonne mine !

Ballantine s'interrompit, puis il reprit, s'adressant toujours à Sophia :

— Ce qui m'étonne, c'est que vous ayez réussi à convaincre le colonel Graigh. Je le croyais plus coriace. Bien entendu, vous lui avez fait du charme. Décidément, il n'y a pas que le commandant qui se laisse prendre au sortilège de vos beaux yeux... enfin je parle de ceux qui aiment les yeux verts. Pour ma part...

— Pour votre part, Bill ? interrogea la jeune fille avec un sourire narquois.

— Ce qui m'étonne surtout, intervint Morane, c'est que le colonel vous ait permis de vous glisser à bord du scaphe à notre insu.

— Graigh était certain, répondit Sophia, que vous vous opposeriez à mon départ à cause du danger.

— Il avait raison de le croire. Nous nous serions en effet opposés de toutes nos forces quitte à la refuser nous-mêmes, à ce que vous preniez part à cette mission impossible...

Morane s'interrompit et hocha la tête à l'intérieur de son casque, pour reprendre :

— Enfin, le colonel a fait ce qu'il a voulu. C'est un des gros pontes de la Patrouille du Temps et il a pris ses responsabilités... bien que je considère qu'il ait agi fort à la légère. Mais vous êtes là et il nous faut bien nous accommoder de votre présence.

La jeune fille considéra Morane avec un sourire léger, mais, cette fois, dénué de toute ironie. On pouvait même y lire une certaine inquiétude.

— Ma présence vous déplaît-elle à ce point, Bob ?

Il ne répondit pas et se contenta d'accomplir les manœuvres destinées à changer la course du scaphe. Celui-ci cessa de tourner autour du satellite, pour pointer automatiquement son étrave vers l'entrée du sas, à la partie inférieure de la sphère. Comme il s'en rapprochait, l'allure se ralentit progressivement sous l'impulsion des radars. Automatiquement également, un flux magnétique fut dardé sur la valve du sas qui s'ouvrit.

— Un dispositif qui ferait le bonheur des perceurs de coffres-forts, constata Bill. Un petit rayon de rien du tout, et invisible encore, et voilà que les serrures les plus récalcitrantes s'ouvrent sans se faire prier.

Très lentement, le scaphe avait pénétré dans le sas. Morane commanda l'éjection des pieds d'atterrissage et l'engin se posa sur le plancher de métal. Derrière lui la valve s'était refermée.

Quelques minutes plus tard, les deux hommes et leur compagne prenaient pied dans une salle assez vaste, dix mètres sur dix environ, aux parois de métal, sans la moindre solution de continuité. Au fond, un escalier, également métallique, permettait de se hisser jusqu'à une seconde valve qui fermait le sas intérieur. Jadis les parois de cette pièce avaient été enduites d'une couleur destinée à atténuer la brillance du métal. Mais à présent, en dépit de ses qualités d'adhérence, qui n'avaient pas résisté aux siècles, cette couleur s'écaillait, tombait en lambeaux, telle une peau qui se desquamait. Tous trois s'assurèrent que les pistolets ioniques dont les avait armés la Patrouille du Temps étaient bien suspendus à leurs ceintures. Puis Bob désigna l'escalier.

— Allons-y, dit-il.

Il savait que, depuis longtemps, le satellite n'était plus habité, mais ce ne fut cependant pas sans une certaine appréhension que, le premier, il se mit à en gravir les degrés. Quels spectres erraient dans cette épave perdue dans l'infini spatio-temporel ? De toute façon, le souvenir de l'Ombre Jaune suffisait à laisser planer une terreur latente.

Quand il eut atteint le haut de l'escalier, il manœuvra rapidement le volant commandant l'ouverture de la valve. Celle-ci aurait dû s'ouvrir automatiquement, mais il n'en fut rien — sans doute le mécanisme était-il grippé — et il dut pousser de toutes ses forces pour la rabattre vers l'intérieur.

Ses compagnons et lui connaissaient le plan général de la sphère pour y avoir pénétré jadis, peu avant son lancement, alors qu'ils y étaient, prisonniers de Monsieur Ming. Cependant, le dédale de couloirs, de passages, d'escaliers étroits, n'avait plus tout à fait le même aspect qu'auparavant. Une flore étrange couvrait les parois, une flore mi-phanérogamique, mi-cryptogamique. A certains endroits, cette flore avait acquis une telle exubérance qu'il leur fallait écarter ou briser de longues lianes visqueuses qui leur barraient le chemin, allant parfois jusqu'à s'entremêler pour former une sorte de monstrueuse toile d'araignée. Heureusement, ces lianes n'offraient guère de résistance et il était possible de les briser d'un seul mouvement de sa main gantée.

— Des plantes qui poussent sur du métal, fit Bill. C'est assez inattendu.

— Sans doute s'agit-il d'une espèce d'algues, inconnue sur la Terre, supposa Bob. Et puis, n'oublions pas que la sphère se trouve dans le vide interplanétaire et que, au cours des millénaires, les conditions de vie peuvent y avoir changé.

D'escalier en escalier, de corridor en corridor, de passage en passage, ils atteignirent un des couloirs circulaires qui suivaient la plus grande circonférence de la sphère. Là, comme partout ailleurs, l'étrange flore croissait mais avec une exubérance encore accrue.

Tout à coup Sophia, qui marchait entre ses deux compagnons, désigna quelque chose à quelques mètres devant eux.

— Regardez ! murmura-t-elle avec une pointe d'horreur dans la voix. On dirait...

On eût dit un squelette humain. Pourtant il ne semblait pas fait d'os mais de la même matière que les mystérieux végétaux. Bob s'avança et, de la pointe du pied, toucha la cage thoracique. Il poussa légèrement et les côtes cédèrent, se morcelant en fragments semblables à ceux des lianes pendant du plafond.

— Sans doute s'agit-il là des restes d'un des anciens occupants de la sphère, supposa Bob. Il semble que tout ici soit remplacé par ces étranges végétaux.

— Je n'aime pas ça du tout, dit Bill avec une grimace. Être changé en plante, ça ne me dit rien, surtout en une plante inconnue qui ressemble plus à un champignon vénéneux qu'à autre chose. Être changé en rosier, passe encore...

— Vous oubliez les épines, Bill, fit Sophia qui s'était ressaisie, sa curiosité de journaliste ayant déjà pris le pas sur sa peur.

— Je ne pense pas que nous ayons quelque chose à craindre, intervint Morane, je suppose que cette flore ne s'attaque qu'aux matières mortes ou inertes. Or, nous sommes vivants.

En dépit de ces paroles lénifiantes, il n'était pas rassuré pour autant. Certes, ils étaient vivants, eux, mais par contre leurs scaphandres étaient faits de matières inertes, et si les plantes inconnues — mais s'agissait-il de plantes ? — s'y attaquaient ? Restait à connaître la rapidité du processus de transmutation. « Peut-être ferais-je bien de me rendre compte si l'air est demeuré respirable à l'intérieur de la sphère ? », songea-t-il. Rapidement, il jeta un regard au cadran de l'aéromètre fixé à la manche gauche de son scaphandre, et il vit que l'aiguille demeurait fixée sur la partie bleue, ce qui indiquait que l'air était toujours respirable.

« Sans doute les régénérateurs ont-ils continué longtemps à fonctionner, pensa-t-il encore. Peut-être même fonctionnent-ils toujours... »

— L'air est respirable, dit-il à haute voix, et je propose que nous regagnions le sas où, peut-être à cause de la peinture ou pour toute autre raison, les plantes ne se sont pas développées...

— Ou à cause du vide qui y régnait ? corrigea Bill. En sortant du scaphe, j'ai instinctivement jeté un coup d'œil à mon aéromètre. L'aiguille était sur le rouge.

Morane sursauta légèrement, car il venait de comprendre que la flore avait besoin d'air pour vivre et se multiplier, tout comme un animal terrestre. Peut-être régénérait-elle elle-même cet air. De toute façon il n'était pas question, pour le moment du moins, de quitter les scaphandres car, si le vide régnait dans le sas, cela aurait présenté un danger de mort.

— Je me sens plutôt mal à l'aise ici, fit Bill. Si seulement nous pouvions entrer en contact avec la Patrouille du Temps !

— Tu sais bien que nos émetteurs-récepteurs temporels sont réglés sur l'an 2500, dit Bob, et que nous n'avons pas la possibilité d'effectuer les corrections nécessaires. Il faut attendre que les détecteurs de la Patrouille nous repèrent. Faisons-leur confiance : ils y parviendront. Alors, nous serons virés aussitôt dans une autre époque.

— Bien sûr, mais quand ? s'inquiéta Sophia Paramount. Lorsque nous serons nous-mêmes changés en champignons vénéneux ?

Morane était en train de chercher les mots capables de calmer l'inquiétude de ses compagnons, mais il n'eut pas le temps de les trouver : un grand rire avait éclaté. Un rire qui semblait occuper toute la sphère, venir de partout et de nulle part. Un rire à la fois doux et féroce ; le rire qu'on imaginerait à un tigre en face d'une proie sans défense, en supposant que les tigres puissent rire.

Un rire que Sophia Paramount, Bob Morane et Bill Ballantine connaissaient bien.

Le rire de l'Ombre Jaune.

II

Tout avait commencé ce jour-là où Sir Archibald Baywatter, chef de Scotland Yard, avait convoqué Bob Morane et Bill Ballantine pour leur apprendre l'existence d'une forteresse secrète établie par l'Ombre Jaune dans l'Archipel Inaccessible, groupe d'îlots rocheux de l'Atlantique Sud. L'Ombre Jaune, alias Monsieur Ming, était un Mongol d'une intelligence et d'un savoir prodigieux, mais tournés vers le crime, et dont les buts étaient de détruire la civilisation pour la remplacer par la sienne. Le Shin Than — c'était le nom de l'organisation dirigée par Ming — possédait des moyens énormes, et on avait supposé à plusieurs reprises qu'il était l'arme secrète d'une grande puissance, mais sans qu'on pût en avoir la certitude. En effet, la personnalité prodigieuse de l'Ombre Jaune infirmait la possibilité d'une quelconque inféodation.

La forteresse de l'Archipel Inaccessible était protégée par un champ magnétique quasi infranchissable, et Ming y retenait un certain nombre de captifs, dont Sophia Paramount, qui y était attirée par sa curiosité de grand reporter.

Sir Archibald Baywatter n'avait eu que peu de peine à convaincre Bob Morane et Bill Ballantine de s'introduire dans la forteresse, non seulement pour délivrer les prisonniers mais aussi pour la détruire. Les deux amis avaient réussi à s'introduire dans la place et avaient été faits prisonniers eux aussi. Au cours de leur captivité, ils s'étaient rendu compte qu'à l'intérieur d'un îlot volcanique Ming et ses ingénieurs avaient construit une énorme sphère abritant une machine que, seul, le génie diabolique de l'Ombre Jaune avait pu imaginer. Mais pouvait-on donner le nom de machine à une chaîne de savants, de toutes les spécialités, enfermés sous des cloches de plastique entourant un computer électronique qui totalisait leurs découvertes et en faisait la synthèse. En réalité, la sphère était un gigantesque satellite artificiel que l'Ombre Jaune comptait, en se servant de la force tellurique comme énergie, mettre sur orbite et ainsi prolonger sur le plan spatial la guerre qu'il avait déclarée à l'humanité.

Après bien des péripéties, Bob et Bill étaient parvenus à s'échapper de la forteresse en compagnie des autres prisonniers, et cela à l'instant précis où Ming lançait son satellite.

Les captifs avaient réussi à aborder sur un îlot juste à temps pour voir le satellite s'élancer vers les espaces interplanétaires. C'est alors qu'un engin de la Patrouille du Temps, commandé par le colonel Graigh, s'était posé sur l'îlot. Cette Patrouille du Temps était une organisation de l'an 2300 après J.-C. et dont les appareils, appelés temposcaphes, étaient chargés d'explorer le passé et l'avenir afin d'y effectuer des missions de surveillance. A plusieurs reprises déjà, Bob Morane et Bill Ballantine, et incidemment Sophia Paramount, avaient eu l'occasion de collaborer avec cette Patrouille.

Les hommes de l'an 2300 savaient que Ming devait lancer son satellite géant et le colonel Graigh était chargé de guetter ce lancement à bord de son temposcaphe. Cependant, alors que la Patrouille du Temps possédait les moyens de détruire le satellite, elle n'en avait rien fait. Les tabous de l'Organisation étaient en effet formels ; elle pouvait surveiller les hommes du passé et de l'avenir, mais toute intervention directe lui était interdite.

Pourtant, Graigh avait déclaré à Morane que s'il n'était pas question de courir le risque de changer le cours de l'Histoire, il était souhaitable de contrecarrer les plans de Ming. Celui-ci avait été la cause de bien des misères humaines dans le passé. « Notre passé à nous, hommes du XXIIIe siècle, qui est votre avenir à vous, hommes du XXe siècle », avait expliqué le colonel Graigh. Ces misères, la Patrouille du Temps désirait, dans la mesure du possible, les éviter, ou tout au moins les corriger. Pourtant, comme elle ne pouvait intervenir elle-même — toujours à cause des tabous — elle avait songé à Morane et à Ballantine pour agir à sa place. C'était en quelque sorte une action par personne interposée qu'elle leur proposait là.

Par la suite, Bob Morane, Bill Ballantine et Sophia Paramount avaient eu plusieurs entrevues avec le colonel Graigh dans un endroit secret — en l'occurrence la Vallée du Lac Bleu située dans les Andes et qui était la propriété de Bob Morane [1]. Il avait été décidé que la Patrouille du Temps procurerait aux deux amis les moyens de pénétrer dans le satellite mais, comme celui-ci devait être puissamment protégé, on userait d'un biais temporel. Bob et Bill seraient virés en l'année 2500, époque où la sphère ne serait plus qu'une épave. Ils n'auraient alors aucune peine à y pénétrer. Quand ils seraient dans la place, on les revirerait au XXe siècle. Ils saboteraient alors le satellite. Il n'avait pas été prévu que Sophia participerait à cette aventure périlleuse mais on sait comment elle était parvenue à s'assurer la complicité du colonel Graigh.

*
* *

Le rire de l'Ombre Jaune, éclatant ainsi dans l'espace interplanétaire, à une époque où le terrible Mongol devait être mort depuis bien longtemps, avait glacé d'effroi les trois voyageurs du Temps.

— Que se passe-t-il ? avait murmuré Sophia quand le rire s'était tu. Sommes-nous le jouet d'une hallucination ?

---

1. Lire une aventure de Bob Morane intitulée : *Tempête sur les Andes*.

Bob savait qu'il n'en était rien car, lorsque le rire avait retenti, il avait instinctivement jeté un regard à la membrane de son audiophone, et il s'était rendu compte que celle-ci vibrait rapidement sous l'impulsion de sons brefs et rapprochés.

— Ce rire n'était pas une illusion, dit Morane. Nous le savons. Nous avons tous trois des nerfs trop solides pour nous laisser influencer par des apparences.

— Il est pourtant impossible que nous ayons entendu Ming, dit Bill. Nous sommes en l'an 10000, et il doit être mort depuis longtemps...

— Pourquoi dites-vous « il *doit* être mort depuis longtemps », Bill ? risqua Sophia. Comme si vous n'en étiez pas sûr !...

— Nous sommes bien, nous aussi, en l'an 10000, renchérit Morane, et vivants. Quand on joue avec le Temps et qu'on s'y promène aussi aisément qu'à travers l'espace, tout devient possible.

— Oui, fit remarquer Ballantine, mais nous bénéficions de l'aide de la Patrouille. Ming ne possédait pas, lui, la faculté de se déplacer à travers le temps.

— Pouvons-nous en être certains ? dit Bob. Il est possible qu'il ne possédait pas cette faculté lorsque nous le combattions, mais il peut l'avoir acquise par la suite. N'oublions pas que les savants travaillant en symbiose avec le computer lui ouvraient des possibilités de découvertes scientifiques effarantes...

Cette dernière constatation augmentait encore le malaise de Morane. Non seulement les huit millénaires qui le séparaient de son époque lui pesaient lourdement sur les épaules, mais il y avait cette solitude qui, en dépit de la présence de ses compagnons, lui donnait l'impression d'être isolé sur une île déserte entourée de toutes parts par d'infranchissables océans. Et puis, il y avait cette étrange végétation ; s'il s'agissait bien de végétation. Et enfin ce rire venu de nulle part...

Bob se sentit tenté de revenir en arrière, d'entraîner ses compagnons vers le sas pour fuir, de toute la vitesse du scaphe, ce satellite maudit où, il le devinait obscurément, régnait une épouvante latente qui, à tout moment, pouvait éclater et changer les imprudents visiteurs en pantins hurlants. Aussi fut-ce presque contre sa propre volonté qu'il décida :

— Continuons !

Comme il a déjà été dit, Bob, Bill et Sophia connaissaient la disposition générale du satellite, et ils pouvaient s'y diriger sans tâtonner. Ils gagnèrent l'hémisphère supérieur de la sphère et Bob n'eut aucune peine, en dépit de la luxuriance de la flore qui se faisait de plus en plus abondante, à repérer le couloir menant au cœur même du satellite : la salle où était enfermé le complexe savants-computer.

A présent, la végétation était devenue si touffue qu'on avait de la peine à avancer et qu'il fallait briser liane après liane, comme autant de lambeaux de chair morte.

Au bout d'un moment, Ballantine poussa un grognement de mécontentement.

— Aux grands maux les grands remèdes, fit-il. Faisons une trouée là-dedans !

Il tira son pistolet à fluide ionique et le braqua devant lui, vers les profondeurs du couloir.

— Non Bill, cria Morane, pas ça !

L'avertissement venait trop tard. Déjà le géant avait pressé la détente de son arme, qui émit un grésillement caractéristique. Un jet de lumière orangée fusa du canon et une grande trouée s'ouvrit dans la masse de la végétation. Presque en même temps, une énorme clameur monta, faisant songer à un cri de douleur poussé par cent mille bouches. Instinctivement, Sophia se jeta vers Morane.

— Qui a crié ainsi ? fit la jeune fille. Aucun être vivant n'est capable de pousser une telle plainte.

Bob ne répondit pas. Il avait la certitude que le geste de Bill avait déclenché ce prodigieux cri de douleur, tout à fait comme si, en brûlant la flore, le rayon ionique avait en même temps fouillé une chair vivante.

Pourtant, Ballantine avait éclaté d'un rire satisfait.

— Cessons de prendre des bulles de savon pour des vessies, dit-il. Le moindre son est amplifié dans cette sphère métallique.

Il avait reglissé le pistolet ionique dans son étui. Du plat de la main, il en frappa la crosse et continua :

— Drôlement efficace cet engin-là, pour détruire les mauvaises herbes !

Le lourd optimisme de leur compagnon rendit confiance à Morane et à Sophia.

— Continuons à avancer, décida Bob. Nous ne sommes plus loin à présent de la salle du computer.

Par la trouée pratiquée par le rayon ionique, ils reprirent leur route. Ils allaient atteindre le débouché du couloir quand, instinctivement, commandée peut-être par ce sixième sens qui est l'apanage du sexe féminin, Sophia se retourna. Elle sursauta et murmura :

— Regardez derrière vous !

Les deux hommes obéirent et se rendirent compte avec terreur que la brèche ouverte dans la végétation par le pistolet de Bill s'était refermée. De nouvelles lianes pendaient au plafond, jaillissaient des murs, s'entremêlant plus étroitement encore peut-être que tout à l'heure.

— Ça repousse vite les mauvaises herbes, constata Bill avec un ricanement qui pourtant sonnait faux.

— Je propose que nous rebroussions chemin, fit Sophia d'une voix blanche.

Morane, lui, hésita. Sans doute la sagesse commandait-elle, devant cette série de faits inexplicables, de regagner au plus vite l'abri du scaphe. Pourtant, ils ne s'étaient pas lancés dans cette aventure pour renoncer au premier appel du danger. Bien sûr, il y avait eu l'imprévu de ce brusque basculement dans le futur. Mais à cela personne ne pouvait rien.

— Reculer à présent, dit-il à l'adresse de Sophia, équivaudrait à tomber du dixième étage pour vouloir remonter au moment de toucher le sol. De toute façon, nous avons atteint le centre de la sphère.

Montrant l'exemple, il atteignit en quelques pas décidés l'extrémité du couloir, mais en lui-même il pensait :

« Pourvu que la Patrouille du Temps ne tarde pas trop à nous retrouver. Pourvu qu'elle ne tarde pas trop ! »

Il savait que, pour le moment, les radars spatio-temporels du Centre de Détection de la Patrouille fouillaient les profondeurs du Temps dans toutes les directions afin de les retrouver. Mais ils avaient des millénaires à explorer avant de les découvrir. Peut-être qu'alors ils seraient morts tous trois. Morts... ou quelque chose de pire.

III

Les deux hommes et leur compagne avaient débouché dans un nouveau couloir, possédant la caractéristique de s'élever en une spirale fort large. En dépit de l'épaisseur de la végétation parasitaire, on pouvait se rendre compte que, dans la paroi intérieure, tous les cinq mètres environ, un grand hublot s'ouvrait. Il n'y avait là rien d'imprévu pour Bob Morane et Bill Ballantine, qui avaient déjà poussé jusque-là peu avant le lancement du satellite. Ils savaient que derrière ces hublots existait une vaste salle hémisphérique, de vingt mètres de diamètre environ. Lors de leur première visite, ils avaient aperçu au centre de cette salle une série de cloches de plastique transparent, en forme de sarcophages, alignées comme les rayons d'une roue autour d'un monumental computer électronique auquel chacune de ces cloches était reliée par un réseau complexe de tubulures et de fils. Sous chaque cloche un homme était étendu, baignant dans une nébulosité phosphorescente et semblant dormir. Sans cesse, les voyants du computer clignotaient en brefs éclairs rouges, ou oranges, ou verts, ou bleus tandis que des bandes de papier couvertes de caractères se déroulaient lentement, jaillissant de fentes prévues à cet effet, pour être aussitôt enroulées sur les tambours de machines de déchiffrage. Parmi les hommes étendus là, Morane et Bill avaient reconnu plusieurs savants, chacun expert dans sa spécialité, qui avaient disparu précédemment et que l'Ombre Jaune avait asservis.

Après huit mille ans, était-il possible que le même spectacle puisse encore s'offrir aux deux amis ?

De sa main gantée, Morane débarrassa le quartz d'un des hublots de la moisissure qui en voilait la transparence et, tous trois jetèrent un regard au-delà. C'était toujours la même salle hémisphérique, mais les hommes étendus sous les cloches de plastique, tout en gardant la forme humaine, s'étaient transformés en une matière blanchâtre, luminescente, tout comme les fils et les tubulures reliant les cloches au computer. Quant à celui-ci, s'il s'était transmuté lui aussi en la même matière blanchâtre et luminescente, sa forme générale s'était légèrement transformée. Son sommet s'était évasé, arrondi en forme de monstrueux champignon dont l'enveloppe laissait transparaître des circonvolutions compliquées. Des pulsations régulières animaient l'ensemble, tout à fait comme si un monstrueux cœur avait battu là.

Pendant un moment, Bob, Bill et Sophia avaient contemplé ce spectacle inattendu sans prononcer la moindre parole, comme fascinés.

— On dirait, finit par constater Bill d'une voix sourde, que les savants et le computer, bref tout l'ensemble du complexe, se sont changés en la même matière que les étranges plantes qui ont envahi le satellite.

— Oui, approuva Bob, cette matière vit, nous ne pouvons en douter, et d'une vie qui n'est pas seulement végétale.

— Le computer lui-même, fit à son tour Sophia, semble s'être changé en un énorme cerveau.

Pendant que ces paroles s'échangeaient, Bob Morane avait fait une nouvelle constatation. Pendant un moment, il hésita à en faire part à es compagnons puis, finalement, il s'y résolut et, à travers le hublot, il leur désigna une série de longues lianes qui, partant du complexe savants-computer — pouvait-on encore donner ce nom-là à l'étrange entité qu'ils avaient devant eux ? — gagnaient les cloisons métalliques, qu'elles semblaient traverser.

— Regardez cette liane, dit-il en désignant l'une d'elles avec précision. Elle touche la paroi à un endroit précis, et une autre en tous points semblable sort de cette même paroi, de notre côté, tout à fait comme s'il s'agissait d'un même individu traversant la cloison.

— C'est exact, reconnut Bill, et ce phénomène semble se reproduire sur toute la circonférence de la salle.

— Avez-vous une explication à nous fournir, Bob ? s'enquit Sophia Paramount.

— Je n'en vois qu'une répondit le Français. Cette étrange vie a pris naissance dans la salle elle-même, a lancé ses prolongements dans toutes les directions, pour finir par envahir toute la sphère.

Le complexe savants-computer se serait donc, au cours des siècles, transformé en une entité vivante qui, telle une pieuvre aux cent mille bras, aurait lancé tous ses tentacules à travers le satellite jusqu'à l'occuper complètement, supposa Sophia.

— Je ne vois pas d'autre explication, répondit Morane. Cette transmutation a-t-elle eu lieu sous l'influence d'un agent extérieur ? Quelque ferment galactique par exemple... Ou au contraire est-ce le complexe savants-computer qui s'est ainsi transformé par sa propre volonté ? Je l'ignore. De toute façon, nous nous trouvons en présence d'un être vivant.

— C'est cet être qui a hurlé de douleur quand Bill s'est servi de son pistolet ionique ? fit Sophia.

— Assurément, répondit Bob.

— Mais le rire que nous avons entendu ? demanda Ballantine. Ce ne devait pas être celui de cet... être, puisque nous avons reconnu le rire de Monsieur Ming ?

Le visage de Bob Morane s'était fait plus grave encore qu'auparavant.

— Qui sait, souffla-t-il, si l'Ombre Jaune ne s'est pas incorporé à cette entité jusqu'à ne plus faire qu'un avec elle, une entité qui aurait le cerveau, l'intelligence de Ming, mais centuplés, et qui...

Il s'interrompit, puis il secoua la tête pour reprendre :

— Je ne sais pas... je ne sais pas... je ne *veux* pas savoir...

L'épouvante s'était emparée des deux hommes et de la journaliste. Une épouvante qui les paralysait mais qui ne les empêchait cependant pas de comprendre qu'ils étaient livrés à une puissance qui les dépassait, contre laquelle ils seraient incapables de lutter, car elle dépassait toute compréhension. Si les déductions de Morane étaient justes, l'Ombre Jaune s'était transformé en un être dépourvu de toute humanité, si jamais il en avait été doté, un monstre tentaculaire prodigieusement intelligent et sans doute indestructible qui, bientôt peut-être, s'échapperait des limites trop étroites du satellite et étendrait son emprise à travers les espaces interstellaires.

— Essayons de pénétrer dans cette salle, gronda Bill, et jetons quelques grenades ioniques sur cette « chose ». Il faut la détruire à tout prix, quitte à nous détruire en même temps...

— Ce ne serait pas une solution, dit Bob. D'ailleurs, ne nous faisons pas d'illusions. Si la « chose », comme tu dis, est prodigieusement intelligente, ainsi que nous le pensons, elle ne nous laissera pas agir contre elle et nous détruira avant même que nous ayons pénétré dans la salle.

Instinctivement, Sophia s'était rapprochée de Morane, se collant à lui, et il la sentit frémir à travers le plastique souple des scaphandres.

— Je ne sais pas, murmura la jeune fille, mais j'ai la sensation que la « chose » nous écoute, qu'elle nous entend, qu'elle comprend ce que nous disons.

— Je ne me sens pas à l'aise non plus, fit Bill. J'ai l'impression d'être étouffé, écrasé sous le poids d'un danger qui nous menace. Il faut faire quelque chose ! N'importe quoi.

Faire quelque chose ? Morane se sentait impuissant devant cette entité déconcertante dont il ne pouvait prévoir les réactions. Était-ce une plante ? Était-ce un animal ? Rien de tout cela sans doute. Elle devait appartenir à un plan de vie inconnu des hommes.

Tout près de Morane, une liane frémit, bougea et, telle une vrille de vigne, s'enroula autour du poignet de l'homme. D'une saccade, Morane la brisa en même temps qu'il hurlait :

— Fuyons avant qu'il ne soit trop tard ! Regagnons le scaphe ! Il nous faut quitter la sphère au plus vite !

Ils se mirent à courir à travers les couloirs, refaisant en sens inverse le chemin parcouru précédemment, brisant au passage les tentacules qui, à présent, semblaient avoir pris vie, cherchant à s'enrouler autour de leurs membres, à les empêcher d'avancer. Par bonheur, les lianes étaient fragiles mais elles devenaient à ce point nombreuses, s'entortillaient si étroitement qu'elles se changeaient presque en une matière homogène, compacte. A plusieurs reprises, pour passer, les deux hommes et la jeune fille durent faire usage de leurs pistolets ioniques, creusant d'énormes trouées dans le magma vivant s'opposant à leur fuite. Chaque fois, une grande clameur de souffrance montait et, presque aussitôt, derrière eux, le grouillement des tentacules se reformait.

Ils atteignirent le couloir périphérique, s'y frayèrent un passage à l'aide de leurs pistolets ioniques. Ils gagnèrent le complexe de corridors et d'escaliers menant au sas. La flore y était moins dense mais, au passage des fuyards, elle semblait saisie d'une luxuriance soudaine. Des tentacules naissaient par enchantement, couraient le long du sol et des parois, s'étiraient et s'allongeaient comme du caoutchouc, bifurquaient, se multipliaient, se changeaient en forêt. Il fallait sans cesse les brûler à coups de pistolets.

Le premier, Ballantine atteignit la valve du sas qu'il ouvrit d'une saccade, pour sauter aussitôt dans la salle où reposait le scaphe. Sophia, avant de sauter à son tour, se retourna. Elle vit que Bob s'était arrêté, faisant face à un frénétique bourgeonnement de la « chose », qui lançait vers lui des centaines de tentacules frénétiques.

— Venez, Bob, venez ! supplia la jeune fille.

Il tourna la tête vers elle et hurla, sur un ton qui n'admettait pas de réplique :

— Sautez !... Vous m'entendez ?... Sautez !...

Elle obéit. Bob braqua son pistolet vers la masse grouillante qui, tel un nœud de chenilles monstrueuses, roulait vers lui. A plusieurs reprises, il pressa la détente de son pistolet et les rayons ioniques fouillèrent cette masse comme des fers rouges fouillent une chair. Alors Bob s'engagea dans l'ouverture. Il voulut refermer la valve mais, déjà, les nœuds de tentacules s'étaient reformés, bouchant l'ouverture, le menaçant, et il ne put que sauter en clamant :

— Le scaphe !... C'est notre seule chance !...

*
* *

Au moment où Bob avait touché le plancher métallique du sas, le même rire que tout à l'heure avait éclaté, avec un accent de triomphe cette fois. Etait-ce bien le rire de l'Ombre Jaune, ou bien une simple illusion ? Bob ne perdit pas de temps à se le demander. Les tentacules pénétraient derrière lui, en masse compacte, dans le sas. Il lâcha un rayon ionique dans leur direction et se propulsa vers le scaphe, à l'intérieur duquel Sophia et Bill avaient déjà pris place. Il y pénétra et referma la porte de l'appareil sur lui tout en hurlant à l'adresse de ses compagnons :

— Laissez-moi la place aux commandes ! Il faut qu'on se tire d'ici au plus vite.

La jeune fille et l'Écossais se tassèrent de leur mieux dans l'étroit habitacle, pour laisser leur compagnon s'installer au siège du pilote. Rapidement Bob mit en batterie les petits réacteurs de giration et le scaphe pivota sur lui-même, tournant son étrave vers la valve de sortie du sas.

Autour de l'appareil, les tentacules grouillaient maintenant, de plus en plus nombreux, et certains s'étaient déjà enroulés comme pour le retenir.

Bob Morane connecta les radars en songeant : « Pourvu qu'ils fonctionnent ! ». En effet, si la valve de sortie du sas ne s'ouvrait pas, le scaphe serait endommagé, rendu inutilisable, et si les occupants n'étaient pas tués par le choc, ils seraient livrés à la « chose » qui, à présent, semblait avoir définitivement pris possession de la sphère.

Les craintes du Français étaient vaines. La valve s'ouvrit et l'appareil fila vers l'ouverture, la franchit, arrachant les tentacules qui tentaient de le ligoter.

— Ouf ! fit Ballantine quand ils furent hors du satellite, j'ai bien cru qu'on allait y rester ! Mourir ainsi, victimes de cet être innommable, voilà un trépas que je n'aurais même jamais osé imaginer !

— Il est probable que la « chose » aurait assimilé notre matière, dit Bob, et nous serions devenus partie intégrante d'elle-même, tout comme le computer, tout comme les savants, tout comme l'esprit de Ming peut-être...

Un silence succéda à ces paroles. Bob Morane avait infléchi la trajectoire du scaphe pour lui faire décrire de grands cercles autour du satellite. Tout à coup Sophia, dont les regards étaient tournés vers l'écran télescopique, lança un avertissement.

— Regardez !

Sur l'écran, la sphère apparaissait en gros plan.

— Le sas est demeuré ouvert, remarqua Bill.

— Il n'y a pas que cela, enchaîna Morane.

Par la valve, en effet, des formes serpentines sortaient de la sphère pour se répandre dans le vide. On eût dit des fragments de tentacules pareils à ceux qui avaient tenté de retenir Morane et ses compagnons à l'intérieur du satellite. Il y avait une différence cependant, car ces tentacules semblaient à présent avoir pris une vie propre. Ils allaient en s'effilant à leurs deux extrémités et étaient animés de mouvements rotatifs qui les faisaient s'enrouler sur eux-mêmes comme des vrilles.

— En pénétrant dans la sphère, remarqua Morane d'une voix sourde, nous avons déclenché une réaction catastrophique. Jusqu'alors, la « chose » se développait lentement, au rythme d'une évolution régulière. Nous avons brisé sa quiétude et provoqué chez elle un réflexe de défense qui a accéléré son développement, l'a rendu quasi instantané.

— Pourvu que ce développement se limite au satellite ! glissa Sophia d'une voix blanche.

— Je crains qu'il n'en aille tout autrement, dit Bob. Ces tentacules le prouvent. Si la « chose » continue à se développer à ce rythme, elle risque d'envahir la Terre, puis le système solaire, et finalement de ronger tout l'Univers comme un cancer.

Une telle supposition était à ce point fantastique que la raison des deux hommes et de leur compagne avait de la peine à l'admettre. Pourtant, tout ce qu'ils avaient vécu au cours de ces dernières minutes était à ce point en dehors de toute raison, que la supposition de Morane se changea pour eux en certitude et qu'ils se sentirent comme écrasés.

— Il faut faire quelque chose pour empêcher cela, gronda Bill.

— Quelque chose ? dit Bob. Mais quoi ? Que pouvons-nous, livrés à nos pauvres moyens ?... Je ne vois qu'une solution : que la Patrouille nous retrouve vite et nous ramène en arrière dans le Temps pour que nous puissions détruire le satellite, comme il avait été prévu, et en même temps le complexe computer-savants avant qu'il n'ait commencé à se transmuer en cette entité gloutonne.

— Une gloutonnerie qui s'étendrait à tout l'univers, fit Bill avec un ricanement amer.

Un nouvel avertissement fusa, lancé par Sophia :

— Ils viennent vers nous !

Les tentacules-vrilles, roulant sur eux-mêmes en un mouvement giratoire, se dirigeaient en effet vers le scaphe. Ils se rapprochaient rapidement et l'on pouvait se rendre compte qu'ils étaient énormes.

— Il faut fuir, dit Bob. Si l'un d'eux nous touche !

Bill Ballantine éclata de rire en disant :

— Si l'un d'eux nous touche, il sera réduit en miettes. C'est fragile comme tout, ces machins-là, vous vous souvenez, commandant ?

Morane ne répondit pas. L'expérience disait que Bill avait raison lorsqu'il parlait de la fragilité des tentacules-vrilles. Pourtant, il était évident que la « chose » les lançait vers eux comme des armes offensives. Or, cette « chose » aurait-elle justement employé des armes aussi dérisoires, qui seraient réduites en morceaux au premier choc ?

Une des vrilles se rapprochait à grande vitesse du scaphe. Elle ressemblait à un énorme python blanchâtre qui se tortillait sur lui-même.

— Vous allez voir ce qui va se passer, jeta Bill. Cela va être réduit en lambeaux, comme un gros morceau de rahat-loukoum.

Le choc eut lieu. Pourtant, le tentacule-vrille n'avait rien de la consistance gélatineuse du rahat-loukoum, car l'impact fut d'une réelle violence inouïe. Pendant une fraction de seconde, les occupants du scaphe purent croire que celui-ci allait être démantibulé. Apparemment il n'en fut rien cependant, mais l'appareil tangua, roula sur lui-même et se mit à tournoyer en tout sens, désemparé.

— La porte ! hurla Bob.

Sous le choc, celle-ci — peut-être avait-elle été mal fermée dans la précipitation du départ — s'était ouverte. Sophia, qui en était la plus proche, glissa malgré elle par l'ouverture.

— Retiens-la, hurla Morane à l'adresse de Bill.

Le géant était lui-même dans une position difficile, jambes par-dessus tête, en équilibre plus qu'instable. Néanmoins, il tenta d'agripper la jeune fille mais sans y parvenir. Ses mains gantées glissèrent sur le plastique souple du scaphandre spatial, se refermèrent sur rien.

Déjà, là-bas, Sophia Paramount, bras et jambes écartés, n'était plus qu'un corps désemparé flottant à la dérive dans le vide interstellaire.

IV

Bob Morane avait réussi à stabiliser le scaphe.
— Je vais essayer de rejoindre Sophia à vitesse réduite, dit-il.
Et il continua, s'adressant à Bill :
— Essaye de la saisir quand nous passerons à proximité.
Il tenta de pointer le nez de l'appareil vers la forme humaine qui s'éloignait, mue par la vitesse acquise que rien ne venait freiner. Pourtant il s'avéra bientôt que rejoindre Sophia ne serait pas une tâche aisée. En effet, le choc avec le tentacule-vrille devait avoir endommagé un des réacteurs de direction, car le scaphe gouvernait mal, et Bob se trouvait impuissant à le diriger avec précision. Parfois, certes, il parvenait à l'amener à proximité du corps flottant de Sophia mais l'appareil, comme poussé par un esprit malin, s'en éloignait aussitôt. Ces manœuvres infructueuses comportaient d'ailleurs un autre risque : à tout moment, au lieu de s'éloigner de la jeune fille, le scaphe pouvait la heurter et la tuer net.
— Nous n'y parviendrons jamais, dit Bill au bout d'un moment. Les vrilles sortent toujours plus nombreuses du satellite. Tôt ou tard l'une d'elles va nous atteindre, à moins que ce ne soit Sophia qui en soit la victime.
En effet, par dizaines, les tentacules-vrilles sillonnaient à présent les parages de la sphère et, si l'un d'eux n'avait

pas à nouveau atteint le scaphe, c'était sans doute à cause des changements de direction continuels que Morane essayait d'effectuer pour rejoindre la naufragée.

— Il y aurait une solution, dit Bob à l'adresse de son ami. Tu vas prendre les commandes et t'efforcer de te maintenir aussi près que possible de Sophia. Moi je vais endosser un réacteur individuel et essayer de la rejoindre. Quand je l'aurai saisie, je l'entraînerai jusqu'au scaphe.

— C'est de la folie, commandant, protesta Ballantine. Vous risquez de...

— Ne discute pas, coupa Morane. Prends ma place !

Glissant son énorme corps par-dessus celui de son ami, l'Écossais s'installa aux commandes tandis que Bob extirpait un des réacteurs personnels de l'alvéole dans laquelle il était logé, sous les sièges. Rapidement il se le fixa aux épaules à l'aide des sangles prévues à cet usage, un peu comme un plongeur endosse un scaphandre autonome.

— Rapproche-toi aussi près que possible de Sophia, commanda Morane.

Ballantine réussit à amener le scaphe à quelques centaines de mètres de la jeune reporter, mais il ne parvint pas à garder la direction. Déjà cependant Bob s'était laissé glisser dans le vide. Il sentit que derrière lui le scaphe s'éloignait. Déjà il avait mis son réacteur en marche, en orientant le jet de façon à se diriger vers Sophia. Elle l'aperçut et tendit les mains vers lui. Quand il ne fut plus qu'à une vingtaine de mètres, il inversa le réacteur pour freiner sa lancée. Une de ses mains se referma sur le poignet de la jeune fille qui, à son tour, referma la main sur son poignet à lui, en une prise classique de trapéziste. La jeune fille avait agi calmement, sans montrer de panique.

— Surtout, ne me lâchez pas, cria Bob dans son audiophone. Je vais nous attacher l'un à l'autre.

De sa main libre, il déroula une des sangles auxiliaires de sa ceinture et l'accrocha à celle de la jeune fille. A présent ils pouvaient se lâcher ; la sangle les empêcherait de se séparer de plus de quelques mètres. Néanmoins, ils gardèrent la prise, comme si le contact étroit les rassurait tous deux davantage en face de la grande solitude du vide.

À travers le globe transparent de son casque, Sophia sourit.

— Si on en profitait pour se marier, Bob ? dit-elle calmement. Ce serait pour le moins des épousailles originales...

— Il nous manque le maire, répondit Morane.

— Bah ! fit-elle encore en continuant à sourire, ne soyons pas trop à cheval sur les conventions. Commençons par échanger nos vœux ; on légalisera cela par la suite.

— C'est ça, fit Bob, dans dix mille ou dans vingt mille ans. Et puis, quand on sera enfin mariés, vous irez faire vos reportages sur Betelgueuse et moi j'irai secourir la veuve et l'orphelin sur Aldebaran. Un couple uni en vérité, qu'on formerait là !

Là-bas Bill s'efforçait de ramener le scaphe en direction des deux naufragés, mais il y parvenait difficilement. Morane mit son réacteur en marche afin de tenter de réduire la distance qui les séparait de l'appareil. Plusieurs tentacules-vrilles se dirigeaient vers eux en se tortillant dans l'intention, si l'on pouvait prêter un raisonnement à ces étranges structures, de les atteindre. Morane tira son pistolet ionique, après avoir eu soin d'en fixer la gourmette de sécurité à son poignet. Une des vrilles n'était plus qu'à dix mètres d'eux, se lovant déjà pour les emprisonner entre ses anneaux. Bob tira. Le rayon ionique toucha le monstre qui s'arrêta net, se tortilla sur lui-même avec une frénésie accrue puis, soudain, se désintégra.

Le scaphe n'était plus qu'à cent mètres des naufragés mais, à ses mouvements désordonnés, il était évident que Bill continuait à avoir toutes les peines du monde à maintenir la direction. D'autres tentacules-vrilles rampaient dans le vide en direction de Bob et de Sophia. Le Français désintégra encore deux d'entre eux à coups de pistolet ionique, puis il hurla dans son audiophone, espérant être entendu de Bill :

— Bloque le réacteur et mets les rétros pour te maintenir sur place !

Les rayons spéciaux émis par les audiophones ne portaient pas loin dans le vide mais Bill dut entendre cependant, car le scaphe s'immobilisa. Aussitôt, mettant en marche son réacteur personnel et entraînant Sophia qu'il n'avait toujours pas lâchée Morane se dirigea vers lui. En quelques secondes ils purent atteindre l'appareil. Morane poussa sa compagne à l'intérieur, puis il s'y glissa lui-même et referma la porte derrière lui.

— Qu'est-ce qu'on fait ? interrogea Bill. On ne peut continuer à tourner éternellement autour de la sphère, surtout avec ces maudites bestioles qu'il devient de plus en plus difficile d'éviter. Si seulement la Patrouille du Temps pouvait finir par nous retrouver !

— Compte là-dessus et bois de l'eau claire ! jeta Bob. Si elle nous repère, tant mieux, mais pour l'instant n'y comptons pas !

Après s'être débarrassé de son réacteur autonome, il se glissa aux commandes et décida :

— On va essayer de gagner la Terre. Je ne vois pas d'autre solution !

Plusieurs tentacules-vrilles convergeaient vers eux. Il les évita du mieux qu'il put et mit le scaphe en position d'atterrissage automatique en espérant que le dispositif ne serait pas faussé. L'appareil réagit aussitôt et se mit à descendre. Bientôt, au-dessus de lui, le Satellite de l'Ombre Jaune ne fut plus qu'une petite boule claire, de forme indécise, pareille à une grosse perle baroque.

*
* *

Le scaphe survolait à présent la Terre à basse altitude. Pour cela, après une longue descente, il avait fallu creuser un plafond de nuages sombres et épais, comme faits de poix liquide. Sous ce plafond de nuages, la pluie régnait, lancinante. Une pluie grasse, jaunâtre qui, sous le ventre de l'appareil, changeait les campagnes en un éternel marécage aux eaux couleur de soufre d'où montaient des brumes stagnantes, elles aussi de la couleur du soufre. On devait être en hiver car les arbres étaient dépouillés. Seules, par endroits, des forêts de conifères tachaient de vert l'étendue monotone ; un vert étrange de pistache, vaguement écœurant. Fleuves et rivières faisaient songer à des serpentins de cuivre terni, déroulés au hasard des vallées.

— Pas gaie, la Terre en l'an 10000, avait constaté Ballantine en faisant la grimace. Si seulement on pouvait savoir quels pays on survole !

C'était difficile à dire de haut, sans points de repère. De temps à autre, on survolait bien une ville, ou tout au moins les ruines d'une ville car chaque fois on eût dit qu'elle avait été effacée comme par un coup de gomme. Un fantôme de ville avec des murs rasés, des édifices percés comme des écumoires, des rues changées en cloaques.

— On dirait qu'il y a eu la guerre, fit Sophia, et que rien n'est resté debout, ni vivant.

— C'est juste, approuva Bob. Jusqu'ici nous n'avons pas découvert la moindre trace de présence humaine ; pas de véhicule sur les routes — d'ailleurs il n'y a pas de route ; pas de train dans les campagnes ; pas de bateau sur les cours d'eau ; pas de machine volante dans les airs, à part la nôtre...

Depuis un moment, Bob suivait des yeux un fleuve qui allait, déroulant ses méandres, d'est en ouest. Il croyait le reconnaître, mais sans en être sûr. Et, soudain, la Ville fut devant eux, ou du moins ce qui en restait. Elle étendait ses ruines sur des kilomètres de chaque côté du fleuve et était dominée au nord par une colline au sommet de laquelle se dressait le reste d'un monument qui, jadis sans doute, s'était dressé en majesté mais qui, à présent, n'était plus qu'une dentelle de pierre qui s'en allait en lambeaux au fil des âges.

— C'était assurément une capitale, fit Sophia. Des millions d'êtres devaient vivre là et, sûrement, il a fallu une guerre pour la détruire.

— Ce n'est pas si sûr, dit Bob. Huit mille ans se sont écoulés depuis le XXe siècle. En huit mille ans bien des civilisations peuvent s'être détruites elles-mêmes, être mortes de leur belle mort. Pensez à l'ancienne Égypte, à Babylone, à Troie...

— Si nous allions jeter un coup d'œil de plus près ? proposa Ballantine.

— Pourquoi pas ? fit Bob avec un haussement d'épaules.

Depuis un moment, il se sentait comme écrasé par une épouvantable fatalité qui le rendait impuissant, de l'impuissance qu'on éprouve devant la mort d'un ami cher. Il croyait savoir quelle était cette cité morte, ce cadavre de capitale dont l'inexorable laminoir du Temps avait eu raison.

Il désigna un large espace nu, sur une île du fleuve, et que bordaient des restes de bâtiments gris dont l'un faisait immanquablement songer à la cage thoracique d'un saurien monstrueux réduit à l'état de squelette.

Depuis un moment, le scaphe gouvernait de plus en plus mal, et il se posa sans douceur sur un sol tapissé d'herbe rare et anémique poussant dans les vides laissés par un pavement dont les dalles s'effritaient.

— Enfin, on va pouvoir se dérouiller un peu les jambes, fit joyeusement Bill. Il me semble réellement qu'il y a des millénaires que je n'ai plus foulé le plancher des vaches, comme on disait jadis dans la marine. Jadis, c'est-à-dire il y a bien longtemps. Oh, il me semble qu'il y a si longtemps !

D'une saccade, le géant avait ouvert la porte de l'appareil, et il ajouta :

— Nous allons pouvoir également nous débarrasser de ces maudits scaphandres...

Déjà, il portait la main à son casque, mais Morane ne lui permit pas d'achever son geste.

— Calme ton impatience, mon vieux, conseilla-t-il. Mieux vaut ne pas courir de risque.

Il jeta un regard au compteur de radiations du tableau de bord, et il vit que l'aiguille avait atteint les graduations rouges d'alerte.

— Nous sommes tombés en pleine zone radio-active, conclut-il. Tout doit être pollué ici : le sol, l'air, les plantes et sans doute aussi cette maudite pluie jaune qui ne cesse de tomber. Gardons nos scaphandres. Ils ont été prévus pour protéger des radiations. Tant que nous les porterons, nous ne courrons pas le risque d'être contaminés.

Ils mirent pied à terre et regardèrent autour d'eux. Tout de suite, leurs regards se fixèrent sur ce bâtiment en ruines qui, au premier coup d'œil les avait fait immanquablement songer à la cage thoracique d'un monstrueux saurien avec ses fines arcatures de pierre formant côtes. Deux cubes de pierres entassées entourés d'éboulis devaient être tout ce qui restait de tours massives. Quant aux murs ils s'étaient depuis longtemps écroulés. Seul le squelette des piliers et des nervures gothiques demeurait, se découpant en filigrane sur le fond gris plombé des nuages.

— On dirait une église, murmura Sophia, ou tout au moins ce qui reste d'une église...

— D'une cathédrale même, surenchérit Bill Ballantine.

— Je puis mettre un nom sur cette cathédrale, fit à son tour Morane d'une voix sourde.

— Notre-Dame de Paris, n'est-ce pas Bob ? fit doucement Sophia.

Ce fut dans un souffle que le Français approuva :

— Oui, Notre-Dame de Paris...

Cette monstrueuse révélation les écrasa tous trois et ils demeurèrent silencieux. Bob eut soudain l'impression de se trouver devant la dépouille d'un être qu'il avait aimé au point de le croire immortel.

— Paris ! murmura-t-il. Paris !... Voilà ce qui en reste !... Voilà ce qu'*ils* en ont fait.

— Un bombardement atomique ? glissa Sophia.

Il approuva de la tête.

— Aucun doute ! La radio-activité le prouve. Mais quand ce bombardement a-t-il eu lieu ? Voilà ce que nous ignorons...

— La Patrouille du Temps pourra sans doute nous renseigner à ce sujet... si jamais elle nous retrouve, fit Bill.

— Ne comptons pas là-dessus, jeta Morane. C'est là un des tabous auxquels la Patrouille doit se soumettre : ne jamais révéler l'avenir...

Une même pensée leur était venue à tous trois. Ce fut Sophia Paramount qui osa la formuler la première en disant :

— Vous n'habitiez pas très loin d'ici, n'est-ce pas, Bob ?

— Pas très loin, en effet...

— Quai Voltaire, dit Bill. Il y a un bon bout de chemin quand même et les taxis semblent faire grève depuis le temps...

Le colosse s'interrompit. Puis il reprit sur un ton qu'il s'efforçait de rendre joyeux, une joie qui sonnait aussi faux que possible :

— On pourrait quand même aller jeter un coup d'œil jusque chez vous, commandant. Qui sait si dans la cave on ne retrouverait pas une vieille bouteille de whisky qui ne serait pas trop radio-actif...

Morane ne répondit pas tout de suite. Depuis un moment, il luttait contre une force inconnue qui le poussait aux épaules et à laquelle, il le savait, il lui faudrait finalement céder.

— Allons, dit-il simplement en désignant un amoncellement de pierres formant barrage sur l'un des bras du fleuve et qui devait être ce qui restait du Petit-Pont.

Pataugeant dans l'eau couleur de soufre, sautant de pierre en pierre, ils gagnèrent la rive gauche, longèrent interminablement les quais bordés de terrains vagues où, par endroits, émergeait seulement un pan de mur branlant. La vue portait très loin vers le sud jusqu'au-delà du Panthéon, réduit à un porche sur le point de s'effondrer. Sur la droite le Châtelet et le Louvre n'étaient plus que souvenirs.

Parfois, au détour d'une ruine, un grand cerf ou un sanglier débouchait, s'arrêtait à la vue des hommes puis fuyait pour disparaître parmi les décombres.

— Etrange que ces animaux puissent vivre ici en dépit de la radio-activité, remarqua Sophia.

— Sans doute leurs espèces s'y sont-elles adaptées au cours des siècles, tenta d'expliquer Bob.

Ils atteignirent le quai Voltaire, ou tout au moins l'endroit où jadis il se situait. Quant à la maison de Morane, s'ils purent en repérer la situation approximative, il n'en restait nul vestige.

— J'ai l'impression, mon vieux Bill, dit le Français, que tu devras te passer de whisky. Ma dernière bouteille doit être depuis longtemps brisée...

Jamais plus qu'en ce moment, il n'avait maudit ce voyage impossible à travers le Temps que ses amis et lui avaient accepté d'accomplir, hors de toute raison, dans le seul but de livrer un combat qui dépassait sans doute les forces humaines, et il n'eut plus qu'un souhait : se retrouver chez lui, dans un Paris reconstruit grâce à un voyage en arrière dans le Temps, enveloppé dans sa vieille robe de chambre, au coin de son feu ouvert avec ses livres, ses vieux meubles, ses bibelots qui étaient un peu de lui-même tant il leur avait consacré d'amour et qu'il avait si souvent sacrifiés à d'aventureuses chimères.

— Nous n'avons plus rien à faire ici, dit-il les dents serrées. Regagnons le scaphe !

Ils rebroussèrent chemin le long des quais. Ce fut lorsqu'ils arrivèrent à hauteur de la pointe de l'île de la Cité qu'un premier hurlement retentit sur leur droite, puis un autre devant eux ; d'autres derrière, d'autres encore sur l'autre rive de la Seine.

— Les loups, murmura Sophia.

— Oui, fit Bill à son tour, les loups ont envahi Paris.

C'était là, jadis, le titre d'une chanson. Une chanson que jamais l'on n'eût cru possible.

V

Bob Morane s'était arrêté, saisi d'une sorte de frayeur superstitieuse, non à cause des loups eux-mêmes mais de leur présence en ces lieux où, jadis, des Parisiens comme lui flânaient au printemps, fouillant les boîtes des bouquinistes, guettant à hauteur d'œil l'épanouissement des bourgeons vert tendre aux branches des arbres plantés sur les chemins de halage. A présent, des millénaires avaient passé. Il n'y avait plus là que des ruines. Les arbres étaient depuis longtemps morts et les livres, quintescence des vanités humaines, depuis longtemps oubliés. Et sur tout cela planait la grande voix des bêtes fauves. Morane savait qu'au Moyen Age il était courant que les loups viennent chercher leur pitance au cœur même de Paris, comme l'affirmaient les vieilles chroniques, mais il n'avait jamais pensé qu'un jour ces temps reviendraient.

— Pressons le pas, dit-il. Au plus vite nous aurons regagné le scaphe, mieux cela vaudra.

Les premiers loups apparurent comme les deux hommes et la jeune fille arrivaient à l'endroit où s'étendait jadis la place Saint-Michel. Ils étaient quatre, énormes, avec de grandes oreilles pointues, des yeux flamboyants, des gueules écumantes et la queue basse des bêtes affamées.

— De beaux spécimens, fit Bill en dégainant son pistolet ionique. Qu'est-ce qu'on fait ? On leur donne une leçon de prudence ?

— Seulement s'ils attaquent, fit Morane.

Jamais sans doute ces loups n'avaient vu l'homme, et l'instinct qui jadis leur avait appris à le craindre s'était émoussé avec le temps. Ils attaquèrent et les rayons ioniques en couchèrent deux sur le sol tandis que les autres, voyant la partie devenue par trop inégale, cherchaient le salut dans la fuite.

— Ils reviendront plus tard dévorer leurs congénères morts, n'en doutons pas, assura Morane.

Ils reprirent leur chemin en direction de ce qui, jadis, avait été le Parvis de Notre-Dame, où ils avaient laissé le scaphe. A plusieurs reprises, des loups apparurent, mais cette fois ils ne firent pas mine d'attaquer. Bob, Bill et Sophia purent sans encombre traverser le bras de la Seine grâce aux vestiges du Petit-Pont. Le scaphe était là où ils l'avaient abandonné.

— Qu'est-ce qu'on fait ? interrogea Ballantine quand ils eurent rejoint l'appareil. Je suppose que, puisque la Patrouille du Temps ne semble pas décidée à nous retrouver, il nous faudra nous débrouiller par nos propres moyens...

— Il doit y avoir encore des hommes sur la Terre, dit Bob. Essayons de les retrouver puisque, jusqu'à nouvel ordre, nous sommes condamnés à vivre à cette époque.

— Des hommes, fit Sophia. A quoi ressembleront-ils ? Peut-être seront-ils retournés à l'état sauvage et vivent-ils dans des cavernes...

Depuis quelques instants, Morane se sentait mal à l'aise comme si une menace venue d'en haut pesait sur ses épaules. Instinctivement il leva la tête et vit une forme qui, ayant crevé le plafond bas des nuages, descendait doucement vers le sol. Cela ressemblait, la taille gigantesque en plus, à une de ces ophiures arborescentes des grands fonds, aux multiples bras qui se ramifiaient et s'entrelaçaient comme des queues de serpents.

Sophia avait vu, elle aussi.

— La « chose », murmura-t-elle avec terreur. Elle a réussi à s'échapper du satellite !

— Sans doute en aura-t-elle brisé l'enveloppe, incapable de contenir sa masse sans cesse en accroissement, supposa Bill.

La « chose » semblait en effet avoir grossi encore, et on pouvait se demander quand cette croissance s'arrêterait.

— Voilà qui nous dicte notre conduite, fit Morane. Dans quelques minutes, le monstre sera sur nous. Peut-être même nous cherche-t-il. Filons !

Ils s'entassèrent dans le scaphe et Bob mit les réacteurs en marche. L'appareil s'éleva et fila vers le sud tandis que la « chose » continuait à descendre lentement vers la capitale défunte.

A nouveau, ils survolèrent des campagnes mortes, noyées par la pluie jaune avec par endroits des fantômes de villes sur lesquelles Morane pouvait à présent mettre des noms. Là Orléans, Bourges, Nevers... Autant de grands corps morts livrés à l'oubli. Bientôt, sur l'horizon, se découpèrent les crêtes du Massif Central.

— Nous ne trouverons rien par là, dit Sophia. Déjà, au XXe siècle, cette région était peu habitée. Allons plutôt vers le Rhône...

Morane ne pouvait qu'apprécier la justesse de la remarque de leur compagne. Il voulut diriger l'appareil vers la gauche, mais il n'obéit pas. Depuis le choc avec le tentacule-vrille, un peu après qu'ils eurent quitté le satellite, les réacteurs de direction fonctionnaient mal mais assez pourtant pour permettre de prendre un cap avec plus ou moins de précision. A présent cependant, le scaphe ne réagissait plus aux commandes et continuait à filer droit devant lui.

— Qu'est-ce qui vous arrive, commandant ? fit Bill. Est-ce que vous auriez vraiment envie de nous obliger à une petite villégiature dans les monts d'Auvergne ?

— Pas la moindre envie, mon vieux, répondit Bob, mais je voudrais te voir à ma place. Notre engin ne réagit plus. Ou plutôt si, il voudrait réagir, mais une force inconnue semble l'en empêcher, comme si un gigantesque aimant l'attirait vers ces montagnes, là-bas... En outre, il perd de plus en plus d'altitude malgré tous mes efforts pour l'en empêcher...

Il fallait en effet se rendre à l'évidence : le scaphe se rapprochait toujours plus près du sol. Il n'en fut bientôt plus qu'à cent mètres. Devant lui, une crête de rocs blanchâtres se découpaient sur l'étendue plombée des nuages. A l'extrémité de cette crête, sur un large plateau, une étrange construction se dressait, une sorte de cloche de matière translucide et percée de trous irréguliers rappelant un peu ceux du gruyère.

— On dirait que nous sommes attirés de ce côté, constata Sophia.

— Sans aucun doute, approuva Morane. Je vais essayer de me poser, sinon nous risquerions de nous écraser contre ces rochers...

Il sortit le tripode d'atterrissage et visa une sorte d'étroite plaine au pied de la crête rocheuse. Il posa le scaphe et ils mirent pied à terre, pataugeant dans une boue jaune faite de débris d'herbes agglomérées. Une herbe qui peut-être, au printemps, reprenait vigueur mais on était en hiver et tout dans le paysage n'était que désolation.

D'où ils se trouvaient, Bob Morane, Bill Ballantine et Sophia Paramount pouvaient à présent détailler à leur aise l'étrange construction accrochée au sommet de son piton. Sous la pluie battante, la cloche ajourée semblait faite de verre gris corrodé, percé de trous par l'action d'un acide particulièrement actif. On pouvait à présent distinguer nettement la construction que cette cloche recouvrait. C'était bien un castel aux tours massives, aux murs crénelés. On eût dit que la cloche le protégeait, l'empêchait de subir les attaques des siècles.

— Un château fort sous cloche, fit Bill. Voilà un moyen de protection que le Comité des monuments historiques n'aurait jamais imaginé !

— La cloche elle-même a l'air bien mal en point, fit

remarquer Sophia. Il y a longtemps qu'elle ne doit plus rien protéger du tout !

Cette remarque de la jeune journaliste fit sursauter Bob. Une cloche ! C'eût été trop simple. Il devait y avoir autre chose. Etait-ce la simple curiosité qui donnait à Morane une envie irrésistible d'aller voir ce qui se passait au sommet du plateau, ou une force indépendante de lui-même qui le tirait dans cette direction ? Toujours est-il qu'il déclara :

— Nous allons aller voir ce qui se passe là-haut.

Un ricanement échappa à Bill Ballantine qui dit à son tour :

— Je me demande comment nous pourrions faire autrement. Je me sens attiré vers cette mystérieuse cloche comme un morceau de fer est attiré par l'aimant. Et pourtant vous n'ignorez pas, commandant, que j'ai toujours marqué une sainte répugnance pour les ascensions de toutes sortes.

— C'est drôle, fit également Sophia, je me sens également attirée par une force à laquelle je puis difficilement résister.

Morane avait jeté un coup d'œil à son compteur de radiations : l'aiguille s'était fixée sur les graduations bleues.

— Il n'y a pas de radio-activité ici, dit le Français. Débarrassons-nous de nos scaphandres ; cela nous donnera plus de liberté de mouvements pour grimper.

Quelques minutes plus tard, tous trois s'étaient débarrassés des scaphandres, ne gardant que les vêtements thermiques qu'ils portaient dessous et sur lesquels ils bouclèrent des ceintures supportant les gaines des pistolets ioniques. Bob désigna le plateau.

— Allons-y !

Ils ne durent même pas avoir la volonté d'avancer d'un pas, car ce fut presque malgré eux qu'ils progressèrent vers les premiers contreforts de la crête et se mirent à gravir les rochers. Une énergie inconnue semblait s'être ajoutée à la lueur, voire s'y être substituée, et c'était avec une aisance qui les étonnait qu'ils gravissaient les sentes abruptes menant au sommet, qu'ils atteignirent. Devant eux, la crête allongeait son large ruban de roc dénudé, jusqu'au moment où elle s'emmanchait au plateau.

— C'est étrange, remarqua Sophia comme ils soufflaient un peu. J'ai l'impression d'avoir été télécommandée jusqu'ici, et cela continue...

Bob Morane et Bill Ballantine approuvèrent de la tête mais ne dirent mot. Tous trois se remirent à avancer en direction de l'énorme cloche ajourée. Ils n'en étaient plus qu'à quelques centaines de mètres, quand de hautes silhouettes blanches jaillirent de derrière un rocher, des silhouettes à l'aspect simiesque qu'ils reconnurent aussitôt.

— Les robots-mangeurs de chair humaine de Monsieur Ming, fit Bill Ballantine d'une voix sourde.

*
* *

Au XXe siècle, la forteresse située dans l'Atlantique Sud et d'où l'Ombre Jaune comptait lancer son satellite était gardée par des automates perfectionnés auxquels le génial Mongol avait donné l'aspect de gorilles géants au pelage blanc. Ming avait poussé le raffinement jusqu'à permettre à ces robots de se nourrir de chair. Etait-ce là une fonction gratuite, ou les monstres étaient-ils réellement capables de puiser leur énergie dans cette alimentation ? Voilà ce que Bob Morane et ses compagnons n'avaient pu, au cours de leur captivité dans la forteresse, établir avec précision.

C'étaient ces créatures de l'intelligence démentielle de l'Ombre Jaune qui se dressaient à présent, après huit mille ans, devant Bob, Bill et Sophia. Pourtant, il y avait quelque chose de changé dans le comportement des monstres. Jadis, les yeux de ceux-ci projetaient des rayons qui leur permettaient de se diriger, de repérer l'adversaire. A présent, il n'en était plus rien. Leurs yeux avait tout d'yeux véritables, à la vision normale. En outre, il y avait dans leurs gestes une souplesse, une spontanéité qui étaient celles d'êtres vivants et non d'automates.

— Ce sont bien les gorilles-mangeurs de chair humaine auxquels nous avons eu affaire jadis, fit Sophia, mais on dirait qu'ils ont pris vie.

— Nous ne pouvons en douter, approuva Bob. Regardez...

De derrière les rochers, plusieurs nouvelles silhouettes blanches avaient jailli, mais de stature plus réduite.

— Des jeunes ! s'exclama Bill.

— Oui, dit Bob. Au cours des siècles, les robots ont pris vie, peut-être à la suite d'un processus biologique prévu par Ming. Ils ont même gagné le privilège de se reproduire...

Pendant que Morane parlait, Ballantine, avait dégainé son pistolet ionique.

— Il va falloir nous préparer à en découdre, dit-il. Ces brutes étaient redoutables alors qu'elles n'étaient encore que de simples robots. Maintenant qu'elles se sont mises à vivre, elles doivent être devenues plus acariâtres encore.

— Ce n'est pas si sûr, dit Bob. La vie leur a sans doute apporté de nouveaux réflexes, comme celui de la prudence ou de la peur... Avançons ! Nous verrons bien...

Résolument, tenant cependant leurs armes prêtes, ils continuèrent à progresser vers le plateau. Bientôt, ils parvinrent à la hauteur des gorilles blancs mais, à leur grande surprise, bien que donnant les plus évidents signes d'hostilité, les monstres ne se précipitaient pas sur eux.

— Ce n'est pas l'envie qui leur manque, dit Bill Ballantine. Pourtant, on dirait que quelque chose les empêche de nous attaquer.

— Oui, fit Sophia. Ils me font songer à des chiens à l'attache.

— Avec cette différence, compléta Morane, que leurs chaînes sont invisibles.

On eût dit que, vraiment, une puissance inconnue mettait tout en œuvre pour leur permettre de pénétrer sans encombre sous la gigantesque cloche ajourée.

Déjà, ils avaient atteint le plateau. A leur gauche et à leur droite, d'autres gorilles-mangeurs de chair humaine — pouvait-on encore supposer qu'il s'agissait de robots ? — apparurent, marquant la même hostilité que celle manifestée par leurs congénères rencontrés sur la crête, et comme eux, impuissants à passer aux actes.

Au fur et à mesure que les trois voyageurs s'approchaient de la cloche, ils se rendaient compte qu'une étrange lumière en baignait l'intérieur. Une lumière différente de la lumière ambiante, plus douce mais plus vibrante aussi, couleur de miel.

Certains des trous inférieurs de la cloche, à ras du sol, formaient porches. Sur le seuil de l'un d'eux, Bob et ses compagnons s'arrêtèrent. Avec curiosité, Morane étudia la matière transparente et grisâtre constituant les parois de la cloche. On eût dit du verre teinté, et pourtant il avait la certitude qu'il n'en était rien. Au bout d'un moment il s'enhardit, posa l'index sur la paroi et poussa doucement. L'étrange matière céda et son doigt s'enfonça. Il poussa encore et toute la main disparut, puis l'avant-bras. La matière s'était refermée sur lui sans qu'il y eût la moindre dépression apparente, ce qui n'eût pas manqué de se produire s'il s'était agi par exemple d'une matière caoutchouteuse. Bob et ses amis firent alors une effarante constatation : normalement, à cause de la transparence de la matière, on eût dû apercevoir sa main et son avant-bras à l'intérieur. Or, cette main et cet avant-bras avaient complètement disparu, tout à fait comme s'ils avaient été amputés. Mais Morane savait le contraire car il sentait encore leur présence et pouvait même ouvrir et refermer les doigts. Il craignit de ne pouvoir se libérer, mais ce fut cependant avec facilité qu'il le fit et son bras reparut. Pendant un moment, il demeura soucieux, à ouvrir et à refermer les doigts, un peu comme s'ils appartenaient à un être étranger.

— Qu'est-ce que c'est que ce nouveau prodige ? demanda Bill.

— Prodige, c'est vite dit, murmura Morane. Assurément, il s'agit là d'une matière aux propriétés physiques inconnues.

Sophia Paramount avait assisté au prodige en question sans prononcer une seule parole. Cependant, on devinait que la curiosité professionnelle la dévorait.

— Qu'est-ce qu'on fait ? demanda-t-elle en désignant le porche avec avidité. On continue ?

Durant quelques instants, Bob hésita, non à cause du danger toujours possible mais parce qu'il avait soudain l'impression que tout ce qui allait suivre se passerait comme s'il s'agissait d'événements déjà vécus, ou comme des souvenirs d'enfance demeurés jusque-là imprécis.

— On continue, décida-t-il brusquement.

Sophia Paramount et lui se glissèrent les premiers sous le porche. Bill les suivit aussitôt la tête rentrée dans les épaules comme s'il avait l'impression qu'à tout moment un couperet allait s'abattre sur son cou.

Avant de pénétrer à l'intérieur de la cloche, Bob et ses compagnons n'y avaient discerné que cette lumière couleur de miel. Quelques pas, le porche franchi, et un paysage de rêve — comparaison précise car, réellement, tout ce qui les entourait à présent semblait appartenir au rêve — s'offrait à leurs regards. Devant eux s'étendait un parc aux massifs bourrés de fleurs, aux bosquets verdoyants, aux allées soigneusement tracées entre des pelouses soignées comme celles des jardins anglais. Par endroits, une rivière vagabonde révélait ses méandres d'argent enjambés par des ponts en dos d'âne, pareils à ceux qui apparaissent sur les miniatures chinoises ou japonaises. Au centre de ce parc, un château se dressait, plutôt un palais à l'orientale, d'une blancheur éclatante, avec des tours graciles et une grande coupole qui paraissait de verre translucide, le tout baignant dans cette lumière vibrante, couleur de miel, qui ne ressemblait à aucune lumière connue.

Il y eut de longues secondes de silence, où l'incrédulité et l'admiration se mêlaient étroitement dans l'esprit des deux hommes et de la jeune fille.

— Qu'est-ce que tout ce sortilège signifie ? dit finalement Bill. Il y a quelques instants à peine, nos regards plongeaient sous cette cloche et nous n'apercevions rien de tout cela. Il nous a suffi de quelques pas pour que ces merveilles apparaissent, comme tirées du néant. Si vous pouvez trouver une explication à ce prodige, commandant, c'est que vous êtes champion. Surtout, ne me parlez pas d'une fée et de sa baguette magique !

« Une fée », songea Morane. Tout se passait en effet comme dans un conte merveilleux. Mais il n'y avait pas seulement le paysage qui avait changé, comme sous le coup d'une baguette enchantée ; il y avait aussi les spectateurs. Depuis qu'ils avaient pénétré sous la cloche, Morane, Bill et Sophia se sentaient comme transformés, désincarnés. Ils avaient l'impression que leurs corps leur devenaient étrangers, que plus rien ne pouvait leur arriver, *que l'éternité leur appartenait.*

Sophia s'était retournée. Elle poussa une exclamation de stupeur.

— La cloche, murmura-t-elle. La cloche !

Bob et Bill se retournèrent à leur tour : la surprise les figea sur place. La cloche n'existait plus. A sa place, il n'y avait plus qu'une sorte de mur de lumière vibrante.

— Encore un sortilège ! gémit Bill, chez qui la vieille superstition celte reprenait le dessus.

— Je veux en avoir le cœur net, murmura Morane comme pour lui seul.

Ses amis et lui ne s'étaient avancés que de quelques mètres à l'intérieur de ce royaume enchanté qui s'offrait à présent à leurs regards. Résolument, il retourna sur ses pas en direction de l'endroit où, il le savait, le porche s'ouvrait quelques minutes plus tôt. Il atteignit le mur de lumière et le franchit sans la moindre difficulté, pour se retrouver aussitôt dans l'ambiance morne du dehors, devant le paysage d'hiver fait de rocs tristes, de végétaux endormis, de nuages bas et menaçants. Là-bas, au pied de la crête, il apercevait la petite silhouette brillante du scaphe. A nouveau il se retourna : l'énorme cloche était devant lui, avec ses parois de matière grise et translucide, percée de trous comme une éponge. Au-delà du porche qu'il venait de franchir à deux reprises, il ne distinguait rien que la lumière couleur de miel.

— Bill ! Sophia ! hurla-t-il. M'entendez-vous ?

Aucune réponse.

— Bill ! Sophia ! répéta-t-il plus fort. Répondez-moi !

Toujours pas de réponse. Pourtant, ses amis n'étaient qu'à quelques mètres de lui et, logiquement, ils devaient avoir perçu ses appels et, dans ce cas, y répondre.

En hâte, il franchit pour la troisième fois le porche et aussitôt, le parc et le palais des Mille et Une Nuits furent devant lui et il se retrouva aux côtés de Bill et de Sophia.

VI

— La cloche est visible de l'extérieur, avait expliqué Morane, mais non de l'intérieur.

— Je suppose qu'avec votre imagination fertile, vous avez déjà trouvé une explication à ce phénomène, fit Bill Ballantine en ricanant.

— Pas encore, Bill, mais je commence cependant à avoir ma petite idée là-dessus, répondit calmement le Français. Je vous ai appelés et vous ne m'avez pas répondu. Est-ce parce que vous ne m'avez pas entendu ?

— Nous ne vous avons pas entendu, en effet Bob, fit Sophia. De notre côté, nous vous avons parlé nous aussi, mais sans obtenir de réponse.

— Je ne vous ai pas entendus davantage, dit Morane.

Tout se précisait dans son esprit à présent.

— Alors, cette explication ? fit Bill sur le même ton moqueur que précédemment.

— Je crois pouvoir vous la fournir. Prenez-la pour ce qu'elle vaut, car je n'en vois pas d'autre...

Il s'interrompit et pendant quelques instants ce fut le silence, Bill et Sophia attendant avec impatience l'explication promise, et Morane hésitant à la leur fournir tant elle touchait à l'impossible.

— Nous nous trouvons dans un endroit isolé du Temps et de l'Espace, se décida-t-il à déclarer. La cloche doit être faite d'une matière qui isole ce lieu privilégié de l'univers normal et de ses lois physiques. Cette lumière, le fait que la cloche est visible de l'extérieur et non de l'intérieur, ce paysage si différent par sa beauté à celui plus âpre et hostile du dehors, l'étrange état de désincarnation dans lequel nous nous trouvons depuis notre entrée ici, tout le prouve.

— C'est exact, reconnut Sophia. Je me sens légère de corps et d'esprit, sans la moindre préoccupation, comme si je n'avais pas de passé et pas d'avenir. En un mot, j'ai l'impression d'être immortelle, que le Temps n'a plus d'influence sur moi, qu'il n'en a jamais eu, qu'il n'en aura jamais plus.

— Le Temps ! goguenarda Bill Ballantine en affichant une gaieté qui sonnait faux. S'il n'existe pas ici, plus besoin de nos montres puisqu'elles nous sont devenues inutiles.

Le géant allait détacher son bracelet-montre quand, tout à coup, son large visage, de rougeaud, prit la blancheur de la craie.

— Ce n'est pas possible, murmura-t-il, ce n'est pas possible... Regardez...

Il montrait le cadran de sa montre à ses compagnons.

— Eh bien quoi ! Qu'est-ce qu'elle a, ta montre ? interrogea Morane. Il est douze heures. Qu'y a-t-il d'extraordinaire à cela ?

— Ce n'est pas douze heures qu'elle marque, fit l'Écossais en secouant violemment la tête, mais zéro heure. Vous m'entendez bien commandant : *zéro* heure !

Il devait y avoir une explication à cette déclaration plus ou moins étrange. Ce fut Bill lui-même qui la fournit.

— Tout à l'heure, dit-il, avant d'entrer ici, j'ai jeté instinctivement un coup d'œil à ma montre : elle marquait quatre heures de l'après-midi. Or, quelques minutes seulement se sont écoulées depuis, et les deux aiguilles sont à présent sur le chiffre 12.

Bob Morane et Sophia consultèrent eux aussi leurs montres. En même temps ils sursautèrent : les aiguilles des deux cadrans s'étaient-elles aussi arrêtées sur le chiffre 12.

Pourtant il ne pouvait être minuit car, avant qu'ils ne pénétrassent sous la cloche, il faisait grand jour au-dehors.

— La trotteuse ! s'exclama Sophia. Elle s'est arrêtée.
— La mienne aussi, fit Bob.
— Et la mienne également, fit Bill à son tour.

En même temps, leurs montres avaient cessé de fonctionner. Pourquoi auraient-elles encore marché d'ailleurs, puisque tous trois venaient de pénétrer, comme l'avait supposé Morane, au sein d'un univers parallèle, en dehors de toute atteinte du Temps et de ses lois.

*
* *

Peut-être Sophia Paramount, Bob Morane et Bill Ballantine étaient-ils demeurés silencieux durant des siècles ou pendant quelques instants seulement ? Mais cela avait-il encore de l'importance ?

Tout à coup, Sophia sursauta et fit mine de fuir en criant :

— Je ne veux pas rester ici ! Je ne veux pas !

Morane l'avait saisie par le poignet et la retint fermement, mais elle se débattait, en proie à la panique. Il serra plus fort, jusqu'à lui faire mal, et elle poussa un petit cri de douleur qui l'apaisa.

— Gardons notre calme, murmura Bob.

Il connaissait suffisamment Sophia pour savoir que sa bravoure face au danger était à toute épreuve. Pourtant ici nul danger visible, lointain ou proche, mais la seule certitude de vivre dans un univers aux lois différentes était capable d'épouvanter les plus braves. Lui-même s'était pendant quelques instants senti sur le point de s'abandonner à cette épouvante, et Bill également sans doute.

— Gardons notre calme, répéta-t-il.

— Vous avez raison, Bob, fit Sophia. Un moment, j'ai failli céder à la panique, mais cela va mieux à présent.

— Je ne vois pas ce qui vous pousserait à fuir ce monde où le Temps n'existe plus, fit remarquer Ballantine d'une voix mal assurée. Pensez que, tant que vous resterez ici, vous ne vieillirez sans doute pas et que, ad vitam aeternam, vous pourrez porter des mini-jupes sans avoir l'air d'une vieille folle déguisée...

De son côté, Morane regardait en direction du palais féerique vers lequel il se sentait irrésistiblement attiré.

— Allons voir jusque-là, dit-il.

Ils se mirent en marche à travers les allées longeant les pelouses, les parterres fleuris. A nouveau, la force qui tout à l'heure les avait entraînés vers la cloche se faisait sentir et les entraînait vers la mystérieuse construction.

Au détour d'un bosquet de mimosas, Bob Morane, qui marchait en tête, s'arrêta soudain et murmura :

— Attention, quelqu'un !

Un homme était là, assis sur un banc de pierre et paraissait dormir. C'était un Chinois portant tresse, à l'ancienne mode des Fils du Ciel, et vêtu d'un pantalon et d'une tunique de soie. Apparemment, il n'avait pas entendu venir les visiteurs qui s'approchaient.

— Si vous voulez mon avis, fit Bill tout bas, cet homme ne dort pas. Il est mort...

Sans hésiter, Sophia Paramount saisit le poignet de l'Asiatique et lui tâta le pouls.

— Bill a raison, fit la jeune journaliste au bout d'un moment. Cet homme est mort. Son cœur ne bat plus.

C'était là une conclusion logique, mais elle ne satisfaisait pas Bob. Quelque chose n'allait pas dans tout cela. Il posa la main sur la joue de l'homme et il trouva la chair souple et légèrement tiède.

— Il n'est pas mort, conclut-il, mais seulement en état de vie suspendue... Ses fonctions sont probablement ralenties à l'extrême, sans êtres arrêtées.

Le Chinois demeurait livré à l'inconscience et les deux hommes et la jeune fille se détournèrent de lui, pour continuer leur chemin en direction du palais. Un peu plus loin, ils tombèrent en arrêt devant un autre Chinois, étendu dans l'herbe celui-là et paraissant lui aussi dormir, sans que rien ne puisse le réveiller. Plus loin encore, un troisième Chinois était accroupi au pied d'un arbre, dans un état semblable. A proximité, un grand chien afghan était roulé en boule, le museau entre les pattes, et il ne réagit pas à l'approche des visiteurs.

Tout d'abord Bob Morane ne comprit pas pourquoi des phrases, tirées d'un conte de Grimm et que sa mémoire lui restituait mot à mot, revenaient à sa mémoire : « *... quand le Prince s'approcha de la haie d'épines, il ne trouva rien que de belles et grandes fleurs qui s'ouvrirent d'elles-mêmes, le laissèrent passer sans dommage et se refermèrent en formant une haie derrière lui. Dans la cour du château, les chevaux et les chiens de chasse tachetés étaient couchés et dormaient, les pigeons perchés sur le toit avaient caché leur petite tête sous leur aile. Et, quand il entra dans la maison, les mouches dormaient sur les murs... Dans la grande salle il vit toute la Cour couchée et dormant...* »

Ils avaient continué leur route et ils atteignirent le perron du palais sur les marches duquel des gardes chinois dormaient, appuyés sur leurs hallebardes.

Après avoir gravi les degrés, ils s'engagèrent dans un large corridor aux murs de marbre rose. Partout, un silence total régnait.

Finalement, ils débouchèrent dans une grande salle carrée, aux murs disparaissant sous de fines tentures de soie et envahie par la lumière issue de la grande coupole transparente couronnant l'édifice. Au centre de cette salle, sur une estrade à laquelle on accédait en gravissant plusieurs marches couvertes de fourrures, il y avait un lit monumental aux montants d'ivoire sculpté. Sur ce lit, une jeune fille était étendue, semblant dormir. Aussitôt, Bob Morane et Bill Ballantine la reconnurent.

— Tania ! s'exclama l'Écossais.

Aucun doute n'était possible. Morane retrouvait l'étroit visage ambré d'Eurasienne, serti dans la masse des cheveux noirs, les hautes pommettes saillantes, la bouche comme taillée dans un énorme rubis, le nez fin, ciselé, les yeux bridés qui, il le savait, eussent montré des iris pareils à des diamants sombres si les paupières n'avaient été baissées, la petite plage lisse du front et la longue ligne sinueuse du corps souple aux membres déliés. Il ne pouvait douter être en présence de Tania Orloff, la nièce de l'Ombre Jaune.

Les deux amis et leur compagne s'étaient approchés du lit. Doucement ils gravirent les marches tendues de fourrure.

— Tania ! murmura doucement Bob. Tania !

L'Eurasienne n'eut aucune réaction. Il appela plus fort.

— Tania ! Tania !

Comme la jeune femme demeurait immobile, Morane lui saisit le poignet : le pouls ne battait pas.

— Est-elle morte ? interrogea Bill.

— Sans doute est-elle en état de vie suspendue elle aussi, répondit Morane. Elle a gardé toutes ses couleurs et ses articulations ont conservé leur souplesse.

A nouveau, des bribes de phrases lui revinrent à la mémoire et il murmura, comme pour lui seul :

— *... enfin, il arriva au donjon... où la Belle était endormie. Elle était là, si jolie qu'il ne pouvait détacher d'elle ses regards...*

— Mais c'est la Belle au Bois Dormant de Grimm que vous récitez là, Bob ! interrompit doucement Sophia.

C'était en effet les phrases de ce conte qui, sans qu'il le cherchât, suscitées par les événements, remontaient du tréfonds de sa mémoire. Et Morane put alors donner un nom à l'étrange force qui les avait attirés là, ses compagnons et lui.

La force des légendes.

VII

Tania Orloff était la nièce de Monsieur Ming qui l'adorait en souvenir de sa sœur, mère de la jeune fille. Cette sœur avait épousé un Russe, et Tania était née de cette union. Le père mourut et la mère et la fille demeurèrent seules. Ming prit alors soin d'elles. C'était un monstre, mais il avait cependant le sens de la famille et ses bontés pour la mère de Tania et pour Tania elle-même, qui n'était alors encore qu'une enfant, furent immenses. Il les combla de richesses et permit à Tania de faire ses études dans les plus grandes écoles. Ming était colossalement riche et la mère et l'enfant menaient un train de princesses. Quand la première mourut, elle fit jurer à sa fille de toujours témoigner une reconnaissance aveugle à son oncle, auquel elle le confia. Par la suite, liée par son serment prêté au chevet d'une morte, Tania fut obligée de suivre son oncle dans la voie criminelle qu'il s'était tracée et elle devint ainsi sa complice. Mais plus tard, en grandissant, elle prit horreur des crimes de son oncle — peut-être à la suite de sa rencontre avec Bob, pour lequel elle éprouva immédiatement un sentiment allant bien au-delà de l'amitié — et sans pouvoir, toujours liée par son serment, se détacher de son terrible parent, elle s'efforça désormais dans la mesure du possible de limiter la portée de ses agissements. Pour cela, elle aida de son mieux Bob

Morane à triompher de la longue lutte que celui-ci avait entreprise contre l'Ombre Jaune [1].

Tout ce qui précède se passait bien entendu au XXe siècle, et Tania Orloff devait être morte depuis bien longtemps. Pourtant, Bob et Bill la retrouvaient là, étendue sur cette couche, dans ce palais de féerie. Mais, tout compte fait, qu'y avait-il d'étrange à cela ? Eux-mêmes n'étaient-ils pas bien vivants en ce dixième millénaire après J.-C. ? Si, en partie grâce à la Patrouille, en partie grâce au hasard, ils avaient eu la possibilité d'effectuer un bond éclair en avant dans le temps, pourquoi n'en aurait-il pas été de même pour la jeune fille ? De toute façon il était inutile pour le moment de s'interroger sur les pourquoi et les comment des faits mais se contenter de leur réalité.

— Depuis combien de temps, à votre avis, Bob, est-elle là ? avait interrogé Sophia.

L'interpellé eut un geste vague.

— Très longtemps sans doute, répondit-il. Mais ce mot a-t-il encore un sens ici, où plus rien n'est soumis justement aux lois spatio-temporelles ?

A son tour Bill Ballantine avait saisi le poignet de Tania Orloff, pour lui tâter le pouls.

Au bout d'un moment, le géant secoua la tête en déclarant :

— Rien. Etes-vous vraiment sûr qu'elle soit encore en vie, commandant ?

Morane eut un signe affirmatif.

— Il y a des signes qui ne trompent pas, Bill, et tu les connais aussi bien que moi : la souplesse de la chair et des articulations, la persistance d'une légère tiédeur... Tania n'est pas plus morte que ces hommes dans le jardin, que le chien afghan, que les gardes du perron...

---

1. Lire *L'Ombre Jaune* — *La Revanche de l'Ombre Jaune* — *Le châtiment de l'Ombre Jaune* — *Le Retour de l'Ombre Jaune* — *Les Sosies de l'Ombre Jaune* — *Les Yeux de l'Ombre Jaune* — *L'Héritage de l'Ombre Jaune* — *Les Guerriers de l'Ombre Jaune* — *La Cité de l'Ombre Jaune* — *Les Jardins de l'Ombre Jaune* — *Les Papillons de l'Ombre Jaune*.

— Dans ce cas, fit Sophia, il doit y avoir moyen de les ranimer.

Bob eut un hochement de tête et se contenta de murmurer :

— Peut-être, peut-être... Nous pouvons toujours essayer...

En quittant le scaphe, Morane et ses compagnons avaient pris soin de se munir d'une musette contenant quelques vivres et des médicaments faisant partie de la trousse de secours de l'appareil. Parmi ces médicaments, il y avait des drogues de réanimation particulièrement efficaces, encore inconnues au XXe siècle.

Déjà Bob s'était mis au travail. Tirant de la trousse une ampoule, il en brisa le col et remplit une seringue. Rapidement, il enfonça l'aiguille dans le bras de Tania Orloff et pratiqua l'injection. Ensuite, il n'y eut plus qu'à attendre.

La notice du sérum de réanimation affirmait qu'un résultat devrait s'être produit après un quart d'heure. Au bout d'une durée qu'ils jugèrent d'une heure, rien ne s'était produit. Tania Orloff demeurait inerte et son pouls inexistant. Bob tenta une nouvelle injection, mais toujours sans résultat.

— Rien à faire, murmura Morane avec désespoir. Rien à faire.

Il serra les poings, et Sophia Paramount et Bill Ballantine virent un intense désespoir se peindre sur ses traits.

— Inutile de nous entêter, commandant, fit Bill doucement. Au XXe siècle Tania est bien vivante. C'est en demeurant ici que nous risquons de ne jamais la revoir en vie car, si, comme vous l'avez supposé, ce lieu est isolé hors de l'Espace et du Temps, les détecteurs de la Patrouille ne parviendront pas à nous y repérer. Quittons cet endroit au plus vite, croyez-moi. Il n'y a pas de décision plus sage à prendre.

Sophia Paramount posa la main sur le bras de Morane et dit à son tour :

— Croyez-moi, Bob, nous ne pouvons demeurer ici. Bill a raison : cela n'avancerait à rien, au contraire.

Morane se raidit. Il n'aimait pas lutter, même contre l'impossible, et finir par être vaincu et puis il y avait cette belle jeune fille étendue devant lui, comme morte. Cette belle jeune fille à laquelle il devait tant, même la vie, et celle de Bill car, à différentes reprises, elle leur avait permis de se tirer des griffes de son terrible parent. Cette jeune fille dont le nom était pour lui comme une chanson qu'on ne se lasse jamais d'entendre.

— Il faut faire quelque chose !... murmura-t-il avec désespoir... Il faut faire quelque chose !...

Il ne pensait plus à la Patrouille du Temps ni à leur mission, qui était de détruire le Satellite de l'Ombre Jaune, ni à la « chose » issue de ce satellite et qui, grossissant toujours, était descendue sur la Terre, menaçant d'envahir celle-ci tout entière, puis l'Univers après elle. Il ne pensait qu'à Tania, à la voir se redresser, lui sourire. Il ne pensait plus qu'à entendre sa voix, qu'à voir s'allumer les deux soleils noirs de ses prunelles.

— Il faut faire quelque chose !... dit-il plus fort. Il faut faire quelque chose !...

La même phrase que tout à l'heure, quand ses amis et lui s'étaient approchés du lit, lui revint : « *Elle était là, si jolie, qu'il ne pouvait détacher d'elle ses regards...* »

Une phrase qu'il compléta aussitôt : « *... et, se baissant, il lui donna un baiser.* »

Alors, instinctivement, Morane se baissa lui aussi vers Tania Orloff. Il lui prit le menton entre le pouce et l'index et doucement, il lui ouvrit la bouche. Se penchant davantage encore, il insuffla de l'air dans les poumons de la jeune fille inanimée, longuement, au rythme de sa propre respiration.

*
* *

Sophia Paramount et Bill Ballantine étaient demeurés muets de stupeur, à considérer leur ami toujours penché sur Tania Orloff et essayant de lui communiquer son propre souffle.

Ce fut Bill qui, le premier, poussa une exclamation.
— Sa main !... Elle bouge !...

En effet, la dextre de Tania avait remué, s'était retournée, paume par-dessus et, un à un, ses doigts s'étaient dépliés, pour se replier ensuite, se déplier encore. Et Bob sentit soudain la jeune fille s'animer sous lui, sa respiration répondre à la sienne. Il se redressa pour la contempler. Il avait l'impression qu'une machine parlante s'était soudain mise en marche en lui pour lui murmurer avec sa propre voix : « Elle vit !... Elle vit !... »

La poitrine de Tania se soulevait doucement à présent au rythme d'une respiration de plus en plus régulière. A plusieurs reprises, ses mains bougèrent à nouveau, ses doigts s'ouvrirent et se refermèrent. Un peu de couleur monta à ses joues, puis ses paupières battirent et, à nouveau, le texte du conte de Grimm revint aux lèvres de Morane.

— *Elle était là,* murmura-t-il, *si jolie qu'il ne pouvait détacher d'elle ses regards, et se baissant, il lui donna un baiser...*

Et il acheva :

— *A peine l'eût-il effleurée de son baiser que la Belle au Bois Dormant ouvrit les yeux, se réveilla et le regarda d'un air tout à fait affable.*

Tania Orloff elle aussi avait ouvert les yeux.

— Ce n'est pas possible... pas possible, murmura Bill Ballantine. Nous vivons un conte de fées...

Bob ne disait rien. Il surveillait avec ravissement chaque mouvement de l'Eurasienne, si petit fût-il, chaque indice de son définitif retour à la vie. Sophia, elle, s'était réfugiée soudain dans un mutisme têtu, vaguement hostile.

Ce fut alors qu'un long glissement, issu du fond de la salle, attira l'attention de Bob Morane et de ses compagnons. Ils regardèrent dans la direction d'où venait le bruit, pour apercevoir une étrange structure qui se dirigeait vers le lit. C'était une sorte de haute boîte verticale au sommet arrondi en forme de coupole et parsemé de voyants multicolores, semblables à de multiples yeux sans regard. De chaque côté de la boîte, de longs pédicules souples s'étiraient, terminés par des ventouses et ballottés légèrement au rythme de la progression de l'étrange appareil — car on ne pouvait douter que ce fût un appareil. Celui-ci ne possédait aucun moyen de locomotion apparent. Ni jambes articulées ni roues ; il glissait au ras du sol, que balayait une courte frange métallique entourant sa base. C'était le bruit de cette frange raclant légèrement les dalles qui avait attiré l'attention de Bob, de Bill et de leur compagne. Instinctivement, Ballantine avait dégainé son pistolet ionique, prêt à le braquer sur l'étrange mécanique, mais Morane empêcha l'Écossais d'achever son geste.

— Non, Bill, dit-il, attendons...

Le robot s'était arrêté au bas des marches de l'estrade, de l'autre côté du lit, ses pédicules s'allongèrent vers Tania, tâtonnèrent un instant au-dessus d'elle, puis, la ventouse qui terminait l'un d'eux se posa sur la bouche de l'Eurasienne, deux autres sur ses tempes, une quatrième se posa au sommet de son crâne et une cinquième enfin sur sa poitrine à hauteur du plexus solaire. Un long grésillement se fit entendre et les voyants de la machine se mirent à clignoter, émettant des rayons de couleurs différentes : rouge, verte, bleue, jaune et violette.

— Que fait cette machine ? interrogea Sophia chez qui la curiosité l'emportait à présent sur l'hostilité de tout à l'heure.

Bill avait posé un doigt sur ses lèvres. Il se contenta de murmurer :

— Chut !

Au fur et à mesure que les secondes s'écoulaient, que la machine crépitait et que les voyants de couleur clignotaient, le rose revenait aux joues de Tania Orloff, sa respiration se faisait plus franche et une vie réelle brillait dans ses regards. Cela dura de longues minutes, puis le grésillement cessa, les voyants s'éteignirent un à un et les ventouses se retirèrent. Ensuite, le robot réanimateur s'écarta du lit pour s'éloigner et disparaître au fond de la salle.

A la fois émerveillés et vaguement effrayés, Bob Morane, Bill Ballantine et Sophia Paramount avaient assisté à ce prodige. Tania Orloff se redressa sur un coude, regarda autour d'elle sans surprise, puis ses yeux se fixèrent sur Morane et ses compagnons et elle demanda :

— Qui êtes-vous ?

Elle ne paraissait pas reconnaître Bob, ni Bill, tout à fait comme si jamais elle ne les avait vus.

— Qui êtes-vous ? répéta-t-elle.

— Bob, fit Morane doucement, rappelez-vous... Et voilà Bill. Bill Ballantine...

Elle les considéra avec curiosité, ignorant par contre complètement Sophia. Ensuite elle secoua la tête.

— Non, dit-elle encore, je ne crois pas vous avoir jamais vus...

— Vous avez dormi longtemps, glissa Morane. Vous aurez oublié...

Tania avait reporté ses regards sur le Français, sans pouvoir les en détacher eût-on dit, puis elle sourit, poussa un soupir et se laissa retomber en arrière en murmurant :

— Bob... Bob... C'est bien ainsi...

Elle venait d'affirmer n'avoir jamais vu Morane et, pourtant, c'était comme si elle l'avait toujours connu.

VIII

Le réveil de Tania Orloff devait être suivi par un enchaînement automatique d'événements qui, tous, succédaient l'un à l'autre dans un ordre parfait, comme prévu de longue date. Tout ce qui vivait sous la cloche extra-temporelle s'était réveillé sous l'action du robot réanimateur et de plusieurs de ses semblables. Les jardiniers chinois avaient repris leur travail et les grands chiens afghans avaient repris leurs gambades sur les pelouses. Les gardes s'étaient remis à veiller sur les marches du perron et, à l'intérieur du palais lui-même, les domestiques avaient repris leurs travaux. Tout s'était passé réellement, à l'exception de l'action des robots réanimateurs, comme dans le conte de Grimm lorsque toute la population, hommes et bêtes, du château de la Belle au Bois Dormant était revenue à la vie.

Bob Morane et Bill Ballantine, sous les regards boudeurs de Sophia Paramount, avaient tenté de rappeler à Tania des faits précis autour desquels leur amitié s'était nouée lorsqu'elle les aidait à mettre Monsieur Ming en échec. Pourtant, elle ne parvenait pas à se souvenir de ces faits, tout à fait comme si sa mémoire était morte, peut-être à cause de cet amoncellement de siècles qui l'en séparaient.

Une chose était frappante : c'était l'intimité qu'elle marquait à l'égard de Bob, comme s'il était tout à fait normal que le même sentiment que jadis la poussât à nouveau vers lui.

Finalement l'Eurasienne se leva, prit Morane par la main et dit :

— Venez Bob.

Elle l'entraîna vers le fond de la salle et Ballantine et Sophia suivirent.

Comme Tania Orloff s'approchait de la muraille du fond, un pan de celle-ci pivota soudain sur lui-même, tout à fait comme si la jeune fille dégageait un fluide commandant l'ouverture de cette porte secrète. Au-delà, il y avait une cabine étroite, aux parois de métal, qui ressemblait à celle d'un ascenseur. Tous quatre s'y entassèrent et, aussitôt, la porte se referma. La cabine se mit alors en branle à une vitesse vertigineuse, descendant dans les profondeurs du sol.

La descente dura peu de temps cependant. La cabine s'immobilisa, s'ouvrit ; Tania Orloff et ses compagnons débouchèrent dans une longue salle basse, aux parois de métal, qui n'avait plus rien du palais des Mille et Une Nuits mais tout du laboratoire le plus moderne. Le long des parois se dressaient d'étranges appareils, aux destinations inconnues. Ils avaient à la fois quelque chose d'hostile et de rassurant, comme si tout ce qui vivait sous la cloche extra-temporelle dépendait de leur fonctionnement, et il était probable d'ailleurs qu'il en était ainsi car un ronronnement ténu s'échappait de toute cette machinerie issue de l'imagination d'un savant d'avant-garde, auquel il n'était guère difficile de donner un nom, d'autant plus qu'il était là, trônant au centre de la salle, baignant dans la lumière diffuse éclairant l'endroit.

— Ming ! s'éclama Bill Ballantine.

Le Mongol était assis droit, la tête haute, sur un trône tarabiscoté moulé dans un métal ressemblant à l'aluminium. Il portait son éternel complet de clergyman, et la lumière faisant briller ses yeux jaunes comme ceux d'un fauve, accusait le relief de ses hautes pommettes et l'ambre poli de son crâne dénudé. L'Ombre Jaune se tenait immobile, mais il y avait une telle réalité dans son aspect qu'il fallut un moment pour que Bob, Bill et Sophia puissent réaliser qu'il s'agissait là seulement d'une effigie. Tania s'en approcha, tout naturellement, comme si ce geste lui était réellement dicté par une fatalité. Quand elle ne fut plus qu'à un mètre du trône, Ming — ou tout au moins sa représentation — leva une de ses grandes mains qu'il tenait posées sur les accoudoirs du fauteuil, ses lèvres remuèrent et il se mit à parler.

— Tania, ma nièce, ma petite fille, dit-il, te voilà rendue à la vie, une vie que j'avais suspendue à dessein afin qu'un avenir merveilleux te soit réservé, à toi qui étais la seule lumière dans ma vie, la seule clarté dans cette guerre farouche que je livrais, que je continue à mener à l'instant où je te parle du fond du passé, de ton passé, et peut-être le prodige que j'ai réalisé en te permettant de surgir, belle et vivante, du fond de l'accumulation des siècles, est-il ma plus grande œuvre, ma plus belle aussi car c'est œuvre d'amour.

La voix était sans doute enregistrée, mais elle était à ce point réelle, chaque intonation correspondait si parfaitement aux mouvements des lèvres de l'androïde qu'on eût pu croire que c'était réellement l'Ombre Jaune en chair et en os, jailli du passé tel un fantôme, qui parlait. Mais c'était surtout le sens de ses paroles qui troublait Morane et Bill Ballantine. Jamais ils n'avaient cru Ming capable d'aimer quelqu'un à ce point, de porter une telle dévotion à sa nièce qui, cependant, l'avait trahi. Mais l'avait-il ignoré ? C'était assez peu probable. Pourtant, s'il en était ainsi, il n'avait jamais sévi contre elle et cela conférait au personnage une dimension qu'il n'avait jamais atteinte.

— Pour que tu survives, Tania, continuait la voix de l'Ombre Jaune, pour que tu échappes à la corrosion des ans, il fallait que je t'isole du Temps. Tout au moins de celui de notre Univers. Voilà pourquoi je t'enfermai sous cette cloche isolant tout ce qu'elle contient des lois de l'Espace-Temps grâce à une vibration particulière de la matière dont elle est constituée. Là je t'endormis et, avec toi, tous ceux qui devaient constituer ta future cour. J'aurais pu prévoir le moment de ton réveil mais ne le voulus pas, car on ne peut continuer éternellement à influencer le Destin. Je voulus laisser au seul hasard le soin de te réveiller. Il fallait qu'un jour quelque chose se passât ou que quelqu'un vienne et te ramenât à la vie. Cette chose s'est passée ou ce quelqu'un est venu, je ne connais ni la nature de cette chose, ni l'identité de ce quelqu'un. Dès à présent ton futur m'échappe, car je ne sais si moi-même je parviendrai à échapper aux caprices du Temps, à éloigner le moment de ma propre et définitive disparition. Je dois continuer mon combat et, au cours de ce combat, malgré toutes les précautions dont je m'entoure, je puis périr. Ce qui compte, c'est que je t'ai sauvée. Peut-être aurais-je bientôt d'autres projets pour toi, mais ils ne sont pas encore formés avec précision en ce moment dans mon esprit. Tant que tu resteras sous la protection du barrage qui t'isole des attaques de l'Espace et du Temps, rien ne pourra t'arriver. Tu es fixée, sans passé et sans avenir... à moins que plus tard je n'en décide autrement, s'il existe un « plus tard » pour moi. Si tu réussis à quitter cette cloche, qui est à la fois pour toi une protection et une prison que j'ai rendue aussi douce que possible, tu mourras et tu iras au néant auquel j'ai pris tant de soin à te soustraire.

Malgré que la voix eût gardé son ton de tendresse presque paternelle, il y avait dans ces dernières paroles une menace à peine dissimulée, qui restituait le côté tyrannique et redoutable du personnage aujourd'hui mort mais qui continuait à étendre son emprise au-delà des siècles. D'ailleurs, l'Ombre Jaune était-il bien mort ? Bob Morane, Bill Ballantine et Sophia Paramount pouvaient se le demander. N'avaient-ils pas entendu son rire alors qu'ils pénétraient dans le satellite, réduit depuis des millénaires à l'état d'épave ?

L'androïde d'ailleurs s'était tu une fois son message transmis. Aurait-il encore, plus tard, quelque chose à révéler à sa nièce ? Ming avait-il conçu d'autres projets pour elle ? Il était difficile de le dire. Il était évident que ce petit monde hors du Temps et de l'Espace était machiné autour de l'Eurasienne et en fonction d'elle-même. C'était le fluide émanant de sa personne qui ouvrait les portes, commandait aux machines, le tout prévu jadis par Ming.

— Nous n'avons plus rien à faire ici, dit Tania. Remontons...

Ils regagnèrent la grande salle où, peu de temps auparavant encore, la nièce de l'Ombre Jaune dormait d'un sommeil millénaire. Une table y était dressée, couverte de victuailles apportées par de jeunes Chinoises vêtues de soie. Le palais avait pris vie mais Morane, Sophia et Bill avaient l'impression de côtoyer des larves, des fantômes. Pourtant quand, au cours du repas, Tania Orloff posait la main sur celle de Morane, celui-ci la sentait tiède et vibrante, et il savait alors ne pas avoir affaire à un spectre.

Le repas se passa dans une certaine euphorie. Les mets étaient succulents, les boissons délicieuses et Bob et Bill égrenaient leurs souvenirs, qui étaient un peu aussi les souvenirs de Tania, mais des souvenirs effacés de sa mémoire et qui défilaient devant elle comme un film dont elle aurait été l'actrice... dans une autre vie.

Des chambres avaient été préparées dans le palais à l'intention de Sophia, de Morane et de Ballantine. Ils y goûtèrent un repos total car ils avaient bien des fatigues à laver. Quand ils se réveillèrent, ils firent cependant une navrante constatation : leurs pistolets ioniques avaient disparu au cours de leur sommeil. Il était évident qu'on les leur avait subtilisés, et ils comprirent alors qu'ils étaient désormais prisonniers de Tania Orloff, comme Ulysse et ses compagnons l'avaient été de Circé.

*
* *

Il devait se révéler bientôt, lorsque Tania Orloff eut pris connaissance des merveilleux pouvoirs mis à sa disposition par son oncle, que la première mesure qu'elle avait prise — la subtilisation des pistolets ioniques — pour garder Bob auprès d'elle, était superflue. Lorsque Morane et ses compagnons avaient pénétré sous la cloche, les gorilles anthropophages les avaient laissés passer, peut-être commandés eux-mêmes par la même fatalité qui conduisait les explorateurs du Temps. Dans le sens contraire cependant, la volonté de Tania leur aurait rendu leur destination première de chiens de garde. Privés de leurs armes, Morane, Bill et Sophia auraient été sans défense devant les monstres. Ils l'avaient compris aussitôt et s'étaient abstenus, au cours des premières journées, de franchir le porche par lequel ils avaient pénétré sous la cloche tout autour de laquelle, ils avaient pu s'en assurer, les gorilles blancs montaient une garde vigilante.

Durant ces quelques jours — ou du moins ce qui correspondait à des jours dans ce micro-univers —, Tania avait passé de longues heures dans le laboratoire souterrain, à s'initier à la science de Ming, que des machines spéciales lui permettaient d'assimiler à un rythme accéléré à l'extrême.

Bientôt, Bob et ses compagnons, qui jouissaient d'une liberté surveillée, se rendirent compte qu'il n'existait plus aucun moyen de quitter la cloche. Les trous s'étaient refermés et, partout, les mains tâtonnantes des captifs ne rencontraient plus que des parois souples, dans lesquelles leurs bras s'enfonçaient sans pouvoir leur frayer un passage.

Morane, avait signalé à Tania ce changement dans la conformation de la cloche extra-temporelle. La jeune fille avait souri simplement, pour répondre :

— Mon oncle m'a fourni le moyen d'isoler complètement cet endroit de l'extérieur et j'ai voulu qu'il en soit ainsi, Bob, car je connais votre esprit aventureux. Je sais combien il vous est pénible de demeurer longtemps au même endroit, et je ne voulais pas qu'en fuyant vous couriez le risque d'être massacré par les monstres qui hantent les parages.

— Peut-être aurait-il été plus simple de nous enchaîner, avait rétorqué Morane d'un ton sec.

Elle avait souri à nouveau.

— Vous enchaîner, avait-elle murmuré. Peut-être...

En parlant, elle glissa un bras autour des épaules du Français puis elle ajouta :

— Peut-être cette chaîne suffirait-elle à vous retenir, vous. Mais il y a Bill, et je sais que vous le suivriez...

Tania Orloff ne se trompait pas : si son seul charme pouvait enchaîner Bob auprès d'elle, tout comme celui de Circé avait enchaîné Ulysse, il ne pouvait cependant en être de même pour Bill et Sophia ; surtout pour cette dernière qui ne dissimulait pas son hostilité à l'égard de leur hôtesse, qui feignait de l'ignorer d'ailleurs.

Cependant Tania Orloff et ses prisonniers n'étaient pas totalement coupés du monde extérieur. Ming avait en effet prévu pour sa nièce un téléviseur perfectionné, dont les caméras pouvaient fouiller n'importe quel recoin de la planète et lui en restituer une image fidèle, et Tania n'en interdisait pas l'usage à Bob, à Bill et à Sophia auxquels ce téléviseur devait procurer d'intéressants renseignements. Ce fut grâce à lui qu'ils apprirent que la Terre n'était pas complètement inhabitée : des hommes vivaient encore dans certaines régions écartées, comme l'Amérique du Sud ou l'Asie centrale, ou l'Afrique, mais ces hommes étaient retournés à un état relativement primitif et des rivalités sanglantes opposaient leurs clans, rivalités un peu semblables à celles qui, jadis, avaient opposé les Mérovingiens.

Au cours de ces vidéo-explorations de la planète, une autre constatation, plus sinistre celle-là, devait être faite. Elle concernait la « chose ». Les caméras l'avaient repérée et Bob et ses amis s'étaient rendu compte qu'elle grossissait de jour en jour, selon une progression géométrique. A présent, elle occupait toute la surface d'un département et, déjà, elle lançait ses tentacules bourgeonnants à travers les départements voisins.

— Il faut la stopper à tout prix, avait dit Bill, sinon elle parviendra jusqu'à nous avant longtemps, pour ensuite couvrir tout le pays, puis s'étendre au-delà.

— Nous ne risquons rien, avait déclaré Tania en secouant la tête. N'oubliez pas que nous nous trouvons dans un espace extra-temporel. La « chose », puisque vous vous entêtez à l'appeler ainsi, ne pourra nous y atteindre.

Pendant que l'Eurasienne parlait, Bob Morane avait l'impression qu'elle en savait plus qu'eux-mêmes sur cette « chose ». Au cours des longues heures qu'elle avait passées seules dans le laboratoire souterrain, Tania avait acquis un savoir prodigieux, semblait capable de pouvoir lire dans les êtres aussi bien que dans le passé et l'avenir. Parfois, on avait l'impression qu'elle en devenait inhumaine mais, presque aussitôt, elle redevenait étrangement femme, toute de charme et de coquetterie. Malgré lui, Morane ne pouvait s'empêcher de penser qu'une mutation s'opérait dans la jeune fille, qui devait la conduire finalement à quelque monstrueuse destinée machinée de toutes pièces par l'Ombre Jaune.

— Nous sommes peut-être à l'abri de la « chose » avait jeté Sophia à l'adresse de l'Eurasienne, mais pensez aux hommes qui peuplent encore cette planète ! Tôt ou tard, ils seront anéantis...

— Que m'importe, rétorqua durement Tania. Ils se comportent comme des bêtes sauvages et ils peuvent être détruits.

Malgré lui, Morane ne put s'empêcher de remarquer la dureté qui transparaissait dans le ton et l'attitude de Tania Orloff. Elle avait soudain parlé en souveraine maîtresse des destinées de l'Humanité et, avec un instinctif dégoût, il retrouvait en elle beaucoup de la cruauté de Monsieur Ming.

Les derniers mots prononcés par Tania avaient eu le don de mettre en courroux Sophia qui s'était dressée, frémissante.

— Ces hommes m'importent, à moi, cria la journaliste, car ils sont mes frères ! Et comment pouvez-vous parler de « bêtes sauvages », alors que vous-même êtes la nièce de la plus sauvage de toutes les bêtes que la Terre ait portées, la nièce de Ming !

Sophia allait se précipiter sur sa rivale. Elle se dressa, fit un pas en avant dans sa direction. Un pas. Guère davantage. Tania s'était dressée à son tour, sans hâte, et soudain ses yeux sombres flamboyèrent, à tel point que Bob Morane et Bill Ballantine eurent l'impression qu'ils lançaient des rayons invisibles. Et tout à coup Sophia s'immobilisa, comme pétrifiée, incapable de faire le moindre geste, tandis que progressivement ses regards s'éteignaient.

Morane saisit le bras de Tania et la secoua, en commandant :

— Assez !... Vous allez la tuer !...

La voix de Bob eut un effet instantané sur l'Eurasienne. Elle détourna ses regards de Sophia qui, tirée soudain de son immobilité, se mit à trembler de tous ses membres pour ensuite se rasseoir en éclatant en sanglots, définitivement brisée.

Sans paraître se soucier de l'état de la jeune journaliste, Tania se tourna vers Bob. Il y avait de la tendresse dans son regard, mais pour lui seul.

— Je me suis laissée entraîner par la colère, murmura-t-elle. J'aurais pu tuer Miss Paramount. Vous avez eu raison de m'en empêcher.

Elle saisit le poignet du Français et enchaîna :

— Venez dans le parc.

Morane comprenait à présent qu'il était inutile de se dresser contre l'Eurasienne, que celle-ci, au cours des jours précédents, avait acquis des pouvoirs surhumains. Il se leva et il allait la suivre, quand Bill Ballantine intervint avec colère :

— Ah ça, commandant, vous n'allez quand même pas vous laisser mener comme un enfant ? Vous ne voyez pas combien Tania a changé, qu'elle n'est plus celle que nous avons connue ? Elle parle comme Ming ; elle agit comme Ming. L'Ombre Jaune dans un corps de nymphe, voilà ce qu'elle est devenue !

Doucement, Tania Orloff s'était tournée vers le géant. Elle lui sourit et murmura :

— Ne concluez pas trop vite, Bill... Ne concluez pas trop vite...

Elle était soudain redevenue la jeune fille tendre, amicale, qu'ils avaient connue jadis. Et, sous les regards des yeux noirs caressants, Ballantine ne peut s'empêcher de rougir et de détourner la tête.

Tania continuait à sourire, mais à l'intention de Morane cette fois.

— Venez, Bob, répéta-t-elle.

IX

Ils étaient à présent assis, Tania et Bob, au creux d'un grand banc de marbre garni de coussins, au bord de la rivière aux eaux claires qui serpentait à travers le domaine enchanté. Morane aurait pu s'abandonner à la magie du lieu s'il n'avait eu une arrière-pensée pour la « chose » qui, en ce moment encore, continuait à étendre son emprise tentaculaire sur le monde.

Et puis, il y avait aussi le fait que tout ce qui l'entourait était factice, fabriqué de toutes pièces. De plus en plus, il se sentait prisonnier de ce paysage sans lointains, ceux-ci étant remplacés par cette umière vibrante derrière laquelle s'ouvrait l'univers réel, aux dimensions connues, avec ses menaces, son incertitude et qui lui paraissait préférable à tous les Edens préfabriqués. Pourtant, il lui suffisait de regarder Tania, de savourer sa beauté, sa tiédeur, pour qu'il ait envie de rester ; mais, presque aussitôt, quand il se détournait, il se sentait repris par son désir d'évasion.

La jeune Eurasienne devait lire dans ses pensées, car elle lui demanda à brûle-point :

— Avez-vous réellement envie de quitter ces lieux, Bob ?

Il fut sur le point de lui parler avec franchise, de lui montrer tout ce qui les séparait, de lui faire comprendre qu'elle ne vivait pas sur le même plan temporel que lui, que leur réunion n'était qu'un leurre. Pourtant, il se retint. Après la scène avec Sophia, il avait compris qu'il était inutile d'attaquer de face la nièce de l'Ombre Jaune. Celle-ci se trouvait sans doute dans un état d'esprit qui, justement, la poussait à vouloir l'impossible, de ruser avec le réel, comme jadis son oncle l'avait toujours fait, commandé par son génie mégalomate.

— Quitter ces lieux, se contenta-t-il de répondre, c'est-à-dire *vous* quitter ?... Non, Tania — et il était sincère —, mais je pense à cette « chose » qui est en train d'envahir la Terre et qui va détruire ce qui reste de cette humanité à laquelle, que vous le vouliez ou non, nous appartenons.

— La « chose » ? fit-elle doucement. Connaissez-vous seulement son exacte nature ?

Il y avait tant de sous-entendu dans la voix de la jeune fille qu'il eut à ce moment la certitude qu'elle savait.

— Je crois l'avoir devinée, fit-il. Jadis, votre oncle a conçu ce complexe computer-savants enfermé dans le satellite. Il en était le créateur et, lorsque le satellite a été changé en épave, son esprit s'est intégré lentement à son œuvre ; peut-être même l'a-t-il voulu. S'il en est ainsi, votre oncle se serait intégré à la « chose ». Mieux : il serait son esprit. En s'étendant comme elle le fait, elle lui permet de réaliser de façon bien inattendue son rêve de conquête de l'Univers...

Tania lui prit la main, et les regards de ses admirables yeux noirs plongèrent dans les siens comme si elle voulait lire en lui.

— Par moments, Bob, je me demande si, comme moi, vous n'êtes pas en train d'acquérir des pouvoirs surhumains.

— J'ai toujours eu beaucoup d'imagination, tout simplement, répondit le Français.

— Peut-être... N'empêche que « la chose » est à peu près telle que vous venez de la décrire... Vous comprenez à présent pourquoi je ne désire pas qu'elle soit détruite.

— Et vous comprendrez, j'espère, Tania, pourquoi au contraire je veux qu'elle soit détruite.

Il s'interrompit, demeura un instant silencieux, la main toujours dans celle de Tania, comme s'il voulait faire passer en elle un peu de son propre vouloir.

— Jadis, reprit-il, quand Bill et moi combattions votre oncle, vous nous aidiez. C'est souvent grâce à vous, à votre soutien occulte que nous avons pu lui échapper, voire ruiner ses plans...

— Jamais je ne vous ai permis de l'abattre tout à fait, de le tuer, interrompit l'Eurasienne. En détruisant la « chose » vous le tueriez, ou tout au moins ce qui reste de lui.

— Ce qui reste de lui, fit Bob. Réfléchissez, petite fille : intégré à la « chose », il n'a plus rien d'un homme ; il a changé d'état.

— Vous avez raison, reconnut-elle, mais de toute façon notre conversation est vaine. Comment pourriez-vous détruire la « chose », puisque nous continuons à l'appeler ainsi ? Moi-même en serais sans doute incapable malgré tous les pouvoirs qui m'ont été conférés.

— Il n'est pas question de la détruire, expliqua-t-il, mais de l'empêcher de naître en pénétrant dans le satellite et en détruisant celui-ci avant qu'elle ne prenne vie.

Tania se rapprocha de lui et nicha son visage au creux de son épaule. Il la sentit alors toute petite et faible, comme jadis quand elle accomplissait le même geste.

— Jamais, Bob, murmura-t-elle, je n'aurais cru qu'un jour, pouvant demeurer près de moi à jamais, vous voudriez me quitter. Jadis tout nous séparait, aujourd'hui nous sommes réunis et, si vous le vouliez, rien ni personne ne pourrait nous séparer.

Il lui prit la tête entre les mains, l'écarta légèrement pour plonger ses regards dans les siens :

— J'ai une mission à remplir, dit-il.

Elle sourit et conclut :

— Décidément, personne ne pourra jamais vous enchaîner, Bob !

Il sourit à son tour.

— Personne, Tania, et vous le savez bien.

Elle ne dit rien, continuant à le regarder, et il devina qu'un violent combat se livrait en elle. Finalement, elle parut se détendre et elle dit d'une voix lasse :

— Soit... Vous avez gagné ! Mais je veux que vous me fassiez une promesse...

— Laquelle ? interrogea-t-il avec prudence.

— Que vous me promettiez de revenir ici votre mission terminée.

Il hésita. Promettre, c'était s'enchaîner à jamais. Ne pas promettre, c'était renoncer à sa mission, se condamner au remords. Il comprit qu'il lui faudrait passer par les exigences de l'Eurasienne.

— Je promets, dit-il.

— Je sais que vous tiendrez parole. Comment puis-je vous aider à mener à bien votre tâche ?

— En me mettant en contact avec le colonel Graigh et la Patrouille du Temps.

— Il en sera fait comme vous le désirez.

Elle posa les mains sur les tempes de Morane, serra légèrement, tout en continuant :

— Pensez intensément au colonel Graigh... Intensément...

Il fit comme elle le lui ordonnait. Des secondes passèrent, des secondes qui pouvaient tout aussi bien s'étirer sur des années. Derrière eux, un pas fit crisser le gravier de l'allée. Tania le lâcha. Il tourna la tête dans la direction d'où venait le bruit.

Vêtu de son uniforme d'officier supérieur de la Patrouille du Temps, le colonel Graigh s'avançait vers eux.

*
* *

Médusé, Bob Morane continuait à fixer Graigh qui se rapprochait. Il se secoua et se tourna avec courroux vers Tania.

— Cessez vos tours de magie, dit-il, ils sont indignes de vous. Des milliers d'années lumière nous séparent de Graigh et il est impossible qu'il ait suffi que vous l'appeliez pour qu'il vienne...

— Il n'est pas venu, le rassura Tania. Vous ne voyez de lui que son reflet.

— Pourtant, j'ai entendu le bruit de son pas...

— Vous avez cru l'entendre... J'ai simplement suscité une image à deux dimensions qui, elle, peut voyager à travers l'Espace-Temps, et c'est par cette image que Graigh, à des milliers d'années lumière d'ici, comme vous le dites, vous entendra, pourra même vous parler...

La révolte s'empara de lui. Il se cabra.

— Cessez vos tours d'illusionniste, protesta-t-il encore.

— Il n'y a là ni tour d'illusionniste, ni magie, assura-t-elle. Depuis mon réveil j'ai été investie d'étranges pouvoirs, étranges pour vous et ceux de votre siècle mais qui ne doivent rien qu'à la science. Dites que vous me croyez.

Il y avait un tel accent de conviction dans les paroles de la jeune fille qu'il fut convaincu.

— Je vous crois, Tania, dit-il.

Le colonel Graigh, ou tout du moins son reflet, avait contourné le banc. Il s'arrêta devant Morane.

— Nos spatio-sondes n'ont cessé de vous rechercher, Bob, dit-il, mais nous avions des siècles à explorer. Comment êtes-vous parvenus ici ?

— Un accident, répondit Morane qui ne s'étonnait plus de rien. Le satellite était doté de projecteurs d'antimatière qui continuait à fonctionner. Nous avons été pris dans un de leurs faisceaux et projeté huit mille ans en avant dans le temps.

— Ceci explique le fait que nous n'ayons pu vous découvrir. Si vous êtes toujours décidé à accomplir votre mission, un de nos Temposcaphes viendra vous prendre.

— J'ai posé une condition à cela, intervint Tania, c'est que Bob me promette de revenir ici, une fois cette mission accomplie. Me donnez-vous votre parole de le ramener, colonel ?

Graigh se tourna vers Morane, guettant une approbation.

— Vous pouvez donner votre parole, assura le Français.

— Vous avez ma parole, fit l'homme de la Patrouille du Temps à l'adresse de Tania.

— Rien ne s'oppose donc plus au départ de Bob et à celui de ses compagnons, conclut la jeune fille. Vous pouvez tout mettre en œuvre pour cela, colonel.

— Je vais immédiatement donner des ordres pour qu'un de nos Temposcaphes, empruntant le chemin de l'Hyper-Espace, vienne les prendre, assura Graigh.

Il contourna à nouveau le banc, s'éloigna le long de l'allée et Bob vit son image se dissoudre, là-bas, dans la lumière, puis disparaître tout à fait.

— Venez, dit Tania à l'adresse de Bob. Allons avertir Bill et Miss Paramount. Le Temposcaphe ne tardera plus, à présent que vous êtes repérés.

Une demi-heure plus tard — ou du moins ce qui paraissait être une demi-heure dans ce micro-univers roulé en boule en dehors du Temps — Tania Orloff, Bob Morane, Sophia Paramount et Bill Ballantine s'avancèrent vers les parois de la cloche. Le porche était à nouveau praticable et ils purent le franchir pour déboucher sur le monde du dehors, battu par le vent et la pluie, avec ses horizons gris, le désespoir de sa solitude et où pourtant Bob, Sophia et Bill se sentirent revivre, tout à fait comme des plongeurs qui, s'étant égarés longtemps dans la féerie d'une forêt de madrépores, retrouvent enfin l'air libre.

Un grand Temposcaphe de la Patrouille était là, dressé sur son trépied, à l'entrée du plateau. Des hommes en scaphandre se tenaient au pied de l'échelle de coupée. Parmi eux, Morane et ses compagnons reconnurent le colonel Graigh. Celui-ci s'avança vers les nouveaux venus.

— Grimpez à bord ! dit-il à l'adresse de Bob, de Bill et de Sophia. On s'impatiente au Conseil Supérieur.

Morane se tourna vers Tania.

— A bientôt, petite fille, fit-il. N'oubliez pas que vous avez ma parole. Je reviendrai.

Une intense tristesse était descendue sur le visage de l'Eurasienne.

— Je sais, Bob, que vous reviendrez, dit-elle. Mais le pourrez-vous ? Et si vous périssiez au cours de votre mission ?

— C'est un risque à courir, dit-il fermement. Il faut que j'accomplisse cette mission, vous le savez bien.

— Je le sais, Bob.

Un soudain accès de désespoir la jeta vers lui.

— Je vous accompagne, dit-elle. Comment n'y ai-je pas pensé plus tôt ?... C'est si simple... Si simple...

— Qu'elle vienne, s'impatienta Graigh.

Tous se dirigèrent vers le Temposcaphe. Tania Orloff avait pris le bras de Morane, s'y suspendait en donnant tous les signes d'une joie évidente. Et soudain, Bob eut l'impression qu'on l'arrachait à lui. Il se retourna et vit qu'elle s'éloignait à reculons, avec de grands gestes pour résister à une force qui, invinciblement, la forçait à rétrograder vers la cloche.

— Tania ! cria-t-il. Revenez !

— Je ne peux pas, hurla-t-elle. C'est plus fort que moi ! J'essaie de lutter...

Elle faisait de grands mouvements des bras, comme une nageuse luttant à contre-courant, et Bob Morane comprit qu'elle était liée à l'univers extra-temporel qui désormais serait sa prison, jusqu'à ce que le destin — un destin peut-être conçu de toutes pièces par l'Ombre Jaune — en décidât autrement.

Déjà, elle avait atteint le porche, disparaissait, comme noyée, dans la lumière vibrante.

— Bob ! hurla-t-elle encore. Ne me laissez pas seule... Pas seule...

Une puissance plus grande que le devoir, plus forte que sa propre volonté, le poussa vers elle.

— Je ne partirai pas sans vous, Tania ! cria-t-il encore. Je ne...

Le poing de Bill Ballantine lui écrasa la mâchoire.

X

Les rayons du soleil, se reflétant sur les hauts glaciers andins entourant de partout la Vallée du Lac Bleu, y entretenaient une douce chaleur. Le lac lui-même faisait songer à un gigantesque saphir d'une pureté incomparable. Les pentes de la vallée étaient couvertes d'une végétation touffue allant des séneçons géants des sommets aux cactées, fougères arborescentes et autres essences tropicales, croissant plus bas.

De là, comme lors de la première tentative qui avait avorté, Morane et Bill devaient prendre le départ pour un second raid en direction du Satellite de l'Ombre Jaune. Une règle de la Patrouille du Temps était de ne jamais faire pénétrer des hommes d'une autre époque dans la sienne, c'est-à-dire l'an 2300.

C'est donc dans la Vallée du Lac Bleu qu'un scaphe avait été mis au point par les techniciens de la Patrouille, sous la direction du colonel Graigh lui-même. L'appareil employé lors de la première expédition s'était révélé inefficace, notamment contre un bombardement de particules d'antimatière. Le nouveau scaphe, en plus d'autres perfectionnements, était doté d'un dispositif qui le mettrait justement à l'abri de tels bombardements et éviterait à ses passagers d'être à nouveau virés dans une autre époque, avec tout ce que cela comportait d'aléas.

Le scaphe reposait sur son trépied d'atterrissage, au bord du lac, et quelques techniciens s'affairaient aux derniers préparatifs. Un peu à l'écart, le colonel Graigh, Bob Morane, Bill Ballantine et Sophia Paramount étaient assis, surveillant ces préparatifs. Seuls, Bob et Bill avaient revêtu des combinaisons spatio-temporelles car il avait été décidé que cette fois Sophia ne les accompagnerait pas. Lors de la première tentative, les dangers s'étaient révélés trop grands pour que l'on puisse permettre à la jeune journaliste de risquer une nouvelle fois sa vie. Toutes les précautions avaient été prises pour qu'elle ne puisse prendre place clandestinement à bord du scaphe et il ne pouvait être question que Graigh se fît à nouveau son complice. Sophia n'avait d'ailleurs pas trop insisté pour accompagner les deux amis, car elle comprenait à présent qu'à tout moment elle pouvait leur devenir un poids mort, une entrave même.

Depuis qu'ils avaient quitté le dixième millénaire après J.C., Morane affichait un air sombre. Il pouvait difficilement détourner sa pensée de Tania Orloff et de son étrange destin. Pourtant, il n'en voulait pas à Bill de l'avoir assommé pour l'empêcher de rejoindre l'Eurasienne, de se laisser enchaîner. A la place de Ballantine il eût agi de la même façon. Avant tout, il fallait détruire le satellite peu après son lancement, afin d'éviter les ruines qu'il accumulerait par la suite, de préserver des innocents de bien des souffrances.

De toute façon, la décision de Morane était formelle : il avait donné sa parole à Tania de revenir vers elle une fois sa mission accomplie et Graigh, lié lui aussi par sa parole, avait relevé toutes les coordonnées qui rendraient le retour possible. Les instruments de bord du scaphe avaient été réglés de façon à ce que, une fois le satellite détruit, l'appareil puisse être automatiquement viré dans le dixième millénaire.

Un des techniciens se dirigea vers les trois hommes et Sophia déclara, s'adressant directement à Graigh :

— Tout est prêt pour le départ, colonel.

L'interpellé se tourna vers Bob et Bill et dit d'une voix qu'il s'efforçait de rendre allègre :
— Eh bien ! mes amis, c'est à votre tour de jouer...
— Vous voulez dire, colonel, que c'est *encore* à notre tour de jouer, fit Bill amèrement.

Morane, lui, ne dit rien. L'air toujours sombre, il se contenta de se lever et de marcher en direction du scaphe, tandis que ses compagnons lui emboîtaient le pas. Bob et Bill grimpèrent dans la cabine et fixèrent les courroies de sécurité de leurs sièges. Sophia poussa le buste à l'intérieur de l'habitacle.

— Eh ! fit Bill. Pas question ! Faut pas essayer à la dernière minute de nous prendre par la main pour tenter de jouer de nouveau avec nous au jeu du satellite. Les nanas, on sort d'en prendre...

— Vous serez toujours un ours mal léché, Bill, rétorqua Sophia avec un sourire. Je voulais vous souhaiter bonne chance à tous deux, tout simplement.

— Bonne chance ! grogna Bill. Manquait encore ça ! Tout juste si vous ne nous offrez pas des œillets pour nous porter la poisse. Y a des mots qu'il ne faut jamais prononcer, mignonne. Vous feriez mieux de vous souvenir d'un certain général français qui, à la Bataille de Waterloo, a dit à l'ennemi...

— ... un mot qui se traduit par « good luck » en anglais. C'est bien cela, Bill ?

Sophia déposa rapidement un baiser sur les fronts de Ballantine et de Morane, puis elle se retira. L'Ecossais referma la porte de l'appareil et la verrouilla en grommelant :

— Good luck ! Parlez si on en a ! Des vrais vernis qu'on est tous les deux, hein, commandant ? Toujours aux premières loges pour les embêtements, et quels embêtements !

Morane ne fit aucun commentaire. Il se contenta d'adresser à travers la coupole transparente un petit signe de main à Sophia et à Graigh. En même temps, il mettait les réacteurs d'altitude en marche et le scaphe s'éleva de plus en plus rapidement. A la dérobée, Bill Ballantine jeta un regard à son ami, vit son profil tendu, ses mâchoires dures, ses lèvres serrées.

— J'espère, commandant, jeta l'Ecossais, que vous n'allez pas continuer à faire la mauvaise tête. Si j'ai dû vous sonner l'autre — je devrais dire l'autre millénaire — c'est parce que...

— Je connais tes raisons, coupa Morane, et je ne t'en veux pas, tu le sais. En plus, je ne fais pas la tête ; je pense à Tania, tout simplement, et avec inquiétude. Je me demande quelle idée Ming avait derrière la tête quand il l'a ainsi isolée du temps, et à quoi il la destinait...

— Peut-être voulait-il seulement la protéger.

— C'est possible, mais non certain. Il devait avoir un but plus précis... et moins avouable. C'est pourquoi je retournerai près d'elle pour l'aider à se soustraire au destin que lui a assigné l'Ombre Jaune.

— Soit, approuva Bill. Vous retournerez près d'elle, et je vous accompagnerai si vous le voulez... pour vous empêcher de faire des bêtises. Maintenant, ne pensons plus qu'à notre mission.

Le scaphe avait atteint son altitude opérationnelle. Bob le stabilisa. Il tendit la main vers la commande du mécanisme qui, automatiquement, virerait l'appareil dans le Temps et les porterait dans les parages du satellite.

— A présent, fit joyeusement Bob qui s'était détendu, en route pour l'an 2500 !

Il abaissa le levier de commande et, presque aussitôt tout dans l'habitacle sembla se contracter, devenir excessivement plat. Il y eut une série de trépidations violentes qui, petit à petit, s'atténuèrent pour se changer en un frémissement de plus en plus ténu, jusqu'à ne plus être perceptible. Alors, il y eut un basculement soudain marquant le passage dans l'hyperespace. Déjà ni Morane ni Bill n'avaient plus conscience. Quand ils émergèrent du néant, ce fut pour retrouver la vibration qui, en sens inverse, se changea progressivement en une trépidation de plus en plus violente. Puis tout cessa et le scaphe demeura immobilisé en plein espace.

— Ouf ! souffla Ballantine. Je crois que je ne m'habituerai jamais à ce genre d'excursion. J'ai chaque fois l'impression qu'on me passe au rouleau compresseur pour me regonfler ensuite comme un vieux pneu.

— Voyons s'il n'y a pas d'erreur de calcul, fit Morane, et si nous nous trouvons bien dans les parages du satellite.

Il brancha l'écran téléscopique et, presque aussitôt, le satellite apparut tout à fait comme il leur était apparu déjà la première fois, avant que le scaphe ne soit projeté en avant dans le Temps par un bombardement de particules antimatières.

— Cette fois, nous sommes sur la bonne voie, constata Morane en jetant un coup d'œil au tempomètre qui marquait l'année 2500.

— La première fois, nous étions également sur la bonne voie, fit remarquer Bill, jusqu'à ce que le maudit canon de Ming nous envoyât promener loin dans le futur... Espérons que le dispositif de protection dont a été doté le scaphe se révélera efficace...

— Espérons-le, fit simplement Morane en propulsant l'appareil en avant.

Rapidement, le satellite grossit sur l'écran, l'emplit tout entier, le déborda. Alors Bob put débrancher l'appareil et ils aperçurent à travers la coupole transparente de la cabine la grosse bulle brillante, aux pôles aplatis, du satellite avec les pattes tronquées de ses tubulures et, à la partie inférieure, la coupole du sas d'entrée.

— Nous n'allons pas tarder à être à portée des canons à particules d'antimatières, dit Morane.

Il continua à propulser le scaphe en avant, mais à vitesse réduite.

Après un nouveau coup d'œil aux instruments de bord, Morane déclara encore :

— Nous y sommes !

Tous deux s'accrochèrent aux accoudoirs de leur siège, s'attendant à voir éclater à tout moment la grande lueur rouge qui les projetterait quelque part, ils ne savaient où exactement, dans les écœurantes profondeurs temporelles.

* *

L'éclatement avait eu lieu, mais il n'y eut pas de basculement. Le satellite demeurait devant eux, inchangé dans son aspect.

— Hourrah ! s'exclama Bill. Nous sommes passés !

— Oui, approuva Morane. Le dispositif de protection a fonctionné.

Toujours à vitesse réduite, le scaphe continuait à se rapprocher du satellite, freiné encore par l'impulsion des radars. Quand il fut tout près du sas, il s'immobilisa presque complètement et automatiquement, le flux magnétique commandant l'ouverture de la valve d'accès agit. Le scaphe pénétra dans le sas et se posa sur son trépied d'atterrissage.

— Mettons nos casques, dit Bob.

Quelques secondes plus tard, ils quittaient le scaphe.

La salle, autour d'eux, était semblable à ce qu'elle était lors de leur première visite, avec cette différence cependant que la couleur des parois ne s'écaillait pas.

Pourtant, les deux amis ne perdirent pas de temps à détailler les lieux, qui ne leur étaient d'ailleurs pas inconnus. Un léger bourdonnement les fit se retourner et ils se rendirent compte que le scaphe vibrait de plus en plus rapidement, jusqu'à ce que ses contours deviennent imprécis. Ensuite, il parut devenir excessivement plat et s'évanouit.

— Tout se passe comme prévu, dit Morane.

Ce qui venait de se produire leur semblait naturel. Le scaphe se rematérialiserait là où ils le désireraient, et quand ils le désireraient, pour leur permettre de fuir le satellite après le sabotage.

— Pourvu qu'il revienne ! murmura Bill.

— Il reviendra, assura Bob.

En réalité, il ne savait pas si l'appareil pourrait se rematérialiser à l'intérieur du sas lui-même, ou à l'extérieur. Dans ce cas, il leur faudrait le rejoindre par leurs propres moyens grâce aux petites réacteurs personnels de leurs scaphandres.

Ils gravirent l'escalier métallique et ouvrirent la valve intérieure pour prendre pied dans un premier couloir. Tous deux connaissaient à présent suffisamment la disposition des lieux pour pouvoir s'y diriger sans tâtonner. La première chose qu'ils remarquèrent fut qu'aucune végétation parasitaire ne recouvrait les parois.

— La « chose » n'a pas encore pris naissance, dit Bill.

— Cela me semble évident, mon vieux, approuva Morane. Mais ne crions pas trop tôt victoire. Attendons la suite.

Le pistolet ionique au poing, ils se mirent en marche à travers le dédale de couloirs, de passages et d'escaliers. Tout à coup, Morane, qui marchait en tête, s'immobilisa en murmurant :

— Attention !... Il y a du monde !...

Dans la lumière fluorescente baignant l'intérieur de la sphère, une haute forme blanche était apparue, appuyée à la muraille. Aussitôt Bob et Bill reconnurent la face lourde, prognate sous le front orné d'une arête saillante, la gueule, armée de longues dents pointues dont deux d'entre elles, à la mâchoire supérieure, se prolongeaient comme les canines du Machairodus, le grand félin des temps préhistoriques. Ils reconnurent les longs bras musculeux au bout desquels pendaient d'énormes mains aux doigts terminés par des griffes de dragon.

— Un gorille anthropophage, souffla Bill.

— Oui, mais on ne dirait pas qu'il nous ait aperçus.

Logiquement, les yeux du monstre auraient dû lancer des rayons de lumière verte qui, faisant office de radars, lui aurait permis de repérer l'ennemi et de se diriger vers lui. En ce moment cependant les yeux étaient éteints.

— On dirait qu'il est hors d'usage, fit Bob. Il n'a pas réagi à notre approche comme il aurait dû le faire.

— Peut-être est-ce une ruse...

— Une ruse ? De la part de ce robot ? Cela m'étonnerait, si perfectionné soit-il.

— Et s'il s'était déjà mis à vivre ?

Morane secoua la tête.

— Trop tôt pour cela, décida-t-il. La mutation ne pourrait s'être opérée en quelques centaines d'années seulement. Allons voir de plus près.

Leurs pistolets braqués, ils s'approchèrent du monstre jusqu'à toucher l'épaisse toison de poils blancs synthétiques. L'automate ne broncha pas. Bill appuya alors la main à son épaule et poussa de toutes ses forces. Le monstre vacilla et, soudain, s'écroula d'une pièce.

— Vous avez raison, commandant, dit le colosse. Il est hors d'usage. Une vieille mécanique rouillée, voilà tout ce que c'est.

Sans s'attarder davantage, ils continuèrent leur route en direction de la chambre du computer, but de leurs efforts. En chemin, ils devaient découvrir d'autres gorilles-robots, tous hors de fonctionnement.

Finalement, ils atteignirent le couloir circulaire et, par les hublots, purent jeter un coup d'œil dans la salle. Les savants étaient toujours là, étendus sous leurs cloches de plastique. Quant au computer, apparemment il fonctionnait toujours, ses voyants clignotant et lançant de brefs éclairs rouges, orangés, verts, bleus, tandis qu'il continuait à dérouler des bandes de papier couvertes de caractères et qui, aussitôt, étaient automatiquement microfilmées puis détruites.

— Je donnerais gros pour savoir quelles inventions sont en train de se décanter là, fit Morane.

Logiquement, ces savants auraient dû être morts depuis longtemps. Pourtant, mis en état de survie, ils continuaient subconsciemment à élaborer une science que le computer rationalisait, décantait en formules.

— Et nous allons devoir détruire tout ça, murmura Bill. Ce Ming était un surhomme. Quand je pense à ce qu'il aurait pu accomplir s'il avait été tourné vers le Bien !

— C'était le Mal qui faisait son génie, fit remarquer Morane.

— Si nous allions jeter un coup d'œil au computer, proposa Bill.

— Pourquoi pas ? Ce sera la seule et unique fois que nous aurons cette chance. Quand nous serons virés au

XXᵉ siècle, nous ne pourrons penser qu'à une chose : placer nos micros-mines à retardement, puis prendre le large avant que le satellite ne craque de partout comme une noix.

Ils allaient se mettre à la recherche d'une ouverture qui leur permettrait de pénétrer dans la chambre du computer quand, sur leur droite, plusieurs silhouettes humaines se découpèrent au débouché d'un couloir secondaire. Il y avait là une demi-douzaine d'homme vêtus de combinaisons de plastique jaune et portant tous le même masque de démon cornu et grimaçant, semblable à ceux que l'on voit dans les fêtes rituelles thibétaines.

Pourtant, les pieds de ces hommes touchaient à peine le sol. Ils semblaient flotter dans le léger courant d'air circulant à travers le dédale des corridors.

XI

Au premier coup d'œil, Bob Morane et Bill Ballantine avaient reconnu dans les nouveaux venus les gardes du satellite, auxquels ils avaient déjà eu affaire peu avant le lancement de la sphère [1]. Mais le comportement de ces gardes était à ce point étrange que les deux amis se sentaient déroutés. S'ils avaient fait montre d'agressivité, ils auraient su comment réagir ; mais, devant ces êtres qui flottaient dans l'air, ils se sentaient indécis comme à l'approche d'une menace mal définie.

Pour couper court à toute hésitation, Ballantine braqua son pistolet ionique en direction des gardes, mais Morane le força à baisser son arme.

— Non Bill !... Attends !...

Il marcha vers le groupe des gardes qui, à son approche, refluèrent légèrement, comme si le déplacement de l'air les poussait. Sans hésiter, Bob arracha le masque du plus proche, pour découvrir un visage jaune mais qui tournait à l'ocre, un visage aux yeux clos et à la peau étrangement tendue et transparente, donnant une impression de bouffissure. Comme Bill le rejoignait, Morane fit glisser la fermeture de la combinaison du garde et la poitrine apparut avec la même peau tendue, diaphane, comme s'il n'y

---

1. Lire : *La Forteresse de l'Ombre Jaune*.

avait rien derrière. Rapidement, Bob tira le poignard pendu à sa ceinture et il en plongea la lame dans la poitrine du garde. Il y eut un sifflement de gaz qui s'échappa. Le garde tressauta durant quelques secondes encore, puis il se tassa sur lui-même, diminua de volume et, bientôt, il n'y eut plus sur le sol qu'une combinaison vide.

— Des ballons de baudruche ! s'était exclamé Bill.

— Des ballons, comme tu dis, mais de peau humaine, rétorqua Bob l'air grave.

— Quand donc Ming cessera-t-il ses plaisanteries de mauvais goût ? jeta Ballantine avec colère.

— Plaisanteries ? dit Bob comme pour lui-même, Voire...

L'Ecossais regarda son compagnon de biais, comme s'il cherchait à deviner ses pensées.

— Avez-vous une autre idée ? interrogea-t-il.

Morane ne répondit pas. Il se sentait inquiet, et ce n'était pas seulement un malaise bien naturel devant ces macabres épouvantails. Il y avait autre chose. Quoi ? Il ne le savait pas. Et soudain, il souhaita ne jamais savoir.

— Allons voir le computer de plus près, décida-t-il.

A l'étage inférieur, ils découvrirent une porte permettant de pénétrer dans la salle circulaire. Cette porte était fermée par un mécanisme compliqué, à l'abri de toute effraction, mais ils en vinrent cependant à bout en concentrant les rayons de leurs pistolets ioniques sur le système de fermeture. Finalement, Bill n'eut plus qu'à donner un grand coup de talon, et le battant s'ouvrit.

Malgré eux, ils hésitèrent avant de pénétrer dans ce que, toujours, ils avaient considéré comme l'âme même du satellite. N'était-ce pas justement pour protéger le complexe computer-savant, pour le mettre à l'abri de toute atteinte, que Ming avait lancé la sphère à travers les espaces interplanétaires ?

— Qu'est-ce que nous attendons ? finit par jeter Ballantine. Depuis quelque temps, nous nous comportons comme des poules mouillées. Après tout, il n'y a là que quelques hommes morts, ou endormis, et une machine qui continue à fonctionner parce que personne n'est là pour l'arrêter...

Ils franchirent le seuil de la salle et, immédiatement, ils eurent l'étrange sensation de pénétrer à l'intérieur d'un être vivant. L'espace autour d'eux parut se peupler de présences. Le tout dans une impression d'étouffement, de malaise profond. Ils n'eurent même pas besoin d'échanger leurs sensations pour savoir que, tous deux, ils étaient victimes du même phénomène. Ils sentaient l'épouvante monter en eux, et Bob comprit que, s'ils s'y abandonnaient, leurs nerfs lâcheraient, si résistants fussent-ils, et que ce serait alors la panique. Il se raidit, faisant appel à toute son énergie.

— Ne nous laissons pas emporter par notre imagination, fit-il d'une voix forte.

Cette imagination était-elle réellement en cause ? Il en doutait, car Bill et lui n'étaient pas de ceux-là qui se laissent tromper par des phantasmes.

Les paroles de Bob avaient cependant brisé le charme, et ils purent s'avancer à travers la salle, inspectant un à un les globes de plastique sous lesquels reposaient les savants. Ceux-ci paraissaient morts, mais on ne pouvait en être certain. De toute façon, aucun indice de décomposition ne se manifestait, leurs visages étaient lisses et leurs yeux clos comme s'ils dormaient. Seule, leur pâleur pouvait faire croire au trépas.

Les lumières multicolores du computer continuaient à clignoter et des bandes de papier couvertes de caractères à en sortir, pour être aussitôt captées par les déchiffreurs et les résultats microfilmés.

— Il devait y avoir des milliers de kilomètres de ces bandes, pour qu'après tout ce temps la provision ne soit pas épuisée, fit remarquer Bill.

— Sans doute, dit Bob, sont-ce les mêmes bandes qui resservent toujours après avoir été effacées.

Ils regardaient autour d'eux, essayant d'embrasser le complexe dans son ensemble. Ils auraient aimé pouvoir comprendre son mécanisme, mais ils s'en savaient incapables.

— Qu'est-ce qu'on fait ? interrogea Bill. On flanque tout ça en l'air ?

Morane secoua la tête.

— Ce serait agir *trop tard*, dit-il. N'oublions pas qu'il y a maintenant quelque cinq cents ans que ce computer fonctionne, cinq cents ans qu'il machine ses inventions diaboliques, cinq cents ans que des hommes souffrent sur la Terre par le fait de l'Ombre Jaune. Il nous faut détruire le computer et le satellite tout de suite après que celui-ci eut été mis sur orbite. C'est d'ailleurs en raison de cette destruction rétroactive que notre plan a été conçu.

— C'est vrai, reconnut l'Ecossais. J'avais oublié... A la seule vue de cette machine démoniaque, je n'ai plus eu qu'une pensée : tout flanquer en l'air au plus vite.

Pendant que ces paroles s'échangeaient, Morane explorait la salle. Il finit par jeter un coup d'œil au-delà d'une sorte d'auvent en quinconce situé derrière le computer.

— Bill ! fit-il. Viens donc voir !

Le colosse rejoignit son ami et jeta à son tour un coup d'œil derrière l'auvent. Un couloir s'amorçait là, noyé de ténèbres. Des ténèbres dans lesquelles s'enfonçait une ligne lumineuse peinte sur le sol.

— Cela ne te rappelle rien, Bill ?

— Et comment ! Une ligne semblable nous a déjà menés jusqu'à l'Ombre Jaune... [1]

Les deux amis se consultèrent du regard.

— On y va ? interrogea Morane.

Bill haussa les épaules.

— Voilà une question inutile, commandant. Comme si vous ignoriez que, de toute façon, nous nous laisserons tenter par la curiosité...

Bob en tête, ils s'engagèrent dans le couloir. Ils avaient préparé leurs torches à générateur autonome mais sans les allumer, se contentant de suivre la ligne lumineuse. La moindre interruption de celle-ci serait l'indice d'un piège possible.

---

1. Lire : *La Forteresse de l'Ombre Jaune.*

Ils avancèrent ainsi durant de longues minutes, mais non en ligne droite, et ils avaient l'impression de marcher à travers un labyrinthe aux passages étroitement imbriqués de façon à couvrir le moins d'espace possible. Bientôt, un point lumineux grossit devant eux, se précisa, prit forme humaine. Ils s'approchèrent encore et purent détailler l'homme qui était assis là, éclairé par une source de lumière invisible, à moins qu'il ne fût lui-même phosphorescent. Ils reconnurent le visage rond et large, aux pommettes saillantes, la grande bouche vorace, le crâne rasé et comme poli. La lumière ou la phosphorescence leur permettait de distinguer également l'habit de clergyman au col haut boutonné. Le personnage était assis mais on n'apercevait pas le siège qui le soutenait.

— Ming, murmura Bill.

Tous deux s'étaient arrêtés à quelques mètres du redoutable personnage dont, à tout moment, ils s'attendaient à entendre la voix, cette voix basse qui ne semblait pas sortir du gosier humain et qu'on ne pouvait oublier dès qu'on l'avait entendue. Ils s'attendaient également à ce que le terrible rire du Mongol éclatât, annonçant quelque menace.

Rien de semblable ne vint cependant. L'Ombre Jaune demeurait immobile, telle une statue ou une momie.

— Allons voir de plus près, décida Morane en pressant le contact de sa torche. Ils s'avancèrent jusqu'à n'être qu'à un mètre de Ming. Alors ils se rendirent compte, à l'aspect tendu et transparent de la peau du visage, que le Mongol était réduit au même état que les gardes du couloir circulaire.

La large main de Bill Ballantine gifla le vide à plusieurs reprises, de gauche à droite et le déplacement d'air fit tressauter Monsieur ming.

— Une outre pleine de vent, murmura Bill. L'Ombre Jaune n'est plus rien d'autre qu'une outre pleine de vent !

*
* *

L'Ombre Jaune, ou tout au moins ce qui en restait, était assis dans un fauteuil de bois peint en noir mat, au centre d'une petite pièce aux parois également peintes en noir.

— Une vraie chambre mortuaire, avait encore dit Ballantine. Et cette baudruche n'est même pas une momie. Une outre pleine de vent, je le répète.

Bob Morane s'était approché plus près encore de Ming, se demandant à quoi rimait ce simulacre. Soigneusement, il inspecta le visage et, au bout de quelques secondes, il eut la certitude qu'il s'agissait bien de peau humaine, sans doute celle de Monsieur Ming, mais vidée de toute substance comme celle des gardes là-haut.

Il fit part de cette certitude à Bill qui haussa les épaules en disant :

— Je me demande à quoi tout cela rime. Du Grand Guignol, soit, mais sans spectateur. Ming ne pouvait en effet deviner que nous viendrions ici, quelque cinq cents ans après le lancement du satellite. Il doit y avoir sous tout ceci quelque chose qui nous échappe...

« Oui, pensa Morane, il doit y avoir sous tout ceci quelque chose qui nous échappe... » Déjà, tout à l'heure, devant les gardes, il avait éprouvé la même sensation d'inquiétude, de malaise, à tel point qu'il avait souhaité ne jamais savoir à quoi tout cela rimait.

Et soudain, presque malgré lui, il sut ; et la terreur l'envahit.

— Ne restons pas ici, murmua-t-il d'une voix blanche.

Bill Ballantine connaissait assez son compagnon pour comprendre que quelque chose d'anormal se passait en lui.

— Qu'y a-t-il commandant ? interrogea-t-il.

— Ne restons pas ici, répéta Bob.

Sans se soucier si son ami le suivait ou non, il rebroussa chemin en suivant la ligne lumineuse du sol. Bill le rejoignit comme ils débouchaient dans la salle du computer et le saisit par l'épaule en interrogeant :

— Allez-vous m'expliquer, à la fin, ce que cela signifie ?

Pendant quelques secondes, Morane hésita, puis il se décida à parler.

— Je n'ai aucune certitude, Bill, mais je ne crois pas me tromper.

Et il ajouta très bas, comme s'il craignait d'être entendu par quelqu'un d'autre que son compagnon :

— Une sorte de désincarnation collective a eu lieu ici, sans doute par la volonté de Ming lui-même. Celui-ci, comme les gardes, comme tout ce qui vivait à l'intérieur de la sphère — à part les savants — ont été vidés de leur substance et de leur esprit. Seules ces peaux remplies d'air sont demeurées. Je ne sais par quel processus tout cela a pu s'opérer, mais...

— Voilà qu'à nouveau vous vous laissez emporter par votre imagination, coupa Ballantine avec mauvaise humeur.

Mais Morane protesta violemment.

— Pas question d'imagination là-dedans, mon vieux. Ne t'es-tu pas toi-même, quand tu as pénétré dans cette salle, senti comme assiégé, pris à la gorge d'invisibles présences ?

— C'est exact, dut convenir l'Ecossais en sursautant, Est-ce que vous voudriez dire que les âmes de Ming et de ses hommes nous entoureraient ?

— Disons leurs esprits, corrigea le Français. Leurs esprits qui, tôt ou tard, s'intégreront au computer, si ce n'est déjà fait, pour...

— ... pour lui donner vie, n'est-ce pas ? acheva Bill.

— C'est bien cela : pour lui donner vie.

— Et ce serait là l'origine de cette « chose » qui, dans des milliers d'années, menacera l'Univers ?

— Ce ne sont là que conjectures, Bill, ce ne sont là que conjectures, fit Morane sans oser s'engager davantage.

Pourtant, une certitude lui était venue : quelque chose de monstrueux, de surhumain se tramait là autour d'eux, presque sous leur nez. Il serra les poings et gronda :

— Il faut faire sauter tout cela !... Vite !... Avant qu'il ne soit trop tard !

Ils regagnèrent le couloir circulaire.

— Si nous placions nos micro-mines dès maintenant ? proposa Ballantine.

— Ce serait là un travail inutile, fit remarquer Morane. Quand nous serions virés au XXe siècle, elles ne seraient pas encore placées et nous ne pourrions donc les faire exploser. Nous allons tout préparer pour la réussite de notre sabotage. Ensuite nous nous mettrons en rapport avec Graigh pour qu'il nous vire... J'ai hâte que tout ceci soit terminé.

Il désigna les gardes qui continuaient à flotter dans le couloir et il reprit :

— Avant tout, songeons à nous déguiser.

Ils dépouillèrent deux des ballons à forme humaine de leurs combinaisons et de leurs masques qu'ils revêtirent après s'être eux-mêmes dépouillés de leurs scaphandres et de leurs casques. Ceux-ci étaient souples et ils en firent deux colis à l'aide de courroies prévues à cet usage, d'un volume aussi réduit que possible.

— A présent, gagnons les parages du sas, dit encore Bob. Là, nous nous ferons virer...

A nouveau, il y avait cette impression de présences autour d'eux, impression qui bientôt alla en s'intensifiant au cours de leur marche. On eût dit qu'une puissance invisible essayait de les tirer en arrière, et il leur fallait lutter de toutes leurs forces pour progresser. Partout autour d'eux, ils sentaient la présence invisible de l'Ombre Jaune.

Après bien des efforts, ils réussirent à atteindre l'entrée du sas. Morane désigna un renfoncement sous la valve :

— Nous dissimulerons nos scaphandres là, dit-il, mais seulement quand nous aurons été virés, afin qu'ils le soient avec nous. Tu as ta provision de micro-mines, Bill ?

— Dans la poche de ma combinaison, commandant, soyez sans crainte, répondit l'Ecossais. Quand nous aurons été virés, il nous suffira de gagner le couloir du computer pour placer les charges, régler les détonateurs et revenir ici en vitesse.

— Que le Ciel t'entende et fasse que tout se passe aussi simplement ! conclut Morane.

A son poignet droit était fixée une petite boîte ronde qui ressemblait à une montre mais qui, en réalité, était un poste diffuseur-récepteur spatio-temporel. Tout en continuant à serrer fortement sous le bras son scaphandre, Bob appuya sur l'un des boutons du minuscule appareil. En même temps, il approchait celui-ci de sa bouche et lançait rapidement :

— Mission Satellite à la Patrouille du Temps. Virez-nous comme prévu... Opération un...

Une voix nasillarde se fit entendre dans laquelle les deux amis reconnurent celle de Graigh.

— Opération un déclenchée... Nous vous virons...

XII

Collés à la paroi afin d'éviter autant que possible tout contact étranger, serrant leurs scaphandres empaquetés sous le bras, Bob Morane et Bill Ballantine sentaient une longue vibration s'emparer de leur corps, une vibration dont les fréquences se faisaient de plus en plus rapides, jusqu'à devenir à peine perceptibles. Ensuite, il y eut la classique sensation d'écrasement, mais sans douleur, puis le basculement, un bref trou noir et ensuite à nouveau la vibration aux fréquences inversées. Quand cette vibration eut pris fin, la voix de Graigh se fit entendre dans l'émetteur-récepteur spatio-temporel fixé au poignet de Morane.

— Opération un terminée... Attendons vos ordres pour opération deux...

Ce fut à peine si les deux amis écoutèrent. A cinq mètres d'eux, dans le couloir, les hautes silhouettes blanches de deux gorilles-robots se dressaient, mais cette fois les monstres cybernétiques n'étaient pas hors d'usage. Les rayons verts de leurs yeux-radars fouillaient les profondeurs du couloir. Glissant le long de la cloison, ils se dirigeaient inexorablement vers Bob et Bill, qu'ils ne tarderaient pas à atteindre.

Instinctivement, la main de Ballantine se glissa vers la poche de sa combinaison, où il avait glissé son pistolet ionique. Morane devina le geste plus qu'il ne l'aperçut.

— Non, Bill. N'oublie pas nos déguisements. Peut-être nous sauveront-ils la mise.

Les quatre rayons verts les atteignirent, se posèrent sur eux avec insistance puis s'écartèrent. Presque aussitôt, les deux gorilles anthropophages tournèrent les talons et, de leur pas lourd et balancé d'automates, ils s'éloignèrent vers l'autre extrémité du couloir.

— Ouf! souffla Bill. Nous voilà momentanément tirés d'affaire. Vous aviez raison, commandant : nos déguisements nous ont sauvé.

— Ne perdons pas de temps, jeta Bob tout bas. Chaque seconde est précieuse à présent. N'oublions pas que le satellite est habité et, assurément, sévèrement gardé.

Ils glissèrent leurs scaphandres dans le renfoncement, sous la valve. Ensuite, après s'être assurés que les gorilles-robots avaient disparu, ils se glissèrent dans le couloir. Ils marchaient d'un pas rapide car les lieux leur étaient à présent familiers et ils auraient pu gagner, les yeux fermés, presque sans tâtonner, le couloir circulaire entourant la salle du computer. Ils évitaient cependant de marquer une hâte excessive qui aurait risqué de les faire repérer.

A plusieurs reprises, ils croisèrent des gardes, tous masqués, mais sans que ceux-ci paraissent s'intéresser à eux.

Ils venaient de franchir le coude du dernier corridor avant le couloir circulaire quand, tout à coup, des cris attirèrent leur attention, et ils virent deux hommes non masqués et en vêtements de dessous s'avancer dans leur direction en gesticulant et en proférant des mots sans suite. Visiblement, ils étaient en proie à la plus grande des agitations.

— Je ne crois pas me tromper en affirmant qu'il s'agit là de gardes en liquette, dit Bill. Qu'est-ce que cela signifie ? Je connais trop bien Ming pour ne pas supposer qu'il est à cheval sur l'étiquette.

D'un couloir adjacent, un groupe de six gardes, en uniformes ceux-là, venait de déboucher. Les deux hommes en sous-vêtements se précipitèrent vers eux en parlant avec volubilité. Ils usaient du pidgin-english, langue véhiculaire employée par tous les peuples des mers de Chine et que Bill et Morane comprenaient et parlaient couramment. Ils n'eurent donc aucune peine à comprendre ce qui se passait. Les hommes en sous-vêtements affirmaient que, quelques minutes plus tôt, leurs uniformes s'étaient soudain volatilisés et qu'ils s'étaient retrouvés ainsi, sans savoir comment, dans le plus simple appareil.

— Il existait une certaine quantité d'uniformes dans le satellite, tenta d'expliquer Morane. Ceux que nous portons, venus du passé, étaient en surnombre.

— Ce que je ne comprends pas, glissa Bill, c'est pourquoi ce ne sont pas nos uniformes qui se sont volatilisés puisque, comme vous venez de le dire, ce sont eux qui étaient en surnombre...

— Je ne vois aucune explication à cela, Bill, répondit Morane avec indifférence. Peut-être ces hommes ont-ils été dépouillés de leurs vêtements juste avant que nous soyons virés.... Mais il y a du nouveau...

Quatre gorilles-robots venaient d'apparaître à l'autre extrémité du couloir. Leurs rayons-radars se posèrent sur les gardes, sans s'attarder à ceux en uniforme, pour finalement s'immobiliser sur les deux hommes en sous-vêtements. Les quatre brutes mécaniques se précipitèrent vers le groupe et, tandis que les gardes en uniformes s'écartaient, elles s'abattirent sur les deux malheureux dévêtus, qui furent aussitôt déchiquetés par les griffes d'acier, broyés par les crocs. Pendant quelques instants les quatre monstres s'acharnèrent sur les cadavres, se les disputant, les déchirant comme des chiens déchirent une poupée de son. Ensuite, sans que les autres gardes n'aient rien fait pour empêcher le carnage, l'abominable festin anthropophagique commença.

Bob Morane et Bill Ballantine avaient atteint le passage menant au couloir circulaire. Ils s'y engouffrèrent le cœur aux lèvres, heureux de pouvoir se détourner du hideux spectacle.

— Voilà pourquoi tous les gardes portent la même combinaison et le même masque, dit Ballantine. Les yeux-radars de gorilles-robots sont faits à cet aspect. Toute différence déclenche automatiquement chez eux un processus d'agressivité. Une chance que, tout à l'heure, quand nous nous sommes fait virer, nous portions des déguisements, sinon nous aurions risqué de subir le même sort que ces malheureux.

— Nous avions nos pistolets ioniques, fit Bob. Ils auraient eu rapidement raison des monstres. Mais, de toute façon, cela aurait diminué nos chances de succès.

Il ne leur restait plus que quelques mètres à franchir avant de déboucher dans le couloir circulaire. A ce moment, une voix dans laquelle ils reconnurent celle de Monsieur Ming clama, amplifiée sans doute à travers tout le satellite par d'invisibles haut-parleurs :

— Avis à tous les gardes ! Ordre immédiat d'enlever les masques. Tout inconnu devra être immédiatement mis hors d'état de nuire, pris mort ou vif... Avis à tous les gardes ! Ordre immédiat d'enlever les masques. Tout inconnu devra être immédiatement...

— L'alerte est donnée, dit Bob.

— Je ne crois pourtant pas que nous ayons été repérés, fit Ballantine.

— Je ne le crois pas davantage. Dès que l'événement s'est produit, Ming aura été averti que deux de ses gardes avaient soudain été dépouillés de leurs uniformes et s'étaient retrouvés en vêtements de dessous, et cela aussi inexplicablement que possible. Comprenant que quelque chose échappant à son contrôle se passait, il n'aura pas cherché à comprendre. Il aura aussitôt déclenché l'état d'alerte...

— Si nous ne faisons pas vite, grogna Bill, la situation va devenir rapidement intenable. Mettons-nous au travail sans plus tarder.

Ils débouchaient dans le couloir circulaire. Celui-ci était heureusement désert et il ne leur fallut que quelques minutes pour placer les micro-mines garnies de ventouses à la base de la paroi intérieure du couloir, tout contre le sol, là où elles pouvaient être difficilement repérables. En hâte ils réglèrent les minuteries de retardement.

— Nous avons une demi-heure pour prendre le large, dit Bob. Ce sera plus que suffisant... si tout se passe sans anicroche.

La voix de Ming continuait à clamer :

— Tout inconnu devra être immédiatement mis hors d'état de nuire.... Mis hors d'état de nuire....

— Et ces inconnus, c'est nos pommes, enchaîna Bill avec un ricanement. M'aurait étonné si tout ça ne s'était pas terminé par une de ces corridas dont nous avons le secret !

Déjà, ils s'étaient détournés et fuyaient à travers les couloirs. Cette fois, sans hésiter, ils avaient tiré leurs pistolets ioniques, car ils savaient que, désormais, leurs déguisements ne les protégeraient plus.

La voix de Ming s'était tue mais elle avait été remplacée par des bruits de galopades qui résonnaient partout à travers la sphère.

— La meute est lâchée, dit Morane. Enlevons nos masques. Ils nous sont devenus inutiles et, si nous les gardions, ils nous feraient au contraire repérer...

*
* *

Les premiers adversaires que les fuyards aperçurent furent un groupe de gorilles-robots. Pourtant, ils étaient immobiles, appuyés à la cloison, légèrement affaissés sur eux-mêmes, les yeux-radars éteints, leurs griffes et leurs mâchoires, normalement animées d'un mouvement continuel, étaient inertes.

En les apercevant, Bill s'était arrêté et avait braqué son pistolet ionique dans leur direction.

— Laisse tomber ! jeta Morane. Ils sont momentanément réduits à l'impuissance. Leurs radars étant conditionnés aux masques, ils risqueraient de massacrer les gardes...

— Ce qui nous prouve encore que l'Ombre Jaune a tout prévu, ricana Ballantine.

Ils s'étaient remis à courir. Ils ne pouvaient cependant espérer atteindre le sas avant d'être rejoints, car les bruits de galopades se rapprochaient. Sur leur droite, au moment où ils allaient tourner l'angle d'un couloir, un groupe de gardes apparut. Plusieurs d'entre eux braquèrent leurs revolvers ou leurs mitraillettes en direction de Morane et de Ballantine. Mais, déjà, ceux-ci s'étaient servis de leurs propres armes. Frappés par les rayons ioniques, deux des hommes de Ming s'écroulèrent, foudroyés. Une fumée noire montait de l'endroit où les rayons les avaient touchés. Puis, presque aussitôt, ils tombèrent en cendres. Terrifiés, les autres gardes refluèrent dans le passage d'où ils avaient débouché afin de se mettre à l'abri des redoutables rayons.

Tiraillant sur tout ce qui se présentait à eux, les fuyards continuèrent à galoper vers l'entrée du sas. Ils n'étaient plus qu'à une dizaine de mètres de celui-ci quand, derrière eux, des coups de feu claquèrent et plusieurs balles ricochèrent en hurlant sur les parois de métal. Morane sentit une brûlure à son épaule gauche, à laquelle il porta la main.

— Touché, commandant ? interrogea Bill.
— Je crois... oui...
— Grave ?
— Non... Une simple éraflure, sans doute...

Ils se retournèrent pour arroser le couloir de rayons ioniques, mais les gardes s'étaient réfugiés derrière l'angle des corridors adjacents.

— Enfile ton scaphandre, jeta Morane à l'adresse de Bill. Je te couvre...
— Et si nous nous changions dans le sas ?
— Trop risqué à cause du vide qui peut y régner. Changeons-nous ici.

Pendant que l'Ecossais tirait les scaphandres de leur cachette et enfilait le sien après s'être dépouillé de sa combinaison de garde, Bob Morane, couché à plat ventre, continuait à arroser le couloir de rayons ioniques. Mais les hommes de l'Ombre Jaune demeuraient soigneusement à l'abri et les rayons frappaient seulement les cloisons dont ils corrodaient le métal, comme un acide.

— J'y suis, commandant ! jeta Bill en faisant claquer la fermeture de son casque. A vous !

Le géant prit la place de son compagnon et, à son tour, Morane revêtit son scaphandre. Quand il eut terminé, il ouvrit la valve d'accès au sas, en souhaitant que Ming ne puisse en bloquer l'ouverture à distance. Il n'en était rien et le battant s'ouvrit. Sans attendre, les deux amis s'engouffrèrent dans l'escalier et, aussitôt, Morane referma la valve derrière eux et la verrouilla.

— Ils n'auront aucun mal à l'ouvrir, fit remarquer Bill.

— Je vais m'arranger pour qu'ils n'y parviennent pas et doivent l'enfoncer. Cela leur prendra du temps. Et avant qu'ils y parviennent, on nous aura viré le scaphe.

A la suite de Bill, il descendit dans le sas. Quand précédemment ils y avaient pénétré, celui-ci était vide. A présent, plusieurs appareils en forme de petits avions sans ailes y reposaient. Il s'agissait selon toute évidence d'engins permettant de sortir du satellite pour y effectuer d'éventuelles réparations, ou destinés à tout autre usage.

Morane avait braqué son pistolet vers la valve et il darda un rayon ionique sur le mécanisme de fermeture. Au bout de quelques secondes, le métal se mit à rougir, puis à fondre. Pendant près d'une demi-minute Bob persévéra, puis il coupa le rayon ionique et dit joyeusement :

— A présent, le mécanisme n'est plus qu'un magma de métal fondu, incapable de fonctionner.

Il remit le pistolet dans son étui et, branchant l'émetteur-récepteur spatio-temporel à son audiophone, il lança :

— Mission satellite accomplie... Passez à Opération deux...

Une trentaine de secondes s'écoulèrent sans qu'aucune réponse ne vint. Morane répéta :

— Mission satellite accomplie... Passez à Opération deux...

Toujours pas de réponse. Des coups violents ébranlaient la valve, qui cédait peu à peu.

— Je ne sais quel instrument ils emploient de l'autre côté, dit Ballantine, mais il paraît terriblement efficace.

— Sans doute un bélier électronique, dit Morane.

Sous les coups puissants qui se répercutaient à travers toute la sphère, le métal de la valve se fendillait, ses attaches lâchaient.

— Mission Satellite terminée, répéta Morane dans l'émetteur-récepteur. Appelle Patrouille du Temps... Passez à Opération deux...

Chaque seconde comptait à présent. Non seulement la porte du sas pouvait céder à tout moment mais le délai à l'issue duquel les micro-mines devaient sauter s'amenuisait de plus en plus.

— Mission Satellite à Patrouille du Temps, s'impatienta encore Morane. Passez à Opération deux... Urgence... Répondez !...

Cette fois, la voix du colonel Graigh se fit entendre, nasillarde.

— Patrouille du Temps écoute Mission Satellite...

— Mission Satellite accomplie, fit Morane. Grouillez-vous pour Opération deux, mon vieux... Virez-nous le scaphe d'urgence...

— Entendu, répondit Graigh. Préparez-vous pour Opération deux !

L'Opération deux consistait pour la Patrouille du Temps à leur envoyer le scaphe par virement spatio-temporel, de façon à ce qu'ils puissent s'éloigner au plus vite de la sphère et se mettre en sécurité dans une autre époque choisie à l'avance.

— Pourvu qu'ils se grouillent ! grogna Ballantine. La valve ne tiendra plus longtemps.

La valve en question cédait en effet de plus en plus sous les coups violents. Les lézardes du métal s'élargissaient et, déjà, un des gonds avait lâché.

Il y eut une longue vibration et une forme vague apparut au centre du sas, pour se préciser rapidement. Et, tout à coup, Morane eut comme une révélation.

— Non ! hurla-t-il dans l'émetteur-récepteur. Stoppez Opération deux !

Trop tard. Le scaphe s'était définitivement matérialisé au centre du sas, mais à l'endroit où se trouvaient les autres appareils, dans lesquels il s'était imbriqué, faisant corps avec eux, mélangeant ses structures aux leurs.

Bill Ballantine lança un juron écossais dont il n'avait jamais voulu donner la traduction à Morane lui-même, de peur de le faire rougir.

— Pour un coup de Trafalgar, c'est un coup de Trafalgar, gronda le géant qui, en bon Ecossais, ne s'était jamais réjoui beaucoup des victoires anglaises.

C'était un coup de Trafalgar en effet car le scaphe, ses organes vitaux détruits, était à présent complètement inutilisable.

XIII

Quiconque, à la place des deux amis, se serait abandonné au désespoir à la suite de ce coup du sort, mais Morane ne perdit même pas de temps à maudire l'imprudence dont il avait fait montre en ne prévoyant pas ce qui allait se passer.

— Il nous faudra nous en tirer autrement, jeta-t-il à son compagnon. Ouvre la valve de sortie du sas, pendant que je m'occupe de nos poursuivants !

Il se mit à arroser la valve d'entrée, qui était en train de céder définitivement sous les assauts des hommes de Ming. Cela leur fournit un répit dont Bill profita pour ouvrir l'autre porte. Il attira celle-ci à lui et l'air contenu dans le sas s'échappa au-dehors avec un bruit faisant songer au frou-frou d'une robe de soie.

Déjà, les deux fuyards avaient branché la gravitation artificielle de leurs scaphandres, ce qui leur permettrait de marcher dans le vide.

A reculons, continuant à arroser la valve de rayons ioniques, Morane s'approcha de Bill.

— Attachons-nous pour éviter d'être séparés, jeta-t-il dans son audiophone. Ensuite, quand je te le dirai, nous sauterons et mettrons nos réacteurs personnels en marche.

Ils étaient au bord du vide. Bob rengaina son pistolet et, connectant l'émetteur spatio-temporel, il dit rapidement :

— Mission satellite à Patrouille du Temps... Scaphe inutilisable... Obligés de quitter le satellite par nos propres moyens... Essayez de nous récupérer.

— Message entendu, répondit la voix de Graigh. Mettons en œuvre processus de récupération... Bonne...

Morane avait coupé le contact en maugréant :

— Le dernier mot aurait été de trop... C'est de courage que nous avons besoin.

Au-dessus d'eux, la valve cédait, se rabattant contre la paroi et révélant les silhouettes de gardes coiffés de masques respiratoires.

— On saute ! cria Bob dans son audiophone.

Ils se laissèrent basculer en même temps dans le vide, attachés l'un à l'autre par une sangle fixée à leurs ceintures. Pendant quelques secondes, ils se laissèrent dériver, flottant comme des bouées.

— Branchons nos réacteurs ! hurla Bob.

En même temps, ils mirent leurs réacteurs personnels en marche et ils s'éloignèrent de la sphère. Quand ils furent à bonne distance, ils stoppèrent leurs réacteurs et regardèrent en direction du satellite. Il était là devant eux, toujours intact, comme les narguant, grosse boule argentée dans l'immensité de velours du vide.

— Ah ça, est-ce qu'il va sauter ? interrogea Bill dans l'audiophone.

— Le temps n'est pas encore tout à fait écoulé, fit Bob. Reste quelques minutes.

Il connecta l'émetteur-récepteur spatio-temporel.

— Mission satellite à Patrouille du Temps... Nous avons quitté la sphère... Récupérez-nous...

Comme tout à l'heure, de longues secondes s'écoulèrent sans qu'il y eût de réponse.

— Il doit y avoir des interruptions dans la communication, dit Bob en s'adressant cette fois à Bill Ballantine.

— A moins qu'ils ne nous cherchent, supposa le géant. De toute façon, qu'ils se dépêchent. Je n'aime pas du tout avoir la sensation de flotter ainsi sur du néant. Moi qui suis déjà sujet au vertige quand je me trouve à cinq mètres au-dessus du sol !...

— Mission Satellite à Patrouille du Temps... Nous avons quitté la sphère... Récupérez-nous... répéta Morane dans l'émetteur-récepteur.

Cette fois, il fut entendu.

— Patrouille du Temps à Mission Satellite, grésilla la voix de Graigh. Nous vous avons entendus et nous apprêtons à vous envoyer un nouveau scaphe... Cherchons à vous localiser avec précision pour éviter un accident semblable à celui de tout à l'heure...

— Soit... mais faites vite.... On n'est pas à la noce ici...

Bob comprenait les scrupules du colonel Graigh. Si le scaphe se matérialisait à l'endroit précis où ils se trouvaient, Bill et lui, ce serait pour eux une mort inéluctable.

Dans l'audiophone, un appel lui parvint, lancé par Bill.

— Regardez là-bas, commandant !... On va avoir de la compagnie.

Bob tourna ses regards dans la direction indiquée par son compagnon, c'est-à-dire vers le satellite. Une série de points clairs s'en étaient détachés, venant vers eux. Il reconnut des hommes porteurs de scaphandres et de casques, et armés d'armes étranges qui ressemblaient à des fusils mais n'en étaient pas. « Sans doute des carabines à gaz comprimé, capables de tirer à grande distance », songea Morane.

— Prenons du champ, fit-il. Dans le vide, les projectiles portent loin, presque à l'infini.

Ils tentèrent de s'éloigner, mais les réacteurs de leurs adversaires donnaient à ceux-ci une vitesse au moins égale à la leur.

Faisant face, les deux amis balayèrent l'étendue autour d'eux des rayons de leurs pistolets. Plusieurs assaillants, touchés, se désintégrèrent. Les autres se séparèrent et se mirent à tirer à leur tour. Morane et Bill ne pouvaient entendre ni voir les projectiles, mais ils devinaient que beaucoup d'entre eux les frôlaient. Si Bill et lui étaient atteints, leurs scaphandres percés, ce serait la mort. A nouveau ils dardèrent des rayons ioniques, faisant de nouvelles victimes parmi leurs adversaires les plus

Le satellite de l'Ombre Jaune

proches. Profitant de ce répit, Morane et l'Ecossais tentèrent de s'éloigner encore, tandis que le premier lançait dans l'émetteur-récepteur spatio-temporel :

— Mission Satellite à Patrouille du Temps... Grouillez-vous... On est en plein baroud ici et, si vous n'intervenez pas, nos cadavres demeureront éternellement sur orbite...

Immédiatement, la réponse vint.

— On vous a repérés avec précision, fit le colonel Graigh. Essayez de demeurer immobile, le plus possible... On vous vire un scaphe et...

Le Français n'entendit pas la suite. Une exclamation lancée par Bill résonna en coup de tonnerre dans l'audiophone.

— On a décroché le gros lot ! Voilà le feu d'artifice qui commence !

Là-bas, le satellite éclatait, comme le fruit trop mûr du grenadier.

*
* *

Avec un sentiment de ravissement mêlé de terreur, Bob Morane et Bill Ballantine assistaient à l'anéantissement du satellite et, en même temps, du plan galactique de l'Ombre Jaune. L'énorme sphère argentée s'était crevassée, de longues lézardes d'un rouge sombre avaient brusquement zébré son enveloppe, craquant sous la pression intérieure de l'explosion produite par les micro-mines à grande puissance. Ensuite, il y avait eu une prodigieuse déflagration dont les deux amis n'avaient pas perçu le bruit dans le vide, mais dont le spectacle n'en demeurait pas moins impressionnant. La sphère s'était fragmentée et chacun de ses fragments avait été projeté dans l'infini, accompagné d'un intense rougeoiement qui, rapidement, s'éteignit pour ne plus laisser qu'une vapeur noire, stagnante. Morane et Ballantine avaient eu l'impression d'assister à la fin d'un astre.

Il y avait eu un long moment de silence entre eux. Puis Bill avait éclaté de rire, et il lança dans l'audiophone :

— Quelqu'un qui va tirer une drôle de tête en apprenant la nouvelle, c'est Ming !

Cette remarque pouvait paraître étrange lorsqu'on savait que l'Ombre Jaune se trouvait à bord du satellite au moment de l'explosion. Mais les paroles de Bill étaient justifiées par le fait que le Mongol avait, s'il mourait, la possibilité de se reproduire automatiquement. A la base du crâne, il portait un minuscule appareil émetteur d'ondes produites par l'influx nerveux. En cas de mort, ces ondes étaient interrompues, ce qui mettait en fonction un duplicateur situé à des milliers de kilomètres de là et qui reproduisait immédiatement un homme en tous points semblable, physiquement et moralement, à celui qui venait de trépasser.[1]

Une chose était certaine cependant, c'est que la destruction du satellite ruinerait momentanément les plans de conquête de l'Univers du Mongol. La construction d'un tel engin avait dû lui coûter une fortune et, bien qu'il disposât de moyens énormes, il lui faudrait un certain temps pour combler la brèche.

Parmi le groupe des hommes assaillant Morane et Bill, il y avait eu un long moment de flottement. La sphère détruite, coupés de tout refuge, perdus dans l'immensité du vide, ils étaient irrémédiablement voués à une mort certaine. Mais il s'agissait de fanatiques, appartenant sans doute pour la plupart à la secte des dacoïts, que Ming s'était asservie, et ils se ressaisirent vite pour converger à nouveau de toute la vitesse de leurs réacteurs vers Bob et Ballantine.

— Ils s'apprêtent à un baroud d'honneur, dit l'Ecossais. Si nous n'y prenons garde, ça va être notre fête.

Il était évident que rien, à part la mort, ne pourrait décourager les assaillants.

— Mission Satellite à Patrouille du Temps, jeta Bob dans l'émetteur-récepteur spatio-temporel. Satellite détruit... Sommes en mauvaise posture... Matérialisez scaphe... Vite...

---

1. Lire : *Le retour de l'Ombre Jaune*.

— Demeurez immobiles durant quelques secondes, recommanda la voix de Graigh. Nous virons...

— O.K. Mais pas plus que quelques secondes...

Tandis que l'ennemi continuait à converger vers eux, Morane et Ballantine s'immobilisèrent. A cent mètres, il y eut une sorte de frémissement de lumière et la forme fuselée d'un scaphe apparut, suspendu dans le vide, les attendant tel un coursier docile.

— Allons-y, hurla Bob.

Ils mirent leurs réacteurs à la vitesse maxima et filèrent vers l'appareil. Ils l'atteignirent en quelques instants et, rapidement, Morane manœuvra la commande électronique qui, de son scaphandre, permettait l'ouverture du scaphe. Ils balayèrent l'étendue autour d'eux de rayons ioniques et se glissèrent dans la cabine. D'une saccade, Ballantine referma la porte et la verrouilla, à l'instant même où un adversaire allait pénétrer derrière eux dans l'habitacle. Des projectiles sonnèrent sur la paroi de l'appareil mais sans parvenir à la percer, car elle était faite d'un métal résistant à l'extrême. Déjà, les assaillants s'étaient groupés autour du scaphe, se hissant sur son fuselage comme des fourmis qui voudraient pénétrer dans une noix.

Des coups sourds ébranlèrent la coque au moment où Morane mettait les réacteurs en marche. Le scaphe bondit à travers l'espace, éparpillant autour de lui les combattants de l'Ombre Jaune, tels des pantins disloqués.

XIV

Le scaphe avait laissé loin derrière lui les hommes du satellite, flottant dans le vide, quand Morane stoppa les réacteurs. Il parla dans l'émetteur-récepteur spatio-temporel.

— Mission Satellite à Patrouille du Temps... Sommes tirés d'affaire... Succès sur toute la ligne...

— Heureux que vous vous en soyez sortis, fit la voix grinçante du colonel Graigh... Proposerai que vous soyez décorés tous les deux à titre anticipé de l'Ordre de Chevalier du Conseil Supérieur de la Patrouille du Temps.

— Ça nous fera une belle jambe, fit Bill. Si au XXe siècle, nous nous prévalions de cette distinction, on nous prendrait pour des fantaisistes...

— De toute façon, nous vous virons dans la Vallée du Lac Bleu, reprit Graigh. On pourra y fêter votre victoire.

— Pas question, dit Bob. J'ai un rendez-vous en l'an 10000, ne l'oubliez pas !

Aux côtés de Morane, Bill Ballantine sursauta.

— Vous n'allez quand même pas recommencer vos enfantillages, commandant ?

— Il n'est pas question d'enfantillages, Bill, et tu le sais bien. J'ai donné ma parole à Tania, et le colonel Graigh également.

L'homme de la Patrouille du Temps devait avoir entendu, car il intervint :

— C'est exact, j'ai donné ma parole... Alors, nous vous ramenons à la Vallée du Lac Bleu ou au dixième millénaire ?

— Au dixième millénaire, fut la réponse de Morane.

— Et Bill ?

— Il avait affirmé qu'il m'accompagnerait, répondit Bob sans même consulter son ami. Il m'accompagne donc... Plus tard, je le ramènerai au XXe siècle, s'il en exprime le désir... Vous êtes en possession de toutes les coordonnées... Virez-nous !

— Nous vous virons.

Bill Ballantine ouvrait la bouche pour protester, mais il n'eut pas le temps de proférer la moindre parole. La vibration avait déjà commencé. Ensuite, il y eut cette sensation d'écrasement sans douleur, puis le bref trou noir, auquel succédèrent de nouvelles vibrations et un retour à la conscience. Quand cette vibration se fut arrêtée, Bob Morane jeta un regard au tempomètre : l'aiguille s'était arrêtée sur la graduation marquant le dixième millénaire. Alors seulement, Bill Ballantine prononça les paroles qui lui étaient montées aux lèvres... dix mille ans plus tôt.

— Ah ça ! commandant, vous auriez pu me demander mon avis avant de...

— Tu avais dit que tu m'accompagnerais, interrompit Morane. D'habitude, tu ne reviens jamais sur tes décisions...

— Peut-être... Mais rendez-vous compte. Pendant je ne sais combien de temps, des éternités sans doute, puisque ni les jours ni les années ne comptent là où nous allons, nous serons condamnés à demeurer dans ce Jardin des Hespérides, à manger du poulet tous les jours. On engraissera et... Si seulement il y avait du whisky !

— On trouvera bien le moyen de t'en fabriquer, fit Bob avec un petit sourire.

Tout en parlant, il faisait descendre le scaphe. Bientôt, la Terre apparut, se précisa et ils survolèrent, une fois crevée la voûte des nuages, les paysages au-dessus desquels ils auraient eu bien du mal à s'orienter sans les instruments de haute précision du scaphe. Morane avait l'impression qu'une force à laquelle il lui eût été impossible de se soustraire le poussait vers Tania. Il ne se reconnaissait plus. Peut-être était-ce de vivre ces aventures où le Temps ne comptait pas qui lui communiquait le besoin de savourer avec intensité chaque seconde de bonheur, quel qu'il fût. Et pour lui, en cet instant, le seul bonheur était la présence de l'Eurasienne. Il venait de mener, en compagnie de Bill, un redoutable combat hors de toute mesure humaine connue, et il se sentait saisi d'un irrésistible besoin de repos, de calme, de douceur.

Ils survolèrent les plaines, au sud de Paris, sur lesquelles planait la même monotonie désespérée que lors de leur première incursion au dixième millénaire. La même grisaille, la même pluie jaune, vénéneuse.

Au loin, les sommets érodés du Massif Central se découpèrent sur les nuages couleur de schiste. Rapidement, Morane chercha des points de repère et, quand il les eut trouvés, il fonça dans une direction précise, poussé par une hâte fébrile dont il n'était pas maître.

— Nous y voilà, dit finalement Bill en désignant un point devant eux.

En même temps que son ami, Bob Morane avait reconnu la crête rocheuse et le large plateau qui la terminait. Le scaphe s'en rapprochait rapidement. Alors, tous deux se rendirent compte que la cloche extra-temporelle manquait à l'appel : le plateau était vide.

— Nous nous sommes trompés, fit Morane.

— Cela m'étonnerait si deux endroits étaient parfaitement semblables, dit Bill.

Mais le Français s'entêta.

— Cela n'aurait rien d'impossible, jeta-t-il sourdement dans l'audiophone. Cherchons ailleurs...

— Avant, risqua Ballantine, mieux vaudrait contrôler les coordonnées...

Rapidement, Morane contrôla et, bientôt il devait se rendre à l'évidence : ils ne s'étaient pas trompés. Cette crête rocheuse, ce plateau, c'était bien la crête rocheuse, le plateau qu'ils cherchaient. Mais alors, la cloche ?

— Nous allons nous poser, décida Bob Morane la gorge serrée par l'angoisse. La cloche ne peut s'être volatilisée. Si elle a été détruite d'une façon ou d'une autre, nous en trouverons forcément trace...

Il fit atterrir l'appareil au bord d'un plateau et tous deux mirent pied à terre, en ayant soin de se munir de leurs pistolets ioniques, dans la crainte d'une rencontre avec les gorilles anthropophages. Ces derniers ne se manifestèrent cependant pas, et Bob et Bill eurent beau scruter du regard les environs, ils n'en découvrirent aucun. Ils ne devaient d'ailleurs pas davantage découvrir le moindre vestige de la cloche. C'était comme si celle-ci n'avait jamais existé.

Devant eux, seul le plateau nu s'étendait, battu par le vent et la pluie.

*
* *

— Qu'est-ce que cela signifie, commandant ? interrogea Bill Ballantine d'une voix assourdie par la stupéfaction. Si quelque chose a fait disparaître la cloche, on devrait en retrouver des vestiges, déceler son emplacement. Nous savons pourtant qu'elle a bien existé.

Sursautant légèrement, Bob Morane émergea soudain du brouillard dans lequel il avait l'impression de se perdre depuis quelques minutes. Il secoua la tête.

— Non, Bill, dit-il, la cloche n'a jamais existé, ni rien de ce qu'elle contenait.

— Que voulez-vous dire ?

— Tout simplement que tout cela n'avait pu être créé par Ming que grâce au complexe savants-computer, complexe dont il était lui-même devenu l'âme. Or, nous avons détruit le satellite *avant* que la cloche extra-temporelle n'ait été imaginée.

— Et Tania ? interrogea timidement le géant.

A nouveau, Morane haussa les épaules.

— Tania..., murmura-t-il. Ce n'était qu'un fantôme

auquel le Temps avait donné vie et que ce même Temps, dans sa toute-puissance, a effacé...

Entre les deux amis, il y eut un silence, dans lequel les regrets de Morane pour « le fantôme » dont il venait de parler, pesaient lourd.

— Nous allons retourner au XXe siècle, dit Ballantine. Vous retrouverez Tania, soyez sans crainte...

Morane savait cela. Il savait aussi que la lutte contre l'Ombre Jaune, orientée de différente façon à la suite de l'exploit que Bil et lui venaient d'accomplir, reprendrait et qu'au cours de cette lutte il retrouverait l'Eurasienne. Mais serait-ce la même chose ? Fantôme, elle lui était plus précieuse, à cause sans doute de son irréalité, de son insaisissabilité presque. Elle lui avait fait vivre un conte de fées et l'on n'oublie pas vite un conte de fées, surtout quand on l'a vécu.

Instinctivement, Morane comprit qu'il devait s'arracher à l'envoûtement qui l'avait empoigné. Quand il aurait quitté ces lieux chargés de souvenirs, cet envoûtement cesserait. Il en était sûr. Ou, du moins, il l'espérait.

— Partons, Bill, dit-il. Nous n'avons plus rien à faire ici...

— Jamais nous n'aurions dû revenir, glissa l'Ecossais. On ne se joue pas du Temps. C'est lui qui se joue de nous.

Ils regagnèrent le scaphe, se détournant du plateau nu, battu par le vent et la pluie. Ce plateau où errait deux souvenirs. Le souvenir tendre de Tania Orloff. Le souvenir redoutable de l'Ombre Jaune.

Quand Bob Morane et Bill Ballantine eurent à nouveau été virés, pour se retrouver, au XXe siècle, au-dessus de la Vallée du Lac Bleu, ils auraient pu croire que la redoutable aventure qu'ils venaient de vivre ne s'était déroulée que dans leurs imaginations. Mais ils savaient qu'il n'en était rien et que, tôt ou tard, Monsieur Ming les rappellerait à la dure réalité d'un combat sans issue, à la mesure des adversaires eux-mêmes.

LES CAPTIFS
DE L'OMBRE JAUNE

PROLOGUE

I

Paris — Le 12 octobre 1307

Les toits des maisons basses, aux murs de torchis et de bois, qui entourent le Temple, luisent de la pluie qui ruisselle le long de leurs pentes raides, déborde des mauvais chéneaux de bois et dégouline jusqu'au sol des venelles non pavées qu'elle change en bourbier. Dans ce bourbier, deux hommes pataugent, solitaires, car à cette époque on ne s'aventure guère au-dehors une fois la nuit tombée : les rues ne sont pas éclairées et les coupe-jarrets sont à l'affût du moindre passant attardé.

Ces deux hommes ne semblent cependant pas connaître la peur. L'un d'eux est grand et maigre et, si l'on pouvait apercevoir son visage, dissimulé dans l'ombre d'un ample capuchon de moine, on se rendrait compte qu'il est âgé car ses épaules sont voûtées et sa longue robe de bure pend lamentablement sur un corps déjà amenuisé par la cachexie. Le second inconnu est plus jeune ; en fait, il semble n'avoir pas d'âge. Il porte lui aussi une robe de bure mais, s'il est également maigre, il donne l'impression de posséder une vigueur redoutable. Le capuchon, rejeté en arrière, découvre un crâne rasé, comme poli, à la peau jaune, que de vagues clartés issues de derrière des fenêtres garnies de papier huilé, font briller de façon insolite. Le visage, lui, est de ceux-là qu'on ne peut oublier quand on les a aperçus une fois. Un visage à la peau jaune elle aussi, aux hautes et dures pommettes, au menton pointu, à la bouche large, comme taillée d'un coup de rasoir, et qu'éclairent, quand les paupières lourdes et bridées se soulèvent, des yeux couleur d'ambre, étrangement brillants et aux regards d'une fixité minérale. Les mains, qui jaillissent des amples manches de la robe, sont anormalement puissantes et l'une d'elles — la droite — a quelque chose d'inhumain, presque de mécanique.

A pas rapides, mais sans hâte, les deux hommes se dirigent vers le Temple qui érige son prodigieux donjon aux toits pointus, aux murs crénelés, bien au-dessus des maisons à encorbellements qu'il semble vouloir écraser. Et, en fait, la forteresse domine bien la ville comme une menace.

Les deux moines — du moins ils en ont l'apparence — ont traversé l'espace libre qui entoure l'énorme construction. Ils franchissent le pont-levis qui enjambe les douves et se dirigent vers le grand portail dont la herse est pour le moment relevée. Une sentinelle sort d'une guérite pratiquée dans la muraille elle-même. Elle porte, par-dessus sa cotte de mailles, un gambison de cuir orné de la croix noire des Templiers ; elle est coiffée d'une simple calotte de fer à nasal et à camail et le pommeau discoïde de son épée, soigneusement astiqué, brille comme une petite lune d'argent.

De sa lourde pique, l'homme d'armes barre la route aux intrus en jetant d'une voix rauque :

— On ne passe pas ! Qui êtes-vous ?

La main droite de l'homme aux yeux couleur d'ambre a décrit une rapide courbe, pour arracher la pique à la sentinelle et en briser l'épaisse hampe d'un seul mouvement contrarié du pouce et de l'index. Devant cet incroyable épreuve de force, la sentinelle recule d'un pas et porte la main à son épée. Pourtant, il ne la tire pas. Les terribles yeux, qui brillent comme ceux d'un fauve, se sont fixés sur lui et le paralysent. C'est tout juste s'il trouve la force de balbutier encore :

— Qui êtes-vous ?

— Peu importe ! fit l'homme jaune avec indifférence, en jetant au loin les morceaux de la pique brisée.

— Que... voulez-vous ? risque encore le garde.

— Parler au Grand Maître. Va et dis-lui que je viens de la part du Vieillard. Et, pour qu'il en soit sûr, répète-lui ces paroles : *Rien n'est vrai ; tout est permis.*

Subjugué par le fluide hypnotique émanant de toute la personne de l'inconnu, le garde a hoché la tête affirmativement.

— De la part du Vieillard, répète-t-il comme s'il apprenait une leçon. *Rien n'est vrai ; tout est permis.*

Tournant les talons, il va frapper suivant le signal convenu à une petite porte découpée dans le grand portail lui-même. Au bout de quelques secondes, le battant s'ouvre et le garde disparaît.

Un quart d'heure peut-être s'écoule, puis la petite porte s'ouvre à nouveau et le garde reparaît, précédé d'un sergent portant chapel de fer.

— Le Grand Maître va vous recevoir, dit le sergent à l'adresse de l'homme aux yeux d'ambre.

— Nous vous suivons...

L'homme aux yeux d'ambre emboîte le pas au sergent. Le second visiteur, qui n'a toujours pas relevé le capuchon dissimulant son visage — est-ce bien à cause de la pluie ? —, suit sans mot dire, comme commandé par une volonté qui dépasse la sienne.

La salle dans laquelle Jacques de Molay reçoit ses hôtes, au sommet du grand donjon, est vaste et haute comme une nef d'église. Sa voûte aux nervures gothiques est noyée d'ombre et ses murs de pierre brute sont cachés par des tapisseries retraçant des scènes de la vie du Christ. Des cierges fichés sur des grands pics de fer l'éclairent, ainsi que les flammes de la grande cheminée où brûlent des troncs d'arbres entiers.

Jacques de Molay lui-même est un vieil homme aux épaules un peu voûtées, au profil courbe, à la barbe grise. Sur son visage ridé se lit une sorte de lassitude résignée et ses yeux sombres, aux regards étonnamment jeunes en dépit des plis lourds des paupières fripées par les ans, se posent avec curiosité sur les nouveaux venus, s'attardant surtout sur l'homme au crâne rasé. Qui peut être ce mystérieux personnage qui affirme venir de la part du Vieillard, c'est-à-dire du Vieux de la Montagne, Maître de la secte des Assassins, avec lequel jadis, en Terre Sainte, les Templiers ont pactisé, et qui est mort depuis bien longtemps ? Lui-même, Jacques de Molay, ne l'a pas connu, et cet homme paraît bien plus jeune que lui. Pourtant, il semble appartenir à la poignée de rares initiés qui se souviennent encore de la devise du Vieux de la Montagne : *Rien n'est vrai ; tout est permis.*

— Vous avez demandé à me voir ? interroge Jacques de Molay.

L'homme aux yeux d'ambre hoche la tête en signe d'affirmation.

— Je m'aperçois, Maître, dit-il simplement, que vous avez compris mon message.

Molay tressaille de colère. Il a accepté de recevoir cet homme, et c'est lui qui semble le narguer.

— Qui êtes-vous ? interroge-t-il encore, plus durement.

— Appelez-moi Ming...

Depuis le début, Molay a deviné que l'homme aux yeux d'ambre vient de ce lointain pays d'Asie appelé Mongolie et dont les guerriers ont, aux siècles précédents, envahi une partie de l'Europe. Il se sent comme subjugué par ce Ming, à tel point qu'il croit devoir réagir en faisant montre de dureté.

— Et lui, qui est-il ? demande-t-il encore d'une voix sèche en désignant le second visiteur.

— Aucune importance, est la réponse de Ming, du moins pour le moment. Je suis venu vous avertir qu'un danger vous menace... Demain, à l'aube, les archers du Roi, conduits par Nogaret, envahiront le Temple et vous arrêteront, vous et vos frères...

Cette fois, le Grand Maître sursaute violemment. Guillaume Nogaret, garde des sceaux et homme de confiance de Philippe le Bel, le déteste, lui Jacques de Molay. Mais n'a-t-il pas, le matin même, en compagnie du roi Philippe, tenu les cordons du poêle lors des obsèques de Catherine de Courtenay, femme de Charles de Valois, propre frère du monarque ? Comment, dans ce cas, croire à la disgrâce ? Cependant, depuis quelque temps, des bruits courent concernant une enquête sur les Templiers, menée par Nogaret.

Pourtant, Molay ne veut pas croire à la nouvelle qui vient de lui être apportée. Il se dresse, les poings appuyés à la lourde table de chêne, et jette à la face de Ming :

— Vous mentez !... Vous ne pouvez venir de la part du Vieillard, puisqu'il est mort depuis longtemps et qu'il est donc impossible que vous l'ayez connu... Vous avez également inventé cette histoire d'arrestation... Pourquoi ?... Pourquoi ?

Ming ne bronche même pas sous ces accusations. Il paraît sûr de lui, de sa force.

— Je ne mens pas, dit-il d'une voix ferme. Je viens de la part du Vieillard, que j'ai en effet très bien connu, et demain, à l'aube, sur ordre du roi Philippe, vous serez arrêté et emprisonné...

Tout à coup, sans bien savoir pourquoi, le Grand Maître se sent convaincu que cet inconnu, devant lui, ne ment pas. Peut-être est-ce cette affirmation : « Je viens de la part du Vieillard, *que j'ai en effet très bien connu...* », qui le persuade. Le mensonge serait trop énorme, l'effronterie trop grande.

D'un sursaut, Jacques de Molay se rejette en arrière.

— Ah çà ! murmure-t-il en se signant, vous seriez donc... ?

— Le Diable ? complète Ming avec un sourire qui découvre des dents blanches de bête carnassière. Si j'étais le Diable, votre signe de croix m'aurait fait disparaître, vous ne l'ignorez pas. Or, je suis toujours là... Maintenant que vous savez que je ne suis pas Satan, me croyez-vous toujours quand je vous affirme que, demain, vous serez arrêté ?

Le Grand Maître des Templiers hésita. Mais il eut tort — ou raison — de laisser les regards des terribles yeux d'ambre, qui ne cillaient jamais, accrocher les siens. Aussitôt, il se sentit dominé, subjugué, et il sut que l'étrange personnage ne mentait pas.

— Je vous crois, affirma-t-il avec conviction.

II

Paris — Le 12 mai 1410

Au début du XVe siècle, le quartier de Saint-Jacques-de-la-Boucherie était composé d'un dédale de rues, tracées dans le plus total désordre, sur l'emplacement actuel du square Saint-Jacques et des artères qui l'entourent. Ce quartier cernait l'église, dont il n'existe plus aujourd'hui qu'une tour.

Ce soir-là — on était au printemps et la douce lueur du crépuscule faisait oublier le relent écœurant venant des officines d'abatteurs installées dans l'ombre sinistre du Grand Châtelet — ce soir-là donc, une charrette s'engagea dans la rue des Écrivains. Elle était montée par deux hommes, l'un — celui qui conduisait — portant un chaperon noir, l'autre un chaperon blanc qui ne laissaient libres que leurs visages. Celui de l'homme au chaperon noir était de ceux-là qui, à cette époque de superstition, faisait se signer quiconque l'apercevait. Un visage comme on se plaît à en imaginer aux sorciers, surtout que la peau en était bistrée — ou jaune, c'était difficile à préciser à cause de la semi-obscurité — comme celle des Infidèles. Et il y avait aussi ces yeux couleur d'or fauve, ou d'ambre clair, toujours fixes et qui brillaient étrangement dans l'ombre. Le visage du second personnage, qui portait un capuchon blanc et devait être un véritable géant, car même assis sur le banc de la charrette il dépassait de presque toute la tête son compagnon, pourtant de belle taille, le visage du second personnage avait ceci de particulier d'être à peine celui d'un homme tant les traits en étaient figés, inexpressifs, avec une peau blafarde donnant l'impression qu'il était taillé dans la craie. Sous les arcades sourcilières proéminentes, en visière de casquette, les yeux rouges étaient comme ceux des bêtes carnassières embusquées. Cette face faisait immanquablement songer à une porte de prison, et on pouvait s'étonner de ne pas y voir des clous et des gonds de fer forgé. Il y avait en elle quelque chose d'inhumain qui glaçait le sang.

Au passage, l'homme à la cagoule noire étudiait les façades, comme s'il cherchait une maison précise. Finalement, il arrêta la charrette devant une demeure plus imposante que les autres, aux quatre étages à encorbellements. Au-dessus de la porte, une grande enseigne de fer, figurant un parchemin déroulé, portait ces mots en lettres gothiques dorées à la feuille : *NICOLAS FLAMEL — Escrivain Juré — Enlusmineur.*

— C'est ici, dit le conducteur du véhicule.

Son compagnon se contenta de pousser un grognement en guise de réponse, ce qui tendait à prouver qu'il était muet, ou qu'on lui avait coupé la langue. L'homme au chaperon blanc — mais était-ce bien un homme ? — mit pied à terre et alla nouer la longe du cheval d'attelage à un anneau fixé dans la muraille, tandis que son compagnon sautait lui aussi au bas de la charrette. Ils s'approchèrent tous deux de la lourde porte à deux battants, taillée dans d'épais madriers de chêne, et le premier manœuvra un heurtoir de bronze figurant un couple de dragons entrelacés. Les chocs répétés se répercutèrent longuement à l'intérieur de la bâtisse, puis un bruit de pas leur fit écho et un des battants s'entrouvit, retenu par une chaîne, pour découvrir la silhouette malingre d'un petit homme vêtu de grossière laine brune et coiffé d'un bonnet à cache-oreilles.

— Qu'est-ce que c'est ? interrogea une voix grinçante.

— Nous désirons voir Maître Flamel, répondit l'homme au chaperon noir.

— Maître Flamel ne reçoit pas, fit la voix grinçante.

Une pièce d'or brilla dans la main de l'homme au chaperon noir, pour passer immédiatement dans celle du concierge dont le ton changea.

— Je vais avertir, Maître Flamel, assura-t-il. Quel est le nom de Sa Seigneurie ?

— Dites-lui seulement que Messire Ming veut le voir. Je lui suis envoyé par les Sept Sages...

Les pas du cerbère s'éloignèrent à travers un corridor sonore. Il y eut de longues minutes d'attente. Puis les pas se firent entendre à nouveau. La chaîne fut tirée et le battant s'ouvrit, tout grand cette fois.

— Maître Flamel va vous recevoir, dit le petit homme.

Il entraîna les visiteurs à travers des couloirs dallés et voûtés aux murs recouverts de plâtre cru et auxquels étaient adossés des meubles de chêne sombre fleurant l'encaustique et supportant de lumineuses dinanderies. Finalement, Monsieur Ming et son compagnon furent introduits, passé une cour garnie de plantes vertes, dans une arrière-salle assez vaste, à la fois cabinet de travail et atelier. On y voyait un pupitre d'enlumineur jouxtant un établi de chimiste... ou d'alchimiste. Derrière une rude table de bois brut, simplement cirée et au plateau encombré d'in-folio aux reliures frustes, un homme était assis. Il pouvait être de taille moyenne et, par-dessus une robe de moine, il portait un camail d'épaisse laine verte qui lui retombait bas sur les épaules, lui faisant comme une cape aux bords dentelés, et un bonnet de peau de loup le coiffait bien qu'on fût au printemps. Son âge ? Il eût été difficile de le dire. Nicolas Flamel, ainsi que dans l'avenir devaient l'affirmer tous les dictionnaires, était né en 1330, donc quelque quatre-vingts années plus tôt. Pourtant, malgré son visage sillonné de fines rides autour des yeux — ce qui indiquait le chercheur obligé de lire et de travailler à la clarté avare des pauvres lumignons de l'époque — il en marquait à peine cinquante tant il y avait de vie, d'intelligence en lui. Ses épaules n'étaient même pas voûtées et ses mains pleines, aux doigts spatulés, avaient la

vigueur et la vivacité de celles d'un jeune homme. Sous les paupières bombées, les yeux bleus étaient ceux d'un adolescent, d'un enfant presque.

Ming considérait l'alchimiste avec intérêt et il songeait : « La légende affirme que Maître Nicolas Flamel avait découvert l'Elixir de Longue Vie. Si j'en juge par son étrange jeunesse, ce pourrait être là plus qu'une légende. Encore un secret qu'il me faudra lui arracher... »

Flamel avait lui aussi longuement inspecté les traits de l'homme au chaperon noir et il avait sursauté légèrement comme si, instinctivement, il devinait combien le personnage était redoutable.

— Vous avez dit venir de la part des Sept Sages, fit-il. C'est pour cela que je vous ai reçu. Que puis-je pour vous, Messire...

— ... Ming, compléta l'homme à la cagoule noire.

— C'est cela, Ming, approuva Maître Nicolas.

Et, enchaînant, il répéta aussitôt :

— Que puis-je pour vous, Messire Ming ?

Sans attendre qu'on l'eût invité, le Mongol s'était assis dans une cathèdre au dossier sculpté d'orbevoies, tandis que son inquiétant compagnon muet demeurait debout derrière lui, les bras croisés, le visage de pierre tel un automate se tenant prêt, à un seul ordre de son maître, à caresser... ou à tuer.

— Je voudrais vous proposer un marché, Maître Nicolas, avait commencé Ming.

L'alchimiste ne dit rien, comme s'il voulait « laisser venir » son visiteur. Celui-ci continuait :

— Je sais, Maître Nicolas, que vous êtes en possession du Livre de l'alchimiste hébreu Abraham et que vous avez pu en percer les secrets, découvrant ainsi le moyen de transmuer les métaux vils en or, et peut-être d'assurer la longue vie aux possesseurs desdits secrets...

Un léger sourire était apparu sur le visage de Flamel.

— Le Livre d'Abraham, murmura-t-il, le secret de la transmutation des métaux, l'Elixir de Longue Vie... On raconte bien des choses...

Le sourire mourut sur ses traits et il reprit presque aussitôt :

— Mais, en admettant que tout cela fût vrai, quel est ce marché que vous me proposez ?

— Je sais que tout cela est vrai, appuya Ming d'une voix forte. J'ai fait ma petite enquête à travers le Temps et ai acquis des preuves...

Nicolas Flamel ne passa pas de temps à se demander ce que voulaient dire ces mots : *J'ai fait ma petite enquête à travers le Temps.* Il comprit simplement qu'il était inutile de ruser avec l'être redoutable assis devant lui.

— Soit, dit-il. Le marché ?

— Vous me livrez le secret de la transmutation des métaux vils en or, répondit à brûle-pourpoint le Mongol, et aussi celui de l'Elixir de Longue Vie. En échange...

— En échange ? interrogea Maître Nicolas, un œil à demi fermé.

— En échange, je vous laisserai la vie sauve, fut la réponse de Ming.

Il se tourna vers l'homme au chaperon blanc, toujours debout derrière lui, et dit simplement :

— Occupe-toi du portier, Orus !

Sans émettre le moindre son, le géant tourna les talons et disparut dans les profondeurs de la maison. Quelques minutes s'écoulèrent, puis on entendit un hurlement d'agonie qui, en raison de l'épaisseur des murs, ne résonna guère davantage que le couinement d'un rat écrasé sous le talon.

Flamel avait sursauté. Il se leva à demi et gronda, les poings appuyés à la table :

— Vous avez fait assassiner Bertram ?

— C'était simplement pour vous montrer ma puissance, dit Ming d'une voix menaçante.

De dessous sa cotte, il avait tiré un objet cylindrique terminé par un long tube et qu'une crosse permettait de tenir dans le poing. Jamais Nicolas Flamel n'avait vu d'instrument pareil, mais il comprit que c'était une arme. Il se laissa retomber en arrière, déjà résigné, en disant :

— Je refuse le marché que vous me proposez. Vous pouvez me tuer.

Dans un rire, Monsieur Ming découvrit ses dents de fauve. Il secoua la tête.

— Non, Maître Nicolas, dit-il à mi-voix, je ne vous tuerai pas. Du moins pas encore. Vous m'êtes trop précieux pour cela...

Il pressa la détente de son pistolet à gaz comprimé. Il y eut un bref sifflement et une petite fléchette vint se planter sous l'oreille de Flamel. Celui-ci voulut lever la main pour l'arracher, mais il n'acheva pas son geste. Déjà, le puissant soporifique dont était enduite la pointe de la fléchette produisait son effet. Il s'écroula en avant, le visage parmi ses grimoires.

III

Ile de Sainte-Hélène — 18 mai 1816

Cette nuit-là, le gouverneur Hudson Lowe se tournait et se retournait sur sa couche, sans parvenir à trouver le sommeil. A tout moment, instinctivement, il dirigeait ses regards vers un point précis, en direction de la maison de Longwood où était enfermé son illustre prisonnier, tout à fait comme si, à travers murs et ténèbres, il avait voulu surveiller les agissements de Napoléon Bonaparte captif des Anglais.

Cela faisait un mois à présent que Lowe avait débarqué à Sainte-Hélène, chargé de la mission de surveiller l'homme qui, au cours des dernières années, avait fait trembler l'Europe tout entière. Tout au long de ce mois, Lowe n'avait cessé d'être torturé par la crainte que l'Empereur des Français ne parvienne à s'échapper pour regagner l'Europe et y reprendre la tête de ses troupes. Bien sûr, Bonaparte était à présent un homme fatigué, aigri, malade. Mais de quel sursaut n'était-il pas capable ?

Alors, le geôlier de l'Aigle mis en cage pensa soudain à ces canons qui, sur toute la côte de l'île, se braquaient vers le large, défendant l'accès des côtes. Il pensa aux vaisseaux de guerre britanniques ancrés dans le port et prêts, à tout moment, à prendre la mer pour intercepter le moindre bâtiment suspect. Il se sentit rassuré. Non, rien ni personne ne pourrait tirer l'illustre prisonnier de sa retraite forcée. Et Hudson Lowe jugea alors qu'il pouvait se rendormir sans crainte.

Sans doute cet homme, dont l'histoire a flétri le nom, aurait-il été moins rassuré s'il avait pu apercevoir, au large, un long cylindre métallique surmonté d'un kiosque émerger des eaux. La coupole du kiosque s'ouvrit et un homme en sortit pour prendre pied sur le pont du sousmarin, dont les moteurs atomiques avaient à présent cessé de ronronner. C'était un individu de haute taille, vêtu de noir comme un clergyman. Le reflet de la lune sur l'océan l'éclairait et on pouvait détailler son large visage à la peau safranée, aux hautes pommettes saillantes, sommé d'un crâne rasé et brillant comme du vieil ivoire. Sous les paupières lourdes, bridées, brillaient deux terribles yeux d'ambre aux regards fixes.

Rapidement, l'Ombre Jaune jeta un regard au cadran lumineux de sa montre, puis il se croisa les bras et sourit d'un sourire cruel, les regards tournés vers Sainte-Hélène dont la masse sombre se découpait sur l'horizon.

— Dans moins d'une heure, murmura-t-il, mes troupes auront envahi l'île et le dieu des batailles sera en mon pouvoir.

I

La Vallée du Lac Bleu, au cœur de la Cordillère des Andes, était un véritable coin de paradis perdu dans un univers de glaces, de neiges et de rocs. Les rayons du soleil, en se réverbérant sur les hauts glaciers qui l'entouraient de toutes parts, y entretenaient sans cesse un climat comparable à celui de la Côte d'Azur. Le lac lui-même faisait songer à un gigantesque saphir, parfaitement poli, serti dans la gigantesque émeraude des plantes tropicales qui s'élançaient à l'assaut des versants jusqu'à la limite même des neiges.

— Pouvez dire tout ce que vous voulez, commandant, grogna Bill Ballantine, mais la nature y a qu'ça de vrai !

Pour le géant écossais, compagnon d'aventures de Bob Morane, le mot « nature » incluait sans doute le verre de whisky qu'il tenait à la main et duquel il tirait, à intervalles réguliers, quelques succulentes gorgées.

— Oui, Bill, fit à son tour Morane. Et dire que cette vallée édénique m'appartient en bien propre et que j'y viens si rarement, préférant perdre mon temps à baguenauder à travers les marécages les plus insalubres, les déserts les plus desséchés, les bas-fonds les plus repoussants, à la recherche de je ne sais quoi ! Je crois que je vais m'installer définitivement ici.

Bill Ballantine ingurgita une nouvelle gorgée de whisky

— une gorgée dans laquelle on aurait pu faire voguer un trois-mâts —, puis il poussa un ricanement sonore.

— Vous fixer définitivement ici ? jeta-t-il. Mon œil ! Car je sais, moi, ce que vous cherchez à travers ces marécages insalubres, ces déserts desséchés, ces bas-fonds repoussants : le piment sans lequel l'existence vous paraîtrait insipide.

La ravissante jeune fille rousse, vêtue d'un non moins ravissant bikini, qui était en train de se dorer au soleil au bord du lac en compagnie des deux amis, s'immisça dans la conversation.

— Bill a raison, dit-elle, je vous vois mal vous cloîtrer ici, Bob, malgré tout le charme que peut avoir l'endroit. Il n'y fait pas assez dangereux pour vous. Il y a à peine deux semaines que nous sommes ici, bien tranquilles, et vous commencez déjà à reprendre de la brioche...

Presque malgré lui, Bob Morane jeta un regard en direction de son estomac, qu'il avait cependant plat et musclé comme celui du Discobole en personne, et il le rentra instinctivement, réflexe qui provoqua l'hilarité de Bill Ballantine.

— Voyez ça ! se moqua le géant. Coquet comme une demoiselle, ce commandant Morane. Il suffit qu'on lui parle de sa brioche, inexistante d'ailleurs, pour qu'aussitôt il se mette à nourrir des complexes.

Cette fois, Bob Morane se contenta de hausser les épaules, évitant la moindre remarque au sujet de la corpulence de son ami, dont l'énorme masse de muscles débordait de partout la chaise longue dans laquelle il était affalé et qui, à chaque mouvement du colosse, gémissait comme si elle se trouvait sur le point de rendre l'âme.

De longues minutes s'écoulèrent, au cours desquelles ni Morane, ni Bill Ballantine, ni Sophia Paramount — c'était le nom de la ravissante jeune fille rousse — n'échangèrent la moindre parole. Finalement, Bob s'étendit en poussant un bâillement sonore.

— Vous avez raison, dit-il, on s'ennuie ferme ici. Vais faire un petit plongeon.

Il sauta sur ses pieds et, d'une détente, propulsa son grand corps brun et musclé vers l'étroit embarcadère de planches s'avançant dans le lac. Il en atteignit l'extrémité en quelques enjambées et effectua un plongeon digne d'un champion olympique de haut vol. Il piqua dans l'eau, les bras en flèche, les jambes dans le prolongement du corps, sans provoquer la moindre éclaboussure. Il s'enfonça très profondément, presque à toucher le fond, puis, relevant les mains pour faire gouvernail de profondeur, il remonta vers la surface. Quand il l'atteignit, un étrange appareil de forme lenticulaire s'était immobilisé au-dessus du lac. Un appareil qu'il reconnut aussitôt, en songeant : « Un Temposcaphe !... J'ai l'impression que nos vacances se terminent... »

Ce temposcaphe était un des appareils dont l'apparition dans l'atmosphère terrestre avait donné naissance à la légende des soucoupes volantes. En réalité, il n'appartenait pas à notre univers mais venait de l'avenir. C'était un vaisseau de Patrouille du Temps, chargée de surveiller dans le passé et le futur les agissements de l'Humanité. A plusieurs reprises déjà, Bob Morane, Bill Ballantine et Sophia Paramount avaient été amenés à collaborer avec cette Patrouille du Temps, surtout au cours de la lutte qui les dressait contre l'Ombre Jaune, alias Monsieur Ming, ce Mongol génial, sorte de démiurge à rebours, adversaire de toute civilisation si ce n'est la sienne, qu'il voulait imposer par la terreur.

Quand Bob Morane rejoignit Bill et Sophia, le Temposcaphe avait sorti son trépied d'atterrissage et s'était posé sur le rivage, à proximité des deux amis et de la jeune fille. Un homme en descendit. Il portait une combinaison de matière plastique argentée avec, sur la poitrine, l'insigne de la Patrouille : un sablier flanqué des deux lettres T et P (Time's Patrol). Cet homme n'était autre que le colonel Graigh, un des grands manitous de l'organisation de surveillance spatio-temporelle. Il tendit la main à Bob Morane, à Bill Ballantine et à Sophia, considérant avec un sourire leurs corps brunis par le chaud soleil de la vallée.

— J'ai l'impression qu'on passe son temps à lézarder, fit-il avec un sourire.

— J'ai l'impression, enchaîna Bob, que c'est justement fini pour nous de lézarder, car je ne pense pas, colonel, que vous soyez venu ici pour nous débiter des fadaises.

— Vous avez raison, fit gravement Graigh. Il fait à nouveau parler de lui.

— Il !... glissa Sophia Paramount. Vous voulez sans doute parler de l'Ombre Jaune ?

— De qui d'autre pourrai-je parler ? dit le chef de la Patrouille du Temps sur le même ton grave.

Bill Ballantine poussa un grognement sonore et gronda :

— Voilà ce que je craignais. Va falloir se remettre à faire des heures supplémentaires...

— Si vous nous expliquiez, colonel ? proposa calmement Morane. Je vais faire apporter des rafraîchissements.

Quelques minutes plus tard, un domestique indien déposait un plateau chargé de verres et de bouteilles sur une table basse, autour de laquelle Bob, Bill, Graigh et Sophia s'étaient assis dans des fauteuils de rotin.

— Vous n'ignorez pas, commença le colonel, que nos détecteurs spatio-temporels suivent sans cesse Ming dans ses moindres déplacements. Bien sûr, il est impossible de deviner ses intentions ni de détailler parfaitement ses actes. On peut seulement le situer dans le Temps et l'Espace, mais cela nous pouvons le faire avec précision. C'est ainsi que l'Ombre Jaune vient de se manifester à trois reprises, et presque simultanément, dans trois époques différentes de la vôtre, c'est-à-dire de la sienne : le 12 octobre 1307, le 12 mai 1410 et le 18 mai 1816 exactement.

— C'est-à-dire à l'époque de Philippe Le Bel, précisa Morane qui découpait le passé suivant le rythme de l'histoire de son propre pays, à celle de Charles VI et de Louis XVIII...

— Exact, approuva le colonel Graigh, mais les personnages que vous venez de citer, commandant Morane, n'ont qu'un rapport lointain avec les événements qui nous intéressent. En 1307, Philippe Le Bel fit arrêter Jacques de Molay, Grand Maître des Templiers...

— Cela se passait le lendemain de la date que vous avez énoncée, interrompit Bob, c'est-à-dire le 13 octobre...

Le colonel Graigh continuait sans paraître avoir remarqué l'interruption du Français :

— En 1410 vivait à Paris un alchimiste célèbre du nom de Nicolas Flamel...

— Et en 1816, coupa encore Morane, Louis XVIII régnait bien à Paris, mais Bonaparte était prisonnier des Anglais à Sainte-Hélène.

Graigh ne put s'empêcher d'approuver :

— Vous avez deviné juste, commandant Morane, ce n'est ni Philippe Le Bel, ni Charles VI ni Louis XVIII qui ont motivé directement l'apparition de Ming dans ces différentes époques, mais Jacques de Molay, Nicolas Flamel et Bonaparte... En effet, l'Ombre Jaune a été repéré dans l'enceinte du Temple, dans le quartier Saint-Jacques-de-la-Boucherie, où vivait Flamel, et au large de Sainte-Hélène.

— Avez-vous une idée de ses intentions ? interrogea Sophia Paramount.

— Aucune... Nos détecteurs spatio-temporels peuvent repérer quelqu'un dans le Temps, mais non deviner ses buts.

Pendant que ces dernières paroles s'échangeaient, Bob Morane était demeuré songeur.

— Les Templiers, dit-il finalement, avaient amassé de grands trésors et il est certain que Jacques de Molay connaissait les endroits où ces trésors étaient dissimulés. Flamel, s'il faut en croire la légende, avait percé le secret de la transmutation des métaux vils en or. Quant à Napoléon Bonaparte, je ne crois pas devoir vous rappeler qu'il était un des plus grands tacticiens de toute l'histoire militaire. Si vous voulez mon avis, c'est en cherchant de ce côté qu'il faut essayer de deviner les intentions de Ming.

*
* *

Durant quelques secondes, on n'avait plus perçu que le léger clapotement de l'eau contre le pilotis de l'embarcadère. Ensuite, le colonel Graigh avait hoché la tête à plusieurs reprises pour déclarer :

— Je crois que vous avez mis le doigt sur le point sensible, commandant Morane, mais cela n'explique pas tout. Quelles sont les intentions exactes de Ming ?

— Les dernières défaites que nous lui avons infligées ont dû lui coûter fort cher, risqua Bill Ballantine. Son satellite, que nous avons flanqué en l'air, valait assurément des milliards dont il ne reste plus rien, et il est probable que ses fonds sont en baisse. Sans doute essaie-t-il de redorer son blason.

— C'est probable, reconnut le chef de la Patrouille du Temps, mais cela nous laisse dans le vague. Je ne vois qu'une façon de nous renseigner sur les intentions réelles de notre adversaire : aller l'espionner sur place en 1307, en 1410 et en 1816.

— Qu'attendez-vous pour le faire ? s'enquit Morane sur un ton mi-figue mi-raisin.

Le plus grand embarras semblait s'être emparé de Graigh.

— Vous connaissez la règle primordiale de la Patrouille du Temps : ne jamais intervenir directement dans les événements, tant dans le passé que dans le futur.

A ces paroles, Bill Ballantine avait froncé ses sourcils rouges et broussailleux.

— Je comprends à présent pourquoi vous êtes là, colonel Graigh ! Vous voulez sans doute, une fois de plus, que nous intervenions à votre place.

Battant des mains, Sophia sauta en l'air de joie et s'exclama :

— Oh oui, ce serait merveilleux ! Aller faire un petit tour au Moyen Age et à Sainte-Hélène à l'époque où Bonaparte y était gardé prisonnier ! Quels papiers et quelles photos j'en rapporterais !

La jeune fille était journaliste, envoyée spéciale du *Chronicle,* et il était normal que la perspective d'un voyage dans le Temps l'enthousiasmât. Il n'en allait pas de même cependant de Bob Morane et de Bill Ballantine qui, par expérience, connaissaient les risques inhérents à une telle entreprise. C'était cependant à Bob de décider, car Ballantine se rallierait immanquablement à son avis. Pendant quelques secondes, le Français hésita. En toute autre circonstance, il aurait sans doute opposé un refus formel à la proposition à peine dissimulée du Colonel Graigh. Mais il s'agissait de l'Ombre Jaune et, décemment, il ne pouvait pas plus refuser cette nouvelle bataille qu'il ne s'était dérobé aux précédentes. S'il désespérait parvenir un jour à abattre définitivement Ming, il lui fallait cependant s'entêter à contrer sans cesse ses actes. Il connaissait parfaitement son adversaire et lui seul sans doute, avec l'aide de Bill, était capable de le mettre en échec.

— Nous acceptons cette nouvelle mission, conclut-il d'une voix ferme. De toute façon, nous commencions à nous rouiller ici, et on a même fait courir le bruit que je commençais à prendre de la brioche. Je pose seulement une condition : Sophia ne nous accompagnera pas.

La jeune fille frappa du pied avec colère et protesta :

— Quand donc, Bob, cesserez-vous de me considérer comme votre inférieure...

Elle se tourna vers le colonel Graigh et continua d'une voix suppliante :

— Je vous en prie, Louis, insistez pour que je puisse les accompagner...

Embarrassé, car il avait toujours été fort sensibilisé par le charme de la jeune journaliste, Graigh consulta Morane du regard, mais il ne rencontra qu'un visage fermé, aux yeux fixes et durs, et il comprit que la résolution du Français serait inébranlable. Bob agissait d'ailleurs ainsi par tendresse pour Sophia, qu'il ne voulait pas exposer à des dangers dont Bill et lui-même, en dépit de leur force et de leur audace, auraient sans doute bien de la peine à se tirer.

— Parfait, commandant Morane, conclut le chef de la Patrouille du Temps, Sophia ne vous accompagnera pas...

Et, pour un peu tempérer la désillusion de la journaliste, il enchaîna aussitôt :

— Nous la garderons en réserve, au cas où vous auriez besoin de renfort ou d'un agent de liaison.

Cette vague promesse ne dut plaire qu'à demi à Sophia car, avec un grognement de colère, elle tourna les talons et se dirigea vers l'embarcadère. On entendit le « floc » de son corps qui pénétrait dans l'eau quand elle plongea, puis les battements de son crawl rageur. Mais, déjà, les trois hommes ne se préoccupaient plus d'elle, car ils savaient qu'avant une heure elle aurait recouvré toute sa bonne humeur.

— Reste à savoir à présent, dit Bob à l'adresse de Graigh, comment nous effectuerons ces différents voyages temporels...

— En effet, surenchérit Bill, si nous nous posions dans la cour du Temple à bord d'un Temposcaphe, cela pourrait paraître un peu anormal.

— Vous avez raison, reconnut Graigh. Aussi, cette fois, ne ferons-nous pas usage du Temposcaphe, mais d'un scaphandre spécial prévu pour les voyages individuels à travers le Temple et l'Espace... Si vous voulez me suivre...

Il entraîna Bob et Bill vers l'appareil et les introduisit dans la salle des commandes. Il ouvrit une armoire dissimulée dans l'épaisseur d'une cloison. Plusieurs combinaisons de plastique transparent, dotées d'un capuchon hermétique et d'une ceinture supportant des cadrans et des commandes, y étaient remisées. Graigh choisit l'une d'elles.

— Passez cette combinaison, Bob, dit-il. Elle doit être à votre taille.

Le Français obéit. La combinaison était effectivement à sa taille et, quand il l'eut revêtue, elle le recouvrait de la pointe des souliers à la base du cou. Il lui aurait suffi de rabattre la cagoule sur son visage pour être complètement isolé.

— Ce genre de combinaison, expliqua Graigh, est taillée dans une matière spéciale isolatrice. Il vous suffit de régler ces quatre cadrans, un pour l'année, un pour le jour, un autre pour l'heure et un quatrième pour la longitude et la latitude. Ensuite, si vous appuyez sur ce bouton rouge, vous êtes propulsé à travers le Temps et l'Espace jusqu'à l'époque et l'endroit choisi. Le bouton blanc vous permet de demeurer dans ce que nos techniciens appellent un « état de vibration », c'est-à-dire qu'il vous donne la possibilité de demeurer en suspens dans le Temps. A ce moment-là, vous restez invisibles à quiconque n'aurait pas revêtu la même combinaison que vous. Dans cet « état de vibration », il vous est permis de passer au travers des murs. Prenez garde cependant de ne pas demeurer ainsi trop longtemps en état de vibration, car celle-ci provoque une grande fatigue physique, pouvant entraîner l'évanouissement et finalement la mort. Attention également de ne pas, en même temps, appuyer sur ce bouton noir, car vous seriez aussitôt matérialisés et tomberiez comme une pierre, ou vous vous verriez incrustés dans la muraille que vous êtes en train de franchir. Ce danger a d'ailleurs été prévu et chacun des boutons possède une sûreté fort efficace... Encore un détail important : avant de pousser sur le bouton rouge pour vous dématérialiser, n'oubliez jamais de rabattre la cagoule sur votre visage. Si vous oubliez de le faire, vous auriez la tête tranchée. Assurez-vous toujours également que votre combinaison est bien fermée ; sinon, vous seriez coupé en deux...

On trouva une combinaison à la taille de Bill et il fallut une heure aux deux amis pour se familiariser avec le délicat maniement des commandes. Quand ils purent procéder sans le moindre tâtonnement, ils s'apprêtèrent au départ. Les cadrans de leurs ceintures avaient été réglés respectivement sur l'an 1307, 12 octobre, 9 heures du soir, à la longitude et la latitude précise du Temple à Paris. Graigh leur donna quelques recommandations ultimes, puis il leur rabattit leur cagoule sur le visage.

— J'attendrai votre retour ici, conclut-il. Vous possédez toutes les coordonnées nécessaires à ce retour. Faites bonne route !...

A travers la matière transparente des cagoules, Bob Morane et Bill Ballantine échangèrent un long regard. Puis, ensemble, ils clignèrent de l'œil et, d'un même geste, ils enfoncèrent le bouton rouge de leurs ceintures.

II

Pour Bob Morane et Bill Ballantine, il y avait eu une soudaine et brève impression d'écrasement, suivie d'un basculement, puis d'un trou noir où ils tombaient durant une éternité... ou quelques fractions de seconde. Ensuite, un nouveau basculement et la sensation qu'ils se regonflaient, reprenaient leur forme. Autour d'eux, tout avait changé. Ils foulaient des pavés inégaux, mouillés de pluie. De hautes murailles sombres et crénelées les entouraient, mordant la nuit, et sur leur gauche, un massif donjon semblait élever jusqu'au ciel ses toits pointus, comme pour en crever les nuages bas.

— La cour du Temple, murmura Bill Ballantine.

— Oui, approuva Morane. Nous devons avoir atteint l'année 1307.

Il jeta un coup d'œil eux cadrans lumineux de sa ceinture et s'assura que les aiguilles rouges s'étaient bien arrêtées sur les coordonnées préalablement sélectionnées.

— Tout a bien marché comme l'a affirmé le colonel Graigh, dit encore Bob. Nous avons reculé jusqu'à l'année 1307, 12 octobre à 9 heures du soir...

Aucun des deux amis ne s'étonnait de ce voyage en arrière dans l'Histoire, qui eût pu paraître prodigieux à tout autre. Ce n'était pas la première fois en effet qu'ils travaillaient en collaboration avec la Patrouille du Temps et ils ne s'effaraient plus de ses prodiges, tout scientifiques d'ailleurs.

Du fond de la cour leur parvint un bruit de pas accompagné de cliquetis d'armes. En même temps des torches projetaient leurs reflets rougeoyants sur les pavés mouillés.

— Une ronde ! dit Bill. Il ne faut pas qu'on nous trouve ici.

— Tu as raison, approuva Morane. Mettons-nous en état de vibration.

Il désigna le donjon où, tout en haut, plusieurs fenêtres contiguës étaient éclairées, jetant dans l'obscurité les bariolages de leurs vitrophanies.

— Visitons cette tour, ajouta rapidement Bob, et tâchons de repérer la salle où, s'il faut en croire Graigh, le Grand Maître va recevoir avant peu la visite de Monsieur Ming.

Tous deux enfoncèrent les boutons blancs de leurs ceintures. Aussitôt ils se sentirent parcourus d'une vibration légère, semblable à celle que l'on ressent lorsqu'on se trouve à proximité d'une machine en marche, mais plus rapide. Autour d'eux, le décor n'avait pas changé, à part un détail : il était devenu légèrement flou, un peu comme s'ils l'apercevaient à travers les oculaires d'une jumelle mal réglée. Si tout se passait suivant la description du colonel Graigh, ils devaient eux-mêmes être devenus invisibles. Immédiatement, ils acquirent la preuve qu'il en était bien ainsi : le groupe de six gardes armés de torches n'était plus qu'à quelques mètres d'eux. Bob et Bill virent briller les chapeaux de fer ruisselant de pluie, étinceler les fers des piques et, quand le groupe passa près d'eux, ils purent détailler les visages figés des hommes ; des visages blafards comme taillés dans le suif et qui, déjà, semblaient être des visages de spectres. Mais aucun des gardes, qui pourtant passèrent à un mètre à peine des deux amis, n'eut l'air d'apercevoir ceux-ci.

— Ça marche ! constata Morane d'une voix qui vibrait un peu elle aussi et que, seul, Bill pouvait sans doute percevoir. Allons vers le donjon.

Ils atteignirent celui-ci d'une marche un peu chancelante, tout à fait comme s'ils étaient ivres. La lourde porte bardée de fer était close et un homme d'armes se tenait blotti dans une guérite creusée à même la muraille. Bob et Bill, toujours en état de vibration, passèrent devant lui sans être aperçus et s'arrêtèrent devant le lourd battant de chêne.

— Logiquement, dit Bill, nous devrions passer à travers cette porte aussi aisément que si elle n'existait pas.

Le géant tendit le bras et celui-ci s'enfonça dans la porte réellement « aussi aisément que si elle n'existait pas ».

Rapidement, Ballantine retira le bras.

— Cela marche! conclut-il. Nous voilà changés en Passe-Murailles...

— Nos atomes se trouvent sur un autre plan spatio-temporel que ceux de la porte, tenta d'expliquer Bob. C'est pour cette raison qu'ils peuvent s'interpénétrer aussi aisément que s'ils n'existaient pas l'un pour l'autre... Avançons!

Ils firent un pas en avant, puis deux, puis trois et se retrouvèrent de l'autre côté de la porte, dans une sorte de hall voûté, éclairé par une seule torche fixée par un crochet de fer scellé à la muraille et où s'amorçait un escalier de pierre montant en colimaçon.

— Gravissons cet escalier, fit Bob, et essayons de repérer l'endroit où se trouve Jacques de Molay. Sans doute là-haut, dans cette salle dont les fenêtres étaient éclairées.

— Un instant, commandant, fit Bill. Je ne me sens pas dans mon assiette, j'ai le cœur qui bat, la tête qui tourne et j'ai l'impression qu'à tout moment je vais m'étaler, un peu comme si j'avais avalé du casse-poitrine par barriques entières.

— C'est l'effet de l'état de vibration, fit Bob.

Lui-même se sentait comme vide et son cœur, qu'il avait pourtant bien accroché, battait la chamade. Il se souvint alors des recommandations de Graigh : « Prenez garde cependant de ne pas demeurer ainsi trop longtemps en état de vibration, car celle-ci provoque une grande fatigue physique, pouvant entraîner l'évanouissement et finalement la mort. »

— Rematérialisons-nous, décida-t-il, et continuons ainsi. A la moindre alerte, il nous suffira de nous remettre en vibration.

Ils poussèrent sur les boutons noirs de leurs ceintures et retrouvèrent leur état normal.

— Ouf ! souffla Bill. Moi qui n'ai jamais été vraiment saoul de ma vie, je sais à présent quel effet doit produire une cuite carabinée.

— Si tu n'avais jamais été vraiment saoul, glissa Morane avec un sourire narquois, ce n'est pas faute de boire. On doit t'avoir plongé dans un tonneau de whisky à ta naissance.

— Ouais, goguenarda le géant, je suis un type comme Achille, moi, mais un Achille écossais ; là est la différence...

D'un geste de la main, Morane fit comprendre à son ami qu'il devait baisser le ton. En même temps, il murmurait :

— Parlons bas. Et puis, on n'est pas ici pour se payer une pinte de rigolade.

Du menton, il désigna l'escalier et souffla encore :

— Allons-y !

Sur la pointe des pieds, sans se presser, ils se mirent à gravir les degrés, évitant de parler pour ne pas risquer de se faire repérer. Bien sûr, ils étaient armés de pistolets à rayons ioniques, faisant partie de la panoplie idéale des voyageurs du Temps, et les guerriers du Moyen Age ne pouvaient faire que piètre figure devant de tels engins ; mais Bob et Bill n'étaient pas là pour livrer bataille. Tout ce qu'ils voulaient connaître, c'étaient les intentions de l'Ombre Jaune en ce qui concernait le Grand Maître de l'Ordre du Temple, en cette veille du jour, où historiquement, Nogaret devait, sur l'ordre de Philippe le Bel, accomplir son célèbre coup de filet.

Pièce par pièce, Bob Morane et Bill Ballantine entreprirent ainsi de visiter le donjon, se mettant en état de vibration à la moindre alerte, ou pour franchir les portes closes. Ils parcoururent des couloirs sonores aux murs nus, sinistres, de vastes salles désertes ou d'autres servant d'arsenaux ou de casernes pour les frères-officiers. Finalement, au sommet de l'édifice, ils tombèrent en arrêt devant une porte sous laquelle filtrait un rayon de lumière.

— C'est ici, ou nulle part ailleurs, que doit se trouver Jacques de Molay, murmura Bob.

Il était possible que la porte fut ouverte mais, s'ils l'avaient poussée, ils se seraient fait immanquablement repérer par l'occupant de la pièce. Ils préférèrent donc se mettre en état de vibration pour franchir le battant, et ils passèrent ainsi dans une grande salle voûtée, aux nervures gothiques, où des troncs d'arbres entiers brûlaient dans une haute cheminée aux montants sculptés de monstres entrelacés. La pierre des murs disparaissait sous des tapisseries retraçant des scènes de la vie du Christ. Au centre, derrière une épaisse table de chêne, un homme était assis : un vieillard un peu voûté, au profil courbe, à la barbe grise. A la lueur de plusieurs cierges piqués sur un des candélabres de fer, il écrivait et sa plume d'oie, en grattant le parchemin, faisait un bruit de petite bête vorace. Tout de suite, Morane et son compagnon devinèrent se trouver en présence de Jacques de Molay, Grand Maître après Dieu de l'Ordre du Temple, ce même homme que Philippe le Bel voulait abattre, moins pour s'approprier ses richesses que pour détruire la puissance extra-royale qu'il représentait.

Rapidement, Morane désigna à Ballantine un coin de ténèbres, dans une partie reculée de la salle, où ils pourraient se dissimuler sans risquer d'être aperçus. Ils traversèrent la vaste pièce sans que Molay se rendit même compte de leur présence et ils s'accroupirent dans l'ombre pour, après s'être remis en état normal, attendre la suite des événements, c'est-à-dire l'intervention de Monsieur Ming.

*
* *

Leur patience ne fut pas mise à trop rude épreuve. Quelques minutes à peine s'étaient écoulées depuis qu'ils s'étaient blottis dans leur coin d'ombre, quand la porte s'ouvrit et qu'un garde portant le grade de sergent pénétra dans la salle. Il s'arrêta à deux mètres de la table et s'inclina légèrement en disant à l'adresse de Jacques de Molay ;

— Deux étrangers désirent vous parler, Maître.
— A cette heure ? demanda de Molay.
— Ils ont insisté...

Jacques de Molay secoua la tête.

— Je ne puis les recevoir maintenant, laissa-t-il tomber. Qu'ils reviennent demain. C'est jour d'audience...
— Ils ont dit qu'ils venaient « de la part du Vieillard ». Et ils ont ajouté : *Rien n'est vrai ; tout est permis.*

Cette fois, de Molay sursauta légèrement.

— De la part du Vieillard, répéta-t-il. *Rien n'est vrai ; tout est permis.*

Il hésita un instant et reprit très vite :

— Je vais les recevoir... Introduisez-les...

Le sergent tourna les talons et quitta la salle. A nouveau plusieurs minutes s'écoulèrent, pendant lesquelles le Maître du Temple ne devait cesser de fixer la porte comme s'il s'attendait à tout moment à voir apparaître un spectre.

Finalement, le sergent reparut, accompagné cette fois de deux hommes. L'un devait être un vieillard, à en juger par sa maigreur et ses épaules voûtées. Pour le reste, on ne distinguait rien de lui, car il portait une longue robe de bure, et un ample capuchon de moine rabattu très bas sur le front couvrait d'ombre son visage. Le second personnage portait lui aussi une robe de bure, mais le capuchon rejeté en arrière découvrait un crâne rasé, une peau jaune, comme polie. Le visage, jaune aussi, était celui d'un Mongol, aux zygomas saillants, aux yeux bridés, couleur d'ambre et fixes. De ses traits émanait une impression de ruse démoniaque, d'intelligence surhumaine.

— Ming ! ne put s'empêcher de balbutier Bill Ballantine.

Bob Morane posa la main sur la bouche de son ami pour lui imposer silence, mais Bill avait parlé très bas et le bruit de sa voix avait été assurément couvert par les craquements des énormes bûches dans le foyer.

L'Ombre Jaune, suivi du mystérieux vieillard encapuchonné, s'était approché de la table tandis que le sergent se retirait.

— Vous avez demandé à me voir ? interrogea Jacques de Molay.

Monsieur Ming eut un signe de tête affirmatif et dit sans hâte :

— Je m'aperçois, Maître, que vous avez compris mon message.

De leur cachette, Bob et Bill devaient être témoins de la conversation entre le Mongol et le Grand Maître. Ils furent témoins aussi des hésitations de ce dernier, quand Ming lui affirma à nouveau venir de la part du Vieux de la Montagne, et quand il le prévint qu'il serait arrêté le lendemain, ainsi que tous les autres Chevaliers du Temple, sur l'ordre de Philippe le Bel. Ils furent témoins également du triomphe de Ming quand Jacques de Molay, subjugué par la force hypnotique émanant de son étrange visiteur, laissa tomber avec conviction :

— Je vous crois.

Si l'Ombre Jaune triomphait, il n'en laissait rien paraître. Il connaissait trop sa puissance de persuasion pour s'en étonner, et il devait savoir que cette bataille était gagnée d'avance.

— Je peux vous sauver, assura-t-il.

— Comment ? interrogea le Grand Maître. Je pourrais quitter secrètement ce donjon, bien sûr, car il existe un chemin de fuite connu de moi seul. Mais qu'adviendrait-il ensuite ? Je serai traqué par les sergents du Roi, recherché par ses espions. Il n'existerait pas, pour le Grand Maître du Temple, de retraite assez sûre...

— Le Roi ne pourrait vous faire saisir là où je vous cacherais, assura Ming.

Jacques de Molay hésita un instant, puis il haussa ses vieilles épaules.

— A quoi bon ! fit-il. En ne me trouvant pas ici, Nogaret se vengera sur le plus humble de mes frères, en tortures, en massacres, et cela avec l'approbation du roi Philippe, qui n'est pas de ceux qui acceptent la défaite. N'oubliez pas qu'on le surnomme le Roi de Fer : il doit briser tout ce qui lui résiste. Non, si je dois être arrêté, je préfère m'y résoudre. Peut-être réussirai-je à convaincre le Roi de mon innocence et de celle de mes frères.

— Vous ne réussirez pas à le convaincre, assura Ming. Si vous vous laissez arrêter, Philippe le Bel vous fera périr. Je puis même vous prédire que vous mourrez brûlé vif dans sept ans, le 18 mars 1314 exactement, en compagnie de Geoffroy de Charnay, sur l'îlot des Juifs.

Jacques de Molay ne protesta pas, comme s'il trouvait tout naturel que son visiteur lui prédise ainsi, avec une terrible précision, la façon dont s'achèverait son destin. Ming continuait ;

— D'ailleurs, quand Nogaret viendra vous saisir demain, vous serez ici à l'attendre, même si vous acceptez ma proposition de vous cacher...

Cette fois, le Grand Maître ne put s'empêcher de sursauter légèrement sous l'effet de la stupeur.

— Comment pourrais-je être ici quand Nogaret viendra, s'étonna-t-il, et en même temps me trouver en sécurité dans le sûr refuge dont vous venez de parler ?

L'Ombre Jaune ne répondit pas. Il se contenta, d'un geste, de rabattre en arrière le capuchon de l'homme qui l'accompagnait et dont jusque-là les traits étaient demeurés cachés. Ses traits furent brusquement révélés dans la lumière tremblante du feu et des chandelles : c'étaient ceux de Jacques de Molay lui-même.

III

A voir ainsi son double assis en face de lui, un peu comme s'il se regardait dans une glace, Jacques de Molay avait blêmi. Ses lèvres remuèrent rapidement comme pour une muette prière d'exorcisme, et il se signa à trois reprises.

— C'est de la sorcellerie, dit-il à l'adresse de Ming. Vous devriez être brûlé vif !

Le Mongol eut un sourire cruel.

— Vous êtes malvenu en parlant de brûler quelqu'un vif, dit-il, alors que c'est justement ce supplice qui doit clôturer votre destinée.

Du menton, il désigna le double de Jacques de Molay assis à ses côtés, et il enchaîna ;

— D'ailleurs, ceci n'a rien à voir avec de la sorcellerie mais avec la science. Une science que vous ne pouvez pas comprendre...

Bob Morane et Bill Ballantine, eux, comprenaient. Depuis longtemps, ils connaissaient les trucs de Ming. Ils devinaient que le double de Jacques de Molay était un produit de la chirurgie plastique, technique dans laquelle l'Ombre Jaune dépassait les plus grands experts du XXe siècle. Sans doute s'agissait-il d'un de ses esclaves auquel, par une série d'opérations successives, il avait façonné les traits pour lui donner ceux du Grand Maître du Temple.

De Molay, toujours subjugué par les regards hypnotiques de Monsieur Ming, semblait s'être un peu rasséréné.

— Cet homme me ressemble en effet très fort, fit-il, tout à fait comme s'il s'agissait de mon frère jumeau. Si je comprends bien, c'est lui que vous voulez faire tomber à ma place entre les mains du Roi. Mais il sera mis à la question, on l'interrogera et il sera obligé, sous l'emprise de la douleur, de parler. Vite alors on s'apercevra de la supercherie...

Le Mongol secoua la tête.

— J'ai prévu tout cela, assura-t-il. Vous pouvez interroger cet homme sur les faits principaux de votre vie, il vous répondra avec une précision qui vous étonnera.

Jacques de Molay voulut faire l'essai. Il posa une série de questions précises à son double concernant son propre passé. Et chaque fois la réponse venait. Il était évident que le faux Jacques de Molay avait été obligé d'apprendre tout cela comme une leçon. Peut-être grâce à un nouveau procédé électronique mis au point par Ming.

— Êtes-vous convaincu ? interrogea le Mongol.

Le Grand Maître eut un signe affirmatif.

— Je suis convaincu, dit-il. Je suis convaincu également de ce que vous m'avez dit concernant mon arrestation, ma captivité et ma mort sur le bûcher. Vous n'auriez pas pris ces précautions s'il ne devait en être ainsi.

A nouveau, Monsieur Ming sourit de cette façon inhumaine qui lui était propre.

— Il ne vous reste plus, conclut-il, qu'à échanger vos vêtements contre ceux de votre sosie. Il demeurera ici tandis que vous me suivrez.

— J'aimerais qu'Everard, mon valet fidèle, m'accompagne, risque Jacques de Molay. Je puis répondre de sa discrétion...

L'Ombre Jaune hésita, puis il décida que le dénommé Everard pourrait finalement servir ses propres desseins.

— J'accepte que votre valet vous accompagne, dit-il. Demain vous pourrez l'envoyer aux nouvelles, et il viendra témoigner du fait que les archers du Roi ont bien envahi le Temple. Vous saurez alors que, réellement, je vous ais sauvé la vie et il ne vous restera plus alors qu'à me prouver votre reconnaissance.

Le Grand Maître considéra son visiteur avec un reste de suspicion dans le regard.

— Vous prouver ma reconnaissance ? dit-il. Qu'exigerez-vous en récompense du service que vous êtes en train de me rendre ?

— Plus tard, coupa Ming. Nous parlerons de cela plus tard. Ce qui compte pour le moment, c'est quitter cet endroit pour la retraite que je vous ai réservée. Le temps presse...

Jacques de Molay n'insista pas. Cinq minutes plus tard, il avait changé ses propres vêtements contre ceux de son double qui s'assit à sa place, derrière la grande table encombrée de livres et de parchemins.

— Je suis prêt, déclara-t-il.

Il se dirigea vers un coin de la salle opposé à celui où se trouvaient tapis Bob et Bill. Il souleva une tapisserie et, de tout son poids, pesa sur la dalle d'encoignure. Un pan de muraille pivota, révélant une étroite ouverture parfaitement camouflée quelques instants auparavant.

Jacques de Molay se retourna vers Ming et dit simplement ;

— C'est par ici que nous allons quitter le Temple sans être vus. Personne, à part moi, ne connaît ce chemin de retraite.

Les deux hommes s'engagèrent dans l'ouverture et le pan de muraille, puis la tenture se refermèrent derrière eux.

Bob Morane et Bill Ballantine étaient demeurés dans la pièce en compagnie du double de Jacques de Molay, qui se tenait assis très droit derrière la table, pour attendre avec patience un destin qui n'était pas le sien.

— Qu'est-ce qu'on fait ? interrogea Bill tout bas. On les suit ?

— On les suit, décida Morane.

Ils se mirent en état de vibration et, devenus invisibles, ils s'avancèrent vers le coin où s'ouvrait le passage où avaient disparu de Molay et Ming. Ils n'eurent même pas à soulever la tenture ni à faire pivoter le bloc de maçonnerie. Il ss contentèrent tout simplement de passer au travers de la muraille, un peu comme des spectres, et ils prirent pied sur un étroit palier où s'amorçait un escalier descendant d'où montait une lueur tremblotante : sans doute celle d'un fanal allumé par Jacques de Molay.

— Pour le moment, restons en état de vibration, dit Bob, du moins tant que cela nous sera possible. Ensuite nous verrons...

Sûrs de ne pas risquer de se faire repérer, ils se mirent à dévaler rapidement les degrés sur les talons de Monsieur Ming et de son protégé.

Un protégé qui, assurément, ne tarderait pas à devenir une victime.

*
* *

A présent, on avait quitté le Temple. Au passage, Jacques de Molay avait réveillé son valet fidèle, Everard, qui sans poser de question avait accompagné son maître et Monsieur Ming dans le souterrain où Bob Morane et Bill Ballantine avaient continué à les suivre, parfois, dans leur état normal, parfois en état de vibration, suivant les circonstances. Ce souterrain avait finalement débouché dans la cave d'une maison inoccupée, située hors des murs de la ville et qui appartenait à l'Ordre. Ensuite, Ming et ses compagnons s'étaient dirigés vers le nord, tandis que Bob Morane et Bill continuaient à les filer à bonne distance.

Amoureux de sa ville natale et de son passé, Morane connaissait parfaitement la topographie de Paris au Moyen Age. Bientôt, il n'eut plus de doute. Il se retourna vers Bill qui marchait derrière lui et souffla :

— On se dirige vers Montfaucon.

Le Français ne se trompait pas car bientôt, les rares maisons basses, aux murs de torchis, firent place à des terrains vagues noyés de boue et de pluie. Sur sa butte, le gibet apparut, massif, rébarbatif, découpant sur un ciel de schiste les masses sombres de ses seize piliers d'épaisse maçonnerie, aux poutres desquelles se balançaient les cadavres des suppliciés suspendus à des chaînes.

« Sale coin, pensa Bob, et qui porte malheur. L'Ombre Jaune ne pouvait nous mener vers un autre endroit... »

Les deux amis suivaient Ming, de Molay et Everard à distance respectueuse, mais assez près cependant pour ne pas risquer de les perdre de vue. Pour le moment, ils avaient renoncé à demeurer dans l'état de vibration qui les fatiguait fort.

« Que va-t-on faire du côté de Montfaucon ? se demandait Morane. Est-ce là que Ming compte mener ses prisonniers ? » — car on ne pouvait douter que le Grand Maître et son valet ne fussent prisonniers du Mongol.

Montfaucon n'était pas le but final de cette sinistre excursion au bout de la nuit et de la pluie, car on passa, sans s'y arrêter, à proximité des célèbres fourches patibulaires. Par bonheur, la nuit était assez sombre pour que Morane et Bill ne pussent détailler les macabres débris humains suspendus aux poutres et y attendant que, leur chair dévorée par les corbeaux, leurs os s'éparpillassent pour être finalement jetés dans l'ossuaire aménagé sous l'épais bloc de maçonnerie servant de socle aux piliers.

Ming, toujours menant Jacques de Molay et son valet, continua à se diriger en direction du nord à travers les campagnes marécageuses où peut-être déjà, à l'approche de l'hiver, devaient errer les loups. Pourtant, les hommes sont souvent plus dangereux que les bêtes car, à peine Bob et Bill avaient-ils dépassé un chemin creux qui s'ouvrait sur leur droite, entre deux replis de terrain, qu'ils se virent soudain entourés par un groupe d'hommes. Ils crurent tout d'abord avoir affaire à des complices de l'Ombre Jaune qui protégeaient la retraite de leur maître, mais ils se rendirent vite compte qu'il n'en était rien. Les assaillants portaient en effet des vêtements de l'époque et tout, dans leurs agissements, leur façon de parler entre eux, indiquait bien qu'il s'agissait là d'une bande de ces coupe-jarrets qui écumaient les parages de leur capitale, aux aguets de quelque marchand attardé.

Instinctivement, en se sentant saisi, Morane fit le geste de porter la main à sa ceinture pour se mettre en état de vibration. Mais il n'en eut pas le temps car, déjà, on lui avait immobilisé les bras. Bill cependant avait pu se mettre en état de vibration car, avant même d'avoir été touché, il avait disparu, à la grande surprise de ceux qui se précipitaient sur lui et s'apostrophaient à présent.

— Ah çà ! disait l'un des truands, où a-t-il disparu ?
— Il s'est volatilisé comme un pur esprit, fit un autre.
— Peut-être s'agit-il d'un sorcier ? risqua un troisième.
— Dites plutôt, jeta un quatrième bandit, qu'il vous a glissé entre les doigts et qu'il a réussi à se faufiler dans un de ces fossés.
— C'est juste, conclut le premier qui avait parlé. Les sorciers n'ont pas l'habitude de marcher côte à côte avec les hommes et, s'il y avait eu une cause surnaturelle à sa disparition, son compagnon ne serait pas en notre pouvoir. Ne pensons plus à l'autre et voyons ce que celui-ci a dans les poches.

A différentes reprises. Morane avait bien tenté de se libérer pour se mettre lui aussi en état de vibration, mais on lui avait ramené les bras derrière le dos et les poignes qui le maintenaient étaient solides. Déjà, il sentait que des liens lui enserraient les poignets.

Il fut renversé et l'homme qui paraissait le chef des coupe-jarrets et portait un chapel de fer tout cabossé, se pencha sur lui pour le fouiller. Quand ses mains entrèrent en contact avec la matière plastique et la combinaison spatio-temporelle, il sursauta légèrement et grogna :

— Drôlemement habillé le quidam ! Jamais vu des vêtements pareils. Sans doute s'agit-il d'un étranger. Bonne aubaine, souvent ils sont cousus d'or.

Il fit le geste d'ouvrir ou d'arracher le devant de la combinaison de plastique, mais il n'en eut pas le temps. Il fut soudain soulevé de terre et rejeté à cinq mètres de là par une main invisible. Les autres tire-laine furent impuissants à réagir. Des poings, également invisibles, les frappèrent l'un après l'autre, sans qu'ils eussent le loisir de se défendre, et les jetèrent dans la boue. Plusieurs d'entre eux voulurent se redresser mais ils furent bousculés, frappés à nouveau, à demi assommés.

Alors l'épouvante s'empara des truands. Sans chercher à comprendre ce qui leur arrivait, saisis de panique, ils se redressèrent les uns après les autres et se mirent à fuir dans toutes les directions. Quand ils eurent disparu, Bill Ballantine se matérialisa auprès de Morane.

— Une chance que j'aie pu me mettre en état de vibration, hein commandant ? fit le géant.

— Ouais, grogna Morane, une chance.... Personnellement, je n'ai même pas eu le temps de me rendre compte de ce qui m'arrivait : les misérables m'avaient immobilisé...

Déjà, les doigts de Bill s'attaquaient aux liens enserrant les poignets de son ami. En quelques secondes, celui-ci fut libéré. Il se redressa et, rapidement, s'assura que sa combinaison n'était pas endommagée car il se souvenait des recommandations du colonel Graigh : « Assurez-vous toujours que votre combinaison est bien fermée ; sinon vous seriez coupé en deux... »

Quand Bob fut certain de ne pas courir un tel risque, il décida :

— Lançons-nous sur les traces de Ming. Nous n'avons perdu que trop de temps. Et mettons-nous en état de vibration afin d'éviter de faire encore de mauvaises rencontres.

Ils n'avaient en effet que trop perdu de temps, car ils eurent beau presser le pas, profiter de l'état de vibration qui rendait leurs corps plus légers, ils ne parvinrent pas à rejoindre Ming, de Molay et Everard. A plusieurs reprises, ils revinrent sur leurs pas, empruntant d'autres chemins, au cas où ceux qu'ils poursuivaient auraient bifurqué, mais toujours en vain. Pendant une heure, ils s'entêtèrent ainsi, reprenant leur état normal quand la fatigue se faisait sentir, puis se remettant en état de vibration. Finalement, ils s'arrêtèrent à un carrefour où des mains pieuses avaient érigé un reposoir surmonté d'une croix de pierre.

— Rien à faire, dit Bill. Il nous ont filé entre les doigts, et cela à cause de ses satanés coupe-jarrets.

— Soufflons un peu, décida Bob, puis reprenons nos recherches. Après tout, trois hommes, ça ne se volatilise pas ainsi...

— N'oublions pas que nous avons affaire à Monsieur Ming, glissa Ballantine, et qu'avec lui tout devient possible.

En dépit de cette dernière remarque, dictée par une connaissance parfaite de l'adversaire, ils reprirent leurs recherches après dix minutes de repos. La pluie avait cessé de tomber, le gros des nuages avait fondu et la lune laissait couler ses rayons d'argent sur la campagne. Comme ils suivaient un étroit chemin, entre deux petits bois, Bob poussa une exclamation.

— Regarde, là-bas, des hommes !

Il y en avait une demi-douzaine mais ils étaient étendus sur le sol, immobiles. Depuis qu'ils avaient repris leurs recherches, Morane et Ballantine ne s'étaient plus remis en état de vibration afin d'éviter toute fatigue superflue. Ils poussèrent à nouveau sur les boutons blancs de leurs ceintures et, invisibles, s'approchèrent des hommes étendus. Tout de suite, ils reconnurent les tire-laine auxquels ils avaient eu affaire précédemment. Tous étaient morts et portaient une large plaie à la gorge. Tout de suite, Morane remarqua l'absence de sang sur le sol et aussi l'étonnante pâleur des visages. Il fit part de cette constatation à son compagnon. Bill hocha la tête.

— Oui, fit-il, ces malheureux ont été saignés comme des poulets par une belette. Dans ce cas, il fallait que la belette soit de taille... Et si c'était...?

Le géant s'interrompit, comme hésitant à formuler la supposition qui lui était montée aux lèvres.

— Et si c'étaient des vampires, hein Bill ? acheva Morane. C'est cela que tu voulais dire, n'est-ce pas ? Mais non, ce serait trop simple. Ces étranges morts ne peuvent être séparées de la présence de Ming dans la contrée.

— Ming a beaucoup de défauts, fit remarquer l'Écossais, mais il n'a pas l'habitude de sucer le sang de ses victimes...

— Non pas Ming, approuva Morane, mais il peut s'être fait aider par je ne sais qui, *par je ne sais quoi.*

Morane s'interrompit et serra les poings pour reprendre d'une voix sourde :

— Quels monstres l'Ombre Jaune a-t-il encore suscités pour en faire ses esclaves, ses agents de mort ?

Il y eut un nouveau silence, puis Bill dit :

— Il faut à tout prix que nous le retrouvions pour essayer de l'empêcher de nuire davantage... Essayer...

Pourtant, ils eurent beau parcourir la région en tous sens, explorer chaque chemin creux, fouiller chaque bouquet d'arbres, ils ne devaient retrouver trace ni de Monsieur Ming, ni de ses prisonniers volontaires.

IV

C'était non sans appréhension que Jacques de Molay avait suivi Monsieur Ming hors de l'enceinte du Temple. A plusieurs reprises, il avait voulu reculer, mais le Mongol le subjuguait et il ne pouvait qu'obéir malgré lui au moindre de ses ordres.

Pourtant, quand la butte sinistre de Montfaucon s'était découpée sur le ciel lourd, une vague de terreur avait envahi le Grand Maître. Le fait qu'on se dirigeât dans cette direction précise était pour lui plus qu'un mauvais présage : une menace. Il avait jeté un regard à Everard, son valet, et il avait lu de l'épouvante sur son visage. Mais le domestique fidèle, en dépit de cette épouvante, continuait néanmoins à suivre son maître.

La peur de ses deux compagnons ne devait pas échapper à l'Ombre Jaune, car celui-ci lisait dans les cœurs et dans les esprits. Quand ils passèrent devant le gibet lui-même, de Molay tout comme Everard ne purent s'empêcher de se signer. Ming avait poussé alors un ricanement qui ressemblait au rauquement du tigre.

— Soyez sans crainte, Maître, fit-il en s'adressant à de Molay, les morts nous peuvent moins de mal que les vivants, et je connais quelqu'un qui, étendu pour le moment sur sa couche royale, est plus dangereux pour votre sécurité que mille pendus, même s'il s'agit de scélérats de la pire espèce... De toute façon, tant que vous serez sous ma protection, vous ne risquerez pas de périr à Montfaucon. Tout différent d'ailleurs est votre historique destin. Vous devez périr brûlé vif, mon cher... Brûlé vif !...

Déjà les fourches de justice étaient dépassées et on s'avançait de plus en plus loin à travers la campagne déserte. Pas tellement déserte pourtant car la pluie avait cessé, le ciel s'était un peu dégagé et, à la lueur de brefs rayons de lune, de Molay et son domestique devaient apercevoir des ombres rapides qui se dissimulaient derrière le moindre accident de terrain. Cela avait forme humaine, certes, mais pourtant le Grand Maître et Everard étaient persuadés qu'il ne s'agissait pas vraiment d'hommes. Parfois, ils distinguaient une face pâle, figée, des yeux rouges qui brillaient comme des escarboucles. Ces êtres leur en voulaient-ils ? De Molay ne le pensait pas. Il avait l'impression qu'ils montaient plutôt une garde attentive et repoussante autour d'eux et de leur fantasmagorique mentor.

De chemin creux en chemin creux, de bois en bois, de marécage en marécage, la progression continuait. Parfois, Jacques de Molay s'arrêtait et demandait à l'intention de Ming :

— Où nous conduisez-vous ?

— Là où vous serez en sécurité, était chaque fois la réponse. Avancez...

Toujours subjugués, le Grand Maître et son valet obéissaient.

Le trio s'était engagé dans un étroit chemin, entre deux petits bois, quand soudain, dans la pénombre, des armes brillèrent. Ensuite, une demi-douzaine d'hommes entourèrent Ming et ses compagnons, brandissant des épées, des dagues et des haches. Tout de suite, de Molay et Everard reconnurent avoir affaire à des coupe-jarrets. Ils ne se trompaient pas, car l'un de ces derniers, qui portait un vieux chapel de fer tout cabossé, jeta d'une voix rauque :

— Donnez-nous vos bourses, Messires. Nous ne vous tuerons qu'après. Une faveur que nous vous faisons là, car nous pourrions vous tuer avant, si tel était notre bon vouloir. Mais il arrive que les gueux soient bons princes. Ah ! Ah ! Ah ! Ah !

Pour toute réponse, Ming avait éclaté d'un rire menaçant et, immédiatement après, il lança un ordre dans une langue inconnue. Alors, il sembla qu'une horde de démons fondait sur les truands. Des formes sombres, humaines d'apparence, jaillirent de la nuit. On vit s'abattre des mains qui ressemblaient à des serres de rapaces, des dents taillées en crocs brillèrent, tandis que des yeux rouges brûlaient comme des braises. Tout de suite, Jacques de Molay et Everard avaient reconnu ces mystérieux êtres déjà entr'aperçus à différentes reprises et qu'ils avaient, avec raison, pris pour une garde silencieuse protégeant leur terrible guide.

Les coupe-jarrets ne devaient même pas avoir le temps de se défendre, car les assaillants paraissaient doués d'une force prodigieuse. Ils furent jetés sur le sol, massacrés par les serres, égorgés par les crocs ; et les monstres demeurèrent penchés sur leurs victimes, buvant leurs vies à même les blessures.

— Des vampires, murmura Everard en se signant. Ces hommes sont des vampires.

Cette fois, la panique s'empara de Jacques de Molay et de son serviteur. Ils n'eurent plus qu'un désir : s'éloigner au plus vite du lieu du carnage. Ils se mirent à courir vers les bois, espérant se perdre entre les arbres, mais leurs mouvements n'avaient pas échappé à Monsieur Ming. Il tira de dessous sa robe une sorte de pistolet à long canon et pressa par deux fois la détente. Le Grand Maître et Everard sentirent au creux de leurs reins une légère piqûre quand des fléchettes s'y enfoncèrent et, presque immédiatement, ils tombèrent en avant, privés de toute conscience.

*
* *

Quand le Grand Maître du Temple et Everard reprirent connaissance, presque en même temps, ils étaient étendus dans une pièce aux parois faites d'un métal ressemblant à de l'acier, mais brillant cependant d'un éclat plus mat. Le sol était couvert d'une matière molle et souple qui leur parut un peu comparable à de la chair ; en réalité, il s'agissait d'une mousse synthétique. Quelques secondes s'écoulèrent, juste le temps qu'ils puissent retrouver toute leur lucidité, puis Monsieur Ming entra dans la pièce suivi de plusieurs hommes bruns, aux longs cheveux noirs et lisses, aux yeux noirs et sauvages. Il ne s'agissait pas cette fois de ces êtres de cauchemar aperçus dans la nuit par Jacques de Molay et son serviteur, mais des dacoïts, ces fanatiques tueurs indiens qui, depuis toujours, étaient les collaborateurs dévoués de l'Ombre Jaune.

— Je regrette, Maître, d'avoir dû user des grands moyens à votre égard, fit Ming. Pourquoi avez-vous essayé de fuir ?

— Ces êtres... qui buvaient le sang... balbutia de Molay.

— Ce sont donc mes Whamps qui vous ont effrayé ? fit Ming avec un haussement d'épaules. Après tout, ils n'ont rien de bien plus terrible que les tourmenteurs du Roi qui, pendant près de sept années, devraient vous mettre à la question pour vous arracher l'aveu de forfaits que vous n'avez pas commis.

Jacques de Molay ne put réprimer un sursaut.

— Vous mentez ! jeta-t-il. Jamais le Roi ne devait me faire arrêter ! Vous vous livrez là à un chantage ! Dans quel but ? Je ne sais. J'aurais dû vous faire saisir par mes gardes quand vous avez pénétré dans le Temple.

Ming sourit.

— Soit, se contenta-t-il de rétorquer. Je ne puis vous forcer à me croire, mais je puis vous donner la preuve que Philippe le Bel devait vous faire arrêter, *qu'il vous a déjà fait arrêter en la personne de l'homme que nous avons laissé là-bas à votre place, dans la haute salle du donjon.*

Le regard hypnotique des yeux d'ambre avaient à nouveau eu raison de la révolte du Grand Maître qui, balbutia :

— La preuve... Comment ?...

L'Ombre Jaune désigna Everard.

— Votre serviteur va se rendre à Paris, expliqua-t-il, qui est plein de la nouvelle de l'arrestation du Grand Maître du Temple et de ses Chevaliers. Il vous rapportera lui-même, de sa propre bouche, la confirmation que vous attendez. Accepterez-vous cette preuve ?

De Morlay jeta un regard en direction d'Everard et, dans ses yeux francs, il lut la même fidélité que jadis. Il acquiesça :

— J'accepterai cette preuve.

Monsieur Ming lança un ordre et les dacoïts, s'approchant d'Everard, lui bandèrent les yeux. Puis, après l'avoir forcé à se relever, ils le poussèrent au-dehors.

*
* *

Plusieurs heures s'écoulèrent dans l'attente sans qu'Everard ne reparut. Peut-être six heures, peut-être davantage... Deux dacoïts avaient apporté à manger à Jacques de Molay, mais celui-ci, ne connaissant pas leur langage, n'avait pu les interroger ; il était probable d'ailleurs qu'il n'aurait pas obtenu de réponse.

Finalement, la porte de la prison de métal fut ouverte et Ming entra, poussant devant lui Everard qui, aussitôt, faisant montre de la plus grande agitation, se jeta aux pieds de son maître en balbutiant :

— Tout ce que cet homme avait prédit est arrivé... Tout est arrivé... Tout est arrivé...

— Relève-toi, Everard, fit Jacques de Molay, et parle avec paix...

Le valet obéit et ce fut d'une voix plus calme qu'il reprit :

— J'ai parlé à beaucoup de gens dans la capitale, et tous m'ont rapporté la même chose. Ce matin, Messire Nogaret, accompagné d'Alain de Pareilles et de ses archers, se sont fait ouvrir les portes du Temple et ont arrêté tous les Frères qui s'y trouvaient, y compris vous-même. Déjà, paraît-il, ils auraient été soumis à la question.

Everard s'interrompit, considéra un long moment de Molay comme pour s'assurer que ses sens ne l'abusaient pas, puis il reprit :

— Comment auraient-ils pu vous arrêter, Maître, puisque vous êtes là devant moi et que mon cœur ne peut me tromper ?

Le domestique n'avait pas été mis au courant de la substitution et Jacques de Molay se contenta, du pouce, de lui tracer une croix sur le front en murmurant :

— Aie confiance, Everard. Les intentions du Ciel sont souvent fort obscures à nous autres, pauvres mortels... Continue...

— Le bruit court également, reprit Everard, qu'à travers toute la France les autres commanderies ont ainsi été envahies par les archers du Roi et les Frères qui les occupaient arrêtés...

Il y eut un silence à l'issue duquel Ming demanda à l'adresse du Grand Maître :

— Êtes-vous convaincu à présent ?

Jacques de Molay ne répondit pas immédiatement. Longuement, ses regards fouillèrent ceux d'Everard, plongeant jusqu'au plus profond de son âme. Le Grand Maître du Temple connaissait les hommes et il savait lire en eux. Dans les yeux d'Everard, il ne voyait que dévouement et sincérité. Alors, il ne put que répondre au Mongol :

— Je suis convaincu.

— Et sans doute serez-vous convaincu également de ce que je vous ai dit déjà, enchaîna Ming, à savoir que vous serez torturé, que vous avouerez des crimes que vous n'avez pas commis et que, dans sept ans, vous périrez brûlé vif sur le bûcher, dans l'îlot des Juifs, en compagnie de Geoffroy de Charnay...

— Je n'avouerai rien, protesta de Molay, car je n'ai rien à avouer.

— Vous avouerez, appuya Ming. Je connais la puissance de la douleur physique ; c'est une de mes vieilles amies. Vous avouerez et vous périrez sur le bûcher... si je le veux.

— Si mon destin est ainsi tracé, protesta le Grand Maître, pourquoi ne m'y abandonnez-vous pas ?

— Le destin, fit Ming. Voilà un mot bien vague. Pour tous, dans le futur, le vôtre aura été de périr brûlé vif, comme un hérétique. Mais qui dit que quelqu'un n'aura justement pas été brûlé à votre place, comme j'en ai fait le dessein ?

— Livrez-moi à Nogaret, insista Jacques de Molay.

Mais l'Ombre Jaune secoua la tête.

— Ne croyez pas que j'ai agi dans le seul but de vous protéger. A présent que je vous ai attiré hors du Temple, soustrait à la justice du Roi et amené ici, je puis vous révéler mes vraies raisons.

Le Grand Maître de l'Ordre du Temple se fit soudain attentif. Cet homme, qui jusqu'alors n'avait été pour lui que mystère, allait-il enfin se dévoiler sous son vrai jour ?

— Que voulez-vous de moi ? interrogea le vieillard.

— Deux choses. Bien que mutilé, abaissé, l'Ordre du Temple demeurera une puissance occulte. Je veux que vous me la livriez pour que, dans le futur, elle me serve à mener à bien la grande œuvre que j'ai conçue. Pour accomplir cette œuvre, j'ai besoin également d'énormes richesses. Je sais que les Templiers ont amassé des trésors prodigieux dissimulés dans une cachette secrète. Je veux également que vous me livriez ces trésors.

Jacques de Molay se raidit.

— Si je comprends bien, siffla-t-il, vous voulez que j'abdique toute la puissance que le Seigneur m'a conférée pour agir en Son Saint Nom. Si j'acceptais vos conditions, j'aurais alors réellement mérité de périr sur le bûcher comme un hérétique.

Ming parut ne pas avoir entendu les dernières paroles de son prisonnier.

— Acceptez-vous de faire ce que je demande ? insista-t-il d'une voix qui ne semblait pas issue d'un gosier humain mais d'une machine.

Jacques de Molay se redressa, réunissant les dernières forces de son vieux corps pour clamer très haut, comme un défi :

— Jamais !

L'Ombre Jaune ne broncha pas. Seuls ses yeux d'ambre brillèrent davantage et un sourire découvrit ses dents blanches de fauve.

— Jamais ! goguenarda-t-il. C'est un mot qu'il ne faut pas prononcer devant moi, qui ai pu me rendre maître du Temps, en faire mon jouet, pour qui jamais veut dire toujours... Je vous briserai, Jacques de Molay. Vous demeurerez mon prisonnier, enfermé dans des prisons de métal, entouré de créatures à ma dévotion et auprès desquelles les démons de votre Enfer feront figure de marionnettes, et peut-être finalement regretterez-vous de n'être pas tombé entre les mains du roi Philippe et de ses bourreaux. La mort la plus horrible peut parfois paraître douce auprès d'une certaine manière d'exister... sinon de vivre.

Pendant quelques instants Monsieur Ming se tut, surveillant son prisonnier à travers les étroites fentes de ses paupières mi-closes : il donnait réellement l'impression d'un chat jouant avec une souris.

— Et puis, qui sait, reprit-il, si tout compte fait, pour ne pas être en reste avec l'Histoire, je ne finirai pas par vous livrer au Roi de Fer... quand je vous aurai arraché vos secrets.

V

Lorsque Nicolas Flamel s'était écroulé, frappé par une fléchette enduite d'un puissant soporifique, Monsieur Ming n'avait pas perdu de temps à savourer son triomphe. Avec la sûreté d'un expert, il s'était mis en devoir de sélectionner les manuscrits ayant trait à l'alchimie, et dont plusieurs étaient de la main de Flamel lui-même, qui s'entassaient sur la table et sur des rayons de bois scellés à la muraille. A l'aide de fines cordelettes de soie qu'il tira de sa poche, il en fit plusieurs paquets. A ce moment, Orus revint dans la pièce. Ses yeux rouges brillaient d'un éclat féroce et ses ongles en griffes étaient marqués de taches pourpres.

— Le domestique ? interrogea Ming.

Pour toute réponse, Orus eut un signe de tête de haut en bas, ce qui signifiait qu'il n'y avait plus rien à craindre de la part de Bertram.

— C'est parfait, approuva l'Ombre Jaune à l'adresse de son inquiétant compagnon. Porte ces livres dans la charrette. Ensuite, tu reviendras et tu t'occuperas de Maître Flamel.

Orus poussa un simple grognement, se chargea des colis de livres avec autant d'aisance que s'il s'était agi d'oreillers de plumes, et il disparut à nouveau, d'une démarche à ce point légère et silencieuse que cela en devenait troublant en considération de sa taille et de sa masse.

Accroupis dans l'obscurité d'un débarras attenant au bureau de Maître Nicolas Flamel et dont la porte était demeurée entrouverte, Bob Morane et Bill Ballantine avaient assisté à toute la scène consécutive à l'apparition de Ming. Tout s'était déroulé si vite, le meurtre imprévisible du domestique et la mise hors de combat du maître de céans, qu'ils n'avaient pu intervenir. D'ailleurs, il n'entrait justement pas dans leurs desseins d'intervenir, mais seulement de surveiller les faits et gestes de Ming pour surprendre ses plans.

Après leur échec partiel dans l'affaire Jacques de Molay, les deux amis avaient connu un moment de désarroi, hésitant sur le parti à prendre. Finalement, pour couper court à toute tergiversation, ils regagnèrent le XXe siècle et la Vallée du Lac Bleu afin de se concerter avec le colonel Graigh. Là, il avait été décidé qu'ils feraient pour l'an 1410 la même tentative que pour l'année 1307 et tenteraient de retrouver la piste de Ming au moment où celui-ci se mettrait en contact avec Nicolas Flamel.

Bob et Bill s'étaient donc virés à la date prévue, peu de temps avant que l'Ombre Jaune lui-même se manifestât. En état de vibration, ils avaient pénétré dans la maison de l'alchimiste, avaient traversé, invisibles, le bureau où Flamel travaillait, et ils s'étaient cachés dans un réduit attenant, situé au fond de la pièce et dont ils avaient eu soin de laisser la porte entrebâillée, afin de ne rien perdre des événements à venir.

A présent, ayant été déposer les livres dans la charrette, Orus revenait dans le bureau. Ming lui désigna le corps inanimé de Nicolas Flamel et ordonna :

— Charge-toi de lui !

Pendant qu'Orus chargeait l'alchimiste sur ses épaules, le Mongol promenait un regard autour de lui comme pour une dernière inspection. Ensuite, il jeta :

— Partons ! Nous n'avons plus rien à faire ici.

Suivi par Orus chargé de son fardeau humain, il se dirigea vers la porte menant à la cour intérieur.

— Que faisons-nous ? interrogea Ballantine à l'adresse de Bob.

— On se met en état de vibration et on les suit, fut la réponse. De toute façon, il n'y a rien d'autre à faire.

Ils appuyèrent sur les boutons blancs de leurs ceintures et s'élancèrent sur les talons de Ming et d'Orus, traversèrent la cour aux plantes vertes pour s'engager dans le corridor menant à la porte de la rue. Déjà Ming avait refermé celle-ci, mais ils la franchirent aussi aisément que si elle n'avait pas existé.

Pendant que Ming s'installait sur le siège du conducteur, Orus contournait le véhicule pour déposer le corps toujours inanimé de Nicolas Flamel sous la bâche formant dais.

Cette rapide scène se déroulait sous les regards d'un ivrogne, dont la présence avait échappé à Ming, affalé sous le porche d'une maison voisine. Et, soudain, un appel fusa, lancé d'une voix avinée :

— On enlève Maître Flamel ! Appelez le guet ! On enlève Maître Flamel !

L'alchimiste était fort bien vu dans le quartier car, s'il se livrait, entre autres activités, à celle de prêteur sur gages, il n'en faisait pas moins profiter de nombreux malheureux de ses libéralités. Il était même allé jusqu'à faire construire une énorme demeure, *La Maison du Grand Pignon,* où il logeait gratuitement des laboureurs et des pauvres gens qui, pour tout paiement, ne devaient que réciter chaque jour un Pater et un Ave pour le repos de l'âme des pécheurs.

Les appels de l'ivrogne furent donc aussitôt entendus des habitants du voisinage, et Orus n'avait pas encore eu le temps de dissimuler Flamel sous la paille garnissant le fond de la charrette que, déjà, toute une foule vociférante descendait dans la rue : commères en cottes de dessous et en bonnets de nuit, brandissant des ustensiles de cuisine, poêles ou fer à gaufres ; hommes aux chausses passées en hâte et mal ficelées, aux pans de chemises flottants et armés des instruments de leurs professions : marteaux de forgeron, faucilles de laboureur, tranchets de cordonnier, coutelas de boucher ; et aussi quelques enfants braillards et mal éveillés dont les cris augmentaient encore le tumulte.

— On enlève Maître Flamel, hurlait toute cette populace. Sus aux ravisseurs ! A mort ! A mort !

— Faites venir le guet ! Qu'on les envoie au Châtelet ! Au Châtelet !

— On dirait deux sorciers. Au bûcher ! Au bûcher !

La populace entourait à présent la charrette. Rudement, Orus écarta les plus audacieux, en envoyant quelques-uns rouler à plusieurs mètres. Un énorme boucher s'approcha de lui et lui porta un coup de son grand coutelas dans les flancs. La lame s'enfonça jusqu'au manche, mais Orus ne parut ressentir aucune douleur et, quand le boucher retira son arme, celle-ci n'était même pas teintée de sang.

— Regardez, hurla le boucher en brandissant son coutelas dont la lame, à la clarté de quelques torches allumées par les assaillants, se révéla vierge de toute souillure. Ces démons n'ont pas de sang. Ce sont des êtres de l'Enfer !... De l'Enfer !...

Parmi la foule, il y eut un flottement et les plus rapprochés s'écartèrent. Mais, déjà, Ming s'était dressé, tirant de dessous sa robe un objet oblong qui ressemblait à une lampe de poche. Il poussa sur un bouton de contact et un rayon bleu jaillit. Le Mongol le promena sur l'assistance en un grand mouvement circulaire et, chaque fois que le rayon bleu touchait un homme, une femme ou un enfant, celui-ci ou celle-là était immédiatement réduit à l'immobilité la plus totale, réellement changé en statue.

*
* *

Toujours en état de vibration, Bob Morane et Bill Ballantine s'étaient collés dans les encoignures de la porte de la maison de l'alchimiste.

— On va se glisser dans la charrette, décida Morane quand il vit le tour pris par les événements. C'est la seule façon de ne pas perdre la piste.

Comme Orus, après avoir détaché les chevaux, s'installait près de Ming sur le siège du conducteur, ils contournèrent le véhicule en passant entre les corps figés des hommes, des femmes et des enfants, soulevèrent la bâche et se glissèrent à l'intérieur.

Ming avait enlevé ses chevaux d'un coup de fouet et la charrette s'ébranla en tressautant dans les ornières, pour filer en direction du débouché de la rue.

Derrière, quelques clameurs indiquèrent que les effets de la lumière bleue avaient cessé de se faire sentir. Mais, déjà, la charrette s'était fondue dans les ténèbres pour se perdre dans le dédale des rues et des ruelles entourant l'église Saint-Jacques-de-la-Boucherie.

— Je ne crois pas que nous ayons à craindre quoi que ce soit pour l'instant, dit Morane. Reprenons notre état normal afin de ne pas nous fatiguer inutilement.

— Où croyez-vous que nous allons, commandant ? interrogea tout bas Ballantine quand ils eurent poussé sur les boutons noirs de leurs ceintures pour se rematérialiser dans la troisième dimension.

— Je n'en sais rien, répondit Bob.

Il jeta un regard par-dessous la bâche mais ne put rien reconnaître dans ces rues sombres, s'enchevêtrant dans le plus total désordre et qui n'avaient rien à voir avec celles du XXe siècle qu'il connaissait si bien.

Monsieur Ming avait ralenti l'allure de son attelage, sans doute pour éviter d'attirer l'attention. De temps à autre, Bob jetait un coup d'œil au-dehors et, bientôt, il se rendit compte qu'on franchissait une des portes de la ville. Il fit part de cette constatation à son compagnon et conclut :

— Il ne peut s'agir que d'une porte nord car, si nous avions passé la Seine, nous nous en serions rendu compte. Et puis, trop peu de temps s'est écoulé depuis que nous avons quitté la maison de l'alchimiste.

— Donc, on se dirige vers le nord, murmura à son tour Bill Ballantine, comme la première fois, quand nous suivions Ming et Jacques de Molay.

— Aucun doute là-dessus, approuva Morane. Il est probable que l'Ombre Jaune se rende au même endroit qu'en cette nuit du 13 octobre 1307. Logiquement, nous ne devons pas tarder à apercevoir Montfaucon...

Tout devait se passer comme Bob venait de l'imaginer. Bientôt, les seize épais piliers de pierre découpèrent leurs sinistres silhouettes sur le ciel nocturne. Des corps de suppliciés pendaient aux poutres, mais l'ensemble fit cependant moins d'impression aux deux voyageurs du Temps que la première fois. Peut-être le choc de la surprise s'était-il émoussé, ou était-ce la douceur de cette nuit de printemps ?

Le gibet fut dépassé et laissé en arrière. Par l'entrebâillement de la bâche, Bob et Bill pouvaient se rendre compte que l'on suivait approximativement le même chemin qu'en 1307. Le décor avait un peu changé, mais à peine. Des bois avaient été coupés, quelques maisons de paysans ou de charbonniers s'élevaient là où jadis il n'y avait rien. Pour le reste, c'était la même désolation.

Finalement, la charrette s'engagea dans une région vallonnée, suivit un chemin creux entre deux collines basses. Le sol avait lentement tourné au gris, pour ensuite prendre une teinte blanchâtre caractéristique.

— On doit approcher d'une carrière de plâtre, fit tout bas Morane.

La carrière en question fut bientôt devant eux : une arche ouverte dans une falaise basse, aux parois crayeuses, et qui se prolongeait par une galerie se perdant dans les profondeurs du sol.

La charrette s'était arrêtée à proximité de l'entrée de la galerie, trop étroite pour qu'elle puisse y pénétrer.

— Je crois qu'il serait temps de nous mettre en état de vibration, fit Bill.

Déjà, aux bruits qu'ils percevaient, les deux amis pouvaient se rendre compte qu'Orus avait mis pied à terre et se dirigeait vers l'arrière du véhicule. En même temps, ils appuyèrent sur les boutons blancs de leurs ceintures.

La bâche se souleva et Orus glissa le buste à l'intérieur,

sans se rendre compte évidemment de la présence de Morane et de Bill. Il tendit une main, fouilla parmi la paille et, par un pied, tira à lui le corps toujours sans conscience de Nicolas Flamel qu'il chargea sur son épaule.

Bob et Ballantine attendirent quelques secondes puis, quand le compagnon de l'Ombre Jaune se fut éloigné avec son fardeau, ils quittèrent à leur tour la charrette qu'ils contournèrent. Là-bas, Ming et Orus, ce dernier toujours chargé du corps de Nicolas Flamel, s'engageaient dans la galerie. Les deux amis les laissèrent prendre un peu d'avance, jusqu'à ce qu'ils eussent disparu. Puis ils s'avancèrent sur leurs traces.

Pendant un moment, leurs yeux s'habituant mal à l'obscurité, surtout que l'état de vibration rendait autour d'eux les choses un peu floues, ils purent croire avoir perdu le Mongol et son complice. Mais presque aussitôt, une lueur devant eux leur apprit qu'il n'en était rien : Ming avait allumé un luminaire quelconque, sans doute une torche électrique, et les deux amis avaient à présent un point de repère. Tant qu'ils apercevraient cette lumière, ils seraient assurés de ne pas avoir perdu la trace.

Sur quelques dizaines de mètres, la route se poursuivit, puis il sembla à Bob et à Bill que Ming et Orus tournaient à gauche dans une galerie secondaire, la première se terminant en cul-de-sac. Il leur avait été aisé de s'en apercevoir, à cause de la blancheur des parois taillées dans le gypse.

Ils pressèrent le pas et atteignirent l'entrée du couloir secondaire, un peu à tâtons. Là, ils eurent tout juste le temps de distinguer encore la lumière, assez loin devant eux, avant qu'elle disparût définitivement.

— Que se passe-t-il ? interrogea Bill. Seraient-ils tombés dans un trou ?

— À moins qu'ils ne se soient aperçus de notre présence et qu'ils ne nous tendent un piège, supposa Morane.

— Je me demande comment cela serait possible, puisque nous sommes en état de vibration.

— C'est vrai, reconnut Bob. Allons-y voir de plus près. De toute façon, nous ne risquons rien.

Précautionneusement malgré tout, ils longèrent la galerie en aveugles et, soudain, Bob, qui marchait en avant, eut la sensation de s'enfoncer dans une matière molle, sensation qu'il connaissait bien car c'était celle qui marquait le passage à travers un corps solide alors qu'ils étaient en état de vibration, comme pour l'instant. L'obscurité, autour de Morane, s'était dissipée, pour faire place à une lumière laiteuse semblant venir de tous côtés et qui ne projetait pas d'ombre. Devant Bob, s'ouvrait un étroit couloir, qui bifurquait aussitôt, à quelques mètres à peine de lui. Un couloir aux parois métalliques qui n'avaient plus rien à voir avec le gypse.

Instinctivement, comme s'il pressentait un danger, Bob se rejeta en arrière. Il eut à nouveau la sensation de traverser un corps mou, et ce furent à nouveau les ténèbres.

— Que se passe-t-il ? interrogea Ballantine qui venait quelques mètres en arrière de son ami.

— Il y a, répondit Morane, que je viens sans le savoir de pénétrer dans le refuge de Ming. N'avançons pas davantage et remettons-nous en état normal pour nous rendre compte.

Quand ils eurent appuyé sur les boutons noirs de leurs ceintures et eurent regagné le plan tridimensionnel, Morane alluma sa torche électrique. Devant eux, à un mètre à peine, la galerie s'achevait en cul-de-sac, fermée par une paroi de métal lisse et brillant.

VI

Longuement, Bill Ballantine avait promené ses larges mains sur la paroi lisse et dure, mais sans y découvrir la moindre solution de continuité. Assurément il s'agissait d'une porte. Celle-ci, pour s'ouvrir, devait coulisser latéralement, sans doute sous l'impulsion d'une commande électronique. Cela n'avait d'ailleurs aucune importance puisque, quand ils le voudraient, les deux voyageurs du Temps pourraient franchir cette porte en se mettant en état de vibration.

Cependant, l'Écossais devait faire une nouvelle constatation.

— Cette paroi me paraît légèrement convexe, dit-il, comme si elle faisait partie d'un ensemble de forme sphérique. Cela ne vous rappelle-t-il pas quelque chose, commandant ?

Morane eut un signe affirmatif.

— Oui, Bill. Jadis, le satellite de l'Ombre Jaune était ainsi enchâssé dans le sol d'un îlot de l'Archipel Inaccessible [1].

— Alors, un autre satellite ?

— Ce n'est pas sûr. Malgré moi, j'ai franchi cette porte et, de l'autre côté, rien ne m'a paru semblable à l'intérieur

---

1. Voir *La forteresse de l'Ombre Jaune*.
Le satellite de l'Ombre Jaune.

du satellite dont nous venons de parler. Plutôt un engin extra-temporel que Ming a enfoui ici afin d'y retenir ses captifs.

— Ne croyez-vous pas que, si réellement Ming avait voulu dissimuler cet engin, il aurait pris la peine de camoufler cette porte ?

— Pourquoi l'aurait-il fait ? Nous sommes au XVe siècle, ne l'oublie pas, et il n'existe sans doute à cette époque aucun instrument capable de rayer ce métal. Tout ce que Ming a voulu en enterrant ici son appareil, c'est ne pas trop attirer l'attention.

Bob se tut, tapota du bout des doigts le métal puis décida :

— Allons jeter un coup d'œil à l'intérieur.

— Croyez-vous que ce soit bien prudent ? interrogea Bill. Il est probable que cet engin ne restera pas là bien longtemps. Rappelons-nous que sa prochaine destination doit être l'année 1816.

— On va quand même courir le risque, s'entêta Morane.

Ils se mirent en état de vibration et franchirent la porte, pour se retrouver dans l'étroit couloir où Bob avait déjà pénétré quelques minutes plus tôt et qui bifurquait au bout de quelques mètres.

— Faisons une rapide exploration, dit Bob.

En état de vibration, les deux amis pouvaient converser sans crainte car, pas plus que leur présence, les sons ne pouvaient être perçus sur le plan tridimensionnel.

Ils longèrent le couloir aussi loin qu'ils le pouvaient et, rapidement, ils se rendirent compte qu'ils se trouvaient bien à l'intérieur d'une sphère d'assez belle dimension, mais cependant beaucoup moins vaste que le satellite que l'Ombre Jaune avait lancé naguère de l'Archipel Inaccessible. Cette sphère était divisée en compartiments servant de machineries et d'habitats. Le couloir qu'ils suivaient en faisait le tour. Bob et Bill entreprirent de visiter ces compartiments un à un. Le premier dans lequel ils pénétrèrent, et qui occupait le centre de la sphère, servait de salle de commandes. Plusieurs hommes s'y trouvaient, vêtus de combinaisons jaunes. Des individus maigres, aux traits sauvages, aux yeux sombres, brillant de férocité et dans lesquels Bob Morane et son compagnon n'eurent aucune peine à reconnaître des dacoïts. D'habitude, ceux-ci servaient d'hommes de main à Monsieur Ming ; dans le cas présent, ils faisaient office d'équipage, sous la conduite toute-puissante du Mongol.

Pourtant, ce n'étaient pas les dacoïts qui intéressaient Morane et Bill mais les tableaux de commandes occupant trois des côtés de la salle. Ils les inspectèrent attentivement et, bientôt, aux graduations des cadrans, ils acquirent la certitude qu'il s'agissait bien là d'un engin capable de se déplacer à travers le Temps... et l'Espace bien entendu.

Bill s'était penché sur un tempomètre et, du doigt, montrait les aiguilles à son compagnon.

— Regardez, commandant. Cette aiguille est arrêtée sur l'an 1816, et cette autre à la date du 18 mai. Aucune erreur quant à la prochaine destination de l'appareil.

— Surtout si l'on consulte ce compas, renchérit Bob. Il marque exactement la longitude et la latitude de l'île Sainte-Hélène.

Pendant un moment, ils se concertèrent pour savoir si oui ou non ils tenteraient de s'emparer de l'engin. Puis ils décidèrent qu'ils n'en feraient rien, non seulement parce qu'ils désiraient savoir, et la Patrouille du Temps également, quelles étaient les intentions finales de Ming, mais aussi parce qu'ils devinaient qu'il ne serait pas si aisé de s'emparer de l'appareil au nez et à la barbe du Mongol qui devait s'être entouré de toutes les précautions nécessaires. Profitant de leur invisibilité, Bob et Bill pouvaient le surprendre, certes, mais on pouvait compter qu'il réagirait aussitôt, et il était impossible de savoir à l'avance comment les événements tourneraient alors.

— Je propose qu'on se taille au plus vite, finit par dire Ballantine. Je ne tiens pas à me trouver encore ici au moment du départ.

— Que risquons-nous ? fit Bob avec insouciance. Ce

serait Ming qui nous véhiculerait jusqu'à l'île Sainte-Hélène et l'année 1816, tout simplement. Mais je n'ai jamais aimé les voyages en commun, et c'est pour cela que je préfère garder les coudées franches. Pourtant, avant de quitter ces lieux, j'aimerais terminer cette petite visite domiciliaire.

Passant au travers des cloisons de métal, ils visitèrent des salles dont certaines servaient de dortoirs et de réfectoires à l'équipage, d'autres de réserve. Dans une grande chambre de forme lenticulaire située à la base même de la sphère, une trentaine d'êtres étaient parqués. Vêtus de longues robes, ils gardaient une immobilité complète. Leurs visages crayeux demeuraient fixes et leurs yeux rouges, grands ouverts, ne semblaient rien voir. Leurs mains griffues pendaient sur le sol comme des branchages d'arbres morts. Tout de suite, Morane et Ballantine reconnurent en eux des congénères d'Orus, cet être inquiétant qui avait aidé Ming dans l'enlèvement de Nicolas Flamel et qui possédait le même visage de craie, les mêmes yeux rouges et les mêmes mains en forme de serres.

— Drôles de particuliers ! constata Ballantine. Morphologiquement, ils ressemblent à des hommes. Et, pourtant, je suis sûr...

— ... que ce ne sont pas des hommes, compléta Bob. C'est cela que tu voulais dire, n'est-ce pas, mon vieux ? Je suis de ton avis. Je n'ai rien d'une petite bonne femme émotive, mais ces types me flanquent mal à l'aise.

Il ne pouvait s'empêcher de penser aux truands que, lors de l'affaire Jacques de Molay, en 1307, ils avaient trouvé morts dans la campagne, saignés à blanc. Une remarque de Bill vint appuyer ce souvenir.

— Regardez leurs dents !

Certains de ces êtres étranges avaient les lèvres entrouvertes — si l'on pouvait appeler lèvres les bords de ces fentes comme taillées à coups de rasoir dans une chair blafarde, qui n'avait d'ailleurs de chair que le nom — découvrant des crocs aigus, faits pour déchirer.

— Je pense la même chose que toi, Bill, fit Morane.

— Nos vampires de l'autre nuit, hein ? Je dirais presque de l'autre siècle...

— Sans doute, mon vieux, sans doute.

— Mais qui sont-ils ? Des robots ou des créatures innommables tirées d'on ne sait quelle géhenne et auxquels, pour des raisons de camouflage, Ming aura tenté de donner forme humaine ?

— J'aurais bien de la peine à te répondre. Bien de la peine. Toujours est-il que, pour le moment, ils ne semblent pas bien dangereux, tout à fait comme s'ils étaient en léthargie... Mais nous n'avons plus rien à faire ici. N'oublions pas qu'il nous reste toute la partie supérieure de l'appareil à visiter.

Ils quittèrent la salle lenticulaire et, par un étroit escalier de métal, ils entreprirent de gagner l'hémisphère supérieur. C'est là que, comme ils tournaient l'angle d'un étroit corridor, ils s'immobilisèrent soudain, figés par la surprise, la terreur presque : Monsieur Ming se dressait devant eux.

*
* *

L'Ombre Jaune n'était pas seul. Plusieurs dacoïts l'accompagnaient, et l'un d'eux venait de refermer derrière lui une porte se découpant au fond du couloir.

Le Mongol n'était qu'à un mètre de Morane et de Bill et continuait à avancer vers eux. Son apparition avait été si soudaine et, dans un sens, si inattendue, que, pendant quelques fractions de seconde, les deux amis se sentirent saisis par la crainte d'avoir été aperçus. Ils se rappelèrent alors leur invisibilité. Mais déjà, Ming les avait atteints et, instinctivement, ils s'effacèrent chacun de chaque côté du couloir, pas assez vite cependant pour qu'ils ne ressentissent, au moment où Ming les frôlait, cette sensation de toucher un corps mou. Impression fugace mais qui pourtant ne devait pas avoir échappé non plus au Mongol qui se retourna brusquement, surpris, cherchant des yeux des présences autres que celles de ses complices. Pourtant Bob et Bill s'étaient déjà glissés vers le fond du corridor.

Durant quelques instants, l'Ombre Jaune demeura immobile, le front soucieux, l'œil attentif, regardant tour à tour vers les endroits où, quelques secondes plus tôt, se tenaient les deux amis. Finalement cependant il se détourna et, suivi des dacoïts, il tourna l'angle du couloir et disparut.

— Ouf! souffla Bill. J'ai cru qu'il nous avait repérés malgré notre invisibilité. J'en ai encore des sueurs froides. De la sueur à quatre dimensions, vous vous rendez compte?

— De toute façon, il n'aurait rien pu contre nous, dit Morane.

— Ce n'est pas si sûr. Il possède plus d'un tour dans son sac...

— Peut-être. Mais pourquoi nous torturer à retardement, puisque tout danger est passé?

Le Français désigna la porte que le dacoït avait refermée derrière lui, et il enchaîna :

— J'aimerais voir ce qui se passe là derrière.

Ils passèrent au travers de la porte et pénétrèrent dans une cellule circulaire où trois hommes étaient étendus sur des matelas de mousse. Il s'agissait de Jacques de Molay, d'Everard son domestique et de Nicolas Flamel. Tous trois semblaient dormir, assurément sous l'influence de quelque puissant soporifique.

— Nous voilà bien avancés! contesta Bill. On a retrouvé les captifs de l'Ombre Jaune, du moins les deux premiers — je compte le valet du Grand Maître pour du beurre. Et que pouvons-nous pour eux? Il nous est impossible de les amener loin d'ici sans risquer de nous faire repérer nous-mêmes.

— Nous avons du moins une assurance quant à l'endroit où se trouvent de Molay et Flamel, fit remarquer Bob. Pour le reste, il n'entrait pas dans nos intentions d'intervenir ici. N'oublions pas qu'il doit y avoir un troisième captif et que c'est seulement quand ces trois captifs seront entre les mains de Ming que nous pourrons nous faire une idée de ses intentions.

— Si je comprends bien, nous nous disposons à gagner l'île Sainte-Hélène, à l'époque où Napoléon Bonaparte y était retenu prisonnier. De toute façon, pour votre pauvre Empereur, ce ne sera que passer d'une captivité à une autre, et je ne sais pas ce qui est préférable : être le prisonnier de l'Ombre Jaune ou celui de la perfide Albion, comme vous disiez jadis, vous autres Français...

Il y avait un long moment déjà que Bob et Bill s'étaient mis en état de vibration et la fatigue commençait à se faire sentir. Ils regagnèrent les galeries de la carrière de plâtre et revinrent sur un plan tridimensionnel. Ensuite, quand ils se furent reposés, ils sortirent à l'air libre où se trouvaient toujours la charrette et les chevaux. Ils se blottirent dans un repli de terrain pour reprendre un peu de force, avaler quelques pilules reconstituantes.

Ils avaient quitté la carrière depuis dix minutes à peine quand, venant du fond de celle-ci, il y eut une sorte de claquement sourd, comme produit par la mèche d'un gigantesque fouet manié par un titan. Ils comprirent aussitôt que le véhicule extra-temporel de l'Ombre Jaune avait quitté son refuge souterrain et le XVe siècle pour se propulser en avant dans les âges. Alors, eux-mêmes se préparèrent à gagner l'année 1816.

VII

Tout dormait donc à présent dans l'île Saint-Hélène, en cette nuit du 18 mai 1816. Hudson Lowe, Gouverneur et geôlier de Bonaparte, avait fini par trouver le sommeil, persuadé qu'il était impossible à son célèbre prisonnier de s'échapper. Dans la maison de Longwood, l'Empereur déchu lui-même, qui pourtant dormait mal, torturé par le cancer qui le rongeait, s'était endormi grâce aux potions calmantes que lui administrait son médecin, le Dr O'Meara. Il ne semblait donc pas que rien puisse arriver en cette nuit ; le destin de l'homme dont les armées avaient fait trembler toute l'Europe paraissait définitivement et historiquement fixé.

Pourtant, au large, le sous-marin de l'Ombre Jaune attendait toujours, tel un énorme squale de métal sombre et brillant.

Sur le kiosque, Ming continuait à regarder tour à tour sa montre, ou l'île elle-même qui, se découpant à la fois sur la moire de l'océan et le velours du ciel nocturne, le fascinait littéralement.

« Deux des hommes que j'ai décidé de capturer sont déjà en mon pouvoir, songea-t-il. Ils me donneront une puissance financière telle que mon pouvoir pourra égaler celui des plus grandes nations. En plus, Jacques de Molay me livrera la possibilité de contrôler et d'asservir à mes desseins les sociétés secrètes qui s'édifieront sur les ruines de l'Ordre du Temple. Quant à l'homme qui est là-bas, dans cette île, à quelques kilomètres à peine, il me communiquera son prodigieux génie militaire. Alors, nanti de tous ces pouvoirs, plus personne ne pourra me vaincre et rien ne m'empêchera de devenir le maître de l'univers. »

A cette dernière idée, le Mongol sourit de satisfaction et ses dents robustes brillèrent sous les rayons de la lune, comme de la nacre au milieu de la tache jaune que faisait son visage dans la pénombre.

A nouveau, il jeta un regard au cadran lumineux de sa montre et il murmura :

— Minuit approche. C'est l'heure de l'attaque...

Il porta à sa bouche une petite boîte rectangulaire, de la taille d'une pochette d'allumettes, et qui en réalité était un minuscule walky-talky, et il lança un ordre :

— Procédez à l'opération Aigle !

Quelques secondes s'écoulèrent, puis les flancs du sous-marin s'ouvrirent pour livrer passage sur chaque bord à une demi-douzaine de longues embarcations montées chacune par une quarantaine d'hommes vêtus de combinaisons jaunes et aux visages dissimulés par des masques de démon tibétain qui les rendaient tous semblables. Presque en même temps, dans le ciel, les vrombissements d'une escadrille d'appareils volants se faisaient entendre. Tandis que les embarcations, mues par des moteurs électroniques, filaient silencieusement en direction de la côte, un étrange canon était mis en batterie sur le pont du submersible. Il semblait posséder six bouches disposées comme celles des anciennes mitrailleuses Gatlin, mais d'un diamètre beaucoup plus important. Chacune de ces bouches était munie d'une épaisse lentille convexe.

— Pointez ! cria Ming à l'adresse des servants de la pièce.

Ces derniers obéirent.

— Feu ! commanda encore Ming.

L'ensemble des six bouches se mit à tourner et, de chacune d'entre elles un rayon lumineux jaillit, rouge comme une barre de fer chauffée. Sous le mouvement rotatif, les six faisceaux du laser s'entremêlèrent à la façon d'un gigantesque câble et, dix secondes plus tard, tous les vaisseaux de guerre britanniques ancrés dans la baie flambaient tels d'énormes brûlots.

Au-dessus de l'île elle-même, les grandes fleurs blanches d'une centaine de parachutes s'ouvrirent, déversant les combattants de l'Ombre Jaune un peu partout dans la campagne. Ils se divisèrent en deux groupes qui convergèrent, l'un vers Longwood, l'autre vers le port lui-même. Ce second groupe fut aussitôt grossi par les commandos venus du sous-marin. Ces troupes d'assaut étaient constituées dans leur majorité par ces êtres étranges aux yeux rouges, qui buvaient le sang, n'avaient d'humain que la forme et auxquels Ming donnait le nom de « whamps ». Qui étaient-ils ? D'où venaient-ils ? Il était probable que seul le Mongol le savait. Ces whamps étaient encadrés par des dacoïts parfaitement entraînés. La lutte fut brève. La garnison britannique tenta bien de résister. Mais que pouvait-elle contre les combattants inhumains qu'étaient les whamps, dans le corps desquels on pouvait enfoncer une baïonnette sans qu'ils parussent s'en ressentir ? Même les balles ne leur faisaient pas de mal. Ils tombaient sous l'impact, mais se redressaient aussitôt pour reprendre le combat. Peut-être possédaient-ils à un haut degré la possibilité de régénérer leurs tissus quasi instantanément.

Moins d'une demi-heure après le début de l'invasion, la victoire était acquise aux commandos de l'Ombre Jaune, redoutablement armés. Jamestown brûlait et les soldats anglais qui n'avaient pas été massacrés avaient fui, emportés par la panique, à travers la campagne. Bientôt, Longwood fut entouré par les whamps et les dacoïts. Monsieur Ming avait mis pied à terre et avait gagné lui aussi la maison qui servait de prison à l'ex-empereur des Français. Comme il s'en approchait, le valet de chambre de Bonaparte sortit soudain de l'habitation.

— Que se passe-t-il ? interrogea-t-il. Et que voulez-vous ?

— Je veux qu'on m'amène l'Empereur, dit durement Ming...

— Il dort. Il est malade, fut la réponse.

— Que m'importe ! jeta Ming férocement. Qu'il vienne !

Le valet de chambre considéra avec angoisse cet homme qui parlait, cet inconnu à l'habit de clergyman, au masque redoutable où les yeux jaunes, un peu phosphorescents, mettaient un éclat d'intelligence et de cruauté inouïes. Il regarda les autres hommes qui l'entouraient : whamps et dacoïts masqués, sans apercevoir parmi eux le moindre soldat anglais, et il comprit alors que quelque chose d'anormal se passait.

— Vous venez délivrer l'Empereur ? interrogea-t-il avec espoir à l'adresse de Ming.

Le Mongol se contenta de sourire pour répondre :

— Oui, c'est cela. Dans un sens, je viens libérer l'Empereur.

Tout autour de la maison, de grands eucalyptus avaient été embrasés et brûlaient telles d'énormes torches éclairant d'une lumière dure et mouvante cette scène dont Bob Morane et Bill Ballantine, cachés sur le toit même de la maison, derrière un fronton, n'avaient pas perdu un détail.

Plusieurs hommes, dans lesquels on pouvait reconnaître les compagnons de captivité de Bonaparte, étaient apparus eux aussi sur le seuil de l'habitation. Le valet se tourna vers eux et cria joyeusement.

— On vient libérer l'Empereur ! On vient libérer l'Empereur ! Je cours le prévenir.

Il disparut dans la maison et, dix minutes plus tard, il revenait accompagné de l'Aigle lui-même, qui avait revêtu en hâte sa légendaire redingote grise. Pourtant cet Aigle n'était plus que l'ombre de lui-même : un petit homme ventripotent, au visage à la fois bouffi et marqué par la douleur. Quelques années plus tôt encore, il faisait trembler au seul énoncé de son nom les plus puissants chefs d'États. Aujourd'hui, devant Ming, il donnait l'impression d'un dieu déchu qu'on traînait devant Jupiter.

Longuement, Bonaparte observa l'homme qui se dressait devant lui et, tout de suite, il dut comprendre qu'il avait affaire à un être d'exception car il se redressa, durcit son regard à tel point que, pendant quelques instants, il put faire croire qu'il était en passe de redevenir ce qu'il était jadis.

— Qui êtes-vous ? interrogea-t-il d'une voix qu'il s'efforçait de rendre aussi arrogante que possible.

— Peu importe, répondit Ming calmement. Ce qui compte, c'est que je sois là.

Et à ce moment, Bob Morane et Bill Ballantine, de leur poste d'observation, purent se rendre compte plus que jamais de la redoutable personnalité du Mongol, qui parlait en souverain en s'adressant à l'un des plus grands conquérants, à l'un des plus grands génies militaires, sinon le plus grand de toute l'Histoire.

— On me dit, insista Bonaparte, que vous ête venu pour me libérer. Qu'y a-t-il de vrai dans cette affirmation ?

— Du vrai et du faux, répondit Ming. Je viens bien vous libérer des Anglais, mais pour faire de vous mon prisonnier.

*
* *

Les dernières paroles de Ming étaient tombées de la façon de gouttes de plomb fondu. Un long silence leur avait succédé, troublé seulement par les crépitements des eucalyptus embrasés.

Et, tout à coup, Bonaparte redevint le chef qu'il était jadis. Son œil flamboya de colère et sa voix se fit dure lorsqu'il jeta :

— Votre prisonnier ? Je ne vous connais même pas, alors que vous ne pouvez ignorer qui je suis.

— Comment pourriez-vous me connaître, dit Ming de la même voix grave, puisque je n'appartiens pas à votre époque ? Par contre, je sais très bien qui vous êtes : un aventurier qui s'est haussé aux plus grandes destinées et qui, en même temps, a causé sa propre perte. Vous n'êtes plus rien, Napoléon Bonaparte, qu'un guerrier vaincu et malade, un oiseau de proie dont on a brisé les ailes et qui plus jamais ne volera. Vous-même vous ne l'ignorez pas.

Ces paroles éteignirent soudain la flamme qui s'était un instant ravivée dans le cœur de l'Empereur.

— Que voulez-vous de moi ? interrogea-t-il d'une voix sourde.

— Disons, que je veux votre... âme, répondit Ming avec son terrible sourire.

— Mon âme ?... Que voulez-vous dire ?...

— Vous ne comprendriez pas.

C'est à ce moment qu'il y eut comme un bruit de gigantesque fouet qui claque. Bob et Bill se tournèrent dans la direction du bruit et ils se rendirent compte qu'une sphère brillante venait de se matérialiser au sommet d'une petite éminence, à peu de distance de Longwood. Les flammes de brasiers et la lune mêlaient leurs clartés, rougeoyantes et argentées, pour faire briller la surface de métal poli.

— L'appareil extra-temporel de Ming, fit Ballantine.

— Oui, approuva Bob, ce doit être le même que celui que nous avons visité et à bord duquel se trouvent déjà captifs Jacques de Molay et Nicolas Flamel.

— Bonaparte devait les rejoindre. Ainsi le triangle sera fermé.

Là-bas, Ming, l'Empereur et les hommes qui l'entouraient avaient tous aussi tourné leurs regards vers l'appareil. L'Ombre Jaune le désigna à Bonaparte et dit simplement :

— C'est là que nous allons... suivez-moi...

L'Empereur ne jugea pas bon d'insister et fit preuve de la même résignation que lorsque, de son plein gré, un an plus tôt, il était monté à bord du *Bellerophon* pour se rendre à la merci des Anglais.

— Je vous suis, dit-il simplement.

Derrière leur fronton, Bob et Bill se consultèrent du regard.

— A nous de jouer à présent, dit Morane. Cette fois, nous ne pouvons plus risquer de perdre la trace : c'est la dernière escale.

Les deux amis rabattirent leurs capuchons protecteurs et se mirent en état de vibration. Invisibles, ils se laissèrent alors glisser à terre du côté de la sphère et, de toute la vitesse dont ils étaient capables, ils se dirigèrent vers celle-ci pour l'atteindre alors que Ming et son prisonnier n'en étaient encore qu'à mi-chemin.

D'un rapide coup d'œil, les deux amis inspectèrent l'appareil, qui pouvait avoir vingt mètres de diamètre et reposait sur un trépied escamotable muni de ventouses. Une échelle métallique menait à une porte ronde qui était close pour l'instant, sans que l'on pût apercevoir le moindre système de fermeture. Pourtant, ce détail ne devait pas inquiéter les deux voyageurs du Temps. Ils gravirent l'échelle et, tout simplement, passèrent au travers du métal pour prendre pied dans un étroit couloir, qu'ils connaissaient pour y avoir déjà pénétré lors de la capture de Nicolas Flamel.

Au cours de cette première visite, Morane et Ballantine avaient, on s'en souvient, visité l'engin et ils pouvaient s'y diriger presque sans tâtonner. Ils commencèrent par pénétrer dans la salle où ils avaient vu déjà Jacques de Molay et Nicolas Flamel. Le Grand Maître du Temple et l'alchimiste s'y trouvaient toujours, en compagnie d'Everard. Comme précédemment, tous trois dormaient d'un sommeil dont, semblait-il, il eût été impossible de les tirer, un sommeil voisin de la mort et dont l'Ombre Jaune seul sans doute possédait la clef.

— Nous voilà au moins assurés d'une chose, constata Morane. De Molay et Flamel sont toujours captifs et Bonaparte les aura rejoints dans quelques minutes.

— Du travail en série, fit Ballantine. Il est probable que les trois captures ont été accomplies en l'espace de trois nuits, après deux bonds successifs dans le Temps.

— Reste à savoir, fit Morane, ce que Ming compte faire exactement de ses captifs et, avant tout, où il va les mener. Pour cela, un seul moyen : aller nous aussi là où ils se rendent.

— Tout juste, approuva Bill. Dans les films muets,

quand la pure jeune fille était enlevée par les méchants gangsters, le journaliste qui s'était fait son chevalier servant se cramponnait à la roue de rechange, à l'arrière de la limousine, pour gagner lui aussi la sombre retraite qui allait se refermer sur l'infortunée. C'est ce que nous allons faire, hein, commandant ?

— Tu as deviné, Bill. Avec cette différence que, dans les circonstances présentes, la limousine dont tu viens de parler sera remplacée par un engin extra-temporel, sans roue de rechange à l'arrière. Bref, il nous faudra trouver une cachette à l'intérieur même de cet engin.

Cette cachette, ils la découvrirent sans trop de peine dans une soute où étaient entreposés différents appareillages auxiliaires, dont ils ne perdirent pas de temps à déterminer l'exacte nature. Ils allèrent se blottir dans un coin reculé et, là, reprirent leur état normal.

De longues minutes s'écoulèrent. A travers l'appareil, il y eut des bruits de pas indiquant que Ming avait réintégré le bord, assurément en compagnie de son troisième captif. Ensuite, il y eut une trépidation légère, presque un frémissement, et cette fois ce fut à l'intérieur même de la boule de métal que le gigantesque fouet claqua.

VIII

Comme tous les voyages à travers le Temps, celui-ci devait sembler à la fois bref et interminable. Après des siècles, ou quelques secondes, le léger vrombissement se fit à nouveau entendre, puis l'énorme claquement de fouet. Ensuite, le silence.

— J'ai l'impression que nous sommes arrivés, souffla Ballantine.

— Aucun doute, approuva Morane. Arrivés bien sûr. Mais où ?

— Et quand surtout !

Pour le moment, n'étant pas au courant des intentions de Ming, les deux passagers clandestins ne pouvaient répondre avec précision à ces deux questions.

Il ne semblait pas que l'appareil dût rebondir vers une nouvelle destination, car le léger vrombissement de ses machines ne reprenait pas. Par contre, une soudaine animation se manifestait à l'intérieur : bruits de pas, portes claquées, quelques ordres lancés aussi, ordres dont, à travers les cloisons de métal, Morane et Bill ne pouvaient discerner l'exacte nature.

Cela dura dix, vingt minutes peut-être, puis ce fut à nouveau le silence, ce silence total, lourd, un peu angoissant propre aux maisons vides.

— Dirait qu'ils se sont tous taillés et que nous sommes

seuls ici, comme deux rats à l'intérieur d'une croûte de fromage, risque l'Écossais.

— C'est mon impression également, approuva Morane.
— Si on allait jeter un coup d'œil ?
— Patience !... Ne nous emballons pas.

Ils attendirent quelques minutes encore. Toujours le même silence.

Finalement Bob Morane déclara :
— Allons voir de quoi il retourne.

Ils se mirent en état de vibration et entreprirent de visiter l'appareil. Mais, comme ils l'avaient supposé, celui-ci était vide, y compris la cellule des captifs.

— Ils ont dû les conduire hors de l'engin, conclut Ballantine qui, bien qu'Écossais, avait des La Palisse parmi ses ancêtres.

— Jetons un coup d'œil au-dehors...

Ils gagnèrent la coursive principale, passèrent à travers la valve d'entrée et prirent pied sur un sol sablonneux tapissant le fond d'une combe au centre de laquelle était posé l'appareil.

C'était la nuit, une nuit assez claire pour que l'on pût parfaitement détailler le paysage : des collines basses, crêtées d'arbres qui ressemblaient à des conifères aux branches rares, disposées en anneaux avec une régularité presque mathématique autour des troncs. La végétation basse était pour la plus grande part composée de mousses et de fougères.

— On se croirait quelque part dans le Nord, supposa Bill.

Au fond de lui-même, Morane devait convenir de l'exactitude de la supposition de son ami. Le décor était bien un décor nordique, à peu de chose près, s'il n'y avait la température qu'ils percevaient en dépit de leur état de vibration, une température moite, lourde, presque tropicale.

— La nuit est trop chaude pour que nous soyons dans le Nord, fit remarquer le Français.

— Exact, reconnut le géant. Je n'y avais pas pris attention. J'ai toujours dit qu'il y avait plus qu'un grain de blé dans votre petite tête, commandant !

Ballantine s'interrompit, puis reprit après quelques secondes de réflexion :

— Cela ne m'explique pas l'accouplement de ce paysage et de cette température...

L'Écossais sursauta légèrement et dit encore :

— Est-ce que par hasard, nous serions... ?

— ... sur une autre planète, hein ? acheva Bob. Cela m'étonnerait. D'abord il y a l'air : nous respirons parfaitement. Et puis, regarde le ciel.

Tous deux levèrent la tête vers le firmament saupoudré d'étoiles et ils y retrouvèrent les constellations familières : la Grande et la Petite Ourse avec l'Étoile Polaire, la Lyre, le Cygne, Andromède... A travers tout cela, la Voie Lactée promenait sa traîne rutilante.

— Pas d'erreur, ce sont bien nos étoiles, dut reconnaître Bill.

— Je dirais même plus, appuya Morane. D'après leur position, nous devons nous trouver quelque part en Europe occidentale, peut-être même en France. Si nous nous sommes déplacés dans le Temps, il est probable que dans l'Espace nous n'avons guère bougé fort loin. Mais trêve de suppositions... Ce que j'aimerais savoir, c'est où sont passés Ming et ses captifs ?

— Peut-être dans cette caverne, supposa Bill en désignant l'entrée d'une grotte s'ouvrant dans le fond de la combe.

Sachant que Ming affectionnait les cavernes et tout ce qui était souterrain et tortueux comme son propre esprit, les deux amis s'enfoncèrent dans ladite grotte. Ballantine avait deviné juste, car la galerie qu'ils suivaient s'élargit rapidement et une lumière brilla devant eux. Quand ils en atteignirent la première source, ils s'aperçurent qu'elle provenait de torches fichées dans la muraille. Ils continuèrent, pour se rendre compte qu'ils avaient pénétré dans un complexe de cavernes portant peu de traces d'aménagement, à part les torches qui brûlaient çà et là, mais pas depuis bien longtemps cependant, car les parois étaient à peine noircies par la fumée.

Bientôt, les couloirs se peuplèrent de présences : dacoïts ou whamps qui croisaient Morane et Bill, heureusement toujours protégés par leur invisibilité. Aucun de ces dacoïts ni de ces whamps ne semblait cependant aux aguets, tout à fait comme si aucune surprise venant du dehors n'était à craindre. Bob et Bill se demandaient pourquoi. D'habitude, dans des cas semblables, l'Ombre Jaune s'entourait d'une multitude de précautions. Pourquoi, en cette occasion, dérogeait-il à cette règle si stricte ? *Était-ce réellement parce qu'il n'avait rien à craindre ?*

Devant Morane et l'Écossais, une autre lumière brilla, plus vive, plus claire, en même temps que montait le bourdonnement d'une puissante génératrice.

— De l'électricité, fit Bill.

— Oui, appuya Morane. J'ai l'impression que nous atteignons notre but.

Ils débouchaient dans une salle en rotonde, de vingt mètres de diamètre environ, où s'amorçaient plusieurs galeries. Au centre de cette salle, une série d'appareils électroniques compliqués étaient disposés, reliés par des câbles dont les extrémités se perdaient dans l'ombre. De puissants projecteurs éclairaient l'ensemble. Mais ce qui attira surtout l'attention des deux amis ce furent ces quatre tables alignées dans un ordre étrange, trois d'entre elles formant un triangle au centre duquel se trouvait la quatrième table. Sur les trois premières, Jacques de Molay, Nicolas Flamel et Bonaparte étaient étendus. Les poignets et les chevilles immobilisées par des courroies, ils semblaient reposer paisiblement, et des électrodes étaient fixées à leurs tempes.

Parmi cet appareillage compliqué, Monsieur Ming s'affairait, réglant des manettes, contrôlant des graduations. Finalement, il alla s'étendre sur la quatrième table et se fixa lui aussi des électrodes aux tempes. Ensuite, il parut s'assoupir, tandis que les machines électroniques continuaient à grésiller tels de monstrueux insectes.

— Qu'est-ce que signifie tout ce cinéma ? interrogea Bill.

— Tais-toi et regarde, jeta Bob. Nous ne tarderons pas à être édifiés... Mais il y a trop longtemps déjà que nous sommes en état de vibration pour que nous puissions y demeurer sans courir de risques.

Ils commençaient tous deux à avoir les tempes serrées comme dans des étaux, leurs cœurs battaient sur un rythme accéléré et ils voyaient le moment où allait survenir la perte de conscience fatale dont avait parlé le colonel Graigh.

Bob désigna quelques blocs de rocher, à un mètre à peine de la paroi, non loin du débouché d'un des couloirs.

— Cachons-nous là, dit-il.

Ils se glissèrent derrière les rochers et reprirent leur état normal. Presque aussitôt les troubles disparurent et ils purent recommencer leur observation.

Au-dessus des tables où reposaient de Molay, Flamel et Bonaparte, de hautes colonnes de plastique transparent étaient suspendues, remplies d'un liquide pourpre tandis qu'au-dessus de celle où était étendu Ming, il y avait la même colonne mais remplie elle d'un liquide transparent ; et, au fur et à mesure que les secondes s'écoulaient, le liquide dans les trois premières de ces colonnes pâlissait progressivement tandis que celui de la colonne placée au-dessus de l'Ombre Jaune tournait lentement au pourpre, en passant par tous les dégradés du rose.

Derrière leur rocher, Bob Morane et Bill Ballantine échangèrent de longs regards entendus.

— Est-ce que vous pensez ce que je pense, commandant ? fit Bill.

— Oui, murmura Morane, Ming est en train de s'emparer de l'esprit et des souvenirs de ses captifs, tout simplement !

*
* *

Depuis longtemps, Bob Morane et Bill Ballantine connaissaient les techniques scientifiques avancées et souvent un tantinet théâtrales de l'Ombre Jaune — cet homme avait une propension marquée pour la mise en scène — et, logiquement, ils n'auraient pas dû s'étonner du spectacle qui se déroulait sous leurs yeux. Pourtant, il leur était impossible de ne pas admirer, non sans une pointe de dégoût, le génie du Mongol. Tout autre que lui aurait condamné ses prisonniers à la torture, troisième degré ou techniques encore plus raffinées, pour leur arracher leurs secrets, ou encore il les aurait soumis à l'action d'un sérum de vérité quelconque. Ming lui imaginait tout cela autrement. On peut résister à la torture. Quant au sérum de vérité, il faut poser des questions précises pour obtenir des réponses précises et, encore, cela ne réussit pas toujours ; en outre, si la question qu'il faut n'est pas posée, la réponse n'est pas davantage obtenue. Ming avait pallié ces inconvénients en mettant au point une machine permettant de transférer la mémoire d'un individu chez un autre individu, tout simplement. Bien sûr, la mise au point d'une telle machine n'était pas à la portée de tout le monde, et il avait assurément fallu tout le prodigieux génie scientifique de l'Ombre Jaune et du team de savants et de spécialistes qui l'entouraient pour y parvenir.

Dans les colonnes de matière platique, la couleur du liquide virait lentement, pâlissant dans celles situées au-dessus des tables où reposaient les trois captifs, fonçant dans celle suspendue au-dessus de Ming. Quand les trois premières auraient pris la teinte de l'eau et quand la quatrième aurait tourné au pourpre, il était probable que le transfert serait terminé.

Tout à coup, les oreilles exercées des deux amis perçurent de légers glissements derrière eux. Ils se retournèrent, pour apercevoir une dizaine de dacoïts qui, ayant débouché de la plus proche galerie, les avaient aperçus et se précipitaient dans leur direction. Instinctivement, Bob et Bill tendirent la main vers les pistolets à rayons ioniques passés dans des étuis, à leurs ceintures, mais il était évident qu'ils n'auraient pas le loisir de dégainer, car leurs agresseurs les entouraient déjà.

— Mettons-nous en état de vibration ! cria Bob.

Au moment où il allait enfoncer le bouton blanc de sa ceinture, le poignard que brandissait l'un des dacoïts s'abaissa vers lui. Il eut un léger recul pour l'éviter, et il sentit que la pointe de la lame ne faisait qu'effleurer son dos. Sa main touchait le bouton de mise en vibration, quand Bill lui saisit le poignet et, d'une saccade, l'empêcha d'achever son geste en hurlant :

— Non, commandant ! Non !

— Qu'est-ce qui te prend ? protesta violemment Morane.

— Votre combinaison... déchirée... tenta d'expliquer le géant.

Morane comprit que la lame du poignard, en entamant sa combinaison protectrice, venait de lui faire courir un atroce danger. Son corps n'étant plus protégé à l'endroit de la déchirure, il aurait été, au moment de sa mise en vibration, nettement séparé en deux comme par un gigantesque couperet.

Tout cela s'était déroulé en de très brefs instants. Les deux amis se sentirent saisis aux jambes, renversés. Ils tentèrent bien de se défendre, mais leurs assaillants étaient trop nombreux et bénéficiaient de l'élément de surprise, et bientôt ils furent réduits à l'impuissance, puis garrottés.

A présent, adossés à un bloc de rocher et surveillés de près par les dacoïts, Bob Morane et son compagnon regardaient le liquide qui fonçait de plus en plus dans la colonne suspendue au-dessus de Monsieur Ming. Puis il atteignit au pourpre foncé, tandis que celui contenu dans les trois autres colonnes avait pris la limpidité de l'eau. Quelques secondes s'écoulèrent encore ; ensuite, Ming se redressa, un sourire de triomphe sur sa large face camuse. Il arracha les électrodes de ses tempes et sauta à bas de la table. Presque immédiatement, il aperçut le groupe formé par Bob, Bill et leurs gardiens, et cela sans marquer la moindre surprise, tant il était maître de ses réactions. Lentement, il marcha vers les deux prisonniers pour s'arrêter à moins de deux mètres d'eux. Il les toisa en ricanant :

— Tiens, voilà le valeureux commandant Morane et son inséparable ami. Je devais m'attendre, comme toujours, à vous retrouver sur mon chemin. Je m'étonne même que vous ne vous soyez pas manifestés plus tôt au cours de cette entreprise.

— Nous vous suivions à travers le Temps depuis cette nuit du 12 octobre 1307, où vous avez tendu un piège à Jacques de Molay. Nous avons assisté également à la capture de Nicolas Flamel et de l'Empereur, répondit Bob.

L'Ombre Jaune hocha doucement la tête.

— Jadis, dit-il, vous m'avez harcelé sans cesse, ruinant souvent mes entreprises. En transposant mon combat sur le plan extra-temporel, et même galactique, je croyais être définitivement débarrassé de vous. Eh bien ! il n'en était rien. Vous devez être puissamment secondés pour être capables de continuer à me combattre sur le nouveau terrain que j'ai choisi.

Le Mongol s'interrompit et regarda tour à tour ses deux prisonniers, comme s'il guettait une réaction de leur part. Finalement, n'obtenant pas de réponse, il hocha la tête et reprit :

— De toute façon, j'ai ma petite idée sur l'aide que vous recevez et de qui vous la recevez... Et puis, cela n'a plus d'importance à présent.

— Vous voulez dire que vous allez nous tuer ? intervint froidement Morane.

— Je n'ai rien affirmé de semblable. Vous savez, commandant Morane, que j'éprouve un certain attachement pour vous et M. Ballantine. N'êtes-vous pas mes meilleurs ennemis ? Vraiment, morts vous me manqueriez beaucoup. Voilà pourquoi je ne vous tuerai pas.

— Sans doute parce que vous n'oseriez pas, goguenarda Bill. Vous craignez que, morts, nous n'en devenions que plus encombrants. Nous serions des fantômes particulièrement actifs, le commandant et moi. Toutes les nuits, on viendrait faire de petits dessins sur votre crâne d'œuf. De quoi auriez-vous l'air en vous réveillant ?

Mais l'Ombre Jaune était à l'épreuve de cette sorte d'humour.

— Je vais vous abandonner ici, se contenta-t-il de déclarer. Oh ! vous survivrez tous les deux — je fais confiance à votre débrouillardise — mais dans quelles conditions ?

— Où nous trouvons-nous ? interrogea presque malgré lui Morane.

Monsieur Ming eut un sourire à la fois narquois et menaçant.

— Si je vous le disais, où serait la surprise ?

Il désigna Jacques de Molay, Nicolas Flamel et Bonaparte, toujours étendus sans mouvement sur les trois tables d'opération, et il enchaîna :

— Je vous laisse mes captifs. J'en ai tiré ce que je désirais en m'emparant de leur mémoire. Ce fut assez décevant, je dois le reconnaître. Bonaparte n'est plus qu'un vieil homme sans grandeur, devenu incapable même de gagner une bataille de soldats de plomb. Je voulais m'approprier son génie militaire, mais il est réduit à néant. Sans doute aurais-je mieux fait de le capturer au faîte de sa gloire, à l'époque de la bataille d'Austerlitz par exemple. Mais cela n'aurait pu s'accomplir sans de nombreuses difficultés. En ce qui concerne Nicolas Flamel, l'or qu'il fabriquait était fort impur, tant les moyens employés étaient empiriques, et il me faudra perfectionner sa technique. Jacques de Molay lui m'a été immédiatement plus utile. Je connais maintenant le secret du fabuleux trésor que les Templiers ont entassé au cours de deux siècles. Je sais où il est entreposé et il va me donner la puissance financière nécessaire à la continuation de mon combat, un combat dont vous ne verrez pas la suite, messieurs. Il est dommage que vous n'ayez pas accepté de lutter à mes côtés, comme je vous l'ai proposé à différentes reprises, et que vous ne puissiez assister à mon triomphe.

Un ricanement sonore échappa à Ballantine, qui grogna :

— Cause toujours, mon lapin... cause toujours et continue à prendre tes désirs pour des réalités.

Ce fut le mot de la fin. Sans ajouter une parole, l'Ombre Jaune tourna le dos à ses prisonniers et lança des ordres aux dacoïts et à un groupe de whamps qui s'étaient joints à eux. Les appareils qui occupaient le centre de la salle furent rapidement démontés, empaquetés et emportés. Demeurèrent uniquement les trois tables sur lesquelles étaient toujours étendus Jacques de Molay, Nicolas Flamel et l'Empereur.

On dépouilla Bob et Bill de leurs combinaisons de voyageurs du Temps, puis on les religota. Ensuite, silencieusement, Monsieur Ming quitta la caverne à la suite de ses acolytes. Seules quelques torches jetaient encore leur clarté mouvante dans la caverne.

IX

Un silence oppressant avait succédé au départ de l'Ombre Jaune, à part les torches qui crépitaient en brûlant. Dix minutes, peut-être même davantage, s'écoulèrent avant que Bill Ballantine prenne la parole.

— Bref, maugréa-t-il, nous voilà à nouveau en pleine marmelade.

— Rien n'est désespéré, fit remarquer Bob. Après tout, nous sommes vivants, et c'est une consolation. Vivants et pas tout à fait seuls.

— Pas tout à fait seuls ? s'étonna le géant.

Mais presque aussitôt, il se reprit :

— Je comprends. Vous voulez parler de de Molay, de Flamel et de l'Empereur. Depuis que Ming est parti, ils n'ont même pas bougé le petit doigt. Me demande s'ils n'ont pas passé l'arme à gauche.

— Nous verrons, répondit Morane avec un hochement de tête. Pour le moment, ce qui importe c'est retrouver notre liberté de mouvement. Essayons de nous débarrasser de nos liens...

Il fallut une bonne dizaine de nouvelles minutes pour que Bill, sa force colossale aidant, parvienne à desserrer les cordes immobilisant ses poignets. Quand il eut recouvré sa liberté, ce ne fut plus pour lui qu'un jeu d'enfant de détacher à son tour son compagnon.

Une fois libres, ils s'approchèrent des tables sur lesquelles se trouvaient étendus de Molay et les deux autres captifs, qui n'avaient toujours pas remué. Morane, se penchant successivement sur chacun d'entre eux, colla l'oreille à leur poitrine et il conclut :

— Ils sont vivants mais inanimés. Sans doute la drogue continue-t-elle à faire son effet.

— De toute façon, fit Bill avec indifférence, ils ne peuvent nous être d'aucun secours pour l'instant. Essayons de savoir où nous nous trouvons et, si c'est possible, de retrouver nos combinaisons. Peut-être réussirons-nous à rafistoler la vôtre.

— Ne nous faisons pas trop d'illusions au sujet de ces combinaisons, Bill. Il est probable que Ming les aura emportées. Pour le reste, tu as raison : étudions les lieux...

Par acquit de conscience, ils explorèrent la caverne pour voir si les combinaisons, ainsi que leurs armes, n'y avaient pas été abandonnées. Mais ils n'en découvrirent nulle trace. Alors, ils gagnèrent l'air libre. Le jour était venu et ils n'aperçurent plus la machine là où ils l'avaient laissée. Cela ne les surprit guère puisque Ming et ses créatures ne pouvaient que s'en être allés à son bord. Pourtant, à l'endroit où était posé l'engin, il y avait deux petits tas grisâtres dans lesquels ils reconnurent leurs combinaisons, mais déchirées avec application, en menus morceaux, bref inutilisables.

Bill avait poussé un cri de colère et ouvert et refermé à plusieurs reprises ses puissantes mains.

— Si seulement je tenais Ming ! explosa-t-il.

— Pourquoi nous étonner ? dit paisiblement Morane. Tout cela est digne de son esprit tortueux. Il pouvait emporter nos combinaisons, tout simplement, mais il a préféré nous les laisser dans cet état pour nous retourner à plaisir le fer dans la plaie. Nos armes, bien sûr, il les a gardées...

La colère de l'Écossais était tombée. Il regardait autour de lui, inspectant les collines basses, plutôt des replis de terrain, qui cernaient la combe et que garnissaient ces arbres ressemblant vaguement à des conifères mais qui pourtant n'en étaient pas.

— On dirait des prêles, fit Bob, mais des prêles géantes...

Du menton, Bill désigna un des sommets de la combe.

— Si nous allions voir là-haut ? proposa-t-il.

Ils grimpèrent rapidement parmi les fougères et prirent pied sur une étroite crête en terrasse, d'où ils avaient vue sur le paysage alentour, un paysage bien étrange en vérité fait de marécages entrecoupés de savanes avec, çà et là, de petits bois de palmiers ou encore, de ces arbres ressemblant à des prêles géantes, comme venait de le dire Bob. Au-dessus des marécages, on distinguait quelques silhouettes de volatiles lourds et malhabiles.

— Jamais vu un décor pareil sur la terre, constata Ballantine. Est-ce qu'on serait sur une autre planète ?

— Dans ce cas, Ming aurait dû en découvrir une dont les conditions climatiques seraient *exactement* les mêmes que celles de la nôtre. Ce serait un trop grand hasard. Nous respirons tout à fait normalement. Et puis, souviens-toi, la nuit dernière, quand nous avons inspecté le ciel, n'y avons-nous pas découvert les constellations familières ?

— C'est vrai, reconnut le géant. J'avais oublié. Dans ce cas, nous sommes bien...

— Sur la Terre... Il n'y a pas à en douter.

— Mais en quel endroit exactement ? A en juger par la chaleur, qui est déjà forte, nous devons être dans une région proche de l'équateur.

— Là également tu fais preuve de peu de mémoire, Bill. Les constellations, la nuit dernière, nous apparaissaient dans le même ordre que vues d'un quelconque point d'Europe occidentale...

— Mais alors, ce paysage, cette chaleur !

— Je n'ai pas beaucoup d'explications à te fournir pour l'instant, Bill. Lançons quelques pointes à travers la contrée, sans perdre de vue ces collines qui nous serviront de point de repère. Nous ne tarderons sans doute pas à rencontrer des habitants qui nous renseigneront.

Au fond de lui-même, Bob Morane ne croyait pas trop à ces dernières paroles, mais il les avait prononcées malgré tout, afin de ne pas conclure trop hâtivement. En réalité, il commençait à se faire une idée de plus en plus nette de « l'endroit » où ils se trouvaient.

Descendant le versant extérieur du cirque de collines, les deux amis se mirent en devoir d'explorer les parages immédiats de la combe. En aucun endroit pourtant ils ne devaient découvrir trace de présences humaines. Pourtant, ces plaines marécageuses étaient propices à la colonisation. Il y avait de l'eau en abondance, mais aussi de grands espaces secs, à la terre riche, propre à la culture. En outre, le gibier ne manquait assurément pas, car les deux voyageurs devaient, au cours de leurs investigations, découvrir de nombreuses empreintes d'animaux, empreintes qu'il leur fut d'ailleurs chaque fois impossible d'identifier avec précision. Point d'hommes cependant.

Finalement, il s'arrêtèrent, embarrassés.

— Rien à faire, conclut Bill. On est aussi isolés ici que des ermites dans leurs thébaïdes. Il n'y a même pas de démons pour venir nous tenter et nous aider à passer le temps, comme ce bon vieux saint Antoine.

— Tu as parlé trop vite, coupa Morane. Ecoute...

Des cris étranges leur parvenaient, lancés sans doute par quelque animal de grande taille, mais assurément inconnu. Cela commençait par un bruit de trompette fêlée, pour s'achever par un grincement prolongé faisant songer au bruit produit par deux énormes limes frottées l'une contre l'autre.

— Si ce n'est pas là l'appel d'un démon, reprit Bob, je veux bien être pendu par les oreilles jusqu'au jour de la Saint-Belzébuth.

— Regagnons la combe, dit Bill. Je me sentirai plus en sécurité dans les cavernes qu'ici...

— Tu as raison, Bill. J'ai beau me raisonner, mais j'ai l'impression que des tonnes de plomb me pèsent sur les épaules.

Ils accomplirent une boucle et, empruntant une autre

route que celle par laquelle ils étaient venus, ils reprirent le chemin des collines. A peine avaient-ils couvert quelques centaines de mètres que Bill, qui marchait en avant, s'arrêta soudain, pointant un doigt vers le sol.

— Regardez, commandant. On dirait qu'un éléphant est passé là.

Un animal pesant avait en effet laissé ses empreintes dans l'humus mais, en y regardant de plus près, les deux amis se rendirent vite compte qu'il ne s'agissait pas de celles, rondes, caractéristiques, d'un éléphant.

— On... on dirait les traces d'une gigantesque autruche, risqua Bill. Mais là, une autruche haute comme une maison !...

— Les traces d'une autruche, fit Morane d'une voix sombre, ou d'un gigantesque saurien, et d'un saurien bipède encore.

L'Ecossais leva vers son ami des regards surpris.

— Un saurien gigantesque et bipède ? interrogea-t-il. Quelle idée avez-vous derrière la tête, commandant ?

— Depuis un moment, je commençais à me faire une opinion, Bill, expliqua le Français. A présent, les doutes qui me restaient viennent de s'envoler. Les traces que nous avons sous les yeux ne peuvent qu'être celles d'un quelconque reptile Théropode, comme le Cératosaure, le Mégalosaure ou le Tyrannosaure...

La surprise secoua littéralement Bill Ballantine.

— Mais ces bestiaux-là vivaient à l'époque... !

— Oui, mon vieux, enchaîna Morane, ces bestiaux-là, comme tu dis, vivaient à l'époque secondaire. C'est-à-dire des millions d'années avant notre XXe siècle.

*
* *

Plusieurs énigmes demeurées jusque-là sans solution avaient brusquement cessé d'en être dans les esprits de Morane et de Bill : ce paysage insolite sous des constellations familières, la chaleur trop étouffante pour la situation géographique, le fait que Ming avait négligé de faire garder son repaire des collines tout à fait comme s'il n'avait aucune indiscrétion à craindre. S'il avait agi ainsi, c'était uniquement parce qu'il savait que l'homme, à l'époque qu'il avait choisie pour y transférer ses captifs, n'était pas encore apparu sur la Terre.

— Ainsi, nous sommes à l'époque secondaire, constata Bill d'une voix sourde. L'Ombre Jaune avait bien choisi sa retraite : il n'avait pas à y craindre la moindre indiscrétion...

— Oui, pas la moindre indiscrétion, approuva Bob, à l'exception de la nôtre.

Le colosse souleva ses lourdes épaules et les laissa retomber, comme si chacune d'elles pesait des tonnes.

— A quoi ce privilège nous avance-t-il, commandant ? ronchonna-t-il. Nous voilà en carafe ici, à une époque où le whisky n'était même pas encore inventé. Vous vous rendez compte ?

— Ouais, fit Bob qui venait peut-être de se rendre compte à l'instant précis de l'utilité du whisky. Ouais, nous voilà bien avancés ! Seuls, en pleine époque secondaire, avec tous compagnons un Grand Maître de l'Ordre du Temple, un alchimiste démodé et un empereur vaincu... et bien sûr des dinosaures à ne savoir qu'en faire.

— Et aussi peu de chances que possible de faire de la machine-à-explorer-le-temps-stop !

Ils demeurèrent quelques secondes silencieux, comme écrasés par la constatation qu'ils venaient de faire, puis Bill crut bon de demander :

— Que décidons-nous ?

Son compagnon eut un geste las et murmura :

— Que veux-tu que l'on décide... du moins pour le moment ? Regagnons les collines et les cavernes. Nous verrons si Ming n'y a rien laissé qui nous permette d'envisager sérieusement notre nouvelle condition de Robinsons de l'âge secondaire.

Ils se remirent en marche, sans grand enthousiasme et sans prononcer la moindre parole. La fatigue commençait à se faire sentir, et aussi la lassitude morale. En outre, ils avaient faim et soif, ce qui n'était que secondaire car, s'ils l'avaient voulu, ils auraient pu aisément trouver de quoi se désaltérer et se sustenter mais, pour l'instant, ils ne se sentaient même pas le courage d'entreprendre les recherches nécessaires.

Traînant la semelle, ils avaient franchi approximativement la moitié de la distance qui les séparait de la combe, quand le même cri qu'ils avaient perçu tout à l'heure parvint à nouveau à leurs oreilles, pour se répéter à plusieurs reprises, toujours plus proche.

— On dirait qu'il est après nous, dit Ballantine.

— Cela ne m'étonnerait pas, approuva Morane. Il a dû flairer notre piste.

Les cris se répétèrent encore, toujours plus proches. Il y avait quelque chose de profondément sinistre dans ce meuglement de mauvaise trompette qui se terminait par un frottement de limes géantes.

— Aucun doute, jeta Morane, c'est à nous que la brute en a !... Courons !... Si nous atteignons à temps les cavernes, nous pourrons lui échapper.

Ils se mirent à galoper mais, bientôt, en se retournant, ils se rendirent compte qu'ils n'avaient aucune chance d'échapper à leur poursuivant. Celui-ci était apparu entre les troncs des prêles géantes. Il faisait penser à un gigantesque Kangourou, long de cinq à six mètres de la pointe du museau à l'extrémité de la queue. Il bondissait plus qu'il ne courait sur ses puissantes pattes postérieures, le corps parallèle au sol et sa large gueule pointée, les mâchoires déjà béantes découvrant le prodigieux barbelage des crocs, comme prêtes à se refermer sur ses proies.

— Un Mégalosaure ! s'exclama Bob.

Rapidement, la distance qui séparait encore le monstre des deux fuyards allait en s'amenuisant.

— Nous n'avons aucune chance ! cria Morane. Il nous faut au plus vite trouver une cachette.

A ce moment précis, Bill roula sur le sol : il venait de se prendre le pied dans une racine.

— Qu'est-ce que tu attends pour te relever ! jeta brutalement Morane en voyant que son ami demeurait cloué au sol.

— Peux pas, commandant, gémit l'Écossais. Ma cheville...

Rapidement, Bob se pencha sur son ami et, sans se soucier de ses cris de douleur se mit à palper ladite cheville.

— Je ne crois pas qu'il y ait quelque chose de cassé, conclut-il rapidement. Juste une petite entorse. Allons, debout !

— Voudrais vous y voir, gémit Bill. M'fait un mal de chien... Vais quand même essayer...

Il tenta de se relever, mais pour retomber aussitôt en poussant une plainte.

— Rien à faire... Rien à faire...

Bob Morane savait que son compagnon n'était pas une poule mouillée et que si, réellement, il ne se relevait pas, c'est que cela lui était impossible. Pourtant, le monstre se rapprochait rapidement et, s'il les atteignait, Bill se verrait transformé en victime impuissante. A la pensée de son ami déchiré par la double scie des crocs, Morane sentit le rythme de son sang s'accélérer dans ses artères. Il se laissa tomber à genoux près du colosse.

— Je vais te porter, jeta-t-il. Aide-moi de ton mieux.

Ballantine se fit aussi léger que possible et Morane réussit à charger sa lourde masse sur ses épaules. Quand il reprit sa course, le monstre n'était plus qu'à une vingtaine de mètres d'eux et, chargé comme il l'était, le Français courait deux fois moins vite. Déjà, il entendait derrière lui le souffle puissant de la bête, et le sol tremblait sous sa masse.

Désespérément, Bob chercha un refuge autour de lui. Tout d'abord, il n'aperçut rien puis, entre deux palmiers, il découvrit une cuvette large de trois mètres à peine et profonde de deux, creusée dans le sol sablonneux. D'une détente désespérée il s'y précipita, et Bill avec lui, au moment où la brute allait les atteindre. Emporté par son élan, elle passa de l'autre côté de la cuvette, dans la paroi

de laquelle des racines avaient laissé un vide assez profond pour que deux hommes puissent y trouver refuge. Traînant Bill derrière lui, Morane s'y enfourna aussi loin que possible. Le colosse se tassa à ses côtés en disant :

— Je crois que cette fois nous sommes bons, hein commandant ? Enfin, vous aurez fait votre possible pour me sauver la mise. Je ne vous dirai pas à charge de revanche...

Le Mégalosaure était revenu vers la cuvette, y engouffrant sa large tête et déchirant les racines et ses crocs longs d'une vingtaine de centimètres. Parfois, il reculait pour, projetant ensuite son museau en avant à la façon d'un boutoir, agrandir le passage. Les deux amis voyaient luire ses petits yeux couleur de houille, fixes et brillant d'une férocité démoniaque. Sur leurs mains et leurs visages, ils sentaient son souffle brûlant et, en même temps, ils en humaient la puanteur.

— Et on ne peut rien faire ! râla Ballantine. Il n'est pas dit cependant que je me laisserai manger tout cru ainsi, comme un enfant nouveau-né par un ogre !

Le mufle du monstre n'était plus qu'à un mètre des deux hommes. Soudain, de son énorme poing qui cependant paraissait dérisoire, l'Écossais frappa, pour toucher la bête juste entre les deux naseaux. Sans doute était-ce un point sensible, car le Mégalosaure recula soudain en poussant un cri de douleur et de colère. Il allait foncer à nouveau, et, cette fois, atteindre infailliblement les deux hommes et les déchirer, quand il y eut comme un bref éclair. La brute se figea, ses yeux se fermèrent et l'énorme tête retomba avec, au sommet du crâne, une large marque calcinée d'où montait un peu de fumée noire.

X

Toujours blottis au fond de leur trou, Bob Morane et Bill Ballantine ne pouvaient détacher leurs regards de l'énorme tête du Mégalosaure dont les mâchoires demeuraient ouvertes, découvrant toujours les crocs qui, pourtant, plus jamais, ne déchireraient aucune proie. Le monstre semblait avoir été foudroyé par le feu du ciel.

— Un miracle ! avait murmuré Bill. A l'instant précis où ce gros père allait aiguiser son ratelier sur nous, voilà que la foudre lui tombe dessus.

— La foudre ? fit Morane. Si tu as entendu le moindre coup de tonnerre...

A ce moment, une voix leur parvint du dehors. Une voix de femme qui demandait :

— Eh ! vous deux là-dessous, êtes-vous morts ou vivants ?

Cette voix, tous deux la reconnurent aussitôt.

— Sophia ! fit Bill. Que Old Nic me fasse griller si... !

— Nous sommes vivants ! criait Morane. Nous vous rejoignons.

Suivi de Bill, qui boitillait lamentablement, il se glissa hors du trou que la tête et le poitrail du Mégalosaure comblaient à demi. Sophia Paramount se tenait debout au bord de l'excavation, vêtue d'une combinaison-scaphandre de plastique et tenant à la main un pistolet à rayons ionique dont elle venait de se servir pour foudroyer le Mégalosaure. Vingt mètres derrière elle, un petit scaphe spatio-temporel était posé sur son trépied d'atterrissage.

— Jamais je n'ai eu autant envie d'embrasser quelqu'un ! s'exclama Bill.

— Surtout ne vous gênez pas, c'est gratuit, fit la journaliste en riant et en tendant la joue.

L'Ecossais s'avança vers elle, mais il faillit s'abattre en poussant un gémissement de douleur.

— Qu'avez-vous ? interrogea Sophia avec une pointe d'inquiétude dans la voix.

— Ce n'est rien, assura le géant. Seulement une petite entorse. Ça va mieux à présent mais, tout à l'heure, si le commandant ne m'avait pas donné un solide coup d'épaule, je serais à présent dans la même position que Jonas quand il fut avalé par une baleine, avec cette différence qu'il s'agissait d'un Mégalosaure et que c'eût été moins drôle. Ont l'habitude de mâcher leurs aliments, ces bestioles-là !

— Comment êtes-vous venue là, Sophia ? interrogea Morane.

La jeune fille sourit.

— J'espère, dit-elle, que vous n'allez pas me faire des reproches. Je sais qu'il avait été décidé qu'on ne me mêlerait à tout ça qu'en cas de coup dur, et que je servirais d'agent de liaison. Avouez que l'occasion était propice.

— Je le reconnais, dit Bob, et je serais vraiment malvenu de vous faire le moindre reproche. Mieux même : j'ai une forte envie de vous récompenser...

Il se pencha vers elle et l'embrassa, pour enchaîner aussitôt :

— A présent, expliquez-vous. Nous avons toujours été curieux de nature.

— L'explication sera relativement simple, répondit Sophia. La matière plastique de vos combinaisons de voyageurs du Temps contenait des particules d'un alliage métallique spécial auquel les radars du Temposcaphe, demeuré dans la Vallée du Lac Bleu, sont fort sensibles.

Le colonel Graigh vous avait caché cette particularité afin de ne pas vous donner trop d'assurance et de tempérer un peu votre témérité. C'est ainsi que nous avons pu vous suivre à travers vos déplacements dans le Temps. Nous avons connu votre présence à Sainte-Hélène, au début du XIXe siècle. Ensuite, avec surprise, nous vous avons suivis lors de votre bond en arrière jusqu'à l'âge secondaire. L'étonnement du colonel Graigh était grand, car vos combinaisons n'était pas équipées pour un déplacement aussi important. Il était donc probable que vous n'accomplissiez pas ce voyage à reculons par vos propres moyens...

— Nous nous étions introduits secrètement dans un appareil extra-temporel de l'Ombre Jaune, expliqua Morane, et c'est à bord de cet appareil que nous avons fait le voyage.

— Graigh avait bien supposé que quelque chose de ce genre s'était passé, reprit Sophia, mais sans pouvoir en avoir la certitude. Les radars temporels vous suivirent donc jusqu'ici. Ensuite, les deux minuscules points lumineux qui vous localisaient sur l'écran ne bougèrent plus que de façon extrêmement réduite, ce qui dénotait des déplacements de peu d'importance. Puis, tout à coup, ils s'immobilisèrent, se fixèrent pendant un temps trop long pour que cela pût nous paraître naturel. Nous en vînmes à la double conclusion suivante : ou vous étiez prisonniers, ou morts. De toute manière, on devait avoir réussi à vous immobiliser.

— Nous étions prisonniers, glissa Morane. Les dacoïts de Monsieur Ming nous avaient surpris en train d'espionner leur maître et ils nous avaient capturés et ligotés.

— Nous avions donc compris que quelque chose d'anormal se passait, continua Sophia. Et, comme cela avait été prévu, Graigh décida de m'envoyer à votre recherche, toujours afin d'éviter que la Patrouille du Temps n'intervînt elle-même. Cette possibilité avait été envisagée et un petit scaphe spatio-temporel était prêt à prendre le départ. Je m'y embarquai et vins ici. Me guidant sur les radiations temporelles émises par vos combinaisons, je parvins à l'endroit où elles se trouvaient. Quelle ne fut pas ma surprise cependant, en mettant pied à terre, de me rendre compte qu'elles étaient déchirées en menus morceaux, tout comme si on avait pris plaisir à les lacérer. Je pénétrai dans les cavernes où je trouvai Jacques de Molay, Nicolas Flamel et Napoléon Bonaparte ligotés sur des tables, mais je découvris aussi des morceaux de cordes qui avaient été nouées et qui me firent supposer que vous aviez réussi à vous échapper. Où étiez-vous allés sans vos combinaisons ? Il était fort peu probable que vous ayez pu quitter l'époque. Je décidai donc de me mettre à votre recherche dans les parages immédiats des cavernes. A bord du scaphe, je survolai le territoire environnant en accomplissant une large spirale dont les collines étaient le centre. Finalement, je vous repérai — du moins je repérai deux hommes qui ne pouvaient être que vous et que poursuivait un grand saurien carnassier. Il est inutile que je vous explique la suite ; vous la connaissez. Je posai le scaphe et me précipitai sur le monstre au moment où celui-ci tentait de vous atteindre. Mon pistolet à rayons ioniques fit le reste.

— Vous déclarez cela tout simplement, dit Ballantine, comme si vous ne saviez pas que vous nous avez sauvé la vie.

— Je n'avais pas le choix, fit remarquer modestement la jeune journaliste. Je ne pouvais quand même pas vous laisser périr... Enfin, tout ce qui compte, c'est que vous soyez vivants.

— Nous sommes peut-être vivants, dit Bob, mais c'est grâce à vous. Quant à nous, nous avons échoué dans notre mission, c'est tout ce qu'il y a à dire.

Aussi brièvement que possible, le Français mit la jeune fille au courant des derniers événements. Quand il eut terminé, elle hocha la tête en disant :

— Vous avez malgré tout réussi à découvrir les buts secrets de l'Ombre Jaune. Quant à lui, n'a-t-il pas essuyé un demi-échec ? En effet, le génie militaire de Bonaparte, qu'il comptait s'approprier, était depuis longtemps épuisé.

Quant à la formule alchimiste de Nicolas Flamel, il semble, d'après Ming lui-même, qu'elle était fort imparfaite.

— Soyez sans crainte, glissa Ballantine. Ce satané Mongol a quelque chose dans le crâne, et il parviendra rapidement à mettre ladite formule au point.

— En outre, enchaîna Morane, il a réussi à arracher à Jacques de Molay le secret du fabuleux trésor des Templiers. Cela lui procurera les moyens de reprendre la guerre qu'il a déclarée à l'humanité.

— Vous avez raison, Bob, fit Sophia d'une voix sombre. Ming n'a pas tellement échoué dans son entreprise. Que faut-il faire ?

— L'empêcher de s'emparer du trésor des Templiers, tout simplement ! s'exclama Ballantine.

— Oui, mais comment ? fit la jeune fille. Il sait, lui, où se trouve ce trésor et nous l'ignorons.

— Jacques de Molay ne l'ignore pas, fit remarquer Bob. Il faudra que nous le convainquions de nous révéler l'endroit de la cachette.

— Il ne parlera pas, dit Bill. Vous savez bien que Ming a dû faire usage d'une machine électronique de son invention pour lui arracher ses secrets. Or, cette machine a été démontée et emportée. Nous ne pouvons quand même pas torturer Jacques de Molay pour le faire parler.

Pendant quelques instants, Morane demeura songeur, comme cherchant une solution qu'il ne parvenait pas à découvrir.

— Il nous faut nous mettre en rapport avec Graigh, décida-t-il en se dirigeant vers le scaphe, le faire venir ici. Il trouvera peut-être un moyen pour persuader le Grand Maître...

*
* *

Le Grand Temposcaphe de la Patrouille du Temps s'était posé au centre de la combe et le colonel Graigh, suivi de ses seconds, avait mis pied à terre. Déjà, à l'aide des appareils de communication du scaphe à bord duquel était venue Sophia Paramount, Morane s'était mis en rapport avec lui et lui avait fourni un bref rapport sur les derniers événements. Il était nécessaire cependant que Graigh reçoive certaines explications complémentaires. Quand Bob et Bill les lui eurent fournies, il dit simplement :

— Conduisez-moi à l'endroit où se trouvent les ex-captifs de Ming.

A travers la caverne, il fut mené à la salle où Jacques de Molay, Nicolas Flamel et Bonaparte étaient toujours étendus sur leurs tables, dans la position où les avait laissés l'Ombre Jaune. Ils n'avaient pas repris connaissance et on pouvait même croire qu'ils étaient passés de vie à trépas.

Le colonel Graigh se tourna vers un de ses seconds et dit simplement :

— Auscultez-les, docteur Fairfax.

L'interpellé obéit et, à l'aide d'un appareillage compliqué, tiré d'une trousse sortie du Temposcaphe, il procéda à un examen approfondi des trois patients. Finalement, il conclut :

— Ces hommes sont vivants, mais ils se trouvent sous l'influence d'un soporifique dont il me sera possible, après une brève analyse sanguine, de déceler la nature, pour lui trouver un antidote.

— Trouvez-moi cet antidote mais ne l'administrez qu'à Jacques de Molay, recommanda le chef de la Patrouille. Les deux autres captifs ne nous sont d'aucune utilité pour le moment ; autant qu'ils demeurent en léthargie.

De Molay fut détaché de la table et transporté dans l'infirmerie du Temposcaphe. Cette infirmerie possédait tout le matériel nécessaire aux analyses que devait entreprendre le Dr Fairfax. Une demi-heure plus tard, celui-ci était non seulement en possession de la formule du soporifique dont avait usé Monsieur Ming, mais aussi de celle de l'antidote que lui avait livrée automatiquement un computeur. Et, bientôt, un synthétiseur lui livrait l'antidote lui-même.

— Injectez-le au patient, commanda Graigh.

Le praticien obéit. Quelques secondes s'écoulèrent puis la respiration de Jacques de Molay devint perceptible, se fit presque normale, et le vieillard ouvrit les yeux. Longuement, il promena ses regards autour de lui, surpris par l'aspect de cette salle et des hommes qui l'entouraient, si différents de tout ce qu'il avait connu à son époque.

— Où suis-je ? interrogea-t-il. Au Paradis ? En Enfer ? Êtes-vous des anges ou des démons ?

— Ni au paradis ni en enfer, répondit doucement Morane. Et nous ne sommes ni des anges ni des démons, mais des hommes.

De son mieux, Bob tenta d'expliquer au Grand Maître ce qui lui était arrivé, mais sans entrer dans ces explications scientifiques, ni lui parler de son voyage à travers le Temps, car il était probable que le vieillard n'eût rien compris à tout cela. Il lui dit simplement qu'un méchant homme l'avait enlevé et avait réussi à lui arracher le secret du fabuleux trésor de l'Ordre.

Le vieillard avait hoché doucement la tête et murmuré :

— C'est impossible. Je ne puis avoir révélé une chose semblable... puisque ce trésor n'existe pas...

— N'essayez pas de nous dissimuler la vérité, dit Bob d'une voix ferme. Nous savons qu'un serment vous lie, un serment que vous avez rompu, malgré vous. Le méchant homme dont je viens de parler vous a envoûté et vous lui avez révélé le secret. Cet homme s'apprête à faire mauvais usage du trésor. Il faut également nous en révéler l'emplacement, pour que nous l'empêchions de s'en emparer. S'il y parvient, ce sera là l'origine de bien des souffrances pour l'Humanité.

Longuement, les yeux clairs de Jacques de Molay s'arrêtèrent sur Morane. Il s'y connaissait en hommes, et il dut lire la franchise sur ce visage penché vers lui. Longtemps il hésita, puis ses lèvres remuèrent comme s'il allait parler, mais il n'en fit rien. Il secoua la tête à plusieurs reprises puis laissa tomber :

— Impossible... C'est impossible.

Bob Morane insista mais, chaque fois, il n'obtenait que le même signe de tête négatif, les mêmes paroles :

— Impossible... C'est impossible...

— Inutile de s'entêter, intervint le colonel Graigh. Il ne parlera pas... Il nous faudra opérer sous narcose.

Morane fit la moue. Il n'aimait pas d'être ainsi obligé de violer une conscience, mais les événements le commandaient : il fallait à tout prix empêcher Ming de s'emparer du trésor, et, ainsi, de décupler peut-être sa puissance maléfique.

Déjà d'ailleurs, Graigh avait lancé un ordre.

— Préparez la narcose, docteur.

Fairfax obéit. D'une armoire métallique, il tira une ampoule pleine d'un liquide rosâtre dont il emplit une seringue. Rapidement, il dénuda le bras de Jacques de Molay, qui n'avait même pas la force de résister, et il y enfonça l'aiguille pour, aussitôt, vider l'instrument d'une lente pression du pouce. Au bout de quelques secondes, le Grand Maître parut se détendre. Son corps se souleva légèrement de la table d'opération sur laquelle il était allongé, puis il retomba mollement, comme si tous ses muscles se relâchaient, nerfs coupés.

— Vous pouvez passer à l'interrogatoire, fit le Dr Fairfax en se reculant.

Morane jeta un regard au colonel Graigh, comme pour le consulter.

— Procédez vous-même, Bob, fit le chef de la Patrouille, puisque vous avez commencé avant la narcose.

— Comment vous appelez-vous ? interrogea le Français en se penchant vers de Molay.

Presque aussitôt, la réponse vint.

— Je me nomme Jacques de Molay...

L'expérience était concluante et Morane jugea qu'il pouvait passer directement au sujet de l'interrogatoire.

— L'Ordre du Temple possède-t-il réellement un trésor caché ?

— Ce trésor existe, répondit le Grand Maître d'une voix atone.

— Comment a-t-il été constitué ?

— Pendant deux siècles, les Templiers ont entassé l'or, les joyaux ramenés de Terre Sainte, fut la réponse. Il y ont ajouté le fruit des aumônes et de leurs commerces à travers toute l'Europe et l'Orient. Pendant deux siècles sont venues s'y ajouter les fortunes personnelles des Frères, qui avaient fait vœu de pauvreté...

— Il doit s'agir de milliards, glissa Sophia Paramount.

Mais Morane fit mine de ne pas avoir entendu. Il continua, toujours à l'adresse de Jacques de Molay ;

— Où se trouve entreposé ce trésor ?

— Dans le massif du Vercors, expliqua de Molay. L'Ordre possède une forteresse juchée sur un piton rocheux, au-dessus du village de Montrésor. C'est sous le donjon qu'est creusée la salle où sont entreposées les richesses de l'Ordre.

— Comment peut-on accéder à cette salle souterraine ?

— Seul le Grand Frère Trésorier connaît le secret, répondit le vieillard. Tout ce que je sais, c'est que l'escalier qui descend du sommet du donjon se continue sous le sol.

Le vieillard se tut.

— Je crois qu'il nous a dit tout ce qu'il savait, glissa Bill Ballantine.

— Aucun doute à ce sujet, intervint le Dr Fairfax. Le procédé de narcose que j'ai employé est infaillible, il réveille même les souvenirs les plus vagues ensevelis dans la mémoire. Personne ne peut y résister.

Soudain, une exclamation fusa, poussée par Sophia qui désignait le Grand Maître. Celui-ci se tordait à présent sur la table d'opération, comme s'il voulait fuir un danger sans y parvenir et, sur son vieux visage labouré de rides, une intense expression de terreur se marquait, tandis qu'il balbutiait d'une voix rauque :

— Prenez garde au Baphomet... Prenez garde au Baphomet... Au Baphomet...

XI

Tous les occupants de l'infirmerie avaient à nouveau tourné leurs regards vers Jacques de Molay, qui continuait à répéter, toujours sous l'emprise de la même terreur :

— Prenez garde au Baphomet... Prenez garde au Baphomet.

A nouveau, Morane se pencha vers le vieillard pour demander :

— Que voulez-vous dire ? Qu'est-ce que c'est que ce Baphomet ?

Jacques de Molay secoua la tête avec désespoir et répondit :

— Je ne sais pas. Mais prenez garde... Prenez garde...

A différentes reprises, Bob insista mais sans parvenir à obtenir l'explication qu'il demandait, de Molay se contentant de répéter sans cesse :

— Prenez garde au Baphomet... Prenez garde...

Selon toute évidence, il n'y avait plus rien à en tirer et le colonel Graigh donna ordre au Dr Fairfax d'administrer un sédatif au patient. Celui-ci retouva alors son calme.

— Qu'a-t-il voulu dire avec son Baphomet ? interrogea Graigh.

— C'était le nom de l'idole que les Templiers adoraient, s'il faut en croire la légende, expliqua Morane. Ce fut même là un des chefs d'accusation contre l'Ordre lors du procès qui se termina par l'exécution du Grand Maître. Selon certains, il s'agissait d'une tête d'airain, ou d'or pur, douée de parole, ou encore d'un monstre griffu à tête de démon et aux ailes de chauve-souris. Pour certains, il s'agissait du diable, tout simplement. Pour d'autres encore, ce nom de Baphomet ne serait qu'une déformation de Mahomet. On n'a jamais acquis de certitude à ce sujet ; mieux, on n'a jamais eu la preuve que ce Baphomet eût réellement existé.

— Nous l'avons, nous, fit remarquer Ballantine, puisque de Molay vient d'en parler lui-même et qu'il doit être au courant mieux que qui que ce soit.

— Exact, reconnut Morane, mais cela ne nous renseigne pas sur l'identité de cet étrange personnage, puisque, à part son nom, le Grand Maître n'a pu fournir aucune précision à son sujet.

— Qu'importe tout cela, coupa le colonel Graigh. Nous n'allons pas perdre notre temps à discuter sur une vieille légende, tout juste bonne à faire peur aux petits enfants du Moyen Age. Ce qui compte, c'est que nous connaissons l'endroit où est caché le trésor, dans cette vieille forteresse du Vercors.

— Non loin de ce village de Montrésor qui n'a pas volé son nom, hein ! ricana Bill.

— Peut-être est-ce justement ce nom de Montrésor qui a poussé les Templiers à choisir ce lieu pour y cacher leurs richesses, supposa Sophia.

Personne ne sembla remarquer cette tentative d'explication historique.

— Si nous voulons intervenir, dit Bill, il nous faut connaître l'époque choisie par Ming pour récupérer le trésor. Depuis le début du XIVe siècle jusqu'au XXe, pas mal d'années se sont écoulées, et trouver le jour où Ming pénétrera dans la forteresse équivaudrait à rechercher une aiguille dans une botte de foin.

— Nos détecteurs spatio-temporels pourront nous aider, dit Graigh. Mais il faudrait agir par tâtonnements, et cela prendrait pas mal de temps.

De son côté, Bob Morane réfléchissait avec intensité. Finalement, son visage s'éclaira.

— Je crois avoir trouvé la solution, fit-il. Pour cela, mettons-nous à la place de Ming. Il est certain qu'il n'agira pas avant que l'Ordre soit dissous par Philippe le Bel, et cela pour la bonne raison que les Templiers ont dû entasser leurs richesses dans la forteresse jusqu'à la fin. Peut-être même les trésors des différentes commanderies y ont-ils été acheminés secrètement dans les semaines, ou les mois, qui suivirent le grand coup de filet du 13 octobre 1307. Il est donc probable que Ming n'aura pas agi immédiatement après cette date, mais qu'il aura laissé s'écouler quelques mois, pas plus cependant, *car il n'aura pas voulu courir le risque que quelqu'un d'autre découvre le trésor avant que lui-même tente de le récupérer...* Donc, à mon avis, Ming agira au plus tôt, et au plus tard, dans le courant de l'année suivant l'arrestation du Grand Maître et des autres membres de l'Ordre.

— Parfaitement raisonné, approuva le colonel Graigh. Je vais immédiatement donner des ordres pour que nos détecteurs spatio-temporels se braquent à la fois sur la forteresse du Vercors et sur les années 1307-1308. Cela restreindra considérablement le champ de nos investigations.

Du menton, Bill Ballantine désigna Jacques de Molay, qui sommeillait à présent.

— Et les captifs de Ming ? interrogea-t-il. Qu'allez-vous en faire ?

— Les ramener à leurs époques respectives, répondit sans hésiter le chef de la Patrouille, pour qu'ils suivent leur destin.

A ces paroles, Morane ne put s'empêcher de sursauter.

— Mais, en agissant ainsi, protesta-t-il, vous condamnerez Jacques de Molay à périr sur le bûcher !

— Et Nicolas Flamel, à mourir dans son lit en 1418, et Bonaparte à être emporté par son cancer à Sainte-Hélène, le 5 mai 1821. Vous connaissez les règles strictes de la Patrouille du Temps : ne jamais risquer de changer le cours de l'Histoire.

Morane ne pouvait qu'accepter la décision du colonel Graigh. Il savait qu'il est dangereux d'intervenir dans les destinées de l'Humanité. Changer une de ces destinées équivalait à arracher une des pierres de soubassement d'un mur et courir ainsi le risque de provoquer l'effondrement du mur tout entier.

— Il ne vous reste plus, colonel, dit-il, qu'à avertir le centre de détection de la Patrouille pour que nous soyons renseignés avec plus ou moins de précision sur le jour où Ming gagnera la forteresse du Vercors. Bill et moi interviendrons pour l'empêcher de se rendre maître du trésor. En attendant, regagnons la Vallée du Lac Bleu...

Il devait être fait suivant la proposition de Bob. Le Temposcaphe le déposa avec ses amis dans l'édénique refuge blotti au cœur des Andes, tandis que les détecteurs spatio-temporels de la Patrouille fouillaient l'année 1307-1308 en attendant que Ming se manifestât. Bien sûr, cette détection s'opérait avec toutes les contractions temporelles nécessaires afin d'abréger les recherches. Ainsi, quelques jours seulement s'écoulèrent avant que la réponse du centre de détection parvint à la Vallée du Lac Bleu : l'Ombre Jaune avait été repéré dans la région du village de Montrésor, alors qu'avec une troupe d'hommes il montait vers la forteresse, par une fin d'après-midi. A cause de la contraction temporelle indispensable à la simplification des recherches, il avait été difficile de repérer la date exacte, mais c'était aux alentours du 18 janvier 1308.

*
* *

Le village de Montrésor, disparu au XXe siècle, était tout juste, au Moyen Age, une agglomération de quelques dizaines de maisons, habitées pour la plupart par des paysans et des charbonniers et groupées au pied des falaises sur lesquelles s'élevait la forteresse des Templiers. Ces pauvres gens s'étaient ainsi mis sous la protection des Chevaliers, mais cela avait fini par leur être néfaste car, un beau jour, les archers royaux venus et, sous prétexte que les habitants avaient donné asile à des Frères en fuite, ils les avaient massacrés, n'épargnant que quelques familles qui étaient demeurées là, plus par résignation que par volonté, livrées à la solitude, aux rigueurs de l'hiver et à la menace des loups qui erraient par bandes à travers les montagnes.

C'est dans cette désolation que Bob Morane, Bill Ballantine et Sophia Paramount débarquèrent le 18 janvier 1308 dans l'après-midi. La veille, ils avaient déjà, à bord d'un scaphe, effectué une reconnaissance en ces lieux mais, bien qu'ayant monté jusqu'à la forteresse, dont la lourde porte de chêne et de fer était soigneusement close, ils n'avaient trouvé nulle trace du passage de l'Ombre Jaune. Après un bond très bref à travers le continuum espace-temps, ils avaient donc posé, vingt-quatre heures plus tard, leur appareil dans un étroit ravin bordé d'épais taillis qui le dissimulaient aux regards.

Les deux hommes et la jeune fille avaient revêtu des vêtements de l'époque par-dessus leurs combinaisons de voyageurs du Temps, cela afin de ne pas trop attirer l'attention, mais ils n'avaient pas omis de s'armer de pistolets à rayons ioniques.

Le jour commençait à décliner, un jour gris, froid, auquel la morne blancheur de la neige conférait une tristesse supplémentaire. Au loin, on entendait les hurlements des loups mais, parfois, ils se rapprochaient au point qu'on pouvait s'attendre à voir apparaître l'un ou l'autre de ces fauves au détour d'une sente.

— On ne peut pas dire qu'il fasse folichon dans le coin, fit remarquer Bill Ballantine. Et dire, commandant, que vous avez une affection toute particulière pour les époques médiévales. Faut vraiment avoir le goût du malheur !

— Pourtant il y a des gens qui habitent ici, fit à son tour Sophia.

— Bah ! goguenarda encore Bill, avec la télévision en couleur, les soirées d'hiver paraissent moins longues.

La plaisanterie du géant tomba à plat.

— Certes, des gens habitent ici, dit Bob, mais bien peu

en vérité. Souvenez-vous, hier, quand nous avons traversé le village, nous avons constaté que bien peu de maisons demeuraient habitables — des ruines calcinées pour la plupart, souvenir du passage des sergents royaux — et celles qui l'étaient encore avaient leurs portes soigneusement closes.

Pour gagner le chemin grimpant à flanc de falaise jusqu'à la forteresse, il leur fallait traverser Montrésor. Comme ils s'en approchaient, Sophia fit remarquer :

— Regardez, aucun feu ne semble allumé. Hier, de la fumée sortait de quelques cheminées ; aujourd'hui, rien.

Comme ils pénétraient dans l'unique rue, Ballantine pointa le doigt vers une maison précise.

— Lors de notre premier passage, dit-il, cette maison était habitée car la cheminée fumait et la porte était close... Maintenant...

Aucune fumée ne s'échappait de ladite cheminée. Quant à la porte, elle avait été arrachée de ses gonds. Lentement, les deux hommes et leur compagne s'approchèrent pour jeter un coup d'œil à l'intérieur. Une étroite pièce s'offrit à leurs regards, avec quelques meubles taillés dans du bois à peine équarri. Dans la cheminée, quelques tisons rougeoyaient encore et, sur le sol de terre battue, trois corps étaient étendus, sans vie.

Précautionneusement, Bob, Bill et Sophia franchirent le seuil et examinèrent les corps. Presque aussitôt, ils eurent un mouvement de recul. Il s'agissait d'un homme et de deux femmes, peut-être le père, la mère et la fille, et tous trois avaient été égorgés sans qu'il y eût nulle part la moindre trace de sang.

— Les sergents royaux seraient-ils repassés par ici ? fit Sophia après un moment de silence.

— Je ne le crois pas, fit Bob en secouant la tête. Ils ne seraient pas revenus dans le seul but de massacrer ces pauvres gens...

Le Français se tut, puis il reprit à l'adresse de Ballantine :

— La façon dont ces malheureux ont été tués ne te rappelle-t-elle rien, Bill ?

— Hélas oui, répondit l'Ecossais avec un hochement de tête. La nuit de l'enlèvement de Jacques de Molay, les coupe-jarrets qui nous avaient attaqués, et que nous avons ensuite retrouvé morts, avaient ainsi été égorgés et vidés de leur sang... Instinctivement, rappelez-vous, j'ai songé à des vampires.

Les trois corps étendus témoignaient bien en effet du passage des whamps, ces êtres mystérieux qui n'avaient d'humain que la forme, qui buvaient le sang de leurs victimes et que Ming avait tirés d'on ne savait quels enfers.

Avec colère, Bob Morane avait serré les poings.

— L'Ombre Jaune est passé par ici il n'y a pas bien longtemps, gronda-t-il.

Dans plusieurs autres maisons, la veille encore habitées, ils trouvèrent d'autres corps exsangues. Instinctivement, Morane et ses compagnons avaient levé les yeux vers la forteresse. Déjà, avec ses murs et ses tours faits de quartiers de rocs bruts, aux rares ouvertures, elle avait quelque chose de sourdement menaçant. Maintenant, avec la présence probable de Monsieur Ming et de ses créatures de cauchemar, il en émanait une impression de terreur presque palpable.

— Montons là-haut, décida Morane, puisque nous sommes venus ici pour ça. N'oubliez pas, à la moindre alerte, il ne faudra pas hésiter à nous servir de nos pistolets à rayons.

Ils traversèrent et s'engagèrent sur le large chemin qui, grimpant à flanc de montagne, montait vers la forteresse. Il avait été grossièrement pavé, sans doute pour éviter les ornières, et la neige y tenait mal. Cependant, Bob Morane et Bill Ballantine avaient l'œil suffisamment aguerri pour relever les empreintes et se rendre compte que, peu de temps auparavant, une troupe d'hommes avait passé là.

Il leur fallut une demi-heure environ pour atteindre l'esplanade sur laquelle s'ouvrait le lourd vantail défendu par une herse de fer. La veille déjà, tous trois étaient venus là, et ils avaient trouvé le vantail fermé et la herse baissée. Du haut des murailles, un vieil homme, mi-portier mi-sentinelle et qui était sans doute le seul occupant des lieux depuis que les Templiers les avaient fuis, leur avait crié :

— Passez votre chemin ! Quiconque vient ici doit craindre la justice du Roi.

A présent, la porte pendait, arrachée de ses gonds, la herse n'était plus qu'un amas de ferrailles tordues, et le vieux gardien gisait égorgé sous le porche.

XII

Depuis qu'ils combattaient l'Ombre Jaune, Bob Morane et Bill Ballantine avaient assisté à tant de meurtres, de destructions, qu'il leur était difficile de s'émouvoir encore. Tout ce qu'ils ressentaient chaque fois, c'était un insurmontable sentiment de colère à l'égard de cet adversaire impitoyable contre lequel l'Humanité, divisée, était mal armée pour lutter. Ming, lui, avait son intelligence, sa vitalité, sa force, sa méchanceté aussi, unis dans un seul but : la victoire qui incluait la destruction de l'adversaire.

Morane avait désigné à ses compagnons le vantail et la herse, dont les attaches et les charnières avaient fondu, comme sous l'action d'une chaleur intense.

— Les moyens techniques de cette époque ne permettent pas d'arriver à pareil résultat, dit-il. Seul un chalumeau perfectionné peut ainsi avoir fait fondre le métal. Sans doute même faut-il y voir l'action de quelque rayon calorifique à grande puissance. De toute façon, ici encore l'Ombre Jaune a laissé les traces de son passage...

Avant de franchir le porche, tous trois hésitèrent, comme s'ils sentaient l'imminence d'un péril. Un péril qui n'était que trop réel, ils le savaient. Finalement, ils se décidèrent et, tirant leurs pistolets ioniques, ils passèrent dans la cour de la forteresse. Celle-ci était déserte. Seul, un vieux cheval s'abritait sous un auvent, à proximité d'un chariot déglingué. La nuit tombait rapidement et le donjon central, carré et bas, semblait prêt à dévorer les intrus avec sa large porte qui faisait penser à une gueule. Là aussi les battants avaient été arrachés, leurs charnières liquéfiées. Un silence total régnait, troublé seulement par les lointains hurlements des loups qui, à cette heure, devaient quitter les montagnes pour descendre vers les vallées. Mais ces fauves étaient une menace bien dérisoire auprès de celle que la présence occulte du Mongol faisait peser sur les deux hommes et leur compagne.

— Qu'est-ce qu'on fait ? interrogea Bill. On entre ?

— Nous ne sommes pas venus là pour nous en retourner, répondit Morane.

— Et si nous étions arrivés trop tard ? glissa Sophia.

— Hier, Ming n'était pas là, fit remarquer Bob. Aujourd'hui, il ne peut nous avoir devancé que de quelques heures. Il n'aura assurément pas eu le temps d'emporter le trésor.

Tout en parlant, Morane avait allumé sa torche électrique et ils pénétrèrent dans le donjon. Rapidement, Bob promena le faisceau lumineux dans le moindre recoin d'ombre mais sans déceler aucun présence. Pourtant, un fait devait aussitôt retenir l'attention des visiteurs : l'escalier qui menait au sommet du donjon ne s'arrêtait pas au ras du sol, mais il se continuait, s'enfonçant dans une large ouverture carrée. Une énorme dalle, qui devait bien peser des tonnes, avait été déplacée et glissée de côté.

— Le souterrain où est caché le trésor, souffla Bill.

Ils s'avancèrent vers l'ouverture et y plongèrent leurs regards, pour discerner une lumière rougeâtre et tremblotante.

— Il y a quelqu'un là-dessous, fit encore Ballantine.

— Nous ne pouvons en douter, approuva Morane.

Il se tourna vers Sophia Paramount et continua :

— Vous pouvez avertir le colonel Graigh, petite fille. J'ai l'impression qu'avant longtemps nous aurons besoin de son appui et de celui de son équipe.

La jeune journaliste tira de dessous ses vêtements une

petite boîte de la taille d'un briquet et qui ne comportait qu'un bouton et un voyant de quartz rouge. Elle appuya sur le bouton et le voyant de quartz se mit à clignoter rapidement, indiquant ainsi que le message était transmis. Dans quelques minutes, le grand Temposcaphe de la Patrouille se poserait dans la cour et viendrait prêter main-forte à Bob, à Bill et à Sophia, envoyés seulement en éclaireurs. La Patrouille du Temps n'intervenait que si cela se révélait impérieusement nécessaire : c'était la règle.

Pendant quelques secondes, les deux amis et leur compagne avaient prêté l'oreille, mais aucun bruit ne montait des profondeurs du souterrain.

— M'ont l'air bien silencieux pour des gens qui ont découvert un trésor et qui, logiquement, devraient être en train de remuer les caisses, dit Bill.

— Et s'ils étaient déjà partis ? murmura Sophia.

— Impossible, fit à son tour Morane.

Et, tout à coup, il décida ;

— Allons jeter un coup d'œil !

Le premier, il s'engagea sur les marches. Il avait éteint sa lampe. Éclairés seulement par le rougoiement montant des profondeurs, Bill et Sophia le suivaient, le pistolet ionique au poing, prêts à en faire usage à la moindre alerte.

Une trentaine de marches furent ainsi descendues, puis l'escalier fit un coude et il fallut encore descendre une demi-douzaine de degrés pour prendre pied dans une haute crypte voûtée et qu'éclairaient des torches fichées entre les dalles. Le long des murs, de grands coffres et des tonneaux s'amoncelaient jusqu'à la voûte qui s'élevait bien à quatre mètres du sol. Plusieurs de ces coffres et de ces tonneaux avaient été ouverts ou éventrés, et des flots de pièces d'or et de pierreries de toutes sortes s'en échappaient.

Mais ces richesses ne devaient pas retenir l'attention de Bob, de Bill et de Sophia. Dès qu'ils avaient pénétré dans le souterrain, leur attention avait été attirée par ces corps qui jonchaient les dalles, au nombre d'une vingtaine, ceux de dacoïts et de whamps. Mais leur surprise fut plus grande encore quand ils se rendirent compte qu'un des corps en question portait un habit de clergyman. C'était celui d'un homme au crâne rasé, aux traits nettement mongoloïdes, dans lequel ils reconnurent sans qu'il leur fût possible de se tromper : l'Ombre Jaune en personne.

La stupeur avait submergé pendant quelques instants Bob Morane, Bill et Sophia, à voir leur ennemi étendu sans vie devant eux.

— Qu'est-il arrivé ? finit par interroger Sophia d'une voix blanche. De quoi sont-ils morts ?

— Assurément, on ne les a pas frappés avec une carte à jouer, dit Bill. Regardez, tous ont été comme lacérés par des serres monstrueuses, ou des griffes de fauve géant.

C'était vrai : un massacre avait eu lieu là, tout à fait comme si quelque monstre assoiffé de carnage s'était soudain déchaîné.

— Des griffes semblables à celles que je vois à cet épouvantail sculpté là-bas dans la muraille, continua l'Écossais.

Il désignait un gigantesque haut-relief, au fond de la salle, qui occupait toute la hauteur de celle-ci et représentait un monstre polymorphe à corps d'homme, à serres d'oiseau de proie, à mufle de dragon barbelé de crocs et aux cornes de bouc.

Allumant sa torche, Morane en braqua le faisceau sur une des serres et il se rendit compte que, comme venait de le supposer Bill, c'étaient des serres semblables qui pouvaient avoir occasionné les terribles blessures que portaient les corps de Ming et de ses complices.

Alors, presque instinctivement, Bob se souvint des paroles de Jacques de Molay ;

— Prenez garde au Baphomet... Prenez garde au Baphomet...

*
* *

Ni Bob Morane ni Bill Ballantine ni Sophia Paramount n'avaient sursauté quand, dans le silence troublé seulement par le crépitement des torches, des bruits de pas s'étaient imposés derrière eux.

— Que s'est-il passé ici ? interrogea la voix du colonel Graigh.

Tous trois se retoutnèrent enfin pour apercevoir les hommes de la Patrouille qui, vêtus de leurs uniformes de matière plastique argentée, descendaient les marches.

Déjà, les regards de Graigh s'étaient arrêtés sur les corps de Ming et de ses acolytes. Il sursauta légèrement et répéta :

— Que s'est-il passé ici ?

— Nous les avons trouvés ainsi, balbutia Sophia.

— Ils sont morts ? interrogea encore le chef de la Patrouille du Temps.

— Morts ? ricana Ballantine. Je me demande comment on pourrait avoir été traité comme ils le furent et demeurer en vie. C'est tout juste s'ils ne tombent pas en morceaux.

Graigh se tourna vers le Dr Fairfax, qui le suivait, et il commanda :

— Veuillez inspecter ces corps.

Le praticien obéit. Il s'approcha de Ming, se pencha sur lui, puis passa à un dacoït. Il dut comprendre qu'il était inutile de pousser plus loin ses investigations, car il conclut presque aussitôt :

— Ces hommes ont été déchirées par des griffes monstrueuses, pareilles à celles d'un tigre, mais d'un tigre de la taille d'un éléphant.

Une intense surprise se peignit sur le visage du colonel Graigh, qui pourtant ne s'étonnait pas facilement.

— Ah çà ! docteur Fairfax ! s'exclama-t-il. Est-ce que vous vous moquez de moi avec votre histoire de tigre grand comme un éléphant ?

— Le docteur ne se moque pas, colonel, intervint Morane. Il se trompe seulement en supposant que ce massacre est l'œuvre d'un fauve géant. Je crois connaître le coupable : le voilà !

Du doigt, il désignait le haut-relief au fond de la salle.

Pendant un moment, Graigh considéra le Français avec inquiétude, comme s'il le soupçonnait d'être devenu subitement fou.

— Expliquez-vous, Bob, se contenta-t-il de dire avec prudence.

— Rappelez-vous les paroles de Jacques de Molay, répondit Morane. Quand nous l'avons interrogé sous narcose, et un peu avant que le Dr Fairfax ne lui administre un sédatif, il nous a lancé un avertissement, et cet avertissement était : « Prenez garde au Baphomet... Prenez garde au Baphomet... »

— Je me souviens, admit Graigh, mais je ne vois pas très bien le rapport entre les paroles du Grand Maître et l'épouvantail de pierre que nous avons devant nous.

— Cet épouvantail de pierre, comme vous dites, colonel, n'est autre que l'effigie du Baphomet, justement. N'oubliez pas que les Templiers combattaient les Infidèles, comme on les appelait alors les adorateurs de Mahomet. Automatiquement, le dieu de leurs ennemis fut assimilé dans leurs esprits à Satan et le nom, passant de bouche à oreille, s'altéra et, de Mahomet, devint Baphomet. Contrairement à ce qui a été dit, les Templiers n'en firent pas une idole qu'ils adoraient mais un épouvantail qui devint pour eux l'incarnation même du Mal. Ce fut sous la protection même de ce démon forgé de toutes pièces, mais auquel dans leur fanatisme médiéval ils croyaient, qu'ils placèrent le mirifique trésor entreposé ici.

— Soit, admettons tout cela, intervint Graigh. Mais il n'empêche que le Baphomet que nous avons devant les yeux est en pierre et qu'une statue de pierre n'a jamais tué personne, à ma connaissance.

— Je le reconnais, admit Morane, mais n'oubliez pas que de Molay croyait fermement au Baphomet et à sa puissance maléfique. La terreur dont il a témoigné en parlant sous narcose le prouve. Or, Ming s'est emparé de l'esprit du Grand Maître et il s'est mis indirectement à croire lui aussi au Baphomet. Bien sûr, ce n'était là qu'un instinct acquis mais, en apercevant cette statue, ici, Ming a senti cet instinct se réveiller en lui et son prodigieux génie, son imagination ont fait le reste. Avec tout autre que lui, il est probable que le prodige n'aurait pas eu lieu, mais Ming a imaginé le monstre et lui a donné vie, un peu comme un personnage de rêve qui, pendant quelques instants, peut devenir réalité, quelques instants qui suffirent au Baphomet pour massacrer l'Ombre Jaune et ses complices.

— Comment se fait-il que nous-mêmes n'ayons pas subi ses attaques ? fit remarquer Sophia.

— Je viens de dire que le monstre n'avait eu vie que durant quelques instants. Et puis, justement, nous ne croyons pas au Baphomet, nous...

— Ainsi, fit le colonel Graigh, Ming est mort parce que, en voulant connaître le secret du trésor, il s'est emparé de l'esprit de Jacques de Molay...

— Sans doute... Fit Morane. Sans doute...

Violemment, Bill Ballantine se frappa le front du plat de la main, ce qui produisit un bruit de grenade qui explose.

— C'est de la folie, tout ça, commandant ! hurla le colosse. De la folie, vous m'entendez ? Je suis peut-être Ecossais, et je vois peut-être des fantômes partout, par atavisme, mais croire des trucs pareils !... Si je ne vous connaissais pas aussi bien, je croirais que vous vous êtes cogné le cigare.

— De la folie ? fit Bob calmement. Peut-être... Mais depuis que nous combattons l'Ombre Jaune, ne nous débattons-nous pas justement en pleine folie ? Le moindre fait ne se hausse-t-il pas à la mesure de cet étonnant personnage, qui n'est plus tout à fait un homme, mais pas encore tout à fait un démon ?

— Un démon dont nous voilà à présent débarrassés, fit joyeusement Sophia Paramount en désignant le corps lacéré de l'Ombre Jaune.

— Débarrassés ! ricana Ballantine. Comme si l'on pouvait jamais être débarrassé de l'Ombre Jaune qui, comme Antée, retrouve ses forces chaque fois qu'il touche le sol. Vous n'ignorez pas que, s'il meurt, un duplicateur le reproduit automatiquement à des milliers de kilomètres de là...

— Nous verrons bien, coupa le colonel Graigh. Ce qui est important, c'est que, pour le moment, Ming n'a pu s'emparer du trésor et cela grâce au... Baphomet, puisque nous n'avons pas trouvé d'autre explication à son inexplicable trépas. Je vais faire refermer soigneusement ce caveau, et l'héritage des Templiers retournera à l'oubli, dont il n'eût jamais dû être tiré.

Le chef de la Patrouille du Temps venait à peine de prononcer ces paroles qu'un rire tonitruant éclata, un rire forcené, poussé par un gosier humain et qui pourtant n'était pas tout à fait celui d'un homme. Un rire qui venait et partout et de nulle part. Un rire que Bob Morane et Bill Ballantine reconnurent aussitôt : le rire de l'Ombre Jaune.

XIII

Sur son socle, le globe transparent, long de deux mètres environ et large d'une soixantaine de centimètres, irradiait une lumière verdâtre, D'épais fils électriques le reliaient à une génératrice qui bourdonnait doucement. Sur le pourtour du globe, à l'intérieur de celui-ci, une double rangée de trous minuscules étaient pratiqués dans le socle, et c'était de ces trous que montait la luminosité verte.

Il y avait eu une série de grésillements, qui allaient en s'intensifiant, tandis que la nébulosité se condensait en un réseau de lignes éblouissantes, à l'intérieur duquel une nébulosité de forme oblongue apparaissait, devenant de plus en plus précise, jusqu'à se condenser et à prendre forme humaine. Puis, rapidement, la lumière perdit toute transparence, sembla se solidifier. Un masque humain se matérialisa, puis un corps, puis des mains. Petit à petit, la couleur verte pâlissait pour être remplacée par celle de la peau, des vêtements. Bientôt, seule une légère brume entoura encore la silhouette nouveau-née. Progressivement, le réseau de lignes lumineuses avait pâli pour disparaître finalement, tandis que la brume elle aussi se dissipait.

Pendant de longues secondes, Monsieur Ming demeura immobile, les yeux fermés ; mais sa poitrine se soulevait régulièrement.

Au moment où l'Ombre Jaune était mort, dans le souterrain au trésor, la rupture de l'influx nerveux avait provoqué l'émission d'une onde magnétique produite par un minuscule appareil que Ming portait greffé à la base du crâne. Cette onde magnétique, se transmettant à travers l'espace-temps, avait automatiquement mis en marche un duplicateur qui avait reproduit un Ming en tout point semblable à celui qui venait de trépasser [1].

Il y avait eu quelques secondes d'attente, puis le double du Mongol avait ouvert les yeux ; sa main s'était soulevée et avait fait basculer le globe de plexiglass.

Lentement, l'Ombre Jaune se leva, marcha vers un grand écran et, rapidement, avec une sûreté de main qui tenait du prodige, il opéra une série de mises au point. L'écran s'éclaira et l'image de la salle au trésor, sous la vieille forteresse des Templiers, se précisa. Il y avait aussi Bob Morane, Bill Ballantine, Sophia Paramount, le colonel Graigh et ses hommes. Sur le sol, les corps déchiquetés et sans vie, des dacoïts, des whamps et de Monsieur Ming lui-même. En même temps, des voix retentissaient à travers les diffuseurs stéréophoniques. Ainsi l'Ombre Jaune, ou tout au moins sa réincarnation, avait pu suivre l'échange de propos qui avait suivi sa mort, et aussi les suppositions lancées par Morane concernant cette mort.

— Parfaitement déduit, commandant Morane, avait murmuré le Mongol. Le Baphomet était issu d'une pensée, et il m'a détruit. Toute chose ne doit-elle d'ailleurs pas son origine à une pensée ? Me détruire ? Quel terme vain, que ma science a rendu désuet !... Bientôt, je retournerai là-bas, à Montrésor, et rien ni personne ne pourra plus cette fois m'empêcher de m'approprier les richesses de l'Ordre du Temple.

A ce moment, là-bas, dans la cave du trésor, le colonel Graigh affirmait :

— Je vais faire refermer soigneusement ce caveau, et

---

1. Pour les explications techniques au sujet de ce duplicateur, lire : *Le Retour de l'Ombre Jaune.*

l'héritage des Templiers retournera à l'oubli dont il n'eût jamais dû être tiré !

Alors soudain, en entendant ces paroles, l'Ombre Jaune éclata de rire, ce même rire que Bob Morane et ses compagnons devaient entendre, venu ils ne savaient d'où, dans le souterrain sous la forteresse maudite.

LES SORTILÈGES
DE L'OMBRE JAUNE

I

Au moment où la lumière se fit dans le salon-bureau de Bob Morane, une voix jeta :
— Salut, nobles chevaliers !
L'homme qui venait de prononcer ces paroles était assis dans le fauteuil renaissance favori de Bob Morane. C'était un grand vieillard imberbe, au visage racé, aux yeux noirs étrangement fixes qui semblaient transpercer les êtres et les choses. Son visage long, au nez un peu courbe, était presque dépourvu de toute ride, comme si le temps n'avait pas de prise sur lui, car il devait être fort âgé. Son grand corps maigre et vigoureux était revêtu d'une tunique et d'un pantalon de fin lin tissé d'argent, et ses sandales étaient également brodées d'argent. Un étrange bonnet pointu à oreillettes, de dessous lequel s'échappait la masse ordonnée d'une longue chevelure couleur de neige, le coiffait. A sa ceinture pendait une dague à la poignée dorée dont le pommeau était constitué par trois énormes émeraudes.

En apercevant l'étrange personnage, Bob Morane et Bill Ballantine avaient sursauté. Les deux amis s'étaient rendus dans un ciné-club du Quartier Latin et, ensuite, ils avaient fait un bon repas bien arrosé, pour s'en revenir à pied en direction du quai Voltaire où habitait Morane. Quand ils avaient atteint l'appartement de celui-ci, la porte en était bien close et il ne semblait pas qu'on eût pénétré par effraction, ou de toute autre façon clandestine. Pourtant, l'étrange vieillard était là, bien installé, comme s'il les attendait.

— Salut, nobles chevaliers ! répéta-t-il.

Sa voix était étrangement douce et jeune ; presque celle d'un enfant.

— Comment êtes-vous entré ici ? interrogea Morane sans colère, car la situation et aussi l'aspect de l'étrange visiteur l'amusaient plus qu'ils ne le fâchaient.

Malgré lui d'ailleurs, il ne pouvait manquer de se sentir saisi d'un certain respect à la seule vue du vieillard. Un respect presque superstitieux.

— Comment je suis venu ici ? fit l'inconnu avec un sourire narquois. Mais en passant à travers les murs, tout simplement... Bien sûr, je sais que cette réponse ne vous satisfera qu'à demi.

Certes cette réponse ne satisfait Morane qu'à demi mais il ne crut cependant pas bon d'insister et préféra poser cette nouvelle question :

— Qui êtes-vous ?

Le vieillard porta à sa bouche une de ses mains, qu'il avait fort belles, avec de longs doigts déliés qui, chacun, semblait vivre d'une vie propre. « Des mains de prestidigitateur, ou de magicien », pensa Morane presque malgré lui, et il étouffa discrètement un bâillement d'ennui.

— Vous êtes décidément très curieux, mon jeune ami. Enfin, puisqu'il faut que je me présente... Je m'appelle Myrdhin, mieux connu sous le nom de Merlin l'Enchanteur.

Le rire tonitruant de Bill Ballantine éclata.

— C'est ça, fit-il en secouant les flammes de sa tignasse rousse, et nous, nous sommes Castor et Pollux.

— C'est presque cela, approuva tranquillement celui qui venait de se parer du nom légendaire de Merlin. Aussi courageux tous les deux, et inséparables. Évidemment, vous vous appelez différemment.

Il s'interrompit et pointa un doigt vers Morane pour reprendre :

— Vous ne vous appelez pas Castor mais Bob Morane, trente-deux ans depuis six mois, douze jours et trois heures exactement. Taille : 1,84 mètre, poids : 83,6 kilos, groupe sanguin : 0 rhésus négatif...

Le doigt se pointa vers Bill Ballantine.

— Quant à vous, vous vous appelez William Ballantine, Ecossais, trente-quatre ans depuis trois semaines, quatre jours, deux heures et douze minutes. Taille : 1,95 mètre, poids : 112,2 kilos, groupe sanguin : A rhésus positif... Bien sûr, je pourrais vous fournir d'autres détails, mais cela ne manquerait pas d'être fastidieux...

Bill Ballantine avait protesté.

— Les autres renseignements sont peut-être exacts, grogna-t-il, mais pour le poids, vous vous gourez. Je me suis pesé hier, et je ne faisais que 111 kilos...

— Hier peut-être, fit Merlin, mais aujourd'hui, à ce moment précis, vous pesez bien 112 kilos 200 grammes.

— Qu'est-ce qui me le prouve ? insista le géant d'un ton agressif.

— Il y a une balance dans la salle de bains, Bill, dit Morane que la situation amusait de plus en plus. Pourquoi n'irais-tu pas te peser ?

— C'est ça, approuva l'Ecossais. Je fais une cure d'amaigrissement, et je suis sûr qu'aujourd'hui je pèse *moins* de 111 kilos !

En gesticulant, le colosse s'éloigna vers la salle de bains pour en revenir une minute plus tard, donnant tous les signes d'une grande agitation et clamant :

— Cent douze kilos deux cents grammes exactement ! Votre balance est détraquée, commandant, ou elle est de connivence avec ce charlatan !...

— Ma balance marche fort juste, fit calmement Bob, et elle n'est de connivence avec personne. Tout cela prouve simplement que tu suis ton régime comme une pantoufle et que tu as pris un kilo deux cents en un jour. Ce soir d'ailleurs, si tu te souviens, tu as, à toi seul, mangé comme toute une meute de loups affamés.

La perplexité s'était peinte sur le large visage rougeaud

de Ballantine qui considérait à présent le vieillard avec circonspection.

— Je me demande, murmura-t-il, comment vous avez pu deviner, à quelques grammes près ?... Est-ce que, par hasard, vous seriez sorcier ?

Le vieillard eut son sourire d'enfant naïf et ses belles mains accomplirent une série de mouvements qui ressemblaient à un vol d'oiseau.

— Ne suis-je pas Merlin l'Enchanteur ? fit-il.

Ses doigts s'étaient pointés en direction d'un grand vase en faïence de Faenza soigneusement enfermé dans une grande vitrine, et le vase disparut.

— Ce vase vaut à lui seul une petite fortune, fit remarquer Bob d'une voix un peu tendue.

— Est-ce vrai ? s'inquiéta le vieillard. Vraiment, Messire Morane, je ne voudrais pas que vous continuiez à vous inquiéter...

Ses doigts se pointèrent vers le sommet d'une crédence gothique située à l'autre bout de la pièce, et le vase s'y matérialisa, intact.

Bill poussa un grognement volontairement lourd d'incrédulité.

— On a déjà vu mieux au cirque, commenta-t-il sans grande conviction.

— Et ceci ? dit le vieillard en pointant la main droite vers le colosse.

Cette main remonta lentement en direction du plafond et, en même temps Ballantine, se soulevait du sol jusqu'à ce que le sommet de son crâne touchât ledit plafond. Ainsi suspendu en l'air, le géant se mit à gigoter, mais sans parvenir à reprendre pied.

— Est-ce que vous allez me faire descendre ? grondat-il.

— Si vous le désirez, fit doucement Merlin.

Il referma la main et l'Ecossais chut bruyamment sur le plancher, avec une violence telle qu'il fut contraint à amortir sa chute par un roulé en arrière de judo. Il se redressa, furieux.

— En voilà des plaisanteries, jeta-t-il. Si je m'étais cassé un membre ?

Le vieux magicien souriait.

— Je suppose, Messire Ballantine, dit-il, que cela vous ne l'avez jamais vu au cirque.

— Cessez vos tours de passe-passe, intervint Bob Morane, et expliquez-vous. Je ne tiens pas à ce que vous continuiez ainsi à risquer de briser mes précieuses faïences, et les os de Bill.

— Tours de passe-passe ? dit paisiblement le vieillard. Vous me faites de la peine, Messire Morane. Jadis, à l'époque d'où je viens, on appelait cela de la sorcellerie, ou de la magie. A votre époque il y a des noms scientifiques pour de tels prodiges. Le premier de ceux auxquels vous venez d'assister n'est autre que de la transportation de matière ; le second de l'antigravitation, tout simplement...

Merlin s'interrompit et hocha doucement la tête, ce qui fit voler les mèches neigeuses de son opulente chevelure, puis il enchaîna :

— Mais vous avez raison, Messire Morane : il faut que je m'explique...

Il s'interrompit encore et reprit à nouveau :

— J'ai besoin de votre aide.

Un rire qui avait la sonorité d'un barrissement d'éléphant s'échappa de la vaste poitrine de Bill Ballantine, qui répéta, essayant d'imiter la voix de l'étrange visiteur :

— J'ai besoin de votre aide... Vous vous rendez compte, commandant ! ce vieux plaisantin est capable de me coller au plafond sans même me toucher, et il a besoin de notre aide. N'avez pas l'impression qu'il se paye notre portrait ?

— Laisse parler, mon vieux, fit doucement Morane que le vieillard intriguait, intéressait même, de plus en plus.

— J'ai besoin de vous, reprit Merlin, et cela malgré toute ma puissance. Tout simplement parce que je suis prisonnier à des siècles de cette époque. Prisonnier d'une fée qui me tient enfermé dans une prison de verre.

*
* *

Les dernières paroles du vieillard avaient figé de stupeur Bob Morane et Bill Ballantine. A travers les vieux romans de la Table Ronde, ils connaissaient la légende de Merlin l'Enchanteur retenu captif dans une maison de verre, au sein de la forêt de Brocéliande, par la fée Viviane qui, profitant de l'amour qu'il lui portait, lui avait arraché ses secrets de magicien. Et cette légende correspondait point par point avec les dernières phrases prononcées par cet homme qui affirmait justement s'appeler Merlin.

— Vous dites être prisonnier à des siècles de cette époque dans une prison de verre, fit doucement Bob. Alors, comment expliquez-vous le fait que vous vous trouviez ici, au XXe siècle, assis paisiblement dans ce salon ?

— Vous avez l'*impression* que je me trouve ici, Messire Morane, expliqua le vieillard. En réalité vous n'avez devant vous qu'une image de moi-même, que je projette à travers le Temps. Essayez de me toucher...

Avec circonspection, Morane s'avança vers son visiteur et tendit la main comme pour lui toucher la poitrine. Cette main passa à travers le buste de Merlin comme si, réellement, il n'avait pas existé.

— Êtes-vous convaincu, commandant Morane ?

Ballantine s'était tourné vers son ami.

— Personnellement je ne crois pas à toute cette magie, commandant. Nous nous sommes couchés après avoir trop mangé et trop bu, tout simplement, et nous rêvons...

— Vous ne rêvez pas, assura Merlin, et il ne s'agit pas davantage de magie. Est-ce que le cinématographe est de la magie ? Eh bien ! c'est un peu à une séance de cinéma que vous assistez, mais sans qu'il me soit nécessaire d'user d'un projecteur pour vous imposer mon image.

Il s'interrompit, puis interrogea à brûle-pourpoint :

— Avez-vous déjà entendu parler d'un sorcier nommé Ming ? Je suis sûr que vous le connaissez...

Les deux amis avaient sursauté à ce nom de Ming.

— Ming, un sorcier ? balbutia Bill. Ce monstre n'est pas davantage sorcier que vous n'êtes sans doute magicien.

— Vous avez raison, Messire Ballantine, opina le vieillard. Je ne suis pas magicien. La vieille légende veut que je sois le fils d'un démon et d'une mortelle. La réalité est tout autre. Jadis, un vaisseau spatial en perdition venu d'une autre galaxie, se posa sur la Terre. Mon père était le seul survivant de l'équipage et sa science était telle que les hommes de l'époque le prirent pour un démon. Il épousa une de leurs filles, dont il eut un fils qui hérita de sa science. Je suis ce fils.

Morane et Ballantine échangèrent un long regard. Rêvaient-ils ou, réellement, venait-on de leur révéler la source d'une vieille légende ?

— Vous seriez donc un mutant, risqua Bob.

— Un mutant, si vous voulez, approuva Merlin, et cela explique que de tout temps on m'a prêté des pouvoirs surhumains.

— Et le roi Arthur, les chevaliers de la Table Ronde, la fée Viviane, qu'en faites-vous ? interrogea Bill avec agressivité.

— Ils existent, du moins à l'époque d'où je viens, fut la réponse de Merlin. Dans la lointaine galaxie dont je vous ai parlé, mon père était empereur, donc intouchable, et j'héritai du tabou qui le couvrait. On envoya un chef et des guerriers pour me protéger. Ce chef prit le nom d'Arthur et on donna à ses guerriers le nom de chevaliers de la Table Ronde.

— Des extra-terrestres, fit Ballantine avec incrédulité.

— Oui, des extra-terrestres chargés de protéger leur empereur car j'étais, de par la loi des miens, seul héritier du titre.

— Pourquoi ne vous ont-ils pas ramené dans votre lointaine galaxie ? s'enquit Bob.

— Parce que je ne le voulais pas. Chez moi, je n'eusse été qu'un puissant monarque ; sur la Terre j'étais presque un dieu, car ma science ancestrale y était considérée comme magie, et le tabou qui me protégeait empêchait Arthur et ses guerriers de me ramener de force. Ils devaient attendre mon bon vouloir. Pourtant cet instant où je devais consentir à regagner ma galaxie ne vint jamais. Entre-temps, j'avais rencontré Viviane, et l'amour m'avait enchaîné.

— Une chose m'étonne, dit Bob. C'est que, avant d'avoir rencontré cette Viviane et qu'elle vous enchaîne, vous soyez demeuré si longtemps sur la Terre, car vous n'êtes plus précisément... un adolescent.

— Il a fallu des années aux miens, expliqua Merlin, pour me retrouver à travers les espaces interstellaires. D'ailleurs, ne vous méprenez pas trop sur mon apparence. Ici je puis passer pour un vieillard ; en réalité, les gens de ma race acquièrent tôt ces cheveux blancs, cette allure un peu compassée qui est la mienne et qu'ils conservent longtemps, car nous vivons très vieux. Tel que vous me voyez, je suis en pleine force de l'âge.

Bob Morane et Bill Ballantine venaient d'avoir l'explication d'un fait qui, dès qu'ils avaient aperçu le visiteur, les avait frappés : l'extrême jeunesse du sourire, le visage sans rides, ou presque, le regard vif, la taille bien prise et cela en dépit de la chevelure et de la barbe de neige. Bien sûr il y avait cette sagesse peinte sur les traits de Merlin, cette sagesse qui ne pouvait être celle d'un tout jeune homme, mais qui s'expliquait sans doute par l'hérédité impériale, et aussi la science de cette race galactique dont il était issu.

— Parlez-nous de ce Ming et de cette Viviane, dit Bob.

— Ils sont apparus un jour au royaume de Bretagne, expliqua Merlin, sans qu'on sût d'où ils étaient venus. Lui possédait une intelligence et un savoir prodigieux. Mais cette intelligence et ce savoir étaient tournés vers le mal, à tel point que certains le prirent pour une incarnation de Satan.

— Mais ses traits, son aspect physique ? s'impatienta Bill. Est-ce un homme grand, maigre et puissant à la fois, toujours vêtu de noir, avec de puissantes mains qui ressemblent à des machines ?

— Oui, c'est cela, approuva l'Enchanteur, des machines... Une de ses mains même, malgré toute son habileté, paraît ne pas lui appartenir, un peu comme s'il s'agissait d'une mécanique...

— Son visage est-il jaune, reprit Bob Morane, avec des pommettes saillantes et des yeux bridés, aux prunelles couleur d'ambre, un crâne rasé, lise et poli comme du vieil ivoire ?

Merlin hocha la tête de haut en bas, pour approuver encore :

— Vous venez de me faire là le portrait ressemblant de Ming, Messire Morane.

Bob et Bill échangèrent un long regard entendu puis le premier reprit, toujours à l'adresse de Merlin :

— Et cette... Viviane, est-elle brune, grande et mince, avec de longs cheveux, un visage à la peau mate et de grands yeux un peu bridés eux aussi, et profonds comme l'eau noire des lacs de montagne ?

— Encore un peu, fit Merlin je vous prendrais également, Messire Morane, pour un sorcier, car vous venez de me faire là le portrait précis de ma Viviane.

Il hésita et ses prunelles se fixaient sur Bob comme s'il avait voulu lire dans ses pensées, puis il continua :

— Cette description vous l'avez faite avec tant de chaleur que, pendant quelques instants, j'ai vu en vous un rival.

Ni Bob Morane ni son ami ne crurent bon de relever cette dernière remarque de leur hôte. Ils se contentèrent d'échanger de nouveaux regards entendus.

— Aucune erreur, conclut Ballantine d'une voix sourde, il s'agit bien de Tania Orloff.

Tania Orloff, la nièce de Monsieur Ming, connu également sous le sobriquet d'Ombre Jaune, Mongol génial et criminel contre lequel les deux compagnons d'aventures menaient une lutte incessante, réussissant à contrer ses menées scélérates, mais sans parvenir jamais à l'abattre définitivement. Au cours des dernières actions qui les avaient opposés à Ming, Bob Morane et Bill Ballantine avaient été contraints à le traquer au-delà des limites même du temps. Et voilà qu'à nouveau sa présence redoutable s'imposait à eux du fond des âges.

— Pourquoi Viviane vous retiendrait-elle prisonnier, s'enquit Bob ?

— Par amour sans doute, répondit Merlin avec une vague hésitation dans la voix.

— Si je me souviens de la légende, intervint Bill Ballantine, elle tenterait aussi de s'emparer de vos secrets...

— Sans doute pour être mon égale...

— Ou les transmettre à Ming, goguenarda Bill.

A ces paroles qu'il jugeait sans doute insultantes, Merlin sursauta légèrement, mais il se contint.

— Expliquez-vous, dit-il.

Les explications demandées, ce fut Bob Morane qui les fournit.

— Ming a déclaré une guerre sans merci à l'Humanité. Pour mener cette guerre, il se sert de toutes les armes. Reste à savoir si, en vous arrachant vos secrets, il pourrait s'en procurer de nouvelles.

Durant quelques instants, Merlin demeura pensif.

— N'oubliez pas que je suis fils d'empereur, dit-il finalement, et empereur moi-même, donc possesseur de la plus haute science. Dans ma race, le savoir se transmet par la voie biologique de l'hérédité, sans qu'il soit besoin d'apprendre. Oui, mes secrets, s'ils venaient à la connaissance d'un homme criminel capable de les concrétiser, mettraient non seulement l'Humanité mais l'Univers tout entier en danger.

— Voilà pourquoi Ming tente de vous les arracher par l'intermédiaire de sa nièce, que vous connaissez sous le nom de Viviane, mais qui s'appelle en réalité Tania, dit Ballantine.

Le géant se tourna vers Morane et s'enquit :

— Qu'en pensez-vous, commandant ?

— Je pense que tu as vu juste, Bill, fut la réponse. Une seule chose me chiffonne, c'est que Tania a toujours répugné à se rendre complice des forfaits de son oncle et qu'elle nous a toujours aidés de son mieux, et secrètement, à le combattre.

— Vous avez raison, reconnut Bill. Il y a là quelque chose qui nous échappe. Mais, avec Ming, ne faut-il pas s'attendre à tout ?

Morane demeura songeur ; beaucoup d'éléments l'intriguaient dans cette histoire. Bien sûr, il y avait la présence de Merlin dans cette pièce, ou plutôt la projection de son image, mais depuis qu'ils avaient entamé une lutte sans merci contre l'Ombre Jaune, rien ne les étonnait plus même s'il s'agissait des pires fantasmagories. Une question montait aux lèvres de Bob ; il la laissa les franchir.

— Comment avez-vous eu connaissance de notre existence ? demanda-t-il à Merlin.

— Je possède le don de voir dans les pensées, répondit aussitôt l'Enchanteur, et j'ai pu lire dans celles de Ming chaque fois que je me suis trouvé en sa présence. Ainsi j'ai su qu'il ne craignait que deux hommes : vous deux. J'ai pu vous repérer dans le Temps mais, mon corps étant prisonnier dans sa geôle de verre, je n'ai pu venir en chair jusqu'à vous. Tout ce que j'ai pu faire, c'est projeter mon image dans cette pièce... Acceptez-vous de m'aider ?

Les deux amis se concertèrent du regard.

— Il faudrait l'avis de la Patrouille du Temps, glissa Ballantine.

— Chaque seconde compte, insista Merlin. Projeter mon image ici me cause une grande fatigue mentale. Bientôt je devrai renoncer, et il est probable que, si Viviane devine ma tentative — et elle la devinera —, elle ne me permettra pas de recommencer. Il faut que vous vous décidiez sans retard, que vous m'aidiez.

Il sembla à Bob et à Bill que la voix de Merlin s'affaiblissait et que, lentement, son image s'amenuisait.

— Il faut que vous m'aidiez, insista l'Enchanteur.

— Nous ne pouvons en décider ainsi, protesta Morane. Il nous faut en référer à la Patrouille du Temps. Sans son appui nous ne pouvons rien. C'est une question de vie ou de mort pour nous.

— Trop tard, murmura Merlin. Mes forces de projection s'épuisent et peut-être jamais ne pourrai-je me remettre en contact avec vous... Il faut que vous veniez maintenant.

Chaque seconde sa voix s'affaiblissait davantage, et son image se faisait de plus en plus floue. Il tendit les deux mains vers Bob Morane et Bill Ballantine et ses yeux devinrent fixes. Les deux amis eurent l'impression que leurs regards les transperçaient et ils eurent soudain l'impression que leur corps ne pesait plus. Autour d'eux, les lignes et les plans du décor se déformèrent, comme vus à travers une eau remuée, puis soudain tout cessa d'exister.

II

Dans la vaste salle de contrôle de la Patrouille du Temps, deux lumières vertes s'éteignirent sur le grand tableau circulaire. L'homme qui les surveillait sursauta, manœuvra quelques manettes, essayant de rétablir le contact rompu, mais les deux lumières vertes ne se rallumèrent pas. Aussitôt l'inquiétude se peignit sur le visage de l'homme qui brancha rapidement l'audiophone accroché à sa poitrine, pour lancer :

— Contrôle Z 39 désire être mis en communication avec le colonel Graigh... Urgent... Priorité...

Quelques secondes plus tard, une voix se faisait entendre dans l'audiophone.

— Colonel Graigh à contrôle Z 39... Que se passe-t-il ?

— Les deux voyants se sont éteints, ce qui tenterait d'indiquer un virement imprévu à travers l'Espace-Temps.

— Avez-vous tenté les corrections d'usage ?

— J'ai accompli les manœuvres A, B, C, et D... Les voyants ne se sont pas rallumés.

— Continuez à essayer d'établir le contact, jeta la voix du colonel Graigh... J'arrive.

Cinq minutes plus tard, le colonel Graigh sanglé dans l'uniforme métallisé de la Patrouille du Temps marqué à la poitrine du sigle TP (Time's Patrol) pénétrait dans la salle de contrôle ; il se dirigea vers le tableau où les deux lampes vertes étaient éteintes.

— Toujours rien, Z 39 ? interrogea-t-il.

Le contrôleur fit un signe de tête négatif et dit :

— J'ai à nouveau accompli les manœuvres de sécurité, mais rien...

Le colonel Graigh se pencha à son tour sur le tableau de contrôle et, à plusieurs reprises, il effectua les manœuvres destinées à rétablir le contact, mais sans obtenir le moindre résultat : les deux lumières vertes demeuraient obstinément éteintes.

Pendant quelques secondes, le chef de la Patrouille du Temps demeura songeur. Ces deux lumières vertes ne demeuraient allumées que si les coordonnées spatio-temporelles de Bob Morane et de Bill Ballantine demeuraient inchangées.

Elles ne devaient s'éteindre que si les deux hommes se déplaçaient dans le Temps. Or, ils n'avaient la possibilité de le faire qu'avec l'aide de la Patrouille.

— Quelque chose s'est passé, murmura Graigh. Bob et Bill ont été virés dans une autre époque à notre insu.

C'était là une conclusion logique car les machines de contrôle, il le savait, ne pouvaient mentir. « Y aurait-il là-dessous une intervention de l'Ombre Jaune ? » se demanda-t-il avec angoisse.

Récemment, Bob Morane et Bill Ballantine, aidés en cela par la Patrouille du Temps et une jeune journaliste nommée Sophia Paramount, avaient livré au redoutable Mongol une lutte acharnée et pleine d'aléas à travers le continuum Espace-Temps, et ils étaient parvenus à le vaincre... ou tout au moins ils l'avaient cru [1].

« Est-ce que Ming aurait repris du poil de la bête ? » se demanda Graigh. Il ne voyait pas d'autre explication. Si Bob et Bill avaient été projetés dans le Temps sans l'intervention de la Patrouille, ce ne pouvait être que l'œuvre de l'Ombre Jaune.

---

1. Lire : *La forteresse de l'Ombre Jaune* — *Le satellite de l'Ombre Jaune* — *Les captifs de l'Ombre Jaune*.

— Il faut à tout prix repérer ces deux hommes, fit le colonel à l'adresse du contrôleur. Lancez l'alerte de priorité afin que les radars soient aussitôt branchés sur leurs coordonnées.

Il savait qu'avant quelques minutes de là les radars spatio-temporels fouilleraient le passé et le futur à la recherche des deux disparus. Cette recherche pouvait s'avérer longue, et il faudrait sans doute des heures, voire des jours ou des semaines, avant de réussir à les repérer ; cela dépendrait de leur éloignement dans le courant du Temps.

Le colonel Graigh marcha vers un autre endroit de la salle de contrôle, où plusieurs hommes surveillaient sans cesse un grand tableau où clignotait un nombre impressionnant de voyants multicolores.

— Mettez-moi immédiatement en contact avec notre agent extraordinaire EX-A-20C-3 (Extraordinary Agent 20th Century-Number 3).

L'interpellé manœuvra une série de contacts et un voyant mauve se mit à cligner avec plus d'intensité, en émettant une série de sons aigus et rapprochés.

A Londres, Sophia Paramount, reporter spécial du *Chronicle,* dormait le visage noyé dans la masse de ses cheveux couleur de cuivre, quand la stridulation s'imposa à son subconscient. Elle se réveilla, fit de la lumière et ouvrit le petit poste à transistors placé sur sa table de chevet. En réalité, il ne s'agissait pas d'un poste ordinaire, bien que cela en eût l'aspect, mais d'un émetteur-récepteur spatio-temporel grâce auquel la Patrouille pouvait à tout moment se mettre en rapport avec elle. Déjà, la voix du colonel Graigh se faisait entendre.

— EX-A-20C-3, m'entendez-vous ?

— Je vous entends, colonel Graigh, répondit aussitôt la jeune fille.

Elle avait immédiatement reconnu cette voix qui lui parvenait à travers le Temps, de l'année 2300 après J.-C. ; déjà l'inquiétude montait en elle, car elle savait que la Patrouille ne l'aurait pas contactée sans qu'il y eût urgence.

— Que se passe-t-il ? interrogea-t-elle.

— Bob et Bill ont disparu, fut la réponse. Leurs coordonnées sont muettes. Ils ont dû être viré à notre insu.

— Ils sont à Paris, protesta Sophia. Je les ai eu au bout du fil ce matin.

— Ce matin peut-être, fit remarquer Graigh, mais il en va différemment à présent. Non seulement leurs coordonnées sont muettes, mais ils ne répondent pas aux appels spatio-temporels... Vous pouvez néanmoins contrôler par téléphone...

— Je les appelle immédiatement, assura la jeune fille.

Elle essaya d'obtenir la communication automatique avec Paris et l'obtint sans trop de peine. Pourtant, à l'autre bout du fil, seule la sonnerie lui répondit. Elle la laissa retentir une trentaine de fois puis raccrocha.

— Rien à faire, dit-elle à l'adresse de Graigh en se tournant vers l'émetteur-récepteur spatio-temporel : pas de réponse. En principe, Bob devait être chez lui à cette heure de la nuit, et il a le sommeil trop léger pour ne pas entendre la sonnerie du téléphone...

— Je ne crois pas que nous puissions garder des doutes s'il nous en restait, conclut Graigh. Il nous faut les rechercher à travers le continuum. Déjà, nos radars sondent le passé et le futur. Tenez-vous prête à agir dès qu'ils auront repéré nos deux amis...

Sophia Paramount ne fit aucune remarque. Elle était très inquiète quant au sort de Bob et de Bill et elle trouvait tout naturel d'aller leur porter secours à travers le Temps dès qu'ils auraient été repérés. En outre, elle connaissait la règle stricte de la Patrouille : ne jamais intervenir directement dans le passé ou dans le futur. Par moments bien sûr il lui fallait, comme dans le cas de l'Ombre Jaune, outrepasser cette règle. Pour cela, elle faisait appel à des agents spéciaux comme Bob Morane, Bill Ballantine et Sophia Paramount.

— J'attends vos instructions, assura Sophia.

— Gardez le contact, recommanda Graigh. Je vous rappelle dès que Bob et Bill auront été repérés. Communication terminée.

Sophia éteignit la lumière, se renversa en arrière sur son oreiller sans crainte de s'endormir à nouveau. L'angoisse l'occupait tout entière. Elle se demandait où se trouvaient ses amis, dans quelles épouvantes l'Ombre Jaune — si Monsieur Ming était à la base de cette double disparition — les avait entraînés, malgré eux peut-être, pour assouvir sa vengeance.

*
* *

Autour de Bob Morane et de Bill Ballantine, les lignes et les plans du décor s'étaient lentement reformés, flous d'abord, puis de plus en plus précis. Bien vite cependant ce décor devait se révéler différent de celui auquel ils venaient d'être arrachés. Ce n'était plus le salon-bureau avec ses meubles lourds et familiers, sa quiétude, sa sécurité, mais une campagne noyée de ténèbre et de mystère où, par endroits, des brumes grises flottaient à ras du sol en lambeaux sinistres.

Les deux amis étaient assis au bord d'un mauvais chemin de terre, creusé d'ornières et bordé de saules rabougris qui tendaient vers le ciel leurs branches roides, comme autant de bras figés en d'éternelles suppliques. Parfois, entre les nuages bas qui filaient en débandade, tel un troupeau de monstres informes affolés par quelque obscure menace, la lune fardait un rayon blafard dont la lumière crue et fugitive ajoutait encore au mystère de cette campagne désolée, faite de landes, de boqueteaux et de collines cousus ensemble et faisant songer au manteau d'un gigantesque arlequin nocturne.

— Pas gai l'endroit, remarqua Ballantine en frissonnant sous sa veste de gros tweed du Shetland.

— Si seulement Merlin nous avait fourni une carte ! dit Bob à son tour. Mais non, nous sommes là, comme perdus sur une autre planète, sans savoir vers où diriger nos pas.

Il tira de sa poche une minuscule torche-stylo et promena le faisceau lumineux sur les ornières de la route.

— Regarde, Bill, dit-il au bout d'un instant. Aucune trace de pneumatiques. Seulement des empreintes de roues de charrettes et de sabots de chevaux, ce qui tend à prouver...

— Que nous ne sommes plus au XXe siècle, hein, enchaîna Ballantine, et que nous avons été propulsés en arrière dans le Temps ?

— Tout juste, Bill. On n'imagine pas au XXe siècle, du moins en pays civilisé, un chemin, si mauvais soit-il, où des pneus n'aient pas laissé leurs marques. Reste à savoir où nous avons échoué.

Pendant que son ami parlait, Bill Ballantine scrutait avec soin les semi-ténèbres de la nuit autour d'eux. Tout à coup, il poussa une légère exclamation et posa la main sur le bras de son compagnon, qui le sentit se raidir.

— Des géants, murmura l'Écossais. Nous sommes entourés de géants. Regardez !...

A son tour, Bob scruta avec soin la nuit et il aperçut les géants dont venait de parler Bill. Ils étaient dressés sur l'écran mouvant du ciel, masses élémentaires vaguement hostiles en dépit de leur immobilité. On les eût dit figés à jamais, tels des génies frappés d'une obscure malédiction.

— Tes géants m'ont plutôt l'air de mauvaises statues de pierre, mon vieux Bill, et quand je dis statues de pierre je leur fais grand honneur. Allons voir de plus près...

Suivi par son ami, Morane se dirigea vers le plus proche des « géants ». Quand il n'en fut plus qu'à quelques mètres, il braqua le faisceau de sa torche dans sa direction pour éclairer la surface grise et moussue d'une haute pierre dressée. Sa base enfonçait dans le sol et son sommet s'élevait à 4 mètres de hauteur.

— Voilà ce que tu as pris pour un « géant », fit Bob à l'adresse de son ami. Un menhir...

Ils étaient là devant un de ces alignements de pierres mégalithiques, ou cromlech, élevés par les druides de la religion celte.

— Des menhirs, fit Bill en écho aux paroles de son ami. Voilà qui nous rassure. En plus, ils nous renseignent sur l'endroit où nous nous trouvons.

— En effet, approuva Morane. Nous devons être en Bretagne, ou dans les Cornouailles...

— Et à une époque où les pneumatiques n'existaient pas encore, précisa l'Écossais.

— Exact, mon vieux Bill. Cela nous enlève tout espoir de faire de l'auto-stop, mais non de marcher car il fait plutôt frisquet et j'aimerais me donner un peu d'exercice.

— Reste à savoir de quel côté se diriger...

— Je te laisse le choix.

L'Écossais hésita durant quelques secondes, puis il décida :

— Allons vers la gauche. C'est le côté du cœur, sinon de la raison.

Ils se mirent en marche le long du chemin, non sans scruter la nuit autour d'eux. Bob Morane avait éteint sa torche pour économiser le courant des piles, et ils se sentaient à présent plus isolés que jamais dans ces ténèbres lourdes de menaces. Pourtant, ils savaient que ce n'étaient sans doute là qu'illusions, que c'étaient ces seules ténèbres qui donnaient aux objets les plus anodins des visages d'épouvante, et ils en avaient trop vu au cours de leur longue carrière de batteurs d'estrades pour s'émouvoir réellement... N'empêche qu'ils auraient aimé être armés afin de pouvoir, le cas échéant, faire face à un danger toujours possible.

— Si seulement nous avions pu emporter nos revolvers ! dit Bill en concrétisant ainsi leur pensée commune.

— J'aimerais surtout avoir le moyen d'entrer en contact avec la Patrouille du Temps, précisa Morane, mais Merlin ne nous en a guère laissé le loisir.

Derrière eux le ciel commençait à se teinter de gris, ce qui marquait l'approche de l'aube, et aussi la direction de l'est. Ils continuèrent à marcher tandis que le jour montait de plus en plus, enlevant au décor beaucoup de son mystère. A gauche, à droite, la lande s'étendait, entrecoupée de petits bois avec, par endroits, les hautes silhouettes figées et moussues des mégalithes. Au loin, sur l'horizon, les collines basses pareilles au moutonnement d'une mer figée. Sur tout cela planait une intense tristesse, une désolation sans borne rappelant celle d'une nécropole oubliée dans la grisaille du matin.

Tout à coup, dans le silence, des bruits s'imposèrent : grincements d'essieux, bruits de pas traînants, cahotements de roues dans les ornières durcies.

— On vient ! jeta Bill.

Le chemin qu'ils suivaient s'était encaissé entre deux talus bordés à leur sommet de haies vives. Bob désigna l'une d'elles en décidant :

— Allons nous cacher là-haut...

En quelques bonds, ils atteignirent le haut du talus et s'accroupirent derrière la haie. A travers les branchages, ils pouvaient voir tout ce qui se passait en contrebas sans risquer d'être aperçus eux-mêmes.

Une vingtaine de secondes s'écoulèrent. Les bruits se rapprochaient sans cesse. Finalement, au détour du chemin, un groupe apparut, constitué de plusieurs charrettes, aux roues de bois pleines, et d'une trentaine d'hommes, de femmes et d'enfants. Les charrettes étaient chargées de ballots, de tonneaux et de caisses faites de bois mal équarri, le tout ficelé à l'aide de grossières cordes de chanvre. Les hommes, les femmes et les enfants, eux, étaient vêtus de laine mal tissée. Les premiers portaient des braies larges, des tuniques informes serrées à la taille par des ceintures de cuir brut, et les secondes d'amples robes faisant songer à des sacs dans lesquels on aurait pratiqué trois ouvertures pour la tête et les bras ; un châle noué, souvent en guenilles, complétait cet accoutrement aussi peu gracieux que possible.

Mais ce qui frappait surtout les deux observateurs, c'était la misère peinte sur les traits de ces gens, sur ces faces grises, creusées par les privations. Dans les yeux enfoncés profondément sous les orbites, une terreur latente se lisait comme sous l'effet de quelque menace occulte.

Instinctivement, Bob Morane et son compagnon comprirent que ces pauvres gens fuyaient. Mais quoi ? Ils appartenaient à une époque brutale, où la peur était la monnaie de tous les jours, ce qui entraînait la résignation. Alors, pourquoi cette panique ? Quel danger, plus fort que ceux de tous les jours, les poussait aussi droit devant eux.

— Si on descendait leur poser quelques questions ? risqua Bill.

— Pourquoi pas ? dit Morane avec un haussement d'épaules. Ils n'ont pas l'air bien dangereux.

Ils se dressèrent, franchirent la baie et se mirent à descendre vers le fond du chemin. A leur apparition, le groupe s'était figé.

— N'ayez pas peur ! cria Bob. Nous ne vous voulons pas de mal...

— Du mal ? dit un des hommes. Le pire nous est déjà arrivé.

Bob sursauta légèrement. L'homme n'avait pas parlé français, mais dans une langue inconnue que Morane crut cependant pouvoir identifier. Il devait s'agir de gaélique ancien. Mais, dans ce cas, comment avait-il pu, lui, Bob Morane, saisir le sens des paroles qui lui étaient adressées. Mieux, comment l'homme avait-il pu le comprendre lui-même.

— Où sommes-nous ? avait interrogé à son tour Bill Ballantine.

A nouveau, Morane sursauta. Bill avait lui aussi employé la langue gaélique. Par quel sortilège cela avait-il pu se reproduire ? « Sans doute quelque don que nous a fait Merlin », songea Morane qui, pour le moment du moins, ne trouvait pas d'autre explication à ce prodige.

L'homme qui avait parlé daigna répondre :

— Vous êtes au pays du roi Bohr...

Morane et Bill n'ignoraient pas que ce terme de « roi » ne voulait rien dire à l'époque où ils se trouvaient — sans doute aux premiers siècles du Moyen Age. Ce Bohr pouvait n'être que quelque chef de tribu au pouvoir limité.

— Pouvez-vous nous conduire à lui ? demanda-t-il.

L'homme secoua la tête et jeta rapidement :

— Nous ne voulons pas revenir en arrière. Nous quittons cette contrée où le diable est descendu...

— Le diable, goguenarda Bill. Il ne nous fait pas peur. Si seulement vous nous disiez à quoi il ressemble, nous pourrions aller lui tirer les oreilles.

A ces paroles impies, l'homme se signa par trois fois et avec lui tous ceux qui l'accompagnaient.

— Ne blasphémez pas, étranger ! D'un seul regard de ses yeux jaunes il vous foudroierait.

Malgré eux, Bob et Ballantine échangèrent un long regard, et ils eurent la même pensée. Des yeux jaunes... Jaunes comme l'ambre... Jaunes comme ceux de Monsieur Ming !...

III

Pendant un moment, aux dernières paroles du paysan, Bob Morane et Bill Ballantine s'étaient sentis envahis par la perplexité. Des questions se pressaient sur leurs lèvres, des questions auxquelles ils eussent été eux-mêmes bien en peine de répondre. Ils se contentèrent donc d'interroger encore leur interlocuteur.

— Comment se nomme cet homme dont vous venez de parler ? demanda Bob.

Une sourde colère s'alluma au fond des yeux du chef des fuyards.

— Cet homme ? gronda-t-il. Je vous répète que ce n'est pas un homme.

— Mais il a bien un nom.

— On l'appelle le Diable Jaune, car sa peau est jaune elle aussi, comme ses yeux.

Bob Morane et l'Ecossais échangèrent un nouveau regard. Cela ressemblait de plus en plus à la description que l'on aurait pu faire de Monsieur Ming. Mais le paysan, soudain devenu prolixe, continuait :

— Il est arrivé un jour dans la région, sans qu'on sache d'où il venait, en compagnie de sa nièce, et depuis le malheur s'est abattu sur nous. Il a suscité un dragon qui terrorise la contrée...

— C'est pour cela que vous fuyez ? demanda encore Bob.

L'autre eut un digne de tête affirmatif.

— C'est pour cela que nous fuyons, dit-il.

Il fit un geste à l'adresse de ses compagnons, et Bob et Bill comprirent que la petite troupe allait se remettre en marche.

— Où habite ce roi Bohr dont vous venez de parler ? s'empressa de demander encore Morane.

Le paysan montra la direction de nord-est et jeta :

— Vous apercevrez son château à deux heures de marche d'ici, sur une colline... Mais suivez mon conseil, étranger : fuyez, fuyez.

Il lança un ordre et les charrettes, les hommes, les femmes et les enfants se remirent en marche, avec seulement les grincements des roues pour troubler le silence. Quand ils eurent disparu au détour du chemin, Ballantine interrogea à l'adresse de son ami :

— C'quon fait, commandant ?

L'interpellé désigna la direction du nord-est et décida :

— Allons rendre une petite visite au roi Bohr.

Pendant deux heures, ils marchèrent sans rencontrer âme qui vive. Une désolation totale continuait à régner sur la contrée. Bien que le jour fût tout à fait levé à présent et que, de temps à autre, un rayon de soleil filtrât à travers les nuages, rien ne parvenait à donner un aspect plus réjouissant à la pierre grise des menhirs et des dolmens, aux landes pelées et rousses, aux arbres tordus, aux bois rébarbatifs au sein desquels les deux voyageurs continuaient à imaginer d'hostiles présences.

Ce fut Bill qui, le premier, tendit le bras vers une éminence se dressant sur l'horizon et que couronnait une masse cubique.

— Je crois que voilà le château que nous cherchons, dit le géant.

Ils continuèrent et, au fur et à mesure qu'ils progressaient, ce château se précisait au sommet de l'éminence qui lui servait de socle.

Un château ?... Plutôt une forteresse sans grâce, aux épaisses tours carrées, aux murs de pierre brute, aux fenêtres et aux portes basses.

— Pas très décorative, la cambuse, constata Ballantine. Fait penser à un vieux chicot.

C'était en effet à une énorme molaire ébréchée que faisait songer le château du roi Bohr. Au fur et à mesure qu'ils s'en approchaient, il devenait plus formidable encore. Derrière ces murs épais de plusieurs mètres, que le plus puissant des canons de marine moderne aurait à peine pu parvenir à entamer, ses défenseurs devaient pouvoir défier les plus frénétiques assauts. Pourtant, sur l'énorme construction, la désolation pesait également, et cette impression était encore accentuée par les nuages bas, qui écrasaient les faîtes de ses murailles et de ses tours, tel un monstrueux couvercle de plomb.

Pour atteindre le pied de la colline, les deux naufragés du Temps durent emprunter une série de chemins creux et déserts où, seules, des empreintes de sabots témoignaient de récents passages.

A mesure qu'ils progressaient, Bob et Bill inspectaient le sommet des tours et des murailles, mais sans distinguer la moindre silhouette entre les créneaux.

— L'endroit n'a pas l'air fort habité, constata Bill. Est-ce que, par hasard, le roi Bohr aurait lui aussi plié bagages avec toute sa troupe ?

— Ne nous fions pas trop aux apparences, dit Bob, et continuons à avancer.

Depuis une dizaine de minutes, Morane avait la sensation d'être épié, et c'était une impression qui ne trompait jamais sa vieille sensibilité de coureur d'aventures.

— Je suis persuadé qu'on nous surveille, finit-il par déclarer.

Ballantine souleva ses puissantes épaules.

— Voilà que vous vous faites encore des idées, commandant, dit-il. Cette contrée est aussi déserte que le Sahara un dimanche matin. Qui pourrait bien nous surveiller ? Des korrigans, des spectres ? S'il s'agissait d'hommes on l'aurait remarqué.

Morane ne crut pas bon d'insister. Il connaissait assez son ami pour savoir que ses paroles cachaient une inquiétude, que Bill aussi avait deviné des présences autour d'eux.

Ils continuèrent en ayant soin de scruter les taillis, de fouiller du regard la profondeur des haies, mais sans rien apercevoir. A plusieurs reprises, ils devaient bien avoir l'attention attirée par un bruissement de feuilles remuées, un mouvement de branches, mais il pouvait s'agir de la fuite d'un oiseau ou de quelque autre animal sauvage.

Bientôt cependant, leur angoisse devait se concrétiser. Ils n'étaient plus qu'à quelques centaines de mètres du pied de la colline et allaient émerger d'un chemin creux quand, soudain, il y eut au-dessus de leurs têtes un sifflement d'air remué, tandis qu'une ombre planait sur eux.

— Attention ! hurla Bob.

L'avertissement venait trop tard. Un lourd filet, aux mailles faites de cordes épaisses comme le poignet et entremêlées de fils d'acier, s'abattit sur eux à la façon d'un épervier, les clouant au sol sous son poids. Ils voulurent se dépêtrer mais, déjà, une dizaine de guerriers, vêtus d'épaisses broignes de cuir cloutées de métal et coiffés de grossiers casques de fer, les entouraient, pointant vers eux les longs fers munis d'ailettes de leurs lances. Bob et Bill comprirent qu'il serait inutile de résister. Sans armes, ils ne pouvaient espérer lutter contre ces guerriers barbares qui, au premier contact, les perceraient de leurs lances. Ils crurent donc plus sage de demeurer aussi immobiles que possible.

Le filet fut replié et, avec rudesse, on leur attacha les mains derrière le dos. Ensuite, on les força à se redresser et, la pointe d'une lance au creux des reins, ils furent contraints à avancer en direction de la forteresse, le long d'un chemin mal empierré serpentant à flanc de colline.

Tout en avançant, Bob et Bill jetaient de temps à autre un regard aux guerriers qui les avaient capturés. Ils ressemblaient plus à des fauves qu'à des hommes avec leurs membres épais, leurs mains lourdes, leurs visages comme taillés à coups de hache dans un bois sombre et dur. A les voir, Morane et Bill avaient une conscience plus nette encore de la situation critique dans laquelle ils se débattaient, perdus dans un univers hostile, qui leur était aussi étranger que s'ils avaient débarqué sur une planète lointaine.

Tous deux pensaient à peu près à la même chose : si seulement Merlin leur avait laissé le loisir d'alerter la Patrouille du Temps, tout aurait été différent ! Armés, équipés du matériel scientifique le plus perfectionné, ils auraient pu envisager avec plus de sérénité ce combat contre l'inconnu qu'ils étaient à présent contraints de livrer réduits à leurs seuls moyens !

Après une montée assez dure, au cours de laquelle ni les prisonniers ni les gardiens n'échangèrent la moindre parole, on atteignit le pont-levis, fait d'énormes poutres de chêne assemblées. On le franchit, puis une herse de fer à moitié relevée et, enfin, une porte massive qui aurait défié le plus solides béliers, pour déboucher dans une grande cour rectangulaire, grossièrement dallée et sillonnée par des hommes d'armes et des varlets conduisant des chevaux par leurs longes.

Les captifs furent contraints de traverser cette cour et de gravir un escalier aux hautes marches déjà usées en leur centre. Ils furent poussés dans un couloir aux murs suintants et brillants de salpêtre. Ensuite, ils durent gravir un nouvel escalier dont les spires devaient s'élever à l'intérieur d'un donjon. Finalement, ils furent introduits dans une grande salle, si haute que c'était à peine si on distinguait la voûte, et qui prenait jour par des ouvertures méritant davantage le nom de meurtrières que celui de fenêtres. Des tapisseries grossièrement tissées, aux couleurs bariolées, recouvraient les murs et l'ameublement était composé de coffres massifs bardés de fer et de bancs de bois. Non loin de la cheminée monumentale, où brûlait des tronçons d'arbres, un trône au haut dossier, à la polychromie, barbare s'élevait sur une petite estrade à laquelle on accédait par quelques degrés. Un homme y était assis. Presque aussi large que haut, il ne devait cependant pas être bien grand, à en juger par la brièveté de ses jambes. Il portait un justaucorps et des braies de cuir, et un ample manteau de grossier velours couvrait ses épaules. La tête de l'homme faisait immanquablement penser à une hure de sanglier, couverte qu'elle était par d'épais poils noirs, avec un nez épaté, cassé, et une bouche large qui, quand elle s'ouvrait, découvrait des dents de bête fauve. Pourtant, au fond des yeux gris, enfouis sous le double ressaut des arcades sourcilières proéminentes et couvertes de sourcils broussailleux, il y avait une expression de bonté fruste.

Tout de suite, Bob Morane et Bill Ballantine avaient compris qu'ils se trouvaient en présence du roi Bohr.

*
* *

Quand les deux prisonniers, toujours suivis de leurs gardes, avaient pénétré dans la salle, deux molosses, tenant plus du loup que du chien et qui étaient couchés aux pieds de Bohr, levèrent la tête, en laissant échapper des grondements menaçants.

— Paix Judas, paix Pilate ! lança le roi d'une voix rauque.

« Quelqu'un donnant des noms pareils à ses chiens ! songea Morane. Cela ne laisse rien augurer de bon. » Cependant, il y avait toujours dans les yeux du maître de céans cet air de bonté qui le rassurait.

De sa main large, épaisse et velue, aux doigts couverts de bagues de grossière orfèvrerie, Bohr avait désigné les captifs, pour lancer à l'adresse des soldats qui les conduisaient :

— Faites-les avancer !

Les deux amis furent poussés jusqu'à deux mètres de l'estrade, d'où le roi les dominait. Longuement il les inspecta avec une curiosité évidente, intriguée assurément par les joues rasées, détail inhabituel en ces âges de barbarie. Et, tout à coup, la colère crispa les traits grossiers de Bohr. Il pointa vers les prisonniers un index aussi épais qu'un poignet d'enfant, et dont l'ongle ressemblait à un éclat de granit.

— Vous êtes les complices du Diable Jaune ! hurla-t-il.

« Aïe ! songea Morane. Ming a le visage rasé lui aussi, et même le crâne. Cela motive sans doute le rapprochement qui vient d'être fait et qui, avouons-le, n'est guère à notre avantage. »

A cette accusation, formulée ex-abrupto, Bob et Bill avaient cependant réussi à conserver leur sang-froid.

— Vous vous trompez, assura Morane. Si nous croyons savoir qui est votre Diable Jaune, nous ne sommes pas ses complices, loin de là. Nous sommes deux étrangers, venus de très loin pour rencontrer Merlin...

— Merlin l'Enchanteur, compléta Bill.

Il semblait que le ton assuré des deux amis eût un peu tempéré l'agressivité de Bohr.

— Merlin, grogna-t-il. Vous devriez savoir qu'il est justement prisonnier du Diable Jaune.

— Nous le savons, reconnut Morane. Ou, plutôt, nous savons qu'il est prisonnier de la fée Viviane, la nièce de ce Diable Jaune dont vous venez de parler.

— Et dont nous pouvons vous assurer qu'il n'est pas plus « diable » que vous et moi, compléta Ballantine.

— Qu'est-ce que cela veut dire ? interrogea Bohr d'une voix soupçonneuse.

— Cela veut dire, s'empressa Bob, que nous connaissons l'homme dont vous venez de parler, et que nous savons qu'il est seulement un puissant magicien.

Il avait tenté d'expliquer que Ming était un grand savant, à la science incommensurable. Mais Bohr aurait-il compris ? Mieux valait lui parler le langage de son époque.

— Si le Diable Jaune ne retenait pas Merlin prisonnier dans la forêt de Brocéliande, fit le roi avec colère, l'Enchanteur pourrait nous protéger et chasser le malheur qui désole ce pays.

— Quel est l'exacte nature de ce malheur ? s'enquit Morane.

— Un dragon, commenta le roi.

Cette réponse fut interrompue par le rire tonitruant de Bill Ballantine.

— Un dragon, explosa la colosse, mais cela se tue !

— Pas le dragon du Diable Jaune, murmura Bohr en secouant la tête d'un air accablé. Le roi Arthur lui-même et ses chevaliers n'osent l'affronter.

— Tiens, souffla Bill, juste assez fort pour être entendu seulement de son ami. Le roi Arthur et les Chevaliers de la Table ronde ! On n'en avait plus entendu parler depuis longtemps.

Mais, en baissant la tête, Bohr avait continué plus bas encore, à tel point que ce fut tout juste si Morane et Bill purent saisir ses paroles :

— Demain soir, il aura dévoré ma fille. Ma bien-aimée Ethelwed...

— Votre fille, risqua Morane. Comment le Diable Jaune — puisque vous l'appelez ainsi ? — s'est-il emparé d'elle ?

— Il l'a capturée au cours d'une partie de chasse, expliqua Bohr, et il la retient prisonnière. Pour me la rendre, il exige une prodigieuse rançon, que je suis impuissant à réunir.

— Nous connaissons votre Diable Jaune, fit Bob, et nous le savons intelligent. En dépit de sa rapacité, il n'est pas homme à perdre son temps à réclamer une rançon qu'on est incapable de lui fournir.

— Justement. Il me croit capable de lui verser cette rançon à cause de la légende du trésor de mes ancêtres, que ceux-ci m'auraient légué. En réalité, si ce trésor existe, je n'en suis jamais entré en possession : il doit être enfermé dans une cachette sûre, dont je n'ai pu encore découvrir le secret.

— Ce qui signifie, dit Ballantine avec une certaine brutalité, que puisque cette rançon ne pourra être versée, votre fille devra logiquement, ce soir, servir de pâture au dragon... s'il existe.

« Il doit exister, pensait Morane. Ming ne profère jamais de vaines menaces ! »

Il se demandait à quoi pouvait ressembler le dragon en question. Il connaissait les légendes de Tarasque et autres monstres qui, s'il fallait en croire la tradition, avaient terrorisé les campagnes au début du Moyen Age. Certaines de ces légendes devaient être basées sur un fond de vérité, comme la présence dans certaines rivières de crocodiles venus d'Afrique et qui, s'étant échappés des amphithéâtres à l'époque gallo-romaine, avaient pu faire souche. Pourtant, quand il s'agissait de Ming, on ne pouvait penser à un vulgaire crocodile. Trop simple... Une chose était certaine : le monstre existait. Mais à quoi ressemblait-il ? Une seule façon de le savoir : aller se rendre compte sur place.

Déjà, la décision de Bob était prise. Il s'avança d'un pas vers le roi Bohr, ce qui provoqua un grognement de menace de la part des molosses, et il déclara d'une voix ferme :

— Si vous nous le permettez, je me ferai le champion de votre fille, et je combattrai le dragon pour la délivrer.

IV

D'une voix enrouée par l'émotion, le contrôleur Z 39 jeta dans l'audiophone :

— Colonel Graigh, colonel Graigh, venez vite !... Elles se sont rallumées !...

Quand le chef de Patrouille du Temps pénétra dans la salle, il vit que les deux lampes vertes, branchées sur les coordonnées spatio-temporelles de Bob Morane et de Bill Ballantine, clignotaient à nouveau.

— Les radars les ont retrouvés au Ve siècle après J.-C., expliqua Z 39. Une chance que cela ait été réalisé aussi vite...

— Une chance, vous le dites, approuva Graigh. Cela aurait pu durer des jours, mais aussi seulement quelques secondes. Il a fallu plusieurs heures ; c'est une honnête moyenne...

Graigh poussa un soupir de soulagement et continua :

— Une chose est certaine, c'est qu'ils sont vivants. Dans le cas contraire, les voyants ne se seraient pas rallumés.

Tout en parlant, il s'était penché sur les cadrans de repérage et, rapidement, il notait sur un bloc-notes les coordonnées permettant de situer avec précision la position dans le Temps et dans l'Espace de Bob Morane et de Bill Ballantine. Ensuite, il se dirigea vers le tempo-video, dont le grand écran luminescent occupait tout un panneau de la salle. Il tendit le bloc-notes à l'opérateur, en commandant :

— Mettez au point sur ces coordonnées, le plus rapidement possible !

L'homme obéit et tenta de trouver le contact.

Tout d'abord il n'eut sur l'écran qu'un graphisme compliqué de spirales tournoyantes, de lignes brisées, d'éclatements lumineux, le tout accompagné de sons discordants. Ensuite ces spirales, ces lignes brisées et ces éclatements lumineux se condensèrent en une image, floue d'abord, mais qui se précisa rapidement jusqu'à la netteté parfaite. La forteresse du roi Bohr apparut au sommet de sa colline.

L'opérateur fit de nouvelles mises au point et l'énorme construction sembla se rapprocher, grossissant rapidement pour occuper finalement toute la surface de l'écran. Le grossissement se poursuivit et l'on put bientôt distinguer le grain de la pierre. Les spectateurs eurent l'impression de passer à travers les murailles et l'intérieur de la forteresse se révéla à eux. La cour d'abord, puis les corridors intérieurs, les escaliers, et enfin la grande salle du donjon où Morane et Bill avaient été mis en présence du roi Bohr.

Tout de suite, le colonel Graigh reconnut les deux amis. Il assista à la fin de leur entretien avec Bohr et entendit nettement Morane prononcer ces phrases :

— Si vous nous le permettez, je me ferai le champion de votre fille et je combattrai le dragon pour la délivrer.

Ballantine avait sursauté et lancé à mi-voix, à l'adresse de son compagnon :

— Hé là ! commandant, vous allez un peu vite ! Faudrait savoir d'abord à quoi ressemble ce dragon !

— Ne te préoccupe pas mon vieux, souffla Morane à son tour. Je ne vois pas d'autre moyen de retrouver notre liberté de mouvements.

Il se tourna à nouveau vers Bohr et dit à voix haute :

— Acceptez-vous ma proposition ?

Les yeux gris de Bohr observaient avec curiosité cet étranger, venu il ne savait d'où, mais dont le comportement lui inspirait cependant confiance, et qui s'offrait ainsi pour l'accomplissement d'une mission dont la mort devrait être sans doute l'unique issue, et il eut soudain l'intuition que si quelqu'un pouvait arracher sa fille au danger qui la menaçait, ce serait justement cet homme-là.

— Savez-vous à quoi vous vous engagez ? interrogea-t-il d'une voix rude.

— Je le sais, dit fermement Morane.

— Même que des dragons, goguenarda amèrement Bill, nous n'avons fait qu'en combattre toute notre vie. Un jour, nous en avons tué un gros comme une montagne et nous l'avons découpé en fines tranches pour en garnir des sandwiches.

Bien entendu cette boutade tomba à plat. Bohr ne la comprit pas, surtout qu'il avait l'esprit préoccupé par l'espoir de retrouver sa fille vivante. Quant à Bob, il pensait : « Si seulement je pouvais savoir à quoi je m'engage ! Combattre un dragon cela ne doit pas être une sinécure, surtout quand il appartient à l'Ombre Jaune. Ce dragon-là n'a assurément rien du petit chien d'appartement... »

Longuement, Bohr avait étudié les visages de ses deux visiteurs, comme s'il cherchait à lire en eux. Sans doute, son gros bon sens de barbare lui donna-t-il la certitude qu'ils étaient sincères, car il laissa tomber de sa grosse voix bourrue, où transparaissait une intense satisfaction :

— J'accepte votre offre, étrangers, de combattre le dragon pour essayer de libérer ma petite Ethelwed... Vous vous reposerez durant quelques heures. Ensuite, vous vous préparerez pour le combat.

Il se tourna vers les gardes et continua, en leur désignant les deux amis :

— Conduisez-les dans la chambre est du donjon et veillez à ce qu'ils ne manquent de rien. Désormais, ces hommes sont mes hôtes.

Dans la salle de contrôle de la Patrouille du Temps, le colonel Graigh n'avait rien perdu de cette dernière phase de l'entretien entre le roi Bohr, Bob Morane et Bill Ballantine. Il jeta un ordre à l'adresse des opérateurs du tempo-video.

— Gardez le contact et suivez-les dans leurs déplacements de façon à ne pas les perdre. Je vais tenter de leur faire virer un émetteur récepteur spatio-temporel pour entrer en relation avec eux.

*
* *

La chambre est du donjon n'avait rien de commun avec celle d'un palace moderne. Le sol était de pierres brutes et jonché d'herbes sèches. Si de grossières tapisseries dissimulaient les murs, l'humidité suintait du plafond. Par bonheur, d'épaisses bûches brûlaient dans l'âtre monumental, entretenant une douce tiédeur dans la vaste pièce. Pour tout ameublement, quelques grands coffres bardés de fer, un lit de sangles recouvert de fourrures et deux fauteuils à haut dossier dressés non loin de l'âtre, de chaque côté d'une lourde table sur tréteaux, encombré de plats chargés de mets frustes : venaisons, pain grossier, racines de toutes sortes ; de grands brocs pleins d'hydromel et de vin de framboise complétaient ces apprêts gastronomiques.

Dès qu'ils furent seuls, Bob et Bill n'eurent qu'une idée, se restaurer, car la faim commençait solidement à se faire sentir, surtout pour Bill qui avait un appétit d'ogre.

Tout deux firent bonheur aux victuailles. Bill Ballantine fit bien remarquer à différentes reprises que le scotch manquait, mais cela ne l'empêcha pas d'ingurgiter à lui seul une telle quantité d'hydromel et de vin de framboise qu'on aurait presque pu y disputer une course de hors-bord.

Finalement — Bob avait fini de manger depuis vingt bonnes minutes et attendait que son ami fût rassasié — le colosse se détourna de la table, tendit ses grands pieds vers les flammes du foyer et étouffa un rot sonore, tout en disant :

— Eh bien ! commandant, on se sent mieux avec la soute à biscuits bien garnie. N'empêche qu'on est dans un drôle de pétrin, perdus quelque part au début de l'époque franque, avec des costards aussi peu à la mode que des cuirasses sur un terrain de rugby, et nos poings pour seule arme ; et en plus il nous faut combattre un dragon qui, comme par hasard, est une créature de l'Ombre Jaune, pour délivrer une princesse belle comme le jour... du moins nous l'espérons.

— Tu as raison, Bill, approuva Morane qui cependant n'avait pas l'air de se faire plus de mauvais sang qu'il ne fallait. Nous nous trouvons dans un drôle de pétrin.

Tendant son énorme pogne, Bill Ballantine accrocha un flacon d'hydromel par le col et se remplit un hanap qu'il vida d'un trait.

Il soupira d'aise et dit, tout en reposant le hanap :

— Si seulement nous pouvions entrer en contact avec la Patrouille du Temps !

L'Ecossais avait à peine prononcé ces paroles qu'un sifflement strident se fit entendre, s'imposant avec netteté sur le fond sonore du grésillement des bûches. Sur un coin de la table, un objet se matérialisa soudain, un objet de forme rectangulaire qui ressemblait à un petit poste à transistors et que les deux amis reconnurent bientôt.

— Tout se passe comme dans un roman de Paul Féval, commenta Morane avec un sourire. Tu sais Bill, quand le héros dit au Marquis de Gonzague : « Si tu ne viens pas z-à Lagardère, Lagardère viendra-t-a-toi ! » Nous n'avons pu aller à la Patrouille du Temps ; c'est elle qui vient à nous.

L'émetteur-récepteur spatio-temporel fit entendre une série de modulations puis une voix dit :

— Colonel Graigh appelle Bob Morane... Colonel Graigh appelle Bill Ballantine...

Bob s'approcha de l'émetteur et lança :

— Appel entendu... Ici Bob... J'ai l'impression que vous nous avez repérés, colonel...

— Un coup de pot, répondit Graigh. On aurait pu vous rechercher encore pendant des jours sans vous trouver... Mais qu'est-ce que vous fichez au Ve siècle ?

Aussi brièvement que possible, Morane mit le chef de la Patrouille au courant des événements qui les avaient menés là, Bill et lui.

— Aucune erreur, dit Graigh quand il eut terminé, il y a du Monsieur Ming là-dessous. Comment comptez-vous vous en tirer !

— Pour commencer, dit Bob, nous allons régler le compte à ce dragon. Si c'est une créature de Ming, celui-ci se manifestera d'une façon ou d'une autre. Ainsi, nous pourrons peut-être le contrer et l'empêcher de s'emparer des secrets scientifiques de Merlin.

— En admettant, glissa Graigh, que celui-ci soit réellement un mutant, descendant d'êtres prodigieusement évolués venant d'une autre galaxie.

— Nous avons assisté à ses prodiges, intervint Bill. S'il ne s'agissait pas d'un mutant, il nous faudrait admettre qu'il est réellement magicien, et cela serait tout aussi fantastique !

— Vous avez raison, reconnut Graigh. Je ne vois pas très bien d'ailleurs, pourquoi je continue à m'étonner, moi le chef de la Patrouille du Temps : j'en ai vu bien d'autres ! Bien sûr, nous allons nous arranger pour vous faire parvenir des secours... Sophia va venir vous rejoindre avec un temposcaphe.

— Pas tout de suite, coupa Bob. Cela pourrait éveiller la méfiance de Ming. Tant qu'il nous croira livrés à nos propres moyens, il pensera pouvoir aisément nous anéantir et cette confiance en lui nous servira... Nous nous tiendrons cependant en contact avec vous grâce à l'émetteur-récepteur spatio-temporel et, si cela tournait trop mal, nous vous demanderions de l'aide.

Bob s'interrompit, demeura un instant songeur puis demanda encore :

— Pourriez-vous nous virer deux pistolets à rayons ?

— Sans aucune difficulté, répondit Graigh. J'y avais même pensé avant que vous ne nous le demandiez. Ils vont se matérialiser près de l'émetteur-récepteur. Ecartez-vous légèrement pour ne pas risquer de vous trouver sur la trajectoire.

Les deux amis obéirent et s'écartèrent de la table. Quelques secondes s'écoulèrent, puis il y eut un long sifflement et deux objets se matérialisèrent à proximité de l'émetteur-récepteur : des pistolets dans leurs gaines. Bob en attira un à lui et l'inspecta rapidement. Satisfait, il reposa l'arme sur la table, là où il l'avait prise, puis il lança dans l'émetteur-récepteur à l'adresse de Graigh :

— Voilà qui nous donne de l'assurance. Le dragon de Monsieur Ming n'a qu'à bien se tenir... En attendant le moment du départ, nous allons en écraser pendant quelques heures.

A son tour Bill Ballantine se pencha vers l'émetteur-récepteur et enchaîna :

— Si vous vous arrangiez pour me virer une bouteille de scotch, colonel, de ma marque préférée bien entendu, du Zat 77...

Il y eut un moment d'attente, comme si le chef de la Patrouille du Temps hésitait. Sans doute les vireurs de matière n'avaient-ils jamais servi au trafic extra-temporel de boissons spiritueuses. Finalement cependant Graigh se décida.

— O.K. Bill, dit-il, vous aurez votre flacon de Zat 77. Je vais en faire chercher au XXe siècle. Quand vous vous réveillerez, il y en aura une bouteille sur la table, et vous pourrez soigner votre bronchite chronique.

Bill se mit à rire.

— Ma bronchite chronique, fit-il joyeusement. J'espère bien que le whisky ne la guérira jamais... On ne continue pas à prendre de l'aspirine quand on n'a plus mal à la tête.

Déjà Bob Morane s'était dirigé vers le lit de sangles, pour se laisser tomber avec soulagement parmi les fourrures. Bill considéra rêveusement l'endroit de la table où, tout à l'heure, sans doute, pendant son sommeil, se matérialiserait la bouteille de Zat 77. Il rit à nouveau, tout en murmurant d'une voix béate :

— La vie est belle !... La vie est belle !...

V

Un crépuscule gris tombait sur la lande, laquelle, au fur et à mesure que l'ombre l'envahissait, se peuplait de fantômes par groupes successifs. Chaque arbre, chaque fourré, chaque pierre dressée se changeait en une créature insolite, vaguement menaçante, à laquelle les cris des oiseaux de nuit donnaient une voix.

Menés par un varlet armé de pied en cap, montés sur de puissants et paisibles chevaux, Bob Morane et Bill Ballantine avaient quitté une heure plus tôt le château du roi Bohr et chevauchaient à présent en direction du repaire du monstre qu'ils devaient combattre. Ils avaient revêtu le costume des chevaliers de l'époque et une épée à large lame pendait à leur ceinture, une épée à laquelle ils avaient subrepticement accouplé un pistolet à rayons ioniques qui devait être le plus sûr des viatiques. Bill Ballantine se sentait de merveilleuse humeur car, avant le départ il avait vidé tout un flacon de Zat 77 et commençait, comme il disait, « à se sentir en forme ». Dans ses fontes, il emportait une deuxième bouteille virée grâce aux soins attentifs du colonel Graig qui, pour la circonstance, s'était transformé en bootlegger.

Sous sa cotte d'armes Morane avait dissimulé le petit émetteur-récepteur spatio-temporel, mais il évitait d'en faire usage en présence de leur guide. Il avait d'autre part été convenu que ce serait Bob et Bill qui, les premiers, se mettraient en contact avec la Patrouille, et uniquement en cas d'urgence.

Le paysage changeait rapidement. Une zone pierreuse, entrecoupée de ravins abrupts qu'il fallait contourner ou franchir sur de mauvais ponts de bois, avait succédé à la lande.

Soudain, le varlet s'arrêta et désigna une série de hauts rochers se découpant sur la grisaille de plus en plus sombre du crépuscule.

— Je n'irai pas plus loin, dit l'homme. C'est derrière ces rochers que se trouve l'antre du dragon.

— Ne deviez-vous pas nous accompagner jusque-là ? dit Bob. Les ordres du roi Bohr...

Le varlet secoua la tête par trois fois, puis il se signa et coupa :

— Le roi lui-même ne m'obligerait pas à pénétrer en Enfer.

Il était évidemment inutile d'insister : sans doute aurait-il fallu employer la force pour contraindre cet homme à faire un pas de plus. Sa présence était d'ailleurs devenue totalement superflue.

Morane poussa sa monture en avant en lançant à l'adresse de Bill :

— Allons-y...

Ils avancèrent en direction des rochers, tandis que le varlet demeurait sur place. Au fur et à mesure qu'ils progressaient, un peu d'angoisse leur montait au cœur. Qu'est-ce qui les attendait au-delà des rochers ? Quel spectacle allait s'offrir à leurs yeux ? Si l'Ombre Jaune se trouvait sous tout cela, ils devaient s'attendre à quelque nouveau sortilège, à quelque abomination inédite.

Comme les deux amis atteignaient les rochers, un bruit leur parvint : un rauquement sonore, comme issu d'un gosier de métal, et qui se répétait à intervalles réguliers.

— Le dragon sans doute, fit Ballantine.

— En tout cas, murmura Bob, cela n'a rien à voir avec le chant du rossignol...

Ils s'engagèrent entre deux rochers, franchirent un étroit défilé, contournèrent un ravin aux parois abruptes et s'arrêtèrent au bord d'une vaste dépression aux pentes douces menant à un large cirque de sable blanc, d'où montait une lumière laiteuse, fantastique, un peu comme si le sable lui-même avait été luminescent. Au centre de ce cirque, un poteau était dressé auquel une forme humaine se trouvait étroitement attachée par des cordes. Grâce à la luminescence du sable, on pouvait la détailler avec netteté. C'était une très jeune fille, dont la beauté presque irréelle faisait songer à celle de ces déesses guerrières qui traversent les vieilles légendes teutoniques. Elle portait une robe blanche, à la ceinture plongeante ; ses longs cheveux d'un blond paille aux tresses à demi défaites encadraient un visage pâle éclairé par des yeux immenses, qui devaient avoir la transparence bleutée d'une eau limpide. Tout dans ce visage n'était que perfection, depuis le nez mince et court, délicatement sculpté, la bouche pareille à un grand rubis taillé, jusqu'à l'étroite et lisse plage du front.

— La princesse Ethelwed, murmura Bill. M'a l'air mignonne comme tout...

— Trop mignonne de toute façon pour qu'on la laisse dévorer par un dragon, approuva Bob. J'ai hâte d'apercevoir celui-ci pour le mettre en pièces.

— Faut pas vous prendre tout à coup pour saint Georges, grogna l'Écossais. J'ai une proposition à vous faire : on descend en vitesse vers la petite, on la détache et on l'emmène. Le dragon n'aura pas son repas du soir, voilà tout.

Malgré tout, Morane se sentait déçu. Il se voyait déjà tranchant la tête du dragon d'un grand coup d'épée au moment où celui-ci allait dévorer la princesse, ensuite, le monstre vaincu, il emporterait la belle, pantelante et reconnaissante, sur le col de son destrier, vers cette fin classique des contes de fées, selon laquelle une fois le dragon terrassé, princes et princeses vivent heureux et ont beaucoup d'enfants. Mais, comme Don Quichotte, le commandant Morane avait lu trop de romans de chevalerie dans sa jeunesse, c'était connu.

— Tu as raison Bill, reconnut-il presque malgré lui. Allons-y...

Ils allaient mettre pied à terre et descendre vers la jeune fille, quand à nouveau le rauquement sonore, qui tout à l'heure avait attiré leur attention, retentit. Il venait du fond d'une profonde caverne creusée dans la paroi de la cuvette.

— Quand on parle du dragon..., fit Bill.

— Oui, dit Morane. Je ne crois pas que nous nous en tirerons sans combattre. C'eût été trop beau !

Une masse gigantesque obstrua l'entrée de la caverne et, tout à coup, le monstre apparut. Tout d'abord, une tête énorme, grosse comme une jeep, avec une gueule béante et barbelée de crocs, du fond de laquelle montait un rougeoiement, et des yeux larges et brillants comme des phares, puis un long cou frangé d'une haute crête en dents de scie, ensuite un épais corps en barrique monté sur quatre courtes et massives pattes griffues, et enfin une longue queue de saurien jusqu'à l'extrême pointe de laquelle l'horrible crête se prolongeait.

— Joli morceau ! apprécia Bill, qui s'y connaissait en corpulence.

— C'est au moins gros comme quatre éléphants, renchérit Morane.

Le monstre se mit à avancer lentement, comme s'il avait du mal à mouvoir sa lourde masse, et à chacun de ses pas le sol frémissait. En même temps, de ses larges yeux des rayons lumineux jaillissaient, qu'il promenait partout autour de lui sur le sol et le moindre objet, comme s'il cherchait son chemin.

— On dirait que ces rayons lui font office de radar, supposa Bill.

Morane ne répondit pas, mais il commençait à avoir certains doutes quant à l'identité du monstre. Lentement, celui-ci continuait d'ailleurs à s'avancer à travers le cirque, ses puissantes pattes s'enfonçant profondément à chaque pas dans le sable, et soudain les pinceaux lumineux de ses yeux-phares touchèrent la princesse Ethelwed, ligotée à son poteau, et s'y fixèrent.

Déjà, le dragon était tombé en arrêt et, aussitôt, Bob comprit.

— Occupe-toi de la prisonnière ! hurla-t-il à l'adresse de Bill. Je m'occupe du monstre !

Déjà il dévalait la déclivité pour atteindre le fond du cirque et se mettre à courir vers le dragon. Instinctivement, par une sorte de réflexe, il avait dégainé la large épée qu'il portait au côté, sans se rendre compte de tout ce que ce geste pouvait avoir de ridicule et de dérisoire face à la brute qu'il avait à combattre. Celle-ci dut comprendre, grâce à on ne savait quel instinct, que quelque chose se passait. Elle tourna la tête vers Morane, sur lequel les faisceaux lumineux des yeux se fixèrent.

« Il m'a repéré, songea Bob. Je vais l'attaquer sans lui laisser le temps de réagir. »

L'épée brandie, il se dirigea lentement vers le dragon, mais à peine avait-il fait quelques pas qu'au fond de la gorge béante une lueur rougeoya. Instinctivement, il se jeta de côté, à l'instant précis où un trait de feu rouge jaillissait vers lui, le manquant de peu, mais touchant cependant la lame de l'épée qui aussitôt fondit comme cire et se volatilisa. « Eh ! songea encore Bob, cela ressemble cuieusement à un laser ! »

La lucidité lui était revenue. C'était par une sorte d'identification automatique avec les héros légendaires qu'il avait voulu combattre avec sa seule épée, mais à présent il fallait voir les choses sérieusement, cesser de jouer les saint Georges ; s'il manquait la brute, la brute ne le manquerait pas, elle.

D'une saccade, il arracha le pistolet à rayons ioniques de sa gaine et visa la gueule du dragon. Il pressa la détente et le rayon craché par le pistolet atteignit le fond de la gorge béante. Il y eut une sorte d'éclatement et la lueur rouge s'éteignit.

Morane poussa une exclamation de triomphe. Il était probable que le générateur du laser — si c'était bien d'un laser qu'il s'agissait — était à présent détruit et le monstre désarmé. Désarmé, mais non hors de combat ! Les yeux-phares continuaient à darder leurs faisceaux de lumière sans jamais se détacher de Morane. Et, soudain, le titan bondit avec une rapidité qu'on n'aurait pu supposer à son énorme masse. D'un saut de côté, Bob eut juste le temps d'éviter l'écrasement et, emporté par son élan, le dragon continua sur une distance de plusieurs mètres avant de s'immobiliser. Il fit volte-face aussitôt et les rayons lumineux de ses yeux cherchèrent et trouvèrent son antagoniste. Celui-ci comprit qu'il allait devoir essuyer un nouvel assaut. Il se tourna vers Bill, qui était en train de détacher la princesse, et lui cria :

— Mets-la en sécurité !

Il fit alors à nouveau face au monstre qui chargeait et braqua son pistolet ionique dans sa direction. Le rayon toucha le dragon en pleine poitrine, y creusant un trou de la largeur d'une soucoupe, mais sans pour cela arrêter la charge frénétique.

« M'a l'air d'avoir l'âme chevillée au corps, ce gros lourdeau ! songea Bob. A condition qu'il ait une âme, bien sûr, ce qui m'étonnerait... »

Une nouvelle fois, d'un saut de côté, il évita l'énorme masse, mais le monstre revint presque aussitôt sur lui, plus lentement semblait-il, comme s'il était doué de raison et comprenait que trop de précipitation nuirait à l'efficacité de ses attaques.

A présent, Morane avait compris que le pistolet à rayons ne suffirait pas à arrêter le monstre et que, pour en venir à bout, il lui faudrait le brûler morceau par morceau. Avant cela cependant il aurait été écrasé, piétiné. Une seule solution s'offrait à lui : la ruse. Comme le dragon s'élançait à nouveau dans sa direction, il tourna soudain les talons et se mit à fuir vers l'extrémité du cirque, pour atteindre le bord de la cuvette et se mettre à escalader celle-ci afin de gagner l'endroit où Bill et lui avaient pris pied tout à l'heure.

De toute la vitesse dont il était capable, Bob remontait la pente. Le dragon le suivait et Morane sentait derrière lui les pas du colosse frapper le sol qui tremblait.

Mais sa légèreté servit l'homme qui, le premier, atteignit le sommet de la pente. Immédiatement, Morane se mit à courir vers le ravin aux parois abruptes que Bill et lui avaient dû contourner en venant. Il s'arrêta à son extrême bord, faisant face au monstre qui, ayant à son tour pris pied au haut du cirque, le chargeait, balayant l'air de son énorme tête dont la mandibule inférieure, à demi arrachée, pendait. Les faisceaux lumineux des yeux-phares trouvèrent Bob et ne s'en détachèrent plus. Cinquante mètres séparaient encore les deux antagonistes, puis trente, puis vingt, puis dix. Bob Morane darda un rayon ionique en direction du colosse, en vain il le savait, et au moment où ce dernier l'atteignait, il sauta de côté, évitant de justesse l'impact.

Aucune force au monde n'aurait pu retenir le colosse en mouvement au bord du ravin, il bascula pour aller s'écraser trente mètres plus bas, sur les rochers, dans un fracas d'enfer.

*
* *

Bill Ballantine, portant la princesse Ethelwed tremblante de terreur, était allé rejoindre son ami au bord du ravin, d'où seule montait maintenant un peu de fumée grise.

— J'ai l'impression que vous lui avez réglé son compte, hein, commandant ? dit le géant.

Bob eut un signe de tête affirmatif.

— J'ai en effet l'impression de l'avoir liquidé, Bill, reconnut-il, mais cela n'a pas été sans mal. A-t-on idée de s'attaquer à un mastodonte pareil !

— Pendant un moment, goguenarda l'Écossais, vous avez dû vous prendre pour saint Georges et saint Michel réunis.

— Je n'avais pas le choix, dit Morane avec un sourire. Si je ne l'avais pas fait, il est quasi certain que la princesse Ethelwed ne serait plus en vie en ce moment et que Monsieur Ming aurait mis sa menace à exécution.

En parlant, il s'était tourné vers la jeune fille dont la tête, noyée dans la masse dénouée de ses cheveux blonds, reposait sur l'épaule du géant. Il la trouva fort belle, mais encore trop effrayée pour qu'elle pût remercier ses sauveurs.

— Si nous allions jeter un coup d'œil là en bas ? fit Bill en désignant le fond du ravin.

— Excellente idée, approuva Bob. J'aimerais savoir exactement de quoi est fait notre ennemi...

Il avait allumé la petite lampe-stylo qui ne le quittait jamais et dont il avait eu soin de se munir en changeant de vêtements. Au bout de quelques minutes de recherches, ils trouvèrent un chemin qui devait leur permettre d'atteindre le fond du ravin. Là, ils trouvèrent les restes du dragon : une énorme peau de matière plastique déchirée et brûlée, découvrant un squelette de métal articulé et tout un appareillage électronique compliqué, à présent court-circuité et d'où montait la fumée grise aperçue du sommet de l'excavation.

— Une créature cybernétique, hein ? fit Bill.

Morane approuva de la tête.

— Oui, Bill, une créature cybernétique. Une créature de l'Ombre Jaune. Mais jamais, à notre connaissance, il n'en avait à ce jour conçu d'aussi gigantesque !

— Sans doute, fit le géant, mais qu'importe sa taille puisqu'elle nous donne la certitude que Monsieur Ming est bien sous tout cela... si nous en doutions encore...

Une voix de femme s'éleva, à la fois douce et ferme.

— Déposez-moi.

C'était la voix d'Ethelwed, à présent revenue de sa frayeur.

Doucement, Bill Ballantine la laissa glisser sur le sol jusqu'à ce que ses petits pieds le touchassent. Elle les regarda tour à tour de ses grands yeux bleus, limpides comme des saphirs clairs.

— Je ne sais qui vous êtes, dit-elle, mais vous m'avez sauvé la vie. Mon père vous comblera de richesses.

— Nous sommes des étrangers venus de fort loin, expliqua Morane, et les richesses ne nous intéressent pas.

C'est d'ailleurs votre père qui nous a envoyés pour vous tirer des griffes du dragon.

Elle tourna ses regards vers le grand corps désarticulé du monstre et, pendant quelques instants, elle ne parvint pas à les en détourner. Sans doute ne put-elle reconnaître la nature exacte du robot, et elle frissonna en murmurant :

— Sans vous, il m'aurait dévorée...

« Disons plutôt, brûlée avec son laser », corrigea Morane en lui-même. Mais il ne jugea pas utile de fournir à la jeune fille des explications scientifiques qu'elle n'aurait assurément pas comprises.

— Vous êtes hors de danger à présent, se contenta-t-il de dire.

D'un mouvement de tête, il désigna le haut du ravin et ajouta :

— Remontons...

Ils s'empressèrent ensuite de retrouver les chevaux, qui paissaient à peu de distance. Les deux amis se mirent en selle, et Bob prit Ethelwed en croupe. Dépassant le groupe de rochers, ils gagnèrent l'endroit où ils avaient laissé le varlet, mais celui-ci brillait par son absence.

— Où peut-il bien être passé ? fit Bill Ballantine.

— Sans doute aura-t-il pris peur et aura-t-il regagné le château, supposa Bob. Notre protégée nous guidera sur le chemin du retour.

Ils poussèrent leurs chevaux sur l'étroit chemin par lequel ils étaient venus, mais à peine avaient-ils franchi quelques mètres qu'un étrange cri frappa leurs oreilles : un appel selon toute évidence sorti d'un gosier d'homme mais qui n'avait cependant rien d'humain, et qui, quand on l'entendait, glissait dans les cœurs une insurmontable angoisse, provoquait un malaise allant jusqu'à la panique.

En même temps, Bob Morane et Bill Ballantine avaient arrêté leurs montures. Ce cri, ils le connaissaient bien. C'était celui des dacoïts, ces tueurs fanatiques, ces bêtes humaines conditionnées pour le meurtre et dont depuis longtemps Monsieur Ming avait fait ses exécuteurs favoris.

VI

— Il ne manquait plus qu'eux à la fête, murmura Bill Ballantine après quelques secondes de silence.

Bien entendu, l'Ecossais parlait des dacoïts. Car il n'y en avait pas qu'un seul dans les parages. Dans toutes les directions, le même appel retentit à différentes reprises, entourant les deux amis et leur protégée d'un cercle menaçant.

— Où il y a du Ming, fit Bob sentencieusement, il y a du dacoït, c'est connu.

— Croyez-vous qu'ils nous aient repérés ? demanda Ballantine.

— N'en doutons pas... D'une façon ou d'une autre, l'Ombre Jaune doit être au courant de la fin lamentable de son « dragon ». Peut-être ignore-t-il que c'est de nous qu'il s'agit, mais il ne tardera assurément pas à être fixé à ce sujet.

Il y eut un nouveau moment de silence, puis Bill demanda encore :

— Que décidons-nous ?

— Regagnons le château, répondit Morane.

Scrutant avec attention les buissons autour d'eux, ils reprirent leur route. Bientôt, ils devaient s'arrêter à nouveau : un homme gisait là, au travers du chemin, un homme dans lequel ils reconnurent aussitôt, grâce à un rayon de lune, le varlet qui leur avait servi de guide à l'aller. Bob mit pied à terre et se pencha sur le corps inanimé. Immmédiatement, il remarqua que le malheureux avait eu la gorge déchirée d'une oreille à l'autre, comme par une bête carnassière. L'horrible blessure ne portait aucune trace de sang ; celui-ci n'avait pas coulé et, en outre, le visage du varlet était d'une blancheur crayeuse.

— Cet homme est exsangue, dit Bob à haute voix.
— Les whamps, hein, fit Bill.

Morane fit la moue et hocha la tête. Son compagnon et lui avaient déjà eu affaire à ces whamps qui, récemment, étaient venus s'ajouter à la cohorte d'êtres de cauchemar dont Ming avait fait ses instruments de mort, Bob et Bill donc avaient eu affaire déjà à ces whamps, mais ils ignoraient exactement leur nature et aussi d'où ils venaient. Ils ressemblaient à des hommes, mais on ne pouvait les observer sans ressentir une insurmontable terreur. Ils tuaient et buvaient le sang comme des bêtes fauves, et étaient en tout point bien dignes de leur maître.

— Beaucoup de gens ont été égorgés ainsi dans la région depuis que le Diable Jaune y est descendu, intervint Ethelwed.

Morane regarda la jeune fille et, à lire l'expression peinte sur son beau visage, il comprit quelles épouvantes le Mongol avait pu faire naître dans les cœurs des hommes vivant en cette époque de superstition qu'était le début du Moyen Age. Immanquablement, ces gens devaient prendre Ming pour une incarnation de Satan.

— Continuons, dit Bob. Plus vite nous serons au château, à l'abri de ses épaisses murailles, mieux cela vaudra.

Il n'en était pas si sûr, mais il avait dit cela autant pour se rassurer que pour rassurer ses compagnons.

D'ailleurs, il était dit que la route du château leur serait définitivement barrée. Devant eux, de la fumée monta en lourds nuages, puis des flammes qui roulaient à toute allure dans leur direction, poussées par le vent venu de la mer.

— La lande brûle, murmura Ethelwed.

— Et ce feu, renchérit Bill, ne s'est pas allumé tout seul. Nous pouvons en être certains.

Devant eux, s'incurvant en arc de cercle, une barrière de feu se dressait à présent, leur interdisant toute avance. Déjà la fumée leur brûlait les yeux, les faisait tousser.

— On veut nous barrer le passage, fit Bob, pour nous empêcher de regagner le château. Retournons en arrière et essayons de contourner l'incendie.

Les deux amis firent faire volte-face à leurs montures, et Ethelwed murmura avec frayeur dans l'oreille de Bob :

— Nous retournons vers l'antre du dragon ?...

— Soyez sans crainte, assura Bob en tournant la tête vers elle, ce dragon est mort et rien ne le ressuscitera.

Derrière eux, poussé par le vent, l'incendie gagnait rapidement et il fallut presser les chevaux. Bientôt, le groupe de rochers se découpa devant eux et ils s'engagèrent dans le seul passage permettant d'atteindre les abords du cirque. Tout à coup, Morane eut la sensation d'être épié. Il leva la tête vers le sommet des rochers, mais trop tard : une masse noire tomba vers lui, le heurta et le précipita à bas de son cheval, entraînant Ethelwed avec lui. Avant même qu'il ait pu se relever, d'autres masses dégringolèrent et il disparut sous un groupe compact d'assaillants, tandis que Bill subissait le même sort. Tous deux tentèrent bien de se dégager pour dégainer leurs pistolets, mais ils n'en eurent guère le loisir ; plusieurs adversaires leur immobilisaient les bras, d'autres pesaient sur leurs jambes, les empêchant de se relever. Au-dessus d'eux ils voyaient luire les yeux sombres et féroces des dacoïts, dont les doigts de fer meurtrissaient leurs muscles. Finalement, écrasés par le nombre, ils durent renoncer à se défendre. On les ligota, et la jeune fille avec eux, puis on les poussa en avant en direction du cirque.

« Sans doute va-t-on nous livrer à quelque nouveau monstre, supposa Bob. Je me demande comment, cette fois, nous pourrons lui échapper ? »

Rien de semblable ne se passa cependant et ils furent contraints de traverser le cirque en direction de l'excavation d'où, tantôt, était sorti le dragon. Bientôt ils débouchèrent dans une vaste salle au sol déclive, tapissé de sable blanc lui aussi, et éclairée par des torches fichées dans la paroi. Tous trois furent contraints de se coucher sur le sable, tandis que les dacoïts montaient autour d'eux une garde menaçante. Une haine et une férocité inouïes se lisaient sur leurs visages sombres, encadrés de cheveux lisses et noirs, et les flammes des torches jetaient des lueurs dansantes sur les lames et leurs longs poignards.

— Que vont-ils faire de nous ? interrogea Ethelwed. Ces hommes appartiennent au Diable Jaune, je le sais...

— Une chance que nous n'ayons pas eu affaire à des whamps, fit Bill Ballantine comme s'il parlait à lui-même. Ils nous auraient, eux, égorgés aussi sec...

— En parlant de Diable Jaune, dit Morane à son tour, nous ne tarderons sans doute pas à l'apercevoir. Nous saurons ainsi si Monsieur Ming et lui ne font qu'un.

La supposition du Français devait se révéler exacte. Quelques minutes s'écoulèrent, puis un bref commandement se fit entendre et les dacoïts s'écartèrent, tournant la tête vers l'entrée de la salle.

Un homme venait d'apparaître. Il était de haute taille et son habit noir de clergyman le faisait paraître plus grand encore. Mais son visage frappait surtout. Un visage à la peau safranée, aux hautes pommettes et que prolongeait un crâne complètement rasé et brillant comme s'il était soigneusement poli. Le front large et bossué dénotait une intelligence prodigieuse, mais les yeux couleur d'ambre et fixes, qui ne cillaient jamais, n'avaient rien d'humain, pas plus que la bouche large, aux lèvres minces, faisant penser à un piège.

Tout de suite, Bob Morane et Bill Ballantine avaient reconnu l'homme : c'était Monsieur Ming, alias l'Ombre Jaune, ce vieil adversaire qu'ils n'avaient jamais pu vaincre et qui toujours se dressait devant eux, indestructible semblait-il, véritable personnification du Mal.

*
* *

Lentement, comme s'il comptait chacun de ses pas, le Mongol avait traversé la caverne. Les dacoïts s'écartaient devant lui, formant haie, et tout dans leur attitude marquait le respect, la soumission la plus totale. Il s'arrêta à deux mètres de Bob Morane, de Bill Ballantine et d'Ethelwed. Paraissant ignorer cette dernière, il fit converger ses regards sur les deux amis. S'attendait-il à les trouver là ? C'eût été difficile de le dire. Il ne marqua aucune surprise, mais ce surhomme possédait une telle maîtrise de lui ! Seul, un terrible sourire, qui était presque un rictus de menace, détendit ses traits jusqu'alors figés.

— Commandant Morane, monsieur Ballantine, fit-il dans un français parfaitement pur, vous revoilà une fois encore sur mon chemin ! Mon dragon était une machine parfaite, à laquelle j'avais consacré tous mes soins, et vous l'avez détruite pour sauver cette belle princesse blonde que voilà...

Ses yeux se posèrent plus spécialement sur Morane, et il enchaîna :

— Vous ne changerez décidément jamais. Toujours prêt à vous jeter au feu pour quelques mèches blondes...

— Ou brunes, intervint Bill avec un gros rire qui sonnait un peu faux. Le commandant n'a jamais eu de préjugé de couleur.

L'Ombre Jaune ne parut pas avoir entendu cette boutade. Il reprit, s'adressant cette fois aux deux amis :

— Je me demande comment vous avez pu retrouver ma trace en cette époque ? Je n'avais laissé nul indice...

Mais rien ne pouvait échapper à ses regards scrutateurs. Déjà, il avait aperçu les pistolets à rayons ioniques à la ceinture des captifs, et il en avait tiré des déductions, fausses cependant.

— La Patrouille du Temps, hein ? fit-il. C'est elle qui, une fois encore, vous a lancés à mes trousses.

« Il ne sait rien de l'intervention de Merlin, songea Bob. Laissons-le dans l'ignorance... »

— C'est en effet la Patrouille qui nous a confié une nouvelle fois la mission de vous traquer, mentit-il. Elle connaît vos desseins. Elle sait que vous voulez vous emparer des secrets scientifiques d'êtres venus d'une autre galaxie et, naufragés sur la Terre. Des secrets qui vous conféreraient une puissance sans bornes.

Intentionnellement, Bob avait évité de citer le nom de Merlin. Ses déclarations devaient prendre, cette fois, Monsieur Ming au dépourvu, car il se raidit légèrement. Cela n'échappa pas à Morane, qui eut un sourire narquois et dit :

— Vous ne vous attendiez pas à ce que vos plans soient ainsi connus, n'est-ce pas ? Il faut croire que la Patrouille du Temps possède des espions même parmi vos troupes...

Morane savait qu'il n'en était rien, mais il n'ignorait pas non plus qu'en jetant le doute dans l'esprit de son terrible ennemi il en tirerait tôt ou tard quelque avantage.

Ming avait cependant retrouvé tout son contrôle — si jamais il l'avait perdu.

— La Patrouille du Temps, dit-il. Vous devez être, d'une façon ou d'une autre, en contact avec elle.

Il jeta un ordre et plusieurs dacoïts se penchèrent sur Bob et Bill, les fouillant et leur subtilisant leurs pistolets. l'un d'eux trouva le petit émetteur-récepteur spatio-temporel que Morane avait dissimulé sous sa cotte d'armes, et il alla le déposer aux pieds de son maître, près des pistolets.

Longuement, l'Ombre Jaune considéra l'émetteur-récepteur, tandis que Morane pensait : « Notre seul moyen de demeurer ne contact avec la Patrouille disparaît ! » — car il ne pouvait douter que Ming s'arrangerait pour faire en sorte que l'appareil soit désormais inutilisable.

— Vraiment, avait dit l'Ombre Jaune, vous manquez de chance.

— Vous savez bien qu'il n'en est rien, Ming, jeta Ballantine. Si nous n'avions pas de chance, vous nous auriez mis hors de combat depuis longtemps. C'est plutôt vous qui avez eu de la malchance jusqu'à présent dans la lutte qui nous oppose.

— Peut-être, reconnut Ming avec un sourire. Raison de plus pour que je ne coure pas de risques inutiles.

Il avança d'un pas et, à coups de talons, pulvérisa l'émetteur-récepteur spatio-temporel, le réduisant en un magma informe.

Bob Morane et Bill Ballantine échangèrent un long regard, puis le premier dit à l'adresse de Ming, en lui désignant l'appareil pulvérisé :

— Je suppose que vous allez nous faire subir le même sort ?

Longuement, le Mongol les considéra tour à tour, un peu à la façon d'un chat qui regarde deux souris en se demandant laquelle il va croquer tout d'abord.

— Je devrais évidemment vous détruire, dit-il finalement, mais à présent que la Patrouille du Temps est sur l'affaire, il me faut protéger mes arrières car, que vous soyez morts ou vivants, elle interviendra de toute façon... Vous me servirez donc d'otages...

Il s'interrompit pour reprendre au bout de quelques instants :

— Mais ne vous méprenez pas. Vous serez gardés à vue par mes dacoïts, qui auront l'ordre de vous égorger à la moindre tentative de fuite.

Un grand rire échappa à Bill Ballantine.

— Ce n'est pas la première fois que nous avons affaire à vos dacoïts, lança le colosse, et nous les avons toujours tenus en échec !

— Sans doute, reconnut Ming. Mais en admettant que vous réussissiez à leur échapper, vous ne seriez pas sauvés pour autant. Les parages sont infestés de whamps. Vous les avez déjà vus à l'œuvre, mais vous ignorez tout de leur nature, et vous ne parviendrez pas à leur échapper, à eux !

A son tour l'Ombre Jaune se mit à rire pour reprendre, martelant chaque syllabe :

— Vous n'avez aucune idée de leur nature ! Au-cu-ne-i-dée-de-leur-na-tu-re !

Il lança un ordre et un dacoït s'empara des pistolets à rayons ioniques et les emporta vers le fond de la caverne où il disparut dans l'ombre pour revenir quelques minutes plus tard les mains vides.

Pendant ce temps, l'Ombre Jaune était demeuré immobile et silencieux, considérant ses prisonniers. Soudain, sans un mot, il tourna les talons et quitta la caverne, pour disparaître au-dehors, dans les ténèbres qui se refermèrent sur lui, tout a fait comme s'il faisait partie intégrante d'elles-mêmes.

VII

Depuis que les naufragés du Temps avaient été retrouvés, la salle de contrôle de la Patrouille n'avait plus perdu le contact et les opérateurs s'étaient relayés devant le tempo-vidéo, tenant sans cesse le colonel Graigh au courant des événements. Régulièrement d'ailleurs, Graigh venait lui-même s'assurer de visu du développement de la situation. Ainsi, il avait pu assister au combat contre le dragon, puis à la capture de Bob Morane, de Bill Ballantine et de la princesse Ethelwed par les dacoïts. A partir de ce moment, il n'avait plus quitté l'écran. Il avait ainsi été témoin de la conversation entre Ming, Morane et Bill, et aussi de la destruction de l'émetteur-récepteur spatio-temporel.

— Les voilà privés de tout contact avec nous, conclut l'opérateur. De notre côté, ne pourrions-nous les secourir immédiatement ?...

— Vous connaissez la règle : ne jamais intervenir directement, fit Graigh d'une voix brève.

— EX-A-20C-3 le peut, elle...

— Cela prendrait du temps. Il nous faut l'avertir, puis lui fixer rendez-vous et lui envoyer un temposcaphe en s'entourant de toutes les précautions possibles, de façon à ce que celui-ci ne puisse être repéré.

L'opérateur désigna Bob et Bill sur l'écran.

— Pourquoi ne pas leur envoyer de quoi se libérer, dit-il, et aussi des armes et un nouvel émetteur-récepteur ?

Le colonel Graigh fit la grimace. Tout de suite, il avait pensé à une telle intervention, mais cela comportait certains aléas. En effet, les objets dont venait de parler l'opérateur devraient être virés avec une précision extrême, de façon à se matérialiser à leur portée, sans qu'ils se trouvassent sur la trajectoire car, si ces objets se matérialisaient au contraire à l'intérieur de leurs organismes, ce serait la mort pour eux.

L'opérateur dut deviner les scrupules de Graigh, car il proposa :

— Pour ne pas courir de risques inutiles, nous pourrions leur faire parvenir seulement un couteau.

— Ils n'auraient aucune chance, face aux dacoïts, avec cette arme unique, fit remarquer le colonel. Avant même de s'être complètement débarrassés de leurs liens, ils seraient massacrés.

L'argument était de poids, et l'opérateur n'insista pas.

Durant de longues minutes, le colonel Graigh demeura songeur, puis il prit une soudaine décision.

— Nous allons tenter de leur virer un couteau et un pistolet. L'émetteur-récepteur viendra après. Inutile d'augmenter les risques. Quand ce sera fait, nous avertirons nos deux agents par contact sensoriel.

Un vireur de matière fut amené devant l'écran et un couteau et un pistolet à rayons ioniques furent déposés sous la cloche de plexiglas.

— Faites tourner l'image en contre-plan, commanda Graigh à l'adresse de l'opérateur du tempo-vidéo.

L'homme obéit et, sur l'écran, on aperçut Bob et Bill de dos. Ils étaient assis et on voyait leurs mains ramenées vers l'arrière et entravées.

— Il faut que le couteau se matérialise assez près pour que le commandant Morane puisse s'en emparer en bougeant seulement les doigts, dit Graigh.

Il se tourna vers le technicien chargé de faire fonctionner le vireur de matière, et il interrogea :

— Vous sentez-vous capable d'accomplir cette manœuvre avec précision ?

Le technicien eut un signe de tête affirmatif.

— Je réussirai, assura-t-il, à condition de posséder les coordonnées spatiales au dixième de millimètre près...

Quand il eut obtenu lesdites coordonnées, il effectua avec soin les réglages nécessaires, contrôla, recontrôla encore, puis dit à l'adresse de Graigh :

— La mise au point est terminée... Puis-je virer ?

Le colonel ne répondit pas immédiatement. Il hésitait encore, car il savait qu'une erreur de quelques centimètres pouvait, pour Morane, signifier la mort dans des souffrances horribles.

— Êtes-vous sûr de la mise au point ? insista Graigh.

Cette fois le technicien eut une brève hésitation, mais il répondit néanmoins :

— Je suis sûr...

— Virez ! commanda Graigh entre ses dents serrées, en surveillant du regard les mains de Morane qui apparaissaient en gros plan sur l'écran du tempo-vidéo.

Le technicien enfonça le bouton rouge du transmetteur de matière. Il y eut un grésillement et, sous la cloche, le couteau et le pistolet s'illuminèrent un bref instant ; ensuite, leurs contours devinrent flous et ils disparurent.

Quelques fractions de secondes s'écoulèrent, puis soudain Graigh se détendit et poussa un soupir de soulagement : sur l'écran les deux objets s'étaient matérialisés sur le sol de la caverne, à quelques centimètres à peine des mains de Bob Morane.

— Félicitations ! commenta Graigh en se tournant vers le technicien. Beau travail de précision !... Vous serez cité lors de la prochaine réunion du Conseil supérieur...

Presque aussitôt, il lança à l'opérateur du tempo-vidéo :

— Etablissez immédiatement le contact sensoriel !

L'ordre fut immédiatement exécuté et, sur l'écran, Morane commença à se tortiller, puis Bill, mais il n'y eut pas d'autre résultat.

— Essayez encore, fit Graigh. Ils n'ont pas compris.

A plusieurs reprises, le contact fut établi. Chaque fois, les deux prisonniers bougeaient, se tournant l'un vers l'autre comme s'ils s'interrogeaient. On voyait même leurs lèvres remuer légèrement, mais ils se parlaient si bas qu'on ne pouvait entendre ce qu'ils disaient.

— Le couteau et le pistolet, derrière vous, Bob ! hurla Graigh, dont la tension nerveuse avait atteint son paroxysme.

Le chef de la Patrouille du Temps avait agi par réflexe, car le contact par tempo-video n'étant établi qu'à sens unique, les deux amis ne pouvaient entendre.

C'est alors que Morane réagit. Ses mains remuèrent, s'avancèrent légèrement, et ses doigts frôlèrent la lame du couteau, puis la crosse du pistolet, s'attardèrent longuement comme s'ils voulaient reconnaître les objets. Ensuite, ils revinrent vers le couteau, cherchèrent le manche et se refermèrent sur lui.

Un cri de triomphe échappa à l'opérateur, qui hurla :

— Hourrah, colonel, il a réagi !... On dirait qu'il vous a entendu...

— Cela m'étonnerait, fit Graigh. Il a sans doute fini par comprendre la signification du contact sensoriel...

Le chef de la Patrouille du Temps haussa les épaules et continua :

— Qu'importe, après tout ! l'important c'est que cela ait marché !

Il jeta un dernier regard à l'écran du tempo-video, vit que Morane s'était à présent définitivement emparé du couteau et il dit encore à l'adresse de l'opérateur :

— Continuez la surveillance. Je vais me mettre en contact avec EX-A-20C-3.

*
* *

Depuis des heures, Sophia Paramount était demeurée en faction devant l'émetteur-récepteur spatio-temporel, chez elle, à Londres. L'inquiétude l'occupait quant au sort de ses deux amis, Bob Morane et Bill Ballantine. Elle attendait de leurs nouvelles avec une angoisse qui touchait au désespoir. Aussi sursauta-t-elle violemment quand le signal sonore de l'émetteur-récepteur se mit à vibrer et quand, aussitôt après, la voix du chef de la Patrouille du Temps se fit entendre.

— Colonel Graigh à EX-A-20C-3... Colonel Graigh à EX-A-20C 3...

— EX-A-20C-3 écoute, jeta avec empressement la jeune fille. A-t-on de leurs nouvelles ?

— On les a retrouvés, fut la réponse. Ils sont en vie, mais dans les ennuis jusqu'au cou comme d'habitude...

— Que s'est-il passé ?

— Trop long à vous expliquer, Sophia. Sachez seulement que la lutte contre l'Ombre Jaune a repris, et qu'il vous faudra intervenir.

Elle savait ce que cela signifiait : partir au-devant de dangers inconnus, souvent hors de la mesure humaine, quelque part dans le passé ou dans le futur. Mais il s'agissait de Bob et Bill, et pour rien au monde elle n'aurait hésité à affronter ces dangers.

— Je suis prête, dit-elle simplement. Que dois-je faire ?

L'ordre de Graigh lui parvint aussitôt.

— Rendez-vous sans retard à CP-8 (Contact Point 8). Un temposcaphe viendra vous y prendre.

— J'y serai dans deux heures.

Le point de Contact 8 était un endroit désert de la campagne londonienne où un appareil de la Patrouille du Temps pourrait se poser sans trop risquer d'attirer l'attention. Rapidement, Sophia Paramount se mit à effectuer ses préparatifs de voyage vers l'inconnu.

*
* *

Après le départ de l'Ombre Jaune, Bob Morane et Bill Ballantine étaient demeurés dans la caverne sous la surveillance d'une demi-douzaine de dacoïts. Des êtres maigres, au visage sombre où brillaient des yeux brûlant de fureur destructrice. Des êtres à peine humains — bien qu'ils fussent des hommes — et qui pouvaient demeurer des jours sans dormir, sans manger, soutenus par leur seule puissance nerveuse, leur seule haine de l'ennemi, leur fanatisme pour le maître vénéré : l'Ombre Jaune.

Ces dacoïts, Morane et Bill les connaissaient bien, et ils savaient n'avoir aucune pitié à attendre d'eux, qu'à la moindre tentative de fuite ils seraient percés par les longs poignards que les tueurs de Ming portaient passés dans leur ceinture, la lame nue.

Tout à leurs pensées, les deux amis ne pouvaient détourner les yeux des débris de l'émetteur-récepteur spatio-temporel. Avec sa destruction, tout espoir d'entrer en contact avec la Patrouille du Temps s'était évanoui pour eux. Bien sûr, le colonel Graigh finirait bien par les retrouver, mais cela prendrait sans doute du temps et, de toute façon, la Patrouille ne pourrait intervenir directement, suivant la règle. Entre-temps, il pourrait se passer bien des choses. Sans doute, l'Ombre Jaune avait-il décidé de faire des otages de ses prisonniers, mais il pouvait changer d'avis, préférer se débarrasser d'eux car il savait que, tant qu'ils seraient en vie, ils présenteraient une menace pour lui.

C'est alors que la stridulation s'imposa à leur subconscient. Ils sursautèrent légèrement et s'entre-regardèrent.

— Que se passe-t-il ? interrogea Bill tout bas en remuant à peine les lèvres.

Ils connaissaient cette sensation pour l'avoir éprouvée à plusieurs reprises.

— La Patrouille du Temps cherche à attirer notre attention par contact sensoriel, souffla Bob.

— Attirer notre attention sur quoi ?

— J'aimerais le savoir...

A plusieurs reprises au cours des minutes qui suivirent, la stridulation devait à nouveau s'imposer à eux, sans qu'ils puissent en découvrir la signification. Si seulement il avait pu s'agir d'un message modulé, genre morse ! Mais ils savaient tous deux qu'un contact sensoriel ne pouvait être envoyé à travers le Temps et l'Espace que de façon continue, sans modulations justement. Pourtant, il n'y avait aucun doute : on essayait d'attirer leur attention sur quelque chose. En vain ils regardaient devant eux, mais sans rien découvrir de nouveau. L'émetteur-récepteur demeurait une épave. Quant aux dacoïts, ils continuaient à les surveiller comme précédemment, sans que rien n'eût apparemment changé dans leur comportement.

« Et si quelque chose se passait *derrière* nous ? » se demanda Morane.

Il ne pouvait se retourner, car c'eût été risquer d'éveiller l'attention de leurs gardiens.

Lentement, les mains de Morane, qu'il avait liées derrière le dos, partirent en exploration. Tout d'abord, elles ne rencontrèrent que le vide, puis glissant, centimètre par centimètre, sur le sol, elles rencontrèrent un corps dur et froid que les doigts caressèrent dans un aveugle besoin de connaissance.

« On dirait la lame d'un couteau », songea Bob.

Ses doigts continuèrent à s'enquérir et, bientôt, il eut une certitude : il s'agissait bien de la lame d'un couteau. Or, ce couteau n'était pas venu seul. Se trouvait-il là auparavant. C'eût été un trop grand hasard. « Voilà la raison du contact sensoriel », songea encore Bob. La Patrouille voulait nous signifier qu'elle nous virait un objet. Peut-être après tout, n'est-il pas seul... »

Ses mains repartirent en exploration, vers la gauche d'abord, mais sans rien rencontrer, puis vers la droite pour enfin toucher un nouveau corps dur et froid. Il ne lui fallut que quelques secondes de tâtonnements pour reconnaître un pistolet à rayons ioniques. « Cette fois, aucune erreur, il y a bien intervention de la Patrouille. » Il ne put réprimer un léger sourire en pensant que Ming ne pouvait tout savoir. Il ignorait notamment, sans doute, que la Patrouille du Temps pouvait virer de petits objets avec un seul émetteur de matière, sans qu'il fût besoin de récepteur.

Ballantine avait remarqué le sourire de son ami.

— Qu'est-ce que vous avez à vous marrer comme un cachalot, commandant ? demanda-t-il tout bas. Vous vous racontez la bonne dernière ? J'espère, pour mon orgueil national, qu'il ne s'agit pas d'une histoire écossaise !

— Graigh nous a viré un couteau et un pistolet ionique, répondit simplement Morane. Ils sont là, derrière moi, à ma portée...

Ballantine sursauta légèrement. Il allait parler à nouveau, quand Bob lui intima l'ordre de se taire en soufflant :
— Silence... Ce n'est pas le moment d'attirer l'attention de nos gardiens.

Ils se tinrent cois. Alors, Bob Morane commença un travail épuisant, à cause de la tension nerveuse à laquelle il était soumis ; ses doigts s'étaient refermés sur le manche du couteau et, lentement, il en ramena la lame vers les cordes enserrant ses poignets pour, par des mouvements courts, se mettre en devoir de les trancher brin par brin. Tout cela devait s'effectuer sans que ses épaules bougeassent, sans un seul tremblement du corps sans la moindre crispation du visage. Besogne lente, hasardeuse. Il semblait à Bob que toute sa force était descendue dans ses seuls doigts. Parfois, le couteau glissait et le tranchant lui entamait les poignets le long desquels il sentait le sang couler, mais il n'en avait cure et, inlassablement, persévérait dans son travail de fourmi.

La sueur coulait le long de son front, jusque dans ses yeux. Par moments, Bill lançait un regard dans sa direction, essayant de suivre sur ses traits la progression de sa tentative. Morane sentait ses doigts, trop longtemps crispés, qui s'engourdissaient peu à peu, et il appréhendait le moment où il lâcherait le couteau qui rebondirait sur le sol avec un bruit métallique qui, si ténu fût-il, risquerait d'attirer l'attention des dacoïts dont les sens possédaient l'acuité de ceux des grands fauves.

Pour éviter pareil accident, Bob déposa à différentes reprises le couteau, pour le reprendre au bout de quelques secondes et se remettre à frotter la lame contre ses liens.

Une telle persévérance devait finalement porter ses fruits. Les cordes lâchèrent et il put séparer ses poignets.

VIII

Logiquement, lorsque ses liens tombèrent, Morane eût dû se sentir soulagé par cet espoir de liberté. Il n'en fut rien cependant, car il comprenait que rien n'était terminé, que tout commençait au contraire. Ses pieds demeuraient entravés, ce qui lui interdisait une totale liberté de mouvements. Pour trancher les liens qui les retenaient, il lui faudrait agir au vu des dacoïts et il savait qu'avant même d'avoir pu achever son geste il serait percé de plusieurs poignards.

Durant quelques secondes, qui chacune lui parut s'étirer comme un siècle, il demeura immobile, retenant son souffle, puis doucement, sans remuer les épaules, il reposa le couteau sur le sol derrière lui.

« A présent, le pistolet, songea-t-il. C'est ma seule chance... »

Toujours sans remuer les épaules, il bougea la main droite en direction du pistolet à rayons, très doucement, en un lent mouvement d'insecte. Ses doigts se refermèrent sur la crosse, son index chercha la détente tandis que, du pouce, il abaissait le cran de sûreté ; et, soudain, il ramena l'arme devant lui, braquant le canon vers les dacoïts un instant surpris et en criant en hindoustani :

— Jetez vos poignards et reculez-vous ! Que pas un seul d'entre vous ne bouge !

Cet avertissement fut vain. Avec une telle soudaineté qu'on n'aurait pu prévoir son geste, le tueur le plus rapproché bondit dans la direction de Morane, le poignard levé. Un rayon ionique fusa, atteignant l'assaillant en pleine poitrine où il creusa un trou d'où monta une fumée noire, nauséabonde. Foudroyé, le dacoït s'abattit sur le sol où il continua à se consumer lentement.

Cet exemple ne devait pas refréner l'ardeur des autres tueurs qui, en groupe, se précipitèrent sur Morane. Un nouveau rayon les balaya, sauf le dernier qui, d'un coup de pied sec et précis, digne d'un karatéman, fit voler le pistolet. Presque aussitôt, il s'abattit sur Bob, le poignard pointé vers sa poitrine. Afin d'éviter d'être transpercé, Morane roula de côté, mais ses pieds entravés l'empêchaient de jouir de toute la liberté de mouvements désirable au cours d'un combat corps à corps. Il réussit tout juste à se tourner sur le ventre et, aussitôt, il sentit deux genoux lui peser au creux des reins, l'immobiliser ; la lame maniée de main de maître par le dacoït, allait se planter entre ses omoplates, ou dans sa nuque. Rien de semblable ne se passa cependant. Voyant son ami en danger de mort, Bill Ballantine avait brusquement pivoté sur la pointe des fesses et, d'une puissante ruade, il avait frappé en plein corps le dacoït, de ses pieds entravés, le projetant de côté. Bob ne laissa pas le temps à son adversaire de récupérer ; d'un sursaut frénétique, il se redressa sur les genoux et sa main droite, abattue à la façon d'un sabre, toucha le tueur à la pomme d'Adam, coupant net le fil d'une vie criminelle tout entière passée à la dévotion de l'Ombre Jaune.

Epuisé autant par la tension nerveuse que par l'effort, Morane se laissa retomber de côté, haletant. Bill Ballantine éclata de rire.

— Et voilà le combat terminé faute de combattants ! lança-t-il joyeusement.

— Sans toi, fit Morane en se redressant lentement, ce d'Artagnan du poignard me lardait comme un gigot.

Il avait récupéré le couteau et, se penchant en avant, il coupa les cordes retenant ses chevilles. Tout de suite après, il libérait son ami, puis Ethelwed. Bill bondit sur ses pieds, frottant ses membres ankylosés.

— Rien à faire, goguenarda l'Écossais. On ne se sentira jamais à l'aise réduits à l'état d'épaule de mouton ficelée !

Bob Morane ne devait pas suivre son ami sur le terrain de la plaisanterie car chaque seconde pouvait compter. A tout moment, Ming pouvait revenir avec d'autres dacoïts, et mieux valait alors avoir pris le large.

— Essayons de récupérer les pistolets qu'on nous a subtilisés. Ainsi, nous en aurons un en réserve et nous pourrons voir venir.

Ils trouvèrent les pistolets en question dans une excavation au fond de la caverne, et ils allaient quitter celle-ci quand une voix leur parvint, un peu nasillarde. Elle disait :

— Colonel Graigh vous appelle... Colonel Graigh vous appelle...

Bob et Bill se tournèrent dans la direction d'où venait la voix et virent, non loin de l'émetteur-récepteur spatio-temporel détruit, un second émetteur-récepteur en tout point semblable au premier, mais intact, et qui venait d'être viré par transmetteur de matière.

Morane s'approcha de l'appareil, s'agenouilla et lança :

— Appel entendu... Merci pour l'envoi du couteau et du pistolet. C'est grâce à eux, colonel, que nous avons pu nous en tirer.

— Nous avons suivi les événements sur le tempo-vidéo, expliqua Graigh. Pendant un moment, nous avons eu peur pour vous. Mais vous vous en êtes encore une fois tirés.

— Nous n'en finissons plus de brûler des chandelles sur l'autel de Dame la Chance, ricana Bill. Si un jour elle nous lâche, nous allons tomber de haut !

— Nous ne pouvons nous attarder ici, fit à son tour Morane. Ming peut revenir à tout moment et les risques sont trop grands... Quelles sont les instructions ?

— EX-A-20C-3 va vous rejoindre à bord d'un tempo-scaphe...

— Vous voulez dire Sophia ? coupa Bob.

— Oui. Sophia... Il vous faut regagner le château du roi Bohr. Sur le côté est de la colline il y a une clairière cernée de pierres dressées. C'est au centre de cette clairière que le temposcaphe se matérialisera dans trois heures environ. Pendant ces trois heures, je resterai sans cesse en contact avec vous... Over...

La communication était terminée. Bob Morane glissa l'émetteur-récepteur sous sa cotte d'armes et l'y fixa solidement à l'aide de sa sangle extensible.

— Nous n'avons plus rien à faire ici, dit-il. Filons.

— Il fait encore nuit au-dehors, fit remarquer Bill. Et nous aurons peut-être de la peine à retrouver le chemin du château...

— Je vous conduirai, dit Ethelwed.

Les deux amis se tournèrent vers la princesse. Au cours des dernières minutes, distraits par les événements tragiques qui s'étaient déroulés à un rythme accéléré, ils l'avaient presque oubliée. Les regards de Morane s'attardèrent sur le beau visage pâle, les grands yeux clairs, les cheveux qui faisaient songer à un champ de blé sous le soleil d'août, et il se sentit soudain apaisé, comme si les dacoïts, les whamps et Monsieur Ming lui-même n'existaient plus, n'avaient jamais existé...

Tous trois sortirent de la caverne, sans emporter de torches dont la lueur les aurait infailliblement fait repérer. Au-dehors, c'était toujours la nuit. Une nuit assez claire, en dépit des lourds nuages qui roulaient dans le ciel comme des mollusques affolés.

— Si seulement nous pouvions retrouver nos chevaux, murmura Bill.

Ils ne les découvrirent nulle part et furent contraints d'avancer à pied, ce qui était finalement la façon la plus discrète de voyager.

Le cirque fut traversé, ils contournèrent le ravin au fond duquel le dragon s'était écrasé et ils franchirent sans encombre la ligne de rochers. Sans doute Ming était-il sûr des dacoïts qu'il avait préposés à la garde des trois captifs, car il n'en avait pas disposé d'autres au-dehors. Pendant dix minutes environ, les deux hommes et la jeune fille progressèrent en silence. Bob et Bill tenaient le poing crispé sur la crosse de leurs pistolets, prêts à s'en servir à la moindre alerte.

Comme rien ne se passait, Ballantine fit remarquer :

— Les génies se sont souvent perdus par excès de confiance en eux-mêmes. C'est ce qui se passe avec Ming. Il n'a pas cru, dans la situation critique où nous nous trouvions, que nous pourrions une fois encore lui échapper.

Mais Bob ne partageait pas l'insouciance de son compagnon. Il se souvenait des dernières paroles du Mongol avant que celui-ci quittât la caverne :

« ... en admettant que vous réussissiez à leur échapper — il parlait des dacoïts —, vous ne seriez pas sauvés pour autant. Les parages sont infestés de whamps. »

Il ne faut jamais appeler le malheur, car il vient aussitôt.

Devant eux, une haute silhouette se dressa soudain entre les fourrés, pour disparaître presque immédiatement, mais pas assez vite cependant pour que Bob, Bill et Ethelwed n'eussent le temps de voir brasiller des yeux rouges. Un peu partout autour d'eux, d'autres yeux rouges s'animèrent, telles des lucioles de feu.

— Les whamps ! murmura Bill d'une voix sourde. Ils sont après nous...

*
* *

Les deux hommes et la jeune fille s'étaient arrêtés en pleine lande, à scruter la nuit autour d'eux. Cette nuit à présent peuplée de présences rendues plus horrifiantes encore par les paroles prononcées par Monsieur Ming, à propos des whamps : « ... vous n'avez aucune idée de leur nature. Au-cu-ne-i-dée-de-leur-na-tu-re. »

Que pouvaient-ils faire ? Retourner sur leurs pas ? C'eût été assurément aller se rejeter dans la gueule du loup, et puis les whamps les auraient suivis. Demeurer là ? Ce n'était pas davantage une solution. Bob prit donc la seule décision raisonnable.

— Continuons, dit-il, en allant aussi vite que nous le pouvons, afin d'atteindre le château le plus rapidement possible. Ethelwed demeurera entre nous pour que nous puissions la couvrir à tout moment.

Pendant un instant, il avait été tenté de confier le troisième pistolet à rayons à la jeune fille, après lui en avoir expliqué le maniement, mais en admettant qu'elle eût pu s'en servir ce n'eût pas été sans faire courir quelque danger à ses compagnons et à elle-même.

Ils se mirent à marcher très vite. Sans cesse, autour d'eux, les whamps manifestaient leur présence. Mais maintenant, on ne distinguait plus seulement les brasillements de leurs prunelles, car la grisaille de l'aube envahissait le ciel, et on apercevait les taches blafardes, couleur de craie sale, de leurs visages. Les trois fuyards avaient repris leur marche depuis un quart d'heure environ quand, soudain, comme ils longeaient la lisière d'un petit bois, une grande ombre sortit d'entre les arbres et bondit sur Bill qui était le plus proche. Cela se passa très vite. Pourtant l'identité de l'agresseur ne faisait aucun doute. Le visage exsangue, sans expression, fendu d'une bouche sans lèvres comme taillée d'un coup de rasoir et éclairé par des yeux brillants et rouges, les grandes mains informes aux ongles acérés, tout indiquait qu'il s'agissait d'un whamp. On ne voyait rien de son corps, car il était vêtu de braies et d'une grossière tunique de bure.

Quand l'étrange créature s'était abattue sur les épaules de Ballantine, celui-ci avait eu l'impression d'entrer en contact avec un gigantesque pantin de baudruche gonflé à bloc, un pantin de baudruche possédant une force surhumaine. Mais la vigueur de l'Ecossais était telle qu'à ce jour, et bien qu'il en ait eu l'occasion en maints combats, il n'avait jamais trouvé son égal. Repoussant violemment son assaillant, il le souleva de terre et le projeta à cinq mètres, contre un arbre, sur lequel il rebondit. Le whamp allait se précipiter à nouveau sur le colosse, quand Bob le visa de son pistolet. Le monstre dut s'en rendre compte car, sans laisser à Morane le temps de presser la détente, il fit volte-face et disparut entre les troncs.

— Je ne sais pas ce que c'était, fit Bill avec un frisson, mais j'ai eu l'impression de lutter avec un gigantesque pantin de caoutchouc mousse. Ça paraissait ne pas avoir d'os et, pourtant, cela possédait une de ces forces ! Pendant un instant, sa main est entrée en contact avec la mienne : elle était froide comme celle d'un cadavre.

— Du caoutchouc mousse ? fit Bob. Ses ongles, eux, ne devaient pas être en caoutchouc mousse... Regarde...

Tout en parlant, le Français montrait l'épaisse broigne de cuir qui recouvrait la cotte d'arme de son ami et qui, à hauteur de l'épaule, était lacérée comme par les griffes d'un fauve.

Bill Ballantine fit la grimace.

— Sans la cotte d'arme, dit-il, j'aurais eu l'épaule déchirée.

— Désormais, dit Bob, évitons le combat corps à corps et servons-nous de nos pistolets.

Ils se remirent en marche en s'entourant de plus de précautions que jamais. Pourtant, la nouvelle attaque devait venir sans qu'ils pussent la prévoir. Comme ils cheminaient entre deux ondulations de terrain, au fond d'un vallon sablonneux, une demi-douzaine de whamps bondirent sur eux. Mais Bob et Bill avaient eu le temps de braquer leurs pistolets et de balayer les versants du vallon de deux rayons mortels. Trois whamps, touchés, roulèrent, définitivement hors de combat ; les autres, s'enfuirent et disparurent.

— Cette fois, dit Bill, nous allons savoir à quoi ressemblent exactement ces bestiaux.

Suivi par Bob et Ethelwed, l'Ecossais s'approcha d'un des whamps qui gisait sur le sable, une plaie fumante à la poitrine, là où l'avait touché le rayon. Tout de suite, Bob et Bill furent frappés par l'odeur.

— Ça ne sent pas la chair brûlée, constata Bill, mais le caoutchouc.

— Ou la matière plastique, acheva Morane.

Ils se penchèrent sur le whamp, qui ne bougeait plus, et rapidement Bob arracha les vêtements du mort et découvrit sa poitrine : une matière blanchâtre et lisse apparut, recouverte d'une fine pellicule qui figurait de la peau, mais sans en être. Bill pointa un doigt vers le buste du monstre et poussa. La matière céda et le doigt s'enfonça profondément. Quand Bill le retira, la chair reprit aussitôt sa place, par élasticité.

— On dirait réellement du caoutchouc ou du plastique mousse, fit Bill. Essayez vous-même, commandant...

Morane obéit et eut la même sensation que son ami. Alors il n'y tint plus. Tirant son couteau de sa ceinture, il l'enfonça dans la poitrine du whamp et se mit à tailler à grands coups, détachant des lambeaux de mousse élastique, couleur de craie. Mais il eut beau fouiller le plus profondément possible cette poitrine, les bras, les jambes, le visage même, il ne trouva que cette matière molle et élastique, sans humeur, sans os, sans viscères.

— Ming avait raison, conclut Bill Ballantine, qui avait suivi avec attention ce travail de dépeçage. Nous ne pouvions nous faire aucune idée de la nature des whamps : ils sont faits de caoutchouc mousse... ou de plastique. A part leurs ongles et leurs dents sans doute...

— Oui, approuva Morane. On peut donc dire qu'ils n'existent pas, en temps qu'êtres.

— *Des êtres qui n'existent pas,* fit Bill d'une voix sourde où pointait une vague terreur. Et pourtant ils boivent le sang !...

Cette fois, Bob Morane ne fit aucun commentaire. C'était là un sortilège de plus à mettre au compte de l'Ombre Jaune. Jusque-là, pour remplir ses desseins criminels, il avait employé des hommes, des machines, des animaux, les automates les plus perfectionnés, mais encore jamais des êtres qui ne possédaient aucune existence réelle, comme les whamps. Les avait-il fabriqués lui-même ou les avait-il ramenés de quelque monde inconnu, inhumain, auquel son prodigieux génie scientifique lui avait permis d'accéder ?

Les deux amis et leur compagne étaient demeurés là, immobiles, à contempler avec effarement l'enveloppe dépecée du whamp, tandis que Bill continuait à murmurer :

— Des êtres qui n'existent pas... Des êtres qui n'existent pas...

Et, soudain, Ethelwed se blottit contre la poitrine de Morane, nicha la tête au creux de son épaule pour se mettre à sangloter convulsivement en balbutiant :

— Nous sommes maudits !... Maudits !... Le Diable Jaune nous prendra nos vies à tous.

Il la repoussa doucement et posa ses lèvres sur le front lisse et tiède.

— Je vous protégerai quoi qu'il arrive, assura-t-il. Pour le moment, nous sommes encore en vie, et cela seul compte. Mais essayons de le demeurer et regagnons au plus vite le château de votre père.

A tout moment, les whamps pouvaient attaquer à nouveau et Bob ne doutait pas qu'ils fussent très nombreux. Trop nombreux pour que, s'ils se ruaient en masse, on pût les arrêter tous. Ce serait alors un combat corps à corps dont l'issue ne serait pas douteuse.

En pressant le pas, Bob, Bill et Ethelwed s'étaient remis en route à travers la lande couverte de hauts genêts. Le jour s'était presque complètement levé à présent, avec ses grisailles, ses lambeaux de brume qui donnaient à toutes choses un aspect plus sinistre encore que la nuit.

Ethelwed pointa le doigt vers l'horizon.

— Le château de mon père, déclara-t-elle.

Il se dressait là-bas, au sommet de la colline, mais il avait un aspect si rébarbatif que c'était à peine si son apparition provoquait un vague sentiment d'espoir. Cependant, c'était derrière ces murs qu'était le salut. Bob Morane et ses compagnons le savaient. C'était non loin de ces murs également que devait se poser le Temposcaphe piloté par Sophia Paramount.

Mais le château, le Temposcaphe, Sophia, tout cela était encore loin, et les whamps proches. Soudain derrière chaque buisson de genêts, une face blafarde apparut, des yeux rouges brasillèrent, entourant les fuyards d'un cercle maléfique et menaçant. Ils étaient là des dizaines, des centaines peut-être, prêts au carnage.

— Nous n'avons aucune chance, fit Bob. Préparons-nous à défendre nos vies.

C'est alors que les Chevaliers apparurent de derrière une ondulation de terrain. Ils étaient au nombre de vingt-cinq et montaient des chevaux qui semblaient flotter dans la brume. Les épées qu'ils brandissaient flamboyaient comme si leurs lames étaient faites de flammes. Ils se précipitèrent sur les whamps et, chaque fois qu'une épée touchait l'un des monstres, celui-ci se volatisait en fumée, comme touché par le feu du ciel lui-même.

IX

Devant l'attaque soudaine de vingt-cinq Chevaliers aux épées de feu, les whamps survivants avaient fui à travers la lande pour disparaître, avalés par le brouillard. Lentement, au pas de leurs montures apaisées, les Chevaliers étaient revenus vers Bob Morane, Bill Ballantine et la princesse Ethelwed.

— Les Chevaliers de la Table Ronde ! avait murmuré la jeune fille en les voyant paraître.

Les vingt-cinq cavaliers s'étaient arrêtés à quelques mètres de ceux qu'ils venaient sans doute de sauver d'une mort horrible, et ils mirent pied à terre.

Leur équipement était celui des guerriers de l'époque, mais on y distinguait cependant certains détails qui ne trompaient pas, notamment la large ceinture garnie de commutateurs, de cadrans et de voyants lumineux qui, de loin, pouvaient être pris pour de vulgaires travaux d'orfèvrerie. Sur leurs cottes d'armes, ils portaient brodé un grand cercle jaune divisé en vingt-cinq quartiers égaux et qui pouvait passer pour la représentation d'une table ronde vue en plan. Quand à leurs épées, que certains n'avaient pas remises au fourreau, elles n'avaient d'épées que l'apparence ; en réalité il devait s'agir d'armes électroniques perfectionnées, tuant par seul contact, ce qui expliquait les éclairs qu'elles lançaient au cours du bref combat qui avait opposé leurs possesseurs aux whamps.

Mais ce qui frappa surtout Bob et Bill chez ces hommes, ce furent leurs longues chevelures et leurs barbes d'un blanc neigeux, bien qu'aucun d'entre eux ne parût être un vieillard dans le sens biologique du terme. Et les deux amis ne doutèrent plus d'être en présence de ces hommes venus d'une autre galaxie pour veiller sur leur empereur.

Celui qui paraissait le chef des Chevaliers et dont le casque conique était cerclé d'une grossière couronne dorée, insigne de son rang, s'était incliné devant la princesse Ethelwed, marquant ainsi le respect. Mais à l'adresse de Bob Morane et de Bill Ballantine, il avait demandé durement :

— Qui êtes-vous, et que faites-vous là ?

Tout de suite, Morane avait compris qu'il pouvait parler franchement au chef des Chevaliers, sans risquer l'incompréhension.

— Nous sommes des hommes venus du futur, expliqua-t-il, et cela par la volonté de votre empereur Myrdhin.

Rapidement, se souciant peu d'être entendu par Ethelwed, qui de toute façon ne comprendrait pas grand-chose à ses paroles, il relata au chef des Chevaliers comment Merlin était entré en contact avec son ami et lui, ce qu'il leur avait révélé sur ses origines et comment tous deux s'étaient retrouvés en ces âges barbares.

Quand Bob eut fini de parler, le chef des Chevaliers hocha la tête en disant :

— Seul notre Empereur peut vous avoir fourni ces renseignements sur nous et sur lui-mêmes : je vous crois donc. Je m'appelle Arthur — du moins, c'est le nom que j'ai pris en débarquant sur cette planète, il y a bien des années déjà, en même temps que mes hommes. Autant que faire se pouvait, nous avons pris l'apparence des guerriers de cette époque, et notre science nous a valu une réputation d'invincibilité. Je me suis fait couronner roi de Bretagne et le resterai jusqu'à ce que notre maître accepte de quitter ce monde barbare où il se complaît par amour... Si seulement nous pouvions l'arracher de force à la prison de verre dans laquelle il est enfermé ! Non seulement les tabous nous en empêchent, mais cette prison est inviolable.

— Du verre, ça se brise, se moqua Bill, surtout quand on possède des épées aussi perfectionnées que les vôtres.

Bob Morane parut ignorer la remarque pourtant sensée de son ami, et il demanda aussitôt :

— Où se trouve cette prison de verre ?

Arthur désigna la direction du nord-est.

— Là-bas, à quelques lieues d'ici, dans la forêt de Brocéliande.

Morane savait cela, mais il avait cru bon d'obtenir cette précision.

— Pouvez-vous nous y conduire ? interrogea-t-il.

— Je le puis, fut la réponse.

Mais Bill intervint :

— Il nous faut avant tout reconduire la princesse auprès de son père, et ensuite rejoindre Sophia au lieu de rendez-vous. Avec le temposcaphe, nous serons plus à même de nous mesurer efficacement avec notre ennemi.

Ces phrases étaient dictées par la raison même et, encadrés par les Chevaliers, Bob, Bill et Ethelwed reprirent la direction du château.

Il leur fallut un peu plus d'une demi-heure pour atteindre celui-ci. Arrivés au bas du chemin empierré menant au pont-levis, Arthur s'arrêta, et ses hommes avec lui.

— Nous vous attendrons ici, dit-il. Ensuite nous vous mènerons jusqu'à la forêt de Brocéliande...

S'engageant sur le chemin empierré, Bob Morane, Bill Ballantine et Ethelwed se mirent à gravir le flanc de la colline, en direction de l'entrée du château.

Du haut des murailles, on devait guetter leur retour car des trompettes se mirent à sonner sur une note d'allégresse, et quand les deux amis et leur protégée débouchèrent dans la grande cour, le roi Bohr se précipita à leur rencontre. Après avoir longuement serré sa fille contre sa poitrine, il s'adressa à Morane et à Bill pour déclarer :

— Vous m'avez rendu mon enfant. L'éternelle reconnaissance du roi Bohr vous est acquise. Quelle récompense pourrais-je vous offrir qui soit à la mesure de ma joie et de votre bravoure ?

— Le plaisir de vous voir réunis est la plus belle récompense que nous puissions espérer, répondit Bob. Pour l'instant, il nous reste une mission à accomplir. Pourriez-vous nous faire donner deux chevaux ?

— Tous les chevaux de ce manoir sont à vous, répondit Bohr.

Il lança un ordre et, quelques minutes plus tard, des varlets amenaient deux montures superbement harnachées. Bob et Bill montèrent en selle mais, au moment où ils allaient tourner bride, Ethelwed s'élança, et s'accrochant à la selle du cheval de Morane, elle demanda :

— Vous reviendrez, mon chevalier ?... Dites-moi que vous reviendrez !...

Du bout des doigts, Bob caressa l'or filé de la longue chevelure et il assura :

— Je reviendrai, petite princesse... Je reviendrai.

Sur le moment il était sincère, mais pouvait-il savoir ?... Tout à l'heure, demain, les péripéties de la lutte surhumaine qui l'opposait à l'Ombre Jaune ne l'entraîneraient-elles pas vers d'autres époques, d'autres mondes, et sans espoir de retour ?

Déjà Bill et lui s'étaient détournés. Au pas de leurs montures ils retraversèrent la cour, s'engagèrent sous le portail, franchirent le pont-levis et se mirent à descendre vers le pied de la colline, où les attendaient le roi Arthur et ses guerriers. Comme ils allaient les rejoindre, l'avertisseur de l'émetteur-récepteur spatio-temporel, sous la cotte du Français, se mit à grésiller. Bob extirpa l'appareil de sa cachette et lança :

— Morane écoute... Morane écoute...

— Le Temposcaphe est viré, fit la voix de Graigh. Sophia est à bord... Vous la trouverez au rendez-vous fixé.

— Nous nous y rendons aussitôt, répondit Morane.

Il coupa le contact et replaça l'appareil sous sa cotte. Bill et lui rejoignaient les Chevaliers. Arthur désigna la direction du nord-est et dit :

— Nous allons vous mener à Brocéliande...

— Pas tout de suite, dit Morane. Un vaisseau venu du futur nous attend non loin d'ici, dans une clairière entourée de pierres dressées.

— Nous connaissons l'endroit, assura Arthur, et nous allons vous y mener.

Il fallut vingt minutes environ à la petite troupe pour contourner la colline, s'engager à travers un dédale de petits bois et de bosquets entrecoupés par de courtes landes couvertes de bruyères et de genêts.

— Nous approchons, dit finalement le roi Arthur qui chevauchait en tête, avec Bill et Morane.

Entre les arbres, les hautes silhouettes grises de pierres mégalithiques se dressèrent et, leur cercle franchi, un vaste espace circulaire, pelé, où ne croissaient que des mousses jaunâtres, s'ouvrit devant les voyageurs.

Au centre de ce cercle, un appareil brillant était posé, sur ses trois pieds articulés. De forme lenticulaire, il portait à son sommet une coupole de plexiglas brillant. D'une seconde coupole formant sas, située à sa base, une échelle descendait jusqu'au sol. Au bas de cette échelle, une silhouette humaine se tenait, une silhouette aux formes gracieuses, moulées dans une combinaison de plastique argenté, serrée à la taille par une large ceinture de commandes. Le capuchon de la combinaison, rejeté en arrière, découvrait le fin visage à la peau nacrée, couronné d'une mousse de cuivre fauve d'EX-A-20C-3, de Sophia Paramount, reporter au *Chronicle*.

*
* *

— J'avais peur de ne pas vous retrouver vivants ! s'était exclamée Sophia Paramount en se précipitant vers Morane et Ballantine.

— Vous savez bien, avait rétorqué Bill avec un grognement joyeux, que si le commandant et moi nous aimons les voyages, nous ne sommes pas précisément volontaires pour le grand voyage.

De rapides étreintes réunirent en un même groupe les deux hommes et la jeune fille. Quand ce bref épanchement d'amitié eut pris fin, Sophia dit :

— Le colonel Graigh m'a mise au courant des circonstances qui vous ont amenés ici. Comme, en vertu de la fameuse loi de non-intervention de la Patrouille du Temps, j'étais seule à pouvoir voler à votre secours...

Morane et Ballantine savaient que, de toute façon, elle aurait agi ainsi, bien que risquant sa vie ; et Bob eut à nouveau envie d'aller vers elle, de la serrer contre lui, mais il se retint. En même temps, il ne pouvait s'empêcher de remarquer combien la présence de la jeune fille était incongrue en ces lieux. Bill et lui-même portaient des vêtements de l'époque, ainsi que les Chevaliers de la Table Ronde, mais Sophia, avec sa combinaison métallisée, l'arrière-plan du Temposcaphe dressé sur son trépied d'atterrissage, avait quelque chose d'irréel, donnait l'impression d'être en surnombre dans cette époque. Et sa chevelure rousse, soigneusement entretenue, ajoutait encore à cette sensation d'irréalité.

Rapidement, Morane et Bill mirent leur compagne au courant de leur intention de se rendre à la forêt magique de Brocéliande, pour tenter de percer le secret de cette « prison de verre » où Merlin était retenu sous le charme de la fée Viviane... ou de la nièce de Monsieur Ming, Bob se tourna ensuite vers Arthur et interrogea :

— Sommes-nous loin de Brocéliande ?

— A une demi-journée de cheval environ, fut la réponse.

Bob Morane désigna le Temposcaphe pour faire remarquer :

— Nous irions plus vite à bord de cet appareil. Vous pourriez nous accompagner pour nous montrer le chemin.

Arthur appartenait à une haute civilisation galactique et la vue de l'engin spatio-temporel ne l'impressionnait pas le moins du monde.

— Je vous accompagnerai, dit-il. Mes compagnons m'attendront ici.

Il donna des instructions à ses Chevaliers puis suivit Morane, Ballantine et Sophia Paramount à l'intérieur du Temposcaphe. Quelques minutes plus tard celui-ci, son trépied d'atterrissage rentré, se soulevait à quelques mètres du sol et filait rapidement en direction du sud-est.

Sous le ventre de l'appareil, la lande se déroulait telle une bande sans fin, avec ses collines basses, ses champs de bruyères, ses boqueteaux aux feuillages sombres. Parfois on survolait un groupe de maisons aux murs de pierres sèches et des manants, travaillant à leurs maigres champs levaient la tête avec inquiétude vers la grande lentille argentée qui sans doute, leur apparaissait telle une émanation de l'au-delà. Et Morane, Bill et Sophia ne pouvaient une fois de plus s'empêcher de songer à la légende des soucoupes volantes qui, depuis la plus haute antiquité étaient apparues aux hommes pour les plonger dans la stupeur et l'incompréhension.

Au bout d'une demi-heure de vol environ, Arthur désigna une longue ligne noire sur l'horizon.

— La forêt de Brocéliande, dit-il simplement.

Le Temposcaphe se rapprochait rapidement. Bientôt il survola les hautes ramures des arbres, au feuillage si touffu qu'on ne distinguait rien au travers.

— Ralentissez ! dit encore Arthur à l'adresse de Sophia.

La jeune fille ne parlait pas le langage de l'époque, mais Bob lui traduisit les paroles du chef des Chevaliers et elle réduisit autant qu'il était possible la vitesse de l'engin.

Avec une attention soutenue, Arthur inspectait l'étendue forestière, cherchant visiblement à repérer un endroit précis. Parfois, de la main, il faisait un signe vers la droite ou vers la gauche, et Sophia incurvait la trajectoire dans la direction indiquée.

Finalement, Arthur désigna une clairière assez large.

— Là, dit-il simplement.

Frôlant le faîte des arbres, le Temposcaphe plongea vers le sol. Quand il n'en fut plus qu'à quelques mètres, Sophia sortit le trépied d'atterrissage et posa l'appareil au centre de la clairière.

— La retraite de Merlin n'est qu'à quelques minutes de marche d'ici, déclara Arthur quand les trois hommes et la jeune fille eurent mis pied à terre.

Ils s'enfoncèrent entre les arbres, sous la futaie, où jamais, à cause de l'épaisseur du feuillage, le soleil ne pénétrait, et où régnait une continuelle pénombre. Les pieds s'enfonçaient profondément dans l'humus fait de feuilles pourries, amoncelées au cours des siècles que recouvrait une mousse épaisse, pareille à un tapis de caoutchouc souple. Une odeur d'humidité, de moisissure régnait et les chênes, avec leurs troncs torturés, boursouflés par la gale, faisaient songer à des géants immobilisés par quelque monstrueuse maladie, ou les enchantements d'un magicien.

Une étroite sente fut atteinte et le chef des Chevaliers s'y engagea. Il devait connaître avec précision l'endroit où se rendre, car pas un seul instant il n'hésita quant à la direction à prendre.

Pendant une dizaine de minutes ils continuèrent à avancer, puis soudain Arthur, qui marchait en tête, se tourna vers ses compagnons et, de la main, leur fit signe de ralentir l'allure, tandis qu'il murmurait :

— Nous approchons....

Il semblait que la forêt se clairsemait. En même temps, une étrange lumière sourdait, vive, brillante comme celle réfractée par un miroir.

Encore quelques pas et les trois hommes et la jeune fille s'immobilisèrent. Loin devant eux, à gauche, à droite, les arbres étaient emprisonnés jusqu'à leur faîte par une sorte de magma transparent, pareil à du verre coulé, mais poreux comme une éponge. C'était cela, on eût réellement dit une gigantesque éponge de verre. Rien d'autre cependant ne changeait dans le paysage car, à l'intérieur du magma, la forêt se continuait, intacte semblait-il.

— Nous avons déjà vu cela quelque part, dit Bill.

— Oui, approuva Morane. Une cloche extra-temporelle sans doute.

Précédemment, au cours de leur lutte contre l'Ombre

Jaune, ils avaient déjà rencontré pareil phénomène : une cloche de matière douée d'une priorité particulière, celle d'isoler du Temps tout ce qui y était enfermé.

Bob s'approcha et, du bout de l'index, tâta l'étrange matière cristalline.

Le doigt s'y enfonça légèrement, comme s'il s'agissait de gélatine.

— C'est bien de la matière extra-temporelle, conclut-il.

— Oui, fit Bill, mais la première fois cette matière était grise. Aujourd'hui elle a la transparence du cristal.

— C'est de là sans doute que vient la légende de la prison de verre dans laquelle était enfermé Merlin, tenta d'expliquer Morane.

— Peut-être parviendrons-nous à y pénétrer, glissa à son tour Sophia Paramount.

Quand, jadis, ils avaient rencontré une cloche semblable, ils y avaient pénétré par l'un des nombreux trous lui donnant l'apparence d'une éponge, et ils crurent pouvoir faire de même en la circonstance présente. Pourtant ils durent se détromper car, quand ils voulurent se glisser par l'une des ouvertures formant porte au ras du sol, ils furent repoussés en arrière par une force inconnue. A plusieurs reprises ils tentèrent de forcer le passage, mais en vain, et il leur fallut renoncer.

— Rien à faire, fit Bill. La première fois on passait. Cette fois, on est bloqués...

— Rien d'étonnant, fit Bob. Puisqu'il s'agit d'une prison, il est normal qu'on ne puisse ni en sortir, ni en entrer comme dans un moulin.

Ballantine poussa un grognement de colère :

— Ça ne se passera pas comme ça, ronchonna-t-il.

Il se propulsa en avant, de toute sa masse, et essaya de passer par l'une des ouvertures, mais il fut repoussé violemment, comme frappé par un ressort, et il alla s'étaler sur le sol. Il se releva en maugréant mais ne risqua plus une nouvelle tentative.

Bob Morane s'était tourné vers le roi Arthur pour interroger :

— Avez-vous une idée de la façon dont nous pourrions pénétrer à l'intérieur de cette zone ?

Le chef des Chevaliers de la Table Ronde eut un signe de dénégation.

— Aucune idée, répondit-il. Nous avons essayé à plusieurs reprises déjà, en employant la science que nous avons à notre disposition, mais en vain...

Il y eut un long silence, puis Sophia risqua :

— Peut-être qu'avec des scaphandres extra-temporels...

Ces scaphandres étaient des combinaisons spéciales permettant aux agents de la Patrouille de voyager individuellement à travers le Temps et l'Espace. Ils permettaient également à ceux qui en étaient revêtus de se mettre en « état de vibration », c'est-à-dire de demeurer en suspens dans le Temps. On pouvait alors, en demeurant parfaitement invisible, passer, repasser à volonté à travers toute matière inerte. Cet « état de vibration » n'avait qu'un inconvénient : il provoquait une grande fatigue physique pouvant aller jusqu'à l'évanouissement et finalement jusqu'à la mort. On ne pouvait donc en faire qu'un usage très parcimonieux.

— On pourrait tenter notre chance, approuva Morane. Si nous ne passons pas, il ne nous restera plus qu'à demander des instructions à Graigh.

Tout en parlant, le Français regardait, au-delà de la paroi transparente et poreuse, l'étendue de la sylve à l'intérieur de la cloche. C'étaient des arbres pareils aux autres, sauf qu'ils baignaient dans cette étrange lumière réfractée. Des arbres pareils aux autres et qui, pourtant, semblaient eux-mêmes la proie d'une terrible malédiction. Cette malédiction qui, transposée à travers les légendes, avait donné une réputation d'enchantement à cette forêt.

X

Revêtus de leurs scaphandres spatio-temporels, Sophia Paramount, Bob Morane et Bill Ballantine s'avançaient pour la seconde fois en direction de la « prison de verre », où les sortilèges de l'Ombre Jaune avaient enfermé Merlin. Les deux amis et leur compagne avaient ramené Arthur à l'endroit où ses chevaliers l'attendaient et, toujours à bord du Temposcaphe, ils étaient revenus à Brocéliande.

Devant eux la lumière réfractée, annonçant l'approche de la cloche, éclaboussa les troncs des arbres. Bientôt, ils ne furent plus qu'à quelques mètres de la paroi cristalline, percée de trous qui la faisaient ressembler à une monstrueuse éponge transparente.

— Croyez-vous que cela va marcher ? interrogea Sophia à l'adresse de ses amis.

— Question superflue, dit Bill en haussant ses lourdes épaules. Pour savoir si cela marchera ou non, il nous faut essayer. Nous sommes ici pour ça.

— Bill a raison, approuva Morane. Mettons-nous en « état de vibration ».

En même temps, ils appuyèrent sur les boutons blancs de leurs ceintures. Immédiatement, il se sentirent parcourus d'une légère trépidation, semblable à celle que l'on éprouve quand on se trouve sur un plancher métallique à proximité d'un moteur tournant au ralenti. Autour d'eux le décor n'avait pas changé, ou à peine. Il était devenu légèrement flou, mais pas assez pour que l'on ne pût continuer à discerner les détails. Eux-mêmes savaient qu'ils étaient devenus invisibles, qu'ils étaient suspendus hors du Temps et de l'Espace, sans que ce Temps et cet Espace puissent encore avoir momentanément la moindre influence sur eux.

De la main, Bob Morane désigna la cloche et cria à l'adresse de ses amis, sûr de n'être entendu que d'eux :

— Allons-y !

Tous trois eurent un léger serrement de cœur au moment où ils touchèrent la paroi poreuse et transparente, mais rien ne se produisit et ils se retrouvèrent sans mal de l'autre côté de la paroi. Mais là, une nouvelle surprise les attendait. Alors que, de l'extérieur, on n'apercevait que la forêt, à l'intérieur tout changeait. Les arbres avaient disparu pour être remplacés par un parc aux riches pelouses, aux bosquets fleuris entre lesquels couraient des allées bien tracées.

La surprise des voyageurs fut de courte durée. Déjà, lors de la poursuite échevelée à travers le Temps dans laquelle les entraînait l'Ombre Jaune, ils avaient assisté à pareil prodige [1]. Celui-ci s'expliquait par le fait qu'ils se trouvaient sur un autre plan de l'Espace. Ils se retournèrent pour jeter un coup d'œil vers l'extérieur, mais la forêt avait disparu derrière un impénétrable mur de lumière.

Après avoir soigneusement observé les alentours pour se rendre compte s'il ne percevait nulle présence, Bob Morane décida :

— Reprenons notre état normal afin de ne pas nous fatiguer en demeurant inutilement en « vibration ». Il ne semble pas que, pour le moment, nous courions le moindre danger.

Ils poussèrent sur un autre bouton et leurs ceintures, noir celui-là, et ils se rematérialisèrent, redevenant en même

---

1. Lire : *Le satellite de l'Ombre Jaune.*

temps visibles. Immédiatement, Morane marchant en tête et Bill en arrière, ils s'engagèrent sur le sentier s'ouvrant devant eux, longeant autant que possible les bouquets de plantes odoriférantes afin de passer inaperçus.

Durant dix minutes environ ils progressèrent ainsi puis, tout à coup, à un détour du chemin, Morane s'immobilisa. Devant eux, au centre d'une grande pièce d'eau, une grande maison s'élevait. Une maison au haut toit pointu, en pain de sucre, autour duquel s'étageaient des terrasses fleuries descendant jusqu'au lac.

— Il fallait s'y attendre, commenta Bill. Sous la première cloche dans laquelle nous avons pénétré jadis, il y avait un palais de Mille et Une Nuits. La maison que nous avons sous les yeux pour le moment n'a peut-être pas cette majesté, mais je m'en contenterais néanmoins pour y terminer mes jours.

L'attention de Bob Morane, de Bill Ballantine et de leur compagne avait cependant été détournée par ces deux silhouettes assises non loin d'eux, sur un banc, près de la rive du lac. Un homme et une femme qui, occupés à se regarder les yeux dans les yeux, la main dans la main, ne les avaient pas aperçus. Cet homme, Morane et Bill le connaissait : ce n'était autre que Merlin, tel qu'il leur était apparu cette nuit où toute l'affaire avait débuté, dans l'appartement du quai Voltaire, à Paris. La femme, elle, possédait une de ces beautés rares qu'on n'oublie jamais. Un visage d'Eurasienne à la peau mate et ambrée, aux yeux pareils à des astres sombres, le tout encadré par une épaisse chevelure noire, serrée en bandeaux le long des joues. Bob, Bill et Sophia l'avaient reconnue elle aussi. C'était Tania Orloff, la nièce de l'Ombre Jaune.

— C'est bien comme nous l'avions pensé, murmura Bill. La Fée Viviane et Tania ne font qu'une.

Bob considérait avec ravissement la longue silhouette de l'Eurasienne, moulée dans une robe de soie brillante, à l'indienne. Il eût aimé qu'elle se tournât vers lui, que ses yeux rencontrassent les siens, mais Tania Orloff — ou Viviane — ne semblait pas vouloir se détourner de Merlin, tout à fait comme si celui-ci avait été, à la fois, le commencement et la fin du monde.

— Votre préférée a l'air de filer le parfait amour, Bob, siffla insidieusement Sophia à l'oreille du Français.

Morane ne crut pas utile de répondre à cette insinuation perfide, toute féminine. Il serra les poings et se contenta de jeter entre ses dents serrées :

— Remettons-nous en « vibration » avant d'être repérés.

Il en fut fait ainsi et, invisibles, ils purent s'approcher du banc où étaient assis Merlin l'Enchanteur et Tania Orloff — Viviane. Quand ils ne furent plus qu'à deux mètres, Merlin tourna la tête dans leur direction et tous trois eurent l'impression qu'il les apercevait en dépit de leur invisibilité, car un sourire ententu plissa son visage.

Bob Morane, lui, n'avait d'yeux que pour Tania Orloff. Il la détaillait, retrouvant chacun de ses traits, chacune de ses expressions. Pourtant, il se rendait compte qu'il y avait quelque chose de changé en elle. C'étaient bien les yeux, le nez, la bouche de Tania Orloff mais on eût dit que, derrière cette enveloppe physique, il y avait quelqu'un d'autre, quelqu'un qui ne pouvait penser comme Tania, aimer comme Tania. Obscurément, il se sentit rassuré et il suivit Bill et Sophia qui s'étaient engagés sur l'étroite jetée franchissant le lac et permettant de gagner la maison. Tout y semblait désert. On n'apercevait pas la moindre garde, le moindre domestique et les trois visiteurs purent reprendre leur état normal, prêts à se rendre à nouveau invisibles à la moindre alerte.

La porte de la maison était ouverte, et ils purent pénétrer dans un vaste hall, tendu de soies multicolores, où s'amorçait un escalier permettant d'accéder à un couloir s'élevant en colimaçon vers les étages supérieurs. Sur la paroi gauche de ce couloir, des chambres s'ouvraient, toutes meublées avec raffinement, mais désertes. Un ordre parfait y régnait, sans qu'il fût possible de savoir qui en était responsable.

Tout de suite une particularité avait frappé Morane : le fait qu'aucune porte ne s'ouvrait dans le mur de droite.

Pourtant, derrière ce mur, il devait y avoir quelque chose. Mais quoi ?

Il tira son pistolet ionique et, de la crosse, frappa la muraille. Cela rendit un son métallique. Morane et Bill échangèrent un long regard.

— J'ai l'impression que vous pensez comme moi, hein commandant ? fit l'Ecossais.

— Oui, Bill reconnut le Français. Et nous allons en avoir le cœur net...

Il saisit son poignard et, rapidement, fendit le revêtement de soie recouvrant la paroi. A travers la déchirure, ouverte comme une plaie, la brillance du métal apparut.

Sans attendre, Bob effectua la même opération à gauche ; mais, là, il ne put découvrir que de la pierre et du plâtre.

Une question se posa alors aux trois visiteurs clandestins. Pourquoi le mur intérieur était-il fait de métal et les autres murs de matériaux de construction normaux ?

Tout de suite, Bill et Sophia s'étaient tournés vers leur compagnon, s'attendant à ce qu'il leur fournisse une explication à ce phénomène. Mais Bob ne crut sans doute pas bon de tirer déjà des conclusions, car il se contenta de jeter, en montrant le prolongement du couloir :

— Continuons !

Ils reprirent leur marche et, au fur et à mesure qu'ils montaient, ils se rendaient compte que les spires du couloir devenaient de plus en plus serrées, comme si l'espace intérieur, protégé par la paroi de métal, allait en se réduisant progressivement, un peu comme s'il s'était agi d'une gigantesque tête d'obus. A plusieurs reprises, Morane avait à nouveau testé la paroi gauche, et chaque fois le métal lui était apparu.

— On dirait que cette maison est construite *autour* de quelque chose, dit Sophia.

— Oui, approuva Morane. *Autour* de quelque chose et *en fonction* de cette chose.

— Et cette chose c'est...? risqua Bill.

— Une fusée, fit Bob d'une voix sourde. Ce ne peut être qu'une fusée !

Il y eut un moment de silence, puis Morane prit une brusque décision.

— Il nous serait facile d'en avoir le cœur net, dit-il. Mettons-nous en « état de vibration » et allons voir ce qui se passe derrière cette paroi de métal.

Tous trois enfoncèrent les boutons blancs de leurs ceintures et, devenus invisibles, projetés sur un autre plan spatio-temporel, ils passèrent sans encombre à travers la paroi de métal, pour prendre pied dans un couloir circulaire, au plancher aux cloisons de métal également. Une échelle de fer s'y amorçait. Ils la gravirent, pour déboucher dans une petite pièce ronde dont les murs allaient en se rétrécissant vers le haut. Des récipients oblongs, reliés entre eux par des tubulures, y étaient arrimés, et une brève inspection apprit à Morane et à ses compagnons qu'il devait s'agir d'une réserve de gaz quelconque, ou de carburant.

— Continuons notre visite, dit Bob. Il me semble que nos suppositions se confirment de plus en plus.

Ils descendirent une nouvelle échelle, puis empruntèrent de nouveaux couloirs circulaires, et ils eurent bientôt la certitude de se trouver à l'intérieur d'un engin ayant la forme d'une gigantesque tête d'obus. A la base de cet engin, ils découvrirent une salle de commandes où plusieurs hommes, vêtus de combinaisons portant sur la poitrine un masque de démon de couleur jaune, inséré dans un cercle noir, — la marque de Monsieur Ming —, attendaient, prêts à accomplir à tout moment les manœuvres qu'on leur ordonnerait.

— Cette fois, aucun doute, dit Bill, sachant ne pouvoir être entendu que par Morane et Sophia. Nous sommes bien dans une fusée. Je crois que notre visite est concluante.

— Nous n'avons plus rien à faire ici, fit Bob à son tour. Quittons cet engin, afin de ne pas devoir demeurer trop longtemps en « état de vibration ».

— Et si nous sabotions cette fusée avant de partir ? proposa Sophia.

Pendant un moment, Morane demeura hésitant.
— Non, dit-il finalement. Plus nous en ferons, plus nous risquerons de nous faire repérer. Et puis, on ne sait jamais comment les choses peuvent tourner. L'important, pour l'instant, c'est d'entrer en contact avec Merlin pour le convaincre de nous suivre.
— Reste à savoir s'il acceptera, fit Bill. Il exigera peut-être que Tania l'accompagne.
— S'il s'agit bien de Tania, dit Morane sans conviction, je n'aurai aucune peine à la convaincre.

Mais, justement, s'agissait-il bien de Tania ? Il n'avait aucune certitude à ce sujet. Mieux : à chaque seconde qui s'écoulait, il en doutait davantage.

*
* *

Une commune pensée était venue à Bob, Bill et Sophia quand ils eurent quitté la fusée. Tous trois se rendaient compte à quel point la légende et la réalité pouvaient parfois coïncider. La prison de verre où, suivant les vieux textes, la fée Viviane avait enfermé Merlin l'Enchanteur, existait bel et bien, mais il n'y avait rien de magique en elle, car elle était l'émanation d'une très haute science que les gens du début du Moyen Age ne pouvaient comprendre. Ils n'auraient évidemment pu comprendre davantage la destination du vaisseau interplanétaire serti dans cette maison.

— Une fusée, soit, avait dit Bill Ballantine. Mais à quel usage est-elle destinée exactement ?

Morane avait hoché la tête pour répondre :

— Je ne vois qu'une explication : l'Ombre Jaune veut pouvoir à tout moment emmener son prisonnier loin d'ici. Sans doute en quelque retraite interplanétaire, dans le genre du satellite que nous avons détruit jadis.

— Pourquoi, intervint Sophia, si Ming tient à ce point à s'approprier les secrets de Merlin, n'a-t-il pas justement commencé à l'emmener loin d'ici, en un endroit où il serait à sa complète discrétion ?

— Probablement Ming ne veut-il employer la contrainte qu'à la dernière extrémité, tenta d'expliquer Morane. Pour le moment, il se contente de retenir Merlin par les chaînes dorées de l'Amour.

— Tania, hein ? fit Bill d'un ton goguenard.

— Ou Viviane, corrigea Morane d'une voix sombre.

Beaucoup de choses l'intriguaient dans toute cette affaire. Pour commencer, Merlin savait que Ming, par l'intermédiaire de Tania-Viviane, cherchait à lui arracher ses secrets et le retenait captif à l'intérieur de la cloche extra-temporelle. Il n'avait pu projeter au-dehors qu'une image de lui-même afin de demander le secours de Morane et de Bill. Malgré cela, il ne semblait pas vouloir réellement échapper à l'emprise de Tania. Il y avait là une contradiction, mais peut-être ne fallait-il y voir qu'une bizarrerie du cœur. Merlin connaissait le rôle joué par la jeune fille et, pourtant, il ne parvenait pas à se détacher d'elle.

Autre chose intriguait également Morane : le comportement de Tania. Il connaissait assez la jeune fille pour savoir qu'elle se serait prêtée difficilement au jeu que son oncle lui faisait jouer vis-à-vis de Merlin. Y avait-elle été forcée ? Ou bien... ?

Bob décida de trouver une réponse à cette double question.

— Nous ne pouvons demeurer dans l'incertitude, dit-il, surtout que rien ne se passe. Je propose de provoquer les événements. Toi, Bill, et vous, Sophia, vous allez rester sur le seuil de la maison pour suivre mes gestes. De mon côté, je me manifesterai à Tania. Ainsi, nous jugerons de ses réactions et nous saurons si nous pouvons ou non, compter sur son aide, comme par le passé. Si oui, il nous sera aisé d'emmener Merlin loin d'ici.

— Cela se passera ainsi de toute façon, ricana Bill, puisque nous sommes venus dans ce seul but.

Dans un petit sac attaché à son épaule, l'Écossais portait roulé un scaphandre spatio-temporel destiné à l'Enchanteur qui, en « état de vibration », pourrait alors sortir de la cloche et fuir, en compagnie de ses sauveurs, à bord du Temposcaphe. Un doute demeurait cependant, et Sophia Paramount le concrétisa.

— Reste à savoir, dit-elle, si Merlin se laissera emmener.

— Nous userons de la force s'il le faut, dit Bill qui était partisan des solutions radicales. D'un côté il veut que nous l'aidions et, de l'autre, il refuserait notre aide ! Faudrait savoir !...

— C'est justement pour savoir que je vais agir, trancha Bob.

Tout en parlant, les deux hommes et la jeune journaliste avaient regagné le seuil de la maison, toujours déserte semblait-il, car ils n'avaient rencontré âme qui vive.

Sans ajouter aucune nouvelle parole, Morane, laissant ses amis sur le pas de la porte, s'engagea sur la jetée permettant de franchir le lac, et se mit à marcher rapidement vers l'autre bord, où Merlin et Tania-Viviane étaient demeurés assis sur leur banc, toujours en proie, semblait-il, à la plus douce des extases. Quand Morane parvint près d'eux, il toussa par trois fois, assez fort pour être entendu distinctement ; et, effectivement, il fut entendu, car Merlin et sa compagne levèrent la tête vers lui.

Tout d'abord, Bob s'intéressa assez peu aux réactions de l'Enchanteur. C'étaient celles de Tania qui le préoccupaient. Il était le visage découvert, ayant rabattu le capuchon de son scaphandre. Pourtant elle ne parut pas le reconnaître, tout à fait comme si elle le rencontrait pour la première fois.

— Qui êtes-vous ? interrogea-t-elle. Et que faites-vous là ?

Bob ne put s'empêcher de sursauter. Cette voix lui était étrangère. C'étaient les traits, les yeux, la silhouette de Tania Orloff, mais ce n'était pas sa voix. Donc, ce ne pouvait être Tania. Pourtant, une telle ressemblance était-elle possible, sauf, entre des jumelles peut-être ? Mais la nièce de l'Ombre Jaune n'avait aucune sœur, Bob le savait. Alors, qui était cette inconnue ? Un androïde perfectionné, semblable à ceux dont Ming avait fait usage à de nombreuses reprises ? Bob ne le pensait pas ; il y avait trop d'humanité dans cette femme pour qu'il pût s'agir d'une machine, si perfectionnée fût-elle. Alors, une femme en chair et en os à laquelle Ming avait, grâce à la chirurgie esthétique, donné l'apparence de sa nièce. Mais pourquoi justement de sa nièce ? Peut-être parce que Tania possédait une de ces beautés, qui attire infailliblement les regards et dont il est difficile de se détourner... Et puis, les intentions de l'Ombre Jaune n'étaient-elles pas insondables ? Cet homme monstrueux, n'était-il pas l'incarnation parfaite du Mystère ?

Le Français feignit d'ignorer la question de Viviane — il ne pouvait plus à présent lui donner le nom de Tania — et il dit à l'adresse de Merlin :

— Vous nous avez appelé à l'aide et nous sommes venus vous chercher pour vous emmener loin d'ici.

— En possédez-vous les moyens ? interrogea l'Enchanteur. Vous n'ignorez sans doute pas que nous nous trouvons isolés ici hors du Temps et de l'Espace, prisonniers sur un autre plan dimensionnel...

— Puisque nous sommes venus jusqu'ici, mes compagnons et moi, fit remarquer Bob, c'est que nous possédons le moyen de repartir. Nous vous en ferons profiter. Au-dehors, un appareil nous attend, qui vous mettra à l'abri des attaques de votre adversaire.

Merlin se tourna vers Viviane et interrogea :
— Et elle ?

« Aïe, songea Bob, voilà les ennuis qui commencent. » Mais l'Empereur galactique enchaînait :

— Je ne partirai que si elle nous accompagne !

« Un proverbe affirme que l'Amour permet de déplacer les montagnes, songea encore Bob. Il est parfois un boulet aussi lourd qu'une montagne. » Il regretta aussitôt que Bill n'eût pas emporté un scaphandre spatio-temporel de plus. Ils auraient pu s'emparer de Viviane, le lui faire revêtir de force et l'entraîner avec eux hors de la cloche, jusqu'au Temposcaphe.

Il sursauta. Viviane venait de parler, mais elle ne s'adressait ni à lui, ni à Merlin.

— Alerte ! avait-elle dit. L'ennemi a réussi à pénétrer jusqu'à nous.

Presque aussitôt, il y eut une sorte de bourdonnement et, un peu partout, comme jaillies du sol, des silhouettes humaines apparurent. Des silhouettes seulement, car il ne s'agissait pas d'hommes mais des structures antropomorphes, sans visage, la tête n'étant qu'une boule lisse, faite de métal souple semblait-il, et qui paraissait être douée de la faculté de se mouvoir avec la même rapidité dans tous les sens.

Le premier geste de Morane fut d'enfoncer le bouton blanc de sa ceinture, mais il se retint à temps. Il n'avait pas rabaissé le capuchon de son scaphandre et, sa tête n'étant pas protégée, il eût infailliblement été décapité en passant à l'« état de vibration ».

En hâte il tenta de rabattre le capuchon, mais il n'en eut pas le temps. Pas plus que de tirer son pistolet à rayons. Les êtres sans visage fondaient sur lui, l'entouraient, l'immobilisaient.

Instincitvement il tourna la tête dans la direction où il avait laissé Bill et Sophia, mais il ne les vit nulle part.

« Se rendant compte du danger, ils se seront mis en état de vibration », pensa-t-il. Il fut jeté sur le sol, sentit qu'on lui faisait une piqûre au bras, et il sombra dans l'inconscience.

XI

A présent, Bob Morane avait l'impression de flotter presque à ras du sol dans une pièce où tout, meubles, objets et murs, lui apparaissaient comme vus à travers une eau doucement remuée. Il bougea légèrement la main et ses doigts rencontrèrent une surface dure : le plancher sans doute. Peu à peu, les formes se précisèrent et il distingua une haute silhouette sombre penchée sur lui. Il ne pouvait encore détailler les traits du visage mais il reconnut cependant le personnage. « C'est Ming, songea-t-il. Ce ne peut être que lui ! »

Petit à petit, ses sens retrouvaient leur acuité et tout se précisait autour de lui, jusqu'à atteindre une netteté parfaite. Il se rendit compte alors qu'il se trouvait étendu sur le sol, dans une pièce luxueusement meublée, aux murs tendus de soie, faisant assurément partie de la maison qu'il avait visitée tout à l'heure en compagnie de Bill Ballantine et de Sophia Paramount. L'homme qui se tenait debout devant lui, le narguant, ses yeux couleur d'ambre et fixes tournés dans sa direction, était bien Monsieur Ming.

Le Mongol surveillait le réveil de son prisonnier. Il se rendit compte que celui-ci reprenait conscience, et il lança de cette voix froide, sans timbre, à travers laquelle aucun sentiment ne transparaissaient, cette voix qui le caractérisait :

— Vous ne réussirez vraiment jamais à m'échapper, commandant Morane.

Rapidement, les effets de la drogue qu'on lui avait injectée se dissipant, Morane avait retrouvé toute sa lucidité. Il haussa les épaules et répondit d'un ton encore mal assuré :

— N'ai-je pas échappé à vos dacoïts, il y a quelques heures à peine ?

— Peut-être, fit l'Ombre Jaune, mais pour retomber presque aussitôt en mon pouvoir.

Tournant la tête, Morane regarda autour de lui, cherchant des yeux Bill et Sophia, mais il ne les vit nulle part. « Que sont-ils devenus ? se demanda-t-il. Ont-ils réussi à éviter d'être capturés ? »

Ce fut Ming qui lui fournit sans le vouloir une réponse à cette question, en disant :

— Vous avez eu tort de venir seul ici. C'était vous jeter dans la gueule du loup...

« Donc, il ignore que Bill et Sophia m'accompagnaient », pensa Bob avec satisfaction. Mais Ming était trop intelligent pour ne pas comprendre qu'il n'agissait pas seul, car il reprit :

— Bien entendu, je sais que la Patrouille du Temps est intervenue, car quand vous avez été capturé, vous portiez une combinaison spatio-temporelle sous laquelle était dissimulé un nouvel émetteur-récepteur en tout point semblable à celui que j'ai détruit dans la caverne... Le colonel Graigh a dû vous les faire parvenir d'une façon ou d'une autre.

Ce « d'une façon ou d'une autre » laissa supposer à Morane que le Mongol ne connaissait rien de précis quant à l'intervention de la Patrouille du Temps, c'est-à-dire sur l'arrivée de Sophia Paramount à bord du Temposcaphe. C'était là une constatation positive car, plus l'Ombre Jaune ignorerait de choses, mieux cela vaudrait.

— Je suis venu ici en éclaireur, bluffa le Français. Mes compagnons devaient venir me rejoindre...

— Nous les attendrons pour les capturer à leur tour, fit le Mongol d'une voix goguenarde.

— Ce ne sera pas si facile, fit remarquer Morane. Je devais demeurer en rapport avec eux grâce à l'émetteur-récepteur. En ne m'entendant pas, ils se méfieront.

L'Ombre Jaune resta un long moment silencieux, à observer comme un chat observe une souris, son adversaire toujours étendu sur le sol. Finalement il reprit :

— Vous m'étonnerez toujours, commandant Morane. Comment êtes-vous parvenu à retrouver ma trace en ces âges barbares ? Je m'étais arrangé pour que la Patrouille du Temps elle-même ne puisse me détecter.

Morane cligna de l'œil et eut un sourire narquois.

— Mon petit doigt, dit-il. Il lui arrive parfois d'avoir le don de double vue, et alors il se met à bavarder... à bavarder...

Bien entendu, cette explication fantaisiste ne devait pas suffire à Ming. La vérité devait d'ailleurs aussitôt jaillir en lui.

— J'y suis ! s'exclama-t-il. Vous n'avez pu être alerté que par Merlin ! Par Merlin seulement !... Plusieurs fois, j'ai songé à vous en sa présence, et ce diable d'homme a pu lire dans ma pensée...

« Cette fois, il est dans le vrai, songea Bob. Ming n'a jamais eu son pareil pour résoudre les devinettes. »

Morane avait eu tort de ne pas protester aussitôt, car le Mongol prit son silence pour un acquiescement.

— Donc, reprit l'Ombre Jaune, c'est bien Merlin qui vous a averti. Mais comment a-t-il fait ? Comment a-t-il pu sortir de la cloche extra-temporelle dans laquelle je l'avais isolé ?

Durant quelques secondes, Ming se tut, puis il reprit :

— Peut-être l'ai-je sous-estimé et qu'en réalité, cette cloche était inopérante. Il possède de tels pouvoirs !

Depuis longtemps déjà, connaissant ces pouvoirs dont jouissait l'empereur galactique, Morane se demandait comment Merlin n'avait réussi à entrer en contact avec lui qu'en projetant une image de sa propre personne à travers le Temps et l'Espace. Etait-ce bien la cloche extra-temporelle qui le retenait prisonnier de Ming, ou seulement son amour pour Viviane qui en faisait un captif volontaire ?

Mais la situation n'était pas propice pour trouver une réponse à cette question.

— Dans la caverne, dit Bob, je vous ai dit que je n'ignorais rien de vos desseins. La façon dont j'en ai été averti importe peu.

Contrairement à ce qu'attendait le Français, l'Ombre Jaune n'insista pas, se contentant de déclarer :

— Vous savez donc dans quel but je suis venu opérer à cette époque. Comme vous le savez sans doute, Merlin n'est pas un magicien mais il est possesseur de secrets scientifiques dont notre civilisation n'a même pas notion. Je veux les lui arracher, car la possession de ces secrets me procurerait la toute-puissance.

— Pourquoi n'avoir pas tout simplement effectué un transfert de pensées ? Comme vous l'avez fait, il n'y a guère pour Jacques de Molay, Nicolas Flamel et Bonaparte ?[1]

— On ne s'empare pas aussi facilement de l'esprit de l'Empereur Merlin, commandant Morane. J'ai préféré suivre le cours de la légende : la fée Viviane s'emparant des secrets de l'Enchanteur, en profitant de l'amour qu'elle a fait naître en lui. Pour cela j'ai conditionné une de mes créatures, à laquelle j'ai donné, grâce à la chirurgie plastique — dans laquelle vous le savez, je suis passé maître —, la beauté de ma nièce Tania Orloff, que vous connaissez je crois.

Jugeant bon de ne pas acquiescer à ces dernières paroles, car il avait toujours ignoré ce que Ming savait ou ne savait pas de ses rapports avec Tania, Bob Morane se tint coi. L'Ombre Jaune continuait d'ailleurs :

— Cette femme, que j'appellerai Viviane, m'est complètement dévouée, et son cerveau a été conditionné de façon à perfectionner sa mémoire pour qu'elle puisse enregistrer les moindres paroles, la moindre confidence que lui ferait

---

1. Lire : *Les captifs de l'Ombre Jaune.*

Merlin... Ainsi, petit à petit, la science des Galactiques me serait-elle révélée...

— Et vous n'avez pas peur que votre créature, cette Viviane, ne tombe elle aussi amoureuse de Merlin dont les qualités morales sont grandes, interrogea Morane, et que cessant de devenir ainsi votre alliée, elle ne se tourne contre vous ?

— Cette éventualité a été prévue, répondit le Mongol. Certains centres émotionnels de ma collaboratrice ont été momentanément engourdis. La preuve qu'elle me demeure dévouée est que, quand elle vous a aperçu dans le jardin, elle a presque aussitôt lancé la phrase commandant l'intervention d'automates de sécurité, enfermés dans des silos disséminés un peu partout sous le sol.

Les prunelles de l'Ombre Jaune se rétrécirent légèrement, ce qui était un signe d'émotion chez le terrible personnage. Il continua :

— Mais Merlin n'est plus en sécurité ici, à présent que vous n'ignorez plus rien de mes plans, et sans doute la Patrouille du Temps avec vous. Je vais le transférer sur un astéroïde où je possède un refuge inexpugnable, et où Viviane pourra à son aise continuer à lui arracher ses secrets. Vous les accompagnerez pour me servir d'otage.

Cette fois Morane ne répondit pas. Il n'avait d'ailleurs rien à répondre. Tout ce qu'il aurait voulu savoir c'était l'endroit où se trouvaient Bill et Sophia, qui demeuraient son seul espoir. Sans eux, il resterait prisonnier de l'Ombre Jaune et impuissant à le contrer.

*
* *

Du seuil de la mystérieuse maison, au centre du lac, Bill et Sophia Paramount avaient assisté à la capture de Morane et aux brefs événements qui l'avait précédée. Ils avaient vu Bob s'approcher de Merlin et de Viviane et adresser la parole au premier d'entre eux. A cette distance, ils ne pouvaient comprendre ce qui se disait, mais ils avaient supposé néanmoins que Morane essayait de convaincre l'Enchanteur de les suivre pour regagner son lointain empire. Tout d'abord, Viviane ne s'était pas mêlée à la conversation puis, tout à coup, elle avait crié quelque chose, assez haut pour que l'Ecossais et la jeune journaliste puissent l'entendre cette fois : « Alerte ! L'ennemi a réussi à pénétrer jusqu'à nous. »

Et, soudain, des silhouettes humanoïdes avaient jailli du sol — des hommes sans visage, à la chair brillante comme le métal — et s'étaient précipitées sur Morane.

— Ah, ça ! avait lancé Bill, d'où sortent-ils ceux-là ?

— Sans doute de puits personnels, à ouverture automatique, aménagés dans le sol, avait supposé Sophia.

Le premier geste de l'Ecossais avait été de se précipiter au secours de son ami, mais Sophia le retint.

— Inutile, dit-elle, ils sont trop nombreux. Tout ce que nous risquerions c'est de nous faire repérer à notre tour, si nous ne le sommes pas déjà. Commençons par nous mettre en « état de vibration ». Ensuite, nous verrons...

Tous deux enfoncèrent les boutons blancs de leurs ceintures et, devenus invisibles, ils purent traverser le lac et s'approcher du groupe formé par Bob et les robots de sécurité. Le Français disparaissait sous la masse de ces derniers, Bill et Sophia comprirent qu'ils ne pouvaient faire usage de leurs pistolets à rayons sans risquer d'atteindre leur ami. D'autre part, pour entamer un combat corps à corps, ils devraient reprendre leur état normal, et les robots de sécurité étaient trop nombreux pour qu'ils puissent espérer en venir à bout.

Les événements se précipitaient d'ailleurs. Une haute silhouette noire était apparue, dans laquelle Sophia et Bill reconnurent aussitôt Monsieur Ming. Un rayon de lumière faisait briller le crâne du Mongol comme une bille de vieil ivoire poli par le temps et, dans les yeux d'ambre, il y avait une expression d'intense colère.

Par-derrière, l'Ombre Jaune s'approcha de Morane immobilisé par les robots. Une longue aiguille brillante apparut entre ses doigts et, d'un geste précis, il l'enfonça dans le bras du prisonnier dont, presque immédiatement, le corps mollit, pour s'affaisser inerte sur le sol.

Les robots soulevèrent Morane pour le porter en direction de la jetée. Ming suivit, et Bill Ballantine et Sophia Paramount, toujours invisibles, s'empressèrent de l'imiter.

Morane avait été déposé sur le plancher d'une des chambres et les robots s'étaient retirés, laissant Monsieur Ming seul en compagnie de son prisonnier. Seul ! Le mot n'était pas tout à fait juste, car Bill et Sophia avaient réussi à se glisser dans la pièce dont la porte était demeurée ouverte.

L'inconscience de Bob avait été brève et, spectateurs invisibles, l'Ecossais et la journaliste avaient pu être témoins de la conversation qui s'était déroulée entre Ming et le Français.

Malgré tout leur désir d'en savoir davantage, Bill et Sophia n'avaient pu enregistrer tous les propos échangés, car le temps pressait pour eux. Ils ne pouvaient rester éternellement en « état de vibration » sous peine de graves inconvénients. Néanmoins, ils purent demeurer assez longtemps dans la chambre pour entendre Ming prononcer ces dernières paroles :

— ... Merlin n'est plus en sécurité ici, à présent que vous n'ignorez plus rien de mes plans, et sans doute la Patrouille du Temps avec vous. Je vais le transférer sur un astéroïde où je possède un refuge inexpugnable, et où Viviane pourra à son aise continuer à lui arracher ses secrets. Vous les accompagnerez pour me servir d'otage.

— Nous en savons assez, avait dit Bill à l'adresse de Sophia. Gagnons le jardin pour reprendre notre état normal et éviter une syncope qui nous mettrait en danger de mort.

Ils quittèrent la pièce, puis la maison, et traversèrent le lac. Ce fut seulement quand ils eurent gagné l'abri d'un bosquet qu'ils abandonnèrent l'« état de vibration ». Pendant un moment, ils demeurèrent sans mot dire, haletants, les oreilles bourdonnantes. Finalement, ces troubles s'étant atténués au bout de quelques minutes, Bill parla à voix très basse afin de ne pas courir le risque d'être entendu par quelqu'un d'autre que sa compagne.

— Ming a parlé de transférer Merlin, et Bob en même temps, sur un astéroïde. Pour cela, il fera sans aucun doute usage de la fusée enchâssée au centre de la maison du lac. Il faut à tout prix empêcher le départ de cette fusée.

— Bien sûr, approuva Sophia. Mais comment ? Nous sommes livrés à nos propres moyens, ne l'oubliez pas Bill !

Le géant resta quelques instants songeur, puis soudain il décida :

— Regagnons le Temposcaphe et mettons-nous en contact avec le colonel Graigh. Il aura peut-être une idée...

En partie en « vibration », en partie dans leur état normal, ils regagnèrent l'appareil. Pendant un moment, en s'approchant de la clairière où ils l'avaient laissé, ils avaient eu la crainte qu'il n'eût disparu. Mais il n'en était rien. Le Temposcaphe était là, dressé sur son trépied d'atterrissage, à l'endroit précis où Sophia l'avait posé quelques heures plus tôt. De toute façon, même si Ming l'avait repéré, il n'eût pu s'en approcher et eût été infailliblement repoussé par un champ magnétique de sécurité.

Après que le champ magnétique eut été déconnecté, Sophia et Bill pénétrèrent à l'intérieur de l'appareil et, quelques minutes plus tard, ils étaient en contact, par tempo-vidéo, avec la salle de contrôle de la Patrouille.

Il leur fallut attendre quelques nouvelles minutes avant que l'image du colonel Graigh apparaisse sur l'écran. Rapidement, Sophia lui rapporta les derniers événements qui avaient abouti à la capture de Morane par les robots de sécurité de l'Ombre Jaune. Elle lui rapporta également les intentions de Ming quant à l'évacuation de ses prisonniers vers un refuge situé sur un astéroïde.

— Avez-vous une idée quant à la situation de cet astéroïde, EX-A-20C-3 ? interrogea le chef de la Patrouille du Temps.

— Pas la moindre, fut la réponse de la journaliste. Ming ne l'a mentionnée à aucun moment.

— Il y a trop d'astéroïdes pour que nous puissions tenter un sondage. Ce serait chercher une aiguille dans une botte de foin...

Sur l'écran, l'image de Graigh se figea durant un moment, comme sous l'effet d'une intense concentration mentale, puis il reprit :

— Vous avez raison. Pour gagner cet astéroïde Ming usera sans aucun doute de la fusée que vous avez repérée, camouflée à l'intérieur de cette maison. Il faut empêcher son départ à tout prix !

— Bien sûr, intervint Bill. Mais comment ? Si seulement vous vous en mêliez.

— Vous connaissez la règle stricte qui nous interdit d'intervenir directement dans les événements passés comme dans ceux à venir... Je propose que vous entriez en contact sans retard avec Arthur et ses Chevaliers... Les Galactiques ne sont pas entravés par les mêmes tabous que nous, et ils possèdent d'importants moyens scientifiques. Peut-être pourront-ils vous aider ?

— Peut-être, fit Sophia. Il a été décidé qu'ils nous attendraient durant vingt-quatre heures à l'endroit où nous les avions laissés. Ils doivent y être encore... Nous continuerons à garder le contact avec vous.

La communication fut interrompue.

— Reste à savoir, dit Bill Ballantine, si les Galactiques pourront quelque chose pour nous et le commandant.

Sophia ne répondit pas. Elle se contenta de se glisser au tableau de commande de l'appareil et d'accomplir les manœuvres de départ.

XII

Le Temposcaphe bondit par-dessus la crête des arbres et plongea en direction de la clairière. Bill Ballantine, qui se tenait au poste de commande aux côtés de Sophia, poussa une exclamation de joie.

— Ils nous attendent !
— C'était prévu, dit froidement la jeune fille.
— Bien sûr, approuva l'Ecossais, mais ils pouvaient avoir changé d'avis entre-temps. Nous les connaissons à peine ces gens-là !

Les Chevaliers de la Table Ronde — puisque c'était le nom que la légende devait donner aux Galactiques — étaient assis au centre de la clairière, autour d'un grand feu qui, avec le soleil déclinant, jetait des reflets fauves sur leurs armes à la fois moyenâgeuses et futuristes.

Quand le Temposcaphe se fut posé, Arthur se détacha du groupe des Chevaliers et se dirigea vers Bill et Sophia qui mettaient pied à terre.

— Etes-vous entrés en contact avec l'Empereur Myrdhin ? interrogea-t-il.

— Nous l'avons vu, répondit Bill, mais cela n'a pas tourné exactement comme nous l'avions désiré.

— Il a refusé de vous suivre, n'est-ce pas ? Je l'avais prévu. Si nous l'avions voulu, nous aurions pu finir par parvenir jusqu'à lui, et cela en dépit de la cloche extra-temporelle. Mais nous n'aurions pu l'emmener de force : les tabous nous en empêchent.

— Il y a plus grave que le fait qu'il ait refusé de nous suivre, dit Sophia. Le commandant Morane a été intercepté par Ming. Et votre empereur et lui vont être transférés sur un astéroïde. Une fusée est prête à prendre le départ.

Arthur sursauta violemment.

— Où est situé cet astéroïde? interrogea-t-il comme l'avait fait tout à l'heure le colonel Graigh.

— Nous n'en savons rien, ne put que répondre à nouveau Sophia.

— Et la fusée ? Quand doit-elle décoller ?

— Sans doute très bientôt, fit Bill. Nous en avons référé à la Patrouille du Temps, mais elle ne peut rien faire...

Les poings du chef des Galactiques se crispèrent violemment.

— Il faut empêcher cela, gronda-t-il. Il faut empêcher cela à tout prix !

— Oui, mais comment ? s'inquiéta Sophia.

— Nous en possédons les moyens. Nous sommes venus ici, jadis, à bord d'un Zungowll...

— Zungowll ?... fit Bill en écho. Drôle de nom. Une sorte d'astronef sans doute ?

— Trop long à vous expliquer, répondit Arthur. Vous verrez par vous-mêmes si vous voulez nous accompagner.

Le Temposcaphe fut protégé à l'aide d'un champ magnétique. Ensuite, Sophia monta en croupe derrière Arthur, tandis que Bill prenait place sur la monture d'un autre Chevalier. La petite troupe se mit alors en marche en direction du sud. Bientôt, aux landes succéda un massif de collines basses, creusé de profonds canyons bourrés de genêts et de plantes épineuses à travers desquelles les chevaux se frayaient difficilement un passage. Pourtant Arthur, qui allait en tête, paraissait connaître la route à suivre car, en aucun moment, il ne montra d'hésitation.

On devait chevaucher ainsi durant deux heures environ,

puis Arthur s'arrêta devant une falaise au pied de laquelle béait l'entrée d'une caverne.

— Nous sommes arrivés ! dit le chef des Galactiques à l'adresse de Sophia et de Bill.

Tous mirent pied à terre et Arthur, Ballantine et la jeune journaliste marchant en tête, ils pénétrèrent dans l'excavation.

Des torches avaient été allumées et l'on s'engagea dans un étroit escalier, creusé artificiellement semblait-il dans le roc, et qui s'enfonçait dans les profondeurs du sol.

La descente dut se continuer ainsi, sur une profondeur de cent mètres environ d'après ce que Bill et Sophia purent en juger grâce à une rapide évaluation. A intervalles réguliers, il y avait un étroit palier, puis la descente reprenait.

Finalement, une lumière bleutée monta des profondeurs allant en s'intensifiant au fur et à mesure que l'on progressait. Enfin, on déboucha dans une vaste caverne qui semblait elle aussi avoir été creusée ou, tout au moins, agrandie artificiellement. Une énorme masse gélatineuse, d'où montait la lumière bleue, l'occupait sur presque toute son étendue. Cela pouvait avoir cent mètres de diamètre, sur cinquante de hauteur et l'ensemble faisait immanquablement songer à une gigantesque méduse oubliée sur une plage. De vagues palpitations animaient l'ensemble.

— Voilà notre Zungowll, dit simplement Arthur. C'est lui qui nous a servi d'astronef pour venir jusqu'ici.

— D'astronef ? sursauta Sophia. Mais cela paraît vivant !

— Il s'agit bien d'un être vivant, en effet, répondit Arthur. Les Zungowlls sont des créatures galactiques capables de se déplacer à des vitesses vertigineuses à travers le continuum Espace-Temps. Il y a très longtemps que notre race les a asservis et que nous en usons pour voyager à travers les étendues interstellaires... Si vous voulez me suivre.

Tout en parlant, Arthur s'était avancé vers la masse gélatineuse, jusqu'à la toucher.

— Vous n'allez pas entrer là-dedans ? protesta Ballantine. Il n'y a pas de porte !

— Nous n'en avons pas besoin, dit Arthur avec un sourire en se tournant vers les Terriens.

Il avança encore, toucha la masse gélatineuse, sembla s'y enfoncer, puis disparut, comme absorbé.

Jetant un retard en direction de Sophia qui marchait derrière lui, Bill Ballantine déglutit violemment et dit d'une voix blanche :

— Allons-y !... Allons-y !...

A son tour, il s'avança vers la masse gélatineuse, la toucha, avança encore. La substance céda sous sa masse, lui livrant passage pour se reformer aussitôt derrière lui.

Encore un pas et il prit pied dans un étroit couloir, au sol ferme, baigné de l'étrange lumière bleue et où Arthur l'attendait.

Quand Sophia et les autres Galactiques les eurent rejoints, Arthur lança à l'adresse de ses hôtes :

— Je vais vous mener dans la cavité centrale aménagée en poste de pilotage. Là, pour intervenir, nous n'aurons plus qu'à attendre que nos détecteurs enregistrent le départ de la fusée de l'Ombre Jaune.

*
* *

Longuement, Bob Morane et Monsieur Ming étaient demeurés à se jauger du regard, comme si chacun voulait évaluer l'adversaire. Pourtant, il y avait trop longtemps qu'ils se combattaient pour ignorer leur valeur réciproque, ne pas savoir combien ils étaient dangereux l'un pour l'autre.

Un instant, Bob fut tenté de se lever pour se précipiter sur son ennemi, l'attaquer en un corps-à-corps désespéré. Cependant, il se retint. Il avait certes retrouvé toute sa lucidité, mais les effets de la drogue qu'on lui avait injectée ne s'étaient pas encore tout à fait dissipés, et il continuait à se sentir faible. D'autre part, il savait que Ming était un dangereux combattant, unissant la force à la ruse, et que sa terrible main droite, postiche d'acier et de matière plastique, ne lâchait pas sa proie quand elle la tenait. Combattre dans ces conditions eût été livrer un baroud d'honneur, avec peu de chances de triompher. Bob préféra donc s'abstenir et décida d'attendre, préférant remettre à plus tard une lutte qu'il pourrait peut-être alors mener avec efficacité.

L'Ombre Jaune avait lancé un appel que Morane connaissait pour être celui qui ameutait les dacoïts. Six d'entre eux pénétrèrent dans la pièce et, aussitôt, sauvagement, se précipitèrent sur le prisonnier pour lui attacher les mains derrière le dos, lui entraver les chevilles. Ensuite, sur un autre ordre de Ming, ils lui bandèrent les yeux pour, finalement, l'emporter au-dehors. Au bout de quelques minutes, ils déposèrent Morane sur un sol dur que, tâtant de la main, il jugea fait de métal. On lui arracha son bandeau et il aperçut une petite pièce carrée, de quatre mètres sur quatre environ et éclairée par une lumière qui semblait issue des murs et du plafond eux-mêmes, également de métal, sans qu'aucune lampe, ni rien qui y ressemblât, ne fût visible.

Alors seulement, Bob perçut ce sourd vrombissement sous lui, qui faisait trembler les parois, communiquant les vibrations à son propre corps.

Ming se tenait debout à l'entrée de la pièce. Morane leva la tête vers lui.

— Nous sommes à bord de la fusée n'est-ce pas ? fit-il. Ce sont les moteurs que j'entends...

L'Ombre Jaune acquiesça :

— Ils chauffent... Dans une heure nous aurons décollé...

— Merlin est à bord lui aussi ?

Cette fois le Mongol ne répondit pas tout de suite. Finalement, il haussa les épaules pour dire :

— Pourquoi ne vous répondrais-je pas ? Après tout, vous êtes en mon pouvoir... Oui, Merlin est à bord, et il restera mon captif jusqu'à ce que je lui aie arraché le dernier de ses secrets...

— Et ensuite ?

De sa main postiche, Monsieur Ming fit un geste vague, en même temps qu'il disait du bout des lèvres :

— Ensuite ?... Pfuit... !

Morane serra les poings. Il comprenait ce que signifiat ce « pfuit ». Pendant un moment, il eut à nouveau l'envie de se précipiter sur Ming pour le combattre, quitte à être vaincu lui-même, à risquer de tomber sous les coups de poignard des dacoïts, qui ne manqueraient pas d'accourir au secours de leur maître. Mais, une fois encore, il se contint. A quoi cela lui servirait-il d'être mort ? Au contraire, tant qu'il restait en vie, il gardait une chance de continuer à lutter contre cet adversaire redoutable de l'humanité, cette hydre terrifiante qu'était l'Ombre Jaune. Lutter ? Mais comment ?... Pour l'instant, c'était lui qui était réduit à l'impuissance, incapable de rien tenter pour empêcher Ming de mener à bien ses sombres desseins.

Pourtant, Morane n'était pas de ceux-là qui désespèrent. Tant qu'il y aurait un souffle en lui, il lutterait. Pour l'instant, cela lui était impossible, mais bientôt peut-être trouverait-il le moyen de reprendre le combat, et finalement de terrasser son redoutable adversaire.

L'Ombre Jaune avait quitté la pièce, refermant la porte sur lui. Morane entendit le bruit d'un verrou que l'on poussait et il demeura seul, dans cette lumière venue de nulle part, irréelle comme celle qui nimbe les saints sur les icônes. Sous lui, le bruit des moteurs s'amplifiait, et la fusée tout entière vibrait comme une harpe sous les doigts d'un géant malhabile. Bientôt, elle s'arracherait à sa gangue de pierres et de briques, pulvérisant la maison du lac, crevant les espaces interstellaires, en direction de cet astéroïde dont avait parlé Ming et qui, pour Myrdhin, l'empereur galactique, et pour Bob Morane, se changerait alors en prison.

XIII

Lorsque la fusée décolla, le Zungowll flottait très haut dans la stratosphère, tel un gigantesque cœlentéré bleu dans les immensités océanes.

Dans le poste de commande, Arthur, Bill Ballantine et Sophia Paramount observaient, sur l'écran du télé-video, la tache brillante de la cloche extra-temporelle. Et, soudain, cette cloche creva telle une monstrueuse bulle, sous une poussée irrésistible. Par la déchirure, un corps oblong s'élança, suivit d'une longue traînée de feu et de fumée qui lui faisait comme un sillage.

— La fusée ! hurla Sophia. Elle a décollé !

Le Zungowll avait déjà réagi, se déplaçant rapidement de façon à intercepter l'engin qui grossissait à vue d'œil sous la poussée de ses moteurs. Elle allait parvenir à hauteur du Zungowll quand celui-ci parut s'étendre, s'aplatir à la façon d'une crêpe dont le rebord soudain enveloppa la fusée. Pendant un moment, on crut que celle-ci allait crever la masse gélatineuse ; mais il n'en fut rien. Au contraire, freinée progressivement, comme engluée, elle finit par stopper, tandis que le Zungowll, reprenant sa forme initiale, s'enroulait sur elle, se reformait autour d'elle, l'emprisonnant totalement dans sa masse souple et extensible.

A l'intérieur de la fusée, les passagers avaient ressenti le choc. Sans comprendre, Morane avait roulé de droite et

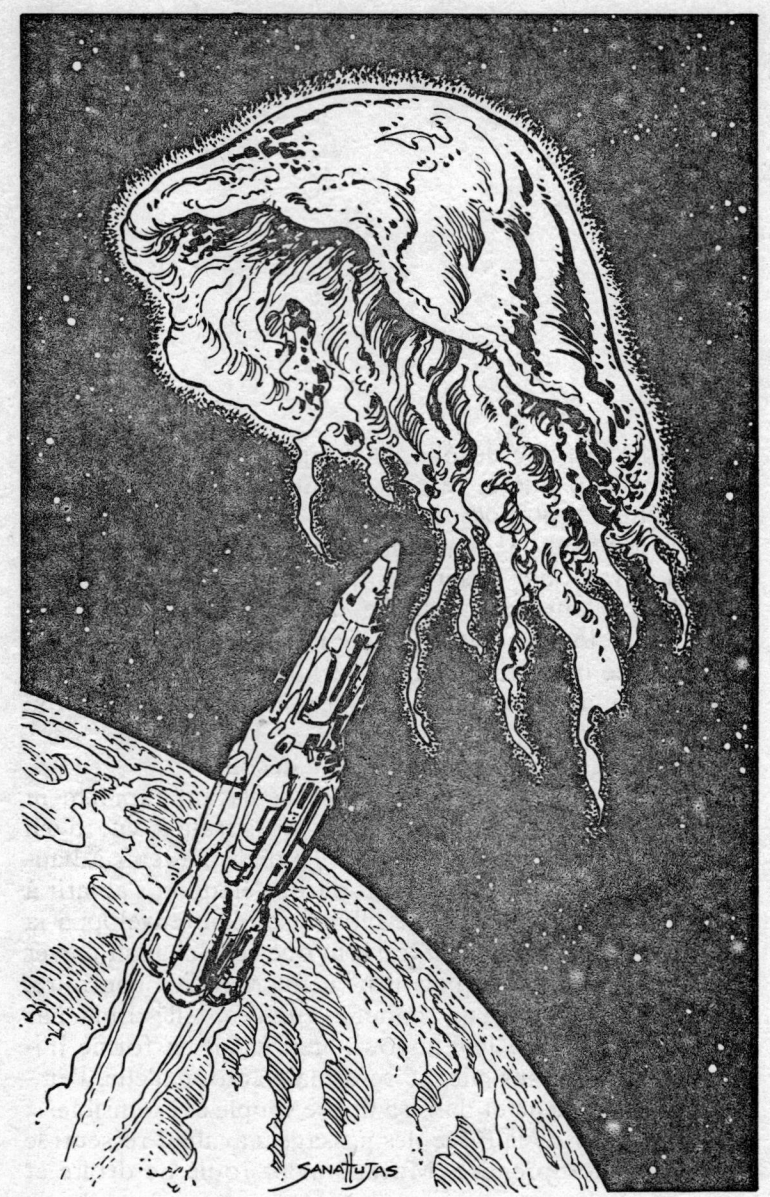

de gauche sur le plancher de sa cellule, se heurtant durement aux parois. Puis, soudain, tout mouvement avait cessé et Bob s'était trouvé immobilisé dans l'angle formé par le plancher et une des parois, ce qui indiquait que la fusée avait pris une position penchée. En même temps, les moteurs avaient cessé de se faire entendre.

— Que se passe-t-il ? murmura Bob. On dirait que nous sommes arrêtés. Pourtant, s'il en était ainsi, on devrait retomber ca nous n'avons assurément pas encore échappé à l'attraction terrestre.

L'immobilisation totale de l'étroite cabine indiquait au contraire que nul mouvement, dans aucun sens que ce fût, n'animait le vaisseau.

— C'est un peu comme si nous avions été capturés par un énorme filet, fit encore Bob à haute voix, sans se douter qu'il était aussi près que possible de la vérité.

Péniblement, il se redressa et, à quatre pattes, un peu à la façon d'un insecte, il se hissa sur le sol déclive, en direction de la porte. Mais celle-ci demeurait close et il eut beau s'acharner de l'épaule, il ne parvint guère à l'ébranler, surtout qu'il se trouvait dans une position d'équilibre plutôt précaire.

Renonçant, il se laissa glisser vers l'endroit où le choc l'avait jeté. Longuement il prêta l'oreille aux rumeurs qui naissaient, puis mouraient, au-dehors : cris de surprise, clameurs de colère, bruits de galopades, voire de luttes.

« Ah ça ! pensa-t-il. Qu'est-ce que c'est pour un cirque ! On décolle paisiblement pour aller passer d'agréable vacances sur un astéroïde, aux frais de l'Ombre Jaune, et voilà tout à coup la corrida qui commence. C'est à désespéré d'avoir jamais la paix ! » Au fond de lui-même, il se réjouissait de l'accident, bien qu'il n'en connut pas la nature, ni les conséquences qui pouvaient en découler.

Tout à coup, il sursauta violemment. Des appels lancés par une voix, qu'il connaissait bien, lui parvenaient à travers la porte.

— Commandant !... Etes-vous là, commandant ?

L'espoir empoigna Morane, le submergea.

— Je suis là, Bill ! hurla-t-il. Je suis là !

Le verrou fut tiré, la porte s'ouvrit et Ballantine parut. Derrière, on apercevait les silhouettes d'Arthur et de Sophia. D'une énorme main secourable, le géant attira son ami, à lui et l'aida à prendre pied dans la coursive.

— Du Diable si je comprends quelque chose à tout cela ! s'exclama le Français. J'étais destiné à aller moisir sur un astéroïde, et vous voilà tous les trois, comme des archanges descendus du ciel. Si tu éclairais ma lanterne, Bill ?

Le colosse éclata d'un rire qui fit vibrer l'intérieur de la fusée comme un pavillon de trompette.

— Vous savez ce que c'est qu'un Zungowll, commandant ? interrogea Bill.

— Un Zun... quoi ? fit Bob. Aurais-tu le hoquet par hasard, mon vieux Bill ? Voyons, reprends ton souffle et explique-toi...

— Eh bien ! pour votre gouverne, reprit l'Ecossais, un Zungowll est un charmant petit animal galactique qu'on se plairait à caresser à rebrousse-poil s'il ne ressemblait à une méduse, mais alors, une méduse grosse à peu près comme Notre-Dame de Paris, capable de se déplacer à des vitesses dépassant celle de la lumière et de gober des fusées comme s'il s'agissait de vulgaires mouches domestiques.

— Si je comprends bien, Bill, interrompit Morane, c'est à ce Zungowll que je dois de vous revoir...

— Tout juste, commandant, tout juste...

La paroi extérieure de la fusée n'existait plus, ou à peine, car en de nombreux endroits elle avait été comme corrodée par un acide qui y avait creusé de nombreuses brèches, la changeant en dentelle.

Par les couloirs serpentant à travers la masse gélatineuse du Zungowll, Bob fut mené vers la salle de commande où, déjà, Merlin et Viviane avaient été conduits.

En apercevant l'Empereur galactique qui lui souriait, Bob ne put s'empêcher de ressentir une certaine colère.

— Je me demande à quoi rime tout ce cinéma, Myrdhin ? fit-il. Et pourquoi êtes-vous venu nous relancer Bill et moi, alors que les Chevaliers de la Table Ronde, puisqu'il me faut continuer à les appeler ainsi, possédaient les moyens de vous tirer d'affaire sans notre aide ?

— Ce n'est pas si sûr, intervint Arthur. La cloche extra-temporelle, sous laquelle Ming avait enfermé notre empereur, appartenait à une autre dimension que notre galaxie, et il nous était difficile d'y pénétrer en usant des moyens que nous possédions. D'autre part, Viviane n'aurait pas accepté de suivre Myrdhin et celui-ci, comme vous le savez, aurait refusé de partir sans elle.

— En outre, fit à son tour Merlin, votre intervention a déclenché la réaction immédiate de Monsieur Ming. Se voyant découvert et craignant pour l'avenir, celui-ci a préféré transférer ses prisonniers dans une autre prison. Il a hâté le départ de sa fusée et...

— ... Et cela a permis aux Galactiques de récupérer non seulement leur empereur, mais aussi Viviane et, en même temps, de capturer l'Ombre Jaune en personne, compléta Ballantine. Un beau coup de filet en vérité !...

— Et c'est à vous, Terriens, que nous devons ce succès, conclut Myrdhin.

Le front de Morane s'était fait soucieux.

— Et Ming, interrogea-t-il, qu'est-il devenu ? L'avez-vous capturé ou a-t-il réussi à s'échapper ?

Sans mot dire, Arthur se dirigea vers le tableau de contrôle du macro-video et effectua une série de mises au point. Une image apparut sur l'écran, celle de l'Ombre Jaune enfermé dans une étroite alvéole pratiquée à même la chair gélatineuse du Zungowll.

*
* *

C'était à peine si Ming pouvait se tenir debout, tant sa prison de forme globulaire, était exiguë. Cependant, cela ne le réduisait pas à l'impuissance car, sans panique mais avec acharnement, il cherchait une issue qui n'existait pas, la cellule étant dépourvue de toute ouverture. De ses mains, il tâtait la matière élastique et elles s'y enfonçaient, pour revenir aussitôt, dès qu'il relâchait sa pression. Ce qui était étonnant, c'était le manque de sentiments sur les traits du Mongol. Nulle peur, nulle angoisse ne s'y lisait. Cet homme se trouvait confronté avec un événement hors de la normale, enfermé dans une repoussante et incompréhensible geôle, et pourtant il conservait tout son calme comme si rien n'avait de prise sur lui.

— Qu'allez-vous en faire ? interrogea Bob à l'adresse d'Arthur.

La réponse vint aussitôt, précise.

— L'éliminer !

Bob Morane, Bill Ballantine et Sophia Paramount échangèrent des regards sur la signification desquels le galactique se méprit. Arthur pensait que les Terriens se révoltaient à l'idée que leur ennemi allait être exécuté, alors que leurs préoccupations étaient tout autres. Ils savaient que la mort de Ming mettrait automatiquement en batterie un duplicateur qui reproduirait un double, bien vivant, du défunt. Ce procédé rendait l'Ombre Jaune quasi immortel et invincible.

— Nos lois interdisent la peine capitale, avait expliqué Arthur. Voilà pourquoi nous ne ferons pas périr votre ennemi.

— Quel sort lui réservez-vous ? s'enquit Ballantine.

— Vous allez voir ! répondit simplement Arthur, Regardez...

Sur l'écran du macro-vidéo, les mouvements de Ming s'étaient faits moins rapides. Au bout d'un moment, on eut l'impression qu'il avait de la peine à traîner ses propres membres : il semblait frappé de soudaine paralysie. Finalement, il s'allongea et demeura inerte, les yeux clos, comme si la mort, ou tout au moins un sommeil profond, s'était emparée de lui.

— Un gaz l'a plongé en état de léthargie, expliqua Arthur.

Un liquide visqueux envahissait l'étroite cellule où gisait Ming, pour se solidifier rapidement autour du corps, jusqu'à l'emprisonner dans une gangue de gélatine.

— Quand cette gangue sera tout à fait durcie, dit encore Arthur, elle sera évacuée par le Zungowll.

Quelques minutes s'écoulèrent puis, lentement, les chairs molles du monstre galactique parurent s'écarter pour livrer passage à la gangue, que le télé-video suivait sur tout son parcours. Enfin, l'étrange sarcophage fut expulsé au-dehors et s'éloigna rapidement à travers l'espace interstellaire, jusqu'à n'être plus bientôt qu'un petit point brillant, et enfin disparaître tout à fait.

— Voilà le sort que nous avons réservé à votre adversaire, conclut Arthur. A jamais il errera de planète en planète, d'astre en astre, de galaxie en galaxie, enfermé dans un cercueil de matière vivante et indestructible.

Ni Morane, ni Bill, ni Sophia ne trouvèrent la force de formuler le moindre commentaire. L'étrange destinée de l'Ombre Jaune les écrasait. Ils se sentaient désarçonnés à l'idée que, plus jamais, Monsieur Ming ne se dresserait sur leur route, désormais impuissant à commettre de nouveaux méfaits, plongé dans un état à mi-chemin entre la vie et la mort.

Le petit rire clair, presque enfantin de Merlin avait retenti.

— Je suppose, dit l'empereur en s'adressant aux Terriens, que ce petit aperçu de notre science vous donne envie de nous accompagner là-bas, dans notre galaxie ?

— Peut-être, répondit Morane avec un sourire, mais l'« envie » seulement. Pour le reste, nous sommes des hommes de la Terre et notre destin nous condamne à demeurer sur cette planète... Nous allons regagner notre siècle. Quant à vous, Myrdhin, vous monterez sur le trône que les vôtres vous ont réservé malgré votre longue absence...

Instinctivement, Morane avait jeté un regard en direction de Viviane — cette Viviane qui avait les traits de Tania Orloff —, assise dans un coin du poste de commande, silencieuse, comme absente.

Merlin dut lire dans les pensées du Français, car il jeta :

— Ne craignez rien pour elle, commandant Morane. L'amour que j'éprouve pour elle est indispensable à ma vie. Elle m'accompagnera dans mon Empire, elle y trônera à mes côtés...

— Mais vous aimera-t-elle jamais ?

En même temps, Merlin et Arthur éclatèrent de rire, comme s'ils venaient d'entendre une bonne plaisanterie. Quand ce rire se fut éteint, Arthur prit à son tour la parole :

— Voyez-vous, commandant Morane, dit-il, tout est possible à notre science, ou presque... Là-bas, sur notre monde lointain, nous possédons des machines à faire naître l'Amour. Bientôt, Viviane aimera Myrdhin autant que Myrdhin l'aime, et ensemble ils règneront sur un Empire sans limites.

XIV

Au moment de grimper à bord du Temposcaphe, à proximité duquel les Galactiques les avaient déposés, Bill, Sophia et lui, Bob Morane s'était senti comme tiré en arrière par une force qui le dépassait et à laquelle il ne parvenait pas à donner de nom. Il passa cependant outre et tous trois gagnèrent le poste de pilotage.

Tandis que Sophia procédait aux préparatifs de départ, Bill ne put s'empêcher de dire :

— Ainsi, nous voilà définitivement débarrassés de l'Ombre Jaune.

Morane haussa les épaules.

— Définitivement ! murmura-t-il. C'est trop vite conclure. Tant qu'il ne sera pas mort, nous ne pourrons crier victoire.

— Et s'il meurt, jeta Sophia par-dessus son épaule, tout en contrôlant les instruments de bord, ce sera pour renaître aussitôt, tout comme Antée retrouvait ses forces chaque fois qu'il touchait le sol.

Cette fois cependant, bien étrangement, Morane se sentait indifférent à cette incertitude qui, toujours les empoignait, ses compagnons et lui, à l'issue d'un de leurs affrontements avec l'Ombre Jaune. Qu'est-ce qui le détachait ainsi de tout ? Cette force qui, depuis qu'il avait touché le sol de la clairière, le dominait ?

Instinctivement, il jeta un regard par la baie de plexiglas, en direction de la forteresse du Roi Bohr qui se dressait là-bas, sur sa butte rocheuse. Et, soudain, il eut l'impression qu'une voix douce murmurait à son oreille :

— Vous reviendrez, mon chevalier ?... Dites-moi que vous reviendrez !...

Et il s'entendit répondre :

— Je reviendrai petite Princesse... Je reviendrai.

Il sut alors quel nom donner à cette force qui le dominait : Ethelwed.

— Je ne pars pas avec vous, lança-t-il d'une voix haute et ferme à l'adresse de Bill et de Sophia.

L'Écossais se tourna d'une pièce vers lui.

— Ah ça ! gronda-t-il, quelle mouche vous pique, commandant ?

— Je veux rester quelque temps en cette époque afin de chasser l'ours, répondit Bob d'une voix mal assurée. Ces animaux abondent en ces âges barbares.

Mais Bill Ballantine connaissait trop son ami pour être dupe. Il le considéra par en dessous, avec un petit sourire narquois.

— Chasser l'ours ? Peut-être... dit-il. Mais un ours avec de longues tresses blondes et un visage d'ange. Un ours qui s'appelle Ethelwed et ressemble autant à un ours qu'un diamant bleu à un morceau de pierre ponce.

Bob Morane s'était mis à entasser quelques objets indispensables dans un sac. Quand ce fut fait, il s'approcha de Sophia et la baisa au front, là où prenait naissance la chevelure couleur de cuivre rouge.

— A bientôt, petite fille, murmura-t-il.

— A bientôt, Bob.

La jeune journaliste avait prononcé ces paroles d'une voix calme, comme si elle savait que tout cela n'avait pas d'importance.

Bob s'était détourné. Il pénétra dans le sas, descendit l'échelle et, à pas lents, se mit à marcher vers l'orée de la clairière, en direction de la forteresse du Roi Bohr.

Il allait s'enfoncer dans la forêt où, peut-être, les derniers whamps abandonnés par Ming erraient encore, quand Bill le rappela.

— Quand faudra-t-il venir vous rechercher, commandant ?... Dans un mois ? Dans un an ?...

Bob Morane haussa les épaules sans répondre et continua à avancer jusqu'à ce qu'il eût disparu parmi les arbres. Est-ce que le Temps comptait encore quand on allait vers une Princesse de légende, aux tresses blondes, et dont le nom semblait issu du chant des vieux bardes ?

LES BULLES
DE L'OMBRE JAUNE

I

Depuis combien de temps la gangue de gélatine bleutée, à l'intérieur de laquelle un homme se trouvait prisonnier, errait-elle à travers l'espace ? Des semaines, des mois, des années-lumière ? Il eût été difficile de le dire. Pour l'étrange gangue gélatineuse, le Temps était réduit à l'extrême, contracté, presque aboli. L'homme qu'on apercevait à travers la substance semi-transparente — s'il y avait eu quelqu'un pour l'apercevoir — était de haute taille, vêtu d'un costume noir, au col haut fermé, un peu comme ceux des clergymen. Puissant, épais, mais sans obésité, il montrait nettement un visage mongoloïde, large, aux pommettes saillantes, au teint jaune, surmonté d'un crâne chauve, poli comme le vieil ivoire et dont le volume, le front bombé, témoignaient d'une intelligence peu commune. Les yeux, grands ouverts bien que le personnage fût en état de catalepsie, avaient une couleur d'ambre clair et faisaient penser immanquablement à ceux de quelque grand fauve. Les mains étaient énormes, puissantes et l'une d'elles, la droite, si l'on avait découpé la pellicule de matière plastique imitant parfaitement la peau, se serait révélée être une merveille de la mécanique et de l'électronique, une main postiche commandée par l'influx nerveux, tout comme une vraie main.

Au XXe siècle, sur la planète Terre, cet homme nommé Ming, alias l'Ombre Jaune, avait acquis un pouvoir redoutable et maléfique, tant par sa soif de faire le mal que par sa science, la seconde servant la première. Un jour, il était parvenu à vaincre le Temps, à y voyager et agir à sa guise, pour l'assujettir à sa puissance. Mais, alors, il s'était heurté à des forces qui le dépassaient. Tout d'abord, la fameuse Patrouille du Temps qui avait donné à son vieil ennemi terrestre, Bob Morane, le pouvoir de continuer à le combattre et à le harceler, autant à travers le futur qu'à travers le passé. Il y avait eu bien des affrontements, à l'issue comme toujours douteuse. Finalement, Ming avait commis l'erreur de s'attaquer à l'empereur d'une puissante race galactique, Myrdhin, et celui-ci l'avait fait enfermer dans un fragment de Zungowll, sorte de prodigieuse méduse de l'espace, à la chair gélatineuse et indestructible, pour le projeter à travers le continuum Espace-Temps, où il était condamné à errer à jamais [1].

Le fragment de Zungowll continuait à filer, à une vitesse difficilement évaluable en se rapportant à nos seules conceptions et mesures humaines, à travers ce bleu intense et sombre des espaces intergalactiques, qui n'était ni le jour ni la nuit, et où clignotaient seulement les phares lointains des soleils.

Passant non loin d'une étoile de feu vert, la gangue frôla — à des milliers de kilomètres — plusieurs planètes. Puis l'une d'elles grandit devant elle, sphère couleur de soufre dont le diamètre grossissait au fur et à mesure que la distance décroissait. Le Zungowll ne pouvait l'éviter car, bien que matière vivante, il n'obéissait à aucune autre volonté que celle du hasard.

La gangue gélatineuse traversa une atmosphère faite de gaz brunâtre, pareille à celle que produit l'acide nitrique mis en contact avec le cuivre, puis se posa sur un sol d'un jaune écœurant.

Tout sur cette planète passait par les dégradés du jaune : la terre, le sable, les rochers, la végétation — une

---

1. Voir toutes les aventures de Bob Morane contre l'Ombre Jaune et, en particulier, *Les Sortilèges de l'Ombre Jaune*.

végétation figée, comme minéralisée, qu'aucun souffle d'air n'agitait. De petits cratères criblaient la surface de cette planète inhumaine et, au fond de chacun d'eux, l'aérolithe qui l'avait creusé, fait d'une matière verte et dure, transparente et brillante.

Pendant longtemps, le fragment gélatineux et son hôte demeurèrent immobiles, oubliés sur ce sol d'où toute vie semblait absente. Toute vie, à part peut-être cette nappe de vapeur rose qui rampait entre les rochers, s'effilant, s'allongeant, se contournant, puis se ramassant en boule, puis s'aplatissant à nouveau, se faisant serpent et reprenant sa lente reptation, sa recherche patiente et désespérée. Parfois, une minuscule bouffée de la Vapeur Rose, à la suite d'un processus ressemblant à de l'effilochement, se détachait de la masse principale et, aussitôt, celle-ci essayait de la rejoindre, pour l'incorporer à nouveau, tout à fait comme un être vivant tente de récupérer un de ses membres perdus.

Car la Vapeur Rose était vie. Elle appartenait à ces existences prodigieuses, aux pouvoirs presque miraculeux, capables de s'adapter à toutes les circonstances physiques et psychiques, qui hantent les vastités insondables des espaces intergalactiques. Pourtant, livrée à elle seule, la Vapeur Rose ne pouvait rien, était moins qu'une larve. Tout ce qu'elle était capable de faire, c'était se glisser, s'insinuer à travers les choses. Pour le reste, il lui fallait vivre en symbiose avec un être physique dont elle accroissait dans des proportions colossales la force et l'intelligence... en échange d'un corps.

Pourtant, si les pouvoirs de la Vapeur Rose étaient énormes, il lui était impossible de donner la vie éternelle. En outre, elle-même pouvait vivre fort longtemps. Beaucoup plus longtemps que les êtres avec qui elle faisait alliance, qu'ils le voulussent ou non. Aussi, quand un de ces êtres mourait, il lui fallait le quitter et chercher un autre gîte vivant, ce qui n'était pas toujours facile dans les immensités dépeuplées de l'Univers.

Son dernier allié avait été ce poulpe d'Aldébaran dont,

d'être végétatif, elle avait fait une créature — la sienne presque — prodigieusement intelligente. Mais la grande peste cosmique avait frappé et la Vapeur Rose avait dû abandonner une charogne inutile. Depuis, elle errait de galaxie en galaxie, de système solaire en système solaire, de planète en planète, à la recherche d'un nouveau partenaire, volontaire ou non.

Sa dernière escale avait été ce monde où le soufre était l'élément de base, et qui semblait privé de toute vie organisée. Pourtant, la vapeur devait trouver vite un nouveau support vivant, sous peine de dépérir elle-même. C'était là une loi qui ne supportait pas d'exception pour son espèce. Déjà, à plusieurs reprises, elle s'était senti des symptômes caractéristiques de décrépitude en s'effilochant et en perdant des morceaux d'elle-même. Chaque fois, elle avait réussi à maintenir son intégrité, mais au prix de combien d'efforts ! Si, rapidement, elle ne trouvait pas ce support dont elle avait besoin, ce serait la mort par fragmentations successives, jusqu'au néant.

Tout à coup, la Vapeur Rose se roula en boule sous l'effet d'une violente excitation. Elle avait perçu une présence. Non pas un rocher ou une gigantesque fleur de soufre, mais un être vivant, pensant, capable de se déplacer par ses propres moyens et qui, pourtant, en cet instant, demeurait immobile.

Lentement, en s'étirant, la Vapeur Rose contourna un quartier de roc jaune et aperçut la gangue gélatineuse. Tout de suite, elle se rendit compte de la présence de deux êtres, le Zungowll et l'autre, qui se trouvait à l'intérieur. Le Zungowll ne l'intéressait pas, parce que d'une organisation trop primitive. Quant à l'autre, on devinait qu'il s'agissait d'une créature pensante et active. Mais pourquoi ne bougeait-elle pas ? Était-elle morte ? La Vapeur Rose devinait la vie là où elle se trouvait, et cet être était bien vivant.

Se déroulant en anneaux à la façon d'un serpent, la Vapeur s'approcha, entoura la gangue et, presque aussitôt, elle comprit que le second être, à l'intérieur, était prisonnier du premier, un peu comme un jeune reptile dans sa coquille.

Immédiatement, elle insinua des filets de sa propre substance à travers les molécules du Zungowll, jusqu'à l'homme. Tout de suite, elle fut assurée qu'il vivait, d'une vie ralentie peut-être, mais qui ne demandait qu'à être ranimée.

Alors, la Vapeur Rose comprit que cette créature inerte, allongée à l'intérieur de la gangue gélatineuse, était sa seule chance de survie, le gîte qu'elle cherchait, l'allié dont elle avait besoin. C'était sa dernière chance car, sans doute, ne rencontrerait-elle plus d'autre être vivant avant des années-lumière, et alors il serait trop tard : depuis longtemps elle se serait effilochée, réduite à rien.

La Vapeur avait entouré complètement la gangue, jusqu'à lui faire une sorte de cocon rose. Ensuite, elle pénétra la matière gélatineuse, arriva jusqu'à l'homme et, aussitôt, elle l'imbiba, se perdit en lui.

*
* *

Jamais, au cours de sa longue captivité, de sa longue immobilité, l'Ombre Jaune n'avait complètement perdu conscience. Non pas qu'il eût une notion claire des choses. Il se trouvait plutôt dans un état de demi-veille, où tout avait l'imprécision fugace des rêves.

Ce fut donc dans cette demi-conscience qu'il avait assisté à l'atterrissage de la gangue de Zungowll, à l'intérieur de laquelle il était captif, sur la planète de soufre. L'approche de la Vapeur Rose, elle, il ne l'avait pas enregistrée, son peu d'acuité sensorielle l'en rendant incapable.

Quand il sentit cette étrange force l'envahir, il sut seulement que quelque chose d'anormal et de nouveau se passait. Jusqu'alors, depuis le début de sa longue pérégrination hasardeuse à travers l'Espace-Temps, il s'était senti d'une faiblesse extrême car, toute activité suspendue, un peu comme un animal qui hiberne, il se nourrissait exclusivement de l'alimentation que lui fournissait le Zungowll, alimentation composée d'énergie pure. Mais, à présent, une vigueur qu'il croyait avoir perdu à jamais gonflait ses muscles, envahissait les cellules de son cerveau. Sa respiration se faisait plus profonde bien qu'il vécût en vase clos, sa vue retrouvait toute son acuité et, à travers la matière vivante et translucide du Zungowll, il pouvait maintenant détailler avec précision le décor qui l'entourait : les rochers jaunes et tourmentés, les minuscules cratères, les arbres qui semblaient taillés dans le soufre.

Une soudaine envie de s'échapper le saisit. Pourtant, il savait que l'étreinte du Zungowll ne pouvait être rompue, que sa chair molle et souple ne relâchait pas son étreinte, un peu comme s'il avait été retenu prisonnier dans un épais cercueil de caoutchouc vulcanisé.

Néanmoins, il effectua les gestes de libération. Il écarta le bras droit qui, à sa grande surprise, passa à travers la substance gélatineuse telle une épée à travers une peau de tambour. L'autre bras emplit le même office. Alors, à pleines mains, il se mit à déchirer la substance molle et résistante afin de se frayer un passage. Tout d'abord, il réussit à libérer la tête, puis les épaules, les jambes, et finalement il put fouler la terre poudreuse, couleur d'or mat, de la planète.

Il se mit à rire, de ce rire qui faisait immanquablement penser à celui d'un tigre qui rirait.

— Libre ! jeta-t-il à haute voix. Je suis libre !

En même temps, il se mit à respirer à pleins poumons.

Aussitôt, il fit une étrange constatation : cet air qu'il respirait n'était pas de l'air selon la notion terrestre, mais un gaz brunâtre, à l'odeur et à la saveur particulières. Ming possédait un savoir universel — sans doute était-il le plus grand homme de science de son temps — et la chimie était sans secret pour lui. Tout de suite, il sut que ce ce gaz était un mélange de vapeurs de soufre et de méthane qui, logiquement, aurait dû lui donner la mort. Or, il n'en était rien. Il respirait aussi aisément et profondément qu'un athlète sur un stade.

Quelque chose d'anormal se passait. Mais l'Ombre Jaune n'eut pas le loisir de chercher une explication. Déjà, l'être qui était en lui — la Vapeur Rose — lui avait fait connaître télépathiquement sa présence. L'intelligence du Mongol était prodigieuse. Tout autre aurait été épouvanté à l'idée qu'une autre créature avait pris possession de son corps pour s'en servir comme d'un instrument, un véhicule, à la façon des parasites. Pouvait-on, en effet, rêver plus parfaite union ? A la prodigieuse énergie qui l'habitait, à l'étrange faculté acquise soudain et qui lui permettait de respirer des gaz qui, logiquement, auraient dû le tuer, Ming avait compris l'étendue des pouvoirs de son nouvel allié, et il comprit qu'il ne perdait pas au change. Lui, Ming, donnait son corps ; en échange, il recevait une âme nouvelle, aussi inaccessible à la pitié que la sienne, une science qui décuplait la sienne. Bien sûr, il ignorait que son nouvel allié invisible ne possédait justement aucune science, mais des dons prodigieux et naturels, à la mesure des espaces qu'il hantait. Mais cela avait-il vraiment de l'importance ? Tout ce qui comptait pour le Mongol c'était la certitude d'avoir acquis une telle puissance qu'aucun adversaire — sauf peut-être une entité à la mesure de la Vapeur Rose — ne serait capable de lui tenir tête, et moins encore de le vaincre.

Sur la Terre, l'Ombre Jaune avait fait trembler toutes les polices à l'énoncé de son seul nom. Bob Morane était l'unique ennemi qui avait pu le mettre en échec, sans jamais cependant le vaincre tout à fait. Par la suite, afin d'affirmer sa puissance, de mieux faire régner la terreur, Ming avait transporté le combat qu'il livrait à l'Humanité sur le plan extra-temporel, et c'était cela qu'il l'avait perdu, car il lui avait fallu affronter des forces qu'il ne soupçonnait pas et devant lesquelles, en dépit de sa science, il avait fini par devoir capituler.

Depuis, enfermé dans son cercueil de matière vivante, il était demeuré hors de la course, jusqu'à ce que la Vapeur Rose le délivrât, lui conférât sa puissance cosmique. Cette puissance, il la sentait en lui, elle le transportait, l'exaltait.

Saisi par une joie sans limite, l'Ombre Jaune se redressa, gonfla sa poitrine et, avec une sorte d'ivresse qui le dépassait, que sa maîtrise le poussait à contenir, sans qu'il y parvînt, il se mit à hurler à tous les points de l'horizon de soufre ;

— Bientôt, je serai maître du monde ! Maître du monde !

Il s'apaisa, comprenant que, pour regagner la Terre, il devrait trouver les moyens mécaniques nécessaires, qu'il ne pourrait se contenter d'étendre les bras pour se mettre à voler tel un grand oiseau à travers l'Ether. D'autre part, en dépit de son propre génie et des dons de son allié symbiotique, il lui serait impossible de créer rien de rien, et ce n'était pas ce monde mort où il avait échoué qui lui fournirait la possibilité de mettre au point les techniques indispensables.

Cette dernière constatation avait calmé l'exaltation du Mongol. Il était vivant, après avoir échappé à l'étrange relégation à laquelle l'avait condamné l'empereur galactique Myrdhim. En outre, il s'était fait un allié — ou plutôt c'était cet allié qui l'avait choisi, mais cela avait-il vraiment de l'importance ? — un allié qui décuplait son génie et sa force, et voilà qu'il était condamné à demeurer là, sur ce monde où le soufre était roi, il ne savait même pas dans quelle partie de l'Univers, ni où dans le Temps.

Il serra les poings jusqu'à ce que les muscles des bras lui fissent mal. En lui, il sentait l'énergie prodigieuse que lui conférait le parasite qui l'habitait, le bouillonnement d'une intelligence décuplée ; mais cette énergie, cette intelligence, il ne savait comment l'employer. En attendant le moyen d'échapper à la planète de soufre, il lui faudrait y survivre, y trouver de quoi se nourrir.

Après sa longue hibernation, la faim commençait à se faire sentir. La volonté de la Vapeur Rose le força à se tourner vers le Zungowll. C'était une chair gélatineuse, peu ragoûtante et semblable à celle d'une méduse, mais plus ferme. Sans doute contenait-elle des substances énergétiques. A pleines mains, Ming — pour lequel le dégoût était un sentiment étranger — en arracha un grand lambeau, qu'il dévora avec autant d'appétit que possible. Et, aussitôt, il se sentit mieux, comme revigoré. Assuré ainsi d'avoir de quoi se sustenter durant plusieurs semaines, il entreprit une rapide exploration des environs.

Partout, la surface de la planète semblait la même. Un sol creusé de minuscules cratères, des rochers de soufre, des plantes jaunes elles aussi, à mi-chemin entre le minéral et le végétal. Quelques animaux de différentes tailles, allant de celle d'un lièvre à celle d'un grand chien, à la peau squameuse, jaune également, et qui faisaient songer à des reptiles. Sur tout cela, une lumière écœurante, flavescente, irradiée par un soleil faisant songer à une gigantesque topaze.

Une seule chose retint vraiment son attention : les aérolithes verts, chacun à peu près de la grosseur des deux poings qui, ayant jadis lapidé la planète — sans doute s'était-il agi de l'explosion d'un astre errant — y avaient creusé les minuscules cratères qui faisaient ressembler le sol à une peau rongée par la petite vérole.

Ming avait tiré plusieurs de ces aérolithes de leurs trous, et s'il s'était rendu compte qu'il s'agissait de gigantesques émeraudes, d'une taille et d'une pureté à ruiner à jamais les plus riches mines de Colombie et de l'Inde.

— Si, un jour, je parviens à quitter cette planète, je regagnerai la Terre plus colossalement riche que je ne l'étais par le passé, avait songé le Mongol. Je pourrai réorganiser le Shin Tan[1] sur des bases nouvelles et, cette fois, plus rien ne m'empêchera de devenir le Maître... Plus rien ni... *personne*.

En prononçant ce mot : *personne*, l'Ombre Jaune ne pouvait s'empêcher de songer à Bob Morane, son ennemi juré qui, jusque-là, avait ruiné tous ses plans.

— Le plus difficile, soliloqua-t-il encore, sera de trouver le moyen de quitter cet astre maudit.

C'est à ce moment que le vaisseau de Gnur entra dans la zone d'attraction de la planète jaune.

---

1. Shin Tan : Vieille Chine. Société secrète créée par Ming, et dont il est le chef suprême.

II

Zxip-Shapax, commandant le vaisseau gnurien, effectua rapidement les contrôles, les transmit à la calculatrice-robot qui, immédiatement, lui fit connaître son verdict, positif. Aussitôt, Zxip Shapax lança à l'adresse du pilote :
— Sommes bien en vue de la planète XPWZ - 12/0000. Déclenchez les dipositifs de sécurité et effectuez manœuvres d'approche et d'atterrissage...

La grande boule d'un jaune écœurant de XPWZ - 12/0000 grossissait rapidement sur l'écran. Puis, les rétro-réacteurs faisant leur office, le grossissement se fit moins rapide. Déjà cependant l'écran-vidéo était couvert tout entier par la surface dorée de l'astre.

Dans la cabine de commandement, la voix de Wozt-Txep, le zoologiste de l'expédition, parvint à Zxip-Shapax. Elle disait :
— Les détecteurs biologiques signalent la présence sur XPWZ-12/0000 d'un être qui ne lui est pas autochtone et dont l'élément chimique principal est le carbone.
— Cet être a-t-il l'air dangereux ? interrogea le chef de l'expédition.
— Au contraire. Il paraît faible et désemparé. Il me fait penser à un Psor de KRV 6/00 perdu, sans armes ni nourritures, sur FKL 627/0...
— A ce point pitoyable ? fit Zxip. Essayez de me le passer en macro sur le vidéo.

Il y eut quelques secondes d'attente, puis un point noir apparut sur l'écran, grossit rapidement pour devenir la silhouette de Monsieur Ming. Zxip-Shapax l'observa longuement, puis éclata de ce crépitement entrecoupé de tintements qui était le rire gnurien.

— Votre comparaison n'est pas assez forte, lança-t-il dans le transmetteur à l'adresse de Wozt-Txep. Ce n'est pas à un Psor de KRV 6/00 qu'il fallait comparer ce bestiau, mais à un Nulh de Nib 00000/00000...

En réalité Zxip-Shapax avait tort de se moquer, car les Gnurs, avec leurs corps pareils à des coquilles d'œufs vides et leurs membres semblables à des branches mortes, étaient des êtres extrêmement vulnérables, à tel point qu'ils ne posaient jamais les pédoncules qui leur servaient de pieds sur le sol d'une planète inconnue sans avoir revêtu une armure protectrice.

— Quels sont les ordres ? interrogea le zoologiste.
— Comme toujours quand il s'agit d'un être inconnu, nous emparer de celui-ci pour le transporter sur Gnur où nos spécialistes l'examineront après dissection...

Sur le sol de la planète, l'Ombre Jaune regardait le vaisseau gnurien qui grossissait rapidement dans le ciel. On eût dit une énorme orange sanguine ornée de protubérances argentées sur sa circonférence.

« Douze individus à bord, jugea Ming grâce aux dons que lui transmettait l'être — la Vague Rose — qui l'habitait. Individus faibles physiquement mais possédant une science très ancienne qui leur donne trop confiance en eux-mêmes... Peut-être sera-t-il relativement facile de les vaincre avec la ruse... »

Un plan avait déjà germé dans l'esprit fertile du Mongol. Il cherchait un moyen de quitter la planète de soufre ; les Gnurs allaient le lui fournir. Tout ce qu'il fallait faire, c'était attendre, et savoir profiter des événements.

Pourtant, l'Ombre Jaune eût aimé avoir connaissance de sa propre puissance depuis que la Vapeur Rose l'habitait, second lui-même. Il avisa l'enveloppe déchirée de

Zungowll. Il savait qu'il s'agissait d'une matière vivante, pour laquelle le Temps ne comptait pas et qui était pratiquement indestructible. Cependant, il avait réussi à la déchirer ; mieux même, à s'en nourrir. Parviendrait-il à faire davantage ?

De ses yeux couleur d'ambre, qui ne cillaient jamais, Ming fixa l'enveloppe de gélatine bleutée, et il fit à haute voix :

— Je veux qu'elle se désintègre !... Je veux qu'elle se désintègre... Je le veux...

Une énorme volonté le gonflait ; une volonté qu'il savait n'être pas seulement la sienne.

Tout d'abord, rien ne se passa. Puis, au bout de quelques secondes, la gangue de Zungowll parut frémir, puis se racornir. Et, tout à coup, il y eut un éclatement accompagné d'un grand souffle et d'une chaleur intense. Ming fut renversé, ses vêtements en partie brûlés. Mais là où, quelques instants plus tôt, gisait la gangue de Zungowll, il n'y avait plus rien.

Contenant la joie immense qui l'emplissait, l'Ombre Jaune se releva, certain à présent de sa puissance.

« Pourvu que, là-haut, on ne se soit pas aperçu de mon petit tour de passe-passe ! songea-t-il. Mais c'était un risque à courir. »

A présent, le vaisseau gnurien n'était plus qu'à quelques centaines de mètres d'altitude. Il se posa à peu près à la même distance du Mongol, sur quatre pieds ventouses. Quelques minutes s'écoulèrent, puis un sas s'ouvrit, une glissière semi-cylindrique en sortit et descendit jusqu'au sol.

Ensuite, les Gnurs firent leur apparition, au nombre de quatre. Ils étaient de haute taille — deux mètres environ — et leurs carapaces métalliques brillaient d'un éclat cuivré. Un heaume les coiffait, fendu à la place des yeux ; un heaume un peu semblable à ceux des anciens croisés.

« Ils portent des armures, songea Ming. C'est là une preuve de faiblesse. »

Les quatre Gnurs s'étaient écartés l'un de l'autre et progressaient lentement vers lui. Chacun braquait une sorte d'énorme tire-bouchon orné de boules percées de minuscules trous. Des armes assurément, et dangereuses, dont il fallait se méfier pour ne pas courir le risque d'être détruit.

Précautionneusement, Ming demeurait immobile, les bras ballants, tous les muscles relâchés, l'œil volontairement atone. Tel quel, il devait donner l'impression d'une bonne grosse brute inoffensive.

Quand les Gnurs ne furent plus qu'à cinquante mètres, l'un d'eux se tourna vers le vaisseau et émit un long grésillement. De l'appareil, quelque chose jaillit qui ressemblait à une perle diaphane. Elle grossit et se mit à ressembler à une bulle de savon. Cela en avait la fragilité apparente, la brillance et la diaprure.

Lentement, la bulle se rapprochait de Ming, comme poussée par une brise. Il se déplaça légèrement et elle-même corrigea aussitôt sa direction. Y avait-il danger de mort ? L'Ombre Jaune ne le pensait pas. On essayait de le capturer, tout simplement. C'était un peu comme si, grâce aux dons de son allié symbiotique, il parvenait à lire dans les intentions de l'adversaire.

Il demeura donc immobile, jusqu'à ce que la bulle l'atteignît. Son diamètre était à présent suffisant pour que Ming, s'il s'était trouvé à l'intérieur, pût s'y tenir debout.

Et soudain, sans qu'il ressentit le moindre contact, la bulle l'entoura et il se trouva effectivement à l'intérieur. Il tendit une main, la posa sur la mince pellicule transparente et poussa, sans aucun résultat. C'était souple certes, mais cela avait aussi la résistance de l'acier le plus dur.

« Parviendrais-je à la désintégrer comme j'ai désintégré la gangue de Zungowll ? » se demanda Ming. Il décida de ne pas tenter l'expérience afin de ne pas alerter les Gnurs. Il devait rester une bonne grosse bête inoffensive pour tenter, par la suite, quand il serait dans la place, de s'emparer de l'astronef.

En voyant leur victime à l'intérieur de la bulle, les quatre Gnurs avaient paru se dépouiller de toute crainte. Glissant leurs armes dans les étuis de leurs ceintures, ils s'approchèrent de la bulle et, à travers la pellicule transparente, ils inspectèrent curieusement le prisonnier qui demeurait les bras ballants, les muscles relâchés, l'œil éteint, comme résigné. Cependant, il pensait : « Ils doivent avoir toute confiance en leur système de capture car, à présent que je suis enfermé dans cette fausse bulle de savon, ils ne semblent plus se méfier... »

Tout en l'inspectant, les quatre Gnurs échangeaient des grésillements que Ming percevait et qui devaient être leur façon de s'exprimer. Finalement, ils se détournèrent et se dirigèrent vers l'astronef, dans lequel ils pénétrèrent.

« Pourquoi ne m'emmènent-ils pas ? s'inquiéta le Mongol. Vont-ils me laisser ici ? »

La porte du sas s'était refermée. Les quatre pieds ventouses rentrèrent dans leurs alvéoles et le vaisseau demeura suspendu, immobile, à quelques mètres du sol. Sous lui montèrent d'épais nuages de poussière jaune, ce qui indiquait que les moteurs venaient d'être remis en marche.

« Ils m'abandonnent, songea Ming. Mais pourquoi, alors, m'ont-ils enfermé dans cette maudite bulle ? »

Il n'y avait pas de panique en lui. Il se demandait seulement si, après le départ de l'astronef, il parviendrait à se libérer.

C'est alors que, soudain, le Mongol eut l'impression de plonger dans un grand trou noir. Tandis qu'il perdait conscience, la bulle était attirée vers le vaisseau, dont les flancs s'ouvrirent pour lui livrer passage.

*
* *

Quand l'Ombre Jaune reprit conscience — son évanouissement n'avait en réalité duré que de brefs instants ; un étourdissement presque — il se trouvait étendu dans une cabine de cinq mètres sur cinq environ et dépourvue de tout meuble. Le sol en était souple, mais sans exagération, un peu comme s'il s'agissait de caoutchouc vulcanisé.

Dans une des parois, une porte ronde ; dans une autre, un large hublot fait d'une matière transparente et dure qui ressemblait à du quartz.

— Selon toute évidence, murmura le Mongol, je suis à l'intérieur de l'astronef. On avait donc bien l'intention de me capturer.

Il se redressa et alla jeter un coup d'œil par le hublot, pour voir le disque jaune de la planète de soufre qui se rapetissait de plus en plus. Donc, l'astronef avait décollé.

Tout d'abord, Ming eut l'intention d'inspecter la porte, mais il abandonna aussitôt ce projet. On pouvait en effet l'observer et il voulait continuer de donner l'impression d'une créature amorphe et inoffensive.

Discrètement, il tâta le plancher souple de la pointe du pied, en se demandant : « Est-ce que par hasard, ceux qui m'ont capturé auraient peur de se faire mal en tombant ? »

Il se laissa aller sur le sol et demeura inerte, dans un état d'hébétude parfaite.

Une heure, deux peut-être, s'écoulèrent. Finalement, la porte s'ouvrit et un Gnur entra. Il portait son armure couleur de cuivre et était coiffé de son heaume. Tout de suite, Ming remarqua avec quelle lourdeur il se déplaçait, tout à fait comme si, à l'intérieur de l'astronef, son harnachement lui pesait. Dans une de ses mains-griffes, le Gnur tenait une arme en forme de tire-bouchon, dans l'autre un récipient d'où montait une légère vapeur.

« Aliment riche en protéines, décida Ming. J'ai donc déjà été testé... »

Le Gnur posa le récipient au centre de la pièce et se recula prudemment jusqu'à la porte, tout en suivant les faits et gestes du captif. Celui-ci n'avait qu'une idée : continuer à donner le change à l'adversaire jusqu'à ce qu'il cessât de se méfier et se présentât désarmé. Alors, il pourrait frapper.

Sur les genoux, Ming se traîna vers le récipient. Un objet oblong, qui devait faire office de cuiller, y était plongé, mais il décida de n'en pas faire usage et se contenta d'aspirer la nourriture semi-liquide avec la bouche, à même la marmite, telle une bête. Ensuite, il se recula vers le fond de sa prison, se coucha sur le flanc, les genoux ramenés vers le menton, et fit mine de dormir comme un animal repu.

Lentement, le Gnur, emportant le récipient, quitta l'étroite cabine et, refermant la porte derrière lui, il gagna le poste de commandement.

— Alors, interrogea Zxip-Shapax, comment se comporte votre protégé ?

Wozt-Txep montra le récipient vide qu'il tenait encore à la main.

— Il a mangé, dit-il, comme une bête. Ensuite il s'est endormi.

— Aucun signe d'agressivité ?

— Aucun. Cette créature est totalement inoffensive, et j'en suis fort aise car, désormais, je pourrai le visiter pour étudier ses réactions sans porter cette carapace inconfortable.

— A votre place, je me méfierais quand même, Wozt.

Le zoologiste porta sa main-griffe à son arme glissée dans un étui à sa ceinture, et il assura ;

— Soyez sans crainte, chef. Je ne m'aventurerai jamais sans ceci.

L'Ombre Jaune devait attendre plusieurs heures avant que Wozt-Txep ne reparût. Il ne portait pas son armure et Ming jubila intérieurement en voyant le torse rond et fragile, fait d'une matière dure et cassante, comparable à la chitine des insectes. Les pattes et les bras grêles devaient pouvoir se casser comme de vieilles baguettes de tambour.

A l'entrée du zoologiste, le Mongol n'avait pas bronché. Il possédait une telle maîtrise de lui-même qu'il parvenait à dissimuler totalement ses sentiments.

Wozt braquait son arme tire-bouchon et tenait un récipient semblable au premier. Il le posa sur le sol, mais sans se reculer cette fois.

Sur les genoux, Ming s'approcha du récipient, tendit la tête et les lèvres. C'est alors qu'il bondit. Sa main gauche, fauchant comme un sabre, brisa net, telle une vulgaire allumette, le bras qui tenait l'arme. En même temps, sa main droite frappait — cette terrible main mécanique qui avait la force de dix mains d'hommes. Elle s'enfonça dans le torse du zoologiste et le brisa comme s'il s'agissait d'une noix vide.

Wozt-Txep s'était écroulé à la renverse, définitivement rayé de la grande existence universelle.

Rapidement, Ming récupéra l'arme de sa victime, s'assura de la façon dont elle fonctionnait, puis il la reglissa dans la gaine qu'il fixa à sa taille.

Il savait, grâce à la connaissance que lui donnait la Vapeur Rose, que l'équipage du vaisseau se composait de douze individus. Il en restait donc onze, et il se rendait compte que, si l'alarme était donnée, il aurait bien de la peine à vaincre, car les Gnurs devaient posséder de redoutables moyens de destruction.

Une idée vint à Ming, idée qui en même temps pourrait lui donner une nouvelle preuve des dons de son allié. Pourquoi n'essayerait-il pas de se camoufler en s'identifiant à l'adversaire ? Avec force, durant de longues secondes, il fixa le corps inerte de Wozt-Txep, concentrant toute sa volonté sur lui, jusqu'à ce qu'il se sentît totalement épuisé.

— A présent, murmura-t-il, il faudra que je réussisse, au moment où je le désirerai, à restituer l'image de mon ennemi vaincu, par autosuggestion.

Il sortit de la cabine et referma la porte derrière lui, pour se mettre à longer une coursive. Tout de suite, un fait le frappa : en aucun moment il n'hésitait, tout à fait comme si la topographie de l'astronef lui était familière. « Aurais-je fait davantage qu'enregistrer la simple image de ma victime ? » se demanda-t-il.

Des pas se firent entendre dans la coursive, se rapprochant. Aussitôt, le Mongol se concentra pour tenter de restituer les images mentales et physiques de Wozt-Txep, enregistrées dans la cabine. Un Gnur apparut, marchant vers lui. Pourtant, quand ils se croisèrent, il n'y eut aucune surprise apparente dans les petits yeux rouges, pareils à des rubis et qui, logiquement, auraient dû fulgurer à la moindre variation anormale des sentiments. Au passage, le Gnur se contenta de lancer quelques grésillements qu'à sa grande surprise l'Ombre Jaune comprit. C'était quelque chose comme :

— Comment allez-vous, professeur ?

« Ma victime devait être un savant, pensa Ming. Sans doute était-il chargé de m'étudier... »

En même temps, le triomphe l'empoignait. Non seulement il avait réussi à imposer l'image mentale et physique de Wozt-Txep au Gnur mais, en outre, l'identification était telle qu'il était parvenu à comprendre son langage.

Tandis que le Gnur s'éloignait, Ming continua son chemin à travers les coursives, sans hésiter un seul instant sur la route à suivre, tout à fait comme si elle lui était depuis longtemps connue.

Il arrivait devant une porte au-dessus de laquelle clignotait une lampe rouge et qu'il « savait » être celle du poste de commandement. Sans hésiter, se concentrant au maximum, il poussa le battant et pénétra dans le poste.

Zxip-Shapax se tourna vers lui et grésilla :

— Comment va votre spécimen, Wozt ?

— Il s'est échappé, s'entendit grésiller l'Ombre Jaune.

L'éclat des petits yeux rubis du chef de bord se fit plus intense.

— Échappé ?... Que voulez-vous dire ?...

Ce furent les derniers grésillements que Zxip-Shapax proféra. Du tranchant de la main, Ming avait frappé le fragile cou d'insecte. La tête, menue par rapport au reste du corps, se détacha et roula sur le sol, tandis que les prunelles rouges s'éteignaient.

Monsieur Ming se déconcentra et poussa un éclat de rire triomphant — un éclat de rire humain. Il savait à présent que l'équipage du vaisseau était à sa merci et que, quand il serait seul à bord de l'astronef, il lui serait relativement aisé, avec l'aide de son allié symbiotique, d'en déchiffrer tous les secrets. Ensuite, il regagnerait la planète de soufre pour faire un chargement d'émeraudes. Alors seulement, doté d'une puissance accrue, il pourrait rejoindre la Terre, pour y reprendre la terrible guerre qu'il avait déclarée à l'Humanité.

III

Ethelweed n'était qu'une princesse barbare, la fille d'un de ces seigneurs farouches qui, au début du Moyen Age, régnant sur quelques lieues carrées de province, se paraient pompeusement du titre de roi. Le père d'Ethelweed, le roi Bohr, tel un ours dans sa caverne, ne quittait jamais sa forteresse de pierre brute, juchée sur une colline escarpée dominant les vallons et les landes bretonnes, que pour chasser ou faire la guerre à ses voisins.

Au cours de ses raids à travers le Temps, où l'avait entraîné la lutte ouverte qui l'opposait à l'Ombre Jaune, Bob Morane avait sauvé la vie de la jeune princesse. Ensuite quand, aidé par son ami Bill Ballantine, de Sophia Paramount, journaliste anglaise, et de la Patrouille du Temps, il avait réussi à ruiner les plans de Monsieur Ming, il était demeuré dans cette époque lointaine, auprès de la jeune princesse, alors que Bill et Sophia, bien à contre-cœur, regagnaient le XXe siècle [1].

Pourquoi Morane s'était-il coupé ainsi de la civilisation qui lui était familière — oh ! momentanément, bien sûr, mais il se remettait chaque jour son départ —, pourquoi

---

[1]. Lire, dans la série « Le Cycle du Temps » : *Les Sortilèges de l'Ombre Jaune*.

C'est alors qu'il aperçut la bulle qui venait vers lui, sans hâte, comme jaillie du fin fond des horizons. Tout d'abord, il la prit pour une vulgaire bulle de savon, dont elle avait toute l'apparence. Ensuite, comme elle grossissait rapidement, et non seulement parce qu'elle se rapprochait, il se détrompa. Jamais enfant n'avait fait bulle de savon pareille.

Et, tout à coup, il comprit que c'était à lui que la bulle en voulait, car elle venait droit dans sa direction. Son diamètre devait à présent approcher les deux mètres. Morane essaya de l'éviter, mais la bulle, corrigeant sa trajectoire, le poursuivit. Alors, il voulut tirer son pistolet à rayons ioniques. Trop tard. Déjà, la bulle l'avait entouré et il se trouvait à l'intérieur, pris dans un piège transparent.

De la main, Morane essaya de percer la mince pellicule irisée, mais en vain. Elle céda seulement un peu sous sa pression, pour reprendre aussitôt sa place par élasticité. Bob n'osait plus faire usage de son pistolet ionique car la distance était trop courte et, ignorant les propriétés de la matière formant l'enveloppe de la bulle, il craignait d'être lui-même touché par le rayon destructeur.

Tirant son épée, il tenta d'entamer la fine pellicule translucide, mais sans résultat. Et, soudain, il se sentit très faible. « Que se passe-t-il ? se demanda-t-il. Serais-je sur le point de m'évanouir ? »

Sa vision se brouillait. Il vit Ethelweed qui se rapprochait, son beau visage dévoré par l'inquiétude. Il entendit son cri :

— Bob !... Ne m'abandonnez pas !... Bob !...

Déjà, il avait sombré dans l'inconscience.

*
* *

Dans la coquette chambre de son appartement de la City, Sophia Paramount avait fait la grasse matinée, c'est-à-dire qu'elle avait dormi jusqu'à dix heures. La veille, un reportage pour son journal, le *Chronicle*, l'avait retenue au-dehors fort tard dans la nuit, et elle s'était couchée vannée. C'est ainsi qu'elle se retrouvait encore au lit — elle qui était plutôt matinale — alors que la matinée était déjà fort avancée.

Elle ouvrit les yeux, s'étira, les deux bras levés au-dessus de la tête, puis elle ramena les mains vers le bas pour remettre un peu d'ordre dans ses cheveux d'un ardent blond vénitien. Elle soupira d'aise, se sentant bien, promena des regards satisfaits autour d'elle, embrassant l'étendue de la chambre doucement éclairée par la lumière du jour diffusée par les persiennes baissées, caressant du regard chaque meuble qu'elle avait choisi elle-même avec amour, un à un, en même temps que les bibelots, au cours de patientes recherches, chez les brocanteurs de Soho et de Whitechapel.

Soudain, au-dehors, Bib Ben déchaîna son tintamarre de Jugement Dernier. Machinalement, Sophia compta les coups.

— Dix ! murmura-t-elle en sursautant. Et je n'ai même pas entendu les neuf qui précédaient. Je dois vraiment avoir la conscience tranquille pour dormir ainsi.

En même temps, elle se demandait comment Londres avait pu s'éveiller sans elle, se mettre à grouiller, à bruire, à vivre... Et elle eut envie de se lever vite, pour s'habiller et se mêler à cette vie, n'en pas perdre une miette. Envie seulement, car les vapeurs du sommeil n'étaient pas encore tout à fait dissipées et embuaient toujours son cerveau.

— Petite fille, comme dirait Bob, fit-elle d'une voix traînante, tu n'es qu'une *grrrande* paresseuse !

Aussitôt, toutes ses pensées allèrent vers Morane. Elle eût aimé qu'il lui téléphonât, comme il faisait souvent, et l'entendre dire :

— Je suis à Londres. Mets la plus mignonne de tes mini-jupes, le temps que j'arrive chez toi... Je t'emmène déjeuner...

Mais Morane était à des siècles d'elle, dans le passé, où

elle l'avait laissé à l'issue de leur dernière aventure commune, et elle savait qu'on ne téléphone pas du Moyen Age.

Le téléphone posé sur la table de nuit sonna.

« C'est Bob ! pensa Sophia avec allégresse. C'est lui !... Il est revenu !... »

Le cœur changé en tourterelle dont on vient d'ouvrir la cage, elle décrocha.

Ce n'était pas Bob Morane, mais Richard Logdon, le rédacteur en chef du *Chronicle*.

— En voilà une idée de réveiller les gens à l'aube ! jeta-t-elle avec mauvaise humeur.

— L'aube ? fit Logdon. Il est passé dix heures.

— Pour moi, c'est l'aube, aujourd'hui.

— Vous avez l'air de mauvais poil.

— J'ai autant de plaisir à vous entendre, Dick, qu'on a à entendre une corne de brume en plein concert de musique de chambre.

Le rédacteur en chef du *Chronicle* ne répondit pas tout de suite.

— Soit, fit-il enfin, je n'insisterai pas. On n'a jamais fait rire une femme qui a envie de pleurer, et si vous avez envie de pleurer, ça vous regarde.

Il marqua un silence, puis il reprit :

— Mais ce qui me regarde, moi, c'est qu'on attend votre copie ici, au journal.

— Ma copie ! sursauta Sophia. Vous en avez de belles !... J'ai couru toute la nuit après ce collectionneur de tableaux modernes qui vient d'acheter, pour une petite fortune, une gouache de Matisse chez Sotheby. Il m'a traînée de boîte de nuit en boîte de nuit et quand, enfin, j'ai pu l'accrocher à la porte de son hôtel, ledit collectionneur m'a déclaré qu'il avait acheté cette gouache uniquement pour l'échanger, avec un autre collectionneur, contre un gobelet en vermeil dans lequel, paraît-il, Marie Stuart aurait bu juste avant de monter à l'échafaud... Tout cela n'est quand même pas d'une actualité pressante !

— Pas d'une actualité pressante ! explosa Logdon. Le gobelet dans lequel Marie Stuart aurait bu *juste* avant de monter à l'échafaud... Vous vous rendez compte !... Et ce petit reporter amateur de Sophia Paramount est là, à faire la grasse matinée !

Il s'interrompit, pour reprendre presque aussitôt :

— Vous allez me faire le plaisir de vous lever, de prendre une douche, puis de vous mettre à votre table pour me torcher là-dessus un *scoop* de première... Ensuite, vous essayerez de me dénicher une photo de ce gobelet...

— La photo du gobelet ? fit innocemment Sophia. Mais je l'ai déjà...

— Vous avez la... photo ? s'étrangla Richard Logdon. Pourquoi ne me le disiez-vous pas ?

— J'espère que vous me permettez d'avoir mes petits secrets, fit Sophia narquoisement.

Cette fois, Richard Logdon s'emporta.

— Un reporter n'a pas de secrets, hurla-t-il, surtout pour son rédacteur en chef !

— Allez vous faire tondre comme un œuf, Dick, coupa Sophia — et elle raccrocha.

Dix secondes plus tard, le téléphone sonnait à nouveau, mais Sophia ne décrocha pas, persuadée que Richard Logdon se fatiguerait avant elle.

Quand le timbre cessa de résonner, elle se leva afin de prendre sa douche et de se mettre à son article, comme le lui avait conseillé Logdon. Elle alla lever les persiennes, ouvrit toute grande la croisée et, comme elle habitait le dernier étage d'un haut immeuble, elle put admirer les toits de Londres dorés par les premiers rayons de soleil du printemps.

Un peu de brume, se levant de la Tamise, voilait encore les lointains. C'est alors que Sophia aperçut cette bulle irisée, qu'elle prit tout d'abord pour une bulle de savon et qui, grossissant rapidement, se dirigeait tout droit vers sa fenêtre.

IV

Sur le tableau de contrôle EX-A de la vaste salle de surveillance de la Patrouille du Temps, deux des trois voyants verts qui y clignotaient s'éteignirent presque simultanément. Par acquit de conscience, le contrôleur Z 39 qui, comme tous les contrôleurs qui surveillaient les autres tableaux, portait la combinaison métallisée marquée sur la poitrine du sigle T P (Time's Patrol), le contrôleur Z 39 donc effectua les corrections de routine afin de se rendre compte si les deux voyants verts ne s'étaient pas éteints à cause de quelque interférence dans les ondes spatio-temporelles. Bien entendu, ces corrections demeurèrent sans résultat car elles étaient inutiles : s'il y avait eu interférences, le troisième voyant EX-A se serait éteint lui aussi.

Rapidement, Z 39 brancha l'audiophone qui le mettait en contact direct avec le commandant de la Patrouille, et il lança :

— Contrôle Z 39 appelle colonel Graigh... Contrôle Z 39 appelle colonel Graigh...

Dans son bureau, où tout n'était que courbes et métal mat, le colonel Graigh sursauta. Le contrôleur Z 39 était le seul à être directement en communication avec lui, car le tableau EX-A qu'il surveillait témoignait de la présence effective dans leur époque — le XXe siècle — des trois agents extraordinaires les plus menacés de la Patrouille du Temps, les agents EX-A-20C-1 (Extraordinary Agent 20th Century-Number 1 = Bob Morane), EX-A-20C-2 (Bill Ballantine) et EX-A-20C-3 (Sophia Paramount), les plus menacés justement parce qu'ils combattaient l'Ombre Jaune.

— Colonel Graigh écoute Z 39, jeta dans l'audiophone le chef de la Patrouille du Temps.

— Les voyants EX-A-20C-1 et EX-A-20C-3 se sont éteints, répondit Z 39. J'ai fait toutes les corrections de routine, mais cela n'a rien donné...

— Donc, pas d'interférence spatio-temporelle ?

— Aucune apparemment.

Graigh demeura un instant silencieux, puis il demanda — question superflue puisqu'il en connaissait la réponse :

— Quelles sont vos conclusions, Z 39 ?

— Sans aucun doute deux virements imprévus à travers le continuum...

— Sans aucun doute, sans aucun doute, approuva Graigh.

En lui-même il pensait : « Mais pourquoi seulement Bob Morane et Sophia Paramount, et non Bill Ballantine ? »

— Continuez à essayer d'établir le contact, jeta-t-il à Z 39. Je vous rejoins.

Par l'ascenseur ultra-rapide qui reliait directement son bureau à la salle de contrôle, Graigh accomplit le trajet en quelques secondes. Aussitôt, il se dirigea vers le tableau EX-A et interrogea :

— Toujours rien, Z 39 ?

L'interpellé désigna le tableau, où un seul voyant vert demeurait allumé.

— Voyez vous-même, colonel, dit-il. Si j'avais réussi à rétablir le contact, les deux autres voyants se seraient rallumés.

— Exact, approuva Graigh.

Pendant quelques instants, il demeura songeur. Les trois lumières vertes ne devaient demeurer allumées que si les coordonnées spatio-temporelles de Bob Morane, de Bill Ballantine et de Sophia Paramount restaient inchangées. Elles ne devaient s'éteindre que si les deux hommes et la jeune fille se déplaçaient dans le Temps de façon imprévue. Et se déplacer dans le Temps cela voulait dire changer d'époque.

— Aucune erreur, conclut Graigh à mi-voix, Bob et Sophia ont voyagé dans le continuum à notre insu. Or, ils n'en ont pas les moyens par eux-mêmes et notre organisation n'y est pour rien. Donc, un tiers est intervenu...

Un tiers !... En principe — à moins d'une intervention inconnue et fort improbable — ce tiers ne pouvait être que l'Ombre Jaune.

La double disparition de Bob Morane et de Sophia Paramount ne manquait pas d'inquiéter le colonel Graigh, et non seulement à cause de l'amitié que ce dernier leur portait. La Patrouille du Temps, organisation de l'an 2300 après J.-C., avait pour mission de surveiller le passé et le futur. De surveiller seulement, car une de ses règles principales était de ne jamais intervenir, afin de ne pas risquer de changer le cours de l'Histoire. A certains moments cependant, comme dans le cas de Ming, cette intervention se révélait nécessaire mais, comme elle ne pouvait avoir lieu directement, la Patrouille du Temps s'était adjoint quelques agents extraordinaires qui, appartenant à une autre époque que l'an 2300, n'étaient pas tenus à respecter les règles de l'organisation. A la suite de circonstances particulières, Bob Morane, Bill Ballantine et Sophia Paramount étaient devenus ces agents et leur disparition définitive aurait privé la Patrouille de collaborateurs précieux.

— Il faut à tout prix repérer 20C-1 et 20C-3, décida Graigh. Lancez l'alerte de priorité et que les radars spatio-temporels soient tous branchés sur les coordonnées des disparus et fouillent le passé et le futur aussi loin que possible... En même temps, contactez EX-A-20C-2. Il peut savoir quelque chose et, de toute façon, il doit être averti...

*
* *

Dans le grand salon du manoir d'Ecosse où il avait installé un grand élevage de poulets, Bill Ballantine sirotait un whisky-apéritif. Bientôt, on allait lui servir le lunch copieux nécessaire à sa constitution d'hercule et, malgré qu'il n'eût pas besoin d'être mis en appétit, un petit remontant était le bienvenu. Et puis, il y avait la tradition à respecter.

Bien qu'on fût au début du printemps, le fond de l'air était encore frais et un feu de bûches brûlait dans la grande cheminée ouverte. Bill se sentait bien, le whisky était bon — de sa marque favorite, du Zat 77 — et le feu réchauffait ses muscles puissants. C'est alors qu'une violente stridulation s'imposa à son subconscient.

Tout d'abord, il pensa qu'une guêpe rageuse était entrée dans la pièce, puis il songea qu'il n'y avait pas encore de guêpes en cette saison. Alors seulement il comprit.

— La Patrouille du Temps, murmura-t-il. Qu'est-ce qu'on me veut ?

Déjà, il se sentait saisi par l'inquiétude car, quand la Patrouille intervenait, cela ne signifiait jamais rien de bon.

Il alla à un meuble et en tira un objet qui ressemblait à un petit poste à transistors du commerce mais qui, en réalité, était un émetteur-récepteur spatio-temporel grâce auquel la Patrouille pouvait constamment se tenir en contact avec ses agents spéciaux.

Déjà, Ballantine avait ouvert le poste et, immédiatement, une voix se fit entendre :

— Agent EX-A-20C-2, m'entendez-vous ?

— Je vous entends, colonel Graigh, répondit l'Ecossais qui avait reconnu la voix. Que se passe-t-il ? Du vilain ?

— On n'en sait rien encore. Une seule chose est certaine : Bob et Sophia ont disparu. Leurs clignotants se sont éteints...

— Une quelconque défectuosité dans les transmissions, supposa Bill qui, en réalité, se sentait déjà étreint par l'inquiétude.

— Nous avons contrôlé, assura Graigh. Tout est parfait de ce côté. Une seule explication : nos deux amis ont été virés à notre insu.

— Mais par qui ?... Qui donc à part vous... ?

— Je crois que vous trouverez vous-même la réponse, Bill.

— Ce maudit Monsieur Ming, gronda le géant. Mais comment aurait-il pu sortir du cercueil de matière indestructible dans lequel les Galactiques l'avaient enfermé pour le condamner à se promener ad vitam aeternam dans l'espace ?

— Je ne puis vous donner aucune explication à ce sujet... D'ailleurs, il n'est pas certain que Ming soit en cause : nous ne pouvons que supposer. De votre côté, avez-vous des nouvelles des disparus ?

— Comment pourrais-je en avoir ? Le commandant est resté, à la fin du Ve siècle, auprès de sa princesse barbare, et il ne m'a pas envoyé de carte postale... Quant à Sophia...

Bill s'interrompit.

— Une idée me vient, reprit-il. Pourquoi le commandant n'aurait-il pas rejoint le XXe siècle par ses propres moyens ?

— Il nous aurait prévenus. Et puis, nous avons contrôlé : il n'y est pas... Pas plus que Sophia...

— Et si je téléphonai au *Chronicle ?* proposa Ballantine. On me dira quand on l'a vue pour la dernière fois. Peut-être pourrai-je récolter quelque indice ?

— Excellente idée. Pendant ce temps, nos radars continuent les recherches.

Rapidement, l'Écossais décrocha le combiné du poste téléphonique placé sur une table basse, près de son fauteuil, mais il eut la surprise de ne percevoir aucune tonalité. A plusieurs reprises, il tapota la barre de contact, mais toujours sans effet. Il raccrocha et lança à l'adresse de Graigh :

— Rien à faire, colonel... Mon poste est en panne...

— Juste à ce moment ? Ne trouvez-vous pas cela étrange, Bill ?

— Peut-être, mais il peut s'agir aussi d'un hasard... Je vais sauter en voiture et me rendre au village. J'appellerai Londres par le téléphone public.

— Nouvelle excellente idée, approuva Graigh. Mais faites attention de ne pas disparaître en route.

L'Ecossais sursauta.

— Disparaître en route, moi ? Est-ce que vous croyez que je suis de ceux qui disparaissent comme ça, colonel ?

— Cela vous est déjà arrivé une fois, ne l'oubliez pas. Et puis, jamais deux sans trois.

— Je croyais qu'en l'an 2300 on avait cessé d'être superstitieux ! jeta Bill en refermant le poste spatio-temporel.

Cinq minutes plus tard, sortie du garage, la puissante Jaguar filait sur la route, en direction du village. Ballantine conduisait vite, car l'inquiétude grossissait de plus en plus au sujet de Bob et de Sophia et il se sentait pressé d'avoir des nouvelles, si pauvres fussent-elles.

Pourtant, il avait à peine couvert quelques kilomètres que le moteur eut des ratés, pour s'arrêter bientôt complètement, tandis que la voiture s'immobilisait sur le côté gauche de la route.

Mettant pied à terre, Bill souleva le capot, de dessous lequel une épaisse fumée s'échappa.

— Une panne ! rugit le colosse. Impossible ! J'entretiens cette voiture moi-même et, pas plus tard qu'hier encore, j'ait tout contrôlé : l'allumage, la distribution d'essence, la pompe à eau, la tuyauterie, tout... Impossible qu'il y ait une panne. IM-POS-SI-BLE !

C'est alors qu'il pensa à ce qu'avait dit le colonel Graigh quand il s'était rendu compte que son téléphone ne fonctionnait pas : « Juste à ce moment ?... Ne trouvez-vous pas cela étrange, Bill ? » Et il avait répondu : « Peut-être, mais il peut s'agir aussi d'un hasard... »

— De deux hasards, compléta-t-il à haute voix.

Et les autres paroles du chef de la Patrouille du Temps lui revinrent à la mémoire : « ... faites attention de ne pas disparaître en route... »

Il haussa les épaules et regarda le moteur de la Jaguar qui fumait encore.

— Faudra attendre que ça refroidisse avant de pouvoir jeter un coup d'œil là-dedans, murmura-t-il. Pas le temps... Il y a bien une voiture qui passera par-là d'un moment à l'autre...

C'est alors, comme il surveillait la route, qu'il se demanda ;

— Tiens, qui est-ce qui s'amuse à faire des bulles de savon par ici ?

La bulle, comme poussée par le vent, venait droit vers lui. Quand elle ne fut qu'à six ou sept mètres, elle était devenue si grosse qu'il se dit encore, parlant à haute voix :

— Jamais vu une bulle de savon pareille !

Non, vraiment, jamais Bill Ballantine n'avait vu pareille bulle de savon.

V

Quand Bob Morane avait retrouvé conscience, il était étendu sur une surface dure, avec au-dessus de lui un ciel bas, bouché par des nébulosités grisâtres à travers lesquelles perçait une clarté écœurante, une chaleur lourde comme un sirop.

Bob demeura un instant immobile, continuant à tâter le sol du bout des doigts pour se rendre compte que, bien que lisse dans son étendue, il se révélait cependant légèrement grenu.

Lentement Morane se redressa, se mit sur son séant et regarda autour de lui. Tout de suite, il se rendit compte qu'il devait se trouver au sommet en plate-forme d'un très haut immeuble. Un pylône métallique se terminant en spires le confirma dans cette idée. Le pylône en question ne pouvait être autre chose qu'une antenne de télévision perfectionnée, mais rongée par les oxydes, réduite à l'état de débris.

Son évanouissement n'avait en rien estompé sa mémoire et il se souvenait nettement des événements qui l'avaient précédé : la promenade dans la campagne armoricaine en compagnie d'Ethelweed, la belle princesse barbare, les fantaisies de leurs montures, la façon dont la sienne l'avait désarçonné, puis sa capture par la bulle irisée. Nulle part, autour de lui, il n'apercevait plus Ethelweed, ni les chevaux, et la campagne était remplacée par cette énorme plage de béton. Le ciel également n'était plus le même. Quant à la bulle, elle avait disparu.

Se relevant tout à fait, Morane avait marché vers un parapet et, quand il l'atteignit, il ne put s'empêcher de sursauter sous l'effet de la surprise. Un monde inattendu s'étendait devant lui, prodigieux amoncellement de buildings en ruine, troués pour la plupart comme des écumoires, réduits à l'état de squelettes. Beaucoup, dont le béton s'écaillait, laissaient voir leurs armatures métalliques, pareilles à des ossements. Sur les murs, les terrasses, des traces noirâtres, flammées, tout à fait comme si l'énorme ville, qui s'étendait sur ces centaines de kilomètres carrés, avait été la proie d'un gigantesque incendie, ou soumise à une intense chaleur. Dans ces tranchées rectilignes, se coupant en angles droits, entre les constructions, et qui jadis avaient été des rues, une végétation délirante avait poussé, crevant le macadam, perçant les murailles.

« On dirait que cette cité a jadis été la proie de quelque cataclysme », songea Morane.

Il avait vu de nombreuses photos de Nagasaki et d'Hiroshima après leur destruction par la bombe atomique, et ce qu'il avait sous les yeux lui rappelait un peu ces photos, avec en plus le gigantisme des constructions en ruine, et aussi la végétation qui avait envahi les rues.

« Admettons donc que cette ville a été détruite par une catastrophe d'origine nucléaire, songea-t-il encore. Mais quelle est-elle ? »

Il avait l'impression de la reconnaître. Le building au sommet duquel il se trouvait s'élevait sur une grande île allongée et couverte de bâtiments semblables qui s'aggloméraient comme les cristaux d'un énorme morceau de quartz. A gauche, à droite, sur les rives d'un large fleuve qui se séparait en deux bras encerclant l'île, d'autres quartiers s'étendaient à perte de vue jusqu'aux nébulosités lointaines. Par-dessus les deux bras du fleuve, aux eaux couvertes d'amas végétaux qui les faisaient ressembler à des marécages, on distinguait encore les vestiges de grands ponts de métal dont l'armature disparaissait presque complètement sous l'enroulement délirant des plantes grimpantes. A droite, au centre de l'un des bras du fleuve, il y avait une autre île, beaucoup moins étendue et reliée à la fois à la grande île et à une troisième, plus grande encore, par un double pont. A droite, le long de la rive, on distinguait encore, à demi noyées par la végétation aquatique, de longues avancées grisâtres qui, jadis, avaient dû servir de wharfs. Devant Morane, le fleuve s'élargissait en un large estuaire avec quelques îlots épars et, très loin, une ligne continue, d'un vert grisâtre, marquait la pleine mer. Sur un de ces îlots, Bob put même distinguer la silhouette d'une haute statue couronnée, avec un bras levé.

A présent, il ne doutait plus. Il avait la certitude d'avoir reconnu la grande cité. Le bras d'eau, à droite, c'était l'East River avec, en son milieu, Welfare Island et le double Queensborough Bridge, avec, au-delà, Long Island. L'autre bras d'eau, à gauche, était l'Hudson et sa ligne de piers. Quant à l'île sur laquelle Bob se trouvait, c'était Manhattan et la statue sur l'îlot lointain, la Statue de la Liberté, ou tout au moins ce qui en restait.

— New York !... murmura-t-il. Je suis à New York !

Nulle part cependant, il ne découvrait l'Empire State building, ni le Chrysler building, ni la tour rectangulaire des Nations Unies, mais à leur place des constructions plus audacieuses encore et aujourd'hui ruinées.

Une de ces constructions attira l'attention de Morane. Cela ressemblait à une pyramide à degrés, comme en avaient édifié les anciens Aztèques, mais élevée à des proportions titanesques. Aucune fenêtre, aucune ouverture visible. Au sommet, un double dôme ayant un peu la forme d'un cerveau, mais sans les circonvolutions. Ce double dôme était percé d'une multitude de petites ouvertures qui brillaient vivement, comme si elles étaient garnies de miroirs, ou de lentilles. A de nombreuses reprises, Morane avait séjourné à New York et jamais il n'y avait vu ni entendu parler de ce bâtiment insolite, trop important de toute façon par ses dimensions et, sans doute, par sa destination, pour passer inaperçu.

— Bref, fit-il à haute voix, je suis à New York. Impossible d'en douter. Mais quand ?... Pas au XXe siècle, assurément...

Durant de brefs instants, il réfléchit, puis il arriva à cette conclusion :

— Puisque l'Empire State building, le Chrysler building et les Nations Unies n'existent plus et que cette mystérieuse pyramide à dôme n'existait pas encore lors de mes précédents séjours dans cette ville, c'est que je m'y trouve *dans le futur* par rapport au XXe siècle... Un enfant en étant encore à apprendre sa table de multiplication aurait compris ça tout seul.

Comment était-il venu là ? C'était relativement aisé à expliquer : par le véhicule de la mystérieuse bulle qui l'avait capturé, tout simplement. Mais par la volonté de qui ? A cette question il eût été bien difficile de répondre. La Patrouille du Temps ? S'il en avait été ainsi, il aurait été averti. L'Ombre Jaune ? A l'issue de la dernière aventure qui les avait opposés, son redoutable ennemi n'était pas dans la situation de pouvoir, avant longtemps, et sans doute jamais, tenter la moindre action contre lui.

Préférant trouver plus tard des réponses aux questions qui se pressaient dans son esprit, Bob décida de gagner la rue, ce qui ne serait sans doute pas une petite entreprise, car le gratte-ciel au sommet duquel il se trouvait était fort haut et il y avait quatre-vingt-dix-neuf chances sur cent — voire cent sur cent — que les ascenseurs ne fonctionnaient plus.

Il gagna le dernier étage et, là, il se rendit compte qu'effectivement les ascenseurs étaient inutilisables.

« Il me faudra donc me contenter des escaliers ! » pensa-t-il en faisant la grimace. Et il se mit à descendre inlassablement, en songeant malgré lui aux vers de Baudelaire :

Des damnés descendant sans lampe
D'éternels escaliers sans rampe...

Bien entendu, il y avait une rampe aux escaliers que Bob Morane descendait, mais la réalité n'était pas, comme la poésie, assujettie aux nécessités de la rime.

A chaque étage, il trouvait des portes ouvertes, soit brûlées par l'incendie, soit enfoncées jadis par des pillards. Mais il était probable que, la population de la métropole américaine ayant été en grande partie exterminée lors du cataclysme, il ne restait plus assez de pillards pour emporter tout ce qui était disponible. Aussi, dans les appartements qui, jadis, avaient servi d'habitations ou de bureaux, Morane devait-il découvrir de nombreux objets, dont beaucoup hors d'usage et qui, de toute façon, ne pouvaient lui être d'aucune utilité. Il trouva également quelques armes, mais également hors d'usage. D'ailleurs, il possédait son pistolet à rayons ioniques, propre à être utilisé une centaine de fois sans être alimenté, et plusieurs recharges fixées à sa ceinture.

Dans un appartement, il devait cependant faire une précieuse découverte : une paire de puissantes jumelles en métal inoxydable, dont les lentilles et les prismes ne s'étaient pas décollés.

S'accoudant à une des fenêtres privées de vitres de l'appartement, il entreprit d'inspecter les environs à l'aide des jumelles. Tout d'abord, aussi loin qu'elles pouvaient porter, il ne distingua rien que les rues désertes envahies par la végétation et, là-bas, la vaste étendue de Central Park transformé en forêt vierge.

Il devait finir pourtant par découvrir des formes mobiles se coulant à travers les plantes, non loin de son poste d'observation, ce qui lui permit de les détailler à l'aise. Tout d'abord, ce furent des quadrupèdes se déplaçant par bandes et ressemblant à des chiens. Jusque-là, rien de bien étonnant, mais ce qui l'était davantage, c'était que la peau de ces quadrupèdes, comme pelée par endroits, laissait voir des plaques brillantes, tout à fait comme si, sous cette peau, il y avait eu du métal.

Dans un autre secteur, Morane devait repérer de nouvelles formes, humaines celles-là. Des silhouettes d'hommes vêtus d'uniformes bleus à boutons et galons argentés et coiffés de casquettes galonnées d'argent également.

« Des policiers ! » pensa Bob.

Il eut envie de crier en agitant les bras pour attirer leur attention, mais il se contint. Non seulement parce qu'il était trop loin pour espérer être aperçu par lesdits policiers, mais aussi parce que leur allure lui déplaisait. Il y avait en eux, dans la façon qu'ils avaient de tourner la tête de droite à gauche, quelque chose de bêtes à l'affût.

D'où Morane se trouvait, et malgré les jumelles, il distinguait mal les visages de ces hommes, mais leur teinte grise l'étonnait. L'impression également que leurs traits étaient figés mais, avec l'éloignement, il lui aurait été difficile d'en jurer.

« Continuons à descendre, décida-t-il. Plus tard, nous pourrons sans doute étudier tout cela de plus près. »

Laissant pendre les jumelles autour de son cou, il quitta l'appartement et regagna l'escalier.

*
* *

Au fur et à mesure que Bob Morane se rapprochait du rez-de-chaussée, les escaliers se révélaient de moins en moins praticables. Des végétaux, ayant crevé les murs, défonçaient les marches et il fallait souvent escalader ou contourner des branches qui rampaient le long des degrés tels de prodigieux boas pétrifiés.

Un moment, Bob pensa abandonner son épée qui, parfois, entravait sa marche ; mais, finalement, il n'en fit rien, se disant qu'elle pourrait peut-être lui servir plus tard. Les événements devaient lui donner raison car, bientôt, les branches devinrent à ce point nombreuses, bouchant presque par endroits l'escalier, qu'il lui fallut utiliser l'épée en guise de machette. Il aurait pu certes faire usage de son pistolet pour, en dardant quelques rayons ioniques, pratiquer une trouée dans cette jungle, mais il préférait économiser les recharges pour d'autres circonstances, où il aurait à défendre sa vie.

Finalement, il atteignit le rez-de-chaussée et passa dans la rue encombrée par la végétation. L'asphalte, crevée de partout, avait été changée en une caillasse noirâtre à laquelle l'humus des feuilles tombées, des branches pourries, s'amalgamait. Il devait pleuvoir beaucoup car ce sol composite se révélait mou, glissant, et une entêtante odeur de putréfaction en émanait.

Ne sachant vers quel endroit diriger ses pas, Morane décida d'aller droit devant lui. Il suivit une large avenue à laquelle il lui eût été bien difficile de donner un nom, car les plaques des rues avaient depuis longtemps disparu. En outre, comme il était certain d'avoir accompli un bond dans le futur, la ville devait s'être transformée depuis qu'il y avait séjourné au XXe siècle.

Par moments, sans que Bob puisse deviner pour quelle raison — mais n'en allait-il pas ainsi dans la nature ? — la végétation disparaissait presque totalement et il fallait traverser de courtes zones dénudées faisant penser aux clairières d'une forêt.

Soudain, comme il allait s'engager sur une de ces zones, Bob se rejeta en arrière, pour se tapir derrière un buisson. A l'autre extrémité de la clairière, deux silhouettes humaines venaient de surgir. C'étaient deux de ces hommes vêtus de bleu, aux uniformes ressemblant à ceux de policiers, qu'il avait aperçus tout à l'heure de la fenêtre du building. A présent, ils n'étaient qu'à une centaine de mètres de lui et, à l'aide des jumelles, il pouvait les étudier à loisir.

Drôles de personnages en vérité. Leurs uniformes étaient bien ceux de policiers et leurs corps, pour ce qu'on pouvait en juger à travers les vêtements, étaient ceux d'hommes normaux. Mais leurs visages ! Ils avaient des traits, certes, mais pouvait-on réellement appeler cela des traits ? La peau grise, sans pigments eût-on dit, et la chair ressemblaient à de l'éponge, creusées de milliers de trous, tout à fait comme si un acide les avait patiemment, profondément rongées. Le nez était informe et les lèvres et les oreilles ressemblaient à de la dentelle. Cet aspect repoussant était encore accentué par le fait que ces visages demeuraient figés, presque sans expression. Et il y avait aussi les yeux, telles de petites lumières prêtes à s'éteindre au fond des orbites et qui bougeaient sans cesse dans tous les sens. Il faisait plein jour et, pourtant, ces hommes donnaient l'impression de chercher à voir à travers la nuit.

Morane comprit que, s'ils n'étaient pas tout à fait aveugles, ils avaient au moins la vue très basse.

Continuant à observer les deux policiers — pouvait-on réellement leur donner ce nom ? —, Bob eut la même impression que précédemment, du haut du building : ils avaient réellement l'air de bêtes à l'affût, continuellement en quête d'une victime.

Bien qu'il fût maître de ses nerfs, Morane ne put s'empêcher de frissonner et, instinctivement, il porta la main à la crosse de son pistolet. Ces êtres lui faisaient vaguement peur, comme s'ils n'étaient pas humains, comme s'ils n'étaient *plus* humains.

L'armement des deux personnages à face d'éponge était redoutable : une lourde matraque de métal, à l'extrémité garnie d'ailettes, faisant penser aux masses de combat des chevaliers médiévaux et qu'ils portaient attachée au poignet par une boucle de cuir ; un fusil automatique de très gros calibre, qui devait lancer des gerbes de mitraille ; et dans une gaine un revolver qui, d'après ce qu'on en voyait, ne devait pas différer beaucoup de ceux du XXe siècle.

Tout en traversant la clairière, les deux êtres ne cessaient de tourner la tête de droite à gauche, comme s'ils prêtaient l'oreille au moindre bruit, et Bob devina que, s'ils avaient la vue basse, ils devaient par contre posséder une ouïe très fine.

Quand le couple eut disparu parmi la végétation, Morane attendit de longues minutes avant de se remettre lui-même en route, dans une direction opposée.

A la marche du soleil, dont on distinguait la masse incandescente à travers les nébulosités du ciel, il se dirigeait vers l'ouest, c'est-à-dire vers le port, tout à fait comme s'il s'attendait à y trouver un paquebot en partance. Il aurait tout aussi bien pu tenter de gagner l'aéroport Kennedy, pour sauter dans le premier Boeing.

Depuis qu'il marchait ainsi à travers rues et avenues envahies par la végétation, il n'avait pu s'empêcher de remarquer le caractère insolite de cette dernière. Il n'y avait pas seulement un certain gigantisme, mais les essences n'étaient pas non plus de celles que l'on pouvait s'attendre à trouver sous cette latitude, car il y avait là beaucoup d'espèces tropicales. Peut-être les radiations atomiques, en changeant les conditions climatiques, avaient-elles fait germer des graines, proliférer des plants de serres, et le temps avait fait le reste.

— Pourvu, murmura Morane en continuant à avancer en direction de l'ouest, que la radio-activité ait cessé de se faire sentir !

Il haussa les épaules avec insouciance, pour reprendre :

— Après tout, que pourrais-je y faire ?

Le soir tombait quand il atteignit la lisière d'une vaste zone où les bâtiments, démolis et rasés par le cataclysme, avaient été remplacés par une jungle touffue, noyée d'eau par endroits, véritable bourbier au bord duquel il s'arrêta et qu'il décida de contourner.

En se basant sur certaines remarques faites en cours de route, il jugeait se trouver dans les parages de l'ancien Post Office. Il se rapprochait donc du pont. Pour y trouver quoi ? Il se le demandait...

« Avant tout, songea-t-il, trouvons un perchoir pour la nuit. Demain, je me remettrai en route. Tout compte fait, je commence à me sentir sérieusement vanné. J'ai fait pas mal de chemin aujourd'hui.. »

Il se mit à rire. Oui, vraiment, il avait fait *pas mal de chemin* ce jour-là.

Malgré lui, il pensa à Ethelweed, mais il la chassa rapidement de son esprit, repris par la seule préoccupation de trouver un refuge sûr pour la nuit. Du regard, il chercha parmi les bâtiments voisins un endroit qui pourrait lui convenir.

C'est alors seulement qu'une odeur parvint à ses narines. C'était une odeur de fumée. Une odeur de feu, donc une odeur d'humanité.

VI

Arrêté au bord du marécage, Morane regardait autour de lui, cherchant à repérer cette fumée dont l'odeur venait de lui parvenir. Ses yeux rencontrèrent au passage la haute construction en forme de pyramide à degrés, sans portes ni fenêtres, au double dôme imitant des lobes cervicaux, et qui l'avait tant intrigué précédemment. Cette fois, dans le crépuscule, il ressentit un vague malaise, tout à fait comme si cet édifice constituait une menace.

Il se secoua et continua à promener ses regards sur les étendues ruinées de la grande cité, dont beaucoup des bâtiments étaient rasés, ou réduits à l'état de chicots — à part la mystérieuse pyramide à degrés, qui semblait être demeurée intacte.

Finalement, il repéra la fumée, grise sur le couchant. Elle montait du centre de la zone marécageuse qui s'étendait en direction du port et au bord de laquelle Morane s'était arrêté. Quelle distance l'en séparait ? Il lui eût été difficile de le dire avec précision. Un kilomètre peut-être...

Pendant un moment, Bob avait hésité entre deux décisions à prendre : ou demeurer sur place et chercher un refuge pour la nuit, ou avancer vers la fumée malgré l'obscurité qui tombait.

La curiosité, et aussi l'espoir de rencontrer d'autres êtres humains semblables à lui, le fit pencher pour la seconde solution. Il repéra une sorte de digue, composée de déblais, qui s'avançait dans le bourbier et lui permettrait d'y progresser à pied sec, du moins sur une certaine distance.

Au bout de trois cents mètres cependant, la digue prit fin et il fut contraint de continuer en pataugeant dans la vase et en se frayant un chemin à travers les plantes folles. Par instants, presque instinctivement, il jetait un regard en direction de la pyramide à degrés, dont parfois, par une trouée dans la végétation, il apercevait la silhouette élémentaire, se découpant de façon menaçante sur le ciel qui s'assombrissait de plus en plus. A un moment, il eut l'impression qu'une luminosité verte émanait de l'énigmatique construction, mais il supposa qu'il s'agissait là des reflets des derniers rayons solaires.

La nuit était tout à fait tombée quand Bob Morane aperçut une lueur, rougeâtre entre les arbres, tandis que l'odeur de fumée se faisait plus précise.

Il avança sur une distance de quelques mètres encore, puis s'arrêta à l'orée d'une clairière cernée de vieux murs éboulés, érodés et qui, en certains endroits, ne s'élevaient guère qu'à cinquante centimètres du sol, tandis qu'en d'autres endroits ils avaient complètement disparu, ce qui en restait — s'il en restait quelque chose — étant définitivement noyé sous les hautes herbes et les ronciers.

Au centre de la clairière, un grand feu brûlait, autour duquel s'agitaient une douzaine de silhouettes humaines. Aussitôt, Bob reconnut qu'il s'agissait de ces hommes vêtus d'uniformes de policiers, semblables à ceux qu'il avait croisés précédemment. Une fois encore, il se demanda s'il s'agissait bien d'hommes. Il y avait si peu d'humanité en eux, à part la morphologie générale du corps et du visage. En les observant, il ne pouvait s'empêcher d'y voir autre chose que des sinistres caricatures.

Mais, bientôt, l'attention de Morane devait être attirée par une autre présence ; une jeune fille suspendue par les poignets à la plus basse branche d'un arbre, à quelque distance du feu, qui l'éclairait en plein. Il s'agissait d'une jeune fille de couleur — mulâtresse sans doute — vêtue d'oripeaux voyants, bordés de franges, ornés de perles. Sur son beau visage, aux traits lisses et durs comme le bronze poli, une expression de résignation se lisait. De sa jupe courte, frangée comme un vêtement indien, émergeaient de longues jambes minces, au galbe parfait, et les pointes des pieds nus, dirigées vers le bas, donnaient l'impression de vouloir retrouver le contact du sol.

Durant quelques instants, Morane s'attarda encore à détailler la belle inconnue, dont la tête, penchée sur le côté, était noyée dans la masse de longs cheveux noirs, presque lisses, serrés sur le front par un bandeau de verroterie. Telle quelle, la jeune fille lui donnait l'impression d'une victime expiatoire promise à on ne savait quel obscur sacrifice. A deux mètres d'elle se tenait un policier à visage d'éponge grise. Sous le bras, il serrait un fusil automatique à canon court, de gros calibre et, visiblement, il surveillait la prisonnière.

Instinctivement, Bob reporta ses regards en direction du feu, vers les autres policiers. Il vit les couteaux qu'on affûtait, le gril que l'on présentait aux flammes comme en prévision d'un énorme barbecue. Et, aussitôt, il sut qui devait servir à alimenter le festin qui se préparait. Et il sut aussi, définitivement cette fois, que ces brutes en uniforme n'étaient pas des hommes, ou tout au moins n'étaient *plus* des hommes.

C'est à ce moment-là que Morane se rendit compte qu'une autre clarté, verdâtre celle-là, se superposait à celle du foyer. Il tourna la tête vers la droite et vit la silhouette de la pyramide à degrés qui, à présent, irradiait nettement d'une clarté phosphorescente ne pouvant émaner que de la structure même de l'édifice, puisque celui-ci ne possédait aucune ouverture apparente.

A nouveau, Bob se sentit étreint par un insurmontable malaise, mais il le chassa et, remettant à plus tard de trouver une solution à l'énigme de la pyramide phosphorescente, il reporta ses regards vers la prisonnière.

En dépit de ce que la situation avait de critique, il ne

put s'empêcher de trouver quelque chose de familier dans la tenue de la jeune inconnue. Elle lui rappelait les *hippies* du XXe siècle, ces individus qui avaient choisi de vivre — avec plus ou moins de bonheur — à l'écart d'une civilisation mécanisée et matérialisée à l'extrême, pour afficher un comportement empreint de non-violence, comportement qui n'était pas sans rappeler celui des « bons sauvages » si chers à Bernardin de Saint-Pierre.

Déjà, Bob avait pris la décision de soustraire la captive aux entreprises de ses ennemis, quitte à décevoir la gourmandise anthropophagique des policiers à visages d'éponge.

Lentement, il entreprit de contourner la clairière jusqu'à parvenir à la perpendiculaire de l'arbre auquel était attachée la prisonnière. Alors, il s'immobilisa, pour juger rapidement la situation. Pour atteindre l'arbre, il lui faudrait franchir une trentaine de mètres à l'intérieur de la clairière sans être aperçu, tâche que les hautes herbes rendaient possible.

Après s'être assuré que son scramasax [1] glissait facilement dans son fourreau de cuir, il se mit à ramper en direction de l'arbre et du gardien en uniforme. Quand il n'en fut plus qu'à deux mètres, il bondit à la façon d'un fauve sur l'homme qui lui tournait le dos et, du tranchant de la main, il le frappa à la base du crâne. Sans se soucier de sa victime, qui s'était écroulée, Morane se tourna vers la prisonnière tout en tirant son scramasax. Un bond, un revers de lame et, tranché le lien qui la suspendait à la branche, la jeune fille chuta sur le sol. Bob l'aida à se relever en murmurant, en anglais :

— Filons, vite !

— Qui êtes-vous ? interrogea-t-elle avec surprise, en anglais également.

— Peu importe ! jeta Morane. Le plus urgent pour le moment c'est de s'éloigner...

Tout en parlant, il l'entraînait, pour ajouter encore :

---

1. Mot d'origine germanique servant à désigner un grand coutelas à large lame en usage durant le haut Moyen Age.

— Baissez-vous.

Courbés, ils se mirent à courir en direction de la lisière du marécage, et ils allaient l'atteindre quand, derrière eux, des cris retentirent, indiquant que leur fuite n'était pas passée inaperçue.

Poussant sa compagne, Bob la força à se jeter à plat ventre. Juste à temps, car plusieurs détonations claquèrent et de la mitraille vint hacher les buissons devant eux.

Toujours couché. Morane tira son pistolet ionique et, se tournant vers le centre de la clairière, il darda un rayon dans la direction des silhouettes qui se précipitaient vers eux. Il ne put se rendre compte avec précision s'il avait atteint l'un ou plusieurs de leurs poursuivants, mais l'intense chaleur ayant enflammé les hautes herbes, Bob et sa protégée se trouvèrent momentanément séparés de l'ennemi. En outre, un épais rideau de fumée les dissimula.

Ils se redressèrent et se mirent à courir vers le couvert des arbres, qu'ils atteignirent en quelques pas.

— Je vais vous conduire, dit la jeune fille. Notre seule chance de nous en tirer, c'est d'atteindre Brooklyn avant que les rives du fleuve ne grouillent de Khops.

— Les Khops ? interrogea Bob. Qui est-ce ?

— Les monstres en uniforme auxquels vous m'avez arrachée.

Elle parlait un anglais plein d'étranges contractions et de néologismes, mais cependant parfaitement compréhensible.

— Merci de m'avoir sauvé la vie, dit-elle encore.

Son accent était légèrement chantant, comme celui des créoles.

— Ils allaient vous sacrifier, vous dépecer et vous faire cuire pour vous dévorer, n'est-ce pas ? fit Bob.

La jeune mulâtresse acquiesça.

— Oui... ils allaient me dévorer... Ils ont besoin de manger de la chair humaine pour survivre...

*
* *

Ce fut seulement quand ils eurent traversé le bourbier que la jeune fille, qui allait en tête, s'arrêta pour se tourner vers son compagnon.

— Je m'appelle Sheeba, dit-elle simplement.

La nuit était claire et Morane pouvait à son aise détailler sa brune compagne. Il décida qu'elle était fort belle. Une beauté à la fois sauvage et racée. Et il ne put s'empêcher de la comparer à une grande fleur sombre.

— Mon nom est Bob, fit-il à son tour.

Elle se mit à rire, et ce rire ressemblait à un chant d'oiseau.

— Bob..., gazouilla-t-elle. On ne peut pas dire que ce soit fort original.

Il se mit à rire, lui aussi, pour dire :

— J'en conviens, mais je n'ai rien d'autre à vous offrir.

Sheeba le considérait avec curiosité.

— Vous n'êtes pas d'ici, conclut-elle.

— En effet, je ne suis pas d'ici, approuva-t-il.

Pourtant, il ne jugea pas utile de fournir d'autres explications, trop longues et qu'elle n'aurait d'ailleurs peut-être pas comprises. Elle n'en demanda d'ailleurs pas.

Pointant le menton en direction du marécage qu'ils venaient de quitter, Morane interrogea ;

— Croyez-vous qu'ils nous poursuivent ?

— Je ne le pense pas, répondit Sheeba. Le rideau de flammes et de fumée que vous avez provoqué leur aura fait perdre notre trace.

Et elle acheva :

— Mais il y en aura d'autres. Si Elle est avertie, Elle les enverra vers nous...

Tout en parlant, Sheeba désignait la grande pyramide à degrés qui phosphorait dans la nuit, tel un prodigieux arbre de Noël. Dans l'attitude de la jeune fille, il y avait une sorte de peur superstitieuse, et Morane la vit qui se signait, comme jadis on se signait instinctivement en prononçant le nom du démon.

— Qu'est-ce que c'est ? demanda-t-il.

Sheeba secoua la tête.

— Nous ne savons pas, dit-elle. Personne ne l'a jamais vue. C'est Elle qui règne en toute puissance sur Niviork, qui commande aux Khops. Nous l'appelons Ibémé.

— D'où lui vient ce nom ?

— Nous ne savons pas... Nous l'avons toujours appelée ainsi.

Il n'insista pas. Pourtant, ce nom d'Ibémé lui disait quelque chose. Mais quoi ?... Il eût bien été en peine de le dire.

— Si nous continuions ? proposa-t-il.

— Vous avez raison, approuva-t-elle. Nous n'avons que trop perdu de temps.

Ils se remirent en marche, Sheeba allant toujours en tête, car elle semblait connaître parfaitement la route à suivre. Elle avançait vite, à grands pas souples, à tel point que Morane, malgré ses longues jambes, éprouvait de la peine à la suivre.

Tout en marchant, il ne pouvait s'empêcher de s'étonner de l'étrangeté de la situation. Il se trouvait transporté à New York, il ne savait exactement comment ni à quelle époque, un New York devenu Niviork et sur lequel régnait une maîtresse aussi puissante que mystérieuse nommée Ibémé et servie par une police composée d'individus n'ayant d'humain que la forme — et encore ! — et auxquels il venait d'arracher une jeune mulâtresse, aussi belle qu'un soir de printemps se couchant sur une prairie en fleurs, et dont l'allure, le costume lui rappelaient immanquablement les *hippies* du XXe siècle. Mais il y avait sur tout cela tant de questions à se poser, et tant de réponses à donner à ces questions, qu'il préféra continuer à ne pas mettre son imagination à la torture.

L'homme et la jeune fille continuèrent à avancer dans la direction opposée à celle que Morane avait suivie tout d'abord, quand il était seul, c'est-à-dire vers l'East River. Sheeba s'efforçait de suivre une route, à l'abri des éboulis et de la végétation, qui leur permettait de se soustraire à toute recherche.

— En général, avait-elle expliqué, les Khops empruntent le tracé des anciennes grandes avenues, surtout la nuit, afin de ne pas risquer de tomber dans quelque embuscade ou d'être attaqués par surprise par les bêtes de métal.

Morane se souvint de ces quadrupèdes dont la peau pelée laissait voir des plaques métalliques et qu'il avait aperçus, quelques heures plus tôt, d'une fenêtre du building au sommet duquel il avait atterri il ne savait comment. Il préféra ne pas demander d'explications à sa compagne. Sans doute saurait-il avant longtemps quelles étaient ces bêtes de métal, et ce n'était pas le moment de perdre un temps précieux en vaines parlotes.

— Ne courons-nous pas le même risque ? se contenta-t-il de demander.

— Oui, hélas..., répondit Sheeba d'une voix sourde dans laquelle passait de la peur.

Elle marchait un peu en avant de lui. Il la rejoignit d'une enjambée plus longue que les autres et lui posa la main sur l'épaule tandis que, de l'autre, il tirait son pistolet ionique.

— Soyez sans crainte, assura-t-il, je vous protégerai quoi qu'il arrive.

Tout en continuant à avancer, elle s'appuya légèrement à lui, en un mouvement plein de confiance.

— Je sais que vous me protégerez, dit-elle doucement.

Elle s'était tournée vers son compagnon et, comme il était beaucoup plus grand qu'elle, elle dut lever la tête. La clarté de la lune éclaira son visage en plein, et Bob ne put s'empêcher de se sentir bouleversé par le regard des grands yeux sombres et brillants, pareils à de la marcassite taillée.

Ils continuèrent ainsi, sans plus échanger aucune parole, afin d'éviter de faire le moindre bruit qui eût pu être entendu par un ennemi aux aguets.

Finalement, Sheeba s'arrêta.

— Nous approchons de la rivière, dit-elle. Si les Khops nous attendent, ce sera là. Ce qui compte c'est leur échapper pour retrouver le bateau à bord duquel je suis venue.

— Et s'ils nous poursuivent ?

— Ils ne franchissent pas la rivière si cela n'est pas absolument indispensable, et surtout la nuit. Ils ont trop peur des pièges que les miens ont posés un peu partout sur l'autre rive... De toute façon, il nous faudra profiter des ténèbres pour passer.

— Sans doute, approuva Morane, mais avant de pousser plus avant, j'aimerais me rendre compte de la situation. Je n'ai pas envie d'aller nous jeter dans la gueule du loup.

Il désigna une haute construction aux murs de métal inoxydable et qui était demeurée presque intacte, sur la gauche.

— Montons là. Nous y trouverons un poste d'observation.

Ils gagnèrent l'immeuble, y pénétrèrent et se mirent à gravir l'escalier central encombré de détritus, de plantes folles, de racines entremêlées et de cryptogames géants. Morane avait allumé la minuscule lampe-stylo qui ne le quittait jamais et ils purent ainsi gagner le cinquième étage sans trop de tâtonnements. Ils trouvèrent un appartement ouvert — ils l'étaient presque tous, leurs portes arrachées — et s'installèrent à une baie d'où ils avaient vue sur l'East River. Sheeba désigna un point précis de la rive.

— C'est là que j'ai caché mon embarcation, dit-elle.

Dans l'ombre, Morane fit la grimace.

— Je ne crois pas que nous puissions la récupérer pour l'instant, remarqua-t-il.

Le long du fleuve, dans la direction exacte qu'avait indiquée Sheeba, des points lumineux se mouvaient.

Portant à ses yeux les jumelles, qu'il avait conservées, Bob les braqua vers la berge. Il s'agissait de jumelles infrarouges, permettant d'y voir dans l'obscurité, et derrière chacun des points lumineux, il distingua une silhouette humaine dont il n'eut aucune peine à deviner l'identité.

— Ce que nous craignions est arrivé, dit-il. Les Khops nous guettent.

VII

Une seule solution s'offrait pour l'instant à Bob Morane et à Sheeba : demeurer là où ils se trouvaient — dans une sécurité relative — et attendre que la surveillance ennemie se soit relâchée. S'il fallait en croire la jeune fille, les Khops se retireraient au bout de quelques heures, quand ils verraient que ceux qu'ils attendaient continuaient à ne pas se manifester.

Cette inaction forcée menaçait certes de peser à Bob, surtout dans l'incertitude dans laquelle il se débattait, mais il ne pouvait que l'accepter comme un pis-aller.

Tout en continuant à surveiller la rive du fleuve, il entreprit d'interroger sa compagne afin qu'elle lui fournisse des éléments de réponses aux questions qu'il se posait depuis plusieurs heures. Pourtant, Sheeba devait se révéler incapable de lui fournir les précisions qu'il attendait. Tout ce qu'elle savait, elle l'avait appris par la tradition, par des légendes transmises de bouche à oreille au cours des générations.

Selon ce que Morane put déduire des déclarations de sa compagne, ce fut que jadis, à une époque indéterminée, Niviork avait été détruite par une catastrophe dont on ignorait l'exacte nature. Sans doute une guerre atomique, ou cosmique. A l'époque de cette catastrophe, les hommes vivaient dans une liberté toute relative, surveillés par des machines électroniques. Ils possédaient le confort matériel, mais aucune indépendance morale.

Lors de la catastrophe, la plus grande part de la population de la monstrueuse cité avait été exterminée. Une partie des survivants, touchés par les radiations et gravement lésés biologiquement, avait engendré la race des Khops. L'autre partie, dont les membres étaient miraculeusement indemnes, sans chefs, sans lois, avait formé une communauté non violente, asservie par les Khops et la mystérieuse entité, nommée Ibémé, qui les dirigeait. C'était à cette communauté — les Enfants de la Rose — qu'appartenait Sheeba. Elle devait son nom au fait que ses membres adoraient un rosier qui, tout d'abord, n'avait été qu'un emblème de beauté et de douceur mais qui, au cours des ans, avait acquis force de dieu.

Tandis que les Khops régnaient exclusivement sur Manhattan, les Enfants de la Rose, eux, demeuraient confinés sur Long Island et en particulier à Brooklyn, à présent presque complètement sous eau, où ils s'étaient retranchés.

— Dans ce cas, interrogea Morane à l'adresse de Sheeba, pourquoi vous trouviez-vous sur l'île de Manhattan quand je vous ai rencontrée ?

— Nous sommes dans les derniers jours de juin, expliqua la jeune fille, et bientôt nous atteindrons le 4 juillet, date du Grand Sacrifice...

— Le Grand Sacrifice ! fit Morane. J'aimerais savoir de quoi il s'agit. Je suis étranger, ne l'oubliez pas.

Sans se faire prier, Sheeba fournit les explications demandées.

— Comme je vous l'ai déjà dit, Bob, les Khops ont besoin de manger de la chair humaine pour se regénérer. De temps à autre, ils capturent l'un des nôtres et le dévorent, mais ce n'est là qu'un accident. Tous les ans, un certain nombre d'entre nous — plusieurs centaines — sont attirés par une force qui les dépasse, et sans qu'on puisse les retenir, sur Manhattan, où les Khops les massacrent et les dévorent au cours d'un monstrueux festin rituel.

— Le 4 juillet [1], murmura Morane. Comme par hasard ! Drôle de fête nationale !...

Sheeba ne parut pas avoir entendu. Elle continuait :

— Chaque année, je redoute d'être appelée au Grand Sacrifice. Voilà pourquoi cette fois, après avoir longtemps hésité, j'ai décidé de tenter l'impossible : gagner le continent, à l'ouest, où s'arrêterait la puissance d'Ibémé.

— Si je comprends bien, fit Bob, vous n'êtes pas allée bien loin. Comme vous traversiez Manhattan, les Khops vous ont capturée et...

— ... sans vous je serais morte à l'heure actuelle, compléta la jeune mulâtresse.

Pendant que ces paroles s'échangeaient, Morane n'avait pas cessé d'inspecter la rive du fleuve, en direction de l'est, à l'aide des jumelles infrarouges.

Une heure s'était écoulée et, sur la berge de l'East River, les lumières et les silhouettes qui les accompagnaient avaient disparu.

— On dirait que les Khops se sont lassés, dit Morane.

— C'est possible, commenta Sheeba. A moins qu'ils n'aient découvert mon embarcation et qu'ils n'attendent à proximité, tapis dans les ténèbres.

— Peut-être, mais ce n'est pas certain. De toute façon, nous ne pouvons demeurer ici, à attendre. La venue du jour ne favoriserait pas notre fuite, au contraire... Il nous faut tenter quelque chose maintenant.

Sheeba hocha la tête.

— Vous avez sans doute raison, Bob, dit-elle, mais je continue à penser que gagner le fleuve maintenant serait courir un gros risque. Les Khops savent que nous sommes deux et cela m'étonnerait s'ils laissaient échapper toute cette nourriture.

Morane se mit à rire.

— Soyez sans crainte, assura-t-il, je ne tiens pas à servir de pâture à ces monstres.

Il frappa sur la crosse de son pistolet ionique, relié à son cou par une cordelière, de façon à ce qu'il ne pût le perdre.

---

1. Aux États-Unis, fête de l'Indépendance.

— J'ai de quoi nous défendre, continua-t-il. Il s'agira seulement de ne pas se laisser surprendre. Dans une lutte ouverte, à distance, les Khops n'ont aucune chance.

Il se demandait pourquoi leurs ennemis ne possédaient pas un armement plus perfectionné que les fusils automatiques, chargés à mitraille, dont ils étaient munis. La raison en était peut-être que ces fusils leur servaient pour la chasse — la chasse à l'homme bien entendu — et qu'ils devaient bien entendu éviter de détruire le gibier. Il était possible également que tout autre armement ayant disparu lors du cataclysme, ils avaient dû se rabattre sur les engins vétustes dont ils étaient munis. Peut-être y avait-il là aussi intention de la part de leur maîtresse, cette toute-puissante et énigmatique Ibémé.

Par la large ouverture de la fenêtre à laquelle Sheeba et lui étaient accoudés, Morane chercha instinctivement du regard la grande pyramide à degrés. Il la trouva, lumineuse et menaçante, et il lui sembla que la phosphorescence palpitait, tout à fait comme s'il s'était agi d'un être vivant.

Les regards de Sheeba avaient suivi ceux de son compagnon. Elle frissonna.

— Vous avez raison, Bob, murmura-t-elle. Il nous faut fuir au plus vite !

*
* *

Ils avaient quitté leur poste d'observation et avançaient à nouveau à travers les rues et avenues changées en jungle. Autant qu'il était possible, ils marchaient à l'abri de la végétation en évitant de faire le moindre bruit, car ils savaient que les Khops, s'ils avaient la vue basse, avaient par contre l'ouïe fine. Parfois, ils s'arrêtaient, prêtaient l'oreille au moindre bruit qui aurait pu leur déceler la présence d'un ennemi, puis rassurés ils repartaient.

Ce fut sans encombre qu'ils parvinrent à proximité de la rive mais, pour atteindre celle-ci, il leur faudrait franchir plusieurs centaines de mètres à découvert. S'il y avait des Knops aux aguets, ils ne manqueraient pas, en dépit de leur vue faible, de repérer les fuyards.

Désignant un grand érable qui se dressait en bordure de la zone découverte, Bob Morane souffla :

— Grimpons dans cet arbre et inspectons une dernière fois les parages avant de nous aventurer jusqu'à la rivière.

Sheeba était souple et agile et, quelques minutes plus tard, tous deux étaient juchés à califourchon sur une branche maîtresse.

D'où ils se trouvaient, ils avaient une vue plongeante sur la rive et, au-delà, sur le fleuve et Long Island.

L'East River, tout comme l'Hudson sans doute, de l'autre côté de Manhattan, avait subi un lent envasement. Des bancs de boue parsemaient son cours et des plantes aquatiques bouchaient le reste, avec, par endroits, d'étroits chenaux d'eau libre. Les ponts avaient depuis longtemps disparu, ou n'étaient plus que des amas de ferraille oxydée et en train de pourrir parmi les boues.

Au-delà de la rivière, à l'emplacement de Brooklyn, en un endroit que Morane jugea voisin de Prospect Park, des lumières brillaient, indiquant d'assez nombreuses présences humaines.

— C'est là que vivent les Enfants de la Rose, expliqua Sheeba.

— Le plus pressé, fit Bob, serait de repérer l'endroit où vous avez laissé votre embarcation.

Durant plusieurs minutes, la jeune mulâtresse chercha à s'y reconnaître, puis elle désigna un point de la rive où s'articulait une avance qui devait être un ancien débarcadère, à présent recouvert par la végétation aquatique.

— C'est là, dit-elle.

— En êtes-vous sûre ?

— Absolument. J'ai bien choisi ces trois arbustes que vous voyez là-bas comme repères...

— Parfait, conclut Bob. Tout ce qui nous reste donc à faire, c'est réussir à nous embarquer et à nous éloigner sans être découverts... Allons-y...

Déjà, il s'apprêtait à se laisser glisser de branche en branche, quand Sheeba lui saisit le poignet.

— Écoutez !...

Il prêta l'oreille et distingua des sons qui se rapprochaient rapidement. On eût dit des aboiements, mais avec quelque chose de strident, de grinçant.

— Les bêtes de métal, souffla Sheeba. Elles poursuivent quelqu'un...

Les curieux aboiements se faisaient de plus en plus distincts. Bob et sa compagne avaient tourné la tête dans la direction d'où ils venaient. Alors, sur la bande déboisée qui longeait la rivière, des formes apparurent dans la clarté lunaire. Tout d'abord une forme humaine dans laquelle Morane reconnut une jeune femme, puis une douzaine de silhouettes quadrupèdes, de toutes tailles. La femme possédait une certaine avance mais, bien qu'elle courût de toute la vitesse dont elle était capable, il était évident qu'elle serait rejointe tôt ou tard, mise en pièces.

— Il faut faire quelque chose, dit Bob.

La fuyarde et les bêtes de métal venaient dans leur direction, et il décida :

— Je vais intervenir.

— Ce serait risquer d'alerter les Khops, fit remarquer Sheeba.

Il se tourna vers elle, les mâchoires serrées.

— Que se serait-il passé, jeta-t-il, si je vous avais laissée aux mains de ces monstres ?

Elle baissa la tête et murmura, comme quelqu'un qui avoue un péché :

— Vous avez raison, Bob...

Il tira son sramasax et le tendit à sa compagne, en disant :

— Prenez ça. Ainsi, vous pourrez vous défendre en cas de nécessité.

Sheeba s'empara du coutelas et Morane se laissa glisser de branche en branche, jusqu'au sol. Là, dégainant son pistolet, il se mit à courir vers la femme qui n'avait plus maintenant qu'une faible avance sur ses poursuivants.

Comme il n'était plus qu'à quelques mètres d'elle, Morane vit qu'elle avait une chevelure rousse, aux mèches pareilles à des flammes, et qu'elle ne portait pour tout habillement qu'une robe blanche, pareille à un vêtement de nuit, que les épineux avaient mise en piteux état. Pourtant, il ne perdit pas de temps à la détailler. Il lui montra la ligne des arbres en criant :

— Mettez-vous à couvert !

Elle parut hésiter puis, soudain, comme les bêtes de métal n'étaient plus qu'à quelques mètres, elle se jeta brusquement parmi la végétation.

Déjà, Morane, le pistolet braqué, faisait face aux bêtes de métal. Elles ressemblaient à des chiens de toutes tailles et de toutes races, allant du dogue au caniche mais, par les déchirures de leurs peaux pelées, on voyait la brillance de leur structure métallique.

En un éclair, Bob pensa qu'il s'agissait peut-être de robots fabriqués à l'image d'animaux réels et qui, comme eux, se nourrissaient de chair. Il était possible même qu'à une époque ils avaient remplacé auprès des hommes le compagnon fidèle qu'était le chien. Par la suite, après la catastrophe, indestructibles et devenus sauvages, ils s'étaient changés en bêtes féroces.

Les gueules barbelées de crocs d'acier inoxydable s'apprêtaient déjà à déchirer, quand Bob balaya l'espace devant lui d'un rayon ionique à forte concentration. Les peaux postiches se consumèrent, les pattes fondirent et, bientôt, autour de Bob, il n'y eut plus qu'une douzaine de carcasses fumantes d'où montait une âcre odeur de métal surchauffé.

Très lentement, Morane regarda autour de lui, son arme toujours braquée, afin de se rendre compte si l'une ou l'autre des bêtes mécaniques n'avait pas échappé à l'extermination. Il n'eut pas le temps de se demander ce qui lui serait arrivé s'il n'avait pas eu son pistolet ionique pour se défendre. D'entre les arbres, une silhouette blanche couronnée de feu avait jailli, courant vers lui. Deux bras gracieux se nouèrent à son cou, tandis qu'il entendait la jeune femme qui murmurait, entre le rire et les larmes :

— Bob !... Vous !... Vous !...

Il releva la tête de la jeune femme et, aussitôt, il reconnut dans la clarté de la lune l'étroit visage pâle, aux traits sculptés avec précision et qu'illuminaient de grands yeux couleur de myosotis.

Le visage de Sophia Paramount.

VIII

Bob Morane qui la tenait à présent par les épaules, à bout de bras, tout en riant d'un rire nerveux, lui dit :

— Sophia !... Cette petite Sophia !... Cette bonne vieille Sophia !... Mais qu'est-ce que vous fichez ici ?... Qu'est-ce que vous fichez ici ?...

Sophia Paramount riait elle aussi, sans parvenir à s'arrêter, mais elle pleurait en même temps et les larmes coulaient en fleuves clairs sur son beau visage lisse. Tout ce qu'elle trouvait à dire, elle, c'était :

— Bob !... Bob !.. Bob !...

Ils s'apaisèrent.

— Il serait temps de penser aux choses sérieuses, dit Morane. Quelqu'un ou quelque chose m'a balancé ici et une des premières personnes que je rencontre c'est vous qui, logiquement, devriez vous trouver au XXe siècle, à Londres ou bien ailleurs.

— J'étais à Londres, expliqua la jeune journaliste. Comment suis-je arrivée ici ? Je serais bien en peine de vous le dire...

Elle conta dans quelles circonstances, alors qu'elle venait de sauter du lit et qu'elle s'emplissait les poumons d'air frais, la mystérieuse bulle l'avait capturée. Et elle acheva :

— Quand je suis revenue à moi, je me trouvais ici, à New York — du moins j'ai cru reconnaître la ville —

Pendant des heures, j'ai erré. Des hommes inquiétants, habillés comme des policiers, m'ont poursuivie, mais j'ai réussi à leur échapper...

— Vous avez eu affaire aux Khops, sans jeu de mots, expliqua Morane. C'est le nom des individus dont vous venez de parler. Ils n'ont que l'apparence de policiers. En réalité, ce sont de redoutables anthropophages.

— J'ai réussi à me cacher jusqu'à la nuit, continua Sophia. Ensuite je me suis remise en route jusqu'à ce que je rencontre ces bêtes mécaniques contre lesquelles vous êtes intervenu.

Pendant qu'elle parlait, Morane la regardait des pieds à la tête. Il se mit à rire et fit remarquer :

— Vous venez de me dire que la bulle vous a capturée au saut du lit. Cela excuse votre tenue plus ou moins... euh... sommaire. Votre vêtement a grand besoin d'un remplaçant. Vous avez l'air d'une rescapée d'un embarquement...

Sophia regarda autour d'elle, comme cherchant quelqu'un, et elle dit :

— Bill... Je ne vois pas Bill...

— Il n'est pas avec moi, expliqua Morane. Si vous vous souvenez bien, j'étais demeuré seul au VIe siècle où...

— Où il y avait une princesse blonde que vous trouviez belle comme le jour. C'est cela n'est-ce pas ? acheva Sophia d'une voix un peu amère.

— Elle était belle comme le jour, appuya Bob d'un ton qui n'admettait pas de réplique, mais cela ne nous dit pas où est Bill. Vous et moi avons échoué ici. Le plus étonnant serait qu'il ne lui soit pas arrivé une mésaventure pareille. On ne sépare pas les sommets d'un triangle, même si l'un de ces sommets est une mignonne en robe de nuit qui serait plus à sa place à Carnaby Street.

La journaliste ne parut pas avoir entendu ces dernières paroles. Elle hocha la tête, en approuvant :

— Vous avez raison, Bob. Bill devrait se trouver ici lui aussi, ou ce serait à désespérer du hasard.

— Le hasard ? fit Morane en ricanant. Il a bon dos...

— Avez-vous une idée ?

— Une idée ? J'en ai même plusieurs... Il est certain que notre arrivée ici fait partie d'un plan concerté. Mais par qui ?

— Monsieur Ming ? risqua Sophia.

Il hésita avant de répondre puis il approuva, dans un souffle, comme si les mots lui étaient arrachés :

— Oui, Monsieur Ming.

Un silence s'établit, puis Sophia éclata :

— Ce n'est pas possible ! Vous savez bien que notre ennemi a été définitivement réduit à l'impuissance par les galactiques !

— Sans doute, reconnut Morane, mais vous n'ignorez pas, petite fille, qu'avec l'Ombre Jaune on ne peut jamais être sûr de rien.

Regardant vers le fleuve, il enchaîna :

— Mais nous ne pouvons demeurer ici. A tout moment, les Khops peuvent nous surprendre.

Il se tourna vers l'arbre où il avait laissé Sheeba et, en faisant de grands gestes, il héla à mi-voix, juste assez haut pour être entendu :

— Sheeba !... Vous pouvez descendre. Il n'y a aucun danger...

— Sheeba ? fit Sophia, narquoisement. Une autre princesse de rêve ?

— Pas une princesse, dit Bob, mais elle pourrait l'être.

Après avoir quitté son poste d'observation, la jeune mulâtresse vint rejoindre Morane et la journaliste. Elle désigna cette dernière du menton et demanda durement :

— Qui est-ce ?

— Vous n'avez pas à vous méfier, je pense, dit Morane, en essayant de minimiser l'antagonisme qu'il devinait dans les paroles de Sheeba. Je n'ai pas l'impression que Sophia puisse être prise d'une façon ou d'une autre pour un Khops.

— Votre... amie est en effet charmante, reconnut Sheeba avec mauvaise grâce. Mais, à cause d'elle, nous risquons fort de nous faire repérer. Si votre lutte avec les bêtes de métal est passée inaperçue des Khops...

— Vous avez raison, coupa Morane. Nous ne pouvons nous attarder davantage. Trouvons le bateau et gagnons au plus tôt l'autre rive.

Sheeba marchant en tête, tous trois s'aventurèrent à travers la bande de terre débroussaillée, en direction de la jetée ruinée à proximité de laquelle devait être dissimulée l'embarcation. Morane marchait légèrement en arrière, le pistolet au poing, prêt à darder un rayon ionique sur tout agresseur.

En aucun moment cependant, les Khops ne devaient se manifester et les deux jeunes filles et leur compagnon atteignirent sans encombre le débarcadère, pour y retrouver le canot de Sheeba, dissimulé sous un amas de nymphéacées géantes.

C'était une embarcation courte et trapue, à fond plat, faite pour circuler à travers les marécages et dont le moteur sans hélice devait fonctionner par réaction.

Sans attendre, tous trois grimpèrent à bord et Sheeba mit le moteur en marche. Celui-ci était à ce point silencieux que c'était à peine si l'on entendit un léger sifflement. Pourtant, les Khops avaient l'oreille fine et Bob jugea bon de recommander :

— Éloignons-nous à la rame, ce sera plus prudent.

Il saisit une pagaie traînant au fond de l'embarcation et, tandis que Sheeba stoppait le moteur, il se mit à pagayer aussi silencieusement que possible, veillant à ne pas faire clapoter l'eau boueuse.

Pendant quelques minutes, le canot se glissa lentement entre les plantes aquatiques qui, par endroits, donnaient à la rivière des apparences de jungle noyée, à cause des hauts roseaux et sagittaires qui élevaient leurs tiges à plusieurs mètres de hauteur.

Comme ils débouchaient d'un de ces bosquets, une lumière fulgura soudain devant eux, comme un soleil qui s'allumait en pleine nuit, les éblouissant.

Tout de suite, Morane comprit. Lâchant sa pagaie, il hurla :

— Couchez-vous au fond du canot !

Ses deux compagnes obéirent et il les imita. Juste à temps, car une volée de mitraille passa au-dessus d'eux, hachant les joncs.

D'une saccade, Morane arracha son pistolet de sa gaine, et darda un rayon ionique en direction du projecteur. Là-bas, il y eut un éclatement sourd. Le projecteur s'éteignit et, là où il éclairait quelques fractions de seconde plus tôt, il n'y eut plus que des rougeoiements produits par l'embarcation des Khops qui se consumait.

Tout en gardant son arme braquée, Morane poussa un soupir de soulagement.

— Ouf !... On a bien failli se laisser surprendre.

— Failli ? fit Sophia. On a été surpris. Si vous n'aviez des réflexes de chat sauvage, Bob...

— On aurait été truffés de plombs et passés à la broche, acheva Morane.

— De toute façon, l'alarme est donnée, remarqua Sheeba. S'il y a d'autres Khops dans les parages, ils n'auront pas manqué d'être alertés.

Ces paroles, Morane ne pouvait que les approuver.

— Vous avez raison, Sheeba. A mon avis, il n'est plus temps à présent de finauder. Mettez le moteur en marche et pointez-vous à pleine vitesse vers l'autre rive, pendant que je veillerai au grain.

Sheeba obéit, le réacteur émit un léger sifflement d'oiseau bien dressé, et le canot fila en direction de Brooklyn.

La mulâtresse pilotait avec une grande habileté, glissant son embarcation dans les chenaux d'eau libre, ce qui lui permettait de profiter de toute sa vitesse et de ne pas être freinée par les plantes.

Assis à l'avant, à l'abri du bordage, Bob Morane, gardait son pistolet pointé, prêt à en faire usage contre tout ennemi qui se présenterait.

Ils devaient cependant atteindre l'autre rive sans encombre. Le canot se glissa entre deux avancées de terre qui n'étaient autre que des wharfs aux trois quarts détruits, s'engagea entre des squelettes de hangars et Sheeba l'arrêta à l'abri d'un mur de béton armé ressemblant à une dentelle.

— Pourquoi ne continuez-vous pas ? interrogea Bob. Sommes-nous hors de portée des Khops ?

— Pas tout à fait, répondit la jeune fille, mais en continuant nous courons un autre danger : les miens, c'est-à-dire les Enfants de la Rose, ont placé des pièges un peu partout, dans lesquels nous risquerions de tomber. En outre, nous risquerions également de servir de cible aux guetteurs qui, dans les ténèbres, ne me reconnaîtraient pas. Mieux vaut attendre l'aube pour continuer...

*
* *

Les dernières heures de la nuit devaient s'écouler dans une mortelle attente. Morane s'était dépouillé du justaucorps en peau d'auroch, qu'il portait par-dessus sa tunique de laine grossière, et il en avait recouvert les épaules de Sophia.

Les ténèbres autour des trois fuyards semblaient s'être peuplées de présences multiples, concrétisées par des glissements, des craquements, des murmures, qui pouvaient être aussi bien ceux de voix humaines que ceux du vent.

A plusieurs reprises, à travers la dentelle de la muraille taraudée par le temps, Morane avait cru apercevoir des bateaux chargés de Khops glissant au large. Mais peut-être cela n'avait-il été qu'illusion.

Enfin l'aube vint. Cette aube caractéristique des jours chauds de l'été, avec une brume gluante, qui monte des eaux, une lumière comme sortie de la terre elle-même, déjà dorée, et mille cris d'insectes qui s'éveillent.

Là-bas, très loin, au-dessus de Long Island, le soleil bondit dans le ciel, boule de feu écœurante, encore pâle et tiède mais qui bientôt déverserait ses coulées d'or fondu.

— Nous pouvons y aller à présent, dit Sheeba.

Morane regarda vers le fleuve, en direction de Manhattan mais il n'aperçut que l'étendue morne et plombée de l'East River tissée d'écharpes de brume et, au-delà, la prodigieuse cité en ruine qui semblait vouée à jamais au silence et à la solitude.

Se tournant vers Sheeba, Bob dit :

— Mettez le moteur en marche.

Elle obéit, tandis qu'il secouait Sophia allongée au fond de l'embarcation. Elle sursauta, se dressa sur son séant et regarda avec étonnement autour d'elle.

— Non, fit Bob, vous n'êtes pas dans votre appartement-bonbonnière de la City. Vous avez fait un petit voyage en bulle magique, ne l'oubliez pas.

La journaliste sourit et secoua les boucles de cuivre rouge de sa chevelure.

— C'est vrai, murmura-t-elle. J'avais presque oublié.

Le canot s'était engagé dans les rues toutes pareilles, changées en canaux et bordées de maisons vétustes, à balcons et à escaliers extérieurs. Ne comportant que quelques étages et construites en briques, elles avaient mieux résisté que les hautes constructions de béton, touchées en plein par le cataclysme. On avait l'impression de naviguer à travers quelque Venise fantôme, sans le moindre souvenir de grandeur, un quartier noyé qui n'était sorti de la misère que pour entrer dans l'oubli. Par endroits, au-dessus des toits crevés, de hauts miradors se dressaient et Bob devinait que des jumelles se braquaient dans leur direction, mais les veilleurs devaient reconnaître Sheeba car, en aucun moment, on ne fit mine de leur barrer la route.

Au fur et à mesure que l'on avançait, les rues-canaux s'animaient. Des visages apparaissaient aux fenêtres et, à plusieurs reprises, on croisa des embarcations chargées d'hommes et de femmes aux vêtements disparates, bariolés, ornés de verroterie et de clinquant. Les hommes comme les femmes portaient des boucles d'oreille, des colliers et des bracelets de perles multicolores. Cependant, en dépit des accoutrements de fête, il n'y avait aucune joie dans le comportement de ces êtres. Les visages, parfois peints, avaient quelque chose de figé et, dans tous les yeux, apparaissait une tristesse infinie que, seul, de temps à autre, balayait l'éclat d'un sourire de bienvenue.

Au passage, les Enfants de la Rose adressaient des saluts à Sheeba mais sans la moindre parole, sans s'inquiéter d'où elle allait, ni d'où elle venait.

D'après ce que Bob pouvait en juger, on se dirigeait vers Prospect Park. Il devint bientôt évident que l'on pénétrait au cœur de la cité des Enfants de la Rose car, un peu partout maintenant, des constructions nouvelles s'élevaient sur des plates-formes soutenues par des pilotis et auxquelles on accédait par d'étroits escaliers de métal.

Sheeba fit stopper le canot au pied d'un de ces escaliers et lança plusieurs appels, sur un ton modulé. Un homme d'âge mûr, à la peau sombre, et une femme blanche apparurent, suivis d'un jeune colosse au teint couleur de pain cuit. En apercevant Sheeba, ils se mirent à gesticuler en poussant des cris de joie et en dévalant l'escalier.

Déjà, suivie par Bob et Sophia, la jeune mulâtresse avait sauté sur les premières marches pour monter à leur rencontre.

Il ne fallait pas être sorcier pour deviner que Sheeba venait de retrouver sa famille. Quand l'émotion se fut un peu calmée, elle désigna Bob.

— Voici l'homme qui m'a arrachée aux griffes des Khops, dit-elle. Sans son intervention, je serais morte à l'heure présente.

La femme blanche, qui devait être la mère de la jeune fille, serra les mains de Morane avec une ferveur convulsive.

— Vous êtes des nôtres à présent, balbutiait-elle entre ses larmes. Toujours, notre maison sera votre maison.

La femme s'interrompit et pointa le menton en direction de Manhattan, en direction de l'endroit où se dressait la prodigieuse pyramide à degrés, et elle continua plus bas, avec un tremblement craintif dans la voix :

— Si Ibémé le veut !... Si Ibémé le veut !...

Le jeune mulâtre s'avança d'un pas, en disant :

— Ibémé n'a rien à voir dans tout ceci. Sheeba est sauve. Il nous faut en rendre grâce à la Déesse.

Sheeba désigna le jeune colosse à Morane et à Sophia en disant :

— Voici Will, mon frère.

A leur tour, elle désigna l'homme de couleur et la femme blanche et continua :

— Et voici mon père et ma mère.

Tout le monde s'entassa dans le canot qui, toujours conduit par Sheeba, glissa à nouveau le long des canaux, en direction d'une haute butte artificielle au sommet de laquelle on accédait par un large escalier menant à un plateau où s'élevait une bizarre construction, aux allures de temple, constituée par une demi-douzaine de piliers taillés dans une matière transparente et qui soutenaient une coupole transparente elle aussi : du plexiglas ou un matériau similaire.

Le canot fut amarré au bas de l'escalier où des hommes et des femmes se pressaient, descendant ou montant. Ceux qui montaient portaient des cadeaux : colliers de perles, tissus brodés, fleurs sauvages délicatement tressées. Mais ceux qui redescendaient avaient les mains vides. Alors Morane comprit qu'effectivement la construction au sommet de la butte était bien un temple.

Les six passagers du canot gravirent l'escalier monumental pour atteindre le plateau et s'engager entre les piliers contre chacun desquels un homme vêtu de rose était appuyé, dans une pose hiératique.

Encadrés par leurs compagnons, Morane et Sophia s'engagèrent entre les piliers et accédèrent à une vaste esplanade couverte, au sol de mosaïque ; au centre de l'esplanade, dans un rond de terre meuble, un rosier était planté. Un seul rosier. Avec une seule rose.

Autour de la plante, des présents de toutes sortes étaient déposés.

Tandis que Bob et Sophia se tenaient légèrement à l'écart, Sheeba et sa famille s'étaient approchés du végétal sacré devant lequel ils demeurèrent de longs moments silencieux et immobiles. Ce n'était pas de l'adoration comme on en porte à un idole, mais plutôt un profond respect, ce qui tendait à prouver que, pour ces déshérités, prisonniers d'un monde cruel, la rose était plus un symbole qu'un dieu.

Du dehors, un brouhaha monta. Ce murmure caractéristique qui annonce une nouvelle, bonne ou mauvaise, apportée à la foule.

Suivis de Sheeba et des siens, Morane et Sophia Paramount se précipitèrent au-dehors. Au bas de l'escalier, un canot avait abordé et plusieurs hommes armés — des gardes assurément — avaient mis pied à terre. Une trentaine de personnes les entouraient et c'était de ce groupe que montait la rumeur.

Bob et ses compagnons descendirent l'escalier. Will, le frère de Sheeba, interrogea un des gardes.

— Que se passe-t-il ?

L'interpellé montra la direction de l'ouest.

— Les Khops poursuivent un homme, là-bas, du côté de l'Ile de la Liberté.

— L'un des nôtres ?

Le garde secoua la tête, pour répondre ;

— Je ne le pense pas. Nous patrouillions le long de la rivière et nous avons pu observer la scène à notre aise à la jumelle. L'homme poursuivi nous a paru être un inconnu... Un étranger peut-être...

A ce mot d'« étranger », Morane avait légèrement sursauté. Il échangea un long regard avec Sophia qui se tenait à ses côtés, un regard qui concrétisait une pensée commune.

— Pouvez-vous décrire cet étranger ? interrogea Bob.

Le garde eut un geste vague.

— Vous en faire un portrait précis nous serait difficile, répondit-il, car nous en étions relativement éloignés. Tout ce que je puis vous dire, c'est qu'il paraissait très grand et fort, avec des cheveux roux.

Bob Morane et Sophia Paramount avaient eu la même exclamation.

— Bill !... Ce ne peut être que Bill !...

IX

A la double exclamation poussée par Bob, et la jeune reporter, un long silence avait succédé. Tous les assistants avaient tourné leurs regards avec curiosité vers Morane et Sophia, attendant sans doute une explication.
— Votre ami ? interrogea Sheeba.
Le Français eut un signe affirmatif.
— Sauf coïncidence, répondit-il, ce ne peut être que lui. Sophia et moi avons été envoyés ici, nous ne savons exactement pourquoi ni par qui. Il n'y a rien d'étonnant à ce que Bill ait subi le même sort.
Soudain, une angoisse fébrile saisit le Français.
— Il nous faut aller à son secours, jeta-t-il en se tournant vers Sophia, lui prêter main-forte avant qu'il ne tombe sous les coups des Khops.
Se tournant vers Sheeba, il continua :
— Faites-nous donner un bateau rapide et indiquez-nous le chemin le plus court pour gagner l'Ile de la Liberté...
— Je vous guiderai, intervint Will. Vous avez sauvé la vie à ma sœur. Considérez-moi comme étant à jamais votre obligé.
Pendant quelques secondes, Morane considéra le jeune mulâtre. Il étudia les larges épaules d'athlète, le visage durement taillé, aux traits un peu élémentaires, les yeux

noirs qui regardaient droit devant eux, sans se détourner ni ciller. Il y avait dans tout cela une telle impression de franchise, de force tranquille, que Bob comprit pouvoir compter sur cet homme. Les Enfants de la Rose étaient des êtres paisibles, partisans de la non-violence. Pendant des années, des siècles peut-être, ils s'étaient laissé traquer, supplicier par les Khops, asservir par Ibémé, la mystérieuse et toute-puissante maîtresse de Niviork. Certains d'entre eux, cependant, n'acceptaient plus cet esclavage, ce rôle de bêtes d'abattoir et ils tentaient d'organiser la résistance ; Will devait être de ceux-là.

— Allons-y, décida Morane. Nous n'avons déjà perdu que trop de temps.

Cinq minutes plus tard, un puissant canot à moteur, piloté par Will et à bord duquel avaient pris place également Sophia et Morane, filait à travers les rues mortes et noyées de Brooklyn, en direction de l'ouest. Sophia avait échangé sa robe de nuit déchirée contre des vêtements d'homme à sa taille et, tout comme Will, elle était armée d'un fusil automatique de gros calibre. Bob, lui, avait gardé ses habits francs et était, bien entendu, armé de son pistolet à rayon ionique.

Le frère de Sheeba possédait une connaissance parfaite du dédale de canaux qui s'étaient substitués aux rues de Brooklyn, et on atteignit l'East River en un temps record. Très haut dans le ciel, le soleil de juin brillait d'un éclat dur, dispensant une chaleur moite, étouffante. La surface de la rivière brillait telle une plaque de cuivre pâle à l'éclat aveuglant, avec les mouchetures vert-de-grisées des massifs de plantes aquatiques.

On avait atteint Upper New York Bay, légèrement au sud de Governors Island, au-delà de laquelle l'Ile de la Liberté apparaissait, minuscule, avec sa statue à demi renversée et qui penchait dangereusement sur la droite, comme si, à tout instant, elle allait s'abattre.

Résolument, Will avait lancé son embarcation à travers la baie. En ligne droite, il y avait environ deux kilomètres et demi à franchir pour atteindre la petite île, mais il fallait, en empruntant les chenaux entre les massifs de plantes aquatiques, accomplir de nombreux détours, et cela prolongeait le trajet.

Installé à l'avant du canot, Morane ne cessait d'inspecter l'Ile de la Liberté à la jumelle. Peu à peu, les détails se précisaient : l'étoile du fort sur lequel se dressait le socle de la statue, maintenant à demi caché par la végétation, ruiné par le lent travail de sape des racines, le parc changé en jungle qui, depuis longtemps, avait dévoré la cafeteria et les autres bâtiments, le L de l'embarcadère rongé par l'eau et les intempéries. Finalement, Bob repéra deux canots amarrés à la base du fort. Aussitôt, il en tira une conclusion qu'il émit à haute voix :

— Ils doivent être sur l'île. Bill, en fuyant, y aura abordé et les Khops l'y auront suivi. Pourvu que nous n'arrivions pas trop tard ! Pourvu que nous n'arrivions pas trop tard !

Se tournant vers l'arrière du canot, il lança à l'adresse de Will :

— Mettez tous les gaz !... Il n'est plus question à présent de passer inaperçus ou non.

Will obéit et l'embarcation, lancée à toute allure, se rapprocha rapidement de l'île que Bob continuait à observer à la jumelle, mais sans rien distinguer tout d'abord.

Finalement cependant, comme on n'était plus qu'à quelques centaines de mètres, Bob remarqua six silhouettes qui, courant au sommet d'une des murailles ruinées du fort, se dirigeaient vers le socle de la statue. A la couleur gris bleu de leurs vêtements, et aussi à leur allure, le Français reconnut des Khops qui brandissaient leurs fusils, tout à fait comme s'ils s'apprêtaient à en faire usage.

« Ils sont selon toute évidence à la poursuite d'un gibier, songea le Français, et ce gibier ne peut être que Bill... s'il s'agit de Bill bien entendu. »

Il devait bientôt être renseigné à ce sujet car, en braquant ses jumelles vers les ouvertures formant fenêtres à mi-hauteur du socle, il distingua une haute silhouette couronnée de cheveux roux. Comme la distance décroissait rapidement, Morane reconnut aussitôt la silhouette en question.

— Cette fois, aucune erreur, hurla-t-il, c'est bien Bill !

Il agita les bras de façon à attirer l'attention de son ami mais il était évident qu'à l'œil nu, Ballantine ne pouvait le reconnaître et, s'il avait aperçu l'embarcation, sans doute devait-il penser que ceux qui se trouvaient à son bord étaient d'autres Khops lancés à sa poursuite.

Quand le canot alla se ranger auprès des deux autres, les six Khops avaient disparu depuis longtemps à l'intérieur du socle et il était probable qu'ils gravissaient à présent les escaliers, à la recherche du fuyard. S'il était désarmé, comme Morane le supposait, Ballantine risquait fort de laisser sa vie dans l'aventure.

Déjà, Bob avait sauté à terre. Il se tourna vers Sophia et Will et leur cria :

— Demeurez à bord et apprêtez-vous à fuir si les choses tournent mal. Il ne faut pas que vous tombiez entre les mains des Khops...

Son pistolet à rayon ionique lui donnait personnellement un avantage certain sur l'ennemi, mais il fallait toujours compter avec l'imprévu.

Quand il regarda à nouveau vers l'énorme bloc de maçonnerie du socle, il n'aperçut plus la silhouette de son ami et il se demanda si les Khops étaient déjà parvenus à le rejoindre. Alors, craignant le pire, l'arme au poing, il se mit à courir vers le fort, pour se mettre à grimper parmi les éboulis.

*
* *

Un peu essoufflé, Bob Morane prit pied sur la terrasse couronnant le fort. Il allait se propulser vers le perron permettant de pénétrer à l'intérieur du socle, quand, soudain, une forme humaine passa par-dessus le parapet de l'étage supérieur et vint s'écraser devant lui, après une chute de plusieurs dizaines de mètres. Morane reconnut un Khops. Bientôt, un second corps suivit la même route, puis un troisième.

Levant la tête vers le sommet du socle, Bob songea avec satisfaction : « J'ai l'impression que Bill met les bouchées doubles, triples même... »

Il s'engouffra dans le socle et, l'ascenseur étant depuis longtemps hors d'usage, il se mit à gravir les marches de l'escalier en spirale, s'apprêtant à chaque tournant à balayer d'un rayon mortel tout ennemi qui se présenterait.

Il devait se trouver à mi-hauteur de la plate-forme terminale quand, presque coup sur coup, trois détonations ébranlèrent le silence, se répercutant de paroi en paroi.

« Ils tirent sur Bill », pensa Morane avec angoisse, car il avait reconnu le son caractéristique des lourds fusils chargés à mitraille des Khops.

Il se mit à grimper plus vite, mû autant par la colère que par le désespoir.

Le sommet ne devait plus être éloigné quand Bob buta sur un corps étendu au travers des marches. C'était celui d'un Khops. Plus haut, il en trouva un second, puis un troisième. Tout ce qu'on pouvait dire d'eux, c'est qu'ils paraissaient aussi peu vivants que possible.

— Descendus comme des lapins, murmura Morane. Je vois que Bill n'a pas perdu la main.

Puis il pensa encore : « Trois et trois font bien six. J'ai l'impression que la bataille est terminée, faute de combattants. »

Au-dessus de lui, il entendit un glissement de pas sur les marches. Instinctivement, il braqua son arme, prêt à la défensive. Tout d'abord, il n'aperçut que la gueule d'obusier d'un fusil, puis l'homme qui tenait ce dernier apparut à son tour : un colosse de près de deux mètres, épais comme un bulldozer et au large visage couronné de flammes.

Les canons du fusil et du pistolet à rayon s'abaissèrent en même temps, tandis qu'une double exclamation fusait.

— Commandant !

— Bill !

Les deux amis étaient tombés dans les bras l'un de l'autre, s'envoyant des bourrades dont chacune eût été capable de faire trembler la statue de la Liberté sur sa base, si déjà elle n'en avait pris un sérieux coup.

— Que le Vieux Nick me fasse cuire à l'étouffée, si je comprends quelque chose à cette corrida ! gronda le géant. Je me fais capturer par une vulgaire bulle de savon, moi qui ai peur de courir en traversant le London Bridge, puis je me retrouve ici, sans savoir comment, avec à mes trousses des épouvantails costumés en flics, et qui est-ce que je retrouve ? Le fringant commandant Morane en personne !... Quand donc me laisserez-vous faire ma petite cuisine en solitaire ?

— Tu seras encore plus surpris, fit Bob, quand je te dirai qu'un plus un font trois...

L'étonnement se peignit sur le visage rougeaud de l'Ecossais.

— Un plus un font trois ? fit-il en écho. J'avais oublié que vous aviez l'habitude de parler par énigmes...

— Sophia est ici, expliqua Morane. Tout comme toi, tout comme moi, elle a été capturée par une bulle de savon.

Durant quelques instants, Ballantine demeura figé par la surprise puis il se mit à chanter en français, sur un ton de fausset, en parodiant une vieille complainte :

— *Il était trois bulles de savon qui s'en allaient glaner aux champs...*

— Si ta rime est plus que douteuse, les épis sont un peu gros, fit remarquer Morane, surtout en ce qui te concerne.

Le colosse ne parut pas remarquer cette allusion non déguisée à sa corpulence.

Ils demeurèrent un instant silencieux, puis Bill murmura :

— Qu'est-ce que c'est que ce carrousel de dingues ?

— Si je le savais, fit Morane, je pourrais te renseigner, mais jusqu'ici Sophia et moi n'avons pu qu'échafauder des suppositions...

Tout en redescendant, Morane fit un rapide résumé des événements qui s'étaient déroulés depuis qu'ils s'étaient retrouvés à New York. Il dit comment il avait sauvé Sheeba, retrouvé Sophia et comment il s'était trouvé là juste à point pour voir son compagnon d'aventure se débarrasser de la manière que l'on sait des six Khops lancés à sa poursuite.

En quelques mots également, Bill Ballantine narra comment sur la route, il avait été capturé par une énorme bulle transparente, et comment il s'était retrouvé en pleine jungle new-yorkaise. Tout de suite, il avait eu affaire aux Khops mais il était parvenu à leur échapper et à fuir à bord d'un de leurs canots. Les monstres cannibales s'étaient lancés à sa poursuite et tout ce qu'il avait pu faire, désarmé et solitaire, ç'avait été de chercher refuge sur cette île.

— Bref, conclut le géant, nous voilà à New York, un New York ravagé à coup de bombes atomiques ou d'autres plaisanteries du genre, où les flics sont anthropophages et où les hommes encore dignes de ce nom sont de naïfs et sympathiques hippies qui se laissent mettre à la broche et dévorer comme s'ils ne servaient qu'à ça... Reste à savoir qui nous a envoyés dans ce jardin du diable... Pour tout vous dire, j'ai un nom sur le bout de la langue...

— Ne le prononce pas, Bill, tu risquerais de manquer d'originalité.

— Monsieur Ming, alias l'Ombre Jaune, hein, commandant ?

— C'est ce que Sophia et moi avons pensé, approuva Morane, mais ça ne colle pas. N'oublie pas que, en principe, notre vieil adversaire a été mis définitivement hors d'état de nuire.

— En principe, grogna l'Ecossais, en principe... Bien sûr... Mais il y a une chose que vous oubliez, commandant, c'est que, justement, l'Ombre Jaune n'en a pas, lui, de principes.

X

Depuis que le voyant EX-A-20C-2 s'était éteint sur le tableau de contrôle EX-A de la salle de surveillance de la Patrouille du Temps, les radars spatio-temporels n'avaient cessé de sonder les profondeurs du continuum.

Le colonel Graigh et le contrôleur Z 39 ne quittaient pas des yeux le tableau où, si les agents disparus étaient retrouvés, les voyants devaient se rallumer.

Pourtant, bien que des milliers d'années-lumière eussent déjà été écrémées par les radars, rien ne se passait et l'inquiétude montait.

— Je vais finir par me demander si nos trois agents ne sont pas morts, dit Graigh.

— Vous savez bien qu'il ne pourrait en être question, fit remarquer Z 39. S'il en était ainsi, les voyants, au lieu de s'éteindre, auraient tourné au rouge et ils auraient tourné au blanc si les agents avaient été transportés dans les régions, aux extrémités du continuum, qui sont encore hors de notre portée, en direction des deux infinis.

— Alors que conclure ? fit le chef de la Patrouille du Temps.

— Que nos radars n'ont pas encore trouvé, tout simplement.

De nouvelles heures s'étaient écoulées en recherches vaines : sur le tableau de contrôle de EX-A, les voyants demeuraient éteints.

— Quelque chose d'anormal se passe, devait décider le colonel Graigh. Si nos agents ne sont pas morts, s'ils n'ont pas été virés dans les régions inexplorées des deux infinis, où peuvent-ils bien être ? Normalement, les radars auraient dû déjà les repérer... Est-on sûr des coordonnées ?

— Elles ont été vérifiées des dizaines de fois, assura Z 39.

— Alors ?...

— Je ne vois qu'une explication, colonel. Elle vaut ce qu'elle vaut, mais...

— Expliquez-vous...

— La Zone Noire, colonel, y avez-vous pensé ?

Le Chef de la Patrouille du Temps sursauta légèrement.

— Croyez-vous que ce soit possible ? interrogea-t-il.

— Possible ? fit le contrôleur. Je ne sais... C'est là une éventualité à envisager, tout simplement...

On appelait Zone Noire une portion du Temps comprise entre l'année 3222 et 3700 environ et qui, dans l'Espace, couvrait exclusivement l'étendue de New York et de ses environs immédiats. Tout ce qu'on savait c'était qu'en 3222 la métropole américaine avait été détruite lors d'un conflit armé. Par la suite, plus rien. Le black-out complet. Au cours de cinq cents années environ, la ville se révélait imperméable à toute approche. Les radars spatio-temporels n'y pénétraient pas et les Temposcaphes d'exploration se heurtaient à un mur. Peut-être un barrage électro-magnétique qui, enveloppant la grande cité américaine, en interdisait l'accès. La Patrouille du Temps avait tout tenté, mais en vain. La Zone Noire gardait son secret.

— Ce serait bien entendu une explication, convint le colonel Graigh. Mais si nos radars et nos appareils de reconnaissance n'ont pas jusqu'ici réussi à pénétrer dans la zone, comment nos trois agents y seraient-ils parvenus ?

Z 39 eut un geste vague.

— Il me serait difficile de vous répondre, colonel. Il y a beaucoup de choses qui nous échappent, évidemment.

Pendant de longues minutes, Graigh demeura silencieux, hochant la tête.

— La Zone Noire, murmura-t-il, la Zone Noire... Ce serait une explication... Mais comment savoir, puisque les radars sont impuissants à nous renseigner ?

— Peut-être un Temposcaphe réussirait-il à franchir ce barrage en empruntant le canal d'une dimension différente de celle du continuum, risqua le contrôleur.

— Vous savez que cela a déjà été tenté. Des Temposcaphes ont réussi à pénétrer dans la zone. Ils ont été rejetés aussitôt. Certains même ont été endommagés.

— Dans ce cas, tout ce qui nous reste à faire, c'est attendre que nos trois agents se manifestent d'une façon ou d'une autre. Tant qu'il y a vie, il y a espoir. Or, nous avons la certitude qu'ils ne sont pas morts.

— Sauf, sans doute, s'ils se trouvent dans la Zone Noire, fit remarquer Graigh. Dans ce cas, nos radars ne pourraient en aucune façon réagir à leurs coordonnées, quelles qu'elles soient.

Brusquement, le Chef de la Patrouille du Temps prit une décision.

— Nous ne pouvons demeurer dans l'incertitude, grommela-t-il. Il faut tenter quelque chose !

Il manœuvra les boutons de contact, attira vers lui un micro relié à un tableau de commande par un flexible et jeta :

— Colonel Graigh à Équipe d'exploration spatio-temporelle !... Colonel Graigh à équipe d'exploration spatio-temporelle !...

Il y eut une série de déclics puis, par l'intermédiaire d'un diffuseur stéréophonique, quelqu'un répondit :

— Appel entendu... Attendons ordres...

— Faites équiper un Temposcaphe doté d'un équipement extra-dimensionnel, jeta Graigh. Nous allons tenter une fois encore de pénétrer dans la Zone Noire !...

*
* *

Le Temposcaphe avait la forme d'une grande lentille de métal à la circonférence garnie de tubulures, avec à son sommet une coupole de plexiglas brillant et, à sa base, un sas spacieux auquel on accédait par une échelle de métal télescopique. Trois pieds, télescopiques également, permettaient à l'engin de se poser sur le sol tel un fantasmagorique échassier.

Assis au poste de commandes, le colonel Graigh avait mis l'appareil en état de non-gravitation.

— Rentrez le trépied d'atterrissage, jeta-t-il à ses copilotes, vêtus comme lui de la combinaison métallisée, portant le sigle TM, qui était l'uniforme du personnel de la Patrouille.

— Trépied d'atterrissage rentré !

Rapidement, le colonel Graigh plaça le curseur du pilote extra-temporel sur l'année 3222, puis il appuya sur le bouton rouge du départ. Il y eut une longue vibration. Autour des explorateurs du Temps, tout devint flou, comme si les objets étaient vus à travers une eau doucement remuée, et Graigh et ses collaborateurs eurent l'impression de s'amenuiser, de devenir infiniment plats, semblables à des feuilles de papier agitées par le vent.

Cette sensation fut de courte durée. La vibration cessa et tout redevint normal. Sur le tableau de bord, une grosse lampe rouge se mit à clignoter en émettant une stridulation régulièrement modulée.

— Nous sommes en l'an 3222, coordonnées spatiales de New York, dit un des copilotes.

Avec des gestes mécaniques, précis parce que répétés déjà des milliers de fois, Graigh mit le macro-vidéo en batterie. Sur le grand écran, New York apparut, ou plutôt ce qu'il en restait. Des débris encore fumants, calcinés. Central Park, dont toute la végétation avait été brûlée, ressemblait à un sahara miniature. L'eau de ses étangs était volatilisée, réduite en vapeur.

— Je ne crois pas qu'il y ait quelque chose à trouver ici, dit un des collaborateurs de Graigh. Nous sommes trop près de l'instant où a eu lieu le cataclysme.

Le colonel fit la grimace. New York n'était en effet qu'un champ de ruines où les buildings ressemblaient à des quilles abattues, fracassées, réduites en miettes. Seule, au centre de Manhattan, il y avait cette haute pyramide à degrés, sans fenêtres ni portes, aux parois un peu noircies, mais qui paraissait intacte, comme miraculeusement protégée du cataclysme.

Le curseur fut placé sur l'an 3322. A nouveau, la vibration, l'impression d'écrasement sans qu'une douleur ne soit ressentie, puis la lampe rouge se remit à clignoter en stridulant.

Sur l'écran vidéo, le panorama de New York se détachait toujours mais, en cent ans, la ville avait changé d'aspect. La végétation avait envahi les rues, les changeant en forêts vierges, des arbres s'élevaient, dépassant en hauteur les restes des buildings étêtés, réduits à l'état de tronçons. Les lacs de Central Park s'étaient remplis et la grande pyramide à degrés semblait avoir été lavée à grande eau, brillant, comme neuve, dans la lumière crue du soleil.

— Je crois que nous pouvons tenter l'approche, dit Graigh.

Le copilote de droite demanda :

— Je mets le dispositif extra-dimensionnel en batterie, colonel ?

L'interpellé secoua la tête.

— Pas tout de suite. Essayons d'abord une approche franche.

Il mit le Temposcaphe en pilotage normal et lentement, très lentement, l'engin descendit vers la cité. Quand il ne fut plus qu'à quelques centaines de mètres d'altitude, il y eut un léger choc, suivi d'un rebond, tout à fait comme si l'appareil avait heurté un filet invisible qui venait de le repousser.

— Le barrage ! s'exclama Graigh. Qu'il soit électromagnétique ou non, il nous empêche de passer. Mettons le dispositif extra-dimensionnel en batterie. C'est notre seule chance.

Un bouton bleu du tableau de bord fut enfoncé à trois reprises et tout, autour de Graigh et de ses compagnons, parut se vitrifier, se changer en cristal, tandis que les hommes eux-mêmes se sentaient pénétrés par un froid intense. En même temps, le Temposcaphe plongeait pour s'immobiliser à cinquante mètres du sol, juste au-dessus de Manhattan. Immédiatement, tout dans l'appareil reprit son apparence normale.

Un ces copilotes fit mine de frissonner.

— Brrr... Pendant quelques instants, j'ai eu l'impression d'être enfermé dans un bloc de glace.

— Nous sommes passés et cela seul compte, triompha Graigh.

Mais ce triomphe fut de courte durée. Le Temposcaphe fut brusquement projeté vers le haut par une force inconnue et il se retrouva à la même altitude que précédemment, c'est-à-dire au-delà du barrage invisible franchi quelques instants auparavant.

Le bond en arrière avait été si soudain que, sans leurs sangles de sécurité, les temponautes eussent immanquablement été éjectés de leurs sièges.

— Nous voilà revenus au même point, gronda Graigh avec colère. Tout s'est passé comme lors des précédents essais. On réussit à franchir le barrage en empruntant une voie extra-dimensionnelle, et puis, boum ! on est rejeté comme par un effet de ressort.

— Si seulement on pouvait avoir une idée de la puissance qui agit, fit quelqu'un, on pourrait essayer de la contrecarrer.

— Bien sûr, reconnut Graigh, mais pour cela il faudrait justement aller jeter un coup d'œil en bas et, chaque fois qu'on essaie, ça ne manque pas : on rebondit comme une balle de caoutchouc. Un cercle vicieux en quelque sorte...

Avec mauvaise humeur, le chef de la Patrouille du Temps manœuvra les commandes qui le mettaient en contact avec la salle de contrôle de la base.

— Colonel Graigh appelle Z 39, jeta-t-il. Colonel Graigh appelle Z 39...

La réponse vint presque aussitôt.

— Appel entendu... Z 39 écoute...

— Toujours pas de nouvelles du côté du voyant ? Interrogea le colonel.

— Toujours pas de nouvelles, fut la réponse Z 39. Ils demeurent éteints. Avons à nouveau fouillé le continuum, jusqu'à ses limites les plus lointaines, dans les deux sens. Toujours sans résultat... Avons à présent la quasi-certitude que EX-A-20C-1, EX-A-20C-2, EX-A-20C-3 se trouvent dans la Zone Noire...

— Certitude, certitude... ronchonna le colonel Graigh. Je me demande comment ces trois fantaisistes — il parlait de Bob Morane, de Bill Ballantine et de Sophia Paramount — ont fait pour se perdre dans cette maudite zone, alors que nous-mêmes, avec notre technique, sommes aussi impuissants d'y pénétrer qu'une souris de creuser son trou dans un mur d'acier surcompressé.

— Que faisons-nous, colonel ? demanda un copilote. On regagne la base ?

Graigh hésita. Une ride d'entêtement barrait son front. Finalement, il secoua la tête.

— On continue à patrouiller, décida-t-il. Si nous ne parvenons pas à aller au commandant Morane, peut-être réussira-t-il, lui, à venir à nous. Avec ce diable d'homme, il faut s'attendre à tout, même à l'incroyable. Surtout à l'incroyable...

XI

Le jour du Grand Sacrifice approchait.

Bob Morane, Bill Ballantine et Sophia Paramount avaient été logés dans une maison sur pilotis, qui leur avait été réservée dans les environs immédiats du temple de la Rose. On était au 3 juillet et, au cours des jours précédents, Brooklyn avait été le théâtre d'étranges préparatifs. Des jeunes gens s'étaient séparés de la communauté pour se réunir autour de la butte surplombée par le temple et s'y tenir des heures durant, en proie à un recueillement proche de l'hébétude. Ils étaient là des centaines, garçons et filles, et Morane et ses compagnons n'avaient eu aucune peine à apprendre qu'il s'agissait des victimes expiatoires promises par Ibémé à la gloutonnerie des Khops.

Sheeba était parmi elles.

Les craintes de la jeune fille qui, quelques jours auparavant, l'avaient poussée à essayer de quitter Niviork, se révélaient donc fondées. Elle était bien destinée à la grande extermination annuelle et plus rien ne pouvait la sauver. Le lendemain, en compagnie des autres victimes choisies, elle prendrait la route de Manhattan, où les Khops attendaient, prêts au massacre.

Deux jours plus tôt, elle avait quitté les siens pour

gagner la butte et depuis, bien que Bob eût tenté de la joindre à différentes reprises, on n'avait pu lui arracher la moindre parole.

A l'aube de ce 3 juillet, des chants avaient monté de la foule des victimes et une étrange fébrilité s'était emparée d'elles. Chacun s'était mis à confectionner des colliers de fleurs pour s'en parer, à se peindre le visage comme pour une fête. Un à un, des canots étaient amenés, sans moteurs. Le lendemain, Sheeba et ses compagnons prendraient place et la volonté d'Ibémé les attirerait inexorablement vers les rives de Manhattan.

Ce jour-là, Bob Morane, Bill Ballantine, Sophia et Will se trouvaient réunis dans la maison des trois naufragés du Temps. Le frère de Sheeba avait renseigné ces derniers sur les détails du Grand Sacrifice. Le lendemain, sans qu'aucune force ne puisse les retenir, les sacrificiés seraient contraints de concrétiser le destin qui leur avait été fixé par on ne savait quelle loi immuable.

— Et vous ne vous révoltez pas ? s'était insurgée Sophia. Vous avez le nombre pour vous. Vous êtes armés. Demain, les Khops seront réunis de l'autre côté de la rivière. Pourquoi ne pas les attaquer, les forcer au combat et les détruire ?

Le jeune mulâtre écarquilla les yeux, comme si la seule pensée des actes évoqués par la journaliste l'épouvantait.

— Ibémé est toute-puissante, balbutia-t-il. Ibémé est toute-puissante. Elle ne nous laisserait pas approcher des Khops.

— Vous nous la bâillez belle, avec votre Ibémé ! explosa Ballantine. On en cause, on en cause, mais on ne la voit jamais. On ne sait même pas à quoi elle ressemble. Êtes-vous seulement certain qu'elle existe ?

— Vous le saurez demain, rétorqua Will. Essayez seulement, avec votre force, de retenir un des canots chargés de victimes. Vous seriez entraîné avec elles.

Il était évident que Will croyait à ce qu'il disait, et que ce qu'il disait était vrai.

— Soit, dit Morane, qui jusqu'alors s'était tu. Ibémé a

une puissance réelle, admettons-le. Mais ce n'est pas un dieu, ni un être surnaturel. J'en ai la conviction.

— C'est un dieu, coupa Will avec force, ou plutôt un démon...

— Vous le croyez ? insista Bob. Et c'est sans doute cela qui fait sa force, car cette croyance vous empêche de la détruire. Avez-vous déjà tenté de parvenir jusqu'à elle ?

— Nous avons essayé, assura Will. Un jour, des jeunes gens audacieux, dont j'étais, ont décidé de passer à l'action. En groupe, armés, nous avons gagné Manhattan et avons réussi à nous glisser jusqu'aux pieds de la pyramide. Là, nous avons dû nous arrêter car nous n'avons trouvé aucun moyen de nous glisser à l'intérieur. Ceux qui ont voulu se hisser sur les degrés ont été arrêtés et précipités au sol, comme poussés par une main invisible. Ensuite, les Khops sont survenus en nombre. Beaucoup d'entre nous ont été tués et nous avons été contraints de battre en retraite. Le lendemain, en représailles, cent jeunes gens et jeunes filles étaient attirés sur Manhattan, par la seule volonté d'Ibémé, pour être livrés aux Khops, massacrés et dévorés. Par la suite, nous n'avons plus tenté de nous révolter.

Morane, Bill et Sophia n'avaient rien trouvé à dire. Ils comprenaient à présent la passivité, l'inertie des Enfants de la Rose ; leur résignation était celle des anciens Aztèques, des Babyloniens qui, chaque année, devaient livrer d'innocentes victimes à la cruauté de dieux dévoreurs. Ibémé était, elle aussi, un de ces dieux dévoreurs, d'autant plus difficile à abattre qu'il demeurait inconnu, inaccessible, enfermé dans sa pyramide aux parois impénétrables ?

— Et si nous essayions. mes amis et moi, de pénétrer dans la pyramide ? proposa Sophia. Nous ne croyons pas à Ibémé, nous...

— Vous ne réussiriez pas, assura Will.

Comme le frère de Sheeba, Morane pensait, lui aussi, que s'ils mettaient en œuvre la proposition de Sophia, ils courraient à un échec. Tout d'abord, il faudrait se glisser à travers les groupes de Khops qui erraient dans Manhattan. Si on y parvenait, le plus difficile resterait à faire : pénétrer dans la pyramide. De quelle matière était-elle faite ? Morane l'ignorait. Mais il était certain qu'elle se révélerait inviolable, fermée de toutes parts. Il était probable même que, comme l'avait affirmé Will, elle possédait le pouvoir de se défendre.

— N'avez-vous aucune machine volante qui nous permettrait de nous poser au sommet de la pyramide, interrogea Bill à l'adresse du mulâtre.

Will secoua la tête, pour répondre :

— Depuis longtemps il n'y a plus de machines volantes à Niviork. Toutes ont été détruites lors du cataclysme et il nous est interdit d'en construire d'autres.

— Donc, intervint Sophia, impossible de pénétrer dans la forteresse par voie de terre, ni par voie d'air. Mais la voie souterraine ? Y avez-vous songé ?

Tous les visages s'étaient tournés vers l'Anglaise.

— A quoi pensez-vous, Sophia ? interrogea Morane.

— Vous n'avez quand même pas envie de nous changer en taupes ? fit Ballantine à son tour.

La jeune fille considéra ses deux compagnons avec un sourire narquois, dans lequel il y avait une sorte de pitié condescendante.

— Vous me faites vraiment beaucoup de peine, mes amis. Est-ce que les mots « métro » et « égouts », cela vous dit quelque chose ?

— Métro et égouts ? grogna Bill. Personnellement, je ne vois pas très bien ce que cela a à voir avec cette Ibémé qui... que...

— Cela a à voir, dit malicieusement Sophia, que, comme les chemins, les métros et les égouts mènent à Rome, c'est-à-dire à Ibémé.

*
* *

Au-dehors montaient les chants désespérés des victimes promises au sacrifice. Un chant qui serait leur dernier et qu'elles ne s'arrêteraient plus de reprendre en chœur, jusqu'à l'ultime instant.

Bob Morane se frappa le front.

— Les égouts, le métro !..., s'exclama-t-il. Mais bien sûr, bien sûr !...

Il se tourna vers Sophia, tendit le bras vers elle et, du bout des doigts, lui caressa sa joue avec plus de tendresse qu'il n'aurait désiré mettre dans ce geste.

— Il s'en passe quand même des choses dans la tête de ces petites Anglaises, dit-il. Je me demande toujours comment les Français ont fait pour gagner la guerre de Cent Ans.

— Parce que ce n'était pas des Anglaises, mais des Anglais qui se battaient, répondit Sophia avec une conviction naïve.

— Si je comprends bien, dit Ballantine, il serait question de se glisser sous la pyramide en empruntant le chemin de l'ancien métro et des égouts... Tout ça doit être en bien mauvais état depuis le temps.

— Sans doute, sans doute, reconnut Bob, mais il n'est pas question de nous rendre à la station de Grand Central pour y prendre un billet et y attendre la rame qui nous conduira à New York University, par exemple.

Le Français s'adressa à Will pour reprendre :

— Existe-t-il encore des plans qui nous permettraient de nous diriger à travers les anciens souterrains de la ville ?

— Nous en avons retrouvé plusieurs, fut la réponse de Will. A vrai dire, les souterrains de Brooklyn ont été en grande partie explorés par nous, et aussi une partie de ceux de Manhattan, où nous sommes parvenus en empruntant les tunnels sous la rivière, mais il arrive que les Khops patrouillent dans ces souterrains et nous ne sommes jamais allés jusque dans les parages de la pyramide.

— Il n'y a que le premier pas qui coûte, assura Morane. Vous allez nous apporter ce que vous avez comme plans des souterrains et nous les étudierons pour trouver un itinéraire praticable. Je suppose que vous possédez des explosifs ?

— Nous en avons en effet en quantité suffisante.
— De quelle sorte ?
— Du Jupitérion. On en fabriquait jadis, avant le cataclysme, et nous en avons retrouvé la formule. Il s'agit d'un complexe chimico-nucléaire. Un seul bâtonnet de la longueur du doigt suffit pour pulvériser des ruines d'un bâtiment de cinq étages.
— Juste ce qu'il nous faut, dit Morane en se frottant les mains. Une énorme puissance sous peu de volume. Bill, qui est bricoleur, nous fabriquera un détonateur à retardement qui nous permettra de prendre le large sans risquer de faire partie intégrante du feu d'artifice que nous nous préparons à tirer en l'honneur d'Ibémé.

Une demi-heure plus tard, Will étalait sur la table la carte des voies souterraines creusées sous Manhattan et ses faubourgs. C'était un plan fort ancien, gravé dans une matière plastique imputrescible. Malgré cela, il était en mauvais état, mais Morane connaissait assez la topographie de New York pour s'y retrouver sans trop de mal.

— Nous partirons de Borough Hall et, en passant sous la rivière, nous gagnerons la pointe de Manhattan pour remonter toujours en essayant d'emprunter le plus possible les voies du métro, vers Grand Central et Lexington Avenue. D'après ce que j'ai pu en juger, c'est de ce côté, à la pointe de Central Park, que se dresse la pyramide. Si nous réussissons à nous glisser jusqu'à ses fondations et à placer notre pétard, le tour sera joué... Crois-tu que tu pourras nous fabriquer en un temps record le détonateur à retardement dont j'ai parlé tout à l'heure, Bill ?

Le colosse éclata d'un grand rire, tout à fait comme si on lui demandait s'il était capable de soulever un bébé de six mois d'une seule main.

— Si je pourrai le fabriquer, commandant ?... Soyez tranquille. Ce sera du cousu main. Je vais vous fignoler une de ces mécaniques...

— Ne fignole pas trop, Bill, ne fignole pas trop, conseilla Morane. Plus c'est simple, mieux ça fonctionne, et je ne tiens pas à ce que ce jupitérion nous explose dans les pattes.

Sceptique tout d'abord, Will semblait partager à présent l'enthousiasme des deux amis.

— Je vous accompagnerai, dit-il. Nous ne serons pas de trop de trois pour combattre les Khops si nous en trouvons sur notre route.

— Pas trop de quatre, corrigea Sophia. Si vous croyez que je vais demeurer ici à attendre, alors que l'aventure commence à devenir intéressante... Je suis journaliste, donc curieuse de nature, ne l'oublions pas. Et puis j'aimerais, moi aussi, contribuer à sauver la vie à Sheeba et à tous ces malheureux qui chantent au-dehors et qui semblent n'avoir plus rien d'autre à attendre que la mort.

Par la fenêtre ouverte, le chant des sacrifiés montait toujours. Plutôt une litanie psalmodiée. Des mots sans suite, presque cabalistiques, où revenait toujours, tel un *kyrie eleïson* à l'envers, le nom maudit d'Ibémé.

Cependant, pour Bob Morane, Bill Ballantine, Sophia Paramount et Will, ce chant n'était plus tout à fait un chant de mort, mais déjà une prière.

XII

Ce fut le lendemain 4 juillet, à l'aube, que le petit commando formé par Morane, Bill Ballantine, Sophia Paramount et Will gagnèrent la station de Borough Hall, à l'extrémité ouest de Brooklyn et à hauteur de la pointe sud de Manhattan. Toute la nuit, Bob et Bill avaient travaillé à mettre au point le « pétard », comme disait Ballantine, et son mécanisme de mise à feu différée, destinés à faire sauter la pyramide à degrés, si jamais ils parvenaient à l'atteindre.

Déjà, tout le long de l'East River, côté Brooklyn, les pirogues qui devaient transporter les victimes du Grand Sacrifice se réunissaient et, sur l'autre rive du fleuve, on pouvait distinguer à la jumelle des groupes de Khops attendant le moment de réceptionner le lamentable convoi.

Le temps pressait, car Bob et ses compagnons devaient franchir une dizaine de kilomètres par voie souterraine avant d'atteindre les abords de l'ancienne Lexington Avenue, où s'érigeait la pyramide d'Ibémé qu'il leur fallait annihiler avant la fin de l'après-midi, car c'était à la tombée de la nuit que, suivant la tradition, se déroulait la phase finale du sacrifice.

L'ancienne station de métro de Borough Hall avait été choisie non seulement parce qu'elle se trouvait dans une zone de Brooklyn que les eaux n'avaient pas envahie, mais aussi parce que, par un tunnel passant sous le lit de la rivière, elle permettait d'atteindre la ligne directe qui, se prolongeant du sud au nord de Manhattan, menait directement à Central Park.

Tout de suite, les galeries se révélèrent en fort mauvais état. Les rails avaient été depuis longtemps arrachés par les Enfants de la Rose qui en avaient récupéré le métal. Par endroits, l'eau avait envahi les tunnels et il fallait progresser immergé jusqu'à la ceinture, voire même jusqu'aux épaules. Des voûtes en partie effondrées, l'eau suintait et, parfois, il fallait passer sous de fines cascades tombant du plafond et qui menaçaient de provoquer de nouveaux éboulements.

Ces difficultés avaient été prévues par Morane et ses compagnons, qui s'étaient munis de lampes électriques étanches et avaient enveloppé leurs armes dans des membranes de matière plastique ; les explosifs, eux, avaient été enfermés dans un sac, étanche également, que portait Ballantine.

En dépit de cet inconvénient des galeries inondées, la rivière fut franchie et l'on atteignit sans encombre la station de Fulton Street. On était sur Manhattan et les infiltrations d'eau devenant moins importantes, on pouvait à présent cheminer à pied sec, ou presque. De temps à autre, il fallait bien patauger encore, mais ce n'était plus là qu'un détail sans importance.

En se basant sur sa connaissance de l'ancien métro new-yorkais, Morane avait établi un itinéraire précis qui, partant de Fulton Street, passait par les stations de Brooklyn Bridge-Worth, de Bleecker, de 14 Street, de Grand Central - 42 Street, jusqu'à Lexington.

Pourtant, dans la réalité, cela ne se révéla pas aussi simple. En de nombreux endroits, le passage était obstrué par des éboulis qu'il fallait contourner en se glissant dans des galeries secondaires qui, souvent, n'étaient que d'étroits boyaux empruntés jadis par le personnel de surveillance du réseau et le long desquels on était contraint à ramper. En certaines circonstances même, il fallait élargir le passage.

Toujours cependant on parvenait à retrouver les galeries principales. A l'aide d'une boussole et du plan qu'ils avaient emportés, Morane parvenait à s'orienter avec précision. Chaque station d'ailleurs pouvait être identifiée grâce aux nombreux vestiges que l'on y retrouvait. La plupart d'entre elles avaient encore leurs noms inscrits en mosaïque dans le revêtement des murailles.

Jusqu'à Bleecker Street tout se passa bien. Mais, comme on venait de dépasser cette station, Will, qui marchait en tête, se rejeta soudain en arrière en murmurant :

— J'entends des pas !...

Tous quatre éteignirent leurs lampes en même temps et s'immobilisèrent, l'oreille tendue. Du fond ténébreux de la galerie, des bruits de pas se faisaient entendre en effet, se rapprochant rapidement. Puis des lumières brillèrent, silhouettant plusieurs formes humaines.

— Une patrouille de Khops, souffla Will. Ils viennent vers nous !

Il était évidemment hasardeux d'accepter le combat, car le moindre coup de feu tiré malencontreusement aurait risqué de donner l'alarme et de ruiner l'entreprise. Morane désigna, à gauche et à droite, plusieurs étroites failles dans la paroi.

— Cachons-nous, souffla-t-il. Espérons qu'ils passeront sans nous apercevoir...

Chacun se glissa dans une lézarde, se faisant aussi petit que possible, comme s'il voulait s'incruster dans la pierre, faire corps avec elle.

Les pas lourds des Khops se rapprochaient rapidement et la lumière de leurs lampes devenait, à chaque seconde, plus vive. Bob avait tiré son pistolet à rayons, débarrassé de son enveloppe protectrice, et il s'apprêtait à en faire usage si la nécessité s'en faisait sentir. Pourtant les Khops, qui étaient au nombre d'une demi-douzaine, passèrent sans rien remarquer.

Au bout de quelques minutes, Morane, Bill, Sophia et Will quittèrent leur refuge. Il était évident à présent qu'il fallait redoubler de précautions car, s'il fallait en croire le frère de

Sheeba, les patrouilles de Khops se feraient plus fréquentes au fur et à mesure que l'on se rapprocherait de Lexington.

— Désormais, décida Morane, nous ne garderons qu'une seule lampe allumée, de façon à ne pas courir de risque d'être repérés. Je marcherai en avant, sans lumière, car j'y vois fort bien dans la pénombre et je pourrai vous avertir à temps du danger.

Ils reprirent leur avance en direction de Grand Central.

A plusieurs reprises, Morane dut donner l'alerte et ils furent contraints de se cacher afin d'éviter d'autres Khops qui, plus ils s'avançaient, semblaient redoubler de vigilance.

Il devenait évident qu'on ne pouvait continuer ainsi à narguer la chance. Un Khop finirait par être alerté et on ne pourrait alors éviter le combat. Que leur groupe se trouvât soudain nez à nez avec une patrouille au détour d'un éboulis et ce serait la catastrophe.

— Il faut se camoufler, décida Morane. De loin, rien ne ressemble plus à un Khop qu'un autre Khop, même s'il est de la Sainte-Farce.

— Si je comprends bien, dit Bill, il nous faudrait prendre l'apparence de nos adversaires. Votre idée n'est pas mauvaise, commandant. Mais où trouver les uniformes ?

— Là où ils se trouvent, répondit Bob, sur le dos des membres de la prochaine patrouille que nous rencontrerons... Je pense que chacun d'entre nous est capable de mettre un adversaire hors de combat en l'attaquant par surprise.

En ce qui concernait Bill et lui-même, il ne nourrissait aucun doute à ce sujet. Quant à Sophia, elle était ceinture noire de judo et experte en tous les sports de combat. Restait Will. Il possédait une force athlétique certes, mais réussirait-il à vaincre la peur atavique que, comme tous les siens, il ressentait au seul aspect des gardiens d'Ibémé ?

Tous les regards s'étaient tournés vers le mulâtre. Il comprit ce qu'on attendait de lui et jeta d'une voix ferme ;

— Soyez sans crainte, mes amis. Je ferai ce qu'il faudra.

On avait dépassé Grand Central quand l'occasion attendue se présenta. Morane, qui marchait toujours en

tête, repéra le bruit des pas de plusieurs hommes. Il avertit ses compagnons et chacun se dissimula du mieux qu'il put, soit dans un trou de la paroi, soit derrière un éboulis. Ils n'eurent plus alors qu'à attendre que l'ennemi fût à portée.

Bientôt, cinq Khops apparurent. Le fusil sous le bras et échangeant de rares paroles — qui étaient plutôt des grognements — ils ne paraissaient pas se méfier. Quand ils atteignirent l'endroit où Bob et ses compagnons se tenaient tapis, tout se passa avec une extrême rapidité. A un signal convenu lancé par le Français, chacun choisit sa victime. Bondissant hors du trou où il se tenait accroupi, Ballantine saisit deux Khops qui se trouvaient à sa portée par la nuque pour, les soulevant du sol, leur cogner les crânes l'un contre l'autre. Il y eut un bruit de noix de coco qui se fracassent en se heurtant et les deux Khops devinrent semblables à de vieilles poupées vidées de leur son. Bob eut raison d'un troisième adversaire d'un atémi porté avec violence au plexus solaire, tandis que Will, saisissant le quatrième Khop par-derrière, lui avait entouré le cou de son bras replié, pour serrer jusqu'à ce qu'il n'eût plus contre lui qu'un corps inerte. Sophia, elle, avait remplacé la force par la ruse et l'habileté, et ce fut d'un coup du tranchant de la main à la pomme d'Adam qu'elle mit le cinquième garde hors de combat.

— Choisissons des uniformes à notre taille, décida Morane.

— Si je comprends bien, grogna Bill, je serai encore le plus mal servi. Me forcer à m'habiller en confection, avec mon gabarit !

Ce ne fut pas sans dégoût que les trois hommes et leur compagne endossèrent les dépouilles de leurs victimes, dont la peau du corps, comme celle du visage, avait le même aspect de pierre ponce grise, repoussante, creusée de mille trous comme sous l'action d'un acide.

*
* *

Le subterfuge imaginé par Morane ne tarda pas à porter ses fruits car, à plusieurs reprises, on devait croiser d'autres groupes de Khops, sans qu'il fût nécessaire de se dissimuler. Comme on s'en souviendra, les gardes d'Ibémé avaient la vue basse et, comme ils étaient peu loquaces, n'échangeant que des grognements vaguement articulés, ils n'éprouvèrent à aucun moment le besoin d'échanger le moindre propos avec ceux qu'ils croyaient être des leurs.

Pourtant, ce qui devait arriver arriva. On allait atteindre la station de la 59e Rue, quand on croisa une nouvelle patrouille. Quelque chose dut paraître anormal à l'un des Khops car il s'arrêta devant Morane qui marchait toujours en tête pour lui adresser une série de grognements auxquels le Français aurait bien été en peine de répondre. Finalement, le Khop braqua sa lampe vers le visage de Bob pour le dévisager de ses petits yeux clignotants de bête cavernicole.

Cette fois, Morane comprit qu'il n'était plus temps de finasser. Il savait qu'en dépit de sa mauvaise vue, le Khop avait reconnu qu'il n'était pas un des leurs. D'une saccade, il tira son pistolet ionique de sa gaine et balaya d'un rayon l'étendue de la galerie devant lui. L'un après l'autre, les gardes composant la patrouille furent touchés, réduits à l'état de vestiges fumants. Mais l'un d'eux avait cependant eu le temps de lâcher un coup de feu. La mitraille se perdit, mais la détonation se répercuta de galerie en galerie, avec la violence du tonnerre.

— A présent, l'alarme est donnée, dit Bill. Nous allons avoir toutes les patrouilles sur le dos.

— Ce n'est pas si sûr, fit remarquer Will. Il se produit souvent des éboulements dans ces souterrains. Comment distinguer le bruit d'un coup de feu déformé par les échos de celui de blocs de rochers qui se fracassent sur le sol ?

— Peut-être avez-vous raison, Will, approuva Morane. Mais, dans l'incertitude, pensons au pire. Cette fois, plus question de nous cacher. Nous fonçons. Il nous faut atteindre Lexington avant que la route ne soit coupée...

Sans plus chercher à se dissimuler, ils pressèrent le pas. Pourtant, au fur et à mesure que de nouvelles minutes s'écoulaient, il ne semblait pas que le coup de feu eût réellement donné l'alarme car, en aucun moment, on ne devait tenter de les arrêter. Mieux, aucune nouvelle patrouille ne devait se manifester.

C'est alors, comme on atteignait la station de la 59ᵉ Rue, qu'un étrange phénomène se produisit. Will, qui marchait derrière Morane, s'arrêta soudain comme s'il venait de heurter un filet invisible. Pendant quelques secondes, il se débattit, tenta de progresser encore, mais en vain.

— Que vous arrive-t-il, Will ? interrogea Bob.

Le jeune mulâtre secoua la tête.

— Je ne sais pas, dit-il. Quelque chose m'empêche d'avancer, me repousse en arrière. Tout à fait comme si je me heurtais à un mur de caoutchouc souple qui cède devant moi, puis me rejette...

— Essayez d'avancer encore.

Will obéit, mais ce fut tout juste s'il réussit à progresser de cinquante centimètres, pour aussitôt être repoussé en arrière.

Tout comme Bob, Bill Ballantine et Sophia avaient dépassé l'endroit où leur jeune compagnon avait été stoppé. Il devenait donc évident que la force mystérieuse agissait exclusivement sur Will.

— Que signifie ce tour de magie ? interrogea Ballantine.

— Je ne puis que faire des suppositions, tenta d'expliquer Bob. Nous approchons d'Ibémé, et il est possible que chaque Enfant de la Rose possède sa longueur d'onde propre, programmée à l'avance et qui, automatiquement, déclenche un champ répulsif.

— Si je comprends bien, fit l'Écossais, comme nous sommes nouveaux venus, nous ne sommes pas encore programmés, et c'est à ce fait que nous devons de pouvoir passer.

— En effet, dit Bob, nous ne devons pas encore être programmés.

Il avait froncé les sourcils comme si ce mot de « programmé » évoquait en lui des pensées qu'il ne parvenait pas encore à concrétiser. Peut-être y serait-il parvenu si Sophia ne l'avait interrompu en demandant :

— Que décidons-nous ? Chaque seconde perdue peut nous être néfaste, Bob, vous le savez !

Le Français prit une soudaine décision.

— Vous allez demeurer ici et vous cacher, Will, commanda-t-il. Nous vous reprendrons au retour.

Il allait ajouter : « Si nous revenons... » — mais il jugea inutile d'alarmer davantage encore ses amis. Et puis, il n'aimait pas tenter le mauvais sort.

Par acquit de conscience, Will tenta bien encore de franchir à plusieurs reprises le barrage invisible mais, devant l'inanité de ses efforts, il dut renoncer. Il alla se cacher au fond d'un étroit passage en cul-de-sac dont l'entrée était camouflée par un éboulis, tandis que Morane, Bill Ballantine et Sophia Paramount continuaient leur route.

Ils avaient à peine franchi cinq cents mètres quand Bob s'arrêta, consulta le plan et décida :

— Nous ne devons plus être loin de la pyramide, à présent. Peut-être même avons-nous déjà atteint sa base.

— Rien ne se passe, constata Ballantine avec une joie non dissimulée. C'est plutôt encourageant...

Le géant avait parlé trop tôt car Sophia, qui prêtait l'oreille, leur avait coupé la parole d'un geste, en soufflant :

— Écoutez...

Les deux amis prêtèrent l'oreille à leur tour, pour percevoir un bourdonnement continu, comme celui produit par une énorme machine qui aurait fonctionné au-dessus de leurs têtes.

— La pyramide ! fit Bob. Je suis certain à présent que nous l'avons atteinte.

Un nouvel avertissement fut lancé par Sophia qui s'exclama :

— Là-bas !... Regardez !...

Elle montait la galerie devant eux où lentement, de la voûte, un battant de métal descendait, un peu à la façon d'un couperet de guillotine.

— Courons, lança Bob. Il nous faut passer avant que le passage ne soit définitivement fermé.

Tous trois se mirent à galoper, tandis que le battant de métal descendait de plus en plus rapidement. Il ne restait plus qu'un mètre d'espace libre entre le sol et la lourde lame quand Morane et Sophia plongèrent en avant, pour rouler de l'autre côté. Bill, moins rapide, venait derrière, et le malheur voulut qu'il trébuchât. Il tomba en avant, tenta de se redresser, pour perdre à nouveau l'équilibre.

— Tu ne passeras pas, hurla Morane. Le sac !... Le sac !... Vite !...

L'Écossais comprit immédiatement. D'une saccade, il arracha l'enveloppe contenant les explosifs fixés à son épaule et, de toute sa force, il l'envoya droit devant lui, au ras du sol, en direction de Morane. Le sac, freiné par la pierraille, s'immobilisa à proximité de l'ouverture. Rapidement, Bob tendit le bras, saisit le sac et, avec le geste du chat qui attire une proie, il l'amena à lui, au moment précis où le battant de métal se refermait définitivement.

Pendant quelques secondes, Bob demeura assis sur les talons, serrant le sac contre sa poitrine, un peu comme on serre un enfant arraché à la mort.

— Un drôle de jeu que vous venez de jouer là, hein, Bob ? fit Sophia en le considérant à la clarté de sa lampe qu'elle avait gardée allumée. Non seulement le jupitérion pouvait exploser et nous envoyer en l'air en même temps que la pyramide mais, en outre, vous avez failli avoir le bras coupé.

Morane se redressa, tenant toujours le sac. Il haussa les épaules, cligna de l'œil et se mit à rire.

— Vous parlez trop, petite fille, dit-il d'une voix bourrue. Pour commencer, le jupitérion n'explose pas au choc, tout le monde sait cela ; en outre, si j'avais le bras coupé, cela se verrait.

Il montra le tronçon de galerie qui s'étendait devant eux et dit avec insouciance :

— Ibémé nous appelle. Nous ne la décevrons pas.

C'est alors qu'ils perçurent un nouveau bruit. Une sorte de cliquetis semblable à celui produit par les pièces d'une machine jouant les unes sur les autres. Un bruit qui venait d'au-dessus de leurs têtes.

La voix d'Ibémé.

XIII

— D'où cela peut-il venir ? avait interrogé Sophia.
Morane pointa le menton vers le haut.
— De quelque part au-dessus de nous, répondit-il.
Il était persuadé que le cliquetis ne leur parvenait pas à travers l'épaisseur de la voûte : les sons étaient trop précis, trop nets, trop détachés l'un de l'autre.
Ils avancèrent sur une distance de cent mètres environ. Le bruit s'intensifiait toujours davantage. Bientôt, il se fit entendre à la perpendiculaire. Bob leva la tête et désigna une ouverture circulaire, d'un mètre de diamètre environ, qui s'ouvrait dans la voûte, comme l'amorce d'une cheminée. Les bords en étaient érodés, déchiquetés, mais il apparaissait néanmoins évident qu'il ne pouvait s'agir là du travail du hasard. Des profondeurs du puits le cliquetis tombait directement sur eux. S'ils s'éloignaient de l'ouverture, il devenait immédiatement moins audible.
— Vous allez grimper sur mes épaules, Sophia dit Bob, et voir ce qui se passe là-dedans.
Il lui fit la courte-échelle et elle se hissa comme il l'avait souhaité, tendant les bras aussi haut qu'elle pouvait au-dessus de sa tête pour tâtonner à l'intérieur du trou.
— Il y a des crampons de métal, dit-elle, au bout d'un moment. Un du moins. S'il y en a d'autres plus haut, peut-être s'agit-il de l'amorce d'une échelle.

— Assurez-vous que le crampon en question tient solidement, dit Bob, puis hissez-vous.

La jeune fille obéit et, en quelques secondes, elle eut disparu tout entière à l'intérieur de la cheminée.

La voix de Sophia parvint à Morane, comme assourdie.

— Il y a d'autres crampons. C'est bien l'amorce d'une échelle.

— Grimpez encore... Je vais venir vous rejoindre.

Morane ouït le bruit que faisait sa compagne en se hissant. Puis à nouveau la voix lui parvint, plus lointaine.

— J'ai pris du champ, Bob. Vous pouvez y aller.

Il s'accroupit, se ramassa sur lui-même, puis d'une détente il bondit. Le poids du sac d'explosif, fixé à ses épaules, le freinait un peu, mais il put néanmoins atteindre l'intérieur de la cheminée. Ses mains se refermèrent sur du vide, raclèrent la pierre et il retomba. A la troisième tentative, ses doigts accrochèrent une tige ronde, s'y fixèrent et il demeura suspendu. Sa seconde main chercha une prise, la trouva et il se hissa de crampon en crampon, jusqu'à ce que ses pieds trouvassent un appui. Tâtonnant au-dessus de lui, il rencontra une cheville qui ne pouvait qu'être celle de Sophia. Il ne la lâcha pas tout de suite, s'attardant à une pression complice, puis il lança à mi-voix :

— Je ne sais pas où cela nous conduira, mais puisque nous sommes ici, il ne nous reste qu'une seule chose à faire : grimper...

Tous deux se hissèrent en une lente progression, de crampon en crampon. Ceux-ci devaient être de bronze, ou d'un autre métal peu oxydable car, s'ils avaient été en fer, ils eussent depuis longtemps été rendus friables, changés en rouille cassante.

Bob et Sophia devaient grimper ainsi sur une distance de vingt-cinq mètres environ, puis la jeune fille s'arrêta soudain.

— Que se passe-t-il ? interrogea Bob. Pourquoi ne continuez-vous pas ?

La réponse vint aussitôt :

— Impossible. Il y a une grille. J'essaie de la soulever, mais il n'y a rien à faire.

— Laissez-moi me rendre compte, dit Morane en continuant à se hisser.

Une minute plus tard, ils avaient changé de place, Morane occupant à présent la position supérieure. De la main, il tâta au-dessus de lui, rencontra la grille dont avait parlé Sophia, se rendit compte de sa conformation : un croisillon serré de barreaux carrés, épais comme le poignet. Il essaya de la soulever, s'arc-boutant de toute sa force au risque de desceller les crampons qui supportaient son poids.

— Rien à faire, dit-il au bout d'un moment. C'est du travail de précision. Ça ne joue même pas.

— Si je comprends bien, nous voilà bloqués, dit Sophia.

Morane ne répondit pas tout de suite. Au-dessus d'eux, le cliquetis s'était fait plus précis. La solution du mystère entourant la toute-puissante Ibémé se trouvait peut-être là, presque à portée de la main, et cette maudite grille leur en interdisait l'accès. Pourtant, il fallait passer.

— Redescendez de quelques mètres, ordonna-t-il à sa compagne et couvrez-vous la tête à l'aide de votre veste.

Quand elle eut obéi, il redescendit à son tour, s'immobilisa juste au-dessus de Sophia puis, après avoir calé le sac d'explosifs entre sa poitrine et la paroi du puits afin de le protéger, il tira son pistolet ionique et en dirigea le canon vers le haut. Il s'agissait d'atteindre le centre de la grille car, si cette dernière était touchée sur sa circonférence, elle risquait de se détacher et de les blesser, Sophia et lui, en tombant.

Comptant en partie sur sa chance, en partie sur son adresse, Bob darda un rayon calorifique de grande intensité. Tout de suite, à la position du point lumineux qui s'était allumé au-dessus de lui, il comprit que la grille avait été touchée en son centre. Pendant une vingtaine de secondes, il continua à darder le rayon, quitte à épuiser la batterie de son arme. Des gouttes de métal fondu tombaient autour de Sophia et de lui mais, heureusement, elles se refroidissaient immédiatement et, s'ils furent touchés, ils ne devaient recevoir néanmoins aucune brûlure grave.

Une chaleur intense régnait à présent dans l'étroit passage.

Finalement, Morane relâcha la détente de son arme qu'il glissa dans l'étui de sa ceinture.

— Nous n'avons plus qu'à attendre que la température baisse, dit-il. Ensuite, nous pourrons continuer.

Durant une dizaine de minutes, ils demeurèrent accrochés à leurs crampons de métal, puis Bob décida :

— La chaleur ne se fait presque plus sentir. Nous pouvons y aller...

Ils se remirent à grimper. La grille avait disparu, fondue, volatilisée. Au-delà de l'endroit qu'elle occupait, l'échelle se prolongeait.

Au fur et à mesure qu'ils montaient, le cliquetis devenait plus net.

— Je crois que nous approchons, dit Sophia.

Ils continuèrent leur ascension sur une distance de trente mètres environ, puis une lumière brilla au-dessus d'eux et ils prirent pied dans un large couloir au sol incliné et dont les parois brillaient de la même phosphorescence qui, la nuit, s'irradiait de la pyramide.

— Nous devons avoir atteint notre but, conclut Morane. Je ne crois pas me tromper en affirmant que nous nous trouvons dans l'antre d'Ibémé.

— Je pense que vous avez raison, Bob, approuva Sophia. La lumière verdâtre qui règne ici est la même que celle qu'on voit de l'extérieur.

La jeune fille regarda autour d'elle, vers le sol, le plafond et les murs nus, et elle reprit :

— Le moins que l'on puisse dire, c'est que le décor est plutôt sommaire.

— Je n'escomptais pas une réplique de Versailles, assura Bob.

Il désigna le large couloir rectiligne qui montait et, là-

bas, tournait brusquement, à angle droit, et il dit simplement :
— Allons-y...

Ils marchèrent jusqu'à atteindre le premier coude, derrière lequel montait un autre couloir, tout semblable au premier et qui, lui aussi, se prolongeait, à angle droit, par un troisième couloir, et ainsi de suite. Au fur et à mesure que l'on montait, les couloirs se raccourcissaient.

— Nous devons nous trouver à l'intérieur d'un gigantesque colimaçon cubique, constata Morane. Cela correspond exactement avec la forme d'une pyramide à degrés...

Durant dix minutes environ, ils continuèrent. Rien ne mettait obstacle à leur marche, et ils se demandaient non sans inquiétude si cela allait continuer.

Soudain, comme ils jugeaient être aux deux tiers de la hauteur de la pyramide, ils débouchèrent sur une large galerie éclairée d'en haut par la lumière du jour descendant d'une large coupole transparente, à double lobe, ayant un peu la forme d'un cerveau dépourvu de circonvolution. La galerie entourait une salle spacieuse, dont elle n'était séparée que par une cloison translucide ressemblant à du plexiglas, mais qui devait posséder une résistance et une dureté bien supérieures. Cette salle, sur presque toute son étendue, était occupée par une gigantesque machinerie enfermée dans des caissons reliés entre eux par des tubulures et des faisceaux de câbles. C'était de ce prodigieux ensemble que provenait le cliquetis qui, jusqu'alors, avait tant intrigué Morane et Sophia Paramount.

Pendant quelques instants, Bob et sa compagne demeurèrent silencieux, comme fascinés. Puis Morane désigna la machine, en disant d'une voix sourde :

— Je vous présente Ibémé, Sophia...

La jeune journaliste ne put réprimer un sursaut.

— Ibémé ? fit-elle avec stupeur. Mais il me semble, Bob, que nous nous trouvons devant...

— Une calculatrice électronique, n'est-ce pas, Sophia ? Exact... Depuis le début, ce nom d'Ibémé me paraissait familier, mais je ne parvenais pas à trouver en quoi. Ibémé est la traduction euphonique d'I.B.M. Vous comprenez à présent ?... Oui, Ibémé la toute-puissante, Ibémé la mystérieuse, Ibémé la dévoreuse n'est pas autre chose qu'un monstrueux cerveau électronique !

*
* *

— A l'époque du cataclysme — peu en importe la nature ! — qui détruisit New York, avait tenté d'expliquer Morane, la ville, comme beaucoup d'autres sans doute, était organisée par une calculatrice à laquelle les hommes s'étaient depuis longtemps confiés. Ils croyaient avoir encore quelque chose à dire mais, en réalité, c'était la machine qui prévoyait, organisait, décidait. Rien ne pouvait être fait sans elle et les habitants n'étaient plus que ses esclaves, les bras qui agissaient, alors qu'elle était devenue l'esprit. Il est possible qu'elle avait pris vie.

» La catastrophe n'ayant pu être évitée, Ibémé avait aussitôt, une fois la cité détruite, pris les dispositions nécessaires pour que la vie continuât. Protégée par sa pyramide — en réalité un abri antiatomique — la machine avait continué à fabriquer son énergie elle-même, en circuit fermé. Elle possédait une incommensurable force de suggestion, mais elle employa ses pouvoirs comme seule la mécanique qu'elle était pouvait le faire, avec inhumanité. Elle prit comme alliés les Khops qui, touchés par les radiations, dépendirent désormais d'elle pour survivre et devinrent ses serviteurs fanatiques. Les autres hommes qui, plus tard, devaient se donner le nom d'Enfants de la Rose, furent traités comme du bétail destiné à la boucherie. La longueur d'ondes de chacun était programmée et, chaque fois que l'un ou plusieurs d'entre eux tentaient de s'approcher d'Ibémé, un champ répulsif se déclenchait automatiquement et leur interdisait d'avancer plus loin.

— Comme tout à l'heure pour Will, glissa Sophia.
Morane approuva.
— Comme tout à l'heure pour Will... C'est bien cela...

Bob se tut et, à travers la paroi transparente, il considéra longuement l'énorme computer qui continuait à faire cliqueter ses relais, puis il reprit :
— Et il y a sans doute des siècles que cela dure. Une machine qui réduit les êtres humains en esclavage ! Si les hommes du XXe siècle savaient ce qui attend leur descendance, sans doute s'empresseraient-ils de tourner le dos à leur science matérialiste, qui peut sans doute être la meilleure des choses, mais aussi la pire, comme la langue d'Esope... Qui sait si, jadis, on n'avait pas raison de brûler les livres ?
Il se tourna vers Sophia, pour continuer avec un sourire amer :
— Drôles de paroles dans la bouche de l'enragé bibliophile que je suis, n'est-ce pas ?
Du poing, il frappa la paroi transparente et dit avec rage :
— Je n'ai peut-être pas de livres à brûler, mais je vais flanquer cette mauvaise mécanique en l'air !
— Ne vaudrait-il pas mieux laisser agir la Patrouille du Temps ? risqua Sophia.
— Vous connaissez sa règle : ne jamais intervenir directement. Et puis, si le colonel Graigh n'est pas encore venu à notre secours, c'est que les radars spatio-temporels n'ont pas réussi à nous repérer... De toute façon, le temps presse. Pensons à ces centaines de jeunes gens, dont Sheeba, qui dans quelques heures seront victimes des Khops !
Cette fois, Sophia Paramount ne put qu'approuver :
— Vous avez raison, Bob... Que comptez-vous faire ?
— Réaliser sans tarder le plan qui motive notre présence ici. Reculez-vous...
Tout en parlant, Morane avait tiré son pistolet ionique. Se reculant lui aussi jusqu'à être adossé à la muraille, il concentra un rayon calorifique sur la paroi de matière transparente. Tout d'abord, rien ne se passa et, pendant un instant, Bob put craindre que la matière inconnue résisterait. Au bout d'un moment cependant, il y eut une

série de craquements secs et de longues lézardes naquirent à l'endroit touché, se prolongeant en étoile dans tous les sens. Puis la matière se mit à fondre, à se volatiliser, tandis qu'une intense chaleur s'en dégageait. Bientôt, une ouverture béa, assez large pour livrer passage à un homme.

Bob relâcha la détente de son arme et remplaça le chargeur presque vide par un nouveau. Du menton, il désigna l'ouverture.

— Nous pouvons y aller...

Ils s'avancèrent vers la machine dont le cliquetis leur parvenait à présent avec une netteté accrue. On eût dit un gigantesque cœur métallique qui battait, tout à fait comme si le monstre électronique avait été vivant. Et peut-être l'était-il.

Rapidement, Morane entreprit son œuvre de destruction, dirigeant des rayons vers la jonction des tubulures et les faisant fondre, grillant des faisceaux de câbles. Presque immédiatement, la machine devait réagir à ce traitement brutal. Les cliquetis s'interrompaient, pour reprendre ensuite avec irrégularité, s'arrêter, reprendre encore. Des gerbes d'étincelles jaillissaient en tous sens, des voyants multicolores s'allumaient et s'éteignaient en désordre, tandis que montait l'odeur caractéristique des courts-circuits.

La chaleur s'était faite étouffante, et la situation à ce point tendue qu'une frayeur incontrôlable s'empara de Sophia, qui pourtant possédait des nerfs solides.

— Fuyons, Bob, dit-elle en reculant. Quelque chose va se passer... Je ne sais quoi, mais j'ai peur...

— J'aurai terminé dans quelques instants, jeta Morane. Il faut que ce monstre soit mis définitivement hors d'état de nuire.

Il plaça les charges de jupitérion de façon à leur donner le plus d'efficacité possible. Ensuite, il régla le détonateur à effet différé et mit le contact.

— Filons, dit-il en rejoignant Sophia. Pour éviter autant que possible une intervention quelconque qui viendrait tout ruiner, je n'ai prévu qu'une demi-heure de délai avant la mise à feu. Il faut que, dans trente minutes, nous soyons à l'abri dans les souterrains...

Tous deux s'étaient mis à courir le long des couloirs. La déclivité leur permettait de progresser très rapidement et, en outre, l'angoisse leur donnait des ailes. S'ils n'avaient pas quitté la pyramide avant que les charges explosent, il était probable, sinon certain, qu'ils périraient en même temps qu'Ibémé.

Ils avaient peut-être franchi la moitié du chemin les séparant de l'endroit où s'amorçait le puits quand, derrière eux, retentit un bruit ressemblant à celui d'un gong frappé à des intervalles de trois ou quatre secondes par une énorme mailloche.

Tous deux se retournèrent en même temps pour apercevoir une grande sphère de métal, d'un mètre cinquante de diamètre environ, qui bondissait vers eux de plus en plus vite, à la façon d'un ballon d'enfant. Chaque rebond produisait ce bruit de gong frappé.

La sphère était-elle pleine ou creuse ? Il eût été difficile de le dire. De toute façon, elle devait peser un poids considérable et, si elle atteignait les fuyards, elle les écraserait infailliblement.

— Mettons-nous à l'abri ! hurla Bob, tandis que la boule de métal continuait à bondir dans leur direction.

Comme ils se trouvaient à l'angle d'un couloir, ils se jetèrent dans le tronçon qui s'offrait à leur gauche.

La sphère passa à deux mètres d'eux, rebondit contre la muraille avec un fracas de grosse caisse, rebondit encore à différentes reprises, comme cherchant l'angle propice pour fondre à nouveau vers eux.

— Continuez à courir, cria Bob à l'adresse de Sophia.

Il braqua son pistolet ionique en direction de la sphère qui, touchée en plein par le rayon, explosa telle une énorme bombe, projetant dans tous les sens des éclats de métal.

Bob s'était jeté à terre. Quand le danger fut écarté, il se redressa, tourna les talons et se mit à dévaler la déclivité derrière sa compagne. Dans leurs dos, d'autres martèlements de gongs frappés se faisaient entendre, annonçant l'approche d'une ou de plusieurs autres sphères.

— L'alerte est déclenchée, jeta Morane tout en continuant à courir et en entraînant Sophia. Le dispositif de sécurité fonctionne.

Il ne savait pas d'où venaient ces sphères. Sans doute s'agissait-il d'engins propulsés automatiquement lorsqu'on touchait à Ibémé.

A présent, Bob et Sophia couraient pour sauver leurs vies. Derrière eux, le lourd martèlement se rapprochait, tout à fait comme si les sphères avaient été guidées par des radars.

L'ouverture du puits n'était plus fort éloignée quand Morane se retourna. Alors il vit les sphères qui jaillissaient derrière l'angle du couloir. Elles étaient une demi-douzaine, occupant tout l'espace de leurs bonds, et chacun de ces bonds retentissait tel un coup de tonnerre.

— Le puits, jeta Bob à la journaliste. Il faut vous y réfugier, vite !... Ne vous occupez pas de moi !...

Les sphères dévalaient vers lui. Il en fit exploser deux à coups de rayons ioniques, en évita une troisième qui le frôla à la façon d'un énorme boulet de canon.

Tandis que les autres boules de métal convergeaient dans sa direction, Bob plongea dans le puits où déjà avait disparu Sophia et, tentant de se retenir du mieux qu'il pouvait aux crampons, il se laissa dégringoler en catastrophe.

Par bonheur, le diamètre des sphères était supérieur à celui de l'ouverture de la cheminée, dans laquelle elles ne pouvaient pénétrer.

— Il fallait bien s'attendre à ce qu'Ibémé se défendît, dit Morane qui s'était immobilisé contre Sophia.

Au-dessus d'eux, les sphères rebondissaient avec fracas à l'entrée du puits, tout à fait comme si elles avaient voulu se frayer un passage.

— Ne nous attardons pas, dit encore Bob. Je ne pense pas que ces bibendums puissent parvenir jusqu'à nous, mais il est possible que quelque autre mécanisme se déclenche pour nous empêcher de fuir.

A toute allure, constamment en perte d'équilibre, ils dévalèrent la grossière échelle jusqu'à ce qu'ils eussent atteint le fond du puits. Là, ils se mirent à courir en direction de l'endroit où ils avaient laissé Bill. La porte de métal s'était relevée, sans doute à la suite des sabotages auxquels s'était livré Morane. L'Ecossais les attendait, anxieux.

— Que se passe-t-il ? interrogea-t-il. On dirait que vous avez tous les diables de l'enfer à vos trousses.

— Tous les diables de l'enfer et le reste, jeta Bob. Galopons, aussi loin que nous pourrons avant que la pyramide ne nous dégringole sur les épaules.

Contrairement à son habitude, Ballantine ne jugea pas utile de faire de nouveaux commentaires et il se mit à courir lui aussi, comme si réellement tous les « diables de l'enfer » étaient à leurs trousses.

Et soudain, derrière eux, tout se mit à trembler et un souffle puissant les projeta en avant, à plat ventre, en même temps qu'une pluie drue de pierrailles et de fragments de rochers détachés de la voûte. Le sol frémissait comme s'il s'était trouvé à l'épicentre d'un tremblement de terre, tandis que les échos d'une prodigieuse explosion se répercutaient à travers les souterrains.

De longues secondes s'écoulèrent. Progressivement les frémissements du sol allèrent en s'atténuant, les pierrailles cessèrent de tomber puis un silence succéda, à ce point total qu'il en paraissait artificiel. Seuls, quelques nuages de poussière flottaient encore dans la galerie en partie éboulée.

Et, tout à coup, Bob se mit à rire d'un rire nerveux, frénétique, pour triompher d'une voix sourde, quand il eut enfin retrouvé son calme :

— Nous avons réussi !... Ibémé est morte !... Ibémé est morte !...

XIV

Les embarcations à bord desquelles étaient entassées les victimes du Grand Sacrifice venaient de franchir l'East River, attirées par une force irrésistible, et elles atteignaient la rive de Manhattan au moment où l'explosion avait déchiré les flancs de la pyramide à degrés, comme se déchirent les flancs d'un volcan sous la brusque poussée des énergies telluriques.

Tandis que, dans la nuit tombante, montaient de fauves lueurs, le charme avait été rompu. Ibémé détruite, les Enfants de la Rose choisis pour l'holocauste avaient aussitôt retrouvé leur conscience, n'ayant plus qu'un désir : échapper aux Khops qui, avides, les attendaient sur la berge. C'est alors que les occupants du canot avaient assisté à un bien repoussant spectacle. Depuis longtemps, les Khops, leurs organismes gravement lésés par l'effet des radiations, ne survivaient plus qu'en fonction de la protection d'Ibémé. Celle-ci, vaincue, ils devaient retourner au néant, leurs chairs se désagrégeant, devenant poudre impalpable. Bientôt, il n'y eut plus sur la rive que des uniformes vides, seuls souvenirs d'une terreur à présent défunte.

Une joie immense avait empoigné les Enfants de la Rose. Accompagnées par des chants, des cris d'allégresse, les embarcations avaient regagné Brooklyn, pour se diriger vers le temple.

Ce fut dans cette atmosphère de liesse que Bob Morane, Bill Ballantine, Sophia Paramount et Will devaient eux aussi regagner Brooklyn, à bord d'un canot pris à la flotille des Khops. Partout, sur leur passage, ce n'étaient que marques de reconnaissance. On leur jetait des fleurs et leur embarcation était sans cesse entourée par d'autres, chargées d'hommes et de femmes en délire, clamant une joie sans limite.

C'est alors que Bill, qui regardait en l'air, fit cette constatation :

— Tiens, on dirait que quelqu'un se remet à faire des bulles de savon !

Elles descendaient du ciel, par grappes, se séparant en grossissant rapidement et en fondant en direction des canots. Au-dessus du temple de la Rose, une grande sphère brillante s'était immobilisée, comme suspendue. D'un rouge clair, elle faisait songer à une énorme orange sanguine garnie de protubérances argentées sur sa circonférence. C'était du vaisseau gnurien que jaillissaient les bulles. Chacune d'entre elles s'abattait sur un canot, l'enveloppant, emprisonnant les hommes qui se trouvaient à bord, sans qu'ils puissent rien faire pour s'échapper. Seule, l'embarcation de Morane et de ses compagnons demeura bientôt libre.

— Voilà que tout recommence par le début, dit Ballantine. Qu'est-ce que c'est encore que ce cinéma ?

— Nous n'allons pas tarder à le savoir, fit Morane, les dents serrées.

Sophia Paramount s'était portée vers lui, tremblante, près selon toute évidence de la crise de nerfs. Bob lui-même se sentait envahi par une vague terreur. Il venait de risquer sa vie pour détruire Ibémé, et voilà que la puissance mystérieuse qui les avait menés, ses compagnons et lui, au cœur de ces dangers, se manifestait à nouveau.

Propulsé par son moteur, le canot se dirigeait vers la butte au sommet de laquelle s'élevait le temple. La foule des Enfants de la Rose occupait le débarcadère et l'escalier monumental, mais tous étaient immobilisés, enfermés à l'intérieur de bulles irisées.

Comme si leur destin devait absolument se concrétiser à l'intérieur du temple, Morane, Bill et Sophia sautèrent à terre et se mirent à gravir les marches, tandis que Will demeurait en arrière, capturé lui aussi par une bulle.

Les trois amis atteignirent le temple sans encombre, pénétrèrent sous le dôme translucide. Le rosier était là, dans son rond de terre meuble, avec son unique rose. Spectacle incongru, presque dérisoire, au sein du décor de cauchemar où se débattaient Morane et ses compagnons.

— J'aimerais savoir où nous en sommes, risqua Bill.

Le colosse devait bientôt être renseigné. Venues d'on ne savait où, deux bulles fondirent sur Sophia et lui, les immobilisant à l'intérieur de deux grosses perles translucides et irisées.

A présent, Morane demeurait seul, libre, tandis qu'un grand rire montait du fond du temple. Un rire de tigre... en supposant bien entendu que les tigres fussent capables de rire.

Toute surprise avait maintenant quitté Morane, car ce rire il l'avait reconnu. C'était le rire de Monsieur Ming. Le rire de l'Ombre Jaune.

Le Français ne marqua donc nul étonnement quand il vit la silhouette de clergyman, jaillie un peu comme un diable de sa boîte, contourner le rosier et s'arrêter à quelques mètres de lui.

Longuement, Monsieur Ming considéra son adversaire de ses yeux couleur d'ambre, qui jamais ne cillaient.

— Décidément, commandant Morane, dit le Mongol, on ne peut jamais vous laisser livré à vous-même...

Ming se tenait debout, les bras croisés, et une telle puissance émanait de toute sa personne que Morane se sentit comme écrasé, avec l'impression que la personnalité de l'Ombre Jaune se décuplait soudain, atteignait d'inabordables sommets.

S'efforçant de ne rien laisser paraître de son trouble, Bob se contenta de laisser tomber :

— Je savais que, tôt ou tard, vous interviendriez, Ming.

— Comment auriez-vous pu le savoir ? Lors de notre dernière rencontre, vous m'aviez pourtant laissé en bien mauvaise posture.

Comme Morane se taisait, le monstrueux personnage reprit :

— Vous avez dû deviner, l'expérience aidant, que je ne me laisserais pas vaincre ainsi. Cette fois, cependant, ce fut la chance qui me servit...

L'Ombre Jaune était un être aux dimensions inhumaines, possédant une science cosmique, une intelligence quasi démoniaque. Il se disait immortel, et peut-être l'était-il réellement. Il commandait à des forces capables de contrecarrer l'action des grandes puissances universelles. Mais, pourtant, il faisait preuve souvent d'une vanité dérisoire, d'une fatuité et d'une hablerie mal adaptées à son personnage. Cette fois encore, il ne put s'empêcher de se laisser aller aux confidences, d'apprendre à Morane comment le hasard l'avait mis en présence de la Vapeur Rose qui avait fait de lui son allié symbiotique, comment par la suite il avait pu s'emparer du vaisseau des Gnurs et se servir de la science de ces derniers pour reprendre la guerre acharnée, sans merci, qu'il avait déclarée à l'Humanité.

— Mon premier soin, commandant Morane, continua Ming, fut de m'assurer de votre personne, de Bill Ballantine et de Sophia Paramount. Je savais qu'ici, assujettis aux pouvoirs d'Ibémé, vous ne pourriez, privés de l'appui de la Patrouille du Temps, trouver le moyen de vous échapper. Le plus pressé était de vous mettre hors de course. Par la suite, je me serais occupé de vous de façon plus définitive. Je vous fis donc capturer par des bulles extra-temporelles et mener l'un après l'autre dans cette époque. Mais j'aurais dû comprendre qu'il n'était pas aussi facile de vous réduire à merci et, une fois encore, j'ai pu me rendre compte combien vous pouviez vous révéler un adversaire dangereux. J'ai décidé alors d'intervenir, pour vous annihiler définitivement, et me voici !

Sans peur, mais aussi sans espoir, Morane considérait

son ennemi. Il savait que le moment de vérité était venu et
que cette vérité serait celle de Monsieur Ming, et exclusivement celle de Monsieur Ming.

— Quels sont vos projets ? interrogea-t-il d'une voix
qu'il s'efforçait de garder aussi ferme que possible.

Le rire du Mongol éclata à nouveau, un peu comme une
sentence.

— Je vais vous tuer, commandant Morane...

Tout en parlant, Ming ouvrait et refermait sa dextre,
cette redoutable main mécanique créée par son génie et
qui était un peu devenue l'emblème de son invincibilité.

— Peut-être me tuerez-vous, laissa tomber froidement
Bob, mais il est possible également que ce soit moi qui
vous tuerai.

Le Mongol secoua la tête, pour assurer :

— Non, commandant Morane, vous ne me tuerez pas.
Si nous étions à égalité, peut-être garderiez-vous une
chance, car je vous sais être un combattant redoutable et
courageux. Mais le pouvoir de mon alliée s'ajoute au mien
et ma force égale à présent celle de cent hommes.

Tout à coup, Morane se sentit envahi par une grande
lassitude. Il connaissait assez l'Ombre Jaune pour savoir
qu'il ne bluffait pas, que lui-même serait infailliblement
brisé, anéanti.

*
* *

Depuis des milliers d'années-lumière, la Vapeur Rose
errait à travers le continuum, de galaxie en galaxie, épou-
sant toutes les formes, s'alliant aux êtres les plus fantas-
magoriques dont elle devenait l'âme. Ainsi, elle avait
connu d'incroyables aventures, livré mille combats. Souvent, après la mort d'un de ses alliés, elle s'était retrouvée
seule, sur une planète perdue, en proie au désespoir, à la
recherche d'un nouveau corps. Elle se sentait lasse, vieillie,
avide d'un paradis à sa mesure. Au lieu de cela, qu'avait-
elle trouvé ? Ce nouveau complice avide de puissance, de

combat, qui lui demandait plus qu'elle n'avait envie de
donner et dont peut-être, un jour, elle deviendrait
l'esclave.

C'est alors qu'elle sentit le parfum de la rose, qu'elle
reconstitua la forme de cette fleur dont la couleur était sa
propre couleur, cette fleur qui peut-être était la compagne
qu'elle attendait depuis toujours.

Emprisonnés à l'intérieur de leur bulle, Bill Ballantine
et Sophia Paramount, bien qu'impuissants à s'échapper,
n'avaient rien perdu des paroles de l'Ombre Jaune. Ils
comprenaient eux aussi que, cette fois, Morane ne pourrait vaincre, qu'il serait abattu et qu'eux-mêmes par la
suite périraient, victimes de la vengeance de Ming. C'est
alors qu'ils aperçurent cette brume rose qui, lentement,
quittait le corps de leur ennemi, se déroulait en volutes, se
changeait en serpent vaporeux, pour entourer la rose de
ses anneaux, la pénétrer doucement, se fondre en elle, s'y
anéantir.

Au moment où il allait se précipiter sur Morane, Ming
s'était soudain immobilisé, comme si on venait de lui scier
les nerfs, le vider de toute énergie. Quelques instants plus
tôt, il avait l'impression de porter en lui toute la force de
l'Univers et voilà qu'à présent, par comparaison, il se sentait aussi faible qu'un enfant nouveau-né.

L'Ombre Jaune savait que Morane avait vu la Vapeur
Rose le quitter. Il savait que son adversaire avait compris
qu'à présent il se trouvait réduit à ses propres forces. Il
bondit soudain, décidé de vaincre malgré tout. Mais, dans
sa hâte d'attaquer, il commit l'erreur de sous-estimer son
antagoniste. D'un retrait du corps, Bob Morane avait
évité le coup qui lui était porté, pour frapper à son tour.
Touché à la mâchoire par un atémi dans lequel Morane
avait fait passer tout son poids, le Mongol recula, privé
déjà de la moitié de ses moyens. Bob redoubla, frappa
encore des deux mains sur un ennemi déjà à sa merci,
mais qui essayait cependant encore d'endiguer son attaque.

Lentement, repoussé par chaque coup qu'il essayait en
vain de parer, rebondissant sur chaque bulle qui se trou-

vait sur son passage, Ming reculait vers l'escalier menant au bas de la butte.

Pendant un moment, alors que l'Ombre Jaune se trouvait en équilibre instable sur l'arête de la première marche, Morane lut dans les yeux d'ambre un intense désespoir et il eut l'impression que son ennemi le suppliait.

Allait-il frapper encore sur un adversaire déjà vaincu ? Un bref instant, il se sentit saisi par une pitié à la mesure du titan qu'il était en train d'abattre, mais son instinct fut le plus fort. Il porta un dernier atémi et Ming tomba à la renverse, roula de degré en degré tel un pantin décarcassé. Il demeura étendu au bas des marches, les bras en croix, la tête rejetée en arrière et formant avec le corps un angle impossible.

Une à une, les bulles éclataient, libérant leurs prisonniers, et Morane sut que Ming était mort.

Bill Ballantine et Sophia Paramount étaient venus rejoindre leur ami, et tous trois ils descendirent les marches vers l'Ombre Jaune qui gisait au bas de l'escalier, la nuque brisée.

Au-dessus d'eux, le vaisseau gnurien avait disparu.

XV

Le Temposcaphe se posa au bas de la butte. Dès qu'Ibémé eut été détruite, le champ magnétique avait cessé de faire son office et la Zone Noire était devenue accessible.

Toujours vêtu de sa combinaison métallisée portant le sigle de la Patrouille du Temps, le colonel Graigh mit pied à terre et se dirigea vers le groupe formé par Morane, Bill et Sophia, auxquels étaient venus se joindre Will et Sheeba.

— Décidément, colonel, goguenarda Ballantine, vous arriverez toujours comme les carabiniers d'Offenbach...

Graigh ne parut pas avoir entendu. Peut-être n'avait-il jamais entendu parler d'Offenbach. Il désigna la dépouille de l'Ombre Jaune.

— Ainsi, dit-il, voilà notre ennemi abattu.

— Une fois de plus, fit Sophia Paramount. Mais est-ce la dernière ?...

Le chef de la Patrouille s'accroupit près du corps brisé et l'examina avec attention.

— Cette fois, conclut-il, aucun doute. Il est tout ce qu'il y a de plus mort...

— Reste à savoir, intervint Morane, si le duplicateur agit dans le Temps comme il agit dans l'Espace. Il est possible que notre homme ait perfectionné son procédé. Dans ce cas...

Depuis longtemps, Monsieur Ming avait trouvé le moyen de reculer le moment de sa mort. A la base du crâne, sous la peau et les muscles, il portait un minuscule émetteur d'ondes courtes alimenté en énergie par l'influx nerveux. Si la mort venait couper cet influx nerveux, les ondes cessaient d'être émises, ce qui, par un système compliqué de relais, commandait instantanément à un duplicateur de matière qui reproduisait un double exact du défunt, bien vivant et prêt à reprendre le combat.

— Quand donc serons-nous définitivement débarrassés de cette hydre immortelle ? interrogea Graigh avec impatience.

Morane haussa les épaules.

— Peut-être en sommes-nous débarrassés, fit-il, en supposant que le duplicateur n'agisse pas à travers le Temps... ce qui serait trop beau pour être vrai, j'en conviens. Et puis, ce qui importe, c'est d'avoir gagné cette bataille, même si elle n'est pas la dernière, et d'avoir permis à ces hommes et à ces femmes de retrouver l'espoir.

En parlant, Bob désignait les Enfants de la Rose, dont les canots se pressaient autour de la butte.

— C'est à vous que nous devons cet espoir, fit Sheeba en s'approchant de Bob et en se penchant à son bras.

Comme il était de beaucoup plus haute taille que la jeune mulâtresse, Morane dut baisser la tête vers elle pour la considérer, et leurs regards se rencontrèrent et ne se quittèrent plus.

— J'ai l'impression, dit Ballantine avec un rire gras, qu'il va falloir de nouveau compter avec une « princesse de légende »...

Le colonel Graigh surveillait le groupe avec un embarras croissant.

— Cette fois, conclut-il, vous serez ramenés tous trois au XXe siècle, pour y être l'objet de la surveillance continuelle de nos radars spatio-temporels. Je ne tiens pas à ce que l'un ou l'autre d'entre vous nous file à nouveau entre les doigts. Vous perdre, c'est relativement facile, mais vous retrouver ?

— Personnellement, fit Bill, je ne serais pas fâché de regagner l'Ecosse pour retrouver mes élevages de poulets. Et gare à celui que je surprendrai en train de faire des bulles de savons dans les parages !...

— En ce qui me concerne, fit Sophia, je vais regagner Londres pour me mettre à écrire des romans de science-fiction. Comme agent spécial de la Patrouille du Temps, je possède à présent toute la documentation nécessaire...

Bob Morane, lui, ne dit rien, comme s'il n'éprouvait pas de désir. Du regard, il embrassait le panorama de la grande cité ruinée et débarrassée maintenant de la tyrannie d'Ibémé. Celle-ci vaincue par lui, les Enfants de la Rose avaient failli tomber sous la coupe d'un nouveau maître, plus redoutable peut-être encore : l'Ombre Jaune. Mais celui-ci était vaincu, du moins momentanément, sinon définitivement, et les hommes pourraient se remettre au travail.

« Peut-être, un jour, songeait Morane, cette ville retrouvera-t-elle sa splendeur d'antan, et cela parce qu'un monstre galactique tomba amoureux d'une rose. La dernière rose de New York... »

A paraître, dans le second tome du

CYCLE DU TEMPS :

Une Rose pour l'Ombre Jaune
La Prison de l'Ombre Jaune
Les Fourmis de l'Ombre Jaune
L'Ombre Jaune fait trembler la Terre
La Prisonnière de l'Ombre Jaune
Le Soleil de l'Ombre Jaune
L'Epée du Paladin
avec des Etudes, un INEDIT...

BIBLIOGRAPHIE
du « Cycle du Temps »

LES CHASSEURS DE DINOSAURES
a) Marabout Junior (1957)
   Idem   (1960)
   Idem   (1961)
   Idem   (1965)
b) Pocket Marabout (1969)
c) Librairie des Champs-Elysées (1978)
d) Bibliothèque Verte-Hachette (1984)
e) Pocket Bob Morane — Claude Lefrancq-Le Rocher (1992)
f) Claude Lefrancq — in « Volumes » Le Cycle du Temps - 1 (1993)

En bandes dessinées :

a) *La Chasse aux Dinosaures,* ill. : FORTON
   in *Pilote* 1965 — A paraître en album aux Editions Claude Lefrancq
b) *Les Chasseurs de Dinosaures,* ill. : CORIA
   in *Tintin* 1983 — Album aux Editions du Lombard (1984)
c) *La Chasse aux Dinosaures,* ill. : FORTON
   Editions Paralaxe 1988

SERVICE SECRET SOUCOUPES
a) Marabout Junior (1964)
b) Pocket Marabout (1968)
   Idem   (1968)
   Idem   (1973)
c) Fleuve Noir (1991)
d) Claude Lefrancq — in « Volumes » *Le Cycle du Temps 1* (1993)

En bandes dessinées :
Services Secret Soucoupes — ill. CORIA
in *Tintin* 1981 — Parution en album aux Editions du Lombard (1982)

LA FORTERESSE DE L'OMBRE JAUNE
a) Pocket Marabout (1968)
   Idem   (1969)
   Idem   (1973)
b) Claude Lefrancq — in « Volumes » *Le Cycle du Temps 1* (1993)

LE SATELLITE DE L'OMBRE JAUNE
a) Pocket Marabout (1968)
   Idem   (1969)
   Idem   (1973)
b) Claude Lefrancq — in « Volumes » *Le Cycle du Temps 1* (1993)

LES CAPTIFS DE L'OMBRE JAUNE
a) Pocket Marabout (1968)
   Idem   (1971)
   Idem   (1973)
b) Claude Lefrancq — in « Volumes » *Le Cycle du Temps 1* (1993)

LES SORTILEGES DE L'OMBRE JAUNE
a) Pocket Marabout (1969)
   Idem   (1971)
   Idem   (1973)
b) Claude Lefrancq — in « Volumes » *Le Cycle du Temps 1* (1993)

En bandes dessinées :
in « Tintin » — ill. : W. VANCE (1975)
Album aux Editions du Lombard (1976)

LES BULLES DE L'OMBRE JAUNE
a) Pocket Marabout (1970)
   Idem   (1973)
b) Claude Lefrancq — in « Volumes » *Le Cycle du Temps 1* (1993)

En bandes dessinées :
in « Tintin » — ill. W. VANCE (1977)
Album aux Éditions du Lombard (1978)

BIBLIOGRAPHIE

Pour chaque titre de roman, numéroté dans l'ordre de parution des aventures [000], nous indiquons [a), b), c), etc.] les principales éditions et la prépublication éventuelle. Sous ces rubriques, nous enregistrons les types de couvertures [t/1, t/2, ... t/19, t/20], bien connus des « moranologues » [1] ; suprême raffinement, nous distinguerons les retirages par l'indication des variantes du dernier titre figurant dans le catalogue des aventures de Bob Morane, à l'intérieur du volume [C/174, C/226, etc.]. De ces numéros de catalogue et/ou des publicités pour d'autres publications des éditions Marabout, nous avons pu déduire la date de réédition, indiquée entre parenthèses, laquelle date ne figure presque jamais à l'intérieur du volume (les éditions Marabout ne donnent que la date de l'édition originale).

Il n'est pas rare de trouver des exemplaires dont les logos de couverture ne correspondent pas à ceux figurant à l'intérieur ; des stocks d'anciens volumes, les couvertures arrachées, étaient semble-t-il « rafraîchis » sous la nouvelle présentation. Dans la biblio qui suit, certaines indications que nous donnons sembleront donc — à première vue — contradictoires. Elles ne le sont pas, aussi les faisons-nous suivre de *(sic)*.

Enfin, nous avons tenu à mettre l'accent sur l'ordre chronologique de parution (prépublication) des aventures ; c'est-à-dire que nous avons inséré les B.D. dans les romans. En effet, nombre de B.D. deviendront, parfois 12 ans plus tard — comme c'est le cas des Yeux du brouillard — des

---

1. Leur description a été faite par Guy de la Bove dans la plaquette *33 ans de Bob Morane,* éditée par Séries B (Mons), à l'occasion de l'exposition à l'Hôtel de Ville de Mons en novembre 1986. Nous l'avons nous-même complétée dans notre *Bibliographie chronologique et analytique d'Henri Vernes,* publiée par le Club Bob Morane (Liège-Bruxelles), en son magazine *Reflets,* Hors Série n° 2, octobre 1990. Bornons-nous à indiquer que nous distinguons, aux Champs-Elysées, deux types (14 et 15), respectivement le noir et l'orange ;
un type 17 *bis* pour les trois Bob Morane Magazine de chez Glénat, vendus en librairie, auxquels il faut ajouter un 17 *ter* pour les quatre Bob Morane Magazine *Glénat/Infogrames* vendus — eux — avec le logiciel ;
enfin, deux types (18 et 19) pour les Fleuve Noir, selon que la couverture est noire ou (à partir du n° 33) blanche. (Notons qu'une légère modification du logo au sein du type 18 — à partir du FN n° 15 — devrait logiquement nous amener à considérer un type 18 *bis*...).

romans. Actuellement, la mode prévaudrait en sens inverse, et ce sont les romans qui deviennent des B.D. (Le record absolu, à ce jour, est *Le masque de Jade,* 33 ans après). On en arrive dès lors à des quiproquos comme celui de ce journaliste déclarant, à la sortie de la B.D. *Le temple des crocodiles* (1989), qu'Henri Vernes avait « bien retenu la leçon » des *Aventuriers de l'Arche perdue* (1981)... alors que son roman avait été publié chez Marabout en 1961 ! Outre le sens des filiations — de la B.D. au roman ou du roman à la B.D. [2] — nous avons également tenu à indiquer ponctuellement les adaptations discographiques (8), cinématographique (1), télévisées (26), radiophinique (1) et informatiques (4).

Il nous reste à nous acquitter d'une tâche fort agréable : remercier nos amis du Club Bob Morane qui nous ont aidé dans nos recherches : Jacques Dieu, Bruno Della Vedova, René Fontaine, Guy de la Bove, Yves Coativy et Alain Sprauel. Remerciements plus particuliers à Pierre Brands et Willy Leysens et à leurs compilations informatiques.

Michel ELOY.

---

2. Nous avons tenu à faire figurer les courts textes — nouvelles — pour lesquels une nomérotation distincte ne se justifiait pas : 021 *bis* « L'œil d'émeraude » (première version du roman 065 homonyme), 164 *bis* « La dernière rosace » (texte additionnel à l'omnibus *Ananké*) et 165 *bis* « Retour au Crétacé » (omnibus *Le Cycle du Temps*). Quelques lecteurs et amis nous ont reproché cette numérotation qui laisse entendre que ces textes seraient des variantes respectivement de la 21e et de la 164e aventure, ce qui n'est pas le cas. Toutefois, dans une chronologie comme celle-ci, il aurait apparu — nous semble-t-il — assez incongru d'insérer un 065 *bis* entre les 021 et 022, ou un 146 *bis* entre les 164 et 165 ; nous n'avons donc pas cru devoir tenir compte de leur suggestion : la numérotation doit se suivre dans l'ordre logique, sans sauts de puce tous azimuts.

Période Marabout Junior

1953/1 roman

Type 1 (1953)
001 1953 — La Vallée infernale
a) Marabout Junior, n° 16, t/1 (1953)
   Idem, t/2 — C/174 (1960)
   Idem, t/4 — C/226 (1962)
   Idem, t/5 — C/270 (1965)
   Idem, t/5 — C/315 (1966)
b) Pocket Marabout, n° 1054, t/9 — C/102 (1970)
c) Bibliothèque Verte, n° 1, t/16 (1982)
d) *Idem*, t/17, 1/1983
e) Claude Lefrancq, coll. Bob Morane Pocket, n° 1, t/20 (1992)
• Disque RCA L305 ; réédition du même, sous une nouvelle pochette.

1954/5 romans

002 1954 — La galère engloutie
a) Marabout Junior, n° 21, t/1 — C/- (1954)
   Omnibus Marabout, 1957
   Marabout Junior, n° 21, t/2 — C/174 (1960)
   Idem, t/3 — C/222 (1962)
   Idem, t/5 — C/290 (1964)
   Idem, t/5 — C/298 (1965)
   Idem, t/5 — C/314 (1965)
b) Pocket Marabout, n° 1061, t/9 — C/105 (1971)
c) Claude Lefrancq, coll. Bob Morane pocket, n° 2, t/20 (1992)
• Sera adapté à la télévision, 1963

003 1954 — Sur la piste de Fawcett
a) Marabout Junior, n° 26, t/1 — C/- (1954)
   Idem, t/2 — C/178 (1960)
   Idem, t/5 — C/222 (1963)
   Idem, t/5 — C/314 (1966)
b) Pocket Marabout, n° 1023, t/8 — C/93 (1969)
   Idem, t/8 — C/94 (1969)
   Idem, t/9 — C/105 (1970)

004 1954 — La griffe de feu
a) Marabout Junior, n° 30, t/1 — C/- (1954)
   Idem, t/2 — C/- (1960)
   Idem, t/5 — C/322 (1966)
b) Champs-Elysées, n° 21, t/15 (1979)
c) Claude Lefrancq, coll. Bob Morane pocket, n° 3, t/20 (1992)

005 1954 — Panique dans le ciel
a) Marabout Junior, n° 34, t/1 — C/- (1954)
   Idem, t/2 — C/- (1960)
   Idem, t/6 — C/314 (1965)
b) Pocket Marabout, n° 1030, t/9 (1969)
• Disque RCA L301

006 1954 — L'héritage du flibustier
a) Une première version non moranienne, en feuilleton in *Mickey Magazine*, n°s 54 à 68, 20 oct. 1951-25 janv. 1952, sous le pseudonyme de Jacques Seyr (« L'aventure est dans la forêt »)
b) Marabout Junior, n° 38, t/1 — C/- (1954)
   Omnibus Marabout, 1957
   Marabout Junior, n° 38, t/2 — C/174 (1960)
   Idem, t/3 — C/222 (1962)
   Idem, t/5 — C/254 (1963)
   Idem, t/5 — C/294 (1965)
   Idem, t/5 — C/306 (1965)
c) Pocket Marabout, n° 1025, t/8 — C/95 (1969)

1955/6 romans

007 1955 — Les faiseurs de désert
a) Marabout Junior, n° 42, t/1 — C/- (1955)
   Idem, t/2 — C/178 (1960)
   Idem, t/6 — C/322 (1966)

008 1955 — Le sultan de Jarawak
a) Marabout Junior, n° 46, t/1 — C/- (1955)
   Idem, t/2 — C/182 (1960)
   Idem, t/5 — C/254 (1963)
   Idem, t/5 — C/340 (1966)
b) Pocket Marabout, n° 1048, t/9 — C/102 (1970)
   Idem, t/12 — C/102 (1975)
c) Claude Lefrancq, coll. Bob Morane pocket, n° 5, t/20 (1992)

009 1955 — Oasis K ne répond plus
a) Marabout Junior, n° 50, t/1 — C/- (1955)
   Idem, t/2 — C/- et C/182 (1960)
   Idem, t/5 — C/254 (1963)
   Idem, t/5 — C/328 (1966)
b) Pocket Marabout, n° 1055, t/9 — C/102 (1970)

010 1955 — La vallée des brontosaures
a) Marabout Junior, n° 54, t/1 — C/- (1955)
   Idem, t/2 — C/178 (1960)
   Idem, t/5 — C/290 (1964)
   Idem, t/5 — C/306 (1965)
b) Pocket Marabout, n° 1014, t/8 — C/92 (1968)
   Idem, t/9 — C/97 (1969)
c) Fleuve Noir, n° 19, t/18 *bis* (1989)
• Sera adapté à la télévision, 1963

011 1955 — Les requins d'acier
a) Marabout Junior, n° 58, t/1 (1955)
   Idem, t/2 — C/102 (1959)
   Idem, t/2 — C/186 (1960)
   Idem, t/5 — C/262 (1963)
b) Pocket Marabout, n° 1062, t/9 — C/106 (1971)

012 1955 — Le secret des Mayas
a) Marabout Junior, n° 62, t/1 (1955)
   Idem, t/2 — C/182 (1960)
   Idem, t/5 — C/262 (1963)
   Idem, t/5 — C/328 (1966)

b) Pocket Marabout, n° 1047, t/9 — C/101 (1970)
c) Claude Lefrancq, coll. Bob Morane pocket, n° 6, t/20 (1992)

1956/6 romans

013 1956 — La croisière du Mégophias
a) Marabout Junior, n° 66, t/1 (1956)
   Idem, t/2 — C/154 (1959)
   Idem, t/2 — C/186 (1960)
   Idem, t/5 — C/270 (1964)
   Idem, t/5 — C/322 (1966)
b) Pocket Marabout, n° 1024, t/8 — C/95 (1969)

014 1956 — Opération Atlantide
a) Marabout Junior, n° 70, t/1 (1956)
   Idem, t/2 — C/154 (1959)
   Idem, t/2 — C/178 (1960)
   Idem, t/4 — C/222 (1962)
   Idem, t/5 — C/306 (1965)
b) Pocket Marabout, n° 1006, t/8 — C/92 (1968)
   Idem, t/8 — C/95 (1969)
   Idem, t/12 — C/128 (1975)
c) Bob Morane Magazine — Océan 1, Glénat/Infogrames, t/17 *ter* (1988) (édition tronquée vendue uniquement avec le logiciel — il n'existe pas de t/17 *bis*)
d) Fleuve Noir, n° 32, t/18 *bis* (1990)

015 1956 — La marque de Kali
a) Marabout Junior, n° 74, t/1 (1956)
   Idem, t/2 — C/178 (1960)
   Idem, t/4 — C/222 (1962)
   Idem, t/5 — C/306 (1965)
b) Pocket Marabout, n° 1008, t/8 — C/92 (1968)
   Idem, t/8 — C/95 (1969)
c) Fleuve Noir, n° 14, t/18 (1989)

016 1956 — Mission pour Thulé
a) Marabout Junior, n° 78, t/1 (1956)
Omnibus Marabout, 1957
Marabout Junior, n° 78, t/2 — C/174 (1960)
Idem, t/3 — C/222 (1962)
Idem, t/5 — C/258 (1963)
Idem, t/5 — C/322 (1966)
b) Pocket Marabout, n° 1056, t/9 (1970)
- Disque RCA L306
- Va générer en 1963 l'épisode TV « **Mission à Montellano** » ; du Groenland, l'action sera déplacée quelque part en Amérique du Sud

017 1956 — La Cité des Sables
a) Marabout Junior, n° 82, t/1 (1956)
Idem, t/2 — C/162 (1960)
Idem, t/3 — C/162 (1961)
Idem, t/5 — C/254 (1963)
Idem, t/5 — C/294 (1965)
Idem, t/5 — C/310 (1965)
b) Pocket Marabout, n° 1049, t/9 — C/102 (1970)
Idem, t/12 — C/102 (1975)
- Sera adapté à la télévision, 1963

018 1956 — Les monstres de l'Espace
a) Marabout Junior, n° 86, t/1 (1956)
Idem, t/2 — C/162 (1960)
Idem, t/3 — C/194 (1961)
Idem, t/5 — C/266 (1964)
Idem, t/5 — C/314 (1965)
b) Pocket Marabout, n° 1032, t/9 — C/97 (1969)
c) Fleuve Noir, n° 30, t/18 *bis* (1990)

1957/6 romans

019 1957 — Le Masque de Jade
a) Marabout Junior, n° 90, t/1 (1957)
Idem, t/2 — C/158 (1960)
Idem, t/2 — C/190 (1961)
Idem, t/5 — C/262 (1964)
b) Pocket Marabout, n° 1063, t/9 — C/106 (1971)
c) Fleuve Noir, n° 12, t/18 (1989)
- Disque RCA LE 9867
- Sera adapté en B.D. par Coria (in *Hello BD,* 1990)

020 1957 — Les chasseurs de dinosaures
a) Marabout Junior, n° 94, t/1 (1957)
Idem, t/2 — C/166 (1960)
Idem, t/3 — C/194 (1961)
Idem, t/5 — C/314 (1965)
b) Pocket Marabout, n° 1027, t/8 — C/95 (1969)
c) Champs-Élysées, n° 2, t/14 (1978)
d) Bibliothèque Verte, n° 17, T/17 (11/1984)
e) Claude Lefrancq, coll. Bob Morane pocket, n° 7, t/20 (1992)
f) Omnibus Claude Lefrancq, coll. Volumes, n° 2 *Le Cycle du Temps* (1993)
- Sera adapté en BD par Forton (« **La chasse aux dinosaures** », in *Pilote*, 1965) et par Coria (« **Les chasseurs de dinosaures** », in *Tintin*, 1983)

021 1957 — Échec à la Main Noire
a) Marabout Junior, n° 98, t/1 — C/94 (1957)
Idem, t/2 — C/98 (1960)
Idem, t/3 — C/194 (1961)
Idem, t/5 — C/254 (1963)
Idem, t/5 — C/294 (1963)
Idem, t/6 — C/314 (1965)
b) Pocket Marabout, n° 1042, t/9 — C/99 (1970)
c) Champs-Élysées, n° 18, t/15 (1979)
d) Claude Lefrancq, coll. Bob Morane pocket, n° 8, t/20 (1993)
- Sera adapté à la télévision, 1963

- Sera adapté en BD, en néerlandais, par Forton (in *Het Laaste Nieuws*, 1963)

021 bis 1957 — L'œil d'émeraude
(Nouvelle, voir roman sous n° 065 1964).

022 1957 — Les démons des cataractes
a) Marabout Junior, n° 102, t/1 (1957)
Idem, t/2 — C/174 (1960)
Idem, t/3 — C/194 (1961)
Idem, t/5 — C/270 (1964)
b) Pocket Marabout, n° 1069, t/11 — C/117 (1973)

023 1957 — La fleur du sommeil
a) Marabout Junior, n° 106, t/1 — C/102 (1957)
Idem, t/2 — C/102 (1960)
Idem, t/3 — C/210 (1961)
Idem, t/5 — C/290 (1964)
Idem, t/5 — C/298 (1965)
Idem, t/5 — C/306 (1965)
b) Pocket Marabout, n° 1037, t/9 — C/99 (1970)
c) Claude Lefrancq, coll. Bob Morane pocket, n° 9, t/20 (1993)
- Sera adapté à la télévision, 1963

024 1957 — L'idole verte
a) Marabout Junior, n° 110, t/1 — C/106 (1957)
Idem, t/3 — C/194 (1961)
Idem, t/5 — C/290 (1964)
Idem, t/5 — C/322 (1966)
b) Pocket Marabout, n° 1057, t/9 — C/105 (1970)

1958/6 romans

025 1958 — L'empereur de Macao
a) Marabout Junior, n° 114, t/1 — C/110 (1957-58)
Idem, t/2 — C/110 (1960)
Idem, t/5 — C/306 (1965)

b) Pocket Marabout, n° 1041, t/9 — C/99 (1970)
c) Champs-Élysées, n° 3, t/14 (1978)
- Sera adapté en BD par Vance (in *Tintin*, 1979)

026 1958 — Tempête sur les Andes
a) Marabout Junior, n° 118, t/1 — C/114 (1958)
Idem, t/2 — C/190 (1960)
Idem, t/5 — C/278-282 (1964)
Idem, t/5 — C/278-P39 (1964)
b) Fleuve Noir, n° 4, t/18 (1988)

027 1958 — L'orchidée noire
a) Marabout Junior, n° 122, t/1 — C/118 (1958)
Idem, t/2 — C/170 (1960)
Idem, t/3 — C/206 (1961)
Idem, t/4 — C/254 (1963)
Idem, t/6 — C/322 (1966)

028 1958 — Les Compagnons de Damballah
a) Marabout Junior, n° 126, t/1 — C/122 (1958)
Idem, t/2 — C/170 (1960)
Idem, t/3 — C/122 (1961)
Idem, t/4 — C/254 (1963)
Idem, t/6 — C/328 (1966)
b) Pocket Marabout, n° 1058, t/9 — C/105 (1970)

029 1958 — Les géants de la Taïga
a) Marabout Junior, n° 130, t/1 — C/126 (1958)
Idem, t/2 — C/126 (1960)
Idem, t/2 — C/178 (1960)
Idem, t/4 — C/226 (1962)
Idem, t/5 — C/306 (1965)
b) Pocket Marabout, n° 1060, t/9 — C/105 (1971)
c) Champs-Élysées, n° 10, t/14 (1978)
- Sera adapté en BD par Coria (« Sur les traces du Mamantu ») [album : **Le réveil du Mamantu**], in *Tintin*, 1985)

Type 2 (1958)
030/031   1958 — Les Dents du Tigre
a) Marabout Junior, n° 134 (volume double) t/2 (1958)
   Idem, t/2 (1962)
b) Pocket Marabout, n° 18 (tome 1 : **Les cavernes d'acier**)
   Pocket Marabout, n° 19 (tome 2 : **La terreur verte**)
   t/7 (1967)
   t/9 (1970)
c) Fleuve Noir, n° 22 (tome 1 : **Les cavernes d'acier**) t/18 *bis* 1989)
   Fleuve Noir, n° 23 (tome 2 : **Les algues du pôle**) t/18 *bis* (1990)

1959/6 romans

BD/1 Attanasio
1959 — Bob Morane et l'Oiseau de Feu [098]

BD/2 Attanasio
1959-60 — Bob Morane et le Secret de L'Antarctique [074]

032   1959 — Le gorille blanc
a) Marabout Junior, n° 138, t/2 — C/134 (1958-59)
   Idem, t/2 — C/174 (1960)
   Idem, t/4 — C/226 (1962)
   Idem, t/4 — C/254 (1963)
   Idem, t/6 — C/322 (1966)
b) Pocket Marabout, n° 1064, t/9 — C/107 (1971)
c) Champs-Élysées, n° 7, t/14 (1978)

033   1959 — La couronne de Golconde
a) Marabout Junior, n° 142, t/2 — C/138 (1959)
   Idem, t/2 — C/138 (1966) *(sic)*
   Idem, t/2 — C/174 (1960)
   Idem, t/4 — C/226 (1962)
   Idem, t/4 — C/254 (1963)
   Idem, t/5 — C/314 (1965)
b) Pocket Marabout, n° 1046, t/9 — C/101 (1970)

c) Champs-Élysées, n° 1, t/14 (1978)
d) Bibliothèque Verte, n° 12, t/17 (1983)
e) Fleuve Noir, n° 24, t/18 *bis* (1990)
• Sera adapté en BD par Forton (in *Pilote*, 1965)

034   1959 — Le maître du silence
a) Marabout Junior, n° 146, t/2 — C/142 (1959)
   Idem, t/2 — C/142 (1965) *(sic)*
   Idem, t/2 — C/174 (1960)
   Idem, t/4 — C/222 (1963)
   Idem, t/4 — C/262 (1963)
   Idem, t/6 — C/315 (1966)
b) Pocket Marabout, n° 1068, t/11 — C/107 (1971)

035   1959 — L'Ombre Jaune
a) Marabout Junior, n° 150, t/2 — C/146 (1959)
   Idem, t/2 — C/146 (1966) *(sic)*
   Idem, t/2 — C/174 (1960)
   Idem, t/3 — C/194 (1961)
   Idem, t/4 — C/194 (1962)
   Idem, t/5 — C/282 (1965)
   Idem, t/5 — C/306 (1965)
   Idem, t/5 — C/314 (1966)
b) Pocket Marabout, n° 1028, t/8 — C/95 (1969)
   Idem, t/11 — C/117 (1973)
c) Champs-Élysées, n° 24, t/15 (1980)
d) Bibliothèque Verte, n° 13, t/17 (1983)
   Bibliothèque Verte, n° 13, t/17 (1984)
e) Fleuve Noir, n° 25, t/18 *bis* (1990)
• Disque Philips P 12.811 L ; rééd. Fontana 6431709 ; rééd. cassette-audio, éd. Décembre TL14
• Sera adapté en BD par Coria (« **Les otages de l'Ombre Jaune** », in *Tintin*, 1987)

036   1959 — L'ennemi invisible
a) Marabout Junior, n° 154, t/2 — C/150 (1959)
   Idem, t/4 — C/222 (1962)

Idem, t/4 — C/254 (1963)
Idem, t/6 — C/328 (1966)
b) Pocket Marabout, n° 1033, t/9 — C/97 (1969)

037   1959 — La revanche de l'Ombre Jaune
a) Marabout Junior, n° 158, t/2 — C/154 (1959)
Idem, t/3 — C/194 (1961)
Idem, t/4 — C/222 (1962)
Idem, t/5 — C/270 (1964)
Idem, t/5 — C/314 (1966)
b) Pocket Marabout, n° 1010, t/9 — C/97 (1969)
Idem, t/11 — C/117 (1973)
c) Champs-Élysées, n° 27, t/15 (1980)
d) Bibliothèque Verte, n° 15, t/17 (1984)
e) Fleuve Noir, n° 27, t/18 *bis* (1990)

1960/7 romans

BD/3 Attanasio
1960-61 — Bob Morane et la Terreur Verte [095]

038   1960 — Le châtiment de l'Ombre Jaune
a) Marabout Junior, n° 162, t/2 — C/162 (1960)
Idem, t/3 — C/194 (1961)
Idem, t/4 — C/222 (1962)
Idem, t/5 — C/282 (1965)
Idem, t/5 — C/306 (1965)
Idem, t/5 — C/322 (1966)
b) Pocket Marabout, n° 1067, t/11 — C/117 (1973)
c) Champs-Élysées, n° 28, t/15 (1980)
d) Bibliothèque Verte, n° 16, t/17 (1984)
e) Fleuve Noir, n° 28, t/18 *bis* (1990)

039   1960 — L'espion aux cent visages
a) Marabout Junior, n° 166, t/2 — C/166 (1960)
Idem, t/3 — C/194 (1961)
Idem, t/4 — C/196 (1962)
Idem, t/5 — C/270 (1964)
Idem, t/5 — C/315 (1964)
b) Pocket Marabout, n° 1031, t/9 — C/97 (1969)
• Sera porté au grand écran par Belgavidéo, avec Jacques (Michel Tanguy) Santi, dans le rôle de Bob Morane (court métrage, 1960)

040   1960 — Le diable du Labrador
a) Marabout Junior, n° 170, t/2 — C/166 (1960)
Idem, t/4 — C/222 (1962)
b) Pocket Marabout, n° 1015, t/8 — C/92 (1969)
Idem, t/9 — C/97 (1969)

041   1960 — L'Homme aux Dents d'Or
a) Marabout Junior, n° 174, t/2 — C/174 (1960)
Idem, t/4 — C/174 (1962)
Idem, t/4 — C/226 (1962)
Idem, t/5 — C/270 (1964)
Idem, t/5 — C/270 (1967)
b) Pocket Marabout, n° 1066, t/9 — C/107 (1971)
c) Fleuve Noir, n° 10, t/18 (1988)

042   1960 — La vallée des mille soleils
a) Marabout Junior, n° 178, t/2 — C/178 (1960)
Idem, t/3 — C/178 (1961)
Idem, t/4 — C/222 (1962)
Idem, t/6 — C/346 (1967)
b) Bob Morane Magazine — Jungle I, Glénat/Infogrames, t/17 *bis* + *ter* (1987)
c) Fleuve Noir, n° 34, t/19 (1990)

043   1960 — Le retour de l'Ombre Jaune
a) Marabout Junior, n° 182, t/2 — C/178 (1960)

Idem, t/4 — C/226 (1962)
Idem, t/4 — C/254 (1963)
Idem, t/4 — C/298 (1965)
Idem, t/5 — C/298 (1965)
Idem, t/5 — C/306 (1965)
b) Pocket Marabout, n° 1019, t/8 — C/93 (1969)
Idem, t/9 — C/97 (1969)
Idem, t/11 — C/121 (1973)
c) Champs-Élysées, n° 32, t/15 (1980)
d) Bibliothèque Verte, n° 19, t/17 (1985)
e) Fleuve Noir, n° 31, t/18 *bis* (1990)

044   1960 — Le démon solitaire
a) Marabout Junior, n° 186, t/2 — C/182 (1960)
Idem, t/5 — C/182 (1965)
Idem, t/5 — C/290 (1964) *(sic)*
Idem, t/5 — C/310 (1965)
b) Pocket Marabout, n° 1044, t/9 — C/101 (1970)
• Sera adapté à la télévision, 1963

1961/6 romans

BD/4 Attanasio
1961 — Bob Morane et les Tours de Cristal [102]

BD/5 Attanasio
1961-62 — Bob Morane et le Collier de Civa [077]

045   1961 — Les mangeurs d'atomes
a) Marabout Junior, n° 190, t/2 — C/186 (1961)
Idem, t/2 — C/186 (1963)
Idem, t/4 — C/258 (1963)
Idem, t/6 — C/328 (1966)
b) Pocket Marabout, n° 1059, t/9 — C/105 (1970)
c) Champs-Élysées, n° 13, t/15 (1979)

Type 3 (1961)
046   1961 — Le temple des crocodiles
a) Marabout Junior, n° 194, t/3 — C/190 (1961)
Idem, t/5 — C/254 (1963)
Idem, t/5 — C/310 (1965)
b) Pocket Marabout, n° 1054, t/9 — C/101 (1970)
• Fera l'objet d'une adaptation TV en 1963
• Sera adapté en BD par Coria (in *Kuifje*, 1989)

047   1961 — Le Tigre des Lagunes
a) Marabout Junior, n° 198, t/3 — C/194 (1961)
Idem, t/5 — C/254 (1963)
Idem, t/5 — C/290 (1964)
Idem, t/5 — C/306 (1965)
b) Pocket Marabout, n° 1017, t/8 — C/- (1969)
Idem, t/8 — C/93 (1970)
Idem, t/9 — C/99 (1971)
c) Fleuve Noir, n° 8, t/18 (1988)
• Fera l'objet d'une adaptation TV en 1963
• Sera adapté en BD par Coria (in *Kuifje*, 1988)

048   1961 — Le dragon des Fenstone
a) Marabout Junior, n° 202, t/3 — C/194 (1961)
Idem, t/6 — C/290 (1965)
b) Pocket Marabout, n° 1009, t/8 — C/92 (1968)
Idem, t/8 — C/95 (1968)
Idem, t/12 — C/130 (1975)
c) Bibliothèque Verte, n° 5, t/16 (1982)
• Fera l'objet d'une adaptation TV en 1963
• Sera adapté en BD par Coria (in *Tintin*, 1987)

049   1961 — Trafic aux Caraïbes
a) Marabout Junior, n° 206, t/3 — C/202 (1961)
Idem, t/5 — C/254 (1965)
Idem, t/5 — C/294 (1965)
Idem, t/5 — C/314 (1966)

Bibliographie

b) Pocket Marabout, n° 1043, t/9 — C/101 (1970)
c) Champs-Élysées, n° 5, t/14 (1978)
- Avec une solide dose de bonne volonté, on en retrouvera la trame dans un épisode TV de 1963, « **Rafale en Méditerranée** »

050   1961 — Les sosies de l'Ombre Jaune
a) Marabout Junior, n° 210, t/3 — C/206 (1961)
  Idem, t/5 — C/254 (1965)
  Idem, t/5 — C/290 (1964)
  Idem, t/5 — C/306 (1965)
  Idem, t/5 — C/322 (1966)
b) Pocket Marabout, n° 1013 t/8 — C/92 (1969)
  Idem, t/9 — C/97 (1969)
  Idem, t/11 — C/117 (1973)
c) Fleuve Noir, n° 11, t/18 (1989)

1962/7 romans

BD/6 Forton
1962-63 — La piste de l'ivoire [101]
[Rééd. chez Lefrancq sous le titre *La piste des éléphants*, 1991]

051   1962 — Formule X 33
a) Marabout Junior, n° 214, t/3 — C/210 (1962)
  [Existe un tirage publicitaire de 1 000 ex., contenant un Marabout chercheur différent, consacré à la Librairie Gibert Jeune, Paris.]
  Idem, t/6 — C/306 (1965)
b) Pocket Marabout, n° 1050, t/9 — C/101 (1970)
  Idem, t/12 — C/101 (1975)
c) Bibliothèque Verte, n° 18, t/17 (1985)

052   1962 — Le lagon aux requins
a) Marabout Junior, n° 218, t/3 — C/214 (1962)
  Idem, t/6 — C/290 (1965)
b) Pocket Marabout, n° 1018, t/8 — C/93 (1969)
  Idem, t/9 — C/99 (1969)
- Sera adapté à la télévision, 1963

Type 4 (1962)
053   1962 — Le Masque Bleu
a) Marabout Junior, n° 222, t/4 — C/218 (1962)
  Idem, t/5 — C/218 (1963)
  Idem, t/5 — C/298 (1965)
b) Pocket Marabout, n° 1020, t/8 — C/93 (1970)
  Idem, t/9 — C/99 (1971)

054   1962 — Les semeurs de foudre
a) Prépublication du roman dans *Pilote*, n°s 123-144, 1962
b) Marabout Junior, n° 226, t/4 — C/222 (1962)
  Idem, t/5 — C/254 (1963)
  Idem, t/5 — C/298 (1965)
  Idem, t/6 — C/306 (1965)
c) Pocket Marabout, n° 1012, t/8 — C/92 (1969)
  Idem, t/9 — C/97 (1969)
  Idem, t/12 — C/131 (1975)
d) Fleuve Noir, n° 20, t/18*bis* (1989)
- Sera adapté à la télévision, en 1963

055   1962 — Le Club des longs couteaux
a) Marabout Junior, n° 230, t/4 — C/226 (1962)
  Idem, t/5 — C/254 (1963)
  Idem, t/6 — C/290 (1963)
  Idem, t/6 — C/306 (1965)
b) Pocket Marabout, n° 1040, t/9 — C/99 (1970)

c) Champs-Élysées, n° 8, t/14 (1978)
- Sera adapté à la télévision, en 1963

056   1962 — La voix du mainate
a) Marabout Junior, n° 234, t/4 — C/230 (1962)
   Idem, t/4 — C/230 (1965) *(sic)*
   Idem, t/5 — C/254 (1963)
   Idem, t/5 — C/290 (1964)
   Idem, t/5 — C/314 (1966)
b) Pocket Marabout, n° 1051, t/9 — C/102 (1970)
- Disque Philips, P 12.812 L ; rééd. cassette-audio, éd. Décembre, TL 13, 1979
- Sera adapté à la télévision en 1963

057   1962 — Les yeux de l'Ombre Jaune
a) Marabout Junior, n° 238, t/4 — C/234 (1962)
   Idem, t/5 — C/254 (1964)
   Idem, t/5 — C/290 (1964)
   Idem, t/5 — C/314 (1966)
   Idem, t/5 — C/315 (1966)
b) Pocket Marabout, n° 1016, t/8 — C/92 (1969)
   Idem, t/9 — C/97 (1969)
   Idem, t/11 — C/121 (1973)
c) Fleuve Noir, n° 17, t/18*bis* (1989)

1963/6 romans

BD/7 Forton
1963 — *Bob Morane et le mystère de la Zone Z* [117]

BD/8 Forton
1963 — *Bob Morane zet de onderwereld schaakmat* (Échec à la Main Noire) [021]

BP/9 Forton
1963-64 — Bob Morane et la Vallée des Crotales [109]

058   1963 — La guerre des baleines
a) Marabout Junior, n° 242, t/4 — C/238 (1963)
   Idem, t/6 — C/306 (1965)
b) Pocket Marabout, n° 1053, t/9 — C/102 (1970)
   Idem, t/12 — C/102 (1975)
c) Champs-Élysées, n° 30, t/15 (1980)
- Sera adapté en BD par Coria (in *Tintin*, 1984-85)

Type 5 (1963)
059   1963 — Les sept croix de plomb
a) Prépublication du roman dans *Pilote,* n°s 155-182, 1962-63
b) Marabout Junior, n° 246, t/5 — C/242 (1963)
c) Pocket Marabout, n° 1075, t/12 — C/- (1975)
- Sera adapté en BD par Vance (in *Femmes d'aujourd'hui,* 1970-71)

060   1963 — Opération Wolf
a) Marabout Junior, n° 250, t/5 — C/246 (1963)
   Idem, t/5 — C/310 (1965)
b) Pocket Marabout, n° 1052, t/9 — C/101 (1970)
   Idem, t/12 — C/101 (1975)
c) Bibliothèque Verte, n° 6, t/16 (1982)
d) Fleuve Noir, n° 36, t/19 (1991)
- Sera adapté en BD par Coria (in *Tintin,* 1979)

061   1963 — La rivière de perles
Tiré (ou l'inverse ?) d'un épisode TV, 1963

Bibliographie

a) Marabout Junior, n° 254, t/5 — C/250 (1963)
   Idem, t/5 — C/298 (1965)
b) Pocket Marabout, n° 1002, t/8 — C/90 (1968)
   Idem, t/12 — C/128 (1975)
c) Bibliothèque Verte, n° 10, t/17 (1983)
• Sera adapté en BD par Forton (in *Pilote*, 1965)

062   1963 — La vapeur du passé
a) Marabout Junior, n° 258, t/5 — C/254 (1963)
   Idem, t/5 — C/314 (1965)
b) Pocket Marabout, n° 1026, t/8 — C/95 (1969)
   Idem, t/12 — C/128 (1975)
c) Bibliothèque Verte, n° 3, t/16 (1982)
   Idem, t/17 (2/1983)
• Sera adapté en BD par Vance (« **Le temple des dinosaures** », in *Femmes d'aujourd'hui*, 1975)

063   1963 — L'héritage de l'Ombre Jaune
a) Prépublication du roman dans *Pilote*, n°s 192-217, 1963
b) Marabout Junior, n° 262, t/5 — C/258 (1963)
   Idem, t/5 — C/290 (1964)
   Idem, t/6 — C/306 (1966)
c) Pocket Marabout, n° 1022, t/8 — C/93 (1969)
   Idem, t/9 — C/102 (1969)
   Idem, t/11 — C/119 (1973)

26 épisodes TV — 1963

	Le Cheik Masqué		*inédit*
=	*Rafale en Méditerranée*	049	1961
	Le témoin		*inédit*
	Le prince		*inédit*
	Le Tigre des Lagunes	047	1961
	Le Club des Longs Couteaux	055	1962
	La galère engloutie	002	1954
	Le démon solitaire	044	1960
	Complot à Trianon		*inédit*
	La voix du Mainate	056	1962
	Échec à la Main Noire	021	1957
	Les semeurs de foudre	054	1962
	La vallée des brontosaures	010	1955
	Le Temple des Crocodiles	046	1961
=	*Mission pour Montellano*	016	1956
	Le lagon aux requins	052	1962
	La fleur du sommeil	023	1957
	Les forbans de l'or noir		*inédit*
	Le dragon des Fenstone	048	1961
	L'héritage du flibustier	006	1954
	La Cité des Sables	017	1956
*	*Les joyaux du Maharajah*	066	1964
	Le gardian noir		*inédit*
*	*Mission à Orly*	064	1964
*	*Le camion infernal*	070	1964
*	*La rivière de perle*	061	1963

Quatre scénarios TV (*) deviendront par la suite des romans ; deux épisodes correspondent à d'anciens romans rebaptisés (=) ; six scénarios demeurent inédits en librairie.

1964/7 romans

BD/10 Forton
1964-65 — L'épée du Paladin [119]

064   1964 — Mission à Orly
Tiré d'un épisode TV (1963)
a) Marabout Junior, n° 266, t/5 — C/262 (1964)
   Idem, t/5 — C/290 (1964)
   Idem, t/5 — C/310 (1965)
b) Pocket Marabout, n° 1038, t/9 — C/99 (1970)

c) Fleuve Noir, n° 16, t/18*bis* (1989)

065   1964 — L'œil d'émeraude
a) Première version : « **La caverne des 100 000 regards** » (conte — sans Bob Morane), in *Story*, n° 287, 14 décembre 1950
b) Deuxième version : « **L'œil d'émeraude** » (conte — avec Bob Morane), in Marabout Junior, n° 100, 1957 (*cf. supra* sous n° 21*bis*)
c) Marabout Junior, n° 270, t/5 — C/266 (1964)
b) Pocket Marabout, n° 1065, t/9 — C/107 (1971)
c) Fleuve Noir, n° 29, t/18*bis* (1990)

066   1964 — Les joyaux du maharajah
Tiré d'un épisode TV (1963)
a) Marabout Junior, n° 274, t/5 — C/270 (1964)
Idem, t/5 — C/306 (1965)
b) Pocket Marabout, n° 1011, t/8 — C/93 (1969)
Idem, t/9 — C/97 (1969)
Idem, t/12 — C/130 (1975)

067   1964 — Escale à Felicidad
a) Prépublication du roman dans *Pilote*, n°s 232-255, 1964
b) Marabout Junior, n° 278, t/5 — C/270 (1964)
c) Pocket Marabout, n° 1070, t/11 — C/119 (1973)

68   1964 — L'ennemi masqué
a) Marabout Junior, n° 282, t/5 — C/278 (1964)
b) Pocket Marabout, n° 1074, t/11 — C/121 (1973)
c) Bibliothèque Verte, n° 14, t/17 (1984)

069   1964 — S.S.S.
a) Marabout Junior, n° 286, t/5 — C/282 (1964)
b) Pocket Marabout, n° 1001, t/8 — C/90 (1968)
Idem, t/8 — C/95 (1968)
Idem, t/11 — C/119 (1973)
c) Fleuve Noir, n° 35, t/19 (1991)
d) Omnibus CLaude Lefrancq, coll. Volumes, n° 2 *Le Cycle du Temps* (1993)
• Sera adapté en BD par Coria (« **Service secret soucoupes** », in *Tintin*, 1981)

070   1964 — Le camion infernal
Tiré d'un épisode TV (1963)
a) Marabout Junior, n° 290, t/5 — C/286 (1964)
b) Pocket Marabout, n° 1003, t/8 — C/91 (1968)
Idem, t/11 — C/95 (1968)
Idem, t/11 — C/128 (1973)

1965/6 romans

BD/11 Forton
1965 — La rivière de perles   [061]

BD/12 Forton
1965 — Le secret des 7 temples
  [116]

BD/13 Forton
1965 — La couronne de Golconde
  [033]

BD/14 Forton
1965 — La chasse aux dinosaures
  [020]

BD/15 Forton
1965-66 — L'île du Passé   [104]

Type 6 (1965)

071 1965 — Terreur à la Manicouagan
a) Marabout Junior, n° 294, t/6 — C/290 (1965)
   Idem, t/6 — C/294 (1965)
b) Pocket Marabout, n° 1007, t/8 — C/95 (1968)

072 1965 — Les guerriers de l'Ombre Jaune
a) Marabout Junior, n° 298, t/6 — C/294 (1965)
   Idem, t/6 — C/310 (1965)
   Idem, t/6 — C/322 (1966)
b) Pocket Marabout, n° 1034, t/9 — C/97-98 (1970)
   Idem, t/11 — C/121 (1973)
• Sera adapté en BD par Coria (in *Tintin*, 1980)

073 1965 — Le président ne mourra pas
a) Marabout Junior, n° 306, t/6 — C/298 (1965)
b) Pocket Marabout, n° 1004, t/8 — C/91 (1968)
   Idem, t/8 — C/95 (1969)
c) Champs-Élysées, n° 19, t/15 (1979)
d) Fleuve Noir, n° 44, t/19 (1991)
• Sera adapté en BD par Coria (in *Tintin*, 1982)

074 1965 — Le secret de l'Antarctique
Roman tiré de la BD d'Attanasio, in *Femmes d'aujourd'hui*, 1959-60
a) Marabout Junior, n° 310, t/6 — C/306 (1965)
b) Pocket Marabout, n° 1005, t/8 — C/91 (1968)
   Idem, t/12 — C/129 (1975)

075 1965 — La Cité de l'Ombre Jaune
a) Marabout Junior, n° 314, t/6 — C/310 (1965)
   Idem, t/6 — C/322 (1966)
b) Pocket Marabout, n° 1035, t/9 — C/97 (1970)
   Idem, t/11 — C/117 (1973)

076 1965 — Les jardins de l'Ombre Jaune
a) Marabout Junior, n° 315, t/6 — C/314 (1965)
   Idem, t/6 — C/322 (1966)
b) Pocket Marabout, n° 1036, t/9 — C/97 (1970)
   Idem, t/11 — C/121 (1973)

1966/5 romans

BD/16 Forton
1966 — L'ennemi sous la mer [096]

BD/17 Forton
1966-67 — Les masques de soie [097]

077 1966 — Le collier de Civa
Roman tiré de la BD d'Attanasio, in *Femmes d'aujourd'hui*, 1961-62
a) Marabout Junior, n° 318, t/6 — C/315 (1966)
b) Pocket Marabout, n° 1021, t/8 — C/93 (1969)
   Idem, t/9 — C/99 (1970)

078 1966 — Organisation Smog
a) Marabout Junior, n° 322, t/6 — C/318 (1966)
b) Pocket Marabout, n° 1039, t/9 — C/99 (1970)

079 1966 — Le mystérieux Dr Xhatan
a) Marabout Junior, n° 328, t/6 — C/322 (1966)

b) Pocket Marabout, n° 1029, t/9 — C/97 (1969)
c) Fleuve Noir, n° 43, t/19 (1991)

080 1966 — Xhatan, maître de la Lumière
a) Marabout Junior, n° 340, t/6 — C/328 (1966)
b) Pocket Marabout, n° 1071, t/11 — C/121 (1973)

081 1966 — Le roi des Archipels
a) Marabout Junior, n° 346, t/6 — C/340 (1966)
b) Pocket Marabout, n° 1072, t/11 — C/121 (1973)

1967/5 romans

BD/18 Forton
1967 — La malédiction de Nosferat [144]

BD/19 Forton
1967 — Les loups sont sur la piste [151]

082 1967 — Le samouraï aux mille soleils
a) Marabout Junior, n° 352, t/6 — C/346 (1967)
b) Pocket Marabout, n° 1073, t/11 —C/121 (1973)
c) Champs-Élysées, n° 11, t/14 (1978)

Période Pocket Marabout

Type 7 (1967)
083 1967 — Un parfum d'Ylang Ylang
a) Pocket Marabout, n° 6, t/7 — C/346 (1967)
Idem, t/7 — C/95 (1969)
Idem, t/11 — C/121 (1973)
b) Fleuve Noir, n° 2, t/18 (1988)

084 1967 — Le talisman des Voïvodes
a) Pocket Marabout, n° 13, t/7 — C/6 (1967)
Idem, t/7 — C/95 (1969)
Idem, t/11 — C/121 (1973)
b) Fleuve Noir, n° 5, t/18 (1988)

085 1967 — Le cratère des immortels
a) Pocket Marabout, n° 24, t/7 — C/19 (1967)
Idem, t/7 — C/95 (1969)
Idem, t/11 — C/119 (1973)
b) Champs-Élysées, n° 33, t/15 (1980)
c) Fleuve Noir, n° 46, t/19 (1991)

086 1967 — Les crapauds de la mort
a) Pocket Marabout, n° 30, t/7 — C/24 (1967)
Idem, t/11 — C/114 (1973)
b) Bibliothèque Verte, n° 9, t/17 (1983)

1968/6 romans

BD/20 Vance
1968 — Les contrebandiers de l'atome [107]

BD/21 Vance
1968-69 — Les Fils du Dragon [147]

087 1968 — Les papillons de l'Ombre Jaune
a) Pocket Marabout, n° 39, t/7 — C/30 (1968)
Idem, t/11 — C/121 (1973)

088 1968 — Alias M.D.O.
a) Pocket Marabout, n° 45, t/7 — C/39 (1968)
Idem, t/7 — C/95 (1969)
Idem, t/11 — C/114 (1973)
b) Fleuve Noir, n° 3, t/18 (1988)

Bibliographie

089 1968 — L'empreinte du crapaud
a) Pocket Marabout, n° 49, t/7 — C/45 (1968)
   Idem, t/9 — C/99 (1969) *(sic)*
   Idem, t/11 — C/125 (1974)
b) Bibliothèque Verte, n° 11, t/17 (1983)
• Sera adapté en BD par Vance (in *Tintin*, 1978)

Type 8 (1968)
090 1968 — La forteresse de l'Ombre Jaune
a) Pocket Marabout, n° 54, t/8 — C/45 (1968)
   Idem, t/9 — C/97 (1969)
   Idem, t/11 — C/117 (1973)
b) Omnibus Claude Lefrancq, coll. Volumes, n° 2 *Le Cycle du Temps* (1993)

091 1968 — Le satellite de l'Ombre Jaune
a) Pocket Marabout, n° 57, t/8 — C/90 (1968)
   Idem, t/9 — C/105 (1969)
   Idem, t/11 — C/119 (1973)
b) Bob Morane Magazine — Science-fiction I, Glénat/Infogrames, t/17 *bis* + *ter* (1987)
c) Omnibus Claude Lefrancq, coll. Volumes, n° 2 *Le Cycle du Temps* (1993)

092 1968 — Les captifs de l'Ombre Jaune
a) Pocket Marabout, n° 60, t/8 — C/91 (1968)
   Idem, t/10 — C/107 (1971)
   Idem, t/11 — C/121 (1973)
b) Omnibus Claude Lefrancq, coll. Volumes, n° 2 *Le Cycle du Temps* (1993)

1969 / 6 romans

BD/22 Vance
1969 — Opération Chevalier Noir [123]

BD/23 Vance
1969 — La Ville de Nulle part [106]

BD/24 Vance
1969-70 — L'archipel de la terreur [096]

093 1969 — Les sortilèges de l'Ombre Jaune
a) Pocket Marabout, n° 66, t/8 — C/92 (1969)
   Idem, t/10 — C/107 (1971)
   Idem, t/11 — C/117 (1973)
b) Omnibus Claude Lefrancq, coll. Volumes, n° 2 *Le Cycle du Temps* (1993)
• Sera adapté en BD par Vance (in *Tintin*, 1975)

094 1969 — Les mangeurs d'âmes
a) Pocket Marabout, n° 70, t/8 — C/93 (1969)
   Idem, t/11 — C/121 (1973)
b) Fleuve Noir, n° 7, t/18 (1988)

095 1969 — La terreur verte
Roman tiré de la BD d'Attanasio, 1960-61
a) Pocket Marabout, n° 74, t/8 — C/95 (1969)
   Idem, t/11 — C/121 (1974)

096 1969 — Menace sous la mer
Roman tiré de la BD de Forton, « L'ennemi sous la mer », in *Femmes d'aujourd'hui*, 1966
a) Pocket Marabout, n° 78, t/8 — C/97 (1969)
   Idem, t/11 — C/121 (1973)
b) Bibliothèque Verte, n° 2, t/16 (1982)

Type 9 (1969)
097 1969 — Les masques de soie
Roman tiré de la BD de Forton, in *Femmes d'aujourd'hui*, 1966-67
a) Pocket Marabout, n° 80, t/9 — C/97 (1969)
   Idem, t/11 — C/121 (1973)

b) Champs-Élysées, n° 25, t/15 (1980)
c) Fleuve Noir, n° 45, t/19 (1991)

098   1969 — L'Oiseau de Feu
Roman tiré de la BD d'Attanasio, in *Femmes d'aujourd'hui*, 1959
a) Pocket Marabout, n° 81, t/9 — C/97 (1969)
Idem, t/11 — C/121 (1973)

1970/7 romans

BD/25 Vance
1970 — Les yeux du brouillard [!55]

BD/26 Vance
1970 — Les poupées de l'Ombre Jaune [122]

BD/27 Vance
1970-71 — Les 7 croix de plomb [059]

099   1970 — Les bulles de l'Ombre Jaune
a) Pocket Marabout, n° 83, t/9 — C/99 (1970)
Idem, t/11 — C/117 (1973)
b) Omnibus Claude Lefrancq, coll. Volumes, n° 2 *Le Cycle du Temps* (1993)
• Sera adapté en BD par Vance (in *Tintin,* 1977)

100   1970 — Commando épouvante
a) Pocket Marabout, n° 85, t/9 — C/99 (1970)
Idem, t/11 — C/121 (1973)
b) Bibliothèque Verte, n° 7, t/16 (1982)
• Disque Musidisc, PP95, « **Bob Morane et le brouillard doré** »
• Sera adapté en BD par Coria (in *Tintin,* 1980)

101   1970 — La piste de l'ivoire
Roman tiré de la BD de Forton, in *Femmes d'aujourd'hui,* 1962-63
a) Pocket Marabout, n° 87, t/9 — C/101 (1970)
Idem, t/11 — C/125 (1974)
Le Pocket Marabout, n° 87 de type 11 porte par erreur le n° B.M. 109 (au lieu du 101).

102   1970 — Les Tours de Cristal
Roman tiré de la BD d'Attanasio, in *Femmes d'aujourd'hui,* 1961
a) Pocket Marabout, n° 88, t/9 — C/101 (1970)
Idem, t/11 — C/128 (1975)

103   1970 — Les cavernes de la nuit
a) Pocket Marabout, n° 90, t/9 — C/102 (1970)
Idem, t/11 — C/128 (1975)

104   1970 — L'île du passé
Roman tiré de la BD de Forton, in *Femmes d'aujourd'hui,* 1965-66
a) Pocket Marabout, n° 91, t/9 — C/- (1970)
Idem, t/9 — C/102 (1970)
b) Champs-Élysées, n° 22, t/15 (1979)

105   1970 — Une rose pour l'Ombre Jaune
a) Pocket Marabout, n° 93, t/9 — C/102 (1970)
Idem, t/11 — C/117 (1973)
• Sera adapté en BD par Coria (in *Tintin,* 1983-84)

1971/4 romans

BD/28 Vance
1971 — Guérilla à Tumbaga [131]

BD/29 Vance
1971 — La prisonnière du Temps
[143]

106 1971 — Rendez-vous à « Nulle Part »
Roman tiré de la BD de Vance, « Rendez-vous à Nulle Part » [album : La ville de Nulle Part], in *Femmes d'aujourd'hui*, 1969
a) Pocket Marabout, n° 95, t/9 — C/105 (1971)
Idem, t/11 — C/128 (1975)

107 1971 — Les contrebandiers de l'atome
Roman tiré de la BD de Vance, in *Femmes d'aujourd'hui*, 1968
a) Pocket Marabout, n° 97, t/9 — C/106 (1971)
b) Champs-Élysées, n° 17, t/15 (1979)

108 1971 — L'archipel de la terreur
Roman tiré de la BD de Vance, in *Femmes d'aujourd'hui*, 1969-70
a) Pocket Marabout, n° 99, t/9 — C/107 (1971)
b) Champs-Élysées, n° 14, t/15 (1979)

Type 10 (1971)
109 1971 — La vallée de crotales
Roman tiré de la BD de Forton, in *Femmes d'aujourd'hui*, 1963-64
a) Pocket Marabout, n° 101, t/10 — C/107 (1971)

1972/5 romans

BD/30 Vance
1972 — L'œil du samouraï [154]

BD/31 Vance
1972-73 — Panne sèche à Serado
[118]

110 1972 — Les spectres d'Atlantis
a) Pocket Marabout, n° 103, t/10 — C/109 (1972)
b) Champs-Élysées, n° 16, t/15 (1979)
c) Fleuve Noir, n° 38, t/19 (1991)
• Sera adapté en BD par Vance (« Les géants de Mu », in *Femmes d'aujourd'hui*, 1973-74)

111 1972 — Ceux-des-Roches-qui-parlent
a) Pocket Marabout, n° 105, t/10 — C/110 (1972)

112 1972 — Poisson blanc
a) Pocket Marabout, n° 107, t/10 — C/111 (1972)
Idem, t/10 — C/114 (1972)

Type 11 (1972)
113 1972 — Krouic
a) Pocket Marabout, n° 109, t/11 — C/112 (1972)

114 1972 — Piège au Zacadalgo
a) Pocket Marabout, n° 111, t/11 — C/114 (1973)

1973/7 romans

BD/32 Vance
1973-74 — Les géants de Mu [110]

115 1973 — La prison de l'Ombre Jaune
a) Pocket Marabout, n° 112, t/11 — C/- (1973)

116 1973 — Le secret des sept temples
Roman tiré de la BD de Forton, in *Femmes d'aujourd'hui*, 1965
a) Pocket Marabout, n° 114, t/11 — C/115 (1973)

117 1973 — Zone « Z »
Roman tiré de la BD de Forton, « Le mystère de la Zone Z », in *Femmes d'aujourd'hui*, 1963
a) Pocket Marabout, n° 116, t/11 — C/116 (1973)

118 1973 — Panne sèche à Serado
Roman tiré de la BD de Vance, in *Femmes d'aujourd'hui*, 1972-73
a) Pocket Marabout, n° 117, t/11 — C/117 (1973)
b) Fleuve Noir, n° 15. t/18 *bis* (1989)

119 1973 — L'épée du Paladin
Roman tiré de la BD de Forton, in *Femmes d'aujourd'hui*, 1964-65
a) Pocket Marabout, n° 119, t/11 — C/118 (1973)
b) Fleuve Noir, n° 40, t/19 (1991)

120 1973 — Le sentier de la guerre
a) Pocket Marabout, n° 120, t/11 — C/119 (1973)
- Dramatique réalisée par la RTBf (Roger Simmons, Robert Dellechambre et Paul Martial) en 1973, à l'occasion de la sortie de la 120e aventure de Bob Morane.

121 1973 — Les voleurs de mémoire
a) Pocket Marabout, n° 121, t/11 — C/119 (1973)

1974/6 romans

122 1974 — Les poupées de l'Ombre Jaune
Roman tiré de la BD de Vance, in *Pilote*, 1970
a) Pocket Marabout, n° 122, t/11 — C/121 (1974)

123 1974 — Opération Chevalier Noir
Roman tiré de la BD de Vance, in *Pilote*, 1969
a) Pocket Marabout, n° 124, t/11 — C/124 (1974)

124 1974 — La mémoire du Tigre
a) Pocket Marabout, n° 126, t/11 — C/121 (1974)

125 1974 — La colère du Tigre
a) Pocket Marabout, n° 128, t/11 — C/121 (1974)

126 1974 — Les fourmis de l'Ombre Jaune
a) Pocket Marabout, n° 129, t/11 — C/125 (1974)
- Sera adapté en BD par Coria, in *Tintin*, 1986

127 1974 — Les murailles d'Ananké
a) Pocket Marabout, n° 130, t/11 — C/121 (1974)
b) Omnibus Claude Lefrancq, coll. Volumes, n° 1 *Le Cycle d'Ananké* (1992)

1975/6 romans

BD/33 Vance
1975 — Le temple des dinosaures [062]

BD/34 Vance
1975 — Les sortilèges de l'Ombre Jaune [093]

128 1975 — Les damnés de l'or
a) Pocket Marabout, n° 132, t/11 — C/- (1975)

Type 12 (1975)
129 1975 — Le masque du crapaud
a) Pocket Marabout, n° 133, t/12 — C/- (1975)

130   1975 — Les périls d'Ananké
a) Pocket Marabout, n° 135, t/12 — C/- (1975)
b) Omnibus Claude Lefrancq, coll. Volumes, n° 2 *Le Cycle d'Ananké* (1992)

131   1975 — Guérilla à Tumbaga
Roman tiré de la BD de Vance, in *Femmes d'aujourd'hui*, 1971
a) Pocket Marabout, n° 136, t/12 — C/- (1975)

132   1975 — La tête du serpent
a) Pocket Marabout, n° 138, t/12 — C/- (1975)

133   1975 — El Matador
a) Pocket Marabout, n° 139, t/12 — C/- (1975)

1976 / 6 romans

134   1976 — Les anges d'Ananké
a) Pocket Marabout, n° 141, t/12 — C/- (1976)
b) Omnibus Claude Lefrancq, coll. Volumes, n° 1 *Le Cycle d'Ananké* (1992)

135   1976 — Le poison de l'Ombre Jaune
a) Pocket Marabout, n° 144, t/12 — C/- (1976)

136   1976 — Le revenant des Terres Rouges
a) Pocket Marabout, n° 145, t/12 — C/- (1976)

137   1976 — Les jeux de l'Ombre Jaune
a) Pocket Marabout, n° 146, t/12 — C/- (1976)

138   1976 — La malle à malices
a) Pocket Marabout, n° 147, t/12 — C/- (1976)

139   1976 — L'Ombre Jaune fait trembler la terre
a) Pocket Marabout, n° 148, t/12 — C/- (1976)

1977 / 3 romans

BD/35 Vance
1977 — Les bulles de l'Ombre Jaune   [099]

140   1977 — Mise en boîte maison
a) Pocket Marabout, n° 149, t/12 — C/- (1977)

Type 13 (1977)
141   1977 — Les caves d'Ananké
a) Pocket Marabout, n° 150, t/13 — C/- (1977)
b) Omnibus Claude Lefrancq, coll. Volumes, n° 1 *Le Cycle d'Ananké* (1992)

142   1977 — Dans le Triangle des Bermudes
a) Pocket Marabout, n° 151, t/13 — C/- (1977)

1978 / 3 romans

BD/36 Vance
1978 — L'empreinte du Crapaud   [089]

Période des Champs-Élysées

Type 14 (1978)
143   1978 — La prisonnière de l'Ombre Jaune
Roman tiré de la BD de Vance, « La prisonnière du Temps » [album : **La prisonnière de l'Ombre Jaune**], in *Femmes d'aujourd'hui*, 1971

a) Champs-Élysées, n° 4, t/14 (1978)
b) Bob Morane Magazine — Chevalerie I, Glénat/Infogrames, t/17 *bis* + *ter* (1987)

144   1978 — La griffe de l'Ombre Jaune
Roman tiré de la BD de Forton, « La malédiction de Nosferat », in *Pilote*, 1967
a) Champs-Élysées, n° 6, t/14 (1978)

145 1978 — La tanière du Tigre
a) Champs-Élysées, n° 9, t/14 (1978)

1979 / 4 romans

BD/37 Vance
1979 — L'empereur de Macao [025]

BD/38 Coria
1979 — Opération Wolf [060]

146   1979 — Les plaines d'Ananké
a) Champs-Élysées, n° 12, t/14 (1979)
b) Omnibus Claude Lefrancq, coll. Volumes, n° 1 *Le Cycle d'Ananké* (1992)

Type 15 (1979)
147   1979 — Le trésor de l'Ombre Jaune
Roman partiellement tiré de la BD de Vance, « Les Fils du Dragon », in *Femmes d'aujourd'hui*, 1968-69
a) Champs-Élysées, n° 15, t/15 (1979)

148   1979 — L'Ombre Jaune et l'héritage du Tigre
a) Champs-Élysées, n° 20, t/15 (1979)

149   1979 — Le soleil de l'Ombre Jaune
a) Champs-Élysées, n° 23, t/15 (1979)

1980 / 4 romans

BD/39 Coria
1980 — Commando épouvante [100]

150   1980 — Trafics à Paloma
a) Champs-Élysées, n° 26, t/15 (1980)

151   1980 — Des loups sur la piste
Roman tiré de la BD de Forton, in *Femmes d'aujourd'hui*, 1967
a) Champs-Élysées, n° 29, t/15 (1980)

152   1980 — Snake
a) Champs-Élysées, n° 31, t/15 (1980)
b) Fleuve Noir, n° 37, t/19 (1991)
• Sera adapté en BD par Coria, in *Tintin*, 1988

153   1980 — Trois petits singes
a) Champs-Élysées, n° 34, t/15 (1980)
b) Fleuve Noir, n° 6, t/18 (1988)
• Sera adapté en BD par Coria, in *Hello BD*, 1991

1981

BD/40 Coria
1981 — Les guerriers de l'Ombre Jaune   [072]

BD/41 Coria
1981 — Service secret soucoupes   [069]

1982 / 1 roman

BD/42 Coria
1982 — Le président ne mourra pas   [073]

Période Bibliothèque Verte

Type 16 (1982)
154 1982 — L'œil du samouraï
Roman tiré de la BD de Vance, in *Femmes d'aujourd'hui*, 1972
a) Bibliothèque Verte, n° 4, t/16 (1982)
Idem, t/16 (1982)
b) Fleuve Noir, n° 42, t/19 (1991)

1983/1 roman

BD/43 Coria
1983 — **Les chasseurs de dinosaures** [020]

BD/44 Coria
1983-84 — **Une rose pour l'Ombre Jaune** [105]

Type 17 (1983)
155 1983 — Les yeux du brouillard
Roman tiré de la BD de Vance, in *Femmes d'aujourd'hui*, 1970
a) Bibliothèque Verte, n° 8, t/17 (1983)
b) Fleuve Noir, n° 39, t/19 (1991)

1984

BD/45 Coria
1984 — **« Un collier pas comme les autres »** (8 pl.)

BD/46 Coria
1984-85 — **La guerre des baleines** [058]

1985

BD/47 Coria
1985 — **Le réveil du Mamantu** [029]

BD/47 *bis* Coria
1985 — **« Les aventures mystérieuses et rocambolesques de l'agent spatial »** (1 pl.)

1986

BD/48 Coria
1986 — **Les fourmis de l'Ombre Jaune** [126]

1987

BD/48 *bis* Coria
1987 — **« Parodies 1 »**

BD/49 Coria
1987 — **Le dragon des Fenstone** [048]

1988/2 romans

BD/50 Coria
1988 — **Les otages de l'Ombre Jaune** [035]

BD/51 Coria
1988 — **Snake** [152]

Période Fleuve Noir

Type 18 (1988)
156 1988 — L'Arbre de la Vie
a) Fleuve Noir, n° 1, t/18 (1988)

157 1988 — L'Ombre Jaune s'en va t'en guerre
a) Fleuve Noir, n° 9, t/18 (1988)

1989/3 romans

BD/52 Coria
1989 — **Le Tigre des Lagunes** [047]

BD/53 Coria
1989 — Les Temple des Crocodiles [046]

158 1989 — L'Exterminateur
a) Fleuve Noir, n° 13, t/18 (1989)

Type 18 *bis* (1989)
159 1989 — Les berges du Temps
a) Fleuve Noir, n° 18, t/18 *bis* (1989)

160 1989 — La nuit des négriers
a) Fleuve Noir, n° 21, t/18 *bis* (1989)

1990/2 romans

BD/54 Coria
• **1990 — Le Masque de Jade** [019]

161 1990 — Le jade de Séoul
a) Fleuve Noir, n° 26, t/18 *bis* (1990)
• Sera adapté en BD par Coria (1991)

Type 19
162 1990 — La Cité des Rêves
a) Fleuve Noir, n° 33, t/19 (1990)

1991/1 roman

BD/55 Coria
1991 — Trois petits singes [153]

BD/56 Coria
1991 — Le jade de Séoul [161]

163 1991 — Rendez-vous à Maripasoula
a) Fleuve Noir, n° 41, t/19 (1991)

1992/2 romans

Période Claude Lefrancq

Type 20 (1992)
164 1992 — La Panthère des Hauts-Plateaux
a) Claude Lefrancq, coll. Bob Morane pocket, n° 4, t/20 (1992)

164 *bis* 1992 — « La dernière rosace »
a) Omnibus Claude Lefrancq, coll. Volumes, n° 1 *Le Cycle d'Ananké* (1992)

165 1992 — La guerre du cristal
a) Claude Lefrancq, coll. Bob Morane pocket, n° 8, t/20 (1992)

165 *bis* 1993 — « Retour au Crétacé »
a) Claude Lefrancq, coll. Volumes, n° 2 *Le Cycle du Temps* (1993)

À paraître

166 1993 — Les larmes du soleil

167 1993 — Les déserts d'Amazonie

À jour à Bob Morane pocket 9 (début 1993)
et Volumes 1 « Ananké » et 2 « Cycle du Temps » inclus

CLUB BOB MORANE
c/o René Fontaine
avenue Odon-Warland 15
B — 1090 BRUXELLES

Table des matières

Introduction	7
Les Voyages dans le Temps *par Jacques Van Herp*	9
Les Chasseurs de Dinosaures	23
Retour au Crétacé	153
Service Secret Soucoupes	179
La Forteresse de l'Ombre Jaune	283
Le Satellite de l'Ombre Jaune	407
Les Captifs de l'Ombre Jaune	527
Les Sortilèges de l'Ombre Jaune	649
Les Bulles de l'Ombre Jaune	773
Bibliographie *par Michel Eloy*	900

ISBN : 2-87153-128-5

Tous droits de reproduction du texte
et des illustrations réservés pour tous pays

© Claude Lefrancq Éditeur - Bruxelles
386 chaussée d'Alsemberg - 1180 Bruxelles

Imprimé en France par
Brodard & Taupin
72201 La Flèche Cédex
en avril 1995

Dépôt légal : D/1993/4411/007